KB135920

학
려
화
정

ROYAL NIRVANA vol. 2 (鶴唳華亭 下冊)

일러두기
1. 이 책의 외래어 표기는 국립국어원의 외래어 표기법을 따랐다.
2. 본문에 나오는 책은 『 』, 시문 제목은 「 」, 노래 제목은 〈 〉로 표시했다.
3. 각주는 모두 작가 주이며, 옮긴이의 주는 '역주'로 표시했다.

鶴唳 학려화정 華亭

슈에만량위안 지음

신노을 옮김

달다

차례

제39장

강기슭의 나무 한 그루

　조왕 정해가 안안궁에 당도했을 때 황제는 아직 낮잠 중이었다. 진근은 정해를 보자 전각 밖으로 허둥지둥 달려 나와 정해에게 다가갔다.

　"오 전하."

　여태껏 울었는지 눈 밑의 시뻘건 붓기가 턱 밑까지 잔뜩 내려온 얼굴로 고개를 든 정해는 마지못해 고개를 끄덕이며 조용히 물었다.

　"진 옹, 폐하는 아직 기침하지 않으셨나?"

　진근은 웃으며 대답했다.

　"네. 폐하를 뵈러 오셨다면 먼저 측전으로 드십시오. 바깥바람이 찹니다."

　정해는 고맙다는 인사만 하고 그대로 자리에 서 있었다. 진근은 정해가 청을 따르지 않자 별수 없이 옆에 서서 함께 찬바람을 맞았다. 진근은 살집이 꽤 있는 체격이었지만 아주 잠깐의 추위도 견디기 힘들었다. 그는 여전히 묵묵히 서 있는 정해를 힐끔 보더니 길게 탄식하며 핑곗거리를 찾았다.

"안에 평소 게으르기 짝이 없는 어린 것들만 몇 남겨두고 왔더니, 폐하가 기침하신 것도 모르고 미적거릴까 걱정입니다."

정해는 흠칫 놀라더니 두 손을 공손히 모으며 권유했다.

"내가 눈치가 없었군. 폐하를 모시는 게 진 옹의 본분인데 당연히 안으로 들어가 봐야지. 쓸데없이 방문한 건 나이니, 진 옹은 내 눈치 보지 말고 어서 들어가 보시게."

찬바람에 새하얗게 언 정해의 귀를 보니 진근은 찝찝해서 도저히 그냥 들어갈 수가 없었다. 나름 면피를 해야 했으므로 정해의 귓가에 바짝 입을 갖다 댔다.

"외람된 참견일지는 모르겠으나, 이 시진에 오신 걸 보니 문후 말고 다른 용건이 있으시지요?"

정해는 난처한 웃음을 지으며 고개를 숙였다.

"그냥 문후 올리러 왔네."

진근은 목소리를 잔뜩 낮추며 말했다.

"들어가시면 말을 최대한 가려서 하세요. 폐하께서 오늘 황후마마와 조반을 함께 드셨는데, 처음에는 분위기가 화기애애했습니다. 그런데 광천군 얘기가 나오자마자 폐하께서 불같이 역정을 내시더니, 급기야는 찻잔을 깨트리셔서 황후마마의 치맛자락에까지 뜨거운 찻물이 다 튀었습니다."

정해는 잠시 동요하더니 이윽고 물었다.

"그랬나?"

진근이 고개를 끄덕이며 대답했다.

"신이 쓸데없이 혀를 놀린 건 아닌지 모르겠습니다."

정해는 미미하게 웃으며 말했다.

"내가 진 옹의 마음 씀씀이를 분간 못 할 만큼 사리에 어둡지는 않네. 미리 일러줘서 고맙군."

진근은 흡족하게 실눈을 뜨고 고개를 끄덕였다. 정해에게 귀띔을 해줬으니 자신은 할 도리를 다한 것이었다. 그는 한결 가벼워진 마음으로 가뿐하게 전각 안으로 사라졌다.

꿈자리가 사나워 간밤에 잠을 설친 황제는 신시 무렵이 되어서야 겨우 눈을 떴다. 진근은 황제의 환복 시중을 든 뒤 물을 갖다 바치며 조심스럽게 보고했다.

"조왕 전하께서 문후 여쭙겠다고 오셔서 한 시진 넘게 밖에서 기다리고 계십니다."

황제는 잠에서 덜 깨어 몽롱한 정신으로 미간을 찌푸렸다.

"그 녀석이 이런 때?"

진근은 대답했다.

"돌아갈 생각도 없이 한참이나 밖에서 떨고 계시니, 신이 보기에 안쓰러워 죽겠습니다."

황제는 잔뜩 인상을 쓰다가 결국 한참 만에 입을 열었다.

"들어오라고 해라. 사리 분별 못하는 녀석, 지금이 때가 어느 때라고!"

정해는 파랗게 언 입술로 황제의 침상 앞에 서서 파들파들 몸을 떨며 예를 올렸다. 황제 역시 차가운 눈으로 말없이 정해를 쏘아보다가 오랜 뒤에 운을 뗐다.

"여긴 뭐 하러 왔느냐? 네 어미는 찾아뵀고?"

정해는 입이 꽝꽝 얼어 이를 부딪치며 떨다가 한참 만에야 겨우 입을 열었다.

"폐하를 뵙기도 전에 어찌 모친부터 뵙겠습니까."

황제는 "흥!" 하고 코웃음을 치더니 말했다.

"사람의 진가는 위기에 처했을 때 드러나고, 충신은 난세에야 구별이 가능하다더니, 그 말이 딱 맞군. 요즘 너희 꼴을 보아하니 필시 좋은 일로 온 건 아니겠지.”

황제의 신랄한 비난에 정해는 감히 대꾸조차 할 수 없었다. 정해가 안으로 들어온 지 한나절이 지났는데도 어깨를 떨자, 황제는 마지못해 한숨을 내쉬더니 한결 누그러진 말투로 물었다.

“대체 무슨 일로 왔느냐? 이왕 왔으니 말이나 해보거라.”

정해는 고개를 살짝 들고 얼굴을 붉히더니, 한참 만에야 겨우 입을 오물거리며 대답했다.

“부끄럽사오나 신이 오늘 이렇게 찾아온 건 신의 혼처를 부탁드리기 위해서입니다.”

황제는 정해가 앞뒤 다 자르고 본론만 이야기하자 어리둥절한 표정으로 진근을 보았다. 진근 역시 아무것도 모른다는 듯 당황한 표정이었다. 그는 하는 수 없이 이어서 물었다.

“마음에 담아둔 영애라도 있다는 말이냐?”

정해가 고개를 푹 숙인 채 입을 떼지 않자, 황제는 답답함을 견디지 못하고 자리에서 벌떡 일어나 그의 앞으로 다가가 소리쳤다.

“일어나서 알아듣게 얘기를 해봐!”

정해는 황제의 말대로 자리에서 일어나 황제를 부축하기 위해 손을 뻗었다. 황제는 그제야 정해의 얼굴을 자세히 볼 수 있었다. 황제는 빨갛게 부어 눈도 제대로 뜨지 못하는 그를 보고 잠시 생각에 잠겼다가 차가운 어조로 물었다.

“연강을 마친 뒤 누구를 만났느냐?”

정해는 똥 마려운 강아지처럼 다급하게 눈짓을 보내는 진근은 아랑곳하지도 않고, 목을 잠시 가다듬고는 대답했다.

“형님 댁에서 형님과 형수님을 만나고 왔습니다. 형님이 떠나기 전에 모친의 얼굴을 한 번이라도 뵙고 싶다고 해서, 신이 대신 폐하께 간청을 드리려…….”

황제는 차가운 눈으로 정해를 노려보다가 한참 만에 단호한 표정으로 호통쳤다.

“겁도 없구나! 짐이 일전에 뭐라고 명했더냐? 감히 짐의 윤허도 없이 제멋대로 사사로이 죄인을 만나?”

정해는 화들짝 놀라며 털썩 바닥에 꿇어 엎드리더니 변명도 포기하고 통곡했다. 진근이 보니 황제의 얼굴은 이미 차마 보기 어려울 정도로 일그러져 있었다.

“오 전하, 폐하께서는 전하를…….”

진근은 허겁지겁 옆에서 정해를 말리다가, 황제의 독한 눈길을 마주하자 내뱉은 말을 쏙 집어삼켰다. 정해는 주변 상황을 신경 쓸 겨를도 없이 한나절 내내 통곡하다가 가까스로 입을 뗐다.

“신이 큰 죄를 지었습니다.”

그러는 사이 황제는 차츰 냉정을 되찾았다. 그는 차를 홀짝이며 아직도 흐느끼는 정해를 가리키더니, 진근을 향해 웃으며 말했다.

“이 녀석이 지난번에는 태자를 대신해 간청하더니, 이번에는 제 큰형의 부탁을 대신하는군. 짐이 그간 눈과 귀가 어두워, 이 녀석이 이토록 심성이 여리고 가족을 아끼는지 미처 몰랐네.”

진근은 이럴 수도 저럴 수도 없어 헤벌쭉 웃기만 했다. 정해는 여전히 서럽게 흐느낄 뿐 입을 열지 않았고, 황제 역시 정해가 울든 말든 느긋하게 찻잔을 비우고는 자리에서 일어나 진근에게 물었다.

“황제를 기만하고 아비를 거역한 죄는 어떻게 다스려야 할까? 진 상시가 짐을 대신해 좀 물어보게나.”

정해는 진근이 대답할 틈을 주지 않고 먼저 대답했다.

"죽을죄입니다."

황제가 정해의 대답에 다시 말문을 닫았다.

"그렇게 잘 아시는 분이 왜 폐하 몰래 그런 어리석은 행동을 하셨습니까?"

진근은 두 부자 사이에 흐르는 어색한 공기를 견디지 못하고 탄식하듯 정해를 어르고 달래더니, 이번에는 황제를 바라보며 정해를 변호했다.

"오 전하가 아직 나이가 어리시지 않습니까? 분명히 독단적으로 하신 일이 아니라 누군가의 꼬임에 넘어가셔서 그런…….."

그러나 진근이 말을 마치기도 전에 정해가 나서서 그의 입을 막았다.

"신은 스스로 형님을 찾아갔습니다. 어리석지도 않고요."

황제는 화가 머리끝까지 치솟자 도리어 "허허" 소리 내어 웃었다.

"저 녀석이 진 상시의 도움은 필요 없다고 하는군."

그러자 정해는 고개를 빳빳이 들고 황제의 눈을 똑바로 마주보며 말했다.

"신은 그저 형님이 떠나기 전 얼굴을 뵙고자 한 것뿐입니다. 이렇게 먼 길을 떠나시면 언제 다시 만날 지 기약이 없지 않습니까? 신은 아버지의 명대로 경성 밖까지 직접 말을 몰아 형님을 배웅하지는 않을 겁니다. 형님이 무탈하게 안전히 목적지에 도착하시기를 마음으로 축원할 따름이지요. 소자, 형제간의 도리를 끝까지 다하려는 것뿐이니, 아버지께서 부디 통촉해주시옵소서."

황제가 정해의 간청을 듣고도 눈을 반쯤 감은 채 별말이 없자, 진근은 살짝 나무라는 투로 정해를 타일렀다.

"신이 주제넘지만 감히 전하께 쓴소리 좀 하겠습니다. 전하는 아직 나이가 많이 어리십니다. 폐하께서도 방금 사리 분별을 못

한다고 꾸지람을 하셨잖아요. 아무리 인정에 호소하신다고 해도 광천군은 죄인이니 인정보다는 나라의 법도와 기강을 우선시하셔야 하지 않겠습니까? 어디 대답해보십시오. 신이 틀린 말을 했습니까?"

정해는 잠시 경직된 채로 미동도 하지 않다가 나지막히 대꾸했다.

"광천군이 아무리 죄인이라도 내 형이야."

진근은 말문이 막혀 입을 떡 벌린 채로 황제의 기색을 살폈다. 눈꺼풀을 축 늘어뜨린 모습만으로는 화가 크게 난 건지 조왕을 처벌할 궁리를 하는 중인지 그 속을 도무지 짐작할 수 없었다. 그는 어리고 생각 없는 조왕 때문에 속이 타들어 갔다. 지금이 어느 때라고 사리 분별을 못하고 폐하를 찾아와 이 소란이란 말인가. 자신에 대한 태자의 속마음이야 말하지 않아도 훤했다. 아마 그는 산 채로 자신의 가죽을 벗겨도 시원치 않다고 생각할 것이다. 앞날만 생각하면 눈앞이 캄캄하고 오장이 새까맣게 타는데, 지금은 조왕 때문에 황제가 화가 나 당장이라도 숨넘어가는 건 아닌가 하는 걱정까지 해야 하는 형편이었다. 진근이 초조한 마음에 황제의 가슴을 문지르려고 손을 뻗으려는 찰나, 황제가 드디어 운을 뗐다.

"광천군을 만나서 무슨 얘기를 나눴느냐?"

냉담하긴 해도 노여움은 가신 말투였다. 눈물로 얼굴을 흠뻑 적시며 흐느끼던 정해는 소맷자락으로 황급히 얼굴을 닦고 대답했다.

"떠나기 전 어머니를 뵙고 싶다고 했습니다."

황제는 다시 물었다.

"동궁은 너를 보고 무슨 얘기를 하더냐?"

정해는 잠시 머뭇거리다가 대답했다.

"이틀간 전하의 얼굴을 뵙지 못했습니다."

황제는 어딘가 석연치 않다는 듯 고개를 끄덕인 뒤 정해를 한참 동안 바라보더니, 마침내 다시 자리에 앉았다.

"알겠다. 네 나이가 아직 어리니 혼인은 아직 시기상조 같구나. 철없이 구는 걸 보니 아직 수양을 더 쌓아야겠어. 네 버릇을 단단히 고치려면 벌을 내려야겠다."

황제는 말을 마치더니 진근을 돌아보며 지시했다.

"너는 가서 조왕의 녹봉 반년 치를 삭감하라고 일러라. 조왕은 왕부로 돌아가서 깊이 반성하며 근신하도록 해라. 짐이 따로 명령을 내릴 때까지는 바깥출입과 입궐을 금지하노라."

황제는 명을 내리자마자 소매를 떨치며 자취를 감췄다.

진근은 짧은 시간 동안 몇 번이나 지옥을 맛보느라 정신이 혼미한 상태였다가, 허겁지겁 달려가 조왕을 부축해 일으키고는 문 앞까지 배웅했다. 정해가 소매 안을 더듬어 손수건을 꺼내는 것을 보니 눈물을 닦으려는 듯했다. 그러나 아직 마음이 진정되지 않은 탓인지, 하얀 비단 손수건과 소매 속에 감춘 종이 쪼가리들이 떨어져 바람에 저 멀리까지 날아가는 바람에 젊은 내시 몇 명이 허겁지겁 따라가 주웠다. 진근은 그 광경을 보고 황급히 자신의 손수건을 꺼내 두 손으로 조왕에게 공손히 건네며 말했다.

"비록 미천한 신의 물건이지만 깨끗한 편입니다. 괜찮으시다면 급한 대로 이거라도 쓰시지요."

정해는 진근의 손수건으로 얼굴을 벅벅 닦더니 소매 안으로 집어넣으며 고개를 끄덕였다.

"보아하니 폐하께서 일부러 내게 화를 내신 듯하네. 진 옹은 폐하를 오래 모신 측근이니 중간에서 잘 중재해줘. 폐하의 말대로 혼인이 시기상조라면 내가 속국으로 떠날 날이 아직 멀었다는 뜻이네. 경성에서 머무는 건 울타리 안에서 사는 거나 다름없지. 아무리 경성이 낙원이라고 한들 오래 머물 수는 없는 일 아닌가. 그러니 진 옹이 그동안 신경을 잘 써주면 내가 그 은혜는 잊지 않겠네."

진근은 웃는 얼굴로 대답했다.

"전하도 참, 뭘 그렇게까지 말하십니까? 신이 전하께 받은 은혜에 보답하려면 응당 물불 안 가리고 정성을 다해야지요."

물건을 주우러 갔던 내시들이 돌아와 사방을 두리번거렸다. 조왕은 벌써 저만치 멀어진 뒤였다. 그들은 섬돌에 가만히 선 진근에게 물었다.

"진 옹, 오 전하의 손수건과 돈은 어찌합니까? 지금이라도 달려가서 드리고 올까요?"

진근은 그들의 손에서 손수건을 뽑아 소매 안에 집어넣으며 싱글벙글 웃었다.

"돈은 오 전하가 너희에게 하사하시는 것이니 잘 받아 챙겨라."

진근의 표현을 빌리자면, 이미 정당의 일로 오늘 하루 두 차례나 크게 화가 난 황제는 저녁이 되자 왕신을 소환하더니, 광천군왕 정당을 신시에 입궐시키라는 성지를 내렸다. 황후와 작별 인사를 위해서였다. 왕신은 당연히 아랫사람을 통해 정권에게 이 소식을 보고했다. 때마침 손수 금소도를 들고 배를 깎던 정권은 조용히 보고를 듣더니, 별다른 동요 없이 하얀 속살이 드러난 배를 조각내 칠함 안에 꽃 모양으로 담은 뒤 고개를 좌우로 기웃거리며 모양을 살피다가 웃으며 말했다.

"별로 안 예쁘군. 왕 옹에게 가서 본궁이 폐하의 은총에 감격해 마지않았다고 전해라."

그가 전을 나선 뒤, 정권은 배 조각이 담긴 함을 등 뒤에 서 있던 궁인에게 미소를 지으며 건넸다.

"이건 네가 가져라."

가을에 수확해 빙고에 저장한 배는 한겨울이 되면 가격이 백 배는 뛴다. 하지만 궁인에게 중요한 건, 그보다는 평소 아랫사람들에게 은총을 베푸는 일이 거의 없는 태자가 자신에게 그 귀하디귀한 은총을 베풀었다는 점이었다. 궁인은 기쁨에 겨워 새빨갛게 상기된 얼굴로 감사 인사를 하며 말했다.

"전하께서 내리신 은총을 돌아가서 많은 사람들과 나누겠습니다."

그러자 정권은 함에서 배 한 조각을 집어 요리조리 살펴더니 미소를 지으며 말했다.

"본궁은 너 혼자 몰래 먹는 걸 추천한다. 이건 군신 간에 나눠 먹으면 서로 뜻이 어긋나 등을 돌리게 되고, 가족과 나눠 먹으면 자애심이 쇠하며, 부부끼리 나눠 먹으면 파경을 맞고, 친구끼리 나눠 먹으면 절교를 하게 된다는 과일이 아니냐. 넌 그런 미신 따위는 안 믿는 모양이지?*"

궁인은 화들짝 놀라며 조심스럽게 태자의 기색을 살폈다. 태자는 능숙하게 소도를 놀리며 또 다른 배를 깎고 있었다. 배 껍질이 칼 놀림에 따라 구불구불 아래로 늘어지는 모양이 청색 뱀이 태자의 새하얀 팔뚝을 꿈틀거리며 휘감는 듯한 착시를 일으켰다. 궁인이 감격에 겨워 호들갑을 떨며 받은 태자의 선물은 사실 은총이 아닌 저주였던 것이다.

---

* 중국에는 배를 나눠 먹으면 이별한다는 속설이 있다. ―역주

제왕은 신시 2각에 왕비와 입궐해 안안궁 방향으로 세 번 절한 뒤 중궁으로 향했다. 중추절 연회 이후 첫 모자 상봉이건만, 불행히도 비극적인 조우였다. 제왕은 중궁전 안으로 들어서자마자 문 앞에서 털썩 무릎을 꿇고 주저앉으며 애끓는 심정을 담아 외쳤다.

"어머니!"

황후는 벌써 얼굴 가득 두 줄기 눈물을 줄줄 흘리고 있었다.

정당이 눈물을 흘리며 무릎을 꿇은 채 안으로 기어 들어가자, 왕비도 흐느끼며 지아비 곁을 따랐다. 황후는 정당에게 달려가 아들을 가만히 오래도록 품에 안았다가 어깨의 옷감을 어루만지며 물었다.

"우리 아들, 말이 아니라 가마를 타고 왔겠지? 왜 이렇게 얇은 옷을 입었어? 찬바람에 몸이라도 상하면 어쩌려고……."

정당은 칼로 베이는 듯 가슴이 미어져 한참 동안 오열하다가, 간신히 고개를 들어 황후의 얼굴에 가득한 눈물을 닦고 또 닦았다.

"소자가 큰 불효를 저질렀습니다. 제발 눈물을 그치세요. 이 불초자식 때문에 몸이 상하시면 안 됩니다. 어머니께서 이러시면 소자의 마음이 더 무겁습니다."

정당의 말에 황후는 더더욱 서럽게 흐느꼈다. 샘물처럼 그치지 않고 흐르는 그녀의 눈물이 금세 정당의 소맷자락을 흥건하게 적시자, 정당도 슬피 흐느끼며 그녀의 얼굴을 어루만졌다.

"어머니가 이러시면 소자는 평생 마음의 짐을 안고 아비지옥 속에서 살아야 합니다."

황후는 그제야 애써 눈물을 거두었다. 슬퍼하는 모습으로 아들을 보내면 아들의 마음에 짐을 보태는 격이었다. 그녀는 가까스로 억지웃음을 지어 보이며 말했다.

"너도 그만 눈물을 그치거라. 우리 내전으로 들어가서 얘기하자꾸나."

정당이 고개를 끄덕이며 황후와 함께 자리에서 일어나려는데, 갑자기 전감殿監의 목소리가 울려 퍼졌다.

"태자 전하께서 마마께 문후 올리러 오셨습니다."

황후는 화들짝 놀라 하얗게 질린 얼굴로 문을 힐끔 쳐다보며 말했다.

"태자가 무슨 일로? 오늘은 내가 몸이 안 좋아 쉬어야 하니 돌아가라고 일러라."

그러나 그녀가 말을 채 마치기도 전에 정권은 벌써 미소를 지으며 다가오고 있었다.

"어머니, 마침 좋은 과일이 새로 들어왔는데 차마 혼자 먹을 수 없어 드리려고 가져왔습니다."

붉은 관복에 금관을 쓴 태자의 형체가 분위기 따위는 내 알 바 아니라는 듯 빠른 속도로 쑥 밀고 들어왔다. 정권은 두어 걸음 다가오더니 예상하지 못했다는 듯 놀라워하며 말했다.

"아니, 형님과 형수님도 계셨습니까? 마침 잘됐군요. 먼 길 떠나시는데 이렇게라도 가족이 모이지 않으면 언제 또 얼굴을 보겠습니까? 이참에 본궁이 작게나마 송별연을 해드리겠습니다."

그는 말을 마치고는 고개를 돌려 "난각 안으로 과일을 가져와라" 하고 아랫사람에게 지시한 뒤, 웃으며 정당에게 권했다.

"안으로 드십시오."

정당의 얼굴에는 아직 눈물 자국이 흥건했다. 정당은 태자가 고의로 찾아왔다는 사실을 모르지 않았으나, 울분을 삼키는 수밖에는 도리가 없었다. 그는 태자와 황후에게 먼저 들어가라고 손짓한 뒤, 고개를 살짝 돌려 소매로 눈가를 훔쳤다.

자리에 앉자, 정권은 손수 가져온 함을 열었다. 그 순간 배의 향긋한 내음이 실내에 가득 퍼졌다. 덕청요德清窯의 검은색 자기 그릇에 담긴 배는 영롱하고 투명했다. 꽃 모양으로 곱게 깎은 것을 흰 목이버섯 위에 살포시 올려 증기로 쪘는데, 그 담은 모양새가 쌓인 눈 위에 핀 겨울 매화인 양, 이슬이 맺힌 백련인 양 무척이나 아름다웠다. 정권은 황후에게 미소를 지어 보이며 말했다.

"신이 듣자 하니, 난각 안의 숯불이 과해 어머니 몸속에 화기가 쌓였는지 기침을 자주 하신다더군요. 마침 어제 연조궁에 가을 배가 들어왔는데, 배가 해열과 폐에 좋다는 게 생각났습니다. 그대로 드시면 냉기가 돌고 모양도 예쁘지가 않을 듯해, 제가 사람을 시켜 곱게 쪘습니다. 두 분 다 어서 맛보십시오. 평범한 과일이라고는 해도, 제가 일일이 직접 깎아 정성이 꽤 많이 들어갔습니다."

태자가 이렇게 말을 많이 하다니 보기 드문 일이었다. 황후는 그의 환한 미소를 보자 갑자기 현기증이 일어 잠시 정신을 추스르고는 겨우 입을 열었다.

"난 기침을 한 적이 없는데 태자가 공연한 걱정을 했구나."

정권은 황후의 빈정 섞인 칭찬에 더욱 흥이 돋아 봇물이 터진 듯 이런저런 말들을 신나게 쏟아내기 시작했다. 대개는 신하들과의 숨겨진 일화, 경성의 흥미로운 소문과 같은 쓸데없는 이야기였다. 한바탕 신들린 듯 수다를 떨고 난 뒤에는 정당에게로 화제를 옮겨 여행 짐은 어떻게 됐는지, 제왕 속국의 왕부는 수리가 잘 됐는지 등을 번잡스럽게 물었다. 태자가 이 자리에 뼈를 묻을 사람처럼 끈질기게 눌러앉아 입을 놀리는 사이, 궐문에 빗장이 걸릴 시간이 바짝 다가왔다. 황후는 이대로 정당을 떠나보내면 언제 다시 볼지 기약이 없음을 알고 있었기에 태자가 있든 말든 무시하기로 했다. 그녀는 자리에서 일어나 정당을 위해 손수 지은

솜옷을 내와 정당에게 입힌 뒤 왕비의 손을 부여잡았다.

"내가 없는 동안에는 왕비가 당아를 잘 챙겨야 한다. 철없는 아이라고 여기고 배고플 때 잘 먹이고, 추울 때 잘 입혀가며 자식처럼 정성껏 보살펴다오."

모자와 고부간은 작별 인사를 하면서도 태자가 지켜보는 바람에 눈물도 마음껏 흘릴 수가 없었다. 왕비에게 당부를 마친 황후는 다시 정당에게 다가가 새 옷을 여기저기 쓰다듬고 어루만지며 정성껏 주름을 폈다. 정당은 태자가 옆에 있어 불안한 듯 손발을 어색하게 움직이다가, 끝내는 황후가 하는 대로 가만히 몸을 맡겼다. 새 옷은 황후가 등불을 켜고 급하게 만드는 바람에 미처 잘라내지 못한 실밥이 소매 사이에 군데군데 튀어나와 있었다. 황후는 눈에 거슬리는 실밥을 직접 이로 물어 끊어냈다. 아들을 위해 지은 옷이 마침내 완성되는 순간이었으나, 실이 끊어지듯 응석꾸러기 자식과 연결된 마지막 끈도 뚝 끊어지는 듯해 궐 안의 모든 등촉이 꺼지기라도 한 듯 눈앞이 캄캄했다.

정권은 자리에 앉아 냉랭한 시선으로 그들을 지켜봤다. 먹다 남은 배에서 풍기는 산뜻한 과즙 향이 이별 장면에 특별한 정취를 더했다. 다만 정권의 눈에 비친 그들의 슬픔은 분에 겨운 슬픔이었다. 정권에게 이별이란 늘 얼음처럼 차가운 촉감이었다. 여동생의 여린 뺨과 어머니의 두 손, 아내의 해맑은 미소는 하룻밤 사이에 얼음처럼, 서리처럼 차갑게 식었다. 그때의 싸늘한 촉감은 어제 일어난 일인 듯 여전히 생생하기만 했다. 그는 그처럼 체온이 식는다는 것의 의미를 아주 어린 시절 일찌감치 깨우쳤다.

탁자 위에 놓인 귀한 과일은 꽃이 필 무렵에는 얼음 같고, 꽃이 질 무렵에는 눈과도 같은 과일이다. 차가운 속성을 타고난 과일을 입에 넣자 된서리처럼 냉담하게 식은 마음이 느껴졌다. 말로는 영영 표현할 길 없는 이 상처와 절망감을 자기 혼자 집어삼키는 것은 아무리 생각해도 불공평했다.

그때 밖에서 재촉하는 목소리가 들렸다.

"지금 움직이지 않으시면 궐문 닫히는 시간을 못 맞춥니다. 문이 닫히면 꼼짝없이 여기서 하루 머무셔야 해요."

제왕은 서너 번의 독촉이 이어진 뒤에야 황후에게 작별의 예를 갖추며 바닥에 머리를 조아렸다. 황후는 그의 뒤를 따라 밖으로 나와서도 좀처럼 그의 소맷자락을 놓지 못했다. 정당은 혀에서 피가 날 정도로 이를 악물며 감정을 추스른 뒤에야 가까스로 입을 떼었다.

"어머니, 가겠습니다. 소자, 먼 타향에서도 밤낮으로 어머니의 만수무강을 빌 것입니다."

정당은 말을 마치자마자 뒤돌아 걸음을 옮겼다.

황후는 섬돌 위에 서서 사라져가는 아들의 뒷모습을 넋을 잃고 지켜보다가, 결국 어두컴컴한 궐문 방향으로 손을 뻗으며 통곡했다.

"당아! 돌아오너라! 한 번만 더…… 더 얼굴을……."

황후는 말을 끝맺지 못하고 혼절하듯 쓰러졌다. 궁인들이 허겁지겁 그녀를 향해 달려왔지만, 정권이 한 발 더 빨리 그녀의 팔을 잡으며 부축했다.

"어머니, 형님은 이미 떠났습니다. 우린 돌아갑시다."

진심으로 위로하는 투의 부드러운 목소리가 들리자, 황후는 꿈에서 깨듯 소스라치게 놀라며 고개를 돌렸다. 정권은 그 순간 얼굴을 가득 적신 황후의 눈물을 육안으로 똑똑히 확인했다. 눈물에 젖은 계모의 두 눈은 궁등 아래서 자애로운 어머니의 애끊는 모정을 드러내며 반짝이고 있었다. 날카롭게 벼린 서슬 퍼런 칼

날이 피부를 관통한 듯한 처절한 눈빛이 정권의 시선과 마주하는 순간, 정권은 드디어 만족스럽게 두 눈을 감고 궁극의 고통이 주는 쾌감을 가슴 깊이 음미했다.

정권은 황후를 부축해 눕힌 뒤에도 한나절은 곁에 앉아 위로의 말을 건넸다. 정권이 드디어 인사를 하고 밖으로 나오니, 왕신이 회랑에 서서 차갑게 그를 쏘아보고 있었다. 정권은 희미하게 웃으며 태연하게 그를 지나쳤다. 계단을 내려가려는데, 왕신이 뒤에서 고래고래 외쳤다.

"전하, 꼭 이렇게까지 하셔야 했습니까?"

정권은 여전히 웃음기가 남은 표정으로 고개를 끄덕이며 대꾸했다.

"당연하지. 이렇게라도 안 하면 앞으로 못 살아."

왕신은 좌우를 둘러보며 사람이 없는 것을 확인한 뒤, 정권의 손을 덥석 잡아끌며 물었다.

"어젯밤에 신에게 뭐라고 하셨습니까?"

정권은 잠시 침묵한 뒤에 대답했다.

"'폐하의 뜻은 잘 알겠네. 광천군과 중궁을 만나게 허락하시면서도 내 기분이 상할까 봐 염려하시어 할아버지를 통해 소식을 전하시는가 보군'이라고 했지."

왕신은 펄펄 뛰며 대꾸했다.

"폐하께서 고심해 결정하신 일인데, 오늘 전하가 하신 일을 아시면 뭐라고 생각하시겠습니까?"

정권은 싱글벙글 웃으며 대답했다.

"당연히 금수만도 못한 짓이라고 생각하시겠지. 아마 부황도 서슴없이 시해할 무지막지한 놈이라고 하시며 노발대발하실걸?"

왕신은 분노로 전신을 파들파들 떨다가 한참 만에야 가까스로 진정하고는 목소리를 낮춰 물었다.

"대체 뭣 때문에 이러십니까?"

정권은 오랫동안 하늘을 멍하니 바라보다가 천천히 왕신에게로 고개를 돌리며 물었다.

"내가 먼저 할아버지에게 물어보지. 선황후는 왜 돌아가셨나?"

왕신은 다급하게 주변을 살피더니 정권을 바깥으로 끌고 간 다음 말했다.

"신이 몇 번이나 말씀드리지 않았습니까? 선황후마마는 병으로 돌아가셨습니다. 전하가 그때 많이 어리긴 했지만, 마마께서 병으로 누워 계신 세월이 몇 년이니 어렴풋하게는 기억하실 거 아닙니까?"

정권은 고개를 가로저으며 대답했다.

"어머니가 세상을 떠나시던 단오…… 아니지, 단칠端七이었지. 그날만 기억하네."

왕신은 정권에게 손찌검을 할 수 없는 자신의 신분을 한탄하며 그의 입을 다급하게 막았다.

"그만하십시오!"

왕신이 아랫사람에게 호통치듯 펄쩍 뛰는데도, 정권은 전혀 거리낄 게 없다는 듯 미소를 지으며 고개를 흔들었다.

"기억하지. 기억하다마다. 하나도 빠짐없이 다 기억하고 있네. 어머니는 폐결핵에 걸렸다며 병이 옮는다고 가까이도 못 오게 하셨어. 난 매번 먼발치에 서서 어머니를 지켜봤는데 볼 때마다 점점 마르시더군. 그렇게 어머니가 야위어가시는 동안에도 폐하는 단 한 번도 중궁전으로 걸음하지 않으셨지. 하루는 주위에 사람이 없을 때 어머니가 의식을 되찾으셨어. 멀리 휘장 밖에 서 있는 나를 손짓으로 부르시더니 물으시더군. '아가야, 아버지는 뭐 하시니? 오늘 아버지를 뵀어?' 어머니가 자상하게 물으셔서 난 대답했지. '아버지는 방금 왔다 가셨어요. 어머니가 주무시는 걸 보고 깨우지 말라고 하시더니 잠시 앉아 계셨었죠.' 어머니는 또 물으셨지. '숙제는 다 했지?' 난 또 대답했어. '네. 밖에 있는 책상에 앉아서 다 썼어요. 아버지가 보시더니 잘 썼다고 칭찬하시더라고요. 어머니도 보실래요?' 어머니는 고개를 저으며 말하셨지. '괜찮다. 아버지가 훌륭하다고 하셨으니 보지 않아도 알겠다.' 어머니는 희미하게 미소를 지으셨고, 나도 따라 웃었어. 웃는 모습이 마치 선녀처럼 아름다우셨지. 하지만 어머니는 내가 위로하려고 거짓말했다는 걸 알고 계시는 듯했어."

갑자기 정권이 옛일을 입에 올리자, 왕신은 가슴이 미어지는 것을 느끼며 고개를 저었다.

"그런 건 뭐 하러 생각하십니까? 다 지난 일입니다."

정권은 웃으며 대답했다.

"황후 모자는 마음껏 울기라도 했지, 우리는 서로 억지로 웃는 얼굴을 보여줘야 했어. 그의 어머니는 신체 건강하고 같은 하늘 아래 있으니 건강만 잘 챙긴다면 다시 만날 날을 기약할 수라도 있지. 하지만 황천은 깊고 하늘은 아득해서 생사의 거리는 가늠할 수조차 없네. 내 그리운 사람들을 만나려면 대체 어디로 가야 한단 말인가? 내 처지와 비교하면 그 사람들이 딱할 게 뭐가 있어?"

그러자 왕신은 고개를 절레절레 멈추지 않고 흔들며 차갑게 대꾸했다.

"전하, 신이 할 말은 이것뿐입니다. 광천군이 중궁에 든 건 조왕의 간청 때문이었습니다. 광천군과 조왕이 아니더라도 폐하의 슬하에는 황자가 두 명이나 더 계시다고요."

정권은 어처구니없다는 듯 왕신의 얼굴을 오랫동안 빤히 보더
니 끝내 쓴웃음을 지었다.

"내가 소귀에다 대고 경을 읽고 말지. 무슨 대화가 통해야 얘
기를 할 게 아닌가."

비바람 소리, 그리고 닭 우는 소리

아보는 7일 내내 앓는 중이었다. 처음에는 단순한 감기라고 해서 약 두 첩을 받아먹었는데, 이후로 점점 열이 뜨겁게 올랐다. 종일 침상에 누워 꿈과 현실을 헤매니, 나중에는 정신이 몽롱해져서 밤낮도 구분 못할 지경이었다. 병이 좀처럼 떨어지지 않자, 태의가 지어준 약이 정말로 효험이 있는 건지 슬며시 의심마저 들었다. 어쩌면 완쾌를 꺼리는 그녀의 무의식이 은근히 치유를 방해하고 있는지도 모른다. 이렇게 휘장으로 사방이 막힌 침상에 무기력하게 누워 있다 보면, 정신이 흐릿해져서 복잡하게 뒤엉킨 현실의 일들은 저만치 뒤로 제쳐놓고 조용히 고독을 누릴 수 있었다. 그렇다고 병이 이대로 깊어지도록 방치할 수도 없다. 그러다 정말로 정신을 놓고 횡설수설이라도 하면 큰일이었다. 며칠 전에 입궐한 석향은 전과 다름없이 아보의 처소로 배정되었다. 태자는 요 며칠간 발걸음을 하지 않았고, 그날 밤 이후로 별다른 말도 없었지만, 그의 후수를 치밀하게 경계하며 방비하지 않을 수 없었다.

황혼 무렵이 되자 밖에서 오열하는 듯한 바람 소리가 들렸다. 아보가 약을 먹는 시간은 일정치가 않아서 약을 달이는 일에 여간 손이 많이 가는 게 아니었다. 누구의 생각이었는지는 모르겠지만, 궁인들은 급기야 약을 한꺼번에 달여서 은제 탕약병에 저장한 뒤 필요할 때마다 난각의 목탄 화로에 데워 올리기로 했다. 때마침 탕약병이 화로 위에 있어서 난각 안에서는 온통 쓰디쓴 약 향이 진동하고 있었다. 아보는 약을 데우는 일은 그다지 개의치 않았다. 그 냄새만 맡으면 자신이 아직 병중이라는 안도감을 느끼며 편안히 앓을 수 있었기 때문이다. 다만 오늘은 탕약병과 난롯불의 거리가 지나치게 가까웠고, 지켜보는 이 하나 없이 방치되어 있어 문제였다. 펄펄 끓어오른 탕약이 병의 내벽을 때리자 자잘한 충돌음이 실내를 울렸다. 마치 급풍에 실린 비가 문을 때리는 듯한 소리였다. 한층 더 진해진 약 향이 코를 찌르자 그날 밤 정권의 방 안에서 맡았던 향이 불쑥 떠올라 가슴이 답답해졌다. 그러나 아보는 병 때문에 밀려드는 답답함으로 치부하며 애써 무시했다. 화로에 놓인 탕약병을 치우려고 힘없는 목소리로 석향을 불렀으나 한참을 기다려도 대답하는 사람이 없자, 천천히 손을 뻗어 침상의 휘장을 치우고 주위를 살폈다. 각 안에는 사람 한 명 없이 텅 비어 있었다. 그녀가 깊이 잠든 줄 알고 다들 자리를 비운 모양이었다. 화로 정중앙에 놓인 탕약병은 비바람 소리를 울리며 요란하게 끓었다. 아보는 잠시 말없이 병을 지켜보다가 결국 일어나지 못하고 손을 축 늘어뜨렸다. 휘장이 밑으로 흘러내리며 흔들림을 멈추자 다시 고요한 세상이 펼쳐졌다.

그녀는 침상 위에 늘어진 채 생각했다. '이대로 놔두면 병 속의 탕약은 어떻게 될까? 다 졸아서 없어질까?'

'활활 타는 화로에 가까지 가지 마라. 그대를 덮치는 건 오직

찌는 듯한 열기일지니.'

갑자기 어느 시의 한 구절이 떠올랐다. 아무리 애를 써도 다음 구절이 도무지 기억나지 않자 아예 눈을 감고 바깥의 빗소리에 가만히 귀를 기울였다. 새북塞北에 내린 늦가을 황혼 무렵의 장맛 비처럼 땅 위로 수직 하강하며 강가의 버드나무를 세차게 흔들고 행인을 성가시게 할 것만 같던 비는 점차 경성의 여름 오후쯤에 줄기차게 쏟아지는 소나기로 변했다. 아무런 예고 없이 갑작스럽게 쏟아져 내리며 수면의 고요를 처참하게 깨트린 소나기는 연못을 가득 덮은 연잎을 사정없이 때리며 요란한 소리를 냈다. 탕약이 드디어 바짝 졸아들 무렵이 되자, 빗소리는 보슬보슬 감아치는 구성진 소리로 변했다. 이어서 물기에 촉촉이 젖은 치자나무 꽃향기가 갑자기 확 코를 덮치는 듯하더니, 막 피어난 회화나무 꽃이 우수수 바닥에 떨어지며 슬프고 쓸쓸한 광경이 머릿속을 스쳤다. 그것은 늦봄 무렵 강남에 내리는 가랑비 소리였다.

"아석?"

온화한 목소리가 그녀를 불렀다. 그것은 꿈에서도 들을 수 없었던 자신의 아명이었다. 아보는 소스라치게 놀라며 일어나 두려운 마음으로 소리가 나는 쪽을 바라보았다. 다가오는 사람의 얼굴이 점점 또렷해지자, 그녀는 마음에 평온을 되찾으며 입가에 서서히 환한 미소를 머금었다.

"어머니."

어머니는 애정이 가득 담긴 표정으로 살짝 미간을 찌푸리며 그녀를 가볍게 나무랐다.

"창문을 열고 책을 읽다가 잠들어 버리면 어떡하니?"

다정하고 이해심 많은 어머니에게는 무엇이든 거리낌 없이 이

28

야기할 수 있다. 아보는 빙그레 웃으며 대답했다.

"마침 재미있는 시를 읽다가 그 의미를 깨닫고 감탄하던 중이었어요. 어머니도 들어보세요. '명주실을 붉게 물들이지 말지어다. 색깔이 아름다워 봐야 무슨 쓸모가 있겠는가. 내 슬픈 눈물방울은 아네. 그건 네 몸에 맞지 않는…….'"

어머니는 기어이 그녀의 말을 뚝 잘랐다.

"고생이 뭔지도 모르는 어린애가 왜 벌써부터 걱정을 사서 하는 아버지 흉내야? 속 그만 썩이고 창가에서 떨어져라. 비가 들이치잖니."

뜻하지 않은 어머니의 타박에 아보는 고개를 획 돌리며 입을 뾰로통하게 내밀었다.

"저는 비 내리는 거 더 볼래요."

어머니는 아보의 고집을 이길 수 없었다.

"그러다 병 걸려도 네 병수발 안 들어준다. 네가 고집을 부리니나는 네 아버지한테나 가봐야겠구나. 그나저나 아진 이 녀석은 어디 갔길래 안 보이는 거야? 분명 어디서 물장난 치고 놀겠지."

아보는 웃으며 대답했다.

"그래요. 남동생부터 챙기셔야 할 것 같아요."

그녀는 어머니가 회랑 너머로 사라지자 책을 내려놓고 창문을 더 활짝 열었다. 바깥 공기가 실내로 확 들어오자 비에 젖은 치자나무 꽃향기가 그녀의 코를 덮쳤다. 맑은 날 기세가 쨍쨍했던 그 향기는 비에 젖자 한결 차분하고 우아해졌다. 빗소리가 꽃잎을 사정없이 때릴 때, 들보 아래서는 새끼 제비가 애절하게 쨱쨱 울었다. 아마 어딘가에서 비를 피하고 있을 어미를 기다리겠지. 아버지는 바깥 대청에서 오라버니와 한창 바둑을 두는 중이었다. 아마 오라버니를 또 당해내지 못하고 애꿎은 탁자만 두드리며 성을 내고 계실 것이다. 지금쯤이면 어머니도 집 뒤편 도랑에서 물장난을 치던 남동생을 찾아 화롯가에서 비에 흠뻑 젖은 옷을 말리고 계시리라. 안락하고 밝은 세상에 있건만, 들보 아래서 무언가를 간절히 기다리는 새끼 제비라도 된 것처럼 가슴 한구석이 묘하게 불안했다. 눈앞에는 시문이 적힌 책이 펼쳐져 있다. 그리고 새하얀 벽과 옻칠을 한 새까만 문이 보인다. 그 옆에는 빗물에 먼지를 씻어 유달리 새하얀 치자나무 꽃이 순결하게 피어 있었다.

아보는 창가를 벗어나지 않고 그대로 내내 자리를 지켰다. 비는 황혼 무렵이 될 때까지 그칠 기미가 없었다. 그때 문고리가 달그락거리며 문이 활짝 열리자 그녀의 마음도 문처럼 환하게 트였다.

가랑비가 세상을 흠뻑 적시는 사이, 뉘엿뉘엿 지는 해가 땅 위 모든 만물을 순식간에 불그스름하게 물들였다. 그것은 근심도 걱정도 없는 오랜 꿈이 화려한 빛깔을 벗으며 띠는 색상이었다. 아보는 창가에 기대 자신을 향해 다가오는 누군가를 고요히 바라보았다. 남동쪽에서 불어오는 기분 좋은 바람은 그의 새하얀 옷자락을 휘날리고는 무거운 빗줄기를 뚫고 돌아와 새하얗게 드러난 그녀의 손목을 휘감았다. 맑고 서늘한 촉감이 느껴지자 마치 그의 새하얀 옷자락이 손바닥을 스쳐 지나가는 듯했다. 정신을 바짝 차리고는 옷자락을 움켜쥐려고 손에 힘을 주었으나, 그는 이미 저 먼발치에 우두커니 서 있었다. 마당을 가득 채운 순결한 치자나무 꽃이 그녀의 눈길이 미치는 곳에서 사계절을 나듯, 그 역시 계절을 타며 변할지언정 지금처럼 영원히 그녀 곁에 머무를 것이다. 그의 표정은 우산에 가려져 확인할 수 없었다. 보이는 것이라고는 어슴푸레한 황혼 빛에 물든 빗줄기에 젖어가는 그의 드넓은 소맷자락뿐이었다. 빗줄기에 스민 황혼 빛 때문에 하얀 소매 역시 불그스름했다. 그의 신발에서는 맑은 꽃향기가 은은하게 풍겼다. 그는 아마도 집 밖으로 뻗은 그 길을 따라왔을 것이다. 비에 젖은 회화나무 꽃잎으로 가득 덮인 그 길을 우산을 받쳐 든 채 비바람을 뚫고 지나 그녀 곁으로 온 것이다.

오래 기다리던 벗이 마침내 돌아온 듯 그녀의 불안은 드디어 서서히 가라앉았다.

아보가 눈을 떴을 때 빗소리는 그친 뒤였다. 탕약병을 갖다 버리라고 궁인들에게 고래고래 외치는 석향의 목소리가 들렸다. 그녀는 이를 악물고 한동안 전신을 파르르 떨다가, 이윽고 자신이 꿈에서 본 것이 무엇인지 깨달았다. 그것은 소녀 시절의 짧은 순간이었다. 마치 외로운 넋이 되어 이승을 떠돌다가 내하교*에 서서 자신의 전생을 지켜보고 되돌아온 듯했다. 기억이 선명하지만 남의 일처럼 낯선 시절, 영원히 되돌아갈 수 없는 그리운 시절이었다. 시간 여행을 하고 현실로 돌아오자 조금 전 막혔던 시의 뒷부분이 물 흐르듯 줄줄 떠올랐다.

'귀한 가위는 사지 말지어다. 허공에 헛돈을 뿌릴 뿐이니. 내 근심하는 마음은 아네. 가위가 있어도 자를 수 없다는 걸.'

꿈속의 평화로운 광경은 애처롭게 버티던 그녀의 고독을 자극했다. 불씨에 기름을 뿌린 듯 강렬하게 타오르는 고독의 불바다 속에서 그녀는 깊은 슬픔에 잠겼다. 고독이란 원래 슬픈 것이다. 하물며 이 막막한 세상에 홀로 남겨진 그녀의 고독은 얼마나 짙겠는가.

아보가 마침내 입을 열었다.

"석향?"

———

* 저승으로 가는 다리. ─역주

석향이 허겁지겁 발을 걷으며 안으로 들어오자, 아보는 벽에 등을 기댄 채로 느릿느릿 말했다.

"그 사람은 지금 뭐 해? 좀 불러줄래? 내가 견…… 견딜 수가 없어."

석향은 의아해하는 표정으로 되물었다.

"누구를 불러오라고요?"

아보가 입을 다물자, 석향은 그제야 깨닫고 급히 밖을 향해 몸을 돌렸다. 그러나 그때 뒤에서 아보의 낮은 목소리가 들렸다.

"태의 말이야."

석향은 발을 내리고 궁인들에게 태의를 불러오라고 지시한 뒤, 화롯가 옆에 앉아 묵묵히 아보의 곁을 지켰다. 숯불은 희미하게 꺼지며 마지막 순간을 향해 치달았다. 실내는 쥐 죽은 듯 적막했지만, 석향은 여자의 직감으로 알았다. 아보는 겹겹이 처진 저 휘장 너머에서 눈물을 흘리고 있을 것이다. 어쩌면 그 질문은 안 하는 게 좋았을지도 모른다. 지나치게 나약한 용기로는 원래 한마디 말의 무게조차 감당할 수가 없는 법이다.

그날 왕신과 한바탕 입씨름을 한 뒤 궁으로 돌아온 정권은 사람을 불러 조왕의 동정을 살피라고 일렀다. 조왕은 황제의 명으로 한창 왕부에서 자숙하는 중이었다. 되돌아온 보고를 들으니, 그는 황제의 명대로 왕부의 문을 굳게 걸어 잠근 채 외부와의 교류를 철저히 차단하고 있었으며, 왕부 밖으로 모습을 드러내는 사람도 전혀 없었다. 의심이 인다고는 하나, 조왕이 딱히 본분을 벗어나는 정황을 포착한 것도 아니었으므로, 그는 일단 장육정 사건부터 마무리하고 다음 달 월초에 있을 만수성절* 준비에 집중하기로 했다.

장화가 제왕의 소식을 전하러 정해에게 갔을 때, 정해는 한창 책상 앞에서 모사에 열중하고 있었다. 교본은 여전히 태자에게 선물 받은 그 서첩이었다. 장화는 괜히 방해했다가 꾸지람을 듣기 싫어 한동안 가만히 서서 지켜보다가, 그가 붓을 내려놓고 만족스러운 표정으로 자신의 글씨를 점검하자 그제야 다가가 웃으며 말을 걸었다.

"전하, 광천군왕 일행이 벌써 상주에 도착했다고 합니다."

정해는 웃으며 대답했다.

"급하게 보고할 필요 없다. 기다렸다가 만수성절쯤 돼서 보고해도 늦지 않아."

장화 역시 헤벌쭉 웃으며 말했다.

"알겠습니다."

정해는 다시 물었다.

"형님과 형수님은 안녕하시다고 하더냐?"

장화는 여전히 웃으며 대답했다.

"군왕과 왕비는 무탈하신데, 측비의 몸에 이상이 있다고 합니다. 날씨도 춥고 여정도 험하니 복중의 태아에게 탈이 난 게 아니겠습니까?"

정해는 웃으며 말했다.

"형님도 참. 항상 남의 시선을 지나치게 의식하신단 말이야. 대체 누구에게 보여주겠다고 이처럼 도망치듯이 길을 서두르시는 거지? 폐하께 보여드리려는 건가?"

장화는 정해의 말을 듣고 혹여나 듣는 사람이 있나 주변을 살피고는 귓가에 입을 바짝 대고 속삭였다.

---

* 황제의 생일. ―역주

"신의 수하가 광천군왕의 뒤를 따르고 있는데, 몰래 일행을 따르는 사람이 더 있답니다."

정해는 손톱으로 개인 인장의 진흙을 긁으며 냉랭한 미소를 지었다.

"폐하의 사람인가, 동궁의 사람인가?"

장화는 주저하다가 대답했다.

"아직 파악하지 못했습니다."

정해는 미소를 지으며 말했다.

"그렇다면 내 말대로 해라. 일단 그자들을 면밀히 주시하다가 수상한 움직임을 보이면 즉시 손을 써. 별다른 움직임 없이 얌전하다면 만수성절까지 놔뒀다가 다시 얘기하지. 그리고 네 수하에게도 단단히 일러라. 다른 사람들이야 어떻게 돼도 상관없지만, 형님만큼은 무슨 일이 있어도 안전하게 지켜야 한다고. 만약 형님께 무슨 일이라도 생기면 내가 너부터 족치겠다."

장화는 서글서글 웃으며 대답했다.

"전하는 염려하실 거 없습니다. 명심해서 지킬 테니까요."

정해는 고개를 끄덕이며 탄식하듯 말했다.

"너도 나와 함께 거센 풍파를 거스르며 여기까지 왔지. 허나 이럴 때일수록 더 조심해야 하는 법이다. 아까는 군왕의 측비가 아프다고 했던가?"

"네."

정해는 장화의 대답을 듣고 잠시 인상을 쓰고 생각하다가 또 물었다.

"동궁 측비도 병에 걸렸다던데 군왕비와 같은 종류의 병인가?"

장화는 잠시 주저하다가 자신이 아는 만큼 사실대로 고했다.

"동궁 쪽 사람 말로는 감기라고만 하네요. 그것 말고 알려진 사실은 없습니다."

그는 이어서 아보가 감기에 걸린 날 밤의 정황을 정해에게 간략히 설명하며 덧붙였다.

"태자가 그날 밤 오씨 성의 내인을 취했고, 내기거*에도 기록됐습니다. 폐하께서 들으시고는 별말 없으셨다고 하고요."

정해는 웃으며 말했다.

"두 사람 부부 싸움에 괜히 너만 노심초사하는구나."

장화는 근심 어린 표정만 지을 뿐 별말이 없었다. 정해는 그를 힐끔 보더니 차갑게 웃으며 말했다.

"뭐가 그리 걱정이야? 내가 그 계집의 급소를 손에 쥐고 있는데. 그건 태자의 급소를 쥔 거나 다름없다."

장화는 걱정스러운 듯 고개를 저으며 충고했다.

"신이 외람되게 참견하는 것인지는 모르겠으나, 신의 생각도 전하와 다르지 않습니다. 이럴 때일수록 조심하셔야 해요."

정해는 뒷짐을 지고 창가로 다가가 경성의 겨울 하늘을 올려다보았다. 흐릿한 회색빛 하늘을 보니 왠지 모르게 자신의 마음도 회색빛으로 물든 듯 혼탁했다. 그는 오랫동안 침묵을 지키다가 탄식하듯 말했다.

"우쭐거리는 게 아니라, 내가 일찍이 깨우친 게 있다. 왕도에 오르면 세상에 못할 일이 없고 손이 미치지 않는 곳이 없으며, 흑백의 구분도 선악의 판별도 무의미해지지. 하지만 그 모든 걸 구현하려면 사람을 내 용도에 맞게 잘 다스려 쓸 수 있어야 한다. 그러기 위해서는 사람 보는 눈을 기르는 게 우선이지. 이 세상에 영원히 변하지 않는 건 없지만, 아무리 애를 써도 바꿀 수 없는 게

---

* 황궁의 일상생활 기록부. ―역주

딱 하나 있다. 바로 사람의 천성이지. 네가 한번 말해보아라. 동궁의 천성은 어떠한 것 같으냐?"

장화는 우물쭈물 망설이다가 대답했다.

"동궁은 심성이 악하고 하는 짓이 악랄합니다. 하지만 가끔은…… 무슨 행동을 할지 종잡을 수가 없지요."

정해가 웃으며 되물었다.

"다시 말해보아라. 태자의 어디가 악하고 악랄하더냐?"

장화는 대답했다.

"다른 일은 제쳐두고, 일신을 지키기 위해 은사에게 자결을 강요한 것만으로도 세상 사람들이 치를 떨었지요. 아마 폐하의 눈 밖에 난 것도 그 시점일 겁니다."

정해가 미미하게 웃으며 말했다.

"그래서 네가 보는 눈이 없다는 것이다. 동궁이 비록 노세유를 겁박하기는 했지만, 마음으로는 언제나 노세유를 스승으로 모시고 있어. 최근의 사건은 도무지 종잡을 수가 없었는데, 그 여자의 서신 덕분에 제대로 알게 됐지. 동궁이 겉보기에는 악랄해 보여도 아버지를 시해할 만큼 천인공노할 패륜을 저지를 위인은 아니다. 세상 사람들은 동궁이 외숙을 닮았다는데, 그건 어리석은 사람들이 모르고 하는 소리야. 고사림이야말로 진정한 재목인데 어디 동궁 따위와 비교를 해? 게다가 우리 태자 형님은 노세유에게 학문을 배우면서 유약해지기까지 했지. 태자는 노세유처럼 뼛속까지 허약한 서생 나부랭이에 불과해. 이 나라 종묘가 일개 서생 따위가 발붙일 수 있는 곳인가? 내가 왜 그런 서생을 두려워해야 하지?"

정해는 문득 한 가지 일이 더 떠오른 듯 웃으며 덧붙였다.

"내 말을 못 믿겠으면 장육정의 막내아들을 어떻게 처리하는

지 잘 살펴봐라. 아마 장주의 고사림 곁으로 보내겠지. 폐하가 무심히 지나치시면 우리라도 유심히 주의를 기울여야 한다."

장화는 곰곰이 생각하며 앞뒤 정황을 맞춰보더니 결론을 지었다.

"그렇다는 건 태자가 작은 일에는 명석하면서 큰일에는 어리석다는 말입니까?"

정해는 그의 말을 듣고 잠시 어이없다는 듯 바라보더니 고개를 절레절레 저으며 대답했다.

"아니다. 작은 일에도 큰일에도 어리석지 않아."

장화는 피식 웃으며 대꾸했다.

"신의 머리가 어리석은가 봅니다요."

정해는 말했다.

"명석하고 어리석고의 문제가 아니다. 내 말은 태자가 추구하는 왕도와 내가 추구하는 왕도가 다르다는 거야."

그는 집게손가락으로 아쉬운 듯 창살을 톡톡 두들기다가 홑옷 틈새로 침투한 냉기에 몸을 떨며 탄식했다.

"누가 옳고 그른지는 아직 판단하기 일러. 다만 세상에 태어난 이상 각자 자신이 옳다고 믿는 길을 향해 꿋꿋이 걸어가는 게 아니겠느냐? 나머지는 하늘의 뜻에 달렸지. 참으로 궁금하구나. 하늘이 태자와 나의 왕도 중 누구의 손을 들어줄지."

제
41
장

서화로 쓴 편지

　만수성절까지 5일이 남은 정녕 2년 11월 초이틀은 태자의 업
무가 가장 바쁜 날이었다. 허창평은 첨사부의 내정에서 오후 늦
게까지 일한 뒤, 부광시를 찾아가 그저께 태자가 찾던 책을 발견
했으니 자기가 직접 가져다주겠다고 보고했다. 최근 들어 부광시
는 연일 가시방석에 앉은 듯 죽을 맛이었다. 태자가 종정시에 감
금되었을 때 병을 핑계로 알현을 회피한 일 때문이었다. 그러던
차에 허창평이 제 발로 곤란한 일에 앞장선다고 하니 괜히 애틋
한 마음이 들었다. 그는 딱히 용건도 없으면서 그를 붙잡아 두고
허허 웃으며 농을 건넨 뒤에야 애처로운 표정으로 놓아주었다.
　정권은 보름 내내 형부와 예부를 오가며 격무에 시달리느라
다른 일은 생각할 틈도 없었다. 그는 웬만하면 만수성절 전에 장
육정 사건을 끝맺고 싶었다. 흉흉한 사건을 질질 끌었다가 잡음
이 늘어나는 걸 막기 위해서였다. 그러나 생각보다 번잡한 절차
가 워낙 많았고, 만수성절 준비가 겹쳐 발목을 잡혔다. 그것도 그
렇지만 만수성절 전날에 사람을 죽이고 유배 보내는 흉악한 일을

보고하는 것도 도리가 아니었다. 결국 장육정 사건은 어쩔 수 없이 사건을 미뤄두었다가 초이렛날이 지나자마자 심리 문건과 판결 문건, 그리고 자신이 세운 예방책을 황제에게 보고했다. 새벽같이 일어나 밤늦게 잠드는 생활이 십여 일 넘게 이어졌다. 그가 맡은 두 가지 사무 모두 복잡하고 까다로워서 어느 것 하나 소홀히 넘길 수 없었다. 사정이 이러하니 아무리 젊고 혈기왕성한 그라도 기력이 달렸다. 오늘은 다행히 예부의 노인네들이 평소보다 경전 인용을 덜 하는 바람에 모처럼 오후에 잠깐 쉴 틈이 생겼다. 허창평이 태자의 전각 문 앞에 섰을 때는 태자가 낮잠에서 막 깨어났을 무렵이었다.

이날의 당직 내시는 서원 출신이 아니어서 허창평을 알지 못했으므로, 허창평이 관직과 이름, 알현 사유를 말하자 그저 첨사부의 사람인가 보다 생각하고 정권에게 알렸다. 정권은 침상가에서 허창평의 이름을 듣고는 그제야 잊고 있던 우환거리가 생각나 남은 잠마저 확 달아났다. 그는 손짓으로 내시를 물린 뒤, 새로 부임한 동궁 내시 압반 주순을 불러 잔뜩 인상을 쓰며 물었다.

"악주로 간 사람은 돌아왔는가?"

주순은 웃으며 대답했다.

"아직 들은 얘기가 없습니다."

정권은 눈살을 찌푸리며 말했다.

"자네가 내 대신 신경을 쓴 덕택인지 수하들의 일 처리 속도가 훨씬 빨라졌네!"

분명히 비아냥거리는 말투였다. 주순 역시 이 일이 보통 복잡한 일은 아닌 듯해 잠시 생각하다가 조심스럽게 물었다.

"그럼 허 주부는 어떻게 할까요? 지금 만나시겠습니까?"

정권은 손을 내저으며 대답했다.

"내가 급하지 않은데 그자라고 뭐가 급하겠는가? 일단 돌아가라고 해. 악주로 간 사람이 돌아오고 나서 다시 부르면 될 일이다."

주순은 고개를 끄덕이며 말했다.

"그럼 예부 관원을 접견하실 예정이라 짬이 없다고 전할까요?"

정권은 냉소를 지으며 대답했다.

"주 상시도 나이가 들수록 더 유능해지는 모양이야? 여기 잠깐 앉아서 쉴 틈도 없는 본궁이 일개 7품 말단 관리를 거짓말까지 하면서 달래야겠는가?"

주순은 두 번이나 신랄하게 면박을 당한 뒤 정권의 의중을 가만히 헤아려보았다. 생각해보니 자신이 직접 허창평에게 전달할 일이 아니었다. 그래서 그는 조금 전의 그 내시에게 몇 마디 주의를 주며 허창평을 돌려보내라고 지시했다.

주순의 지시를 받은 내시는 다시 허창평에게 갔다. 그는 관복 소매 안으로 손을 넣어 공손히 맞잡은 채 기다리는 허창평의 모습을 보고 콧소리 섞인 웃음을 지으며 말했다.

"그냥 돌아가십시오. 전하께서 안 만나시겠답니다."

그러자 허창평이 물었다.

"전하는 지금 안에 계시오?"

허창평이 묻자, 내시는 거들먹거리며 대답했다.

"계시면 어쩔 것이고, 안 계시면 어쩌시게요? 이렇게 추궁한다고 뭐가 달라집니까?"

허창평은 사람 좋은 미소로 두 손을 공손히 맞잡고 예를 갖추며 말했다.

"귀인께서 농을 하시는구려. 내가 어찌 감히 전하의 행적을 추궁하겠소? 아마 최근 격무에 시달리시니 나 같은 하급 관리는 만날 짬이 없으시겠지. 귀인은 전하를 가까이서 모시는 몸이니 내

부탁 좀 하나 합시다."

일개 평범한 내시에 불과한 자신에게 관리가 환한 미소로 귀인이라는 존칭을 붙이자, 그는 순식간에 하늘 위로 붕 뜬 기분이 되어 두 손을 소매 안에서 맞잡으며 말했다.

"말해보시지요."

허창평은 잠시 생각하다가 목소리를 낮추며 말했다.

"그저께 전하께서 부 소첨이 계신 자리에서 좌춘방에 일렀으나 찾지 못한 책이 있다고 말씀하셨소. 얘기를 들은 소첨은 도저히 그냥 지나칠 수가 없어 책을 찾았고, 내게 직접 전하께 전해드리라고 신신당부를 하셨소. 지금 보니 전하께서는 잠시 그 일을 잊으신 듯하고, 또 이런 사소한 일로 전하를 방해할 수도 없구려. 이대로 돌아가면 소첨께 뭐라고 보고드릴 말씀이 없으니, 번거롭겠지만 귀인께서 첨사부의 성의를 대신 전달해주시오."

현재 첨사부의 수장인 소첨과 좌춘방의 수장인 좌서자左庶子의 경쟁 관계를 조정에서 모르는 사람은 없었다. 내시는 허창평의 말을 듣자마자 첨사부와 좌춘방의 갈등을 떠올리고는 첨사부에서 태자에게 아첨을 하러 왔다고 짐작했다. 그가 한껏 턱을 치켜올리며 비아냥거리려는 찰나, 허창평이 그의 손에 두 개의 금 알갱이를 살짝 쥐어주었다. 내시는 금 알갱이가 자신의 소매 안으로 묵직하게 떨어지는 순간 턱을 서서히 내리며 살랑살랑 웃는 얼굴로 말했다.

"이 추운 날씨에 번거롭게 여러 번 발걸음할 필요는 없지요. 제가 대신 전하께 전해드리며 말씀 잘 올리겠습니다."

허창평은 온갖 미사여구로 내시를 추켜세운 뒤 한껏 신이 난 내시가 떠나는 것을 지켜보다가, 그가 시야에서 사라지는 즉시 입가에 머금었던 미소를 지우고 한숨을 내쉬며 발길을 돌렸다.

허창평의 말을 철석같이 믿은 내시는 금까지 받아 챙기고 나니 갑자기 첨사부를 향한 애정이 샘솟았는지, 각 안에 있던 정권에게 책을 건네며 첨사부의 칭찬을 곁들였다. 정권은 별말 없이 건네받은 책함을 열어 제목도 보지 않고 책장을 들추고는 사이에 껴 있던 쪽지를 꺼냈다. 대충 훑어보니 만수성절의 축사였다. 그는 무심히 쪽지를 제자리에 돌려놓고 책장을 덮어 옆으로 치운 뒤, 내시를 잠시 아래위로 살피더니 슬며시 미소를 지었다.

　　"고작 7품 주부이니 네게 큰돈을 주지는 않았겠지. 말해보아라. 그에게 엽전꾸러미라도 받은 것이냐, 아니면 금은붙이를 받았느냐?"

　　내시는 사색이 되어 잠시 열심히 머리를 굴렸다. 생각해보니 허창평과 대화를 나눈 곳은 태자의 시선이 미치지 않는 곳이었다.

　　"신은 뇌물을 받지 않았습니다."

　　그는 약삭빠르게 발뺌하고는 힐끔 태자의 눈치를 살폈다. 짜증스럽게 눈살을 찌푸린 태자는 잠시 시선을 거두고 지루하다는 듯 소매로 입을 가리며 하품을 한 뒤, 내시에게 다시 시선을 고정했다. 얼굴 가득 사악한 미소를 머금은 채였다.

　　"내 밑에서 일했던 적이 없으니 당연히 내 성질을 모르겠지. 이제부터라도 머리에 새겨라. 난 내 뒤에서 몰래 농간 부리는 걸 제일 싫어해. 지금이라도 사실을 고하면 참작해서 선처를 해주겠다. 네가 계속 이렇게 군주를 기만하려 든다면 내 절대 그냥 넘어가지 않을 것이야."

　　내시는 받은 금 알갱이가 몇 푼이나 나가는지 새어보기도 전에 군주 기만죄까지 뒤집어쓰게 생기자 전신에서 땀이 뻘뻘 흘렀다. 그는 혼미한 정신으로 황급히 무릎을 꿇고 변명했다.

　　"전하, 신은 절대로 그런 적이……."

정권은 손가락으로 톡톡 탁자를 두드리다가 내시의 말이 채 끝나기도 전에 이를 악물며 가볍게 외쳤다.

"장살에 처해라!"

정권의 명령이 떨어지자마자 사람들이 그를 향해 달려들었다. 몇 푼 안 되는 뇌물 때문에 목숨을 잃을 수는 없다는 생각이 번쩍 든 그는 다급히 태도를 바꿔 태자에게 싹싹 빌었다.

"전하, 살려주십시오! 신은 금 알갱이 두 개를 받았을 뿐이옵니다!"

내시가 소매 안에서 금 알갱이를 꺼내 높이 쳐들자, 주순이 받아 정권에게 건네며 속삭였다.

"전하, 신중하셔야 합니다."

정권은 주순의 말에 차갑게 미소를 지으며 "걱정할 거 없어. 설마 본궁이 만수성절을 며칠 앞두고 살생을 저지르겠는가?"라고 대꾸하고는 "곤장 20대를 쳐라"하고 단호하게 명령했다. 내시가 끌려가며 애걸복걸했지만 눈길 한번 주지 않았다.

이윽고 복도 아래쪽에서 내시의 처참한 비명이 들렸다. 주순은 하고 싶은 말을 애써 참느라 입을 씰룩거리다가, 마침내 인내심의 한계를 느끼고 입을 열었다.

"전하, 연조궁에서는 서원에 계실 때처럼 마음 내키는 대로 하지 마시고 신중에 신중을 기하셔야 합니다. 궁인의 죄를 가볍게 다룰 수는 없지만, 혹여나 폐하께서 이 사실을 아시면 아랫사람에게 가혹하다 여기실 수 있어요. 게다가 이곳엔 신참이 대부분인데 아직 쓸 만한 자를 가려내기도 전입니다. 싹수가 노란 자는 아무리 애써도 제대로 키우기가 어렵단 말입니다. 혹독한 벌을 받은 노비들은 주인을 원망하는 마음을 품지 않을 수 없으니, 이런 식으로 대하시면 결국 손해 보시는 건 전하입니다."

정권은 듣는 둥 마는 둥 책 사이에 끼워진 쪽지를 다시 꺼내 두세 번 읽은 뒤에야 주순을 향해 감정 없는 미소를 지어 보이며 대답했다.

"알았어."

잠시 뒤 사람이 들어와 형이 끝났다고 보고하자, 정권이 물었다.

"걸을 수 있을 것 같던가?"

그는 정권의 질문에 잠시 멈칫하더니 자신의 생각을 말했다.

"걸을 수는 있을 것입니다."

그러자 정권이 지시했다.

"그자에게 방금 다녀간 첨사부 주부를 쫓아가 마제금* 두 덩이를 전하며 이렇게 말하라고 일러라. '금은 일 처리에 대한 사례 겸 만수성절 선물로 내가 하사하는 것이니 앞으로도 잘 부탁하오.' 멍청한 놈이니 남들 앞에서 주지 말고 보는 사람이 없는 곳에서 몰래 주라고까지 알려줘야겠지. 다른 관원들이 보면 내가 주부를 편애해 돈까지 줬다고 할 게 아니냐?"

그는 영문도 모른 채 다시 내시에게 돌아가 정권의 명을 전했다. 운이 지지리도 없는 그 내시는 하는 수 없이 절룩거리며 첨사부로 향하면서 가는 길 내내 허창평에게 욕지거리를 퍼부었다. 첨사부에 이르자, 그는 조용히 허창평을 불러내 썩은 표정으로 금덩이를 주며 정권의 뜻을 전했다. 붉으락푸르락해 금방이라도 터질 것 같은 내시의 표정을 보니 무슨 일이 있었는지 대충 짐작이 갔다. 허창평은 좋은 말로 살살 그를 위로한 뒤에 물었다.

"전하께서 귀인에게 물으실 때 또 뭐라고 하시더이까?"

내시는 허창평의 말을 듣자 화가 머리끝까지 치솟았다. 곤장에

---

* 말굽 모양으로 주조한 금. —역주

맞아 뼛속 깊이 엄습하는 통증만 아니었다면 당장이라도 허창평을 발로 차주고 싶었다. 그는 노발대발하며 기억을 더듬어 자신을 욕하던 태자의 말을 전했다. 화가 단단히 난 그였던지라 악의적인 살이 더 붙는 것은 어쩔 수 없었다. 허창평은 잠시 침묵하더니 고개를 끄덕이며 말했다.

"알았소. 전하의 하해와 같은 은혜에 목숨을 다해 보답하겠다고 전해주시오."

내시 눈에 허창평은 참으로 낯짝이 두꺼운 자였다. 그 때문에 자신의 앞길이 막혔다는 생각이 밀려들자, 그는 다시 화가 치솟아 "에잇!" 하고 외치고는 거칠게 소매를 떨치며 자리를 떠났다.

허창평은 그 자리에서 금덩이를 쥔 채 한참이나 서 있었다. 금덩이가 아니라 마치 차갑게 언 불덩어리를 쥔 기분이었다. 이윽고 그는 서서히 표정을 누그러뜨리고는 금덩이를 소매 안에 넣고 관아로 걸음을 돌렸다.

만수성절을 앞두고 온 황궁이 분주할 때, 오로지 조왕부만 적막에 휩싸여 있었다. 정해는 두루마리와 족자를 한 무더기로 쌓아놓고 고르다가, 장화가 안으로 들어서는 기척이 느껴지자 고개를 들고 물었다.

"새로운 소식이라도 있느냐?"

장화는 주변에 아무도 없음에도 정해에게 가까이 다가가 귓가에 조용히 몇 마디를 속삭였다. 정해는 가만히 장화의 이야기를 듣더니 고개를 끄덕이며 대답했다.

"잘했군."

그 밖에 다른 말이 없자, 장화는 한참 동안 기다리다가 어쩔 수 없이 먼저 물었다.

"전하, 그렇다면 올해 만수성절에는⋯⋯."

정해는 차분하게 장화의 말을 끊으며 말했다.

"선물을 올려드리되 병을 핑계로 나가지 않으면 그만이다."

장화는 눈살을 찌푸리며 물었다.

"성상이나 동궁이 끈질기게 추궁하기라도 하면 어떻게 둘러대시려고요?"

정해가 웃으며 대답했다.

"성상과 동궁이라고 세상 모든 사람의 마음을 다 꿰뚫어 보는 것도 아니지 않느냐? 설령 그렇다고 하더라도 물어보기나 하겠지 추궁까지야 하겠어?"

장화는 잠시 생각하다가 말했다.

"그럼 선물은 어떤 걸로 준비하실 겁니까?"

정해는 탄식하며 대답했다.

"지금 고르고 있지 않느냐?"

장화는 책상으로 다가가 모두 서화뿐임을 확인하고는 지적했다.

"선물이 과해서도 안 되지만 너무 가벼워서도 안 됩니다."

정해는 청록산수青綠山水 화법으로 그려진 그림을 집으라고 장화에게 눈짓하며 타미지拖尾紙의 백옥 권축에 둘둘 감아 함 안에 넣은 뒤에야 대답했다.

"정수*도 아니니 성의만 표시하면 된다. 그리고 네가 잘 모르는 모양인데, 폐하는 평소 말을 아끼실 뿐이지 서화를 꽤 즐기신다."

그는 잠시 멈추고 미소를 짓더니 말을 이었다.

"내가 아들이라고 아첨하는 게 아니라, 폐하의 서화 솜씨는 누구에게도 뒤지지 않을 만큼 탁월하지."

---

* 환갑이나 회갑 등 10단위의 생일. ─역주

장화 역시 웃으며 대답했다.

"폐하가 서화를 좋아하시는 건 알았지만, 직접 그리신 어필을 접할 기회가 없었습니다."

"여러 해 전부터 붓을 들지 않으셨거든."

정해는 고개를 끄덕이며 대답하고는 잠시 뒤 덧붙였다.

"몇 년 전 내부內府에서 서화를 표구할 때, 폐하가 비단에 공필*로 그리신 '미인행락도美人行樂圖'를 본 적이 있어. 인물의 묘사나 그림에 담긴 의미나 어느 것 하나 신의 경지라고 극찬하기에 손색이 없었지. 그 옆에 곁들인 두 수의 시도 그림과 쌍벽을 이룰 만큼 아름다웠다. 단 한 번뿐이었지만 아직까지 기억이 생생하구나."

그는 고개를 살짝 기울이며 기억을 더듬더니 조용히 당시에 본 시를 읊조렸다.

"볼에서 비취빛으로 빛나는 화전과 그리지 않아도 아름다운 눈썹, 하늘이 내린 그 아름다움 그림으로 차마 그려낼 수 없네. 봄날의 청산도 번뇌하며 붓을 내려놓으니……."

정해는 마지막 두 글자를 남겨놓고 피식 웃으며 말했다.

"워낙 오래전이라 다 떠오르지 않는다."

장화는 정해를 극찬하며 웃었다.

"시를 좋아하시니 그만큼이라도 기억하시는 게지요. 신이었으면 한 번 보고 금방 잊었을 겁니다."

"너와 상관도 없는 걸 기억해서 뭣 하겠느냐?"

정해는 웃으며 대답하고는 두루마리를 넣은 서화 함을 장화에게 건네며 당부했다.

"이것이면 되겠다. 네가 내 대신 축사와 사죄의 말을 써서 강

---

* 工筆, 서화의 기법. —역주

넝전 진근에게 보내."

장화는 대답하며 물건을 받고는 여전히 서화에 심취해 이것저것 떠들어 보고 있는 정해를 뒤로하고 자리를 떠났다.

정해의 시선은 마침내 활짝 펼쳐진 산수화 두루마리에 머물렀다. 굽이치듯 힘차게 그려진 푸른 산은 미인의 짙은 눈썹과도 같았고, 활기차게 흐르는 물은 미인의 반짝반짝 빛나는 눈동자처럼 느껴졌다. 푸른 산과 맑은 물이 아름다운 여인의 맑고 요염한 눈매처럼 이어진 풍경은 단정하고 장중했다. 이 나라 강산은 당대 제일의 미인이나 다름없다. 포부가 큰 사내라면 누구나 역사를 새로 쓰겠다는 진심을 마음에 품지 않겠는가. 그것을 위해서라면 기꺼이 허리를 굽히고 영원을 맹세한다 한들 헛되지 않을 것이다.

제
42
장

만수무강

만수성절 당일의 하늘은 컴컴한 먹구름으로 뒤덮여 빛 한 줄기 들지 않았고, 얼얼하게 살갗을 스치는 칼바람이 매섭게 불었다. 태자는 아침 일찍 일어나 수공전에서 문무백관의 경하 인사를 받는 황제를 수행한 뒤, 황제 뒤를 따라 연회가 준비된 풍화전으로 향했다. 가림막을 치지 않아 꽁꽁 얼어붙은 길 위에서 황제는 태자의 손을 붙잡고 풍화전의 옥섬돌을 올라야 했다. 황제는 태자의 손에서 얼음장 같은 냉기를 느끼자 눈살을 찌푸리며 물었다.

"약을 다시 지어 먹으라 일렀거늘, 아직도 안 먹은 것이냐?"

정권이 난처한 미소를 지으며 대답하려는 찰나, 옆에 있던 진근이 실실 웃으며 말을 가로챘다.

"신이 흠천감에서 들었는데 오늘 눈이 온다고 합니다. 만수성절에 때마침 눈이 내리다니, 이것은 필시 폐하의 홍복이 후대에 길이 미치리라는 상서로운 길조입니다."

정권은 지척에서 못 들은 척할 수가 없어 마지못해 맞장구를 쳤다.

"그렇습니다."

황제는 고개를 돌려 정권을 힐끔 쳐다보더니, 손등을 가볍게 토닥인 뒤 더는 추궁하지 않았다.

신료들은 풍화전 안에서 일찌감치 자리를 잡고 황제와 태자를 기다리고 있었다. 문신들의 수장인 중서령 하도연이 황제가 자리에 앉는 즉시 어좌 앞으로 나와 무릎을 꿇고 축사를 읊었다.

"삼대의 영걸들이 큰 도를 행했고, 오제 시대에는 평등과 자유의 정치가 구현되었습니다. 폐하는 성군의 자질을 타고나시어 이 나라의 사직에 이바지하시고 세상에 널리……."

정권이 옆에서 들으니 작년에 읊었던 축사에서 몇 글자만 살짝 바꾼 판에 박은 내용이었다. 식상한 축사에 지루해진 그는 대신들 무리로 시선을 옮겨 고사림을 찾았다. 예상대로 고사림은 황제의 명대로 수공전에 나와 삼성구경三公九卿의 말석에 자리를 잡고 있었다. 9월 이후로 얼굴을 보기는 처음이었다. 걱정했던 것과는 달리 침착한 표정으로 문신인 추부상서 자리에 있는 그를 보니 한결 마음이 놓였다. 안심한 정권은 다시 하도연의 축사에 귀를 기울였다. 어느새 절정에 도달했는지, 그의 목소리에는 한껏 격한 감정이 실려 있었다.

"눈부신 위업과 덕망이 찬란하게 빛나니 주변 국가마저도 본조를 우러러보게 되었습니다. 상경上卿인 신이 천자의 수레 모시기를 기다리고 있사오며, 상서로운 흰 제비가 옥당에 드니……."

'상경'이라는 말은 본디 고사림과 같은 독보적인 인물을 가리키지만, 그건 그러려니 할 수 있었다. 다만 하도연이 문관의 수장이랍시고 스스로를 '상경'이라고 지칭한 것이 거북스러우면서도 티를 내지 못하고 입을 앙다문 대신들의 얼굴이 무척이나 우스웠다. 정권이 곤경에 처한 8월 무렵, 하도연은 겉으로는 마음을 쓰는 척하면서도 끝내 자신에게 피해가 갈 만한 행동은 조금도 하지 않았다. 허창평은 그를 감초 같은 위인이라고 했지만, 정권이 보기에는 이 판 저 판을 오가며 애써 균형을 유지하는 저울추에 가까웠다. 다만 황제가 저울에 올려놓은 손의 힘을 언제 뺄 것인가가 관건이었다.

정권은 잡념에 빠져 현실에서 잠시 멀어져 있다가, 갑자기 시선이 집중되는 것을 느끼며 퍼뜩 정신을 차렸다. 눈앞에서는 황제가 함박웃음을 머금고 자신을 쳐다보고 있었다. 그는 드디어 하도연의 축사가 끝났다는 것을 눈치채고는 허겁지겁 중정으로 나가 무릎을 꿇고 허창평이 써준 축사 중에서 아무 구절이나 골라 읊었다.

"효심은 임금을 섬기는 근본이요, 충심은 효를 행하는 근본이라 했습니다. 신, 삼가 엎드려 성왕께 고하옵니다. 백성이 좋아하는 바를 좋아하고 백성이 싫어하는 바를 싫어하는 것을 일러 백성의 부모라고 했으니, 그 한없는 은혜와 노고를 하늘인들 어찌 갚으리까. 폐하의 탄신일인 오늘은 더더욱 상서로운 기운이 넘치고 넘칩니다. 부디 홍복을 누리시고 만수무강하소서."

황태자의 축사가 끝나자 대신들도 일제히 무릎을 꿇으며 외쳤다.

"만수무강하소서."

끝날 줄 모르고 이어지는 축하 인사에 기분이 고무된 황제는 자리에서 일어나 왕신에게 선물을 하사하라고 지시했고, 왕신은 일찌감치 준비한 여의 두 자루를 각각 정권과 하도연에게 나눠주었다. 이어서 연회에 참석한 모두가 자리에 앉자 기다렸다는 듯 〈만수영무강萬壽永無疆〉이라는 곡조의 도입부가 연주되기 시작했다.

무희들의 춤사위에 이어 황제가 자리에서 일어나 매년 반복되는 관례대로 술잔을 들고 건배를 청하자, 연회석의 대신들은 동쪽에서 서쪽 순으로 차례차례 잔을 비웠다. 초반에는 분위기가 어색했으나, 술이 세 순배쯤 돌자 분위기가 무르익기 시작했다. 다만 올해는 제왕과 조왕이 자리에 없어 정권이 홀로 황제 대신 술잔을 받아야 했다. 그 바람에 오후가 되자 벌써부터 눈앞이 어질어질했다.

그사이 춤과 음악, 축사가 이어지고 마지막으로 잡극이 상연되었다. 「군성신현君聖臣賢」, 「문군상여文君相如」와 같은 고전 작품도 빠지지 않았다. 익살스러운 장면에서 대신들이 한바탕 크게 웃으니 연회장 안은 분위기가 화기애애했다. 평소 소란스러운 것을 즐기지 않는 정권은 분위기에 맞춰 대충 웃는 시늉을 한 뒤, 조용히 자기 자리로 돌아가 술을 깨기 위해 매실을 집어 입에 넣었다. 다시 무대를 보니 이제는 「목련구모目連救母」라는 꼭두각시극이 상연되고 있었다. 관본*에 포함되지 않은 민간 작품이 뜬금없이 공연되자, 정권은 순간 간담이 서늘해졌다가 한참 만에야 며칠 전 태상경 부광시가 했던 보고를 떠올렸다. 황제의 명으로 이번에는 특별히 새로운 작품을 몇 편 추가하게 되었다는 보고였는데, 워낙 정신이 없어 새까맣게 잊고 있었던 것이다. 정권이 그제야 안심하고 작품에 귀를 기울이고 있는데, 누군가가 밑에서 옷깃을 살짝 잡아당겼다. 고개를 숙이니 웬 어린아이가 서 있었다. 정권은 미간을 찌푸리고 한참 동안 생각한 끝에 간신히 아이의 이름을 떠올렸다.

"정량?"

옷깃을 잡아당긴 아이는 올해 갓 네 살이 된 황제의 막내아들

---

* 官本,「목련目連」은 청나라 때부터 관본에 정식 포함되어 궁정에서 공연되었다.

소정량이었다. 정량은 정권이 관례를 올린 뒤 서원에서 지낼 때 태어난 아이라서 얼굴을 마주할 기회가 극히 드물었다. 당장 떠오르는 기억이라고는 지난 중추절에 놀라서 앙앙 울던 모습이 전부였는데, 오늘 보니 예복을 단정히 차려입고 마합라*처럼 선 모습이 무척이나 귀여웠다. 정권은 갑자기 호기심이 일어 물었다.

"여기는 왜 왔니?"

정량이 애티가 가득한 말투로 더듬더듬 대답했다.

"어머니가 가도 된댔어요. 마마가 다 나았거든요."

정권이 다시 유심히 보니 정량의 얼굴에는 아직 흐릿하게 마마 자국이 남아 있었고 얼굴도 수척했다. 정권은 정량을 번쩍 안아 무릎 위에 올려놓고는 과일정과를 건네며 미소를 지었다.

"누구랑 왔니? 유모가 술 마셔도 된다고 허락했느냐?"

정량은 고개를 저으며 대답했다.

"아니요. 유모가 술은 더 커서 마시래요."

정권이 또 웃으며 물었다.

"술도 못 마시는데 여기는 뭐 하러 왔어?"

그러사 성량이 갑자기 진지한 표정을 지으며 고사리 같은 손으로 무대 위에서 노래를 부르며 연기하는 악관을 가리켰다.

"궁금해서 전하께 물어보려고요. 저 사람들은 뭐 하는 사람들이에요?"

"저 사람은 목건련目犍連이라는 자인데, 생전에 악업을 지은 모친이 아비지옥에 빠져 허우적대자……."

정권은 재미있다는 듯 함박웃음을 지으며 설명하다가, 문득 정

---

* 魔合羅, 음력 7월 7일에 신이 아이를 점지했음을 표시하는 부적. 장난감 인형으로 사용하기도 했다.

량이 네 살 먹은 어린아이라는 사실을 깨달았다. 이 어린아이가 아비지옥을 어찌 알겠으며, 악업이 무엇인지는 또 어찌 알겠는가. 정권은 장황한 설명 대신 쉬운 말로 요점만 알려주기로 했다.

"저건 어느 효자에 관한 얘기야."

정량도 더 깊이 파고들지 않고 고개를 끄덕이며 과일정과를 입에 넣었다. 아이는 손에 찐득찐득한 꿀을 가득 묻힌 채 연극을 내내 구경하다가 다시 물었다.

"전하, 저건 또 뭐예요?"

정권은 대답했다.

"저건 어느 도인이 신선의 깨달음을 구하는 얘기란다."

그러자 정량이 또 물었다.

"깨달음이 뭔데요?"

정권은 여전히 웃음을 머금은 채 말했다.

"죽지 않고 만수무강하는 게 바로 깨달음이지."

정량은 어리둥절한 표정을 지으며 정권에게 물었다.

"그럼 아버지는 신선이 되시는 거예요?"

정권은 해맑게 대답했다.

"아버지는 현명한 군주시니 그런 술법 같은 건 믿지 않으실 게다. 너는 왜 아버지께 술을 올려드리지 않지?"

정량은 고개를 푹 숙이며 풀 죽은 목소리로 대답했다.

"난 싫어요. 아버지는 무서워요."

정권은 그제야 이 어린 동생의 처지를 떠올렸다. 신분이 변변치 않은 생모에게서 태어나 황제의 관심 밖에 있는 아들이었던 것이다. 정권은 동생의 머리를 자상하게 쓰다듬으며 귓가에 속삭였다.

"괜찮아. 형도 아버지가 무서운데 술을 권해드리며 축하 인사를 했잖아."

그는 소매에서 손수건을 꺼내 정량의 손을 닦아준 뒤, 술잔에 술을 따라 건네며 등을 떠밀었다.

"가봐. 아버지께 만수무강하시라고 해드려."

정권이 시키는 대로 정량이 술잔을 들고 아장아장 걸어가 황제에게 오물오물 인사를 하자, 황제는 활짝 웃으며 술잔을 받아 비운 뒤 진근을 불러 무언가를 지시했다. 정량에게 상을 내리는 듯했다. 정량은 다시 자리로 아장아장 돌아왔다. 정권은 혹시 아이가 넘어지지는 않을까 조마조마한 심정으로 지켜보다가, 왕신이 자신을 부르는 것을 보고 벌떡 일어나 황제에게 다가갔다.

"폐하."

정권이 목소리를 낮추어 황제를 부르자, 황제는 미소를 지으며 말했다.

"별일은 아니다. 오늘이 지나면 네 외숙도 떠날 텐데 술이라도 한잔 올려야 하지 않겠느냐? 가서 이쪽으로 오시라고 해라. 짐도 그와 가까이서 얘기를 나누어야겠다."

정권은 대답한 뒤 직접 가지는 않고 왕신에게 눈짓으로 지시했다. 황제도 굳이 정권에게 직접 가라고 추궁하지는 않았다. 대신들은 고사림이 어좌로 향하는 광경을 힐끔 쳐다보다가, 곧 아무 일도 없는 척 고개를 돌리고 다시 즐겁게 술을 들이켰다. 그때 안목이 날카로운 누군가가 술기운이 가득한 목소리로 외쳤다.

"눈이다!"

모두가 동시에 밖으로 시선을 돌렸다. 어느새 어두컴컴해진 하늘에서 옥가루 같은 미세한 눈발이 느릿느릿 내리고 있었다. 듬성듬성하던 눈송이는 점차 솜털처럼 커지더니, 이윽고 거위 깃털처럼 굵어져 하늘을 가득 채웠다. 상서로운 징조라는 감탄이 절로 나왔다. 분위기에 취한 사람들이 배꽃, 버들개지, 소금 등의 뻔한 비유로 경쟁하듯 시를 지으며 주거니 받거니 하는 통에 연회석은 마치 말다툼이 오가는 시장 바닥처럼 더더욱 시끌벅적해졌다.

황제도 눈이 내리자 내심 기분이 좋았으나, 대신들의 문인놀이에 끼어들 마음은 없었기에 장원 한 명을 선정해 심사를 맡긴 뒤 조용히 고사림과 술잔을 나눴다. 정권은 곁에서 두 사람의 말에 열심히 귀를 기울였다. 그러나 사소한 신변에 관한 이야기만 들릴 뿐 긴박한 변방의 일은 단 한마디도 들리지 않았다. 정권은 고개를 들어 연회장을 쓱 둘러봤다. 광대는 광대놀음에, 문신들은 시 짓기에 열중하고 있었다. 다들 각자의 역할에 충실하며 자신의 경계를 아슬아슬하게 지키는 모습이 묘하게 우스꽝스럽다고 느끼며, 정권은 자기도 모르게 사르륵 눈을 감았다. 며칠 연속 격무에 시달린 몸에 과하게 술이 들어가서인 듯했다. 황제는 꾸벅꾸벅 조는 정권을 발견하고는 손가락으로 가리키며 너털웃음을 짓더니 고사림에게 말했다.

"태자가 어릴 때는 눈을 참으로 좋아하더니, 이제는 컸다고 시큰둥한가 보오."

정권은 화제가 자신에게로 옮겨진 것을 깨닫고는 퍼뜩 정신을 차리며 사죄했다.

"신이 결례를 범했습니다."

황제는 해맑은 표정으로 잠시 정권을 바라보더니 말했다.

"외숙과 네 어린 시절 얘기를 하고 있었다. 사람들 몰래 인공산 바위 위에 쌓인 눈을 먹는 바람에 며칠 내내 복통에 시달렸었지."

황후가 옆에서 웃으며 거들었다.

"신첩도 기억이 나네요. 태자가 아직 화정군왕일 때의 일이지요. 복통이 낫자마자 눈을 먹겠다고 성화였어요. 왕비가 안 된다고 하자 떼쓰는 소리가 어찌나 컸던지 신첩의 처소에까지 들렸습니다."

정권의 얼굴이 순간 새빨갛게 달아올랐다. 당시의 상황이 아무리 생각해도 기억나지 않았지만 별수 없이 퉁명스럽게 대답해야 했다.

"네."

황제는 잠시 정권에게 쏠렸던 관심을 거두고 고사림의 다리 부상은 어떤지 물었다. 고사림이 답례하듯 황제의 건강에 관해 묻자, 황제는 허리가 쑤신다고 불평했다. 서로의 안부를 주고받는 두 사람의 모습은 군신 사이라기보다는 오래된 지기에 가까워 보였다. 정권은 다시 눈을 감고 꾸벅꾸벅 졸다가 황급히 깨어나기를 두세 차례 반복했다. 눈을 뜰 때마다 화기애애하고 떠들썩한 연회석의 풍경이 변함없이 펼쳐졌다. 정량이 구석에 앉아 고개를 두리번거리는 모습을 보니 분명 꿈이 아닌 현실이었다.

문신들이 한 사람도 빠짐없이 시를 제출한 뒤 실력을 가리느라 소란이 끊이지 않는 사이, 정권과 고사림은 일찌감치 각자의 자리로 돌아갔다. 연회가 무르익고 악극의 곡조가 끄트머리에 이르러 겨우 한숨을 돌리는가 싶을 무렵, 진근이 잽싸게 안으로 들어와 황제의 귓가에 무엇인가를 속삭였다. 황제의 얼굴이 심각하게 일그러지는 것을 보니 심상치 않은 일임은 분명한데 무슨 일인지 짐작이 가지 않았다. 정권은 고개를 돌려 고사림을 바라봤다. 그는 아무것도 모른다는 듯 태연하게 옆 사람과 대화를 나누고 있었다.

황제는 손짓으로 진근을 물린 뒤 눈을 끔뻑였다. 갑자기 눈앞이 하얗게 흐려지는 것으로 보아 연회 내내 마신 술의 취기가 뒤늦게 올라온 듯했다. 손가락으로 코 양옆의 사백혈을 누르자 머릿속에서 날카로운 굉음이 지잉 울렸다. 여기에 음악 연주 소리까지 섞여 들어 바로 옆에서 사람들의 날카로운 말다툼 소리가 들리는 듯 귀가 얼얼했다. 황제는 가만히 태자를 향해 고개를 들었다가 마침 자신을 바라보던 태자와 시선이 마주쳤다. 눈앞이 뿌옇게 흐려지는 통에 윤곽이 뚜렷하게 보이지는 않았으나, 자신을 향한 태자의 시선만큼은 분명하게 알아차릴 수 있었다. 부자는 그대로 오랫동안 서로를 마주 보았다. 평소와 달리 오래도록 시선 교환이 이어지자, 황제는 문득 묘한 이질감을 느꼈다. 세상에 부자지간처럼 가까운 육친이 없다고 하지만, 지금 이 순간에는 아들의 속내를 도저히 꿰뚫어 볼 수가 없었기 때문이다.

그 순간 쌓였던 피로가 파도처럼 밀려들며 맑은 정신을 집어삼키자, 황제는 눈꺼풀을 축 늘어뜨리며 정권에게 손짓했다. 정권은 멍하니 넋 놓고 있다가, 왕신이 옆에서 조용히 떠밀자 그제야 몽롱한 꿈에서 깨어나 느릿느릿 황제 곁으로 다가갔다.

"폐…… 아버지?"

태자의 목소리가 마치 멀리서 울리는 듯 유난히 낯설었다.

"황태자인가?"

"네, 신입니다."

나지막한 물음에 정권이 대답하자, 황제는 그제야 고개를 끄덕이며 말했다.

"짐은 취기가 과해 먼저 들어가 쉬어야겠다."

정권은 잠시 상황을 파악한 뒤 대답했다.

"벌써 날이 어두워졌고 연극도 막바지에 이르렀으니, 몸이 좋지 않으시면 곡조가 끝나기를 기다렸다가 연회를 파하는 게 어떻겠습니까? 신이 폐하를 직접 침전으로 모시겠습니다."

황제는 희미하게 미소를 지으며 대답했다.

"아니다. 연극이 한창 절정에 이르렀는데 짐 한 사람 때문에 중단해 흥을 깰 필요가 있느냐? 사람들에게는 짐이 옷을 갈아입으러 갔다고 이르고, 네가 대신 자리를 지켜라."

황제의 속마음을 알 수는 없었으나 상식적으로 생각했을 때는 사양하는 게 옳았다. 정권이 재차 입을 열려는 찰나, 황제가 황후를 손짓하며 불렀다.

"경경*, 당신이 나를 부축해야겠소."

황후와 태자는 동시에 놀라며 그 자리에서 얼어버렸다. 얼마간의 정적이 흐른 뒤, 황후가 생글생글 웃음으로 침묵을 깼다.

"네."

황제와 황후가 밖으로 나섰을 때는 벌써 땅에 눈이 반 자 남짓 쌓여 있었다. 함께 어가에 오른 뒤, 황후가 미소를 지으며 황제에게 말했다.

"폐하가 신첩을 그렇게 부르는 건 처음 들어봅니다."

황제는 밤하늘을 한참 동안 넋을 잃고 바라보다가 웃으며 물었다.

"그래서 기분이 좋지 않소?"

황후는 잠시 침묵하더니 대답했다.

"기분이 나쁘다는 게 아니라 낯설어서 그러지요."

잠시 뒤 황제는 황후의 손등을 토닥이며 말했다.

"여보, 그 아이가 세상을 떠났소."

황후는 순간 잘못 들었나 싶어서 재차 물었다.

"뭐라고 하셨습니까?"

---

* 아내를 친근하게 부르는 애칭이자 효경 황후 고사경의 애칭이기도 하다. —역주

말을 내뱉고 나자 문득 이 장면이 놀랍도록 익숙하다는 생각이 들었으나, 갑자기 머리가 깨질 듯 지독한 두통이 엄습하는 바람에 기억을 제대로 떠올릴 수 없었다. 한참 뒤에야 제정신을 차린 그는 조소하듯 조용히 읊조렸다.

"가는 길에 둘째의 측비가 크게 놀라 모자가 모두 목숨을 부지하지 못했다고 하오."

황후는 충격에 빠져 멍하니 넋 놓고 있다가 갑자기 허겁지겁 황제의 손을 움켜쥐며 물었다.

"대체 무슨 일이랍니까? 관도*와 관저만을 거쳐 다녔을 텐데 놀랄 일이 뭐가 있다고요?"

황제는 손을 뽑으며 차분하게 대답했다.

"짐도 알아보려는 참이오."

지독한 정적이 흐른 뒤, 황후가 어가의 침묵을 깨며 나지막하게 물었다.

"여섯 달째였으니 확인이 가능했겠군요. 아들이었답니까, 딸이었답니까?"

황제는 황후의 집착이 무의미하게 느껴져 차갑게 웃으며 질색했다.

"그게 이 상황에서 뭐가 중요하오?"

황후가 조용히 고개를 끄덕이는 순간, 황제는 손등에 차가운 물기가 떨어진 것을 느꼈다. 그것은 황후의 눈물이었을까, 어가 안으로 들어온 눈송이였을까? 워낙 경황이 없어 분간할 수는 없었으나, 왠지 모르게 가슴 한구석에서 스멀스멀 역겨움이 치밀어 올랐다. 황제는 손등의 물기를 쓱 닦은 뒤, 눈발이 가득 날리는 창

* 국가에서 닦아 관리하는 도로. —역주

밖으로 시선을 돌리며 차갑게 말했다.

"아들이었소."

명색이 만수성절인데 주인공인 황제가 일찍 자리를 뜨자, 혼자 남겨진 황태자는 영 체통이 서지 않았다. 정권은 연극이 끝나기만을 기다리며 애써 태연한 척 뒷전에 잠시 앉았다가 앞으로 나와 소식을 전했다.

"폐하께서 경들의 따뜻한 마음에 감격하시어 술을 과하게 드셨소. 환복을 하러 가신 김에 잠시 쉬시는 중이니 경들은 신경 쓰지 말고 연회를 즐기시오."

대신들이 혹여나 수상하게 여기지는 않을까 내심 초조했으나, 겉으로는 아무렇지 않은 척 능청스럽게 술을 받아 들이켜며 연회가 끝날 때까지 버텼다. 연회가 파한 뒤 대신들에게 일일이 답례하고 잡다한 일들을 정리하고 나니 어느덧 술시였다.

정권은 바깥이 하얗게 물든 것을 깨닫고 풍화전 앞을 바라봤다. 사람들의 발에 지저분하게 짓밟힌 눈밭을 보니 절로 눈살이 찌푸려졌다. 왕신이 나가와 그의 어깨에 걸쳐진 담비 모피를 위로 끌어 올리며 가마를 준비하라고 명하자, 정권은 손짓으로 저지하며 물었다.

"아까 진근이 폐하께 뭐라고 한 거야? 할아버지는 들었지?"

왕신은 궁으로 돌아가서 보고할 생각이었으나, 정권이 굳이 지금 물어보니 대답할 수밖에 없었다.

"자세히 듣지는 못했는데 광천군의 일인 듯했습니다."

광천군이라는 봉호가 나오자, 정권은 짜증이 울컥 치솟았다.

"광천군이 뭐라고 만수성절의 분위기까지 깨?"

왕신은 취기가 가득한 정권의 눈동자를 보고 바짝 다가가 귓속말로 사실을 고한 뒤 물러섰다.

"신이 짐작하건대, 폐하는 크게 상심하시어 자리를 피하신 것 같습니다."

정권은 가만히 서서 자신을 바라보던 황제의 눈동자를 떠올렸다. 지난날의 기억이 머리를 스치자 희미한 양심의 가책이 그의 가슴을 고통스럽게 짓눌렀다. 그러나 맑고 차가운 밤공기를 한껏 들이마시고 내뱉은 뒤에는 언제 그런 가책을 느꼈냐는 듯 얼굴이 얼음처럼 굳어졌다.

"기껏해야 서자인데 그러실 것까지 있나?"

왕신은 한숨만 깊게 내쉴 뿐 대꾸를 포기했다.

두 사람은 그렇게 눈 속에 가만히 서 있었다. 그때 왕신이 날카로운 눈썰미로 누군가를 발견하고는 외쳤다.

"육 황자님."

그 소리에 고개를 돌리니 과연 옆에 정량이 서 있었다.

"안 돌아가고 여기서 뭐 하니?"

정권이 정량을 번쩍 안아 올리며 묻자, 정량이 큰 소리로 외쳤다.

"형!"

정량을 보살피는 내시가 놀라 "전하라고 하셔야죠" 하며 황급히 타이르자, 정권은 웃으며 만류했다.

"나는 괜찮으니 편한 대로 부르게 놔두어라. 왜 그러니?"

정량은 품에서 똘똘 뭉쳐진 무언가를 꺼냈다. 조금 전 정권이 그의 손을 닦아주었던 손수건이었다.

"아까 형이 과자를 줬잖아요. 그래서 저도 형 주려고 과자를 몇 개 가져왔어요."

정량이 고사리손으로 기대하지 않았던 답례품을 건네자, 정권은 그 모습이 귀여워 함박웃음을 머금고 받아 왕신에게 넘겼다.

"고맙구나."

감사 인사를 한 뒤 무언가가 떠오른 정권은 정량에게 물었다.

"아까 아버지가 뭐라고 하시더냐?"

정량은 조막만 한 머리로 한참 동안 생각하더니 대답했다.

"만수무강하시라고 했더니 그건 형이 날 속인 거래요. 세상에 만수무강하는 사람은 없다고요."

정권은 멍하니 정신을 놓았다가 "정말 그러셨어?"라고 재차 물은 뒤 쓴웃음을 지으며 고개를 끄덕였다.

"맞아. 형도 현명하신 군주인 아버지를 속일 수는 없구나."

정권은 정량을 내려놓고 처소까지 잘 보필하라고 지시한 뒤 보내주었다.

정권은 한참 동안 눈밭 위에 그대로 서 있었다. 마지막까지 남아 음악을 연주하던 악인들마저 연회장을 떠나자, 정권은 그제야 침묵을 깨고 넌지시 왕신에게 당부했다.

"오늘 내내 행사에 참석하시느라 피로하실 텐데, 나쁜 소식까지 겹쳤으니 기분이 말이 아니시겠군. 할아버지가 신경 써서 잘 모셔."

왕신은 정권의 마음을 헤아리며 대답했다.

"안심하십시오. 어서 가마에 오르세요."

정권은 얼굴 가득 미소를 머금으며 사양했다.

"됐다. 술도 깰 겸 걸어서 가련다."

왕신은 간곡히 말렸으나 정권의 고집을 꺾을 수는 없었다. 마침내 왕신은 정권이 하려는 대로 내버려 두었다.

월초에 눈까지 내리니 하늘은 온통 구름에 가려져 달빛, 별빛 하나 없이 캄캄했다. 깊어가는 밤, 혼돈의 하늘은 우주가 탄생하는 태초의 개벽을 다시 경험하는 듯 혼탁했다. 정권은 하인들에게 멀리 떨어져 걸으라고 지시한 뒤 손수 등불을 비추며 눈 위를 밟았다. 바람이 멎은 정적 속에서 고요히 떨어지는 큰 눈송이를 맞으며 조심스럽게 발을 디딜 때마다 옥 부스러기를 밟는 듯 뽀드득 소리가 났다. 외로운 밤길을 외롭지 않게 달래주는 청량한 소리였다. 매일 지나쳐서 눈에 익은 전각, 벽돌, 기와의 형체가 한순간에 희미하게 흐려졌다. 온통 낯선 세상이었지만 시간이 흐를수록 고요한 안정감이 느껴졌다. 그는 연조궁까지 그 두려워하는 추위도 느끼지 못하고 내내 걷다가 궁 앞에 이르러서야 온몸으로 식은땀을 흘렸다. 목적지에 도착하기는 했지만 이대로 아름다운 풍경을 뒤로하고 들어가기가 못내 아쉬웠다. 문득 누군가와 이 아름다운 광경을 함께 즐기고 싶다는 생각에 그는 술기운에 몸을 맡긴 채 본능적으로 걸음을 옮겼다. 회랑에 이르렀을 무렵, 전각을 가로지르는 바람이 식은땀으로 범벅된 그의 이마를 스쳤다. 맑아진 정신으로 고개를 들어 주위를 살피니, 그제야 본능이 이끈 곳이 어디인지 깨달았다. 그는 한나절을 서성이며 망설이다가, 마침내 결심하고는 뒤따르던 내시들에게 지시를 내렸다. 내시들이 명을 받고 눈을 밟으려 하자, 정권은 단호한 말투로 그들을 저지했다.

"눈밭을 망치지 말고 복도를 따라 들어가라."

아보는 자리에 누워 이따금씩 바람에 실려오는 음악 소리에 귀를 기울이다가 저녁 무렵에야 어렵게 얕은 잠에 빠졌다. 꿈에서 깨어났을 때는 처마 밖에서 비가 내리는 듯 사르륵 소리가 들렸다. 아보는 꿈인지 현실인지 분간도 가지 않는 몽롱한 의식으로 창밖에서 나는 소리에 하염없이 귀를 기울이다가, 마침내 휘장 너머로 석향을 불렀다.

"석향, 지금 비가 내리니?"

대답이 들리지 않는 것을 보니 사람이 없는 모양이었다. 그녀는 사람 부르기를 포기하고 몽롱한 의식에 다시 몸을 내맡기며 잠을 청했다. 그때였다.

"내리는 건 눈이야."

휘장 밖에서 고요하고 차분한 목소리가 들리는 순간, 눈물이 그녀의 뺨을 타고 흘러내렸다. 눈물이 흘렀지만 마음만은 꿈결에 취했을 때처럼 편안했다.

제43장

눈 덮인 설원

아보는 눈물을 깨끗이 닦고 옷을 새로 걸친 뒤, 휘장을 향해 손을 뻗다가 깜빡한 듯 허둥지둥 머리를 다듬었다. 밖에서 정권의 부드럽고 따스한 목소리가 들렸다.

"깼어?"

아보는 휘장 너머에서 대답했다.

"네. 언제 오셨어요?"

정권은 미소 띤 얼굴로 대답했다.

"반 시진은 기다렸다. 깊이 잠든 것 같아서 그냥 가려던 참이었지."

아보는 그 말에 황급히 휘장을 걷어 밖을 내다보았다. 다행히 말과는 달리 정권은 떠날 생각이라고는 전혀 없는 사람처럼 앉아 있었다. 아보는 안심하며 가볍게 그를 불렀다.

"전하."

정권은 고개를 끄덕이며 물었다.

"일어날 수 있겠어?"

아보는 말없이 고개를 끄덕인 뒤 주위를 두리번거리며 석향을 찾았다.

"내가 궁인들에게 나가 있으라고 일렀다."

정권은 자리에서 일어나 친히 아보를 부축해 일으키며 말했다.

"온몸이 땀에 젖었군. 누워만 있지 말고 좀 일어나서 움직여. 그래야 빨리 낫지."

아보는 그간 워낙 허약해져서 머리를 가누는 것조차 어려워 보였다. 정권은 허리를 굽혀 친히 신발을 신기고 옷을 입힌 뒤, 헝클어진 머리를 곱게 매만져 주며 말했다.

"바깥 구경이나 하자."

정권은 아보를 부축해 창가로 데려간 뒤 창문을 활짝 열었다. 맑고 차가운 공기가 훅 하고 실내로 밀려들어 와 짙은 탕약 냄새를 한결 희미하게 희석시키자 한결 정신이 맑아졌다. 네모난 창문 너머를 바라보니 하늘에서 옥구슬 같은 새하얀 눈송이가 그칠 줄을 모르고 땅 위로 소복이 내려오고 있었다.

모든 건물은 새하얀 눈에 뒤덮여 순은과 수정처럼 변했고, 붉은 들보와 푸른 기와도 순백의 눈에 뒤덮여 본연의 빛을 잃었다. 들보와 기와를 장식했던 제비와 원앙은 물론, 궁궐을 화려하게 장식했던 모든 것이 눈 속에 묻혀 고요히 자취를 감추고 있었다. 수정 구슬처럼 맑고 깨끗한 눈은 오로지 몇 개의 희미한 등잔불에 의지해 영롱한 빛을 반사했다. 아보는 아름다운 눈물이 그렁그렁 맺힌 듯한 그 빛을 한참이나 주시하다가, 그제야 실감이 나서 감탄했다.

"정말 눈이 내렸군요."

정권은 아보의 손바닥을 부드럽게 어루만지다가, 그녀가 얇은 홑옷만 걸친 것을 깨닫고는 물었다.

"춥지?"

아보는 정권의 말을 듣고서야 한기를 느끼며 슬며시 고개를 끄덕였다. 정권은 어깨에 걸친 담비 모피를 벗어 그녀의 어깨를 감싸며 미소 지었다.

"이 정도면 나가서 눈밭을 밟아도 춥지 않을 거야."

아보는 고개를 저으며 대답했다.

"아니에요. 이렇게 보는 것으로도 충분해요."

정권은 그녀를 부축해 자리에 앉힌 뒤, 어깨에 손을 올리며 고개를 끄덕였다.

"그래. 맞다. 이렇게 보는 것만으로도 충분하지."

아보는 어깨로 손을 가져가 정권의 손을 눈앞으로 당겨 이리저리 뒤집어 가며 살피고는 한숨을 내쉬었다.

"시간이 이렇게 많이 흘렀는데 아직도 그대로네요?"

정권은 아보의 시선이 닿은 곳으로 눈길을 옮겼다. 예전에 부러졌던 자신의 손톱을 두고 하는 말이었다. 말이 나온 김에 대강 살펴보니, 과연 아직도 금이 깊이 가 있었다. 그는 손을 거두며 상관없다는 듯 무심하게 웃었다.

"원래대로 되돌아가기는 글렀나 봐."

아보는 몹시 안쓰러워하며 고개를 돌리다가, 탁자 위에 작은 찬합이 놓인 것을 발견했다.

"저건 또 뭐예요?"

정권이 웃으며 대답했다.

"참, 그렇지. 네가 쓸데없는 얘기를 하는 바람에 깜박했다."

아보는 탁자로 다가가 찬합 뚜껑을 여는 정권의 모습을 의혹의 눈길로 바라봤다. 그가 움직일 때 소매가 바람을 맞아 펄럭이자 은은한 술기운이 코끝에 와 닿았다. 정권은 찬합에서 작은 금잔을 하나 꺼내 아보의 눈앞에 내밀었다. 잔에 담긴 건 눈처럼 새하얀 낙이었다. 아보는 영문을 알 수 없어 그저 고개를 들어 정권을 바라봤다. 정권은 그런 그녀에게 부드러운 표정으로 수저를 건네며 말했다.

"아프다는 얘기를 들었는데도 네가 날 원망할까 봐 차마 보러 갈 수가 없더군. 마음을 어떻게 풀어줘야 할지 딱히 알 수 없어서 이걸 가져왔어. 먹어봐. 설명은 먹으면서 들어도 돼."

아보는 자그마한 금수저로 낙을 떠서 입에 넣었다. 병을 앓은 지 오래여서 입맛을 잃기는 했지만, 눈처럼 혀에 닿자마자 녹는 낙의 달콤한 뒷맛은 충분히 느껴졌다. 정권은 아보가 먹는 모습을 지켜보며 자신의 이야기를 들려주었다.

"난 어릴 때 병에 걸리는 게 소원이었어."

"대체 왜요?"

아보가 이해할 수 없다는 듯 의아한 표정으로 묻자, 정권은 미소를 지으며 대답했다.

"병에 걸리면 공부를 쉴 수 있었거든. 게다가 어머니가 평소 못 먹게 하시던 음식도 먹을 수 있었지."

아보는 두 수저를 떠서 먹은 뒤 또 물었다.

"그다음은요?"

"다 먹어야 얘기해주지."

정권이 말하자, 아보는 뒷이야기가 궁금해 금잔을 깨끗이 비운 뒤 다시 물었다.

"그다음은요?"

정권은 자상한 미소를 지으며 말을 이었다.

"그다음엔 다 자라서 잘 먹지 않게 됐지. 어릴 때는 낙을 먹으면 기분이 좋았는데 커서는 별로 위로가 되지 않았거든. 너는 어떠냐? 먹으니 기분이 좀 나아졌어?"

아보는 속았다는 생각에 수저로 잔 가장자리를 살짝 치며 투정했다.

"속임수라는 걸 알았어야 했는데."

잠시 고개를 숙인 채 갈등하던 그녀는 결국 참지 못하고 수줍게 속내를 밝혔다.

"더…… 덕분에 기분이 많이 좋아졌어요."

그녀는 오랜 시간 앓아누워 얼마 남지 않은 기력을 이 말 한마디를 하는 데 모두 쏟아부어서 수저를 쥔 손가락마저 파르르 떨렸다. 겨우겨우 용기를 내 고개를 드니, 정권은 의외로 순순히 고개를 끄덕였다.

"고마워. 나도 네 말을 듣고 감격했다."

아보는 정권의 급작스러운 방문이 기쁘지 않은 것은 아니었지만 내내 어딘가 개운치가 않았는데, 정권이 이토록 평소와 다른 반응을 보이자 의혹에 확신이 들었다. 고개를 들어 정권의 안색을 살폈지만 차분하고 평온한 정권의 얼굴에서는 아무런 감정도 느껴지지 않았다. 아보는 창밖을 향해 고개를 돌리고 눈 구경에 열중하는 그의 옆얼굴을 오랫동안 바라봤다. 한없이 다정한 듯하면서도 그와의 거리는 좀처럼 좁혀지지가 않았다.

아름답게 내리는 눈의 정취에 얼마나 취했는지, 정권이 갑자기 그녀를 돌아보더니 빙긋이 미소를 지으며 말했다.

"아보, 사실 난 네가 좋아."

갑작스러운 고백에 바보처럼 멍하니 흐려진 아보의 눈동자에 영롱한 이슬이 서서히 솟았다. 오랜 정적이 흐른 뒤에야 아보는 이해할 수 없다는 듯 입을 열었다.

"전하, 오늘 밤에 찾아오신 이유가 뭐예요?"

정권은 가볍게 웃은 뒤에 대답했다.

"네가 보고 싶어서 왔지."

"정말로요. 왜 오신 거예요?"

아보가 여린 미소를 지은 채 고개를 저으며 추궁하자, 정권은 잠시 주저하는 듯하더니 결국 속내를 털어놨다.

"같이 얘기할 사람이 필요했어."

그녀의 눈가에 살짝 맺힌 눈물을 보고 마음이 약해진 정권은 어쩔 수 없이 말을 이어갔다.

"네 눈은 못 속이겠군. 네게 현명한 가르침을 구하려고 이렇게 뇌물을 공손히 받쳐 들고 널 찾아왔다."

정권은 아보의 눈가로 손가락을 뻗어 촉촉이 젖은 눈물이 뺨으로 흐르지 못하게 닦은 뒤, 잠시 고개를 숙인 채 침묵하다가 손가락에 묻은 눈물로 탁자 위에 나란히 두 개의 선을 그었다.

"천상은 33층으로 이루어졌고, 지하 세계는 99층으로 이루어져 있다고 하지. 그렇다면 천상과 지하 사이에 인간이 머무는 곳을 뭐라고 부르지?"

아보는 정권의 의중을 이해하지 못한 채 탁자 위에서 반짝거리는 두 선을 오랫동안 말없이 바라보다가 대답했다.

"인간 세상이죠."

정권은 고개를 끄덕였다.

"인간 세상을 이루는 다섯 가지 관계를 오륜이라고 하지. 군신은 군신대로 부자지간은 부자지간대로 의리와 정을 지키며 서로 사랑하는 게 인간이라는 존재야. 부부 사이면서도 배우자를 배신하거나 형제를 살육하거나 친구를 배신하는 자들은 인간의 육신을 지녔다고는 해도 사람으로 치지는 않지."

그는 잠시 말을 끊더니 오랫동안 침묵했다. 이윽고 다시 현실로 돌아온 정권은 눈물로 그린 두 선 사이의 공백을 손가락으로 가리키며 웃었다.

"오늘 술에 취했을 때는 내가 드디어 이 사이에 들어갔다고 착각했는데, 술에서 깨고 보니 그저 일장춘몽에 불과했어."

정권은 한동안 말을 잇지 못했다. 얼마 뒤 고개를 들었을 때는 소녀의 맑은 눈동자에 비친 자신의 모습이 보였다. 그는 손가락으로 두 선 사이에 위치한 세계를 다시 한 번 손가락으로 가리키며 물었다.

"네가 말해봐라. 너와 내 업은 대체 이 세계의 어느 층에 있겠느냐?"

아보는 대답 없이 정권이 손가락으로 가리키는 방향으로 시선을 옮겼다. 눈물로 나뉜 천국과 지옥의 경계는 시간이 흐름에 따라 서서히 흐릿해지더니, 어느덧 허물어져 하나의 세상으로 합쳐졌다.

정권은 여전히 고개를 푹 숙인 채 질문을 계속했다.

"세상 사람들은 업인業因을 만나기만 하면 그 즉시 진흙탕 속으로 떨어지지. 벗어나려고 발버둥을 쳐봐야 새로운 악업만 더 쌓을 뿐이야. 아무리 몸부림 쳐도 점점 더 깊은 수렁에 빠져들 뿐 벗어날 수는 없어. 아무리 생각해도 알 수가 없더군. 날 지옥 밑바닥으로 끌어들인 최초의 업인은 대체 어쩌다 만나게 된 걸까? 그런데도 성인들은 여전히 인간의 본성은 물처럼 맑고 투명하다고 말하지. 그게 진실이라면 인간을 악의 구렁텅이로 끌어들이는 건 대체 뭘까?"

정권은 아보에게 대답할 기회도 주지 않고 계속 질문을 이었다. 그것은 그의 마지막 질문이었다.

"아보, 윤회를 기다리는 것 말고 이 굴레에서 벗어날 수 있는 다른 방법은 없을까?"

아보는 그 질문을 깊이 생각하고 싶지 않았다.

"깨달음을 얻은 사람은 극락을 경험할 수 있겠죠. 전하처럼 생각이 깊으신 분도 모르는 걸 이 무지몽매한 소인이 어찌 알겠어요?"

정권은 그 대답에 허허 웃으며 말했다.

"내게 가르침을 주지 않을 작정이군. 태어나자마자 세상을 떠난 내 아들 얘기를 기억하나? 난 그 아이로 인해 수년간 번뇌에 시달렸지만 어느 날 깨달았어. 차라리 그게 그 아이에게는 더 잘된 일일지도 모른다고. 신선의 반열에 들어 성왕이 되는 게 가장 좋겠지만, 적어도 평범한 사람으로 다시 태어날 수는 있을 테니 말이야. 내 아들로 살았다면 나처럼 악업의 굴레에 휘말렸겠지. 그것보다 내 아이에게 죄스러운 일은 없지 않을까?"

아보는 정권이 왜 갑자기 이런 이야기를 꺼내는지 이해할 수 없었다. 그녀가 한참 동안 침묵하다가 느릿느릿 고개를 가로젓자, 정권은 궁금하다는 듯 눈을 치켜뜨며 말했다.

"자세히 얘기해봐."

아보는 선이 그려졌던 탁자 위를 손가락으로 어루만지며 깊이 생각에 잠겼다가 반문했다.

"꼭 삼계三界를 벗어나야 하나요?"

정권은 전율을 느낀 표정으로 아보의 말에 계속해서 집중했다.

"제가 혹여나 전하와도 같은 환경을 반이라도 타고났다면 미래에 어떤 일이 벌어질지 미리 알더라도 여전히 이 삼계에서 살고자 했을 거예요. 설령 맨발로 지옥 밑바닥을 걷고 날카로운 도끼날과 이글이글 타오르는 지옥불에 고통받을지라도 온몸이 지옥으로 떨어지는 건 아니니까요."

아보는 숙였던 고개를 들며 그의 눈동자를 바라봤다.

"적어도 이 두 눈만큼은 지옥에 떨어지지 않고 남아서 인간 세상을 바라볼 수 있겠죠."

정권은 아보의 눈동자에 비친 자신의 그림자를 말없이 바라봤다. 마치 잔잔한 수면에 깨진 기왓장이 떨어진 것처럼 그 그림자는 서서히 원래의 형체를 잃고 희미해졌다. 큰 깨달음을 얻은 듯했지만 가슴 한구석에서 까닭 모를 두려움이 치밀어 올랐다. 오랜 시간이 흐른 뒤, 그는 자리에서 몸을 일으키며 아보의 어깨를 가볍게 토닥였다.

"고마워."

진심을 담은 감사 인사였다. 정권은 잠시 창밖을 보다가 다시 그녀를 바라봤다. 어느덧 평소의 냉정한 표정으로 돌아와 있었다. 그는 관자놀이를 어루만지며 말했다.

"본궁이 오늘 정말 취했나 보군. 아픈 환자를 이렇게 오래 귀찮게 하다니 말이야."

정권은 그녀의 어깨에서 모피를 걷어 다시 자신의 어깨에 걸치고 끈을 묶은 뒤, 재차 아보에게 미소를 지어 보였다.

"악업을 쌓는 것도, 그로 인해 이생에서 대가를 치르는 것도 다 내 본분이겠지. 갈 테니 어서 쉬어."

아보는 그에게 직접 묻지 않아도 알 수 있었다. 아보가 한 번도 얼굴을 본 적 없는 태자비나 예전의 그 아름다운 여인은 정권에게서 이런 말을 들은 적이 없을 것이다. 그가 본심을 그녀들 앞에서 애써 감췄던 이유는 아마도 아끼는 그녀들이 겁에 질리는 것을 원치 않았기 때문이리라. 이 순간처럼 세상을 떠난 두 여인에게 질투를 느낀 적도 없을 것이다. 그녀들이 누린 건 그의 가장 순수한 온정이었고, 그 온정을 누린 그녀들이 미치도록 부러웠다.

그녀들이 그랬던 것처럼 그의 말에 실린 본심을 알아차리지 못했다면 참으로 좋았을 텐데. 지나치게 맑은 물에 고기가 모이지 않듯, 각박한 사람 곁에는 사람이 오래 머무를 수 없다. 착각한 것은 그녀이지 그가 아니었다.

'아보, 사실 난 네가 좋아.'

그의 말을 곱씹으면 곱씹을수록 착각한 자신이 우습게 여겨졌다.

그녀는 창문에 기댄 채 떠나는 그의 뒷모습을 조용히 눈으로 배웅했다. 그녀는 그를 잡지 않았고, 그 역시 뒤돌아보지 않았다. 온 세상은 눈이 땅바닥에 내려앉는 소리가 들릴 정도로 고요했다. 맑고 세밀한 그 소리는 멈출 줄을 모르고 여기저기서 끊임없이 이어졌다. 문득 귀에서 풍경 소리가 울렸다. 바람에 살짝 스친 그녀의 장신구 소리였다. 온통 흑백으로 나뉜 땅 위에서 색을 지닌 물건이라고는 그가 손에 쥔 희미한 노란 불빛이 유일했다. 노르스름한 그 빛은 점점 세상에서 멀어지더니, 마침내 깊은 밤 속으로 영영 자취를 감추었다. 땅 위에 유일하게 남은 그의 외로운 발자국도 잠시 뒤 바람결에 실려온 눈에 뒤덮여 보이지 않았다. 이로써 그가 그녀를 찾아왔다는 모든 증거는 흔적도 없이 완벽하게 사라졌다.

원점으로 돌아온 이곳에 남겨진 것은 오직 그녀 한 사람뿐이었다. 덧없는 화려한 꿈에서 깨고 나면 꿈속에서 느꼈던 달콤함도 현실을 자각한 슬픔에 가려져 사라지고야 만다. 새하얀 눈이 비현실적으로 아름답게 휘날리는 창밖 풍경은 봄비 내리던 날의 아름다운 꿈을 차갑게 짓밟고 있었다. 지금 땅 위에 흩뿌려지는 저 새하얀 눈발은 두 번 다시 되돌아갈 수 없는 꿈의 처참한 파편일 것이다.

빗속을 뚫고 그녀를 찾아왔던 그는 속절없는 윤회를 거치듯 눈을 밟으며 사라졌다. 만약 지금 이 순간에 생을 끝낼 수만 있다면 불가에서 말하는 성불이라는 것을 완전무결하게 이룰 수 있지 않을까?

제44장

품으로 날아든 제비

한밤중에 불기 시작한 북풍은 한바탕 꿈자리를 사납게 휘저으며 다음 날 묘시쯤이 되어서야 그쳤다. 정권은 세수를 마친 뒤 가마에 올라 강녕전으로 향했다. 평소처럼 황제에게 문후를 드리기 위해서였다. 한참 동안 밖에 서 있을 각오를 단단히 하고 있었는데, 웬일로 즉시 출입이 허락되었다. 아직 이른 시간이어서 황제는 이제 막 자리에서 일어나 옷을 걸치고 있었다. 정권이 안으로 들어오자, 황제는 손짓으로 진근을 물리고 그대로 침상에 기대어 앉아 눈짓으로 정권을 불렀다.

"어젯밤엔 고생이 많았다."

황제는 입가에 미소를 머금으며 말하고는 앉으라고 권했다.

정권이 자리에 앉아 대답할 말을 곰곰이 생각하고 있는데, 황제가 이어서 말했다.

"짐이 이제 연로해 부득이하게 너를 귀찮게 할 수밖에 없구나. 안 그래도 네게 물어보고 싶은 일이 많았다."

정권은 어젯밤 일이 떠오르자 불안감을 느꼈지만, 내색하지 않고 미소를 지으며 말했다.

"폐하, 하문하십시오."

황제는 정권의 기색을 잠시 살핀 뒤 물었다.

"형부의 사건은 어디까지 진행되었느냐?"

정권은 잠시 주저하다가 대답했다.

"그저께 유사에게 문서를 작성하라고 명해 당일 마무리되었습니다."

황제는 "음" 하고 뜸을 들인 뒤 질문을 계속했다.

"어떻게 마무리되었지?"

정권은 잠시 생각을 정리한 뒤 대답했다.

"역모 중죄인 장육정 내외와 장남 등 다섯 명에게는 참수형을, 나머지 세 명에게는 교수형을 선고하려고 합니다. 그 밖에 먼 친척 일가는 관아에 노비로 보낼 예정이며, 죄인의 가산은 전부 몰수할 것입니다. 장녀는 출가외인이고 차녀는 자결했으니, 두 사람에게는 죄를 묻지 않으려 합니다."

정권은 황제가 말없이 고개를 끄덕이자 잠시 주저하다가 결심한 듯 물었다.

"다만 장육정의 어린 아들은 자식이기는 하나 이제 갓 열다섯에 불과해 고심 끝에 형을 낮춰 유형流刑에 처하고자 합니다. 신의 생각은 그러하나, 혼자 결정할 일이 아니니 감히 폐하의 윤허를 청합니다."

황제는 그 말을 듣자마자 눈살을 찌푸리며 말했다.

"이 일은 네게 일임한다고 하지 않았느냐? 네가 그렇게 마음먹었다면 그대로 진행해라."

정권이 대답하자, 잠시 뒤 황제가 다시 입을 열었다.

"어제 연회에서 네 외숙과 얘기하면서 새해가 밝는 즉시 장주로 돌아가라고 했다. 봉은이 훌륭한 인재라고는 해도, 아직 나이가 어리니 짐이 도무지 안심할 수가 없구나. 너도 가능한 한 빨리 사건을 마무리 짓고 호부로 돌아가서 국방의 대사와 전방에 필요한 군수물자에 관해 논의해라. 네가 짐이 미처 신경 쓰지 못하는 세세한 부분까지 마음을 써야지. 백성이 하는 말 중에 '집안일을 한 적 없는 사람은 돈 귀한 줄을 모른다'는 말도 있지 않느냐."

황제는 여기까지 말하고 잠시 정권을 힐끗 쳐다본 뒤, 갑자기 화제를 돌렸다.

"짐이 장육정 사건을 네게 일임하기는 했다만, 은혜를 베푸는 건 법을 굽히는 것이라 훗날 법망이 느슨해진다는 말도 있지. 짐이 하는 말을 이해하겠느냐?"

정권은 등줄기에 식은땀이 흐르는 것을 느끼며 허겁지겁 대답했다.

"명심하겠습니다."

황제는 고개를 끄덕이며 말했다.

"짐은 이제 일어나야겠으니 너도 그만 가봐라."

강녕전을 나서는 정권의 뒷모습을 보고 있자니 극심한 두통이 일며 어젯밤의 격렬한 슬픔이 떠올랐다. 황제는 한숨을 길게 내뱉으며 진근에게 일렀다.

"광천군왕에게 생사는 하늘이 정한 운명이니 슬퍼할 거 없다고 전해라. 왕비에게는 건강에 신경 쓰라고 이르고."

진근이 명을 받들고 일어나려는 찰나, 황제가 이를 갈며 덧붙였다.

"지체 없이 속국으로 떠나라고 해. 또다시 수작을 부리면 그때는 짐이 용서하지 않겠다고!"

정권은 희미하게 동이 틀 무렵 연조궁에 도착했다. 궁감宮監

네다섯 명은 그사이 분주하게 길가에 쌓인 눈을 빗자루로 쓸었다. 정권이 연조궁 안으로 발을 들이자 눈 사자 몇 마리가 엎드린 모습이 정권의 시선을 끌었다. 일고여덟 살쯤 된 소황문 두 명이 어른들과 당직을 서다가 심심함을 못 견디고 쌓인 눈을 뭉쳐 만든 눈 사자였다. 커다란 사자의 등에 어린 사자가 올라타 있었고, 발밑에도 한 마리가 더 엎드려 있었는데, 어린아이의 솜씨 치고는 진짜 살아 있는 듯 생동감이 넘쳤다. 마침 황제가 한 말을 되새기던 중이어서 정권은 잠시 제자리에서 깊은 생각에 잠겼다가, 한참 뒤에야 한숨을 내뱉었다. 다시 고개를 드니 길을 쓸던 내시들은 일찌감치 그를 피해 길가로 달아났고, 두 소황문은 사색이 되어 정권의 눈앞에서 파들파들 떨고 있었다. 정권은 손가락으로 눈 사자를 가리키며 어색한 미소를 지었다.

"진짜 사자 같구나."

말을 내뱉고는 안으로 들어가려는데, 소황문들은 정권의 말을 못 알아듣고 여전히 공포에 질려 있었다. 정권은 돌아서기 전에 한마디 더 덧붙였다.

"잘 만들었다는 뜻이다."

그 뒤로 큰 사건 없이 평온한 날들이 이어졌다. 황제는 그날 이후로는 빛도 보지 못하고 세상을 떠난 정당의 아들 이야기를 절대 입에 올리지 않았다. 11월 말경 정당이 속국에 무사히 도착했다는 장계가 올라왔을 무렵, 정권이 악주로 보낸 심복도 경성으로 소식을 들고 돌아왔다. 절기상으로는 소한으로 접어들어 두껍게 쌓인 눈은 모두 녹아 내려 사라지고 없었다. 정권은 사람들을 모두 물러가게 한 뒤, 연조궁 서재에서 심복의 보고를 듣다가 불쑥 끼어들어 물었다.

"집안에는 몇 사람이나 남아 있더냐?"

한 달 내내 철저하게 임무를 수행한 심복은 정권이 질문하자 잠시의 망설임도 없이 술술 보고했다.

"허 주부의 사가는 대체로 잘사는 편이었습니다. 가족은 양부와 계모, 이종사촌 형제 두 명까지 총 네 명입니다. 집안에는 연령대가 다양한 하녀 7~8명도 있었고요."

정권은 고개를 끄덕이며 말했다.

"내가 말한 대로 사람들을 옮겼느냐?"

심복은 대답했다.

"누구의 명이라고 소홀히 하겠습니까. 한 사람도 빠짐없이 모조리 잡아들였습니다."

정권은 웃으며 말했다.

"허가는 청렴결백한 가문인데 잡아들인다는 말은 가당치 않다. 하지만 일은 아주 잘 처리했구나. 다른 일을 묻겠다. 본궁이 종정시에 갇혀 있던 8~9월경에 허 주부에게 별다른 움직임은 없었다고 하더냐? 네가 첨부에 심은 자는 뭐라고 했어?"

심복은 대답했다.

"주부는 매일 아침 일찍 나와 가장 늦게 퇴청했다고 합니다. 특이한 행동은 일절 보이지 않았고요."

정권은 고개를 살짝 끄덕이면서도 질문의 고삐를 늦추지 않았다.

"정말 없었더냐? 작은 낌새 하나라도 놓쳐서는 안 될 것이야."

심복은 잠시 생각한 뒤 역시 대답했다.

"정말 없습니다."

정권은 말했다.

"그럼 됐다. 먼 길 오가느라 고생했으니 일단 돌아가서 씻고 쉬어라."

심복은 황송해하며 물러나는 듯싶다가, 갑자기 무언가 생각난 듯 입을 열었다.

"전하께서 말씀하시는 것을 듣고 보니 생각나는 일이 하나 있습니다. 신의 부하가 첨부의 입반入班 기록을 조사하다가 발견했는데, 허 주부가 8월에 지각을 한 번 했다고 합니다. 월봉이 삭감되고 장 20대를 맞을 뻔했는데, 소첩이 나선 덕분에 면제를 받았고요."

정권은 "응" 하며 잠시 생각에 잠기더니 이윽고 물었다.

"그날이 언제인지도 기억하는가?"

심복은 곤혹스러운 표정으로 대답했다.

"워낙 사소한 일이라 자세히 기억은 나지 않습니다. 다만 허 주부는 그 전날 감기에 걸려 반나절 휴가를 썼습죠. 그래서 평소 허 주부를 싸고도는 소첩도 쓴소리 없이 넘어갈 수가 없었던 겁니다."

정권은 살짝 인상을 쓰며 추궁했다.

"휴가를 내고서도 다음 날 늦잠을 잤다고?"

그러자 심복이 웃으며 대답했다.

"그렇게 이상하게 볼 일은 아닙니다. 8, 9월경에는 첨부 관원들이 워낙 해이해져서 허 주부와 같은 기록이 수도 없이 많습……."

심복은 자신이 실언했다는 것을 깨닫고 황급히 입을 닫았다. 정권 역시 더는 추궁하지 않고 살짝 웃으며 그를 보내주었다.

허창평은 한 해가 끝나가는 동지쯤에 태자를 접견할 수 있었다. 궁궐 안은 벌써 다가오는 명절 준비로 분주했다. 연조궁에 다다르니 궁장 차림의 아름다운 여인들이 비단옷과 옥대를 손에 받쳐 들고 재잘재잘 수다를 떨며 전각 안으로 들어갔다. 관례에 따라 황제가 태자에게 하사한 새 옷을 전달하러 온 궁인들로 보였다. 허창평은 옆으로 물러나 반 시진 정도 기다린 다음, 앞으로 나아가 내시에게 태자를 접견하러 왔다고 고했다. 이번에는 지난번과 달리 지체 없이 바로 접견이 허락돼 안으로 들어갔다. 종정시에서의 마지막 만남 이후로 서너 달 만에 마주하는 태자의 얼굴이었다. 그는 예를 갖춘 뒤에 자리에서 일어나 잠시 태자의 얼굴을 살폈다. 오늘따라 워낙 의기양양해 보였는데, 무엇이 달라졌는지는 알아볼 수 없었다. 허창평은 잠시 그의 모습을 더 살핀 뒤에야 태자가 새 옷과 새 옥대를 찼다는 사실을 알아차렸다. 그 옷은 촉지에서 올린 최고급 공물 비단으로 만든 것이었는데, 고급스러운 광택이 머리부터 발끝까지 이어져 고결한 귀티를 풍겼다. 정권도 잠시 그를 말없이 바라보다가 황급히 자리를 권하며 웃었다.

"그간 얼굴 보기가 쉽지 않았소. 만수성절 전에는 본궁이 할 일이 많아 만나기가 마땅치 않았으니 섭섭했다면 이해하시구려. 엊그제쯤에 역모 사건을 마무리 짓고 짬이 생겨 경을 만나고자 했으나 공교롭게도 고향에 갔다고 하더군. 이참에 경에게 묻지 않을 수가 없구려. 가족은 모두 안녕하시오?"

허창평은 두 손을 모아 살짝 읍을 하며 미소 띤 얼굴로 대답했다.

"관심을 가져주시니 성은이 망극합니다. 신이 제사를 올리려고 본가에 다녀오기는 했지만 뜻밖에도 가족을 만나지는 못했습니다."

정권이 살짝 웃으며 말했다.

"아니, 왜 고향까지 가서 본가에 가지 않았소?"

"본가에 불미스러운 일이 있었습니다만, 전하께 고하기에는 심히 경박스러운 일입니다."

허창평은 태자의 표정을 보고 마음속 의심을 확신하며 웃음기를 머금은 얼굴로 말을 이었다.

"비록 만나지는 못했어도 무사한 것을 확인했으니 헛걸음을 한 것은 아니지요."

"경이 그렇게 말하니 다행이구려."

정권은 고개를 끄덕이며 말한 뒤, 그의 손목을 잡으며 미소를 지었다.

"경을 보지 못하는 동안 마치 거울을 잃은 듯해 마음속에 쌓인 근심이 많소. 오늘 경에게 그 일들에 관해 가르침을 청할까 하는데."

그는 허창평을 내실로 안내해 직접 문을 닫고는 허창평을 자리에 앉힌 뒤 악주의 여러 일들을 물었고, 허창평 역시 모든 질문에 순순히 답했다.

잠시 뒤 주순이 차를 받쳐 들고 들어왔다. 정권은 주순에게 차를 내려놓으라고 명한 뒤, 직접 잔을 들어 허창평에게 내밀었다. 허창평이 감사 인사를 하기 위해 자리에서 일어나려고 하자, 정권은 미소를 지으며 그의 어깨를 눌러 다시 자리에 앉혔다.

"군주를 섬기는 게 번거로우면 모욕을 당하고, 친구를 대하는 게 번거로우면 소원해진다는 말이 있지. 여기서 예의를 따져 득이 될 건 없지 않겠소? 주부는 앉아 계시오. 본궁의 말은 아직 끝나지 않았소."

정권이 이렇게 말하자, 허창평은 감사를 표하며 순순히 자리에 앉았다. 이어서 정권의 말이 이어졌다.

"경성에서 주부의 본가까지는 가깝다면 가깝다고 할 수 있지. 한 번 오가는 데 며칠이나 걸리오?"

겉보기에는 아까와 다를 바 없는 사소한 질문이었다. 허창평은 잠시 생각하더니 대답했다.

"수레로는 4일, 말을 타고 달리면 대략 3일 정도 걸립니다."

정권은 고개를 끄덕이며 웃었다.

"그럼 쾌마로 하루 낮, 하룻밤을 전속력으로 달리면 도착하고도 남겠군. 장안長安 역시 멀지 않으니 양쪽을 오가기가 많이 수월하겠어."

허창평은 찻잔을 향해 손을 뻗으려다가, 정권의 말에 손목을 파르르 떨며 거두어들였다. 그는 깊이 생각하며 종잡을 수 없는 정권의 속내를 한참 동안 가늠하다가 천천히 고개를 끄덕이며 대답했다.

"전하께서 말씀하신 대로입니다."

정권은 차를 한 모금 홀짝거리고는 여유 있게 미소를 머금으며 말했다.

"고향에는 제사 준비 때문에 갔었다고 했지. 경의 춘부장이 일찌감치 세상을 떠났다는 얘기는 본궁도 기억하오. 그런데 가만히 생각해보니 어느 해에 돌아가셨는지, 선산은 어디인지 세세히 물은 적은 없는 듯하오. 주부의 청렴결백한 성품은 내 모르지 않지. 혹여나 제사에 쓸 소나 술이 부족하다면 사양하지 말고 부탁하시오. 따지고 보면 형제나 다름없는 사이인데, 형제가 어렵다면 기꺼이 손 내밀어야지."

정권이 드디어 본론으로 들어갔다. 허창평은 순간 머리에 벼락을 맞은 듯 큰 충격을 느꼈다. 처음에는 정권이 단지 자신의 변심을 막기 위해 일가를 납치해 은닉했다고 여겼는데, 지금 보니 그것이 문제가 아니었다. 그는 식은땀이 등줄기를 타고 흐르는 것을 느끼며 생각에 잠겼다. 태자는 과연 어디까지 알아낸 걸까? 그는 오랫동안 가늠하다가 마침내 현실로 돌아왔다.

"전하의 호의는 감읍하오나, 이번 일은 사리에 크게 어긋나니 신이 죽음으로 죄를 청하겠습니다."

정권은 한참 동안 그를 빤히 쳐다보다가 빙그레 미소를 지으며 말했다.

"그렇게 자책할 것 없소. 오늘 나눈 말은 절대 밖으로 새나가지 않을 터이니 염려 마시구려."

정권은 자리에서 천천히 일어나 허창평 곁으로 다가가더니 손가락으로 천장과 땅을 가리키며 말했다.

"나와 폐하는 오륜 중 제일이라는 부자지간이지만, 그분에게도 알리지 않으리다."

허창평이 그래도 실토하지 않자, 정권은 싸늘한 미소를 지으며 말했다.

"주부도 알다시피 오늘 폐하께서 고 장군에게 장주로 떠날 것을 명하셨소. 경성에 계실 날이 한 달도 채 남지 않았는데 굳이 옛일을 들춰 심려를 끼치고 싶지는 않소. 주부가 본궁에게 사실을 고하기만 한다면 말이오. 주부의 고견은 어떠하오?"

허창평은 아연실색하다가 한참 만에야 겨우 입을 열고 대답했다.

"전하를 처음 찾아뵙던 날 이런 날이 오리라고 짐작은 했습니다. 다만 원래는 전하께서 보위에 오르신 뒤 상세히 내막을 고하고 죄를 청할 생각이었는데, 계획보다 일찍 들켰군요. 역시 신의 우매함으로는 전하의 영명함을 도저히 이길 수가 없습니다."

고개를 들어 정권을 바라보니 유유자적한 태도는 어느새 싹 가시고 없었다. 그는 웃으며 말을 이었다.

"참으로 송구스럽습니다."

정권은 허창평이 생각보다 순순히 시인하자 머리가 싸늘하게 식는 느낌이었다. 손바닥은 어느새 배어 나오기 시작한 식은땀으

로 흥건히 젖어 있었다. 땀이 여러 번 마르고 다시 손바닥을 적실
만큼 오랜 시간이 흐른 뒤, 정권은 단호한 표정으로 마침내 말문
을 열었다.

"그렇다면 내 질문에 답하시오."

그사이에 허창평은 평상시의 안색으로 돌아가 있었다.

"선친은 황초皇初 4년 한여름에 서거하셨습니다. 장안은 선친
의 묘소가 있는 곳입니다."

정권은 고개를 끄덕이며 말했다.

"그렇군. 소년 시절에 일찌감치 등과한 데다 이토록 담이 크니
훗날 필시 대성하겠소."

허창평은 천천히 시선을 옮겨 정권의 눈치를 살핀 뒤 바닥에
털썩 꿇어앉으며 고개를 조아렸다.

"전하, 부디 신에게 자결을 명하소서."

정권은 섬뜩한 미소를 입가에 머금으며 말했다.

"이렇게 빨리 들킬 줄은 몰랐다고?"

허창평은 고개를 저으며 대답했다.

"전하께 충언을 올릴 길은 그것뿐이었습니다. 전하의 자리를
지켜드리고 싶었습니다."

정권이 미소를 지었다.

"주부가 이토록 간곡히 청하니 주부의 본심이 실로 깨끗하다
면 주부의 바람대로 하는 것도 나쁘지 않겠소. 경의 일가족은 본
궁이 무사히 지켜주리다."

허창평도 정권을 따라 웃으며 말했다.

"엎어진 둥지에 성한 알이 남을 리 없지요. 신이 그 이치를 모
르지 않습니다. 각자 타고난 명이라는 게 있지요. 이렇게 된 마당
에 다른 사람의 안위까지 챙길 여유는 없습니다."

허창평은 겁에 질린 기색 하나 없이 침착해 보였다. 정권은 그 모습에 살짝 의구심을 느끼며 곰곰이 생각에 잠겼다가, 시간이 한참 흐른 뒤에야 물었다.

"애초에 본궁을 찾아와서 이루려는 게 무엇이었소?"

허창평은 잠잠히 생각한 뒤에 침착하게 대답했다.

"신이 뜻한 바는 조금 전 전하의 입으로 말씀하셨습니다."

정권은 미심쩍다는 듯 물었다.

"내 힘을 빌려 선황제 때의 사건을 다시 파헤치고 싶었던 것이오?"

허창평은 고개를 조아리며 대답했다.

"지난 사건을 뒤집는다면 너무 많은 사람들의 처지가 뒤바뀔 것입니다. 신은 그렇게까지 하고 싶지는 않습니다. 바람이 있다면 왜곡된 역사의 기록을 바로잡는 것뿐이지요. 선친이 생전에 당한 치욕을 씻기 전에는 편한 마음으로 제사를 드릴 수 없으니까요."

정권은 고개를 가로저으며 말했다.

"경의 말은 전혀 설득력이 없어. 살아생전 얼굴 한번 보지 못한 선친이 아니오? 게다가 지금은 허씨 가문에 양자로 입적됐지. 선친이 명예를 회복한다 해도 경은 공적으로는 나라의 종묘와 일말의 연관도 없소. 게다가 난 경과 같은 처지의 사람을 곁에 두고 출세가도를 달리게 하지는 않을 것이오. 그런데도 가족을 버리고 나를 돕겠다고? 그 말을 어찌 믿소?"

허창평은 오랫동안 우두커니 정권을 바라보다가 힘없이 한숨을 내뱉고는 대답했다.

"전하가 인정에 이끌려 말씀하시는 것처럼 신도 인정에 이끌렸던 것뿐입니다. 생모의 뜻을 저버릴 수 없었거든요."

정권은 문득 고사림에게 들은 허창평의 친모와 선황후 사이의 복잡한 사연이 떠올라 마음이 동했다.

"모친이 생전에 경에게 무슨 말을 했소?"

허창평은 그 말에 대답 대신 고개를 푹 떨구며 말을 돌렸다.

"어머니는 비록 정실은 아니셨지만 선친의 사랑을 받아 정이 깊었습니다. 신의 가장 어릴 때 기억이 어머니가 눈물로 베갯잇을 적시는 광경입니다. 베개를 적신 눈물이 하루라도 마를 날이 없었지요. 깊은 슬픔은 기어이 어머니의 몸을 상하게 했습니다. 어머니는 세상을 떠나는 그 순간에도 눈물을 흘리고 계셨지요. 어머니는 어린 신의 손을 붙잡고 눈물을 흘리며 유언을 남기셨습니다. 많은 세월이 흘렀지만 그날을 떠올리면 지금도 가슴이 아픕니다."

정권이 듣고 싶었던 말은 그게 아니었다. 허창평이 동문서답을 하며 케케묵은 과거의 일을 입에 올리자, 정권은 살짝 마음이 급해졌다. 이 녹록치 않은 자의 입을 어찌 열어야 할지 머리를 싸매고 고뇌하고 있을 때, 허창평의 다음 말이 들렸다.

"어머니는 살아 계실 때 말을 아끼셨습니다. 궁정의 비밀스러운 내막은 양모가 세상을 떠나실 때 들을 수 있었지요. 전하를 처음 뵙던 날에는 알면서도 말씀을 드리지 못했습니다. 용서해주십시오."

정권은 머리가 나무토막처럼 딱딱하게 굳은 채로 의자에 기대 앉아 눈을 질끈 감은 뒤 나지막한 목소리로 말했다.

"경은 아는군. 공주의 일을……."

허창평은 조용히 대답했다.

"송구하옵니다."

정권은 여러 번 심호흡을 반복한 뒤에 다시 물었다.

"그렇다면 황후의…… 황후의 죽음에 얽힌 내막도 아시오?"

허창평은 오랫동안 주저하다가 결국 사실대로 고했다.

"그 일은 정말 모릅니다. 효경 황후가 서거하실 무렵에 양모는 궁 밖에 계셨으니까요."

허창평의 그 말에 정권은 순간 전신의 맥이 풀렸다. 지금 느낀 감정이 실망인지 안도인지 명확하지는 않았지만, 전신의 기력이 빠져나간 것만은 분명했다. 그는 잠시 생각에 잠겨 허창평을 바라보다가, 갑자기 까닭 모를 웃음을 피식 내뱉은 뒤 말했다.

"경이 아니어도 다른 경로로 얼마든지 진실을 알아낼 수 있소. 진실을 감추면 내가 자결을 명하지 않을 줄 알았소?"

허창평은 고개를 끄덕이며 대답했다.

"신의 죄가 태산과 같습니다. 원래 신의 계획은 전하께서 보위에 오르신 뒤에 진실을 알리는 것이었습니다."

그는 잠시 말을 끊었다가 다시 덧붙였다.

"그 결심은 지금도 변하지 않았습니다."

정권은 가볍게 코웃음을 치며 말했다.

"내가 영원히 진실을 알고 싶지 않다면 어쩔 거요? 곤경을 벗어날 다른 길이 있기는 하오?"

허창평은 대답했다.

"다른 길은 없습니다."

그러자 정권은 차갑게 웃으며 핀잔을 주었다.

"이랬다저랬다 말을 바꾸는 자의 말을 내가 왜 믿어야 하지?"

허창평은 대답했다.

"신을 못 믿으신다면 신은 입이 열 개라도 할 말이 없습니다. 그래도 8월의 일을 떠올려 보십시오. 신에게 전하를 해칠 마음이 조금이라도 있었다면 서신 한 장만으로 충분히 제왕을 도울 수 있었습니다."

그는 말을 잠시 멈추고 정권의 표정을 살폈다. 여전히 그 속을 간파하기 어려웠다. 그는 다시 정색하며 말을 이었다.

"그날 신은 목숨을 걸고 전하를 찾아갔습니다. 전하를 굳게 믿었기 때문이지요. 허나 전하께 같은 믿음을 기대하기 어렵다는 것도 알고 있습니다. 신도 평범한 사람인데 목숨을 아까워하는 마음이 왜 없었겠습니까? 며칠 밤을 뒤척이며 근심한 끝에 궁문을 넘었고, 전하를 뵙고 난 뒤 돌아갈 때는 두 다리가 후들거렸습니다. 할 말은 전하께 모두 했으니 부디 신의 심중을 헤아려주십시오."

정권은 곰곰이 허창평의 말을 곱씹었다. 허창평과 자신의 이해관계가 상당 부분 일치하는 것만은 명백한 사실이었다. 화근을 키우는 격이 될 수도 있을 테지만, 지금 당장은 함께하는 것이 이득이었다. 결론에 도달하자, 정권은 마침내 미소를 지으며 말했다.

"주부는 일어나시오. 본궁이 한 모진 말은 가슴에 담아두지 말고 잊었으면 하오. 우리에게는 당장 헤쳐나가야 할 내일이 있지 않겠소? 원수지간도 한 배에 타면 협력한다고 하지 않소? 대인과 공주의 일은 당장은 입에 담지 맙시다. 어찌 됐든 세상을 떠난 사람들이니 훗날을 기약하는 게 낫겠소."

정권이 한발 물러서자, 허창평은 속으로 몰래 안도의 한숨을 내쉬며 소매 안에 감춰두었던 문서를 꺼내 정권에게 건넸다. 정권이 받아 살펴보니 중추절 전에 그에게 의뢰했던 명단이었다. 명단에는 분류 표기는 물론 부가 설명까지 포함되어 있었다. 정권은 고개를 끄덕이며 문서를 챙기고는 문득 생각나는 일이 하나 있어 또다시 물었다.

"참, 한 가지 더 물을 일이 있으니 사실대로 알려주시오."

허창평은 대답했다.

"하문하십시오."

정권은 뒷짐을 진 채 창밖을 오랫동안 바라보다가 가까스로 입을 열었다.

"단칠일 밤에 궁을 빠져나가 주부의 집을 찾아왔던 궁인과는 정말 모르는 사이요?"

허창평은 뜬금없는 질문에 영문도 모른 채 당시를 회상했다. 워낙 오래전 일이라 궁인의 생김새도 떠오르지 않을 만큼 기억이 가물가물했다.

"네. 그날 처음 만났습니다."

"그럼 됐소."

정권은 가타부타하는 말 없이 간단하게 대답만 했다. 허창평이 그만 물러가겠다고 고하자, 정권은 그의 곁으로 다가가더니 허리에 찬 옥대를 풀어 웃으며 그의 손에 건넸다.

"명절은 다가오는데 선물할 만한 것은 없으니 이 옥대를 성의 표시로 받아두시오."

허창평은 놀라며 정권의 얼굴을 힐끔 바라봤다. 그러나 사양의 뜻을 채 표하기도 전에 정권의 말이 이어서 들렸다.

"귀중히 간직하되 함부로 타인에게 보여주지는 마시오."

그는 정권의 의중을 알아차리고 잠시 침묵하다가, 옥대를 소매 안에 넣은 뒤 두 손을 맞잡으며 감사를 표했다.

"명심하겠습니다."

허창평의 푸른 관복이 멀어지며 자취를 감추자, 정권은 그제야 명단을 다시 펼쳐 세세히 살폈다. 이어서 명단을 조심스럽게 감추고 깊은 생각에 잠긴 그는 장주의 약속과 종정시에서 얻은 깨달음을 떠올렸다. 그간 일어난 일들의 전후 사정을 차례차례 맞취갈수록 오히려 더 혼란스럽기만 했다. 더군다나 오늘 허창평과 대면한 순간부터 일기 시작한 원인 모를 작은 불안이 그가 떠나고 나서도 가시지 않았다. 그러나 아무리 생각해봐도 그 불안의 실마리를 찾을 수가 없었다.

주순이 그를 찾았을 때, 정권은 옥대가 풀린 비단 장포를 입은 채 침상에 옆으로 누워 있었다. 소매로 얼굴을 가린 탓에 주순은 태자가 잠이 든 건지 깨어 있는 건지 분간할 수가 없었다. 그가 한참 동안 우두커니 서서 고민하다 체념한 듯 발걸음을 돌리자, 정권이 짜증스럽게 그를 불러 세웠다.

"이왕 왔으면 왜 왔는지 말을 해."

"아, 예."

주순은 짧게 대답한 뒤에 물었다.

"10월 6일에 오경패라는 이름의 궁인을 취하신 일이 있습니까?"

정권은 잠시 기억을 더듬다가 귀찮다는 듯 "있지"라고 대답하고는 덧붙였다.

"궁인의 이름은 기억나지 않는군. 무슨 말이 하고 싶은 거야?"

주순은 힐끗 정권을 쳐다보더니 대답했다.

"경하드리옵니다. 오 내인이 회임한 지 벌써 두 달째라고 합니다."

정권은 화들짝 놀라며 자리에서 벌떡 몸을 일으켰다.

"뭐라고?"

제45장

벌써 한 해는 지고

원자가 세상을 떠난 지 수년 만에 처음으로 태자의 아이가 잉태되었으니 가볍게 넘길 사안은 아니었다. 주순은 즉시 왕신에게 보고했고, 왕신 역시 중대사라고 판단해 황제에게 보고했다. 다음 날 아침 일찍 황제는 종정시에 회임한 궁인을 재인에 봉하라는 명을 내리면서 특별히 5품 소훈昭訓과 동급 대우를 하라고 지시했다. 일개 궁인에게 파격적인 은혜를 내리는 것으로 보아 황제도 크게 기뻐하는 듯했다.

그러나 연조궁의 분위기는 사뭇 달랐다. 스무 살이 되도록 황제에게 사랑받지 못한 태자에게 비천한 궁인의 몸을 통해서라고는 해도 시의 적절하게 아이가 생겼으니 이치대로라면 큰 경사라고 봐야 옳았다. 주순은 그러한 연유로 새로 책봉된 재인의 처소를 마련하겠다고 여러 날을 분주히 뛰어다녔고, 황제의 특별 지시를 받들어 오 재인을 밤낮으로 보필할 노련한 궁인들을 선별했다. 이렇게 경사스러운 분위기와는 달리, 황태자는 마치 자기 일이 아니라는 듯 무심한 태도로 일관하며 재인의 처소에는 발도 들이지 않았다. 평소와 다른 점이 있다면 며칠 내내 양제를 불러 함께 밤을 보냈다는 것이었다. 성품이 온순한 양제 사씨는 태자비처럼 고귀한 가문의 출신으로, 태자비가 세상을 떠난 수창 6년부터 사실상 동궁의 안주인 노릇을 해왔다. 태자는 비록 그녀가 간택된 뒤로 별다른 감흥을 느끼지 못해 가까이하지는 않았지만, 항상 예의를 갖추며 극진히 대했다.

밤이 되어 태자의 부름을 받은 양제는 완벽하게 단장하고 안으로 들어섰다. 한창 글씨 쓰기에 열중한 태자는 궁인을 통해 잠시 기다리라는 말을 전했다. 사실 양제는 군주가 조롱할 정도의 박색은 아니었다. 다만 피부가 누렇고 태자보다 나이가 몇 살 더 많아 아름다운 용모라고 할 수 없을 뿐이었다. 양제는 지금 붉은색 옷을 입고 있었는데, 그 탓에 안 그래도 어두운 얼굴색이 더더욱 어두워 보였다. 정권은 등불에 비친 그녀의 얼굴을 보고 자기도 모르게 눈살을 찌푸렸다가 금세 온화한 표정으로 바꾸고 살금살금 다가가 손을 덥석 쥐었다.

"풍경 소리가 끊이지 않고 들리던데, 바깥이 춥지는 않았소?"

양제는 정권의 손이 너무나도 차가워 화들짝 놀라며 예를 갖춘다는 핑계로 황급히 손을 거두고는 어색한 미소를 지으며 온화한 말투로 대답했다.

"안에 들어오니 금방 따뜻해졌습니다."

정권은 고개를 끄덕이며 말했다.

"이런 식으로 오가는 게 편치만은 않겠소. 내일부터 거처를 이곳 곁채로 옮기는 건 어떻겠소? 나와 가까운 곳에 머무르면 괜히 왔다 갔다 하면서 찬바람을 쐬지 않아도 될 것이오."

거처를 옮기는 것만으로도 큰 은총인데, 그 말이 태자의 입에서 직접 나왔으니 파격도 이런 파격이 없었다. 양제는 뜻밖의 은총에 망극해하며 황급히 감사의 예를 표했다. 그러나 기쁜 마음으로 고개를 들었을 때, 태자의 눈빛은 다른 생각에 빠진 듯 초점 없이 흐리멍덩했다. 한참 뒤에야 정신을 차린 태자는 미소를 지으며 말했다.

"난 아직 저녁 식사 전이오. 함께 저녁이나 먹읍시다."

식탁이 차려지자, 양제는 난각으로 들어가 정권과 동석했다. 그녀는 정권이 젓가락을 들어 정갈한 찬과 죽을 먹는 모습을 지켜보다가 슬그머니 말을 건넸다.

"오늘 재인의 처소에 들렀습니다. 몸보신을 잘하라고……."

'쨍' 하는 날카로운 금속 소리에 양제는 말을 잇지 못했다. 정권이 금으로 도금된 상아 젓가락을 탁자에 세게 내려놓을 때 난 소리였다. 안 그래도 그 일로 내내 근심에 시달리던 정권은 정색한 얼굴로 추궁했다.

"내 허락도 없이 거긴 왜 갔소?"

몇 년을 부부로 지내도 좀처럼 예측할 수 없는 성미였다. 양제는 조금 전까지 한없이 자상한 얼굴을 하던 사람이 순식간에 낯빛을 바꾸자 소스라치게 놀라며 허둥지둥 자리에서 일어나 죄를 청했다.

"신첩은 그저 오 재인의 처소에 부족한 건 없는지 살피고 몸보신을 잘하라는 덕담을 하려던 것뿐이었습니다. 저…… 절대 방해하려던 뜻은 없었습니다."

정권은 그제야 양제가 말하는 재인이 황제가 책봉한 오 재인이라는 것을 깨닫고 금세 누그러진 표정으로 부드럽게 말했다.

"아, 내가 잠시 오해했구려. 양제의 탓이 아니니 어서 일어나시오. 재인의 처소에 다녀오느라 수고가 많았소."

양제는 정권의 반응이 석연치 않았으나 차마 더 캐물을 수는 없어 한동안 세심히 기색을 살피다가, 성난 기색이 완전히 가신 듯하자 다시 온화한 말투로 말했다.

"오 재인의 신분이 미천하다고는 해도 폐하께서 직접 책봉의 첩지를 내리신 이상 아들이 태어난다면 원자로 대우해야 마땅할 것입니다. 정무로 바쁘시더라도 시간을 내어 한번쯤 찾아가 보시는 게 어떨는지요?"

정권은 말없이 죽 그릇에 집중하다가, 그릇을 다 비우고 나서야 수저를 내려놓으며 미소를 지었다.

"안주인 노릇을 하겠다고 생각한 게 그것이오?"

양제는 정권이 자신을 비꼬는 것인지 아닌지 분간할 수 없어 차마 고개도 들지 못하고 불안에 떨다가, 억지웃음을 지으며 마지못해 대답했다.

"전하께서 정무로 바빠 여유가 없으시다면 신첩과 측비들이 축하의 뜻으로 가족 연회를 작게 준비했으면 하는데……."

그녀는 정권이 어떤 반응을 보일지 두려워 말을 끝맺지 못했다.

그사이에 식사를 마친 정권은 소매로 얼굴을 가린 채 손수건으로 입가를 닦은 뒤, 궁인에게 금잔을 받아 입을 헹구고 나서야 양제를 향해 웃어 보이며 말했다.

"이왕 계획을 세웠다면 그렇게 하시오. 다만 고 재인은 아직 쾌차하지 않았으니 쉬도록 놔두시구려."

"네."

양제는 정권이 고 재인을 지극히 아끼는 것을 알고 있었으므로, 즉시 대답하고는 빙그레 웃으며 덧붙였다.

"그렇다면 신첩이 내일 태의와 함께 병세도 살필 겸 직접 들러 전하의 뜻을 전하겠습니다."

그러나 되돌아오는 정권의 대답은 냉랭했다.

"그럴 필요 없소. 고 재인에게는 내가 직접 사람을 보내 알리겠소. 앞으로는 무슨 일이 있어도 그녀를 밖으로 불러내지 마시오."

양제는 가만히 정권의 표정을 살폈다. 그의 기분을 가늠할 수는 없었지만, 최근 두 사람의 사이가 살짝 틀어졌다는 사실은 익히 들어 알고 있었다. 양제는 순순히 그의 뜻을 따랐다.

"전하의 분부, 명심하겠습니다."

정권은 지긋이 양제의 얼굴을 바라보다가 피식 웃으며 그녀 곁으로 다가가 앉았다.

"당신의 현숙함을 본궁이 모르지 않소."

정권이 양제의 손을 침상으로 이끌어 앉힌 뒤 입술로 귓불을 애무하자, 양제는 눈을 감고 옷을 벗기는 정권의 손길에 자신을 내맡겼다. 얼음처럼 차가운 그의 손길이 가슴을 스치자 갑자기 온몸에 소름이 돋았다. 분위기가 무르익어 절정에 이를 무렵, 그녀는 조용히 눈을 뜨고 정권을 바라봤다. 한을 품은 듯, 슬픔을 품은 듯 붉게 충혈된 그의 눈을 보니 갑자기 모골이 송연해졌다. 그녀는 본능적으로 정권의 가슴을 밀쳤다. 전신을 엄습하는 공포에 몸을 떨며 정권의 눈을 바라볼 뿐 아무 소리도 낼 수 없었다. 시간이 잠시 흐른 뒤에 정권의 낮은 목소리가 들렸다.

"도대체 무엇 때문에 겁을 먹었소?"

무겁게 비음이 섞인 그의 목소리는 오늘따라 유달리 한껏 가라앉아 있었다. 다그치려는 것인지 애원하려는 것인지 의중을 알 수 없었던 그녀는 고개를 세차게 흔들며 말했다.

"아무것도 아니에요."

양제는 정권의 어깨 위에 과감하게 손을 올린 뒤 다시 지그시 눈을 감았다.

며칠 뒤 동궁의 측비들은 사 양제의 주도하에 각자 조금씩 돈을 내 선물을 마련한 뒤, 오 재인의 처소로 모였다. 사실 측비들의 속은 최근 말이 아니게 쓰라렸다. 위로는 양제가 정권의 잦은 부름을 받았고, 아래로는 비천한 궁인이 정권의 아이를 가졌기 때문이다. 그녀들이 생각하기에 양제는 고귀한 신분이기는 하나 박색이었고, 오 재인은 비천하기 그지없는 궁인으로 자신들보다 나을 것이 하나도 없었다. 속으로 분노를 삼키고 있다가 드디어 오늘 오 재인의 얼굴을 봤는데, 특출난 점 하나 없는 평범한 열여섯 어린 소녀에 불과했다. 내심 위안을 얻은 그녀들은 품계대로 자리에 앉아 한껏 미소를 지으며 재잘재잘 떠들었다.

"새로 간택된 재인은 피부가 정말 곱네요. 분을 바르면 지나치게 하얗고 연지를 바르면 지나치게 빨갛다는 말을 책에서 읽었는데, 그 말이 딱 맞는군요."

한 사람이 입을 열자, 누군가가 맞받아쳤다.

"나도 어디선가 본 적이 있는 말인데, 어느 책에서 봤나 기억이 안 나네."

그러자 처음에 입을 열었던 측비가 핀잔을 주었다.

"어떻게 그걸 잊어버릴 수가 있어요? 송옥宋玉의 「등도자호색부登徒子好色賦」에 나오는 문구잖아요."

지적을 당한 측비는 손뼉을 치며 대꾸했다.

"그 말을 들으니 생각났어요. 송옥이란 자의 이웃집에 웬 여자가 한 명 살았는데, 날마다 담벼락에 매달려서 송옥을 꼬드겼다죠?"

여기까지 말한 그녀는 슬쩍 오 재인의 표정을 살피더니, 오 재인이 자신들이 하는 말의 속뜻을 모르겠다는 듯 순진한 얼굴로 앉아 있자 점차 수위를 높이기 시작했다.

"송옥이 그 여자에게 넘어갔답니까?"

"송옥은 당대에 널리 이름난 미남자였는데, 그런 여자 따위 눈에 차기나 했겠어요? 오죽했으면 후세 사람들이 미남을 묘사할 때 '얼굴은 송옥 같고, 자태는 반안* 같다'고 했겠어요?"

"그렇다면 송옥은 그 여자가 참으로 천박하고 문란하다고 생각했겠네. 어디 감히 아녀자가 외간 남자의 집 벽에 매달려서 남자를 꼬드겨?"

"그건 다 책 속 얘기지. 설마 세상에 진짜로 그렇게 경박한 여자가 존재하겠어요? 난 태어나서 한 번도 그런 여자를 본 적이 없네요."

오 재인은 드디어 여인네들의 말속에 숨은 독기를 알아차리고 얼굴을 붉혔다. 측비들은 그런 오 재인의 모습을 바라보며 쾌감에 젖어 만족스럽게 콧대를 높이며 화제를 돌렸다.

"내가 보기엔 송옥의 식견이 별로인 것 같아요. 그는 초나라의 대부인 등도자登徒子를 호색한이라고 일컬었지만, 등도자야말로 천하제일의 의리남이 아닐까요? 아내가 희대의 추녀임에도 불구하고 사랑하고 아꼈으니까요."

그녀가 말을 마치자, 측비들은 재미있다는 듯 부채로 얼굴을 가리고 까르르 웃었다. 아무리 현숙하고 교양이 넘치는 양제라도 면전에서 조롱을 받으니 속에서 울화가 치밀어 오르는 것은 어쩔 수가 없었다. 그러나 언어유희로 은근히 돌려서 놀리니 화를 내기에도 애매했다. 양제는 눈살을 찌푸린 채 한참 동안 화를 삭이고는 살짝 분이 서린 말투로 그녀들을 타일렀다.

"서원에서는 뭐라고 떠들어도 상관없었지만, 이곳은 황궁 안

---

* 潘安. 중국 사상 가장 잘생겼다고 알려진 미남. ―역주

이니 언행을 삼가시게."

그들 중 몇몇은 잔뜩 분개하며 용감무쌍하게도 오 재인의 처소를 박차고 나왔다. 마치 큰 승리라도 거둔 듯 정신 승리에 도취되어 있던 그녀들은 문득 한 여인이 궁금해졌다.

"오늘 그 여자는 왜 안 왔을까?"

옆에서 한 여인이 대답했다.

"그것도 몰라요? 몇 달 내내 앓아누워 있잖아요."

이내 그녀들은 이것저것 끄집어내며 험담을 시작했다. 총애만 믿고 감히 정권과 말다툼을 했다느니, 병에 걸려서도 불쌍한 척 꼬리를 치니 전하께서 싫어하시는 게 당연하다느니, 전하의 총애는 한결같지가 않은 법인데 그걸 모르고 설치니 괜히 비천한 계집이 어부지리를 취했다느니 하는 말들이었다. 만족스럽게 대화를 들으며 위안을 얻은 한 사람은 고개를 끄덕이며 말했다.

"그러니까 내가 뭐라고 했습니까? 미색으로 얻은 마음은 오래가지 못한다니까요? 더군다나 그 여자는 미색도 아니잖아요."

그러자 옆에 있던 여인도 고개를 끄덕이며 말했다.

"자기 꾀에 자기가 넘어간 거지 뭐. 오랫동안 앓았는데 좀처럼 차도가 보이지를 않으니 폐병으로 번지지는 않을까 걱정이네요. 하긴, 어차피 망한 인생인데 여기서 더 불행해진다고 한들 거기서 거기 아니겠어요? 흐르는 물에 떨어진 꽃이나 마찬가지지."

그녀들은 복도 아래 서서 한참 동안 독기 어린 말을 더 나누고는 우울한 뒷맛을 남긴 채 흩어졌다.

동지가 지나고 봄이 다가오기 시작했다. 원래 형을 집행하기에 적합한 시기는 아니었으나, 황제는 고사림이 장주로 돌아가기 전에 역모 사건을 일단락 짓고 싶어 했다. 그리하여 황태자는 삼사와 논의한 뒤 최종 보고를 올릴 때, 주범 몇 명은 죄질이 악랄하므로 관례에 얽매일 필요 없이 즉시 형을 집행하는 게 좋겠다고 건의했다. 보고에서부터 황제의 승인이 떨어지기까지 걸린 시간은 단 하루였다.

섣달그믐날까지 단 삼 일이 남은 어느 날, 정권은 한나절이 넘도록 서재 다상 앞에서 홀로 우두커니 앉아 있었다. 시자가 들어와 오전에 있었던 일들을 보고했지만, 여전히 멍한 표정으로 이야기를 듣다가 한참 뒤에야 고개를 끄덕이며 알았다는 뜻을 나타냈다. 정권은 그 뒤로도 해가 질 때까지 하염없이 막막하게 앉아 있다가, 문득 마무리 짓지 않은 일이 하나 떠올라 옆에 서 있던 젊은 내시를 손짓으로 불렀다. 정권은 잠시 생각하다 붓을 들어 종이에 무언가를 적은 뒤, 내시에게 건네며 부드러운 말투로 몇 마디 속닥인 다음 지시했다.

"고 재인의 처소에 가서 그렇게 전해라."

내시는 정권의 명대로 아보에게 갔다. 전보다 부쩍 야위고 수척해 보이기는 했으나, 정권의 입으로 들은 것처럼 병세가 심각해 보이지는 않았다. 내시는 태자의 안부를 아보에게 전했다. 몸조리를 하며 편안하게 쉬고 너무 많은 생각을 하지 말라는 당부였다. 그는 이어서 방긋 웃는 얼굴로 정권이 쓴 종이를 건네며 말했다.

"전하께서 마마께 내리신 약 처방입니다."

아보는 종이를 받아 펼쳤다. 드문드문 약재 이름이 적힌 게 다였다.

중루重樓 망우忘憂 방풍防風
설견雪見 당귀當歸 인동忍冬
무환자無患子 연자심蓮子心

마제세신馬蹄細辛 왕불류행王不留行*

내시는 아보가 다 읽기를 기다렸다가 다시 입을 열었다.

"전하께서는 마지막으로 이 말을 전하라고 하셨습니다. '그녀
가 나를 건너면 나 역시 그녀를 건너겠다.' 그런데 소인은 무슨 뜻
인지 통 모르겠더라고요. 혹시 전하께 따로 전할 말이 있으십니
까?"

아보는 힘없이 미소를 지으며 고개를 저었다.

"없어요."

내시가 뒤돌아 떠나려는 찰나, 아보가 갑자기 그를 불렀다.

"잠시만요."

아보는 안으로 들어가 화장갑을 열더니 작은 금괴를 두 개 꺼
내 건네며 말했다.

"곧 새해이니 성의로 받아두세요."

내시의 두 눈에 희번덕 기쁨의 빛이 떠올랐다. 그는 황급히 금
괴를 소매 안에 숨긴 뒤 예를 표하며 덕담 몇 마디를 더 건넸다.
아보는 미소 띤 얼굴로 그를 바라보다가, 그가 자리에서 일어나
자 물었다.

"귀인께 묻고 싶은 일이 하나 있습니다."

뇌물을 받아 마음이 너그러워진 내시는 기꺼이 호의에 응했다.

"말씀하십시오."

아보는 말했다.

"혹시 전 예부상서 장육정의 형이 집행됐습니까?"

---

* 약재의 이름을 나열해 뜻을 전한 것. 내용은 '같은 궁궐 아래서 서로 걱정할 건 없
으니 부디 몸조리나 잘하며 긴 겨울을 마음 편히 나도록 해라. 네 속마음은 알고 있으
니 다시는 널 방해하지 않으마.'

내시는 아보가 아는 것을 묻자 신나서 대답했다.

"물을 사람을 제대로 찾으셨습니다. 오늘 한낮에 전하께서 보고를 들으실 때 옆에 있던 사람이 바로 소인이거든요. 오늘 정오에 장 씨와 그의 부인, 두 아들이 서시西市에서 처형됐습니다. 아시는지 모르겠지만, 장 씨의 큰아들은 재작년에 진사가 된 한림관이었습니다. 소인도 궁에서 한 번 마주친 적이 있는데, 외모도 곱상하고 시문도 참 훌륭하게 잘 지었다고 하더군요. 갓 열다섯 살 된 그 집 막내아들이 가엾게도 길가에서 통곡을 했는데, 장 대인은 그럼에도 형이 집행될 때까지 한마디도 하지 않았다고 하더라고요. 오늘 서시는 구경꾼들로 발 디딜 틈이 없었는데……."

그는 주저리주저리 떠들다가, 아보가 자신의 말에 관심이 없는 듯 보이자 그만 입을 다물었다.

"명절에 마마께 불길한 얘기를 늘어놨군요. 신이 눈치가 없었습니다."

아보는 내시가 떠난 뒤에 천천히 자리에서 일어나 방 안의 모든 등촉에 하나하나 차례로 불을 붙인 뒤 처방전을 태웠다. 타다 남은 재가 벽돌 위에서 서서히 사그라지는 광경을 지켜보며 그녀는 가볍게 탄식했다.

"다 업보지."

궁궐과 온 경성은 정녕 3년의 새봄을 맞이할 준비에 여념이 없었다. 조왕부도 예외는 아니었다. 장화는 조왕 정해의 서재로 들어섰다. 정해는 산수화 몇 장을 펼쳐놓고 서서 한참 동안 바라보다가, 붓을 들어 그중 한 폭에 두어 획을 덧칠한 뒤 물었다.

"절기에 맞는 물건은 다 준비했겠지?"

장화는 준비했다고 대답한 뒤, 그의 뒤에 서서 가만히 그림을 지켜보다가 한 부분을 가리키며 말했다.

"이곳의 붓놀림이 좋지 않군요. 전하께서 고치려고 하셔도 붓을 더 대면 과유불급이 될 듯합니다."

정해는 고개를 끄덕이며 붓걸이에 붓을 걸고 거의 다 완성된 산수화를 반으로 찢었다. 장화는 찢어진 그림을 정리하며 물었다.

"소인은 이번 처사가 남달라 보이는데, 전하의 생각은 어떠십니까?"

정해는 웃으며 대답했다.

"보기보다 화근을 철저하게 제거할 줄도 아는 모양이다. 다만 내가 보기에는 다른 저의가 있어 보여. 지금은 아무리 생각해봐야 무의미하니 해가 지날 때까지 두고 보자꾸나."

정해가 새 종이를 깔자, 장화가 옆에서 거들며 웃는 얼굴로 말했다.

"전하의 묵보*를 구하려는 사람들이 점점 늘고 있습니다. 밀린 글씨 청탁을 언제 다 처리할 수 있을지 모르겠네요."

정해는 손에 쥔 황모필을 바라보며 희미한 웃음을 머금고는 말했다.

"정말 골치로구나."

섣달그믐날 밤이 되자 황궁 구석구석에 불이 환하게 밝혀졌다. 관례에 따라 모두가 밤을 새며 새해를 맞이하는 수세守歲를 지내기 위해서였다. 아보는 화려한 옷을 차려입고 홀로 탁자 앞에 앉아 소매를 걷어붙이고 작은 그릇에 담긴 깨끗한 물을 벼루에 부었다. 먹 조각을 취해 섬세하게 갈기 시작하니 귓가에 우렁찬 폭

---

* 글씨를 높여 이르는 말. —역주

죽 소리가 들렸다. 불꽃이 하늘을 화려하게 수놓고 꺼질 때마다 실내의 밝기도 불꽃을 따라 번쩍거렸다. 이따금 화약 냄새가 바람을 타고 안으로 스며들었다. 바람에는 출처를 알 수 없는 궁인들의 웃음소리도 섞여 있었다. 아보는 잠시 동작을 멈추고 그 소리에 귀를 기울였다. 그들의 목소리 중 한 사람의 음성을 구분하는 상상을 하면서. 왁자지껄하고 뜨거운 열기에 잠시 정신이 산만해진 그녀는 가까스로 평정심을 되찾고 깊은 사색에 빠져들었다. 오늘 밤이 지나면 다시 봄바람이 오고, 봄바람이 가고 나면 여름비가 찾아올 것이다. 버들개지가 흩날리고 푸른 산이 자태를 드러내면 곧 7월의 더위와 9월의 서늘함이 다가오고, 어느새 새하얀 눈이 나뭇가지를 뒤덮으리라. 그녀의 사색은 사계절의 흐름처럼 침착하고 순조로워서 그 누구도 방해할 수 없을 듯했다. 설령 그라도 말이다.

아보는 먹물의 농도가 짙어지자, 상자 앞으로 다가가 뚜껑을 열고 덮개를 걷은 뒤 푸른색 표지의 서첩을 꺼냈다. 한겨울의 매화가 시작되는 창가에서 그녀는 붓을 들어 넓게 펼쳐진 종이 위에 글씨를 모사하기 시작했다. 종이 위에 흐르듯 새겨지는 글자와 붓을 놀리는 아름다운 여인의 자태처럼 묵향과 매화 향이 은은하게 실내에 퍼졌다. 그녀는 지금 이 순간처럼 자신의 서체에 심취한 적이 없었다. 그녀가 모사한 건 그가 어린 시절에 남긴 습작이었는데, 습작 중에는 그가 직접 지은 시도 있었고, 옛 선인의 고전도 있었다.

시간은 과거와 현재로 나뉘며 땅 위에는 남과 북이 존재하고, 글씨는 수정해야 하는 것과 폐기해야 하는 것이 있으며, 독음의 변화는 경계에 따라 다르니, 오로지 마음만이 변하지 않고 남아 천고의 세월을 뚫고 다른 세대에게 울림을 준다.

　'땅은 명주실 같은 푸른 풀로 뒤덮이고, 나뭇가지 위에는 낭
만적인 붉은 꽃이 가득하네.'*

　'가을 이슬은 구슬처럼 아름답고, 가을 달은 옥처럼 영롱하네.
맑은 달은 하얀 이슬 같으니 시간은 가고 또 오리라.'**

　'그녀는 시집가며 황색 얼룩말이 끄는 수레를 탔지.
그녀의 모친이 폐슬을 묶음으로 번잡한 예식이 끝났네.
신혼 때도 행복했건만, 오랜 세월이 흐른 지금이야 말해 무
엇 하리.'***

　태자에게 총애를 받던 고 재인이 하늘 높은 줄 모르고 대들다
가 주군의 눈 밖에 났다는 사실을 궁 안에서 모르는 사람은 없었
다. 그 뒤로 4년 동안 그녀의 처소는 문이 굳게 닫힌 채 적막에 휩
싸였다. 아름다운 그의 발걸음은 영원히 멎은 듯했다.

---

　* 　남조 시인 사조謝朓의 「왕손유王孫遊」 인용.
　** 　남조 시인 강엄江淹의 「별부別賦」 인용.
　*** 　『시경詩經 · 유풍幽風 · 동산東山』에 실린 글 인용.

제
46
장

변방의 새벽하늘

정녕 6년의 가을이 되자, 나라에서는 장주로 20만의 군사를 더
보냈다. 그들은 머지않아 회안산으로 이동해 오랑캐와의 결전을
준비할 것이다. 각지에서 조달한 군수물자는 도도한 물결처럼 장
엄하게 관도를 따라 승주로 흘러들었다가 다시 장주로 이동했다.
대규모 운송 행렬은 도로 위에 자욱한 먼지를 일으키며 끊임없이
밀려들었고, 다 도착했나 싶으면 또 다른 행렬이 꼬리에 꼬리를
물고 이어졌다. 개국 150년 이래로 처음 펼쳐지는 장관이었다.

그날은 날씨가 유독 맑았다. 강 위로 가을의 서늘함이 가득 실
린 산들바람이 스치자 시든 나뭇잎이 우수수 땅 위로 떨어졌고,
들판의 풀도 어느새 노란색 새 옷을 입고 있었다. 장주도독 진원
대장군 고사림이 하늘에 고사를 지내고 열병식을 하기로 한 날이
었다. 가을은 해가 짧아, 예식이 끝나고 전군이 출전 전에 내려지
는 술과 음식을 기다릴 무렵에는 벌써 활처럼 흰 달이 회안산의
구름 위로 슬며시 모습을 내비쳤다.

하양후河陽侯 고봉은은 막사 안에서 밤까지 주연을 즐기다가,

고사림이 슬쩍 밖으로 나가는 모습을 보았다. 그는 잠시 앉아 부장들에게 옷을 갈아입고 오겠다고 말하고는 검을 들고 막사 밖으로 나갔지만, 고사림의 모습은 벌써 보이지 않았다. 고봉은은 장주성 꼭대기로 향했다. 예상대로 그는 달과 별이 펼쳐진 성벽 위 밤하늘 아래 홀로 앉아 밤바람을 쐬고 있었다. 고사림은 고봉은의 기척을 느끼고 걸음을 늦추고는 뒤도 돌아보지 않고 미소를 지으며 물었다.

"연회가 한창인데 왜 혼자 밖으로 나왔어?"

고사림의 목소리가 들리자, 봉은은 성큼성큼 그에게 다가가며 역시 웃으며 대답했다.

"오늘 밤 과음하시는 거 같아서 걱정되는 마음에 따라 나왔습니다."

고사림은 고개를 끄덕이며 말했다.

"이리 와서 봐라."

고봉은은 그가 손가락으로 가리키는 곳을 향해 고개를 들었다. 북서쪽 방향을 흐르는 은하수 사이로 유독 눈처럼 새하얀 별 하나가 달빛도 무색할 정도로 눈부시게 빛나고 있었다. 봉은은 별을 확인하고는 웃으며 말했다.

"장군도 눈썰미가 참 좋으십니다. 저 별이 다른 해보다 올해 유난히 더 밝게 빛나는군요."

그는 이어서 물었다.

"날씨에 이상한 낌새도 없는데 얼굴엔 왜 이렇게 근심이 가득하십니까?"

고사림은 고개를 돌려 봉은의 얼굴을 가만히 바라봤다. 깎아 없앤 수염, 뺨의 흉터, 두 눈꼬리 주변에 패기 시작한 잔주름. 어느새 세월이 흘러 소년 시절의 앳된 모습은 찾아볼 수 없었다. 그는 한숨을 내뱉으며 말했다.

"네 나이 이제 갓 서른이다. 그런데도 폐하께서는 네 작은 군공을 높이 사셔서 영광스럽게도 후侯에 봉하셨지. 가문의 힘으로 작위를 얻었다고 수군거리는 소리에 마음 쓰는 거 안다. 군사들로부터 신망을 얻지 못해 마음이 어지럽겠지."

고봉은은 고개를 끄덕이며 살짝 미소를 지었다.

"역시 다 보고 계셨군요."

고사림은 말했다.

"네가 여러 번 출전을 요청했는데도, 내가 장주에서 대기하라고 하는 바람에 공을 세울 기회를 놓쳤지. 허나 결코 사사로운 정 때문에 그런 결정을 내린 게 아니다. 이해할 수 있겠니?"

고봉은이 웃으며 대답했다.

"이명안을 홀로 장주에 남겨두기 불안하셨던 게 아닙니까. 그래서 함께 장주를 지키라고 저를 남겨두셨겠죠."

고사림은 잠시 그를 바라보다가 갑자기 한숨을 내쉬며 말했다.

"넌 하나는 알고 둘은 모르는구나. 이치대로라면 이명안은 내가 경성에서 돌아온 정녕 3년에 승주로 돌아가야 했다. 몇 번이나 폐하께 상소를 올렸지만 돌아오는 답변은 한결같았지. 전곡 사무를 보좌할 사람이 필요하니 대전을 치른 뒤에 승주로 돌려보내겠다는 명목으로 시간을 질질 끌다가 지금의 난처한 지경에 이른 것이다. 당시 그가 장주로 끌고 와서 자리를 차지하고 있는 군사가 2만 명이다. 그를 데리고 출전하자니 일이 번잡해질 것이고, 그렇다고 그를 장주에 홀로 두면 내 퇴로가 끊길 수 있으니 그럴 수도 없지."

고봉은은 고개를 끄덕인 뒤 물었다.

"그래서 어찌하실 계획입니까?"

고사림은 대답했다.

"이번에 이명안이 승주에서 데려온 부하들 중 절반을 데리고 갈 것이다. 선봉장으로 세울 만한 인물들이니 명분도 합당하고, 너와 장주를 지키며 협공 태세를 갖출 때도 한쪽 세력이 도드라지지 않을 테니 폐하의 의심도 피할 수 있지."

고봉은은 두 손을 모아 읍하며 말했다.

"소장, 명심하겠습니다. 제가 모르는 두 번째는 무엇입니까?"

고사림은 한참 동안 무겁게 침묵을 지키다가 탄식을 내뱉으며 말했다.

"사실 이 일은 네게 알리지 않을 생각이었다. 허나 지금 떠나면 살아서 돌아온다는 기약이 없으니 알리지 않았다가는 큰 화근이 될까 두렵구나."

고사림은 봉은의 손을 잡고 성첩으로 끌고 간 뒤 사방을 살피더니 낮은 목소리로 일렀다.

"이명안이 금벽산수화 두루마리를 하나 가지고 있다는 보고를 들었다. 기상이 넘치고 품격 있는 화풍이었는데, 누구의 그림인지는 분별할 수 없었다고 하더구나. 그림에 곁들인 글씨의 서체가 태자의 서체와 흡사했다고 했어."

고봉은은 경악하며 반문했다.

"정말 태자 전하라고 믿으십니까?"

고사림은 고개를 저으며 말했다.

"서체는 비슷하지만 전하가 그리하셨을 리는 없다."

성벽 위에 질풍이 휘몰아치자, 고봉은은 고개를 돌려 잠시 바람을 피하고는 손바닥을 내밀며 물었다.

"그럼 이 사람일까요?"

고사림은 그의 손을 막으며 고개를 끄덕였다.

"그럴 거라고 짐작하고 있다."

고봉은은 잠시 생각하더니 물었다.

"장군은 어찌 아셨습니까?"

태자는 일전에 그에게 보낸 서신에서 장육정이 옥중에서 한 말을 언급했다. 서신의 내용과 그날 밤에 마주했던 태자의 기괴한 눈빛이 떠오르자 만감이 교차했지만, 고봉은에게는 말을 아껴야 했다.

"태자 전하가 그리하셨다면 내게 숨기셨을 리가 없고, 폐하의 눈도 피할 수 없었을 것이다. 폐하는 그의 나이가 스무 살이 다 되도록 정비 간택을 미루며 속국으로 떠나는 일에 관해서는 언급도 하지 않으시지. 전하와 나를 견제하기 위해 그를 경성에 붙잡아 두고 있는 것이다. 겉으로는 온순하고 본분을 지키는 듯 보이지만, 이명안과 내통하는 게 사실이라면 폐하의 통제 밖에 있다는 소리야. 만약 그가 발톱을 드러내면 그 화는 제왕 때와 비교도 할 수 없을 만큼 어마어마할 것이다."

봉은은 검을 쥔 손을 미세하게 떨며 물었다.

"어찌하여 태자 전하께 알리지 않으셨습니까? 서신으로 알리셔야지요."

고사림은 살짝 주저하는 기색을 내비쳤지만, 자신의 근심거리를 봉은에게 모두 드러낼 수는 없었다.

"내게 따로 계획이 있으니 넌 그저 조심히 경계하며 성을 지키는 데 전념해라. 네 오른손이 떨리는 것을 봤다. 넌 신중한 아이이니 많은 당부를 할 필요는 없겠다만, 내가 군대를 철수하기 전에는 절대 독단으로 무언가를 결정해서는 안 된다."

고사림은 말을 마치고 오랫동안 우두커니 서 있다가 또다시 한숨을 내뱉으며 말했다.

"전하는 매년 서신을 보내실 때마다 폐하의 건강을 언급하신다. 해가 거듭될수록 옥체가 쇠약해지시고, 그만큼 성심도 날카로워지신다더구나. 전에 없이 모든 일을 예민하게 따지시는 폐하가 군수물자 공급의 전권을 태자 전하께 위임하셨지. 나와 전하가 숙질간이니 당연히 소홀함 없이 최선을 다하리라는 계산도 있지만, 나와 전하를 불구덩이 위에 세운 거나 다름없다. 전하는 가장 지위가 높은 신하이니 내가 전쟁을 승리로 이끌어도 유익할 게 없거니와, 패하기라도 하면 그 즉시 불구덩이 속으로 떨어지지. 전하를 생각하면 어찌 내가 이번 결전에 목숨을 걸지 않을 수 있고, 어찌 감히 만전을 기하지 않을 수 있겠느냐?"

고봉은은 오랫동안 생각에 잠긴 채 침묵하다가, 갑자기 한쪽 무릎을 꿇고 앉으며 말했다.

"아버지, 걱정 마세요. 아버지의 말씀, 가슴에 깊이 새겨두겠습니다."

고사림은 고개를 끄덕이며 봉은을 자리에서 일으켰다. 그는 한동안 말없이 아들의 얼굴을 지긋이 바라보다가 갑자기 아명을 불렀다.

"유아*야. 네가 경성 땅을 마지막으로 밟은 지가 언제이더냐?"

봉은은 살짝 이상해진 아버지의 표정을 보고 웃으며 대답했다.

"그것도 잊어버리셨습니까? 전하가 혼례를 올리신 수창 5년에 아버지를 따라 장주로 오지 않았습니까?"

고사림은 손가락으로 햇수를 세더니 탄식했다.

"벌써 8년이 지났구나."

그는 잠시 침묵하다가 다시 입을 열었다.

---

* 서생이라는 의미가 있다. —역주

"우리 집안에서도 문신을 한 명 배출해보자고 아명을 유아로 지었는데, 결국엔 이렇게 네 앞길을 망치고 말았구나."

봉은이 웃으며 대답했다.

"서생이 공을 세워 제후가 되는 일은 없다는 옛말도 있지 않습니까? 제가 계속 집에서 책이나 읽었으면 어느 세월에 지금 같은 지위에 올랐겠습니까?"

고사림은 고개를 가로저으며 웃었다.

"바보 같은 녀석아. 지위는 어디에서든 높일 수 있는데, 굳이 이런 시체 무덤을 딛고 올라설 필요가 있느냐? 지금 생각하니 네게나 법아에게나 미안한 마음뿐이다."

고사림이 불쑥 전사한 장남의 이름을 입에 올렸다. 이유는 알 수 없었지만, 고봉은은 오늘 밤 부친이 평소와 다르게 유난히 회한에 젖은 듯하다고 느끼며 부랴부랴 손을 덥석 쥐었다.

"오늘 약주를 과하게 드셔서 생각이 많아지셨나 봅니다. 일찍 들어가서 쉬세요. 며칠 뒤면 원정길에 오르실 텐데 몸을 잘 돌보셔야지요."

고사림은 웃으며 대답했다.

"괜찮다. 밑에서는 장병들이 연회를 즐기고 있을 테니 나와 순찰이나 돌자꾸나."

장병들은 한창 거나하게 취해 왁자지껄 신나게 떠들고 있었다. 고봉은은 고사림을 따라 차례대로 병영을 돌았다. 느긋한 걸음은 순찰이라기보다는 산책에 가까웠다. 공기에는 어느덧 가을의 서늘한 기운이 가득했고, 저 멀리 인적이 드문 곳에서는 벌써부터 춥다고 외치는 듯한 풀벌레 우는 소리가 들렸다. 그때 어디선가 비파 연주 소리가 바람을 타고 실려왔다. 병사들의 흥이 절정에 달한 모양이었다. 잠시 뒤 비파 소리가 멎더니 이어서 장구 치는

소리가 울리기 시작했다. 느릿느릿 박자를 타다가 점점 빨라지던
장단이 멈추자 이어서 구성진 노랫소리가 들렸다.

"군자는 잔치를 베풀고, 소인은 잔을 드네.

서리가 서늘한 9월, 병사는 마당에서 장구를 친다네.

은하수가 서쪽으로 흘러가고, 깊은 밤은 끝이 없네.

어느덧 귀뚜라미가 막사로 뛰어들고, 기러기가 줄지어 고향
으로 날아가는데

짐승들의 크고 쓸쓸한 울음 어찌하여 내 간장을 끊는가.

짐승조차 고향을 그리워하는데 어찌 사람이 슬프지 않으리오.

어찌하여 고향으로 돌아가지 않는가? 나라를 지켜야 하므로.

어찌하여 고향으로 돌아가지 않는가? 국경을 수호해야 하
므로.

고향이 어디인고 하니 문 앞에 황양목이 있는 곳이오.

고향에 누가누가 있는고 하니 백발의 양친이라네.

우리 마누라와 아이들이 먹을 것은 잡식인데, 집에 장정이
없다고 들판이 황량하겠는가?

예전에 쟁기를 쥐던 손에 지금은 창칼을 쥐고

등에는 화살을 맨 채 오랑캐를 사냥하네.

장군의 은혜가 무거우니 죽음도 불사하고 돌진하여

흉노를 때려잡고 당당하게 개선해야지.

내일 모래벌판에 닿으면 목숨은 아침의 서리처럼 사라지리라.

우리 중 십중팔구는 살아서 돌아오지 못하고 이국 타향에서
죽겠지.

차디찬 모래가 해를 가리면 동방은 빛을 보지 못하리라.

다가올 날은 짧아서 슬프고, 이미 지나간 날들은 너무 길어

서 쓰디쓰네.

지금 여기서 술을 마시지 않으면 죽은 뒤 저승에서 마시겠는가?

나 비록 세상을 떠나도 나라와 고향 사랑하는 마음 영원히 죽지 않으리.

영웅을 따르면 고향으로 돌아가고, 여우처럼 죽으면 머리가 남쪽을 향하네.

아아! 천산은 끝이 없고 푸른 바다는 아득하구나.

옥문관도 쉽게 넘어가기 어렵거니와 하양河陽은 바라볼 수도 없으니

긴긴 바람이 불어도 내 혼을 고향까지 보내줄 수 있을까?"*

한 사람이 노래를 시작하자 이어서 쟁箏 연주 소리가 들리고, 모두가 하나둘씩 노래를 따라 부르기 시작했다. 병사들의 합창소리는 바람을 타고 저 높은 곳의 구름에 닿았다. 고씨 부자는 가만히 서서 멀리서 들려오는 노랫소리에 귀를 기울였다. 어느새 동쪽 하늘이 새하얗게 밝아오기 시작했고, 달도 짙게 깔린 구름 사이로 서서히 가라앉기 시작했다. 하늘에 남은 건 아까 전에 고사림이 가리켰던 천랑성天狼星뿐이었다. 잘 벼린 칼날처럼 북서쪽 하늘을 서늘하게 밝히는 찬란한 빛은 날이 밝더라도 그 예리함을 잃지 않을 것이다.

경성의 계절 변화는 장주보다 살짝 늦게 찾아왔다. 어원의 연잎이 지기 시작하고 연밥도 익을 대로 익었지만, 공기에는 아직

---

* 악부시樂府詩를 모방한 것.

더운 여름의 열기가 가시지 않고 남아 있었다. 매미 울음소리는 이제 들리지 않았다. 초가을이라기보다는 늦봄 날씨에 가까웠다. 황궁 동쪽에 자리한 연조궁의 연못가 정원에는 벚나무, 석류, 싸리나무*가 가득했는데, 때마침 싸리나무 꽃이 만발하는 시기여서 누각 곳곳에서 풍경처럼 매달린 붉은 꽃송이를 볼 수 있었다. 저녁 바람이 적막하기 그지없는 궁궐 깊숙한 곳을 살짝 스치면 처마에 달린 풍경이 청아한 소리를 울렸는데, 그때마다 가느다란 가지에 맺힌 꽃송이들이 덩달아 춤을 춰 마치 꽃송이에서 풍경 소리가 울리는 듯한 착각이 일었다. 바람이 멎자, 정원은 다시 적막에 휩싸였다. 빠르게 흘러가는 세월도 이곳에서는 처마 끝에 걸린 듯 정체되어 있었다.

정원에는 초록색 옷을 입은 미인이 한 명 서 있었다. 그녀가 전지가위를 들고 꽃 앞에 서는데, 난데없이 초록색 대나무 장대가 담을 넘어 들어와 구석진 곳의 산석山石 위에 놓인 월요정수병을 명중시켰다. 쨍그랑 소리가 굳게 잠긴 정원의 지독한 고요를 깨트리자, 미인은 화들짝 놀랐다. 문득 몇 년 전에 있었던 일을 떠올리며 살짝 미간을 찌푸릴 때, 땀에 흠뻑 젖은 어린 사내아이가 오랫동안 열리지 않았던 정원 문을 활짝 열어젖히며 안으로 뛰어들어왔다. 여덟아홉 살가량으로 보이는 사내아이는 기세가 사뭇 당당했다. 머리 양쪽에 총각을 틀어 매고 붉은색 장포를 입은 아이는 정원에 사람이 있는 것을 보고 크게 놀라며 두어 걸음 뒷걸음질하다가 멈춰 서서 물었다.

"너는 누구냐?"

이윽고 아이는 정원의 미인을 자세히 살폈다. 이목구비가 아름

---

* 명대부터 싸리나무를 호지자胡枝子라고 칭했다.

답고 여리여리한 체형이었지만, 옷차림은 평범했고 머리에도 화려한 보석 장신구 하나 없이 소박했다. 아이는 미인의 신분을 도저히 가늠할 수 없어 재차 물었다.

"어느 마마 처소의 궁인이지? 생전 처음 보는 얼굴인데?"

미인은 아이의 차림새와 연령대를 보고 누구인지 알아채고는 다시 세심히 꽃가지를 골라 가위질을 하며 살짝 미소를 머금은 얼굴로 물었다.

"소인도 소장군을 처음 뵙는데 누구신지요? 여기에는 어인 일로 오셨고요?"

아이는 뒷짐을 진 채 고개를 바싹 들며 오만한 말투로 대답했다.

"네가 대답하지 않는데 내가 왜 대답해야 하지? 난 말을 찾으러 왔다. 내 말을 보았느냐?"

미인은 마당에 떨어진 대나무 막대기가 아이가 찾는 죽마라는 걸 깨닫고 재미있다는 듯 피식 웃으며 놀리듯 말했다.

"여기저기를 달리다 말을 잃었나 보군요*. 말을 잃었으면 시골로 물러나 여유롭게 살 것이지, 뭐 하러 구차하게 물어물어** 여기까지 오셨나요?"

아이는 잠시 멈칫했다. 고전을 읊는 여인의 부드럽고 온화한 어조가 이루 말할 수 없이 기분 좋게 귀에 착착 감겼다. 아이는 정체 모를 여인에게 얕보이고 싶지 않아 잠시 머리를 굴린 뒤 사뭇 진지한 표정을 지으며 대답했다.

---

* 『시경詩經·패풍邶風·격고擊鼓』에 실린 글 인용. '이곳에서 머물다 저곳으로 움직이다가 말을 잃어버려 말을 찾아 숲속을 헤매네. 죽어도 살아도, 만나거나 헤어지더라도 영원히 함께하자고 맹세했건만.'
** 구전문사求田問舍. 본래는 전답을 사려고 묻고 다닌다는 뜻. 본문에서는 물어보고 다니는 소정량의 행동을 놀리기 위해 쓰였다.

"시골은 쓸쓸하고 애잔한 바람이 불어 군자가 머무를 곳이 못 된다. 이웃집 양이 갈림길로 도망쳤으면 끝까지 뒤를 쫓아 찾아 주는 것이 이웃된 도리이니라."

아직 어린아이가 짐짓 어른스러운 체 어려운 말을 쓰는 모습이 볼수록 귀엽고 우스웠다. 미인은 손가락으로 죽마를 가리키며 말했다.

"소장군의 말은 저기서 잠시 쉬고 있습니다. 그런데 골치 아픈 일이 하나 있네요. 소장군의 말이 짓밟는 바람에 꽃병이 깨져 불전에 꽃을 공양하지 못하게 생겼거든요. 관마가 백성의 재산을 망가뜨렸으니 소장군은 이를 어찌 보상하실는지요?"

아이는 그제야 풀밭에 널브러진 자기 파편을 발견하고는 파편을 주워 들고 세세히 살피다가 눈살을 찌푸리며 추궁했다.

"대체 어느 처소에서 온 아이냐?"

미인은 살짝 미소를 지으며 반문했다.

"꽃병의 일은 대답도 하지 않으면서 내 주인이 누군지에만 관심을 보이는군요. 설마 소장군은 사람의 지위에 따라 판단을 달리하십니까?"

그러자 아이는 고개를 세차게 저으며 정색했다.

"넌 이 자기가 어떤 자기인지 못 알아보겠지만, 이건 전조의 진품 월요자기다. 귀한 물건이 깨졌으니 네 주인은 필시 네게 큰 벌을 내릴 것이야. 나를 앞장세우면 내가 네 주인에게 사정을 설명하겠다. 그럼 너도 큰 벌은 면할 수 있겠지."

미인이 살짝 놀라며 대답을 하려는 찰나, 문밖에서 작은 머리 하나가 불쑥 고개를 내밀더니 쭈뼛쭈뼛 말을 걸었다.

"여섯째 숙부, 내 말은 돌아왔나요?"

미인은 망치로 머리를 얻어맞은 듯한 충격을 느끼며 소리가 나는 쪽으로 고개를 돌렸다. 그곳에는 네다섯 살쯤 되어 보이는 동자 인형 같은 어린아이가 서 있었다. 머리 양쪽으로는 총각을 틀고 잔머리는 뒤로 늘어트렸는데, 튀어나온 이마가 분을 바른 듯 사랑스러웠다. 아이는 대나무 가지로 만든 채찍을 자그마한 손에 쥐고 문에 기댄 채 조심스럽게 안쪽을 바라보다가, 그녀와 눈이 마주치자 화들짝 놀라며 다시 문 뒤로 머리를 숨겼다. 미인은 손에 쥐었던 가위를 툭 하고 땅바닥에 떨궜다가, 금세 정신을 차리고 나머지 한 손으로는 가위로 자른 꽃가지를 세차게 쥐었다. 가지에 돋은 날카로운 가시가 맹수의 이빨처럼 그녀의 손바닥을 물어뜯는 듯했다.

두 아이는 미인이 갑자기 이상한 행동을 하자 영문을 알 수 없어 정원의 문을 사이에 두고 어리둥절한 표정으로 눈빛을 교환했다. 문밖에 선 어린아이는 잠시 뒤 조심스럽게 손짓을 하며 말했다.

"숙부, 말 필요 없어요. 빨리 돌아가요."

아이가 말하는 사이에 궁인 몇 명이 허겁지겁 도착했다. 그중 한 명은 작은 아이를 번쩍 안아 올리더니 다친 곳은 없는지 이리저리 살피며 큰 아이에게 잔소리를 퍼부었다.

"육 전하, 소인들의 사정도 좀 헤아려주세요. 잠시 한눈판 사이에 아기씨를 다른 곳으로 데려가시면 어떡합니까? 전하 때문에 놀라서 출타한 정신이 여태껏 돌아오지 않고 있습니다."

큰 아이는 심드렁하게 "응" 하고 대답한 뒤 이어서 물었다.

"무슨 일인데 이렇게 난리야?"

궁인은 대답했다.

"폐하께서 황손이 보고 싶으시다고 전하께 문후를 올릴 때 데리고 오라고 하셨습니다."

아이는 고개를 끄덕이며 말했다.

"그럼 너희 먼저 아원을 데리고 돌아가라. 난 여기서 볼일이 있어."

궁인은 그제야 고개를 들어 처마 밑에 선 초록빛 여인을 바라보고는 자신이 얼마나 엄청난 실수를 했는지 깨달았다. 자신이 직무를 태만히 하는 바람에 황손이 들어와서는 안 되는 곳에 발을 들인 것이었다. 그녀는 식은땀을 뻘뻘 흘리며 황급히 걸음을 돌리려다가 황손을 품에 안고 미인에게 고개를 숙여 예를 표했다.

"마마."

궁인의 말에 뒤늦게 미인의 신분을 알아차린 황자는 잠시 생각하더니, 미인에게 다가가 두 손을 모으며 정중히 사죄했다.

"신이 마마의 옥안을 뵌 적이 없어 오늘 큰 결례를 범했습니다. 병을 깨트린 일은 부디 용서해주십시오. 신이 돌아가면 사람을 시켜 대체할 만한 병을 보내드리겠습니다."

그러나 미인은 답례도 없이 꿈속에 잠긴 듯한 표정으로 가만히 저녁 하늘의 구름만 바라봤다. 황자의 말은 들리지도 않는 듯 말도 없었다. 그때 궁인의 품에 안긴 황손이 발버둥을 치며 떼를 썼다.

"나 먼저 가기 싫어. 숙부, 숙부, 같이 가요. 아버지 만나러 같이 가요."

황자는 처마 밑의 미인을 힐끔 쳐다보며 또다시 예를 표하고는 풀밭으로 걸어가 죽마를 집어 든 뒤, 황손을 향해 고개를 돌리며 자상한 말투로 달랬다.

"가자. 내가 같이 가줄게."

궁인들은 한시라도 빨리 이곳을 벗어나려고 허겁지겁 두 사람을 에워싸고 걸음을 재촉하다가, 약간의 협박을 섞어 애원조로 간청했다.

"두 분 모두 오늘 있었던 일은 전하께 비밀로 해주셔야 합니다. 소인들이 벌을 받는 건 어쩔 수 없지만, 그 불똥이 두 분 전하께 옮겨갈까 걱정돼서 그래요."

황자가 궁인에게 물었다.

"태자 전하의 측비 중에 저런 분이 계시다는 말은 들어본 적이 없는데? 저 마마는 품계가 뭐야?"

궁인들은 자기들끼리 힐끔힐끔 눈짓을 하다가, 그가 물러설 기미를 보이지 않자 마지못해 대답했다.

"육 전하는 모르실 수밖에 없지요. 저분은 고 재인 마마신데, 살짝 정신이 이상해지시는 바람에 태자 전하께서 다른 사람들과의 접촉을 철저하게 금하셨거든요. 조금 전에도 전하의 말에 대꾸도 안 하셨잖아요."

황자는 손에 쥔 죽마를 내려다보며 혼잣말하듯 "그런 건가?" 하고 대답하고는 황손을 바라보며 당부했다.

"아원, 들었지? 조금 전에 있었던 일은 절대 아버지께 말씀드리면 안 돼. 아버지가 어디 갔다 왔냐고 물으시면 그냥 후원에 다녀왔다고 해야 해."

평소 육 황자의 말이라면 뭐든지 듣는 황손은 즉시 고개를 끄덕이며 대답했다.

"알았어요, 숙부."

황자와 황손 일행이 점점 멀어지고 시끄러운 소리도 잦아들자 정원의 문은 다시 굳게 닫혔다. 뜰 안은 석양의 마지막 빛에 온통 붉게 물들었지만, 미인은 여전히 복도 아래 위치한 꽃나무 옆에 우두커니 서 있었다. 비쩍 마른 꽃가지처럼 가냘픈 그녀의 자태는 바람이라도 불면 픽 쓰러질 듯 위태로워 보였다.

제
47
장

양공襄公의 쓸데없는 인정

어둑어둑 땅거미가 내려앉으며 석양이 세상에 내려보낸 마지막 잔정이 따스하게 온몸을 감싸 안았다. 그 어슴푸레한 빛 속에서 붉은 장포의 어린아이가 황손의 자그마한 손을 잡고 전각을 향해 달음박질하고 있었다. 아이는 문 앞에 이르자 잠시 멈춰 서더니, 손에 쥔 죽마를 옆에 있던 내시에게 넘기고 소매를 끌어당겨 이마에 흥건하게 흐른 땀을 아무렇게나 벅벅 닦았다. 자신의 땀을 다 닦은 뒤에는 쪼그려 앉아 황손의 땀까지 마저 닦은 뒤 그제야 손을 맞잡고 안으로 들어섰다.

안에서는 늘씬한 체형의 사내가 문을 등지고 선 채 양팔을 벌리고 궁인의 시중을 받으며 속대를 매고 있었다. 아이는 황손의 옷자락을 끌어당겨 예를 표하라고 눈치를 준 뒤 동시에 바닥에 꿇어앉으며 말했다.

"전하, 돌아왔습니다."

황태자 소정권이 등을 돌리자 아름다운 얼굴이 모습을 드러냈다. 이목구비는 수년 전과 다름이 없었지만, 눈가에 살짝 드리운 그늘과 입가에 얕게 팬 주름이 전에 없이 눈에 띄었고, 웃음기 하나 없이 엄숙하게 다문 입과 봉황을 닮은 눈이 어딘가 모르게 살벌하도록 싸늘한 인상을 풍겼다. 황손은 그가 고개를 돌리자 화들짝 놀라며 오물오물 간신히 입을 열었다.

"아버지."

정권은 두 사람에게 살짝 눈을 흘기고는 인상을 쓰며 궁인에게 지시했다.

"원자를 태자비에게 데려가 옷을 갈아입혀라."

정권은 지시를 내린 뒤에야 차가운 눈길로 큰 아이를 쏘아보며 이름을 불렀다.

"소정량. 온종일 요리조리 빨빨거리고 쏘다니는구나. 2년 뒤면 글공부를 시작할 텐데 슬슬 의젓하게 굴어야지. 내가 쓰라고 한 글자는 다 썼느냐?"

정량은 주눅 든 기색 하나 없이 히죽히죽 웃으며 대꾸했다.

"진즉에 다 썼죠. 가져와서 보여드릴까요?"

사실 정량은 정권이 옷을 갖춰 입은 걸 보고 곧 자리를 떠날 것을 알고 있었다. 예상대로 정권은 손을 휘저으며 사양했다.

"됐으니 그만 일어나라. 지금은 시간이 없구나."

잠시 뒤 정권이 물었다.

"폐하께 문후를 안 드린 지 오래됐지? 오늘 나와 함께 가겠느냐?"

정량은 자리에서 벌떡 일어나 옷자락을 툭툭 털더니 고개를 갸우뚱하며 되물었다.

"폐하께서 신을 부르셨습니까?"

정권은 어처구니가 없어서 웃음이 나왔다.

"가기 싫으면 말아라. 그만 네 모친의 처소로 돌아가."

정량은 대답했다.

"어머니는 더위에 병이 나셔서 누구를 만날 기력이 없으십니다. 돌아가도 할 일이 없으니 여기서 잠시만 더 있다 가겠습니다."

정권은 달리 방도가 없어 궁인에게 정량의 저녁 식사를 준비하라고 지시한 뒤 정량을 보내주었다.

이윽고 태자비 사씨가 황손의 손을 잡고 안으로 들어왔다. 정권은 새롭게 단장한 황손을 보고는 눈살을 찌푸리며 물었다.

"손에 쥔 건 무엇이냐?"

태자비가 웃으며 대답했다.

"육 숙부가 채찍이라고 하며 줬다고 합니다. 손에서 놓으려고 하지를 않아요."

정권이 살짝 눈을 찌푸리자, 황손은 황급히 태자비의 치마폭에 숨어 입을 다물고 바닥만 바라보았다. 태자비는 그 모습을 보고 미소를 지으며 말했다.

"이렇게 좋아하는데 그냥 가지게 놔둡시다. 전하도 참, 이게 뭐라고 꾸중까지 하십니까? 어서 일어나시지요. 이러다 늦겠습니다."

그녀는 정권이 고개를 끄덕이는 것을 보고서야 황손의 귓가에 조용히 속삭였다.

"우리 아원, 착하지? 채찍은 일단 어머니에게 주렴. 어머니가 아원 대신 잘 간직하고 있을게. 그래야 아버지가 화를 안 내시지."

황손은 고개를 끄덕이며 조용히 대답했다.

"네. 아원은 말 잘 들어요."

황태자 부부는 가마를 타고 강녕전에 도착했다. 사람이 나와 안으로 들라는 황제의 명을 전할 때쯤, 조왕 정해는 이미 안에서 황제에게 자신의 그림을 펼쳐 보여주고 있었다. 황제는 손가락으로 그림을 가리키며 활짝 미소를 지었다.

"오랑이 몇 년간 혼자 왕부에 틀어박혀서 뭘 하나 했더니, 이렇게 훌륭한 그림을 그리고 있었구나."

황제는 황태자 부부가 안으로 들어오는 것을 보고는 주변 사람들에게 웃으며 말했다.

"태자는 그림에 약하고 오랑은 서도에 약하니, 언제 이 그림에 태자의 글씨를 곁들여서 내부에 보관해야겠다. 두 사람의 재주를 후세에 길이 전해야지."

황제는 태자 일행이 예를 마치기를 기다렸다가 활짝 웃으며 손짓했다.

"아원은 어서 할아버지에게 오너라. 그동안 얼마나 컸나 보자."

황후가 옆에서 웃으며 나무랐다.

"묘목을 키우는 사람도 폐하처럼 마음이 급하지는 않을 겁니다. 아원이 요 며칠 사이에 크면 얼마나 컸겠습니까?"

황후는 이어서 궁인에게 지시해 새로 만든 사선당*을 황손에게 하사했다.

황손은 정권의 눈치를 살펴 아무 문제가 없냐는 것을 확인한 뒤에야 아장아장 황제 앞으로 걸어가 다시 고개를 조아리며 감사를 표했다.

"성은이 망극하옵니다."

이어서 황손은 정해에게 예를 표하며 안부를 물은 뒤에야 사선당을 손에 쥐었다. 황제는 긴장해 뻣뻣하게 굳은 황손을 번쩍 안아 무릎에 앉히고는 정권에게 눈길을 주며 고개를 끄덕였다.

"태자와 태자비는 앉아서 얘기해라."

---

* 설탕을 사자 모양으로 빚은 장난감 사탕. ─역주

황후가 황손의 자그마한 총각을 장난스럽게 만지며 웃었다.

"아원의 생김새가 태자 어렸을 때와 똑같네요. 머릿결 좋은 것까지 닮았어요."

황제는 무릎 위의 황손을 어르며 가볍게 미소를 지었다.

"짐의 눈에는 아원이 제 아비보다 훨씬 낫소."

그는 사탕을 먹는 황손의 모습을 고개를 숙이고 바라보며 이따금 입가를 닦아주었다. 눈동자에는 황손을 향한 애정이 그득했다.

정해는 두루마리를 잘 말아 왕신에게 건넨 다음, 정권에게 다가가 예를 표한 뒤 자리에 앉으며 말했다.

"폐하께서 저리 말씀하시니 귀찮으시더라도 조만간 제 하찮은 그림에 정점을 찍어주셔야겠습니다."

정권이 웃으며 대답했다.

"폐하께서 내 글씨를 꺼리지 않으신다면 기꺼이 명을 받들어야겠지. 오제는 과하게 겸손할 필요 없다."

그 뒤로 정권은 입을 다물고 말을 아꼈다. 정권은 근래 몇 년간 언행을 극도로 조심했는데, 정해도 그 사실을 모르지 않아 더는 캐묻지 않고 황제의 무릎 위에 앉은 황손에게로 시선을 돌렸다.

"아원은 어째서 한 마리만 먹고 한 마리는 남겼느냐? 감귤을 몰래 품은 육랑陸郎*을 본받으려는 게야?"

황손은 화들짝 놀라며 정권의 눈치를 힐끔 보고는 한 마리 남은 사선당을 손에 쥐고 어찌할 바를 몰라 하며 중얼중얼 대답했다.

"아니에요."

---

* 『삼국지三國誌·오지吳誌·육적전陸續傳』에 실린 글 인용. 육랑은 여섯 살 적에 구강의 원술을 찾아갔는데 원술이 감귤을 대접하자 세 개를 몰래 품었다. 품에 품은 감귤이 작별 인사를 하다가 바닥에 떨어지자 원술이 물었다. "육랑은 어찌하여 손님으로 와 귤을 품에 품었는가?" 육랑이 대답했다. "어머니께 드리려고 했습니다."

황제는 황손의 목을 다정하게 어루만지며 칭찬했다.

"아원은 효심이 지극하구나."

이어서 그는 황손을 바닥에 내려놓으며 황후에게 분부했다.

"당신은 아원을 데리고 후전으로 가보시구려. 사람들에게 아원의 손도 씻기라고 이르고. 태자비도 함께 가라."

황후와 태자비는 즉시 자리에서 일어나 황제에게 인사를 한 뒤 황손을 데리고 밖으로 나갔다.

안에 남겨진 정해는 황제와 태자 사이에 나눌 이야기가 있다는 것을 눈치채고는 역시 자리에서 일어나 물러갔다. 황제는 정해의 모습이 사라지자 정권에게 말했다.

"가까이 와서 고하라."

그는 이어서 변방의 군수물자 조달 상황을 하나하나 조목조목 물었고, 정권 역시 하나하나 빠짐없이 사실대로 보고했다. 황제는 한동안 말을 멈추더니 이마를 손으로 짚으며 탄식했다.

"백성을 십몇 년은 먹일 수 있는 양이 하루아침에 사라졌구나. 군사는 흉기라더니 이래서 그런 말이 나왔나 보다."

정권은 대답했다.

"자고로 국경을 지키고 백성의 삶을 편안하게 지키는 이들은 모두 인의仁義를 지키는 사람이었습니다. 옛 현인도 '전쟁을 통해 전쟁을 없앨 수 있다면 싸우는 게 옳고, 살상으로 살상을 없앨 수 있다면 살상을 하는 게 옳다'고 했습니다. 폐하께서 탄식하시는 것도 백성을 자식처럼 불쌍히 여기는 자애로운 마음 때문이 아니겠습니까? 변방의 장병들도 그런 폐하의 은혜에 보답하기 위해서라도 목숨을 걸고 싸울 것이며, 후방의 내신들도 최선을 다해 변방을 지원할 터이니 근심은 내려놓으시고 옥체 보존에 힘쓰십시오."

황제는 고개를 끄덕이며 말했다.

"네가 부족함 없이 군무를 챙기는 걸 보니 나도 마음이 놓이는구나. 오늘 변방에서 급보가 도착했다. 모지가 조만간 회안산으로 출병한다는구나. 장주에는 하양후가 남아 철저히 방비하고 있다고 하니, 짐은 이제 안팎으로 근심할 것이 없다. 다만 전쟁에서 승리를 거둘 때까지 네가 몇 개월간 더 수고를 해줘야겠다."

변방의 상황은 정권도 이미 알고 있었다. 지금에서야 황제에게 공식적으로 사실을 전달받았을 뿐이다.

"신이 최선을 다해 전선을 지원하겠습니다."

정권이 대답하자, 황제는 가볍게 한숨을 내쉬었다. 지나치게 형식적인 정권의 대답이 짜증스럽게 느껴졌기 때문이다. 황제는 다시 황손을 찾았다.

"아원은? 아원을 다시 불러오너라."

태자 내외는 해시 무렵에야 가마를 타고 강녕전을 떠났다. 황손은 남은 사탕 하나를 아직도 손에 쥐고 있었다. 사탕이 녹아 흐른 물이 태자비의 치맛자락에 진득진득하게 엉겨 붙자, 태자비는 슬며시 웃으며 물었다.

"지금 보니 아원이 양제에게 사탕을 주려고 그러는구나?"

태자비는 황손이 말없이 자신의 치맛자락 옆에서 잔뜩 몸을 웅크리자, 그 모습이 한없이 측은해 정권에게 조용히 양제의 이야기를 건넸다.

"황후마마께서 양제의 병세를 물으시기에 마마께서 내리신 약을 계속 먹은 덕분에 차도가 있었다고 대답했습니다. 지금은 자리에서 일어나 앉게 됐으니 조만간 회복되면 황후마마께 함께 문안을 드릴 수 있을 듯합니다."

정권은 한참 동안 대답하지 않았다. 별로 관심이 없는 듯 보였다. 태자비는 차가운 정적을 견디지 못하고 또다시 입을 열었다.

"마마께서 오제의 혼사 얘기도 꺼내셨습니다. 더는 지체할 수 없으니 좋은 신붓감이 있으면 추천해달라고 하시더군요."

정권은 그제야 반응을 보이며 딱딱하게 물었다.

"그래서 뭐라고 대답했소?"

태자비는 대답했다.

"신첩은 궁궐 깊은 곳에서만 생활해 바깥일은 잘 모른다고 했지요."

태자비는 정권의 안색을 살핀 뒤 별 문제가 없음을 확인하고 나서야 황손을 품으로 끌어안으며 남몰래 한숨을 쉬었다.

정권이 돌아왔을 때에도 정량은 여전히 정권의 처소에서 배회하고 있었다. 책상 앞에 앉아 산만하게 책장을 들추던 정량은 정권이 안으로 들어오자 펄쩍 뛰어내리며 그를 반겼다.

"전하"하고 정권을 부른 그는 이어서 그의 등 뒤를 탐색하며 물었다.

"아원은요?"

정권은 스스로 관복을 벗으며 정량에게 잔소리를 늘어놓았다.

"아원은 네 형수와 함께 처소로 돌아갔다. 넌 앉을 거면 단정하게 앉든가, 설 거면 의젓하게 서든가 해야지 체통 없이 그게 무슨 꼬락서니냐?"

조카가 돌아갔다는 이야기에 실망도 하기 전에 형의 잔소리가 쏟아지자, 정량은 잔소리가 더 번지기 전에 재빨리 화제를 돌렸다.

"전하, '이모二毛'가 무슨 뜻이에요?"

정권은 힐끔 책상 위를 바라봤다. 책상에 펼쳐진 『세설신어世說新語』와 『좌씨춘추左氏春秋』를 보니 무엇을 묻는지 짐작이 갔다.

"나이든 노인의 머리를 두고 하는 말이다. 희끗희끗한 머리카락이 섞이면 두 가지 색으로 보이거든. 두예杜預가 붙인 주석에 그 내용이 있는데 꼼꼼히 읽지 않았구나."

정량은 고개를 끄덕이며 대답했다.

"뭔지 알겠어요. 폐하의 머리카락이 그렇잖아요."

정권은 잠시 멈칫했다. 그러고 보니 황제의 귀밑머리가 어느새 희끗희끗 반백으로 물들어 있었는데, 아침저녁으로 문안하면서도 의식하지 못하고 있었다. 정권은 책상 앞에 앉아 궁인이 건네는 수건으로 손을 닦으며 생각나는 대로 물었다.

"읽을 수 있어?"

정량은 고개를 가로저었다.

"못 읽어요. 아직 모르는 글자가 많아서요."

정량이 손가락으로 책의 이곳저곳을 짚자, 정권은 차례대로 독음을 일러주며 대강의 의미도 풀이했다. 정량은 정권의 해석을 듣고 난 뒤 어렴풋이 알 것 같다는 표정으로 물었다.

"이 송양공宋襄公은 다친 사람을 두 번 해치지 말고 반백의 노인을 포로로 잡지 말자고 했으니, 인의를 지키는 호인이 아닌가요? 전하가 며칠 전 신에게 강독해주신 『맹자』에서는 인의를 지키는 사람에게는 적이 없다고 했었잖아요? 송양공은 인의를 지키는 사람인데, 왜 패배한 거예요?"

정권은 정량의 머리를 쓰다듬으며 대답했다.

"양혜왕梁惠王의 인의는 자기 사람들을 위한 거였고, 송양공의 인의는 적을 위한 거였지."

정량은 또 물었다.

"그럼 어진 사람은 타인을 사랑한다는 '인자애인仁者愛人'이라는 말은 자기 사람을 사랑하라는 뜻이겠군요. 그런데 적도 사람이잖아요? 적도 사랑해야 하는 거 아닌가요?"

정량의 질문에 정권은 잠시 생각에 잠겼다가 적당한 문구가 떠오르자 다시 입을 열었다.

"공자의 말씀 중에 덕으로 덕을 갚고 정의로 원한을 갚으라는 말이 있지. 적이라고 해서 분별없이 인의로 대할 필요는 없다."

말을 내뱉고 보니 어린아이가 이해하기에는 다소 어려운 내용이었다. 그는 잠시 생각하더니 말을 이었다.

"사실 공자는 양공의 후손이다. 양공은 자신을 망국의 후손이라고 일컬었는데, 이는 송나라가 은상殷商의 후예임을 의미한다. 은나라 사람은 원래 예의와 전통을 숭상했거든. 고대에는 지금처럼 말등자가 없어서 기사를 직접 적진 깊숙이 돌격시키는 전차전이 보편적이었다. 그래서 전투 대형인 군진이 무엇보다 중요했지.「국상國殤」에는 '네 필의 말이 이끄는 수레가 군진으로 돌진해 들어오다가 좌측 곁마가 활에 맞아 쓰러지고 우측 곁마는 칼에 베였다. 그러나 그 주인은 두려운 기색 없이 두 바퀴를 흙에 묻고 진군의 북을 울리더라'라는 구절이 나오지. 바로 초나라의 군진이 적에게 격파당한 뒤 벌어지는 혈전의 끔찍함을 묘사한 부분이야. 그래서 당시에는 교전 시 양측이 지켜야 하는 군례軍禮가 많았다. 양공이 '대열을 갖추지 못한 적군에게는 북을 치지 않는다'고 말한 것도 그 군례 때문이었지. 군진을 제대로 갖추지 않은 적군을 기습하는 건 고대 사람들의 눈에는 도의에 어긋나고 명예롭지 못한 짓이었거든. 그런데 그 군례가 세월이 흘러 양공의 시대에 이르러서는 고리타분한 전통으로 전락해서 아무도 지키려 하지 않았어. 수많은 임기응변과 속임수가 난무하는 혼탁한 시대에 양공은 굳이 적군이 군진을 잘 갖출 때까지 기다렸다가 공격하기를 고집했지. 결국 적을 격파할 수 있는 절호의 시기를 놓치고 대패했을 뿐만 아니라, 양공 자신도 만고에 우스운 자로 이름을 남겼어."

정량은 고개를 끄덕이며 말했다.

"전통을 유연하게 적용하지 못하는 융통성 없는 사람이었네요."

정권은 잠시 놀라 멈칫하다가 이어서 설명했다.

"왜냐하면 그는 시대의 흐름에 따르는 걸 부끄럽게 여겼거든. 그가 가는 곳마다 적을 무너뜨릴 수 있었던 이유는 스스로를 신념을 굳게 지키는, 인의仁義를 지키는 사람으로 여겼기 때문이야. 송나라의 국력이 쇠약하다는 걸 알면서도 기꺼이 계란으로 바위 치기를 시도했지."

정량은 말했다.

"전하의 말씀을 들으니까 양공의 말이 옳다는 건지 자어子魚의 말이 옳다는 건지 이해할 수가 없습니다. 양공이 잘못한 것입니까, 당시의 사람들이 잘못한 것입니까?"

정권은 정량을 가까이 끌어안으며 한숨을 쉬듯 대답했다.

"두 사람 다 잘못하지 않았다. 다만 너는 양공과 같은 실수를 범하지 않도록 주의하면 그만이야."

정권은 정량이 어지럽게 늘어놓은 책을 정리하며 지시했다.

"밤이 늦었다. 나도 내일 할 일이 많으니 그만 돌아가 보아라."

정량은 고개를 끄덕이며 자리에서 일어나다가 문득 생각난 듯 웃으며 물었다.

"책상 앞에 놓인 병은 원래 한 쌍이죠? 어쩌다가 한 개만 남았어요?"

정량의 손가락이 가리키는 곳을 보니 과거의 그 비색 월요팔릉정수병이었다. 정권은 아무렇지 않게 대답했다.

"예전에 한 개가 깨졌다."

정량은 웃으며 말했다.

"한 개만 있으면 보기 좋지 않으니 그냥 신에게 주시면 안 될까요?"

정권은 말했다.

"이 진귀한 걸 너 같은 어린애가 뭐에 쓰려고? 또 무슨 말썽을 부리려고 그러느냐?"

정량은 잠시 생각에 잠긴 듯하다가 불쑥 대답했다.

"불전에 꽃을 공양하고 싶어서요."

정권은 어린아이가 어쩌다가 이런 엉뚱한 발상을 하게 됐는지 궁금하면서도, 우스워서 결국 옆에 있던 내시에게 병을 가리키며 지시했다.

"네가 군왕을 처소로 모셔다드리면서 잘 받쳐 들고 가라."

아침이 다 가도록 녹두를 따도

궁 안에서 장사군왕 소정량과 황손의 친분을 모르는 사람은 없었다. 두 사람은 숙질 사이였지만 나이 차가 얼마 나지 않아 늘 붙어 다니며 함께 놀았다. 송 미인*이 군왕이 보이지 않아 찾아다 닐 때마다 그는 어김없이 연조궁에서 황손과 놀고 있었다. 그날 도 정량은 아침에 자리에서 일어나자마자 동궁으로 달려가 태자 비에게 문안을 드린 뒤, 황손 및 궁인 몇 명과 함께 어원으로 가서 신나게 놀았다. 정오가 되자, 황손은 식사와 낮잠을 위해 동궁으 로 돌아가야 했다. 황손이 떨어지기 아쉬워하자, 정량은 낮잠을 자고 다시 만나자며 황손을 달랬다. 그는 황손을 보내고 자신의 거처로 돌아와 간식으로 대충 요기를 한 뒤, 다시 연조궁으로 달 려가다 죽마를 잃어버렸던 장소에 이르러 걸음을 멈췄다. 연조궁 과 관련이 없는 정량의 궁인과 내시들은 그곳이 금단의 구역이라 는 사실은 꿈에도 모른 채 정량이 궁원으로 발을 들이자 당연하

---

* 황제의 후궁 품계. —역주

다는 듯 뒤를 따르려 했다. 그때 정량이 뒤돌아보며 명령했다.

"너희는 문밖에 있어라. 금방 돌아오겠다."

이어서 그는 내시에게 정수병을 건네받아 겨드랑이 사이에 끼고 직접 문을 밀고 안으로 들어간 뒤, 아랫사람들이 잔소리를 퍼붓든 말든 빗장을 걸어 문을 잠갔다. 문밖에 남겨진 궁인과 내시들은 발을 동동 구르며 탄식했다. 혹여나 정량이 사고라도 치면 그 불똥이 자신들에게까지 튀기 때문이었다.

오후의 정원은 인적이라고는 없이 쥐 죽은 듯 적막했다. 불견소佛見笑 꽃나무를 돌아 꽃길을 관통해 처마 밑에 도착하는 순간, 누군가가 뒤에서 옷자락을 잡아끌었다. 화들짝 놀라며 뒤돌아보니 범인은 석산 옆으로 불쑥 삐져나온 싸리나무 가지였다. 정량은 잠시 병을 내려놓고 꽃가지에 걸린 옷자락으로 손을 뻗었다. 속박에서 벗어나는 데는 성공했지만, 집게손가락은 날카로운 가시의 공격을 피해갈 수 없었다. 그는 별일 아니라는 듯 다친 손가락을 입으로 빨며 다시 병을 주워 들고 각 안으로 들어갔다.

정원과 마찬가지로 조용한 각 안에는 오가는 궁인이 한 명도 없었다. 정량은 잠시 묘한 생각에 잠겼다. 마치 다른 세상인 듯 고요한 장소에서 홀로 지내는 여인이 있다는 이야기는 생전 들은 적이 없었기 때문이다. 정량은 자신이 왔다는 사실을 고할 궁인을 찾았으나, 사정이 여의치 않아 잠시 고민에 빠졌다. 통보할 궁인이 없다고 무단으로 들어가는 것은 주인에 대한 불경이었다. 그러나 정량은 아직 어린아이였으므로 오래 고민하지 않고 터벅터벅 마음 가는 대로 각 안에 발을 들였다.

고작 동궁 재인의 처소였으므로 궁실은 그다지 넓지 않았다. 정량은 중당을 지나 순조롭게 동각에 이르렀다. 칸막이 격자로 안팎의 공간이 구분된 그곳으로 들어서자마자 벽에 세로로 높이 걸린 수월관음水月觀音 그림 족자가 눈에 들어와, 정량은 자기도 모르게 걸음을 멈췄다. 하얀색 옷을 몸에 두르고 영락瓔珞을 목에 건 채 맨발로 연화좌 위에 선 관음보살의 시선은 발밑 물속에 비친 달그림자를 향해 있었다. 장엄하고도 자비로운 자태에 세속의 평범한 여인과도 같은 약간의 온화함이 더해진 모습이었다. 그 앞에 마련된 단에는 연기가 피어오르는 향로는 없었지만, 정원에서 딴 꽃가지들이 비스듬히 꽂힌 백자 꽃병 몇 개가 단출하게 놓여 있었다. 정량은 생모의 각 안에서도 비슷한 그림을 본 적이 있었지만, 이곳에 걸린 관음보살의 모습이 보다 친숙했다. 한동안 그림을 감상하던 정량은 이윽고 칸막이 너머 내실로 발을 들였다. 내부도 외부와 마찬가지로 소박했다. 벽 쪽에 놓인 작은 상비죽대나무 침상은 머릿병풍으로 둘러싸여 있었는데, 병풍 역시 그림이나 글씨 하나 없이 간소했으며 휘장도 걸쳐 있지 않았다. 가구라고는 그것 말고는 창가에 놓인 작은 책상이 전부였는데, 그 앞에는 그날 마주쳤던 초록색 옷의 미인이 문을 등지고 홀로 앉아 상아 손잡이 부채를 든 채 바둑돌을 나열하고 있었다. 한창 열중하다가 인기척을 느낀 그녀는 뒤도 돌아보지 않고 물었다.

"석향? 왜 일어났어?"

정량은 손에 든 물건 때문에 정식으로 예를 갖추지 못하고 허리만 숙이며 대답했다.

"고 재인 마마, 신이 새 꽃병을 가지고 왔습니다. 말을 전할 궁인이 보이지 않아 어쩔 수 없이 마음대로 들어왔으니 결례를 용서해주십시오."

미인은 놀란 기색 하나 없이 태연하게 자리에서 일어나 가볍게 답례를 한 뒤 미소를 지으며 말했다.

"소장군께서 신의가 대단하시군요. 장하십니다."

그녀는 병을 받아서 자세히 살펴보지도 않고 대충 옆에 놓고
는 정량의 이마에 땀이 맺힌 것을 보고 친히 다상으로 다가가 맹
물을 따라 건네며 사죄했다.

"내인들이 낮잠 자는 중이라 뜨거운 차를 대접할 수가 없네요.
부디 양해해주십시오."

말은 그렇게 했으나 표정과 태도는 무척이나 여유로워서 곤란
해하는 기색은 전혀 느껴지지 않았다. 정량이 가만히 보니 미인
의 언행은 확실히 보통 사람과는 달랐지만, 그렇다고 궁인들이
말한 것처럼 정신 나간 사람으로는 보이지 않았다. 정량은 더더
욱 호기심을 느끼며 고개를 끄덕여 감사를 표한 뒤 잔을 받아 목
을 축였다. 무심코 바둑판 위를 보니 흑백의 돌로 나열된 대국이
긴박한 형세로 치닫고 있었다. 근래 들어 막 바둑을 배우기 시작
한 그는 흥미진진한 판을 보자 손가락이 근질근질했다.

"마마, 괜찮으시다면 신과 한판 두시겠습니까?"

고 재인은 말없이 살짝 미소를 지은 뒤 물었다.

"밖에서 기다리는 사람들이 걱정하지 않을까요?"

정량 역시 웃으며 대답했다.

"괜찮아요. 혼자 와서 아무도 모르니까요."

거짓말이라는 게 빤히 보였지만, 고 재인은 모른 척 미소를 머
금은 채 바둑판 위를 가리켰다.

"그렇다면 한번 가르침을 청해보지요."

이제 막 가을로 접어들어 실내의 창살은 여름을 나던 그대로 창
호지 없이 맨살을 드러내고 있었고, 대나무 발도 위로 둘둘 말려
밖이 훤히 보였다. 오후의 부드러운 바람이 실내로 솔솔 불어 들어
오자, 창가에 놓인 꽃병의 꽃가지가 살랑살랑 춤을 추었다. 바둑판
위에 비친 태양의 그림자가 가느다란 꽃가지의 그림자와 교차하

며 얽히는 순간, 실내는 맑고 서늘한 가을 정취로 가득 찼다.

두 사람은 바둑판 앞에 마주 앉아 각각 흑돌과 백돌을 수습해 바둑통 안에 넣었다. 정량이 먼저 흑을 잡고 판 위에 돌을 놓자, 고 재인도 사양하지 않고 백을 집어 그 뒤를 따랐다. 바둑에 초학인 정량은 사실 누구와 겨룰 만한 실력이 못 되었는데, 대국 상대가 고만고만한 차이로 양보를 하고는 했기 때문에 처참하게 깨진 적은 없었다. 그러나 고 재인은 한 치의 양보도 없이 날카롭게 공격해 단시간에 가차 없이 흑을 봉쇄했다. 정량이 아무리 골머리를 앓으며 판을 살펴도 빠져나갈 구석은 보이지 않았다. 그는 패배를 인정하기 싫어 돌을 쥔 채 한참을 고민하다가 고개를 들고 고 재인을 바라봤다. 그녀는 긴장감이라고는 전혀 없는 평화로운 표정으로 바람에 살랑거리는 창밖의 꽃가지를 바라보며 부채를 흔들고 있었다. 바람을 타고 가볍게 휘날리는 잔머리를 따라 시선을 아래로 옮기니 상아 손잡이와 다를 바 없는 새하얀 손목이 눈에 띄었다. 나이가 어린 정량이라도 그녀의 침착한 태도가 의미하는 바를 모르지 않았으므로 살짝 달아오른 얼굴로 바둑알을 통 안으로 집어 던지며 패배를 인정했다.

"신이 졌습니다."

고 재인은 자리에서 일어나며 미소를 지었다.

"소장군이 양보하신 덕분이지요."

고 재인이 배웅하려는 의사를 내비친 이상 더 앉아 있는 것은 결례였다. 정량 역시 자리에서 일어나 답례하며 대답했다.

"신이 마마의 시간을 방해했군요. 이만 물러가겠습니다."

고 재인은 미소를 머금은 얼굴로 고개를 끄덕이며 말했다.

"어서 돌아가세요. 가기 전에 당부드릴 게 있습니다. 이곳에 다시 오시면 안 됩니다. 오늘 있었던 일도 사람들에게는 비밀로 하시는 게 좋겠습니다."

정량은 고 재인의 상황을 이해한다는 듯 대답했다.

"마마의 명예에 누가 되는 일은 결코 하지 않을 것입니다. 가 보겠습니다."

고 재인은 고개를 가로저으며 미소를 지었다.

"그런 말이 아니에요. 내가 아니라 소장군이 걱정돼서 하는 말입니다."

그때 갑자기 강한 바람이 안으로 밀려들어 오며 책장이 휘날리는 소리가 들렸다. 고개를 돌리니 문진 없이 책상 위에 놓여 있던 종이 몇 장이 바람에 휩쓸려 바닥에 떨어져 있었다. 정량은 황급히 종이를 줍다가 무심코 종이에 쓰인 글자를 보고 충격에 휩싸였다. 고 재인은 정량이 글씨를 보든 말든 무심히 종이를 받아 다시 책상 위에 올려놓으며 말했다.

"소장군의 말대로 시골에는 정말 애잔한 바람이 부는군요."

정량은 놀라 우두커니 있다가 뜬금없는 대답을 했다.

"시골에 바람이 불기는 하지만 애잔한 바람은 아닙니다."

고 재인은 살짝 어처구니가 없이 부채로 얼굴을 가리며 소리 내어 웃었다. 부채에 가려져 표정을 살필 수는 없었지만, 반달 모양으로 휘어진 그녀의 두 눈에는 즐거움이 가득했다. 정량은 문득 석산 옆에서 바람에 흔들리던 여린 가을꽃이 떠올라 한동안 얼떨떨한 표정으로 그녀를 바라봤다. 고 재인은 한참 동안 실컷 웃더니 얼굴을 가린 부채를 치우며 말했다.

"감사합니다, 소장군."

정량은 미인을 웃게 했다는 뿌듯함을 만끽하며 문을 향해 달려가다가 잊어버린 게 생각난 듯 문 앞에서 잠시 멈춰서더니 되돌아왔다. 고 재인은 그가 되돌아오자 의아하다는 듯 물었다.

"놓고 간 물건이라도 있나요?"

정량은 두 손을 모아 공손히 읍을 하며 대답했다.

"마마께 범한 큰 결례가 떠올라서 알려드리려고 왔습니다."

고 재인은 눈을 치켜뜨며 물었다.

"그게 무엇인가요?"

정량이 대답했다.

"신의 이름은 소정량입니다. '대들보' 할 때 그 '량梁' 자예요."

고 재인은 또다시 크게 웃으며 고개를 끄덕였다.

"알겠습니다."

고 재인은 정량의 모습이 멀어지고 나서야 그가 가져온 정수병을 들고 한동안 묵묵히 바라봤다. 외실의 불단으로 가서 꽃병을 교체하고 보니 정수병 위에 가라앉은 먼지가 눈에 띄었다. 그녀는 수건으로 먼지를 닦은 뒤 정원으로 가서 신선한 꽃가지를 잘라다가 병에 꽂고 다시 방으로 들어갔다.

밖으로 나온 정량은 자신의 거처로 돌아가지 않고 그대로 황손에게로 갔다. 일찌감치 낮잠에서 깬 황손은 전각 옥섬돌에 앉아 정량을 기다리고 있었다. 두 사람은 잃어버렸다가 되찾은 죽마를 들고 후원으로 나가 해가 저물 때까지 신나게 놀았다. 정신없이 놀던 정량이 갑자기 중요한 일이 떠오른 듯 안절부절못하며 황손에게 말했다.

"아원, 나 가봐야겠다."

황손은 크게 실망하며 정량의 옥대를 붙잡고 떼를 썼다.

"어디 가요? 나도 같이 가요."

정량은 황손에게 죽마를 건네며 설명했다.

"전하가 숙제로 내주신 글자를 아직 못 썼어. 아무래도 오늘

검사한다고 하실 듯하니 당장 돌아가서 써야겠다. 너는 그만 어머니께 돌아가. 숙부가 내일 또 놀아줄게."

정량은 말을 마치자마자 허겁지겁 자리를 떴다. 아버지와 관련된 일이라고 하니 황손도 더는 정량을 붙잡아 둘 도리가 없었다. 아원은 잔뜩 골이 난 모양새로 입을 삐죽거리며 궁인을 따라 처소로 돌아갔다.

정량의 예상대로 태자는 저녁 식사 시간이 지나 여유로운 틈이 생기자 숙제 검사를 하겠다고 했다. 정량은 허둥지둥 간신히 시간에 맞춰 숙제를 마쳤으나, 그중에는 분량을 맞추려고 급히 쓴 졸작도 몇 장 섞여 있었다. 정량은 숙제를 정권에게 넘긴 뒤 그 자리에 서서 초조한 마음으로 정권의 표정을 살폈다. 아니나 다를까 정권은 두어 장을 넘긴 뒤로 급격하게 인상을 쓰기 시작했다. 정량은 비록 나이는 어리지만 '군자는 위험한 상황이 예상되는 즉시 방비해야 한다*'는 이치를 일찍부터 깨치고 있었다. 정량은 태자가 책상 위에서 무언가를 찾는 듯 고개를 두리번거리자, 살금살금 문 쪽으로 피하다가 두 발짝도 채 가기 전에 정권에게 붙잡혔다.

"거기 서."

도주에 실패한 정량은 어쩔 수 없이 걸음을 멈추고 가라앉은 목소리로 애원했다.

"전하, 신이 잘못했습니다."

정권은 피식 코웃음을 치면서도 질책하지는 않았다.

"손 내밀어라."

정량은 헤헤 웃으며 이 순간을 모면하려고 했다.

---

* 『맹자孟子·진심盡心』인용.

"형님, 이번만 봐주세요. 제가 금방 다시 써 올게요."

정량이 이런 식으로 은근슬쩍 넘어가려고 시도한 게 한두 번이 아니었으므로, 정권은 피식 코웃음을 친 뒤 정량이 쓴 글자를 손가락으로 가리키며 추궁했다.

"며칠 전에는 분명히 글씨를 다 썼다고 하지 않았느냐? 그런데 왜 글자가 급하게 쓴 것처럼 형편없지?"

정량은 둘 중 벌을 가볍게 받을 수 있는 구실이 무엇일까 곰곰이 저울질한 뒤 대답했다.

"신이 어찌 감히 전하를 속이겠습니까. 다만 글씨를 쓸 때 집중이 되지 않았을 뿐입니다."

정량은 잠시 더 생각한 끝에 이 상황을 모면할 기발한 생각이 떠올라 입을 열었다.

"형님은 글자를 세 번 베껴 쓰면 물고기가 노나라 황제로 바뀌고, 황제가 호랑이로 바뀐다*고 하셨잖습니까? 글씨를 쓰다 보면 이런 실수도 하는 법이죠. 다음부터는 잘 쓰도록 노력할게요."

정권은 정량이 꾀를 부리든 말든 턱짓으로 가까이 오라고 지시했다. 정량은 정권의 성미를 모르지 않았기에 저항을 포기하고 터벅터벅 시키는 대로 다가가 왼손을 내밀었다. 정권은 계척을 높이 들어 정량의 손바닥을 몇 대 때린 뒤, 계척을 옆에 던져놓으며 지시했다.

"지금 당장 써보아라. 형편없이 쓰면 또 맞을 줄 알아."

손바닥을 맞은 뒤에 글씨까지 써야 하다니, 정량은 은근히 불만스러웠다. 어쩔 수 없이 붓을 들고 두세 자를 써봐도 솜씨가 영

---

* 진갈홍晉葛洪의 『포박자抱樸子·하람遐覽』을 인용한 것으로, 글씨를 쓸 때 실수를 자주하는 것을 의미한다.

볼품없었다. 초조하고 두려운 마음에 코끝이 찡해진 그는 붓을 내려놓으며 말했다.

"전하, 그냥 안 쓰겠습니다."

정권은 들은 체도 안 하고 이 책 저 책을 떠들어 보았다. 정권이 무시하자, 정량은 붓을 다시 들어 글씨를 쓸 수밖에 없었다. 정량이 다시 붓을 드는 듯싶자, 정권은 그제야 되물었다.

"하고 싶은 말이 무엇이냐?"

정량은 대답했다.

"당해唐楷는 제약이 많아서 재미가 없어요. 신은 금착도를 배우겠습니다."

정량이 또 그 이야기를 꺼내자, 정권은 들추던 책을 내려놓고 설명했다.

"넌 아직 나이가 어려서 팔 힘이 부족해. 기본기부터 익히지 않으면 서도는 속 빈 강정으로 전락할 거야. 일단 글씨를 다 써보아라. 다 쓰면 내가 보고 판단해주마."

정권이 또다시 거절하자, 정량은 기분이 잔뜩 상해 입을 삐죽거리며 불만을 토로했다.

"다른 사람한테는 가르쳐주면서 저는 안 된다는 겁니까?"

정량의 뜬금없는 말에 정권의 안색은 서서히 변해갔다.

"그게 무슨 말이지?"

정권이 의혹에 가득 찬 눈길로 묻자, 정량은 자신의 말실수를 깨닫고는 황급히 입을 다물었다.

"아무것도 아니에요. 다시 써보겠습니다."

정권은 한참 동안 그를 빤히 쳐다보다가 다시 물었다.

"금착도를 쓰는 사람을 본 적이 있느냐?"

정량은 정권이 왜 이토록 사소한 일을 파고드는지 이해할 수가 없었으나, 정권의 심각한 표정을 보자 뜨끔해 고개를 세차게 저었다.

"그냥 어쩌다가 튀어나온 말이에요. 신은 본 적이 없습니다."

정권은 더는 참을 수 없다는 듯 험상궂은 표정으로 좌우 내시들에게 지시했다.

"요 며칠간 장사군왕을 보필한 궁인들을 당장 본궁 앞으로 끌고 오너라."

항상 자신을 친근하고 다정하게 대했던 정권이 지금은 콧날 옆으로 팬 팔자주름이 험상궂은 인상을 따라 꿈틀거릴 정도로 화가 나 있었다. 정권의 명을 받든 내시들이 밖으로 나가려는 조짐을 보이자, 정량은 더는 숨길 수 없다는 것을 깨닫고 놀란 가슴에 서럽게 울기 시작했다.

"전하, 그러지 마세요. 말을…… 신이…… 신이 다 말하겠습니다."

그러나 정량은 워낙 서럽게 우느라 한참 동안 입을 열지 못했다. 훌쩍이는 그에게 정권이 "말해!"라고 소리를 지르자, 정량은 화들짝 놀라며 말문을 열었다.

"전하의 측비 고씨가 쓴 글씨를 보았는데, 전하의 필체와 비슷해 아무렇게나 말한 것입니다."

이야기를 듣고 가만히 생각해보니 대강의 궁금증은 풀렸으나 여전히 화가 치밀어 올랐다.

"꿇어앉아. 그곳엔 대체 뭐 하러 갔느냐?"

정권이 잔뜩 화가 난 어조로 추궁하자, 정량은 바닥에 꿇어앉으며 눈물을 훔쳤다.

"일부러 간 건 아닙니다."

정량은 죽마를 잃어버린 이야기부터 정수병을 돌려준 이야기까지 하나하나 세세히 정권에게 들려주었다. 워낙 언변이 좋은 정량이었기에 정권은 금세 전후 상황을 명확하게 이해할 수 있었다. 어린아이가 벌인 범상치 않은 언행에 생각이 복잡해진 그는 잠시 고민하다가 어두운 표정으로 물었다.

"소택은 항상 너와 붙어 다니지. 그 아이도 너를 따라갔느냐?"

정량은 허겁지겁 부인했다.

"아원은 겁이 많아서 따라오지 않았습니다."

정권은 차갑게 웃으며 대꾸했다.

"넌 겁이 없고?"

정량이 정권의 얼굴이 한층 누그러진 것을 보고 용기를 내어 물었다.

"신은 전하가 왜 이토록 화를 내시는지 모르겠습니다. 왜 그분을 만나면 안 됩니까?"

정권은 세세한 이야기를 하고 싶지도 않았지만, 그렇다고 정량과 그녀가 또 마주치는 것도 원치 않아서 애매하게 둘러댔다.

"악질에 걸려서 격리해야 하거든."

설득력이 전혀 없는 말에 정량은 고개를 가로저으며 밀했다.

"몇 마디 나눠봤는데, 병이 있는 사람 같지는 않았습니다."

정권은 할 말이 없어 멍하니 있다가 한참 만에야 인상을 쓰며 물었다.

"무슨 얘기를 나눴지?"

정량은 곰곰이 생각한 끝에 고 재인과 대국한 이야기는 쏙 빼고 두 사람이 나눈 대화만 정권에게 전달했다. 정량의 이야기가 '시골의 애잔한 바람' 대목에 이르자, 정권은 화가 나기도 하고 우습기도 해 대뜸 추궁했다.

"그런 말은 대체 어디서 배웠느냐?"

정량은 책상 위에 놓인 『세설신어』를 가리키며 대답했다.

"여기서 읽었습니다. 며칠 전 전하의 책에서 본 구절입니다."

정권은 능구렁이처럼 약삭빠른 동생을 어찌 다뤄야 좋을지 골머리를 앓다가 정색을 하며 물었다.

"그 여자가 뭐라고 하더냐?"

정량은 까닭 없이 한참 동안 무릎을 꿇은 것도 모자라 도둑처럼 심문을 당하자 울적해져서 대답했다.

"아무 말도 안 했습니다. 전하의 얘기는 전혀 묻지 않으셨습니다."

정권은 이건 또 무슨 소리인가 싶어 한참 동안 말문이 막혔다가, 결국 포기하고 말을 맺었다.

"앞으로는 네 형수의 처소 말고는 절대 발을 들이지 말아라. 또다시 그곳에 발을 들였다가는 본궁이 그냥 넘어가지 않겠다."

정량은 정권이 왜 이토록 정색하는지 이해할 수는 없었지만, 농담을 하는 기색이 아니어서 마지못해 고개를 숙이며 대답했다.

"명 받들겠습니다."

제
49
장

나무가 오히려 이와 같네

회안산의 남쪽 기슭에는 장주를 향해 흐르는 작은 하천이 하나 있었다. 장주성을 지키는 장병과 전투마는 물이 풍부하게 흐르는 여름이면 이 하천을 식수로 썼고, 강바닥이 건조한 바닥을 드러내는 겨울이면 회안산 위의 얼음을 파다가 녹여서 마셨다. 가을에 접어들기 시작하면 강물은 그 어느 때보다 풍족하게 흐르며 강가에 돋은 푸른 풀을 촉촉하게 적셨다. 온 들판이 노랗게 물들 때도 오직 이 강가에 가까이 돋은 풀만 영롱한 수증기에 젖어 여름의 싱그러움을 간직했다.

하양후 고봉은은 종종 여기서 애마에게 물을 먹였다. 촉마蜀馬 중에서도 귀한 준마라는 그의 말은 붉은 기가 도는 검은색 털을 지녔고, 두 귀는 대나무를 깎아 세운 듯 꼿꼿했으며, 두 눈동자에는 반짝반짝 생기가 돌았다. 하양후는 습기가 축축한 모래톱에서 말고삐를 느슨하게 풀고 애마의 이빨을 세심하게 살핀 뒤, 풍성한 갈기를 쓰다듬으며 얕은 물가로 함께 걸어갔다. 하양후의 지인이라면 그가 이 말을 얼마나 아끼는지 잘 알았다. 튼튼하고 용맹해 전장의 모래사막에서 몇 번이나 그의 목숨을 구해주었기 때문이기도 했지만, 태자에게 받은 선물이어서 더욱 특별했다. 고봉은이 경성을 떠나던 해에 태자는 교류가 극히 적은 촉지의 큰형에게 서신을 써서 얼마가 들어도 좋으니 훌륭한 말을 몇 마리 골라 경성으로 보내달라고 부탁했다. 고봉은에게 보낸 말은 그 말들 중에서 태자가 직접 고르고 골라 장주로 보낸 것이었다. 당시 함께 장주로 온 사천마匹川馬 몇 마리는 일찌감치 전사하고, 오직 이 말 한 마리만 장년이 되어 고봉은과 한 몸처럼 늘 함께하며 사방을 누볐다.

강가는 가을바람에 가녀리게 흔들리는 억새꽃이 이룬 연보라색 물결 덕분에 별개의 세상처럼 느껴졌다. 준마의 윤기 흐르는 말갈기와 하양후의 투구에 달린 붉은 술도 회안산의 북쪽에서 몰아치는 바람을 맞으며 휘날렸다. 바람결에는 말의 땀 냄새와 사막의 모래 냄새가 살짝 실려 있었다. 고봉은은 억새 한 가지를 꺾어 입에 물고는 멀리 하늘을 올려다보며 생각에 잠겼다. 그사이에 물을 충분히 마신 말은 주인의 팔에 귀를 살살 문지르며 어서 돌아가자고 졸랐다.

고봉은과 함께 나온 동통령同統領은 그의 곁으로 다가와 말안장을 단단히 고쳐 맨 뒤, 그를 바라보며 물었다.

"장군, 무엇을 보십니까?"

고봉은은 입에 문 억새를 바람 반대 방향의 물속으로 힘차게 던진 뒤, 회안산 정상을 가리키며 대답했다.

"산 너머 하늘을 봐. 하늘에 노란 기가 섞였지?"

동통령이 고개를 끄덕이며 대답했다.

"국경 밖에서 또 바람이 부나 봅니다."

고봉은도 고개를 끄덕이며 말했다.

"안산 남쪽의 갈대가 지는 걸 보니 북쪽은 벌써 황량하겠군. 바람이 우리 군 쪽으로 불어서 걱정이네. 전방 행군이 쉽지 않겠어."

동통령이 살짝 얼굴을 흐리며 위로의 말을 건네려는 순간, 어디선가 말발굽이 마른 풀밭을 달려오는 소리가 들렸다. 고봉은 휘하의 또 다른 동통령이 강변을 따라 말을 달려오는 모습이 보였다. 그는 고봉은을 보더니 황급히 손짓을 하며 외쳤다.

"장군! 여기서 뭐 하십니까?"

그는 말에서 허겁지겁 내려 말고삐에서 손을 놓기도 전에 예를 갖추며 다급하게 보고했다.

"빨리 성 안으로 돌아가십시오. 유 부통령이 군량과 마초 배급 문제로 승부와 충돌하는 바람에 양측의 병졸 백여 명이 동문 앞에서 치고받고 싸우는 중입니다."

장주성을 지키는 병사들은 같은 나라 출신임에도 두 파벌로 나뉘어 갈등을 겪고 있었다. 고사림의 구부舊部는 이명안을 장주로 파견한 황명에 불만을 품고 승주에서 온 무리를 승부라고 부르며 욕했다. 고봉은은 처음에는 그러지 말라고 병사들을 타이르다가 아무 소용이 없자, 나중에는 부르고 싶은 대로 부르도록 놔두었다.

이명안이 승주에서 데리고 온 부하들은 정녕 3년 봄에 왔으니 장주에 못 박은 지도 어언 4년째였다. 겉으로는 기존 주둔군과 동일하게 고사림의 지휘를 따랐으나, 그 내부 곡절을 모르는 사람은 없었다. 그러한 연유로 승주에서 온 병사들은 이명안을 따라 장주의 동북성 밑에서 거주했고, 기존 고사림의 부하들은 고봉은과 함께 서북성 밑에서 지냈다. 비록 서로 눈엣가시처럼 여기며 대치하기는 했으나 왕래가 적었고, 충돌이라고 해봐야 병졸 간의 말다툼이 고작이었지 오늘처럼 격렬하게 몸싸움으로까지 번지는 일은 없었다. 고봉은은 소식을 듣자마자 말 등으로 뛰어올라 장주 동성을 향해 바람처럼 달렸다. 두 동통령도 서로 눈을 힐끔 마주치고는 곧 고봉은의 뒤를 따랐다.

과연 동성문 앞은 듣던 대로 아수라장이었다. 군졸들이 누런색 군량이 여기저기 흩어진 땅바닥 위에서 서로 뒤엉켜 뒹굴고 있었는데, 같은 군복을 입고 있어서 누가 누군지 분간도 할 수 없었고, 그들을 빙 에워싼 군졸들은 한가하게 싸움 구경에 열중하며 응원을 하거나 재미있다는 듯 손가락질을 하며 히죽거리고 있었다.

고봉은은 멀찌감치 말을 세우고 그 자리에서 지켜보다가 미간을 잔뜩 찌푸리며 물었다.

"이 장군은 어디 계신가?"

동통령은 대답했다.

"오늘 공무 차 내성內城으로 가셔서 아직 복귀하지 않으셨습니다."

고봉은은 고개를 끄덕이며 난장판으로 말을 몰았다. 이윽고 그의 벼락같은 호통이 떨어졌다.

"체통 없이 이게 무슨 난리냐!"

수백 명의 병졸들은 고봉은의 대노한 목소리에 화들짝 놀라, 바람과 같은 속도로 자리에서 일어나 성문 양측에 두 파벌로 나뉘어 섰다. 고봉은이 말을 타고 터벅터벅 대열 사이를 지나며 살펴보니 한쪽은 유 부통령이 이끄는 고씨 구부였고, 다른 한쪽은 양말관糧秣官이 이끄는 승부였다. 그는 무슨 일인지 대강 짐작하고 말을 돌리며 물었다.

"사건의 주동자가 누구냐?"

유 부통령이 여기저기 맞아서 퉁퉁 부은 얼굴로 나와 말 앞에 꿇어앉으며 대답했다.

"장군께 고합니다. 양말관이 군량을 나눠주면서 우리 부하들의 그릇에는 8푼만 담지 뭡니까? 군 보급품을 착복하는 행태를 참을 수가 없어 따졌더니, 뜻밖에도 저자가 쪽수로 밀어붙이며 싸움을 걸었습니다."

고봉은은 양말관을 돌아보며 물었다.

"너는 뭐라고 할 테냐?"

양말관이 대답했다.

"소관은 억울합니다. 그릇을 나르다가 안에 담긴 기장쌀이 조금씩 샌 것뿐인데, 어찌 소관이 착복했다는 의심을 할 수 있단 말입니까?"

그러나 그가 말을 끝맺기도 전에 어디선가 불만스러운 외침이 들렸다.

"허튼소리 하지 마시오! 대나무 바구니에 담은 것도 아닌데, 쌀이 어찌 샌단 말이오? 샌 게 사실이라면 당신 부하들에게 나눠줄 때는 왜 새지 않았소?"

고봉은이 소리가 나는 쪽으로 눈을 흘기자, 소리친 사람은 후다닥 입을 다물었다.

고봉은은 잠시 곰곰이 생각하다가 차갑게 웃으며 말했다.

"우리 부하니 당신 부하니 당췌 무슨 소리인지 모르겠군. 입이 아프지만 또다시 잔소리를 해야겠어."

병졸들은 입을 가만히 다문 채 고봉은의 꾸지람을 들었다.

"우리는 모두 같은 조정의 군량을 먹는다. 다른 지역에서 각기 다른 상관을 섬길 뿐 한 천자를 모시는 한식구인데, 어찌 감히 착복이라는 말을 입에 담으며 우리 부하, 너희 부하 하면서 경솔하게 편을 가르느냐?"

유 부통령은 감히 반박할 수 없었다. 속으로는 불만이 가득했지만 입으로는 이렇게 말했다.

"제가 경솔한 말을 했습니다. 용서해주십시오."

고봉은은 채찍으로 군영의 병졸들을 가리키며 냉소했다.

"말만 경솔하게 한 게 아니라 일도 경솔하게 처리한 듯하군. 서성에서 주둔하는 자가 배급을 받겠다고 동성까지 와서 언쟁을 일으켜? 그리고 저 응원꾼들은 어찌 알고 이곳으로 왔지? 저 많은 사람을 몰고 와서 함부로 편을 가른 게 누구인가? 이러고도 다른 사람에게 책임을 전가할 텐가? 병사들에게 패싸움을 하라고 부추겼으니 내 어찌 너를 용납하리!"

그는 이어서 좌우를 둘러보며 명했다.

"동료를 비방한 죄를 물어 참수하겠다!"

아무리 말단 군관이라지만 옳고 그름이나 진짜 원흉을 가릴 생각은 하지 않고 실수를 빌미로 참수를 명하다니, 아무리 생각해도 지나친 처사였다. 장수들은 허겁지겁 봉은에게 다가가 선처를 호소했다.

"부통령이 고의로 그런 것도 아니고, 여러 해 동안 장군을 모신 군관이 아닙니까. 부디 온정을 베푸시지요."

그러나 고봉은은 검에 손을 대며 말했다.

"여러 해 동안 나를 따랐다면 군령을 훤히 숙지하고 있겠지. 알면서도 어겼으니 그게 더 문제다. 그냥 넘어갈 수가 없어. 계속 편든다면 너희도 함께 처벌하겠다!"

고봉은은 평소 기강을 엄격히 세우는 편이기는 했지만, 오늘은 보기 드물게 처벌이 가혹했다. 서슬 퍼런 그의 안색에서 참수를 하고 말겠다는 결연함이 느껴지자, 사람들은 감히 더 말리지 못하고 부통령이 억울함을 호소하며 끌려가는 광경을 가만히 지켜봐야 했다. 잠시 뒤, 부통령은 처참하게 목이 베어 돌아왔다. 아까 전 땅 위에 흩어진 좁쌀과 같은 모양의 피가 성문의 누런 황토 위로 뚝뚝 떨어졌다.

고봉은은 말 위에서 부통령의 머리를 힐끔 내려다보고는 채찍으로 병졸들을 가리키며 말했다.

"주범이든 공범이든 따지지 말고 싹 끌고 가서 장 20대씩을 쳐라. 모두의 본보기로 삼아야겠다."

그는 이어서 이명안의 병졸들에게도 말했다.

"너희도 고향에서는 농사꾼이었으니 농사일의 수고를 누구보다 잘 알겠지. 이 군량을 조정에서 장주까지 실어 나르는 데 들어간 인력이며 비용 역시 너희 부모형제의 주머니에서 나온 걸 모르는가? 귀한 백성의 고혈을 어찌 함부로 땅바닥에 흩뿌린단 말이냐? 당장 흩어진 군량을 수습해 죗값을 치러라."

고봉은은 마지막으로 양말관에게 두 손을 공수하며 고했다.

"공무가 지체된 건 다 본장의 관리 소홀 탓이오. 이 도독께서 돌아오시면 본장이 직접 도독께 가 죄를 청하겠소."

말을 마친 그는 고삐를 늦춘 뒤, 피에 젖은 모래를 발굽으로 헤치며 자리를 떠났다.

패싸움 소식을 전했던 동통령은 유 부통령과 친분이 있었다. 그런데 뜻하지 않게 그를 죽음으로 몰아넣었다는 생각에 괴로워 고봉은을 따라 막사로 들어와서는 내내 고개를 숙인 채 말이 없었다. 또 다른 동통령은 고봉은의 의중을 대강 헤아리고는 군영의 구석구석을 한 바퀴 돌고 나서 돌아와 고봉은에게 보고했다.

"형집행은 끝났고, 동문 쪽에 쏟아진 군량도 모두 회수됐습니다."

고봉은은 고개를 끄덕이며 물었다.

"불만스러워하는 자들이 많던가?"

동통령은 질문의 의도를 금세 헤아리고는 대답했다.

"유 부통령은 성품이 너그러웠던 사람이라 원망의 목소리가 없을 수 없지요. 허나 이명안에 대한 원망이지 장군에 대한 원망은 아닙니다."

고봉은이 또 물었다.

"뭐라고 하던가?"

동통령은 평소 고봉은과 친분이 있었으므로 거리낌 없이 군졸들의 말을 그대로 전했다.

"고 장군만 장주에 계실 때는 이런 일이 전혀 없었다고들 하죠. 이명안이 황제의 지원을 믿고 이곳에서 위세를 떠는 바람에 소장군도 달리 어쩌지 못한다고요. 정작 사건이 터졌을 때는 꼬리를 내빼는 게 비겁하다고도 했습니다. 그 탓에 소장군이 수습을 하느라 아끼는 부하의 목을 베는 것도 모자라, 자기 발로 그의 면전으로 찾아가 굴욕을 당하게 생겼다고요."

고봉은은 이야기를 듣다가, 내내 멍하니 서 있는 다른 동통령을 힐끔 보고는 탄식하며 말했다.

"장군께서 떠나신 지 며칠도 안 돼 장주에 내란이 일었다는 소식이 폐하의 귀에 들어가면, 이곳의 책임자인 나는 죄를 면할 수 없을 것이다. 이 도독은 폐하의 명을 받고 이곳을 감시하고 있으니, 나는 어쩔 수 없이 그에게 고개를 숙여야 하지. 다만 휘하 부장이 이 일에 휘말려 목숨을 잃었으니 마음이 편치 않구나."

고봉은은 이어서 그를 손짓으로 가까이 부른 뒤 지시했다.

"부통령의 장례를 후하게 치르고, 내 녹봉으로 그 집 식솔들을 부양해라."

동통령이 감사 인사를 하며 밖으로 나가자, 그는 성 안 자택에 가서 자신의 평상복을 가져오라고 심부름꾼을 보냈다. 막사 안에 남아 있던 동통령은 그를 보며 물었다.

"정말 직접 가서 죄를 청하시려고요?"

고봉은은 그의 곁으로 다가가 어깨 위에 손을 얹으며 대답했다.

"넌 경성에서부터 나와 함께했고 글도 꽤 읽었으니 상황을 이해할 능력이 충분하지 않은가? 내 생각에는 아무래도 일이 여기서 그치지 않을 듯하네."

그는 잠시 생각하더니 슬며시 웃으며 덧붙였다.

"설마 오생悟生과 숙단叔段*의 고사를 잊은 건 아니겠지?"

이명안의 장주 자택은 임시 거처임에도 고봉은의 자택보다 몇 배는 호화로웠다. 가옥은 빈틈없이 완벽하게 수리되었고, 안에 진열된 장식품도 모두 고급이었다. 고봉은은 밤중에 이명안이 돌아왔다는 소식을 듣고 옷을 갈아입은 뒤 길을 나섰다. 고봉은의 애마는 그의 낯선 복장을 거북해하며 가는 길 내내 쉬잇쉬잇 소리를 냈다. 고봉은은 안내를 받으며 실내로 들어섰다. 주인이 모습을 드러내지 않은 실내 벽에는 듣던 대로 여러 점의 서화가 걸려 있었다. 그는 뒷짐을 진 채 그림 하나하나를 세세히 감상했다. 모두 누가 그렸는지 알 수 없는 그림뿐이었고, 고사림이 말한 청록산수화는 보이지 않았다.

이명안은 슬그머니 실내로 들어와 통보를 하려는 군졸을 손짓으로 저지한 뒤 고봉은을 유심히 살폈다. 군복 대신 표건에 흰 난포 차림을 하고 검도 들고 있지 않은 모습을 보니 문득 십여 년 전 경성에서 마주쳤던 때가 떠올라 씩 웃으며 인사를 건넸다.

---

* 『좌전左傳·정백극단어언鄭伯克段於鄢』을 인용한 것으로, 정 장공莊公 오생은 훗날 아우인 숙단을 제거하기 위해 각종 불법을 자행하도록 고의로 방치했다.

"하양후의 풍채가 고상하구려."

이명안의 현재 신분은 참으로 난감했다. 명목상으로는 고봉은이 최고 지휘관이었고, 자신은 황제의 명에 따라 군량 분배 사무를 돕는 것뿐이었으므로 고봉은의 휘하라 할 수 있었다. 그러나 한편으로는 고봉은과 동등한 직급인 승주도독을 겸하고 있었고, 연배나 나이를 따지자면 고봉은보다 훨씬 위였다. 이 때문에 두 사람이 마주쳤을 때 먼저 예를 표하는 쪽은 언제나 고봉은이었다.

고봉은은 이명안이 부르는 소리에 놀라며 평소와 다름없이 공손히 두 손을 모아 예를 갖췄다.

"오신지도 몰랐습니다."

이명안은 웃으며 답례한 뒤, 그를 일으키며 말했다.

"오늘 있었던 일은 나도 들어서 알고 있소. 사건 주동자를 엄히 처벌했으니 부디 나를 너무 책망하지 마시구려."

고봉은은 대답했다.

"부하들의 기강을 바로 세우지 못한 제 탓입니다. 도독께 죄를 청하니 부디 용서해주십시오."

이명안은 고봉은에게 앉으라고 권하며 부하에게 차를 준비하라고 명한 뒤, 손사래를 치며 미소를 지었다.

"죄를 청하고 말고 할 게 뭐 있소? 하양후도 참 말을 심각하게 하시오. 대군이 한곳에 주둔하는데, 어찌 사람들 간에 다툼이 없을 수 있겠소?"

이명안은 그에게 차를 접대하며 말했다.

"하양후가 군법에 따라 적절히 처리했으니, 앞으로는 아무도 이런 시비를 일으킬 수 없을 것이오. 안 그래도 큰 결전을 앞두고 마음이 어지러우신 폐하께 이런 사소한 일을 알려 괜한 심려를 끼칠 필요는 없을 듯한데, 하양후의 생각은 어떻소?"

고봉은은 웃으며 대답했다.

"도독께서 천자를 걱정하시는 마음이 이토록 깊으신데, 제가 어찌 따르지 않을 수 있겠습니까?"

두 사람은 잠시 웃으며 시선을 교환했다. 이윽고 고봉은이 칭찬의 말을 건넸다.

"좋은 차군요. 문관의 기개가 다분하시니 이런 변방에 와서도 고상한 취향을 잃지 않으시는가 봅니다. 여기 걸린 서화도 하나같이 훌륭해요. 서화에 조예가 깊으신 걸로 아는데, 혹시 이 중에 직접 그리신 작품도 있습니까?"

이명안은 수염을 쓰다듬으며 웃고는 대답했다.

"이 척박한 땅으로 오고 나서 과거의 취미는 일찌감치 깨끗이 잊었소. 여기 걸린 서화는 모두 경성에서 지낼 때 선물 받은 것인데, 무료한 객지 생활을 버티려고 이곳까지 가져왔지. 보면서 외로움이나 달랠 뿐이라오."

이명안은 차를 한 모금 홀짝인 뒤에 또다시 웃으며 말했다.

"고상한 취향이라면 나보다 하양후의 조예가 더 깊은 듯하오. 본장이 틀리지 않았다면 옷에 밴 향은 용연향이 아니오?"

고봉은은 살짝 놀란 듯하다가 또다시 두 손을 모아 예를 갖추며 웃었다.

"참으로 부끄럽습니다. 군에 입대한 뒤로 예전에 즐기던 습관은 모두 버렸는데, 오직 이 고상한 취향만은 아버지의 쓴소리에도 버리지를 못했습니다."

이명안은 그를 바라보며 웃었다.

"그 얘기는 나도 들은 적이 있소. 고 장군이 어느 날 삼군을 엄중하게 문책하시던 중 어디선가 향기가 바람을 타고 실려와서 '누가 감히 군영에 함부로 아녀자를 들였는가?'라고 불호령을 내리셨다지. 서로 눈치만 보던 장병 중 누군가가 한참 뒤에 '이건 부통령의 깃발에서 나는 냄새입니다'라고 말해 웃음바다가 됐다고 들었소."

고봉은 역시 옛 추억을 떠올리자 피식 웃음이 절로 났다.

"그때 아버지는 군인이 향을 풍기는 건 망국의 징조라며 모두가 보는 앞에서 곤장 40대를 치셨습니다. 그날 이후로는 저도 군장에는 절대 훈향熏香을 쓰지 않았죠. 그래도 이런 사복에 훈향을 쓰는 것 가지고는 뭐라고 하지 않으십니다."

이명안은 박장대소한 뒤에 말했다.

"하양후도 알겠지만, 고 장군이 갓 입대했을 무렵에는 '말 탄 귀공자'라고 놀림을 받으셨소. 요즘에는 사람들이 하양후를 두고 고장공*이라고 칭송을 하더군. 부자 양대가 나란히 군복무를 하는 것도 흔치 않은데, 미모 또한 대를 잇고 있으니 반드시 후세에 미담으로 남을 거요. 하양후의 그 고상한 취향도 언젠가는 금환金丸과 척과擲果에** 버금가는 이야깃거리가 될 테지."

그는 잠시 안타깝다는 듯 고개를 젓더니 덧붙였다.

"재작년 전투에서 뺨에 화살이 스치는 바람에 그 흉터가 생겼으니 참으로 안타깝소. 하양후의 얼굴에 상처가 났을 때 사람들은 난릉왕***이 출전 때마다 가면을 쓴 이유를 알겠다며 한탄했지."

---

* 高長恭, 중국 고대 4대 미남 중 한 명. ─역주
** 한언韓嫣과 반안潘安을 지칭.
『서경잡기西京雜記』에서 한언은 항상 황금 총탄을 사용했는데, 그가 사냥을 하면 장안 사람들이 따라다니며 총알을 주워 살림에 보탰다고 한다.
『진서晉書』에서 반안이 외출할 때, 활을 끼고 낙양 길을 마차로 달리면 잘생긴 외모에 반한 아녀자들이 마차를 에워싸고 과일을 던져, 늘 마차에 과일을 가득 채워 돌아왔다.
*** 蘭陵王, 고장공. ─역주

그의 말에 살짝 섞인 조롱을 고봉은은 모르지 않았다. 그는 아무렇지 않은 척 차분하게 미소를 지으며 대꾸했다.

"고장공은 단명한 인물입니다. 동생 손에 목숨을 잃지요. 고장공이라는 별명은 저도 몇 번 들었는데 들을 때마다 불경스럽게 느껴지더군요. 본장을 고장공에 비유하는 건 무방하나, 그렇게 치면 후주後主 고위高緯를 동궁에 비유하는 셈이지 않습니까? 신하된 몸으로 입에 올릴 비유는 아닌 듯합니다."

고봉은이 갑자기 태자를 언급하자, 이명안은 뜨끔했다. 가만히 생각해보니 자신의 발언이 경솔한 건 사실이었다. 그는 자리에서 벌떡 일어나 사죄했다.

"사람들이 멋대로 떠드는 말을 입에 올린 것뿐 불경을 저지를 의도는 아니었소. 부디 너그러이 이해해주시구려."

고봉은 역시 자리에서 일어나 미소로 답례한 뒤 말했다.

"본장이 말주변이 없는 탓입니다. 용서해주십시오."

고봉은은 찻잔을 비운 뒤 자리에서 일어나 순찰을 돌아야 한다며 지체 없이 물러났다. 이녕안이 그를 문밖까지 배웅하고 돌아와 자리에 앉자, 줄곧 한쪽 구석에 서 있던 부장이 웃으며 말을 건넸다.

"하양후가 저렇게 입은 건 처음 봅니다. 저렇게 입으니 영락없는 서생 관리 같군요."

이명안은 잠시 과거를 회상하며 새삼스러움을 느꼈다.

"내가 병부의 원외랑이던 시절, 늦봄에 동년배들과 남산에 오른 적이 있지. 사냥도 하고 시도 지으며 놀이를 했는데, 우리 중 누군가가 하양후를 초대했어. 하양후의 시 솜씨까지는 기억이 안 나네만 한 가지만큼은 뚜렷하게 기억나지. 식사 시간이 되자 다들 둘러앉아 사냥한 사슴이 도살되는 걸 지켜봤어. 모두 사슴 고기를 먹을 생각에 들떠 있었는데, 오직 하양후 한 사람만 옆에서 소매로 얼굴을 가리며 이렇게 말하더군. '살아 있는 생명이 참혹하게 비명을 지르며 죽는 걸 봤으니, 저는 차마 저 고기를 못 먹겠습니다.' 과연 그 말대로 끝까지 고기 한 점을 입에 안 댔어. 우리는 그 뒤로 고사림 장군 밑에서 어떻게 저런 아들이 나왔냐며 내내 놀려 댔지. 지금 보니 깊은 숲에 들어가지 않은 구어도*로구먼."

부장은 '구어도'가 무슨 뜻인지는 몰랐지만, 칭찬이 아니라는 걸 감으로 알아차리고 맞장구를 쳤다.

"지금 모습을 보면 옛날 모습은 상상도 못 하겠습니다."

그러자 이명안이 웃으며 말했다.

"자네야 당연히 상상도 할 수 없겠지. 외모가 여인처럼 곱상했으니까. 우리는 뒤에서 몰래 동궁과 똑같이 생겼다고 수군거리고는 했지."

부장이 대답했다.

"그 말씀을 듣고 보니 생각나는 게 있습니다. 선제께서 고씨 일가를 두고 '덕과 재주를 겸비한 고상한 꽃들이 정원 밖으로 빠져나갔다'고 놀리곤 하셨다는데 사실입니까?"

이명안이 차갑게 웃으며 대답했다.

"고상한 꽃인 건 맞지. 다만 대문 입구에서 피어난 게 참으로 애석하구나."

---

* 觳於菟, 초나라 재상. 숲속에 버려진 것을 범이 주워다 젖을 먹여 길렀다고 한다.
—역주

제
50
장

사당의 제비

고봉은이 낮에 염려한 대로 밤이 되자 강한 바람이 회안산을 지나 남쪽으로 불어닥쳤다. 강은 드디어 메마른 바닥을 드러냈고, 풀도 하룻밤 사이에 누렇게 시들었다. 정녕 6년, 장주는 그렇게 본격적인 가을로 접어들었다. 이명안과 고봉은은 밤바람에 거세게 흔들리는 유등 아래서 각각 붓을 들어 경성의 황제에게 서신을 썼다. 약속한 대로 황제에게 괜한 심려를 끼치지 않기 위해 대규모 주둔군이라면 피해갈 수 없다는 그 사소한 소란에 관한 일은 일절 언급하지 않았다.

습기를 가득 품은 먹구름은 빗물보다 한발 앞서 가을의 경성에 도착해 수일 동안 황궁의 하늘에 머물렀다. 비가 내리기 전의 축축한 습기를 황궁 곳곳에서 감지할 수 있었다. 훈연해 넌 빨래는 좀처럼 마르지 않았고, 풍경은 공기 중의 축축한 습기에 쉰 소리를 냈으며, 연꽃이 핀 연못 너머에서는 희미한 천둥소리가 울렸다. 가을 먹구름의 음침한 습기는 동궁의 백옥 섬돌 틈으로도 스몄다. 차갑고 음침한 물기가 땅에 부여한 생명이 섬돌 사이사이 가느다란 틈바구니로 푸른 이끼를 틔웠던 것이다. 봄과 여름에는 보이지 않았던 푸른 습기는 계단 깊숙한 곳으로 침투해 가느다란 푸른 실처럼 사방으로 뻗었고, 가을의 습기는 바로 이 생명을 품은 가느다란 실을 통해 오가는 궁인들의 마음까지 우울한 푸른빛으로 물들였다.

장사군왕은 요 며칠 밀린 글씨를 쓰느라 황손과 자주 놀아주지 못했다. 황손은 계단에 앉아 장사군왕을 기다리며 계단 틈 사이로 돋은 이끼를 손가락으로 쑤시는 장난을 제일 좋아했다. 이끼는 부드러운 듯하면서도 강한 탄성을 지녀서 황손이 손을 거둘 때마다 용수철처럼 제자리로 돌아오고는 했다. 어린 황손이 혼자서 놀기에는 이만한 놀이도 없을 것이다. 완벽하게 단장을 마친 태자비 사씨는 마침 계단을 내려오다가, 황손의 자그마한 형체가 보이자 그의 곁으로 다가가 부드러운 목소리로 물었다.

"아원, 또 육 숙부를 기다리니?"

황손은 황급히 자리에서 일어나 고개를 숙이며 그녀를 불렀다.

"어머니."

태자비는 손수건을 꺼내 황손의 작은 손가락에 묻은 이끼의 푸른 즙을 닦으며 자상한 얼굴로 말했다.

"또 더러운 이끼를 가지고 노는구나. 어머니가 얼마나 더 잔소리를 해야 하니?"

그녀는 궁인에게 지시했다.

"원자를 데리고 가서 옷을 갈아입혀 드려라."

궁인이 원자의 손을 잡고 사라지자, 태자비는 낯빛을 바꾸어 나머지 궁인들을 질책했다.

"내가 몇 번이나 말했느냐? 원자는 이제 한창 정신없이 장난치기를 좋아할 나이다. 더러운 것을 손에 묻히지 않게 너희가 잘 살펴야지! 더러운 손으로 음식을 먹다가 혹여나 병이라도 나면 어찌 책임지려고 그러는가?"

궁인들은 바닥에 엎드려 감히 고개도 들지 못했다. 때마침 옷을 갈아입은 황손이 궁인의 품에 안겨 밖으로 나오자, 태자비는 황손과 함께 동원으로 향했다. 혼쭐이 나던 궁인들은 그제야 자리에서 일어날 수 있었다.

황손의 생모인 오 양제는 태자비 다음으로 품계가 높았으며, 머무르는 궁실의 규모와 음식 수준도 태자비 다음이었다. 문 안으로 들어서면 갖가지 다양한 화초가 심겨진 거대한 정원이 펼쳐졌는데, 주인이 게으른 탓에 잘 정돈되지 않아서 지저분했다. 연못 사이사이에서 느껴지는 쓸쓸함이 무심히 방치된 정원 전체에 진하게 퍼져 가을 분위기가 바깥세상에 비해 훨씬 깊었다. 긴 낮의 무료함에 지친 두 궁인은 처마 밑에 서서 잡담을 나눴다.

"올해는 제비가 집을 시원찮게 지었나 봐. 진흙 덩어리가 툭툭 바닥으로 떨어지더라고. 그저께는 내 머리 위에 떨어져서 다시 씻고 나오느라 한나절이나 허비했지. 언제 대나무 장대를 가져다가 쑤셔서 떼어버리는 게 낫겠어."

다른 궁녀가 말했다.

"그건 악업을 쌓는 짓이야. 그 집을 지은 제비는 새끼 두 마리를 데리고 떠났으니 내년 봄이면 다시 돌아올 거야. 돌아왔을 때 집이 사라진 걸 알면 일가족이 얼마나 상심이 크겠어?"

그러자 다른 궁녀가 비웃듯이 말했다.

"보살 나셨네, 보살 나셨어. 그 새끼 제비는 올해 다 자라서 부리의 노란색도 옅어지고 배도 하얗게 변하고 날개도 풍성해졌는데, 다시 돌아올 리가 있겠어?"

말하는 사이에 태자비가 황손과 함께 안으로 들어서자, 궁인은 황급히 동료에게 지시했다.

"빨리 가서 태자비마마가 오셨다고 전해. 마중은 내가 나갈게. 괜히 또 지난번처럼 게으르다고 꾸중 들을라."

오 양제는 태자비가 왔다는 전갈을 듣고 일어나 앉으려고 침상에서 몸을 뒤척거렸다. 안으로 들어온 태자비는 그 모습을 보고 양제를 다시 눕히며 말했다.

"아원을 데리고 자네를 보러 왔을 뿐이네. 아픈 몸으로 무슨 예를 갖추겠다고 그러는가?"

그녀는 이어서 황손을 돌아보며 말했다.

"아원, 어서 양제에게 문후 올려야지?"

황손은 양제에게 가까이 다가가 침상 앞에서 엎드려 절하며 인사했다.

"신 소택, 오 양제 마마께 인사드립니다."

오 양제는 황급히 황손을 말리며 말했다.

"어서 일어나라. 습한 바닥에 엎드렸다가 괜히 몸에 찬 기운 들라."

오 양제는 과일정과라도 내오라고 할까 잠시 고민했지만, 각안에 있는 음식이 신선한지도 알 수 없고 황손의 입맛에 맞을지도 알 수 없어 입을 다물었다.

태자비는 침상 앞에 앉아 황손을 품으로 안아 올리며 말했다.

"요즘 부쩍 습기가 많이 들고 공기도 차졌네. 전하께 말씀드려서 자네 처소에 먼저 화로를 놓을까 생각해봤는데, 무거운 습기에 숯기가 섞이면 도리어 더 불편해질 듯해 그만뒀네. 밤에 잘 때 옷이나 여러 겹 껴입고 자게."

"필요 없습니다. 지금도 충분히 좋아요."

오 양제는 황급히 사양하다가 갑자기 기침이 올라왔는지 고개를 돌리고 이불을 뒤집어쓴 채 한나절이나 콜록거렸다. 예의를 몰라서가 아니라 황손에게 병을 옮길까 염려해서였다. 태자비 역시 그녀의 마음을 모르지 않아서 몰래 한숨을 내쉬다가 가장 가까이에 있는 궁녀에게 물었다.

"양제가 먹는 삼은 아직 남았는가? 다 먹거든 언제든지 인편으로 내게 달라고 해라."

궁인은 대답했다.

"아직 서너 뿌리가 더 있습니다. 삼을 계속 드셔서인지 오늘은 혈색이 좋아지셔서 낮에는 잠시 일어나 앉아 계시기도 했습니다."

양제의 두 뺨은 기침을 오래한 탓에 빨갛게 상기되었다. 그 바람에 누런 얼굴색이 더더욱 도드라져 보였다.

'분을 바르면 지나치게 하얗고 연지를 바르면 지나치게 빨갛지.'

태자비는 문득 몇 년 전 측비 몇몇이 그녀를 조롱하던 말이 떠올라 측은함을 느끼고는 몇 마디 위로의 말을 더 건넸다. 그러니 오 양제는 고개를 절레절레 저으며 말했다.

"마마의 인정은 저도 압니다만, 제 병은 누구보다도 제가 잘 압니다. 아마 내년 제비가 돌아올 때까지도 버티지 못할 거예요."

태자비는 오 양제를 달래며 말했다.

"오랜 병치레로 누워만 있으니 종일 그런 생각만 하지. 아무리 그래도 그렇게 마음을 먹으면 못써. 그래가지고는 신선이 먹는 약을 먹은들 무슨 소용이 있겠나?"

오 양제는 탄식하며 말했다.

"비천한 궁인이 난데없이 과분한 지위에 올랐으니 명줄이 견디지 못하는 게지요. 그래도 마마께서 이렇게 잊지 않고 마음을 써주시고 황손이 크는 모습도 봤으니, 오늘 죽는다 해도 여한은 없습니다."

태자비는 오 양제가 계속 불길한 말을 하자 속으로 살짝 놀랐지만, 이내 애써 태연한 척 화제를 돌렸다.

"며칠 전에 폐하께서 우리 아원이 아직 어린데도 총명하고 효심이 깊다고 무척이나 사랑스러워하셨네. 아원이 장성할 때까지는 기운을 더 내시게. 힘들게 아들 낳느라 병까지 얻었는데 더 살아서 아들 덕을 봐야지."

태자비의 말에 오 양제의 눈가가 촉촉이 젖어 들었다. 그녀는 사랑이 가득 담긴 표정으로 한동안 황손을 물끄러미 바라보고는 말했다.

"모두 마마의 보살핌 덕분이지요. 그 은혜를 신첩이 어찌 잊겠습니까. 내세에 소나 말로 다시 태어나 보답하겠습니다. 정말 죄송하지만, 신첩은 그만 쉬어야겠습니다. 기력이 없어 버틸 수가 없어요."

태자비는 고개를 끄덕이며 자리에서 일어났다.

"내가 말하는 데 정신이 팔려서 눈치가 없었네. 마음 편히 푹 쉬게. 며칠 뒤에 아원을 데리고 다시 오겠네."

오 양제는 베개에 머리를 대고 고개를 저으며 말했다.

"아닙니다. 병자가 사는 곳에 황손을 자꾸 데리고 오는 건 좋지 않습니다. 있는 복도 달아나요."

태자비는 딱히 대답할 말이 없어 그저 궁인들에게 오 양제를 잘 보살피라고 당부한 뒤 말했다.

"내년 봄에는 정원도 잘 정돈해라. 지나치게 자란 초목이 태양빛을 가리는데, 환자가 좋은 마음을 어찌 먹겠느냐?"

오 양제는 누운 채로 태자비와 황손이 멀어져 가는 모습을 지켜보다가 한참 뒤에 불쑥 물었다.

"원자의 키가 전보다 큰 것 같지?"

그러나 숨결이 워낙 미약해서 그녀의 말은 주위 사람들의 귀에 들리지 않았다. 대답을 듣지 못한 그녀는 베갯머리에 놓인 자그마한 홍목함으로 시선을 옮기고는 입가에 서서히 엷은 미소를 떠올렸다. 두 뺨에 살며시 일어난 소용돌이가 소녀 시절로 돌아간 듯 풋풋했다.

태자비가 떠났을 때는 벌써 시간이 정오에 가까워지고 있었으나, 하늘이 흐려서 분간이 되지 않았다. 태자비가 오기 전까지 처마 밑에서 수다를 떨던 두 궁인은 후당에서 오 양제가 먹을 약을 달이다가, 주변에 사람이 없나 살핀 뒤 또다시 조용히 잡담을 시작했다.

"태자비마마도 참 지극정성이셔. 몇 년간 한결같이 양제 마마를 찾아와 돌보시잖아. 양제 마마가 처음에 앓아누우셨을 때는 병이 이토록 오래갈 줄 아무도 몰랐지. 다른 사람들은 처음에만 반짝 찾아오더니 발걸음을 끊었고."

그러자 제비집을 떼어내려던 궁인이 코웃음을 치며 대꾸했다.

"모르는 소리는 하지도 마. 내가 보기에는 양제 마마가 언제 돌아가시나 보려고 자꾸 오시는 거 같은데? 태자비마마는 재작년에 유산을 하신 뒤로 다시는……, 태의가 그러는데……."

궁인이 갑자기 목소리를 바짝 낮추고 그녀의 귓가에 속삭이듯 상황을 설명하자, 이야기를 듣던 궁인은 놀란 표정으로 되물었다.

"그게 사실이야?"

이야기를 하던 궁인은 웃으며 대답했다.

"태자비는 적장자를 못 낳으시고 폐하께서 황손을 저리도 끔찍이 아끼시니까, 전하가 보위에 오르시면 자연히 황손이 태자가 되겠지. 그런데 그때까지 생모가 살아 있으면 적모인 태자비마마의 처지가 얼마나 곤란하겠어?"

그녀의 동료는 한참 동안 곰곰이 생각하다가 고개를 저으며 말했다.

"네 말도 일리가 있다만, 태자비마마는 황손을 진심으로 아끼셔. 왜 매사를 나쁜 쪽으로만 보려고 하니? 너 때문에 제비를 기다리는 내 동심도 파괴됐어."

그러자 궁인은 그녀의 식견이 짧다는 듯 코웃음을 치며 말했다.

"꿈속에서 살고 싶으면 그렇게 하렴. 나중에 왜 안 깨워줬냐고 원망이나 하지 마라. 2년쯤 지나서 마마가 진짜로 돌아가시면 어떻게 될 거 같아? 새로 받아줄 주인이 있나 없나 목을 빼고 기다리는 처지가 될 텐데, 그때도 마음을 좋게 먹을 수 있겠니?"

궁인은 고개를 저으며 대답했다.

"하루 한 치 앞도 모르는데, 뭐 하러 멀리까지 내다보며 사니? 그렇게 앞날이 훤히 보이면 너야말로 계획이 뭔지 말해봐."

궁인의 말에 한참 동안 낙담한 채 말이 없던 그녀는 풀이 죽은 목소리로 중얼거렸다.

"마마께서 오랫동안 병치레를 하시는데도 태자 전하가 걸음을 안 하시니까 그게 가장 아쉽다. 마마에게 일어난 것과 같은 행운은 기대할 수조차 없네."

궁인은 그녀의 이야기를 듣다가 손으로 그녀를 밀쳤다.

"누가 누구더러 꿈속에서 산다는 거야?"

그녀는 깔깔깔 웃으며 놀리더니 말을 이었다.

"그런 분수 넘치는 행운을 바라는 건 아니지만, 태자 전하가 참으로 무심하셔. 어쩌면 마마를 이리 박하게 대하실 수 있지?"

그러자 다른 궁인이 대꾸했다.

"네가 뭘 알겠니. 고 재인 마마라고 너도 알지? 태자 전하의 총희였는데 하루아침에 악질에 걸리더니 몇 년간 눈 밖에 나 있잖아. 남자라는 생물이 원래 그렇다. 굳이 탓하려면 마마의 허약한 몸을 탓해야지. 세상에…… 그 누구더라? 그래. 그 순찬荀粲* 같은 남자가 또 있을 것 같니?"

이야기를 듣던 궁인이 호기심 어린 목소리로 물었다.

"순찬은 또 누군데?"

다른 궁인이 설명했다.

"몇 년 전에 소훈 마마가 다른 측비들과 함께 양제 마마를 보러 오셨을 때 하신 말씀인데, 옛날에 순찬이라는 남자가……."

그러나 그때 누군가가 다가와 탕약이 다 되었냐고 재촉하는 바람에 궁인의 말은 끝내 이어지지 못했다.

---

* 『세설신어世說新語·혹닉惑溺』을 인용한 것으로, 순찬은 아내를 극진히 사랑했다. 겨울에 부인이 열병에 걸리자, 정원으로 나가 몸을 차갑게 식힌 뒤 그 몸으로 부인을 안고 열을 식혔다. 또한 『순찬별전荀粲別傳』에는 순찬이 아내가 죽은 뒤 애통해하다가 해를 넘기지 못하고 죽었다는 구절이 나온다.

제
51
장

밤비 소리에 정은 깊어

자금성自禁城이 지어질 때, 동궁은 보위를 이어간다는 의미의 '연조延祚'로 명명되었다. 축조 초기부터 현재까지 백여 년의 세월이 흐르는 동안 연조궁에 머물렀던 황제는 4명, 태자는 6명이었다. 6년 전 연조궁은 조악한 보수공사를 거쳤는데, 궁실의 배치에는 변화가 거의 없었다. 그래도 맑은 날이면 처마의 우아한 곡선과 지붕받침이 태양 아래서 그럭저럭 장엄하고 푸르른 기상을 과시했지만, 비가 쏟아질 듯 말 듯한 흐린 날이면 과거의 음침한 분위기로 되돌아가는 걸 피할 수 없었다.

연조궁의 현재 주인인 황태자 소정권의 후각은 요즘 극도로 예민하게 곤두서 있었다. 그도 그럴 것이 습기를 가득 머금은 흐린 날이 며칠 연속 이어지면서 오래된 목조 기둥 내부에서 배어나오는 나무 썩은 내가 궁전 곳곳에서 풍겼고, 문고리의 야수 장식과 처마 끝의 녹슨 풍경에서 진동하는 쇠 비린내와 섞여 불쾌하게 했다. 그 불쾌한 썩은 기운은 아무리 향기로운 향을 태워도 도저히 가려지지 않았다. 더군다나 올가을 흐린 날씨가 몰고 온 근심은 이 냄새 하나만이 아니었다. 정권은 연조궁에서 인상을 잔뜩 쓴 얼굴로 내내 하늘을 바라봤다. 궁 전체에 만연한 불쾌한 냄새처럼 그의 어지러운 마음도 좀처럼 가실 줄을 몰랐다.

첨사부 주부 허창평은 신시에 알현을 청했다. 내시가 태자에게 전갈을 전하러 갈 때만 해도 별 조짐이 없었는데, 계단 밑에서 기다리는 잠깐 사이에 번쩍 하고 우렁찬 소리가 울리더니 놀란 정신을 채 추스르기도 전에 폭우가 쏟아졌다. 오랜 시간 응축된 비는 기세가 대단해 미처 우구를 준비하지 못한 그의 옷을 삽시간에 흠뻑 적셨다. 아직 태자로부터 대답을 듣기 전이라 그대로 돌아갈 수도 없는 노릇이었다. 그는 어쩔 수 없이 허리를 굽힌 채로 서서 가져온 서책 몇 권을 가슴에 단단히 품었다. 잠시 뒤 젊은 내시가 처마 밑에서 나타나더니 두 계단을 내려와 손짓하며 외쳤다.

"이봐요! 대인!"

거리도 거리였지만 우렁찬 빗소리에 가로막혀 그의 말은 허창평의 귀에까지 닿지 않았다. 전각 밖으로 살짝 발을 내밀자마자 신발이 금세 젖자, 내시는 에라 모르겠다는 듯 성큼성큼 밖으로 나갔다.

"푸른 관복 입은 관원 나리! 전하께서 들어오시랍니다!"

허창평은 그제야 알아차리고 허겁지겁 계단을 올랐다. 내시를 힐끔 보니 우의를 걸쳤는데도 무릎까지 흠뻑 젖어 있었다.

안에 들어가기 전에 대강 옷매무새를 정리했지만 역부족이었는지, 안으로 들어가 예를 행하고 몸을 일으키니 발밑에 흥건하게 빗물이 고여 있었다. 그의 옷은 겉이며 속이며 할 것 없이 흠뻑 젖어 있었고, 빗줄기의 힘을 못 이겨 휘어진 관모의 한쪽 날개에서는 지금까지도 물방울이 뚝뚝 떨어졌다. 알고 지낸 지 수년이었지만 이런 처참한 몰골을 보기는 처음이었다. 정권은 그 모습에 평소보다 유난히 친근감이 느껴져, 그가 예를 마치고 바로 서자 관모를 가리키며 농을 던졌다.

"유행을 따르는 사람도 아니면서 웬일로 임종의 건*은 따라 했소?"

허창평은 잠시 어리둥절해하다가 자신의 관모를 가리키는 말임을 뒤늦게 깨닫고 허겁지겁 사죄했다.

"신이 결례를 범했습니다."

정권은 내부를 힐끔 보더니 평소 가까이 두는 시자들만 있는 것을 확인하고는 그에게 고개를 끄덕이며 말했다.

"따라오시오."

두 사람은 전각 안에 별도로 분리된 작은 서재로 들어갔다. 허창평은 태자의 사적인 공간에 들어오기는 처음이었으므로 절로 호기심이 일어 주위를 살폈다. 자그마한 서재 안에는 시중드는 궁인도 없었고, 배치된 물건도 비교적 간소했다. 동쪽 벽에 침상이 하나 놓인 것 말고는 책장과 창가에 놓인 책걸상이 전부였는데, 책상 위에는 붓과 벼루 등의 문방구가 놓여 있었고, 그 옆에서 사자 모양의 향로 두 개가 그윽한 침향을 내뿜었다. 활짝 열린 창문 너머로 사납게 비바람이 몰아치는 바깥 풍경이 보였다. 천둥번개가 어지럽게 번쩍이는 하늘은 어느새 시커멓게 어두워져 가장 가까운 곳에 위치한 관각**도 제대로 보이지 않았다.

그가 몰래 내부를 구경하는 사이, 정권은 침상가로 다가가 잠시

---

* 임종林宗, 곽태郭泰를 가리킨다. 동한의 유명한 미남자로, 비 오는 날 돌아다니다가 두건의 한 귀퉁이가 비에 젖어 쳐졌는데, 사람들이 그 모습을 보고 너도나도 두건의 귀퉁이를 늘어뜨려 이를 가리켜 임종건林宗巾이라고 불렀다.
** 한림원.

쉴 때 덮는 학의를 집어 허창평 옆에 놓인 의자에 걸치며 말했다.

"물에 젖은 옷부터 갈아입으시오."

허창평은 화들짝 놀라며 사양했다.

"감히 그럴 수 없습니다."

정권은 가볍게 미소를 지으며 말했다.

"붉은 관복도 아니고 자주색 관복도 아닌 사복일 뿐이니 그리 놀랄 것 없소."

그는 창밖을 힐끔 보더니 다시 말했다.

"금방 그칠 것 같은 비는 아니오. 이대로 젖은 채로 얘기를 나누면 주부는 몸이 불편하고, 본궁은 눈이 불편할 테니 양쪽 모두에게 이롭지 않소. 예의 따위는 차리지 마시오."

정권은 말을 마친 뒤 곧장 침상에 기대앉더니 가운데가 절단된 서책을 한 권 들고 무심히 책장을 들췄다.

허창평은 고개를 돌려 곁에 놓인 학의를 바라봤다. 그의 말대로 옷감이 최고급인 것 말고는 특별할 곳 없는 평범한 옷이었다. 그는 잠시 망설이다가 손에 든 서책을 한쪽에 내려놓고 젖은 관복을 벗은 뒤 마른 옷을 걸쳤다. 그러나 아무리 그래도 속대만은 차마 맬 수가 없었다. 정권은 그가 옷을 다 갈아입은 것을 확인한 뒤 자리에서 일어나 보던 책을 책상 위에 아무렇게나 내려놓았다. 표지를 보니 『초사집주楚辭集註』였다. 허창평은 미소를 지으며 말했다.

"'회오리바람 앞세우고 소나기로 먼지를 씻어내도다.' 전하께도 이런 고상한 취향이 있었군요."

정권이 미소를 지으며 대답했다.

"고상한 취향이라니 당치 않소. 그저 읽으며 마음의 위안이나 얻을 뿐이오."

허창평도 미소를 지으며 말했다.

"선인들은 비 내리는 날이 독서하기 딱 좋은 때라고 했는데, 신이 괜히 와서 전하의 여가를 방해한 건 아닌지 모르겠습니다."

정권은 고개를 저으며 미소를 지었다.

"주부의 속 깊은 얘기를 듣는 게 10년간 혼자 책을 읽는 것보다 낫지 않겠소?"

말을 하는 사이 주순이 차를 가지고 들어오자, 정권이 지시했다.

"이건 필요 없으니 다상과 소룡小龍을 준비해서 가지고 오게."

주순은 직접 다양한 다구를 챙겨 다상을 차리고는 문을 닫고 나갔다. 정권은 손을 들며 허창평에게 청했다.

"이쪽으로 오시오."

바닥에 낮은 다상이 깔렸다. 다상 앞에서는 꿇어앉는 게 예절이었는데, 허창평은 정권이 먼저 꿇어앉게 둘 수가 없어 먼저 남북쪽에 자리를 잡았고, 이어서 정권이 남쪽에 자리했다. 정권이 작은 망치를 꺼내 들자, 허창평이 손을 뻗으며 말했다.

"신이 하겠습니다."

정권은 작은 은망치를 그에게 넘긴 뒤, 그가 차 덩이를 부숴 맷돌에 넣고 잘게 가는 모습을 지켜봤다. 그의 손놀림이 뜻밖에도 능숙하자, 정권은 자기도 모르게 미소를 지으며 그가 잘게 간 찻잎을 체에 거르는 모습을 지켜보다가 고개를 돌려 창밖을 바라봤다. 빗방울이 서늘한 바람에 실려 쏟아지는 시원한 소리에 며칠 동안 묵었던 흐린 기운이 쏙 빠지는 듯하자, 정권은 절로 감탄사가 튀어나왔다.

"호우好雨가 바람처럼 옥당*으로 북상해 궁전 깊숙한 곳곳에

---

* 玉堂, 궁전. ─역주

세차게 쏟아지는군. 그 소리 한번 참 시원하기도 하지."

허창평은 찻잎으로 가루를 내 병 속 거품이 적당히 일었는지 확인한 뒤 미소를 지으며 말했다.

"바람에 제왕과 서인庶人의 구분이 있듯 비에도 제왕과 서인의 구분이 있다는 걸 아십니까?"

정권이 눈을 치켜뜨며 말했다.

"자세히 말해보시오."

허창평은 말했다.

"전하가 말씀하신 대로 사우는 꽃이 피는 걸 재촉하고 매우梅雨는 먼지를 깨끗이 씻으며, 영우는 옥당 깊숙한 곳까지 들어와 혼탁함을 정화하며 귀까지 시원하게 합니다. 비가 내리는 사이 차가 따뜻하게 데워지고, 비가 그친 뒤에는 자연스레 계절의 변화가 일어나지요. 이것이 바로 제왕의 비입니다."

그는 탕병에서 창밖의 소리와 비슷한 빗소리가 들리기 시작하자, 차 가루를 자고 무늬 건잔에 넣고 차고를 만들며 말을 계속했다.

"비가 너무 오랫동안 내리지 않으면 가뭄이 들고, 비가 너무 오랫동안 그치지 않으면 홍수가 나지요. 액우, 월액우가 내리면 온 땅이 황폐해지고, 능우, 기월우가 내리면 온 땅이 흙탕물투성이가 됩니다.* 와도 걱정이고 안 와도 걱정인 것이 바로 이런 서인의 비이지요. 때마침 늦가을 수확기인데, 신이 듣기로는 강남에

---

* 사우社雨: 춘분 전후에 내리는 비.
  영우靈雨: 호우好雨와 군왕의 은택이라는 두 가지 뜻을 지녔다.
  액우液雨: 음력 10월에 내리는 비로 가뭄의 징조로 여겨졌다.
  월액우月額雨: 음력으로 매월 초하루에 내리는 비.
  능우陵雨: 폭우를 의미.
  기월우騎月雨: 전달부터 내리기 시작해 다음 달까지 내리는 비.

가을비가 열흘이 넘도록 내린다고 합니다. 겨울 농사에 지장이 생겨 내년 봄까지 영향을 미치지는 않을까 걱정이군요."

허창평이 자신이 며칠 내내 근심하던 문제를 꺼내자, 정권도 더는 숨기지 않고 고민을 털어놨다.

"이번 결전을 위해 수십 년을 먹을 수 있는 식량을 군대에 조달했소만, 이것이 그저 시작이 될 듯해 걱정이오. 재작년부터 강남에서 걷는 조세를 1할이나 늘렸고, 작년에는 5할을 더 늘렸소. 이런 식으로 가다가는 온 천하의 재정이 모두 파탄 나고 말 것이오. 경의 말대로 올겨울 농사를 망쳐서 내년 봄에 거둘 게 없어지면 벼슬아치며 백성이며 할 거 없이 먹을 걸 달라고 아우성일 테고, 장군은 내게……"

정권은 차마 말을 끝맺지 못하고 가볍게 이를 악물다가 화제를 돌렸다.

"난 어찌 되든 최선을 다해 요청에 응해야겠지. 장군이 전선에서 무사하기를 바랄 뿐이오. 이번 전투에서는 반드시 이겨야만 하오. 나도 장군도 그 사실을 누구보다 잘 알고 있지. 장군이 내 처지를 생각하며 무모하게 적진으로 돌진하지는 않을까 그게 걱정이오."

말을 마치자 때마침 탕병 속 물이 완전히 끓었다. 정권은 병을 들어 허창평이 만든 차고에 뜨거운 물을 부었다. 차탕의 거품이 한껏 부풀어 오르다가 멈추자, 그는 갑자기 웃으며 말했다.

"물이 끓어오르는 걸 막는 가장 근본적인 방법은 끓는 물을 다시 붓는 게 아니라, 솥 밑 장작을 아예 제거해버리는 것이겠지. 폐하가 이번에 나를 퇴로 없는 길목에 세우셨소."

정권은 집게손가락으로 자신의 눈을 지그시 눌렀다. 눈 밑에는 어두운 그늘이 가득해 안색이 몹시 피로해 보였다. 허창평은 그가 몇 년간 무거운 짐을 어깨에 지고 힘겹게 살아왔음을 모르지 않았다. 그는 잠시 곰곰이 생각한 뒤에 차선을 집어 들고 거품을 일으키며 물었다.

"장주에서 군보는 왔습니까?"

정권은 대답했다.

"보름 전에 떠나셨으니, 설령 서신을 쓰셨더라도 아직 경성에 도착하기에는 이르지."

정권의 말은 사실이었다. 이제 막 출정해 구체적인 양상이 드러나기도 전이므로 경솔히 작전을 세울 수는 없었다. 허창평은 잠시 생각에 잠겨 침묵하다가 입을 열었다. 할 말이라고는 위로 밖에 없었다.

"폐하는 그저 정녕 2년의 사태를 방지하고자 하실 뿐입니다. 반대로 전하께서 전심전력으로 전쟁을 승리로 이끄신다면 도리어 가장 큰 공로자가 되실 게 아닙니까? 더군다나 지금은 나이 어린 황손이 폐하의 사랑을 듬뿍 받고 있지 않습니까? 황손을 생각하셔서라도 전하께 관용을 베푸실 것입니다."

정권은 천둥이 요란하게 내리지는 창밖을 향해 고개를 돌린 채 웃으며 말했다.

"주부는 몇 년 전 본궁을 만났을 때 공이 지나치게 커도 죄가 될 수 있다고 했었지. 주부의 말대로 폐하가 황손을 아끼시는 마음은 거짓이 아니오. 요 몇 년간 본궁을 후하게 대하시는 것도 사실이지. 그러나 폐하는 항상 그 진짜 속내를 꿰뚫어 볼 수 없는 분이오. 은혜를 내리시는가 싶으면 갑자기 불벼락을 내리시거든. 조왕을 속국으로 보내지 않고 여태껏 경성에 붙잡아 두는 것 또한 그런 의중을 내게 내비치고 계시는 게 아니겠소?"

허창평은 그 말을 듣고서야 그를 찾아온 목적이 떠올라 책상에 올려놓은 몇 권의 서책 사이에서 쪽지 한 장을 꺼내 정권에게 내밀었다. 정권이 힐끔 보니 신진 어사 몇몇의 이름이었다. 정권이 이름을 모두 확인하자, 허창평은 다시 쪽지를 거둬 풍로 위에서 불살랐다.

"조왕이 아무래도 폐하의 장기 말 노릇에 만족하지 않고 스스로 기사가 되려는 모양입니다."

허창평의 말에 정권이 차갑게 비웃으며 대꾸했다.

"본궁의 눈에도 조왕의 행태가 보이는데 폐하라고 모르시겠소? 그저 마음껏 뛰놀게 내버려 두시는 게요."

그러자 허창평은 고개를 살짝 저으며 말했다.

"조왕은 몇 년 동안 경성 왕부에서 은거하며 오로지 서화에만 몰두하고 있습니다. 밖으로는 나서지 않은 채 신중한 내신을 통해서만 외신들과 교류를 하고 있지요. 세간의 시선에는 그저 조용히 근신하는 모양만 보이니, 폐하라 할지라도 큰 사건이 일어나기 전에는 구실을 잡지 못하실 테니 이것이 첫 번째 문제입니다. 조왕이 본격적으로 행동을 개시할 최적의 시기는 장군이 군공을 크게 세우기 전입니다. 조왕도 그 사실을 알기 때문에 움직임이 드러나는 걸 감수하고서라도 어사들과 교류를 하는 것이죠. 몰래 작당한 게 이번이 처음은 아닐 터이니 전하께서도 경계를 하셔야 합니다. 들보를 쓰러트리는 건 나무를 조금씩 좀먹는 좀벌레요, 소나 말도 모기에 물려 몸을 움직인다고 하지 않습니까? 어사가 비록 요직은 아니더라도 여론을 조성하는 자들입니다. 여론이 물처럼 거세게 일면 멀쩡히 지나가는 배도 좌초시킬 수 있지요. 그 전례를 잊으신 건 아니겠지요? 정녕 2년의 일도 그렇고, 그 전에는 관……."

허창평은 잠시 주저하다가 결국에는 과감하게 속마음을 내뱉었다.

"관례의 일도 있었습니다."

정권은 찻잔을 손에 쥐고 은근하게 흔들며 앞에 차려진 다구들을 한참 동안 바라보다가 탄식했다.

"형제라는 것들이."

정권은 무심결에 허창평을 힐끔 보며 차를 홀짝거리다가 그리운 옛사람을 회상하며 감상에 젖었다.

"당시 노 선생님은 문장의 대가였어. 한림과 어사의 과반수가 선생님의 문하 출신이었지. 지금 그들의 대다수는 삼성육부가 아닌 지방에 광범위하게 퍼져 있지. 잊고 있었는데 주부가 그 일을 언급하는 바람에 생각났소. 옛사람이 떠나니 그 자리에 새로운 좀도둑이 파고드는군."

그는 눈을 감고 한동안 창밖의 비바람 소리에 귀를 기울이다가 갑자기 무언가 떠오른 듯 입을 열었다.

"요즘의 나는 예전처럼 자유롭게 움직일 수가 없소. 내 일거수일투족을 살피는 눈이 사방에 퍼져 있으니 폐하의 눈을 피해 외신을 만나기가 하늘의 별 따기보다 어렵구려. 성부 안에서는 내가 목소리를 낼 수 있지만, 그 밖의 일은 주부가 힘을 써줘야겠소."

허창평은 태자의 의도를 눈치채고 고개를 숙이며 대답했다.

"신이 힘을 써보겠습니다."

허창평은 대답을 하느라 차는 입에 대지도 못했다. 그의 차는 어느새 거품이 꺼져 차갑게 식어 있었다. 정권은 찻잔을 거둬 새로 우린 차를 따른 뒤 다시 그의 앞으로 내밀며 말했다.

"따뜻할 때 마시시오."

허창평은 감사 인사를 한 뒤 잔을 들어 두어 모금 목을 축였다.

다도 솜씨가 많이 늘었다고 칭찬을 하려는 찰나, 갑자기 정권이 물었다.

"지난달에 또 악주에 다녀왔다지?"

허창평은 순간 살짝 동요했다. 정권이 그의 일가족을 구금했는데도 여러 차례 고향에 다녀온 건 다른 이유 때문이었다. 그는 입에 머금은 차를 목으로 넘기며 웃는 얼굴로 대답했다.

"모친의 기일에 돌아가 제사를 드렸습니다."

정권은 고개를 끄덕이며 물었다.

"영당의 위패는 어디에 모셨소?"

정권이 이렇게 묻는다는 건 필시 사전에 조사를 마쳤다는 뜻이리라. 그는 사실 그대로 대답하기로 했다.

"양모가 돌아가신 뒤 양부는 새로이 계모를 들이셨습니다. 양모의 제사야 그 집에서 지낼 수 있지만, 생모의 제사까지 지내기는 눈치가 보여서 매년 수백 관貫씩 돈을 내고 외곽의 작은 암자에 위패를 모시고 틈이 생길 때마다 찾아가고 있습니다. 그……."

그는 잠시 망설이다가 말을 이었다.

"그 암자의 이름은 혜청으로……."

그러자 정권이 미소를 지으며 말을 끊었다.

"그냥 물어보는 것뿐이니 세세한 것까지 다 알릴 필요는 없소. 혹여나 바쁜 정무에 챙기지 못하는 일이 있지는 않을까 걱정이 돼 물어본 것이지, 주부의 사생활을 사찰하려는 의도는 아니었소."

정권의 성품은 해가 갈수록 점점 과묵해져서 얼굴에는 좀처럼 감정이 드러나지 않았다. 지금도 허창평은 정권의 얼굴만 봐서는 그의 말이 진심인지 아닌지 분간할 수 없어 그저 고개만 끄덕였다.

"송구하옵니다."

정권은 담담한 미소를 지으며 말했다.

"영당의 위패를 불당에 모셨다면 불법에서 얘기하는 사은四恩이 무엇인지도 알겠군. 부모의 은혜, 천자의 은혜, 중생의 은혜, 삼보의 은혜*가 바로 사은이오. 주부와 내가 어릴 때부터 배운 유학은 도교와 불교의 설법을 허망한 소리로 치부하지만, 유학 사상의 근본이 '효'라는 사실을 간과하고 하는 소리지. 아버지는 자은慈恩을 베풀고 어머니는 비은悲恩을 베풀며, 자식이 그 은혜를 되갚지 않으면 삼도에 추락해 윤회의 보응을 받소. 주부는 부모를 생각하는 마음을 가슴 깊이 간직한 사람인데, 본궁이 어찌 살피지 않을 수 있겠소?"

정권은 잠시 말을 멈추고 허창평의 찻잔이 빈 것을 확인한 뒤 다시 말을 이었다.

"비가 많이 잦아들었으니 그만 관아로 돌아가시오. 이 책들은 다시 가져가서 이렇게 보고하시오. 입궁할 때 비가 오는 바람에 벽 아래서 비를 피했는데, 옷이 젖어 전하를 뵙지 못했으니 비가 그치면 반환하겠다고."

허창평은 새삼 정권의 치밀함을 느끼며 다시 젖은 옷으로 갈아입은 뒤 예를 표했다.

"이만 물러가겠습니다."

정권은 고개를 끄덕였다.

"주 상시의 안내를 따라 뒷문으로 돌아서 나가시오."

주순이 허창평을 안내하며 밖으로 나간 뒤, 정권은 서재에 홀로 남아 창문 앞에 섰다. 끊어진 주렴처럼 사정없이 쏟아지는 굵은 빗줄기를 바라보며 안으로 튄 빗방울이 소매를 적시도록 그대

---

* 『대승본생심지관경大乘本生心地觀經』을 인용한 것으로, 국왕의 은혜, 부모의 은혜, 스승과 벗의 은혜, 시주하는 사람의 은혜를 사은으로 보기도 한다.

로 내버려 두자, 소매에 살짝 밴 침향 역시 빗물에 흠뻑 젖어 들었다. 축축한 목향이 코에 와 닿는 순간, 그는 안도감과 피로를 동시에 느끼며 스르륵 침상에 몸을 기댔다. 비바람이 밀려들어 오는 바람에 으슬으슬 추웠지만, 창문을 닫고 싶지는 않았다. 그는 손에 잡히는 대로 옷가지를 덮어 추위를 피해보려 했지만, 이내 허창평이 벗어놓은 젖은 옷이라는 것을 깨달았다. 사람을 부르기도 귀찮았던 그는 덮을 것은 포기하고 베개 맡에 놓인 『사기史記』를 손이 가는 대로 집어 펼쳤다. 그는 두 문단을 읽다가 다시 책을 옆에 던져놓으며 자조 섞인 미소를 지은 채 중얼거렸다.

"깊은 연못 속의 고기를 환히 보는 자는 상서롭지 못하다?"

그는 그대로 눈을 감고 편안히 잠이 든 듯한 모습으로 오랫동안 빗소리를 들었다. 이윽고 그는 갑자기 피곤한 눈을 번쩍 뜨더니 『사기』의 다음 구절을 한 자 한 자 또박또박 낭송했다.

"꾀로 감추어진 것을 아는 자에게는 재앙이 있다."*

---

* '찰견연어자불상察見淵魚者不祥', 『열자列子 · 설부說符』에서, 주나라 민간에는 '깊은 연못 속의 고기를 환히 보는 자는 상서롭지 못하며, 꾀로 감추어진 것을 아는 자에게는 재앙이 있다'는 말이 있다. 『사기史記 · 오왕비열전吳王濞列傳』에도 이 속설을 인용한 구절이 있다. 효문제 때 오나라 태자가 천자를 알현하고 황태자와 술을 마시며 쌍륙 놀이를 했다. 오 태자의 스승은 모두 초나라 출신으로 경박하고 성품이 거칠었다. 놀이를 하다가 오 태자가 불손하게 굴자, 황태자는 쌍륙판을 오 태자에게 던져 그를 죽였다. 한나라 조정에서 장례를 치르도록 오 태자의 시신을 오나라로 돌려보내자, 오왕은 성을 내며 말했다. '천하가 같은 유씨 집안의 것이거늘, 장안에서 죽었으면 장안에서 장례를 치러야지, 왜 군이 이곳에서 장례를 치르라 하는가?' 그는 시신을 장안으로 돌려보낸 뒤 그곳에서 장례를 치르도록 했다. 오왕은 그날 이후로 번신의 예를 서서히 지키지 않았고, 병을 핑계로 조회에도 참석하지 않았다. 조정 대신들은 그가 죽은 아들로 인해 병을 핑계로 조회에도 들지 않는다고 여기고 조사하니, 과연 병은 핑계였다. 그 뒤로 오나라 사자가 오는 족족 잡아 가두고 벌을 주었다. 일이 이렇게 되자, 오왕은 두려운 마음에 더더욱 큰 음모를 꾸미게 된다. 뒤에 사람을 보내 추정秋請을 할 때 천자가 또 오나라 사신을 잡아 문책하니, 사신은 이렇게 말했

그러나 그는 자신의 속마음처럼 음습한 날씨를 음미하며 생각했다. 자신에게 재앙이 닥치는 한이 있더라도 감춰진 비밀을 꿰뚫어 볼 수 있는 통찰을 가지고 싶다고.

다. '깊은 연못 속의 고기를 환히 보는 자는 상서롭지 못하다고 했습니다. 오왕이 처음에는 거짓으로 병이 났다고 했는데 조정에서 이를 알고 문책하자, 더욱더 겁을 먹고 이제는 더 큰 음모를 꾸미게 됐습니다. 바라건대 폐하께서는 부디 지금까지의 일은 잊으시고 오왕에게 새로운 기회를 주십시오.'

제
52
장

다북쑥이 더부룩이 자라면

경성의 날씨는 며칠 내내 비가 계속되는 가운데 점차 싸늘해졌다. 삼사일 넘게 비가 내리는 동안 황제는 매일 정권에게 사람을 보내 조석 문안을 오지 말라고 알렸다. 덕분에 정권은 며칠간 편히 쉴 수 있었다.

월말이 가까워지면서 빗줄기는 서서히 약해지기 시작했고, 어느 날 황혼 무렵에는 드디어 황제의 사자가 발길을 끊었다. 정권은 어쩔 수 없이 저녁 문안을 나서야 했다. 가마에서 내리자마자 젊은 내시 몇 명과 이야기를 나누는 왕신이 보였다. 며칠 만에 보는 반가운 얼굴이었는데, 기쁜 일이라도 있는 듯 화색이 완연했다.

"왕 옹, 그간 잘 지냈나?"

정권이 그의 곁을 지나며 인사를 건네자, 왕신은 등불 아래서 침침한 눈을 깜빡거리다가 눈웃음을 가득 머금고 정권의 소매를 잡아당겼다.

"전하, 잠시만요."

정권은 걸음을 멈추며 물었다.

"무슨 일이야?"

왕신은 웃으며 대답했다.

"오늘 폐하께서 저녁 식사를 드시면서 며칠간 비가 와서 황손을 보지 못했는데, 오늘 비가 약해졌으니 신에게 동궁으로 가서 황손을 모셔 오라고 하셨습니다."

그 일은 태자비가 보낸 인편을 통해 들어 이미 알고 있었다. 정권은 고개를 끄덕이며 물었다.

"황손이 아직도 폐하와 함께 있나?"

왕신은 고개를 돌려 전각 안쪽을 힐끔 보더니 또다시 웃으며 말했다.

"원자 아기씨가 어찌나 영특하신지 폐하께서 품에서 놓지를 않으시네요. 조금 전에는 어서 군왕 작위를 내려야겠다고 하셨습니다. 혹시 폐하께서 또 그 얘기를 꺼내시면 그냥 감사하다고 인사만 드리십시오."

정권은 살짝 놀라 우두커니 있다가 다시 웃으며 대답했다.

"알았네."

정권은 의관을 정돈하는 왕신의 정성스러운 손길을 받은 뒤에야 안으로 들어갔다. 과연 황제가 황손을 품에 안고 어안 앞에 앉아 한창 다정한 한때를 보내고 있었다. 황제는 황손의 왼쪽 귀를 부드럽게 만지며 말했다.

"역시 아원은 이 할아비의 손자구나. 여기 귀에 점이 있는 걸 왜 여태 몰랐을까? 할아버지도 귀 밑에 점이 하나 있단다."

황손이 궁금하다는 듯 고개를 들어 물었다.

"어디요?"

황제는 싱글벙글 웃는 얼굴로 황손을 번쩍 들어 자신의 다리 위에 앉히고는 고개를 돌려 귀를 보여주었다.

"여기에 있지."

정권은 두 사람이 시답잖은 대화를 나누며 노는 모습을 우습다는 듯 지켜보다가, 황손이 진짜로 손을 내밀어 황제의 왼쪽 귀를 만지려는 순간 다급히 꾸짖으며 제지했다.

"소택, 무엄하다."

황손은 정권을 보자마자 빳빳이 굳으며 고개를 푹 숙였다. 이윽고 몸을 비틀어 황제의 품에서 미끄러지듯 벗어난 뒤, 정권이 황제에게 예를 마치고 바닥에서 일어나기를 기다렸다가 부친에게 절하며 인사했다.

"신, 전하께 문안드립니다."

자그마한 홍포를 입고 양 갈래로 총각을 튼 채 앳된 목소리로 예의를 차리는 모습은 마치 살아 움직이는 동자 인형 같았다. 황제는 황손을 사랑스럽게 지켜보다가, 황손이 아장아장 바닥에서 일어나자 다시 번쩍 안아 올리며 정권에게 말했다.

"태자는 앉아라."

정권이 정중히 감사 인사를 한 뒤 앉자, 황제는 환한 얼굴로 황손에게 시선을 옮기며 말했다.

"아원이 어찌나 총명한지 벌써 아는 글자가 많더구나. 짐이 조금 전 안양安陽을 손가락으로 가리켰는데, 바로 알아보길래 기특해서 내친 김에 안양군왕으로 봉하겠다고 했다. 아원도 고맙다고 인사를 하더구나."

황제의 말처럼 어안 위에는 큼지막한 지도가 펼쳐져 있었다. 정권은 그 광경에 절로 눈살을 찌푸리며 자리에서 일어나 말했다.

"아이가 아직 철이 없어 폐하께서 과자를 하사하시는 걸로 착각했나 봅니다. 다 신이 평소에 잘 가르치지 못한 탓이니 용서해 주십시오."

황제를 향해 미소를 지으며 말을 마친 그는 황손에게 눈짓하며 말했다.

"소택, 당장 사죄드리지 않고 뭐 해?"

황손은 자기가 큰 잘못을 한 줄 알고 황제의 눈치를 살살 살피다가 옆으로 물러나며 고개를 숙였다.

"폐하, 용서해주십시오."

황제는 못마땅한 얼굴로 정권을 흘겨보며 말했다.

"짐의 손자인데 군왕에 봉하는 게 무슨 큰일이라고 그러느냐? 설마 아원이 군왕의 본분 하나 감당 못 할까 봐? 여기서 입 하나 보태겠다는 것이냐?"

정권은 바닥에 꿇어앉아 고개를 조아리며 "그런 것이 아닙니다"라고 말한 뒤, 고개를 들고 말을 이었다.

"다만 소택은 아직 나이가 어려 거친 잡석처럼 다듬어지지 않았습니다. 옳고 그름도 분간하지 못할 뿐더러, 품행 역시 부족한 점이 많은데도 폐하께서 이토록 아끼고 귀여워해 주시니 이미 과분한 은혜를 받았습니다. 여기서 더 감당할 수 없는 은혜를 내리시면 아이가 부정을 탈 것입니다. 그러하니 소택이 공부를 시작한 뒤 지식과 예를 두루 갖췄는지 살피신 뒤에 은혜를 내리셔도 늦지 않을 것이라 사료되옵니다."

정권이 너무나도 명백하게 거절 의사를 밝히자, 황제는 힐끗 황손의 눈치를 살폈다. 고개를 푹 숙인 채 손을 비비 꼬고 있는 모습이 아비의 말을 알아들은 건지 못 알아들은 건지 분간할 수 없었다. 황제는 순간 주체할 수 없는 분노를 느끼며 대뜸 비아냥거렸다.

"너는 세자일 때 화정군왕의 작위를 받지 않았느냐? 그때 네 나이가……."

그러나 황제는 아무리 생각해도 당시 정권의 나이가 기억나지 않아 말을 맺지 못하고 말꼬리를 돌렸다.

　"너도 그때 책 몇 권 읽지도 않고 작위를 받았으면서 공부를 핑계로 짐의 입을 막아?"

　정권은 또다시 고개를 조아리며 대답했다.

　"송구합니다. 신은 당시 선제와 폐하의 과분한 사랑을 받아 지나치게 어린 나이에 높은 자리에 올랐습니다. 당시 신은 외람되게도 모든 게 신의 천부적인 자질 덕이라 여기고 자만해 방약무인했고, 백성의 고충과 아랫사람들의 고초는 더더욱 헤아리지 못했으며, 오로지 향락을 좇아 폐하께 큰 근심만 더해드렸습니다. 결국 어린 나이에 얻은 가르침이 커서도 빛을 발하지 못하게 됐으니 선제와 폐하께 부끄러운 마음뿐입니다. 신, 그간 지난 일을 회고하며 매일같이 놀랍고 두렵고 수치스러운 마음에 시달려왔습니다. 폐하는 부디 깊이 생각하시어 한순간의 사랑으로 황손이 신과 같은 전철을 밟지 않도록 헤아려주십시오. 신의 생각으로는 먼저 황손에게 온유한 품행을 가르친 뒤 천천히 작위를 내리는 게 좋을 듯합니다."

　황제는 정권의 얼굴을 살폈다. 눈을 잔뜩 내리깐 그의 표정은 온화하고 공손하기 그지없었으며, 하는 말도 구구절절 빈틈이 없어 반박의 여지가 없었다. 황제는 말문이 막혀 한참 동안 멍하니 있다가, 어쩔 수 없이 손을 들어 "일어나라"하고 말하고는 황손을 달랬다.

　"아버지가 반대하시니 할아버지가 어쩔 수 없이 약속을 못 지키겠구나."

　자리에서 막 일어난 정권이 황제의 말을 듣고 다시 바닥에 엎드리자, 황제는 성을 벌컥 냈다.

"네 얘기를 하는 게 아니니 괜히 호들갑 떨지 말아라."

그는 다시 황손에게 자상한 미소를 지어 보이며 말했다.

"아원이 더 크면 할아버지가 신하들 앞에서 작위를 내리마. 이리 와라. 할아버지랑 약속해야지."

황제가 웃으며 새끼손가락을 내밀자, 황손은 힐끔 정권의 눈치를 보다가 쭈뼛쭈뼛 손을 내밀어 손가락을 걸었다. 황제는 황손과 새끼손가락을 걸고 흔든 뒤 물었다.

"우리 아원, 갖고 싶은 게 무엇이냐? 할아버지가 선물해주마."

황손은 조용히 대답했다.

"신은 갖고 싶은 게 없습니다."

"할아버지는 아원이 뭘 좋아하는지 알지."

황제는 자상하게 미소를 지으며 말한 뒤, 아랫사람에게 명령해 황손에게 사탕을 하사했다.

황제는 저녁 내내 흥이 한껏 올랐다가, 태자가 정색을 하고 자신을 가르치려 들자 순식간에 기분이 상해, 황손이 사탕을 다 먹을 때까지 기다렸다가 바닥에 내려놓으며 말했다.

"할아버지가 오늘은 일찍 쉬어야겠구나. 아원은 아버지와 함께 돌아가렴."

태자는 황손과 나란히 황제에게 예를 갖춘 뒤 물러났다. 줄곧 바깥에서 대기하던 왕신은 두 부자가 밖으로 나오는 모습을 지켜봤다. 어린 황손이 힘겹게 끙끙거리며 높은 난간을 넘는데, 정권은 황손이 그러든 말든 자기 갈 길 가기에 바빴다. 왕신은 그 광경을 보고 씩씩거리며 달려가 황손을 안아 올리고는 정권을 문밖까지 따라갔다. 정권은 왕신이 눈을 부릅뜨고 노려보는 바람에 밖에서 다 들었다는 것을 알아차렸으나, 짐짓 모른 척 미소를 지으며 능청을 떨었다.

"멀리까지 배웅할 필요 없네."

왕신은 태자비 없이 두 부자만 보내려니 마음이 놓이지 않아 황손을 안고 가마 앞으로 가 정권의 품으로 내밀며 훈계조로 말했다.

"신은 연로해 황손을 모시고 가마에 오를 수 없으니 부디 전하께서 수고해주십시오."

그러나 태자가 영문을 모르겠다는 듯 수행 궁인과 내시를 향해 두리번거리자, 왕신은 더더욱 성이 난 표정으로 황손을 억지로 정권의 품으로 떠넘기고는 그대로 발걸음을 돌렸다.

정권은 어쩔 수 없이 황손을 한 손으로 안고 가마에 올랐다. 아이를 안는 건 처음이라 마치 물건을 옮기듯 어색했다. 정권은 아이가 이상하리만치 가볍다고 생각하며 가마 안에 이르는 즉시 바닥에 내려놓았다. 평소 문후를 올릴 때는 혼자 작은 가마를 타거나 태자비와 함께 큰 가마를 타고는 했는데, 아들과 함께 가마에 오르기는 처음이었다. 두 사람은 각자 구석에 자리를 잡고 앉아 한동안 아무 말도 하지 않았다. 가마 밖에서는 부슬부슬 내리는 비가 온 궁궐을 적셨다. 비에 젖은 바닥에서는 등불의 그림자가 길게 연결되어 빛의 선을 그리고 있었는데, 정권이 밖을 내다보니 한 궁인이 그 위에서 흠뻑 젖은 채로 벌을 받고 있었다. 그는 문득 오래전 죄를 청하던 날 비에 젖은 달빛이 떠올라 자기도 모르게 인상을 잔뜩 쓰며 가마를 세우라고 눈짓했다.

"여기가 궁인을 벌주는 곳인가?"

정권이 고개를 내밀고 호통을 치자, 궁인들은 화들짝 놀라며 사죄를 한 뒤 벌을 받던 궁인을 질질 끌고 바람처럼 사라졌다. 정권은 갑자기 코가 시큰거려 소매로 얼굴을 가리며 재채기를 했다. 날씨가 갑자기 변하면서 지병인 냉증이 도진 데다가 오늘따라 옷도 얇게 입어 오한이 일었기 때문이다. 옆에서 조심스럽게 지켜보던 황손이 갑자기 불쑥 물었다.

"아버지, 추워요?"

애티가 가득한 목소리였다. 정권은 아들과 단둘이서 이야기한 적이 있었는지 기억이 가물가물해 흠칫 놀라며 말없이 고개를 가로저었다. 아버지가 대답을 하지 않자, 황손은 문득 장사군왕에게 배운 손 녹이는 법이 떠올라 아버지의 손에 작은 입을 가져다 대고 호호 입김을 불었다.

아이의 피부는 눈처럼 새하얗고 미간은 청초하고 수려했으며, 두 눈은 밝은 별처럼 초롱초롱 맑게 빛났다. 사람들의 말에 따르면 자신과 똑같이 생겼다는 그 아이의 새까만 머리 모양도, 자그마한 몸에 걸친 자그마한 옷도 무척이나 우스웠다. 조심스럽게 전해지는 따스한 입김에서는 은은한 사탕 냄새가 느껴졌다. 낯설기만 한 어린아이가 갑자기 어색한 방식으로 친밀하게 행동하자, 정권은 또다시 흠칫 놀라며 얼음처럼 굳었다가 잠시 뒤 슬그머니 손을 치웠다.

황손은 큰 잘못을 하고 호된 꾸지람을 들은 아이처럼 잔뜩 풀이 죽어 고개를 숙였다. 애꿎은 손가락을 말없이 세는 것 말고는 할 수 있는 게 없었다.

빛이 희미하게 드는 어두운 가마 안에서 정권은 아들의 천진난만한 얼굴에 서린 애정을 미처 확인하지 못했다. 마찬가지로 황손 역시 처음 겪는 상황이 낯설어 당혹감을 감추지 못하는 정권의 난처한 기색을 눈치챌 수 없었다.

강녕전에서 연조궁까지는 길지도 짧지도 않은 거리였지만, 가는 길 내내 숨 막힐 듯한 어색함이 이어졌다. 정권은 가마에서 내려 궁인에게 황손을 태자비에게 데려다주라고 지시했다. 조금 전처럼 아들의 몸에 손을 대는 일은 없었다.

　주순은 정권의 뒤를 따라 서재로 들어갔다. 막 입을 떼려는데, 정권이 또다시 기침을 했다. 그는 정권이 감기에 걸릴까 봐 즉시 아랫사람들에게 발 씻을 물을 데워 오라고 지시했다. 뜨거운 물이 준비되고 사람들이 물러간 뒤 정권이 스스로 신발을 벗을 무렵, 주순이 드디어 못마땅해 죽겠다는 듯 잔소리를 퍼부었다.

　"저녁에는 대체 왜 폐하의 심기를 건드리셨습니까?"

　정권은 발가락 끝으로 물을 살짝 찍어 온도를 확인했다. 물 온도는 살짝 뜨거웠다. 인상을 잔뜩 쓰며 천천히 발을 집어넣다가 발이 완전히 물에 잠기자 그제야 심호흡을 하며 웃는 얼굴로 주순을 바라봤다.

　"왕 상시가 팔백 리 밖에서 급행으로 소식을 전했나 봐?"

　주순은 정권의 조롱에도 꿈쩍하지 않고 싫은 소리를 계속했다.

　"황태자의 아들이면 국법에 따라 당연히 군왕의 작위를 받습니다. 폐하께서 저토록 황손을 아끼시는데 감읍해하시지는 못할망정, 왜 굳이 심기를 거스르시냔 말입니다!"

　정권은 대답 없이 지그시 눈을 감고 물에서 은은히 풍기는 등골나물 향과 쑥 향을 가볍게 음미했다. 시간이 한참 흐른 뒤 발의 온기가 온몸으로 퍼지며 코의 호흡이 트이는 듯하자, 정권은 발을 꺼내 앞으로 내밀었다. 그러나 주순은 그의 옆에 놓인 탁자에 수건을 툭 놓고 나 몰라라 할 뿐이었다. 정권은 어이없다는 듯 실소를 하며 책망했다.

　"요새 내 성질이 누그러졌다고 아주 이놈 저놈 할 거 없이 내 머리 꼭대기에 서려고 드는구나."

　주순이 막 입을 떼려는데, 정권이 차갑게 웃으며 그의 입을 막

왔다.

"자네가 뭘 알아? 폐하는 작년이 돼서야 고봉은을 후에 봉하셨고, 이번에는 황손에게 작위를 내리시려고 해. 이건 고사림에게 물러설 길을 남겨놓지 않겠다는 거야. 이게 빨리 죽으라고 재촉하는 게 아니면 뭐겠어?"

정권이 미처 생각지도 못한 부분을 지적하자, 주순은 놀라 우두커니 서 있다가 이윽고 한숨을 내쉬며 수건을 들어 정권의 발을 닦았다.

"설마 폐하가 그렇게까지 하시겠습니까? 왜 구태여 그런 무익한 생각을 하십니까?"

정권이 말이 없자, 그는 시중들 사람을 따로 부르지 않고 직접 물통을 들고 자리를 비켰다.

황손은 태자비가 거울 앞에 앉아 한창 저녁 단장을 하고 있을 때 궁인을 따라 안으로 들어왔다. 황손이 돌아와 크게 안도한 그녀는 잠시 손을 멈추고 황손이 예를 마치자마자 번쩍 안아 올리며 이것저것을 물었다. 대개는 황제와 무슨 이야기를 했는지에 관해서였다. 황손이 귀에 난 점 이야기를 꺼내자, 태자비는 환하게 웃으며 황손을 칭찬했다.

"우리 아원은 역시 복을 타고났구나."

양쪽에 있던 궁인들도 너도나도 말참견을 하며 황손과 황제가 나눈 이야기를 그대로 전달했다. 대부분 총명하고 효심이 넘치며 영특하다는 등의 칭찬이었다. 다만 황손은 아까 전 군왕의 작위에 관해 아버지가 한 말의 미묘한 속뜻까지는 이해하지 못해서 눈으로 본 사실을 그대로 태자비에게 전달했다.

"아버지가 허락하지 않으셨어요."

태자비는 잠시 당황하다가 황손을 위로했다.

"아버지는 널 위해서 허락하지 않으신 거야."

황손은 사랑스럽게 고개를 끄덕이고는 말했다.

"어머니, 머리 빗으세요. 아원이 옆에서 구경할게요."

태자비는 웃으며 대답했다.

"그러마."

저녁 단장을 마친 그녀는 황손이 아직 깨어 있는 것을 보고 평소처럼 글을 가르쳤다. 오늘 밤에 가르칠 책은『모시毛詩』의「육아蓼莪」편이었다. 문관 집안 출신이어서 고전과 경전에 통달한 그녀의 풀이에는 한 구절 한 구절 깊은 통찰이 있었다. 풀이를 하다가 쉬운 글자가 나오면 황손에게 읽고 쓰도록 시키기도 했다. 황손은 '어루만져 기르시고 키워주시며 나를 돌아보고 다시 돌아보시며 드나들 땐 나를 가슴에 품으시니' 하는 대목에 이르러서는 태자비가 풀이를 마치기를 기다렸다가 불쑥 말했다.

"어머니, 오늘 아버지가 아원을 안아주셨어요."

태자비는 잠시 멈칫 놀라다가 웃으며 대답했다.

"아버지가 널 사랑하시니 안아주시지."

황손은 고개를 끄덕인 뒤 한참 동안 곰곰이 생각하더니, 작은 손가락으로 태자비의 가슴께에 묶인 향낭을 만지작거리며 말했다.

"아버지의 옷에서도 이렇게 좋은 냄새가 났어요. 아버지는 손이 차가워요. 어머니처럼요."

태자비는 황손을 품에 안고 어르며 이마를 부드럽게 쓰다듬고는 가볍게 속삭였다.

"아원은 참 착한 아이로구나."

이제 막 글공부를 시작한 황손의 눈을 보호하기 위해 각 안에는 온통 환하게 불이 밝혀져 있었다. 대낮처럼 환한 가운데서도 황손은 어두운 가마 안에서처럼 곱게 단장한 적모의 눈동자에 어린 슬픔을 미처 알아보지 못했다. 자애로운 그녀의 눈길 뒤에 감춰진 비애와 고독, 그리고 동병상련의 정을 나이 어린 황손이 알아볼 리 없었다.

높은 자의 후회

경성을 향해 출발한 장주의 사자들도 갑자기 내린 비에 발이 묶여 여정이 지연됐다. 사자는 경성의 비구름이 깨끗이 걷힐 무렵에야 비밀 서신을 들고 동궁에 다다랐다. 황태자의 서재 창문 밖에서는 어느새 다시 까치 울음소리가 들리기 시작했다. 멀리서 온 서신이 손에 들어오는 순간, 은은한 향기가 물씬 풍겼다. 고상하고도 경쾌한 사향 향기는 약간의 나무 이끼 냄새를 풍기다가 점차 아릿하고 시큼한 잔향을 남겼다. 정권은 봉투에 아무런 글자가 없는데도 누가 보낸 서신인지 단번에 알아차리고는 사람들을 모두 물린 뒤에야 금도로 봉투를 갈랐다. 서신을 봉투에서 꺼내는 순간, 더더욱 진해진 감미로운 향기는 쌀쌀한 가을 공기에 그리운 이의 온기를 더해주었다.

정권은 편지를 펼치고 잠시 마음을 가다듬고는 처음부터 끝까지 묵묵히 두어 번을 반복해서 읽은 뒤 햇빛을 받으며 편지지에 불을 붙였다. 타고 남은 재가 먼지처럼 날아다닌 뒤에도 서신의 은은한 용연향은 가시지 않고 희미하게 공기 중으로 퍼져나갔다.

고요한 가을 햇살이 창문의 격자 사이를 투과하며 금싸라기 같은 빛을 정권의 몸에 뿌렸다. 정권은 그 금싸라기 속에 앉아 손가락 사이에 남은 잔향을 들이마시며 가만히 허창평의 말을 되새기다가 이내 자조 섞인 허탈한 웃음을 지었다. 아무래도 상대를 지나치게 얕잡아봤다. 형제의 이상한 조짐을 감지하기는 했지만, 뒤에서 이런 과감한 짓을 꾸밀 배짱이 있을 줄은 미처 몰랐던 것이다. 경성에서의 움직임은 차치하고라도 머나먼 변방의 장수와 교통하고, 그것도 모자라 고사림이 출정한 지 보름도 채 안 돼 이런 소란을 조장했다면 실제로 손을 뻗친 범위는 예상보다 훨씬 광범위할 것이다.

정권을 더더욱 놀라게 한 것은 고봉은이 살짝 언급한 산수화였다. 제왕에게는 이제 이런 일을 벌일 재간이 없다. 그렇다면 남은 사람 중 강력한 동기와 재주를 가진 사람은 그의 어린 동생이 유일할 것이다. 그의 필적을 본 적은 없지만, 드디어 윤곽이 잡히는 실마리가 하나 있었다. 어쩌면 그날 서원의 궁문을 지키던 시위가 본 것도, 장육정이 중추절 이후에 본 것도 모두 그의 필적이 아닐까. 그는 처음으로 그녀와 오제의 불길한 연관성을 추정해냈다. 손가락을 꼽아 계산해보니 그녀를 처음 만났을 때가 6년 전이다. 만약 그의 추측이 맞다면 오제의 계략의 뿌리가 상상보다 훨씬 깊다는 의미였다.

창밖에서 시끄럽게 지저귀는 새소리를 들으며 정권은 모골이 송연해졌다. 매미를 잡으려는 사마귀의 음험한 노림수는 깊은 구중궁궐과 조당에서 아주 오랜 시간에 걸쳐 흥미진진하게 펼쳐졌다. 그는 자기도 모르는 사이에 몇 년 동안 그 조용하고 은밀한 장단에 놀아나고 있었던 것이다. 결국에는 태자의 자리에서 밀려나고 말 운명이라는 건가? 아니면 지나치게 상대를 과소평가했던 걸까? 참새는 얼마나 오랜 세월을 그의 뒤에 숨어서 인내해왔을까? 어쩌면 참새의 가장 큰 장애물은 그의 손으로 직접 제거한 그 매미 한 마리였을지도 모른다. 그렇다면 참새는 대체 그를 뭐라고 생각한 걸까? 그들의 눈에 비친 자신은 대체 뭐였단 말인가.*

그는 천천히 오른손을 펼쳐 세세히 살폈다. 쟁기나 거친 말고삐 한번 제대로 쥐어본 적이 없어 새하얗고 고왔지만, 손가락 사이와 손바닥에는 오랜 세월 쥔 붓에 쓸려 생긴 굳은살이 가득했다. 이것은 그저 문인의 손이었다. 손에 묻은 용연향이 여전히 가시지 않고 남아 코끝을 감돌았다. 마치 오랜 세월 단련한 마귀의 혼백처럼 대낮의 태양빛에도 흩어지지 않았다. 그는 전생처럼 멀게만 느껴지는 지난 일을 차근차근 하나씩 떠올렸다. 그녀의 눈썹을 그리던 순간과 차갑게 언 손을 그녀의 소매에 넣고 녹이던 순간. 그리고 이 손으로 처방전을 쓸 때에는 먹물이 얼룩지도록 가슴이 미어지지 않았던가.

방심해도 너무 방심했다. 그는 서서히 책상으로 걸어가 서책 사이에 놓인 계척을 들어 오른 손바닥을 있는 힘껏 내리쳤다. 스스로를 질책하는 매질은 손바닥이 새까맣게 멍이 들어 피가 배어나올 때까지 멈추지 않았다.

그는 피에 물든 손바닥에서 복잡하게 새겨진 손금을 하나하나 세세히 분별해냈다. 피에 잠긴 손금 하나하나가 모두 칼에 베여 남은 상흔처럼 느껴졌다. 맑은 물처럼 흐르는 가을볕과 선명한 핏방울이 손가락 사이를 빠져나가는 순간, 그는 처음으로 빛에 가려진 그늘을 느꼈다. 그렇다. 모든 것에는 다 이유가 있었다. 이

---

* 螳螂捕蟬黃雀在後, '사마귀가 매미를 잡으니 참새가 뒤에서 기다리고 있었다'는 속담에 소정당을 제거한 일을 비유한 것. —역주

평화로운 가을날 오후, 손바닥의 쓰라린 통증보다 더 쓰라린 것은 마음에 깊게 새겨진 상처였다. 그 통증을 참아내며 그는 20여 년 동안 자신의 손가락 사이로 빠져나간 것들을 생각했다. 그가 이 손으로 쥐었다가 잃어버린 세상에서 가장 아름다운 것들을.

영왕부 후원에서 모친의 품에 안겼던 어린 시절, 어머니는 부드럽고 가녀린 손가락으로 그의 조그마한 손을 쥐고 두 글자를 쓴 뒤 미소를 지었다.

"이게 너의 이름이란다."

그는 호기심이 가득 어린 목소리로 물었다.

"내 이름을 왜 이렇게 지었어요?"

어머니는 은은한 미소를 지으며 대답했다.

"아버지와 어머니는 너를 손으로 소중하게 움켜쥔 진귀한 보물로 여기거든."

당시의 그는 해맑게 웃으며 어머니의 그 말을 조금도 의심하지 않고 철석같이 믿었다. 이 하늘 아래 어느 아이가 자기 어머니의 진심 어린 말을 의심하겠는가? 어머니가 미소를 지을 때면 두 뺨에 붙은 금빛 화전의 빛이 뺨의 움직임을 따라 깜빡이고는 했다. 그것은 그가 본 것 중에서 가장 아름다운 표정이요, 가장 아름다운 풍경이었다. 성인이 된 지금까지도 그는 미인의 뺨에서 빛나는 금빛을 부드러운 미소로 여겼다.

그는 이어서 갓 입을 떼기 시작했던 여동생을 떠올렸다. 아이는 그를 볼 때마다 통통한 작은 손을 흔들며 까르르 소리 내어 웃곤 했다. 아이의 손등에는 오목하게 패인 동그란 자국이 5개 있었고, 작은 입안에는 이제 막 나기 시작한 젖니가 있었다. 그가 포기하지 않고 끈질기게 가르친 끝에 여동생은 어느 날 드디어 그 조그만 입으로 오물오물 '오라버니'라는 단어를 뱉었다. 여동생이 말을 배운 뒤 처음으로 부른 사람이 바로 그였다. 지금 이 순간에도 자신을 부르던 그 앳된 목소리를 떠올리면 걷잡을 수 없는 감격에 눈물이 쏟아질 것만 같았다.

그는 사촌 형의 일곱 살 때를 떠올렸다. 아명인 유아로 불리던 형은 그날 처음으로 자신의 말에 그를 태우고 고삐를 잡았고, 두 사람은 한 말을 같이 타고 남산의 푸른 풀밭 사이를 느긋하게 누볐다. 정권은 말갈기에 엎드려 그에게 물었다.

"법아 형은 어디 갔어?"

형은 대답했다.

"아버지랑 장주에 갔어요. 나중에 아버지처럼 대장군이 돼서 전하를 지킬 거예요."

정권은 한동안 고개를 푹 숙이고 말이 없다가 한참 만에야 물었다.

"그럼 형은? 형도 가야 해?"

형은 웃으며 대답했다.

"전하도 아시잖아요. 저는 사람을 때리고 죽이는 게 제일 싫어요. 저는 공부나 열심히 하려고요. 나중에 진사가 되면 폐하께서 관작을 내려주시겠죠. 천천히 밑에서부터 청렴결백하게 업적을 쌓으면 나중엔 경성에 남아 관직을 맡을 수 있어요. 변방에선 형과 아버지가 몸을 아끼지 않고 조정에서는 제가 부지런히 전하를 보필하면, 전하는 분명 만세에 길이 남을 성군이 되실 거예요."

그러나 정권이 원하는 대답은 그게 아니었다.

"그럼 안 가는 거야?"

형은 여전히 미소를 지으며 이번에는 아까보다 명료하게 대답했다.

"안 가요."

그의 기억은 혼인식을 올린 날 밤의 비단 장막 안으로 옮겨갔다. 그는 붉게 달아오른 얼굴을 어둠으로 애써 감추고 잔뜩 긴장한 목소리로 더듬더듬 물었다.

"내가 당신을 아프게 했소?"

아직 얼굴도 제대로 보지 못한 어둠 속의 여인은 오랜 정적 끝에 말없이 그의 손을 가만히 움켜쥐었다. 격려의 뜻이 담긴 그녀의 손에서 느껴지는 부드러움과 온기를 가득 느끼며 그는 여인의 제일가는 미덕을 깨달았다. 그 순간, 그는 그녀만은 다른 사람처럼 자신의 곁을 떠나지 않을 것이라고, 머리가 하얗게 샐 때까지 함께할 거라고 진심으로 굳게 믿었다.

그들은 결코 허황된 환영이 아니라 한때 그의 곁에 실제로 머물렀던 이들이다. 그들 중 누군가는 멀리 떠나고 누군가는 사라지고 누군가는 철저히 파괴되었다. 금쟁반에 받쳐 공양을 해도, 손바닥을 하늘로 향해 들고 가호를 빌어도 헛수고였다. 대체 어떻게 해야 그 눈부신 사람들을 곁에 붙잡아 둘 수 있단 말인가? 그는 도무지 알 수가 없었다. 그는 자신의 손바닥을 가만히 내려다보며 최선을 다해 노력한 스스로를 위로했다. 만일 자신의 모든 것을 걸고 노력하지 않았다면, 지금 흘리는 피와 상흔은 어디에서 왔다는 말인가?

석가모니의 가르침은 공허하기만 했다. 그는 그동안 이 세상을 살면서 수후주隨侯珠가 잿더미가 되고 화씨벽和氏璧이 조각나고, 칠보七寶 망루가 무너지고 금구金甌가 부식되고, 『계첩楔貼』이 썩어 먼지로 돌아가는 것을 지켜보았다. 이제 그의 곁에 남은 보물은 단 하나였다. 그는 그 보물을 진귀한 도자기처럼 애지중지하며 비부秘府에 여러 해 동안 비밀스럽게 감춰왔지만, 그것도 여기까지인 듯했다. 아무리 그렇다고 해도 자신의 손으로 직접 그 보물을 파괴하지 않는다면 그의 인생은 결코 결점 하나 없이 완벽하다고 할 수 없을 것이다.

그 보물을 부수지 않는다면 언젠가 세월이 흘러 부처 앞에 서는 날이 왔을 때 기세등등하게 그의 직무유기와 무정함을 비난할 수도 없을 것이다. 그날 부처에게 변명의 여지를 남기지 않으려면, 그들이 수치심에 몸을 떨며 입을 다물게 하려면 반드시 그것을 이루어야 한다.

정권은 소리 없이 활짝 웃기 시작했다. 손바닥의 상처는 이미 마비되어 더는 통증이 느껴지지 않았다. 오직 은은한 잔향만이 흐릿한 피비린내와 섞여 그의 곁을 떠나지 않고 맴돌았다. 그것은 음모와 계략의 냄새였다.

주순은 서재로 사람을 보내 정권의 상처를 싸매면서도 상처에 관해서는 입을 다물었다. 어딘가 이상하기는 했지만 아랫사람들에게 밖으로 새나가지 않도록 입단속을 하라는 지시만 내렸다. 정권은 냉담한 시선으로 내내 그를 지켜보다가 상처를 다 싸매자마자 지시했다.

"오늘부터 옷을 훈연할 때 쓰는 향을 용연으로 바꾸도록 해."

주순은 대체 왜 그가 숨 돌릴 새도 없이 또 다른 말썽거리를 만드는가 싶어 타이르듯 설명했다.

"진품 용연향은 희귀해서 연조궁에도 없고 황궁 내부에 보관된 수량도 극히 적습니다. 전하께서 용연향을 쓰시면 그 소식이 금방 폐하의 귀로 들어갈 것입니다. 안 그래도 전쟁이 막 시작돼 폐하께서 궁부宮府에 지출을 줄이라 명하셨고, 먹고 입는 것과 사치품 사용을 제한하셨지 않습니까? 이럴 때일수록 전하께서 종친들의 본이 되셔야죠. 차라리 영사靈麝향*으로 바꾸는 게 낫겠습니다. 왜 굳이 이런 시국에 그런 사치품을 쓰려고 하십니까?"

정권은 붕대로 칭칭 감긴 자신의 손바닥을 내려다보며 냉담한 웃음을 뱉고는 말했다.

"용연향은 한 방울만 물들여도 그 향이 수개월 넘도록 사라지지 않지. 내가 오늘 일을 잊을라 치면 용연향이 기억을 되살려 줄 거야. 이 상처가 다 낫더라도 오늘의 이 고통은 절대 잊어서는 안 되거든."

수일이 흐르고 음력 초하루가 되어 손이 어느 정도 낫자, 정권은 내시를 앞세워 등불을 따라 연조궁 뒤편에 위치한 고 재인의 궁원으로 나섰다. 가는 길에는 그를 맞이하는 사람도, 그를 막아서는 사람도 없이 정원을 가득 채운 가을벌레 소리만이 사람의 기척에도 아랑곳하지 않고 이어졌다.

각 안으로 들어서도 사람 그림자 하나 보이지 않았다. 정권은 잠시 일전의 그 관음보살상을 한참 동안 바라보다가 손가락으로 탁자 위를 무심코 쓱 그었다. 손을 들어 확인하자 마치 옥경대玉鏡臺 위를 훑은 듯 먼지 하나 없이 깨끗했다. 그때 뒤에서 놀란 여인의 소리가 들렸다.

"전하?"

정권이 뒤돌아보니 익숙한 얼굴이 서 있었다.

"너는 누구지?"

정권이 묻자, 궁인은 한참 만에야 정신을 차리고 황급히 바닥에 꿇어앉으며 대답했다.

"소인은 고 재인 마마를 모시는 내인 석향이옵니다."

---

* 송대에 용연향 대신 널리 쓰인 대체품.

정권은 고개를 끄덕이며 불상 앞에 앉아 옷깃을 추스른 뒤 물었다.

"고 재인은 어디에 있나?"

석향은 대답했다.

"마마는 지금 목욕 중이시라 참빗을 찾으러 나온 참입니다. 소인이 가서 마마께 말씀드리겠습니다."

정권은 희미하게 미소를 지으며 말했다.

"그냥 여기서 기다리겠다. 너도 돌아갈 거 없이 여기서 기다려."

석향은 영문을 몰라 우두커니 서 있다가 허겁지겁 대답했다.

"네."

대답을 하고 급히 몸이 가는 대로 그의 앞에 섰으나 예의에 맞지 않는다는 걸 깨닫고 다시 그의 등 뒤로 갔다.

석향은 오랜만에 낯선 사람을 보자 당황해 어찌해야 좋을지 몰랐다. 정권은 그녀의 초조한 모습을 바라보며 피식 웃은 뒤 물었다.

"고 재인을 몇 년이나 모셨지?"

석향은 잠시 꾸물대며 곰곰이 생각한 끝에 대답했다.

"서부에 있을 때부터 모셨습니다."

"서부."

정권은 실로 오랜만에 듣는 이름을 읊조리듯 내뱉은 뒤 다시 물었다.

"그렇다면 5년 됐나?"

정권이 뚜렷하게 햇수를 기억하자, 석향은 기이함을 느끼며 다급하게 대답했다.

"네."

정권이 다시 물었다.

"네 이름은 고 재인이 지어줬느냐?"

석향은 슬며시 웃으며 대답했다.

"아닙니다. 입궁할 때 주 상시께서 지어주셨습니다."

정권은 웃으며 대답했다.

"'그대도 천 리 밖으로 벼슬길 떠남에 요초瑤草의 한낱 아름다움을 아까워하노라*'라고 했는데, 말이 씨가 된다는 게 바로 이 격이군."**

석향은 무슨 말인지 도통 알아들을 수가 없어 곤혹스럽게 웃다가, 이제야 생각난 듯 황급히 말했다.

"소인이 차를 준비해드리겠습니다."

그러자 정권은 호탕하게 웃으며 사양했다.

"이제야 생각났느냐? 됐다."

두 사람이 말을 주고받는 사이, 전각 밖에서 석향을 재촉하는 날카로운 소리가 들렸다.

"석향! 참빗 가지러 간다더니 또 어디서 빈둥거리기에 감감무소식이야?"

이어서 어느 여인이 온화하게 타이르는 소리가 들렸다.

"괜찮아. 안으로 들어가서 빗으면 그만이다."

이윽고 두 사람이 바깥에서 각 안으로 건너왔다. 그중 우아하고 품위 있는 몸가짐의 여인이 바로 아보였다.

점점 가까이 다가오는 아보의 젖은 머리카락에서는 아직도 맑은 물방울이 똑똑 떨어졌다. 그녀는 각 문을 열고 안으로 발을 들이는 순간 그대로 바위처럼 굳어 걸음을 멈췄다. 그림 족자 아래

---

*　강엄江淹의 「별부別賦」를 인용한 것으로, 남편이 출타해 벼슬을 하는 바람에 젊은 부인이 애처롭게 청춘을 혼자 보내는 것을 의미한다.

**　'석향'이라는 단어가 들어가는 시의 뒤 구절을 장난스럽게 읊은 것. ─역주

정권이 앉아 묘하게 입꼬리를 살짝 올린 채 탐색하듯 그녀를 바라보고 있었다. 그는 불전의 단 위에 아무렇게나 팔을 올리고 있었는데, 왠지 모르게 그가 꽃가지가 꽂힌 정수병을 밀어 바닥으로 떨어트릴 거라는 예감이 들었다.

그러나 그는 예상과 달리 그저 불상처럼 오만하게 앉아 그녀의 눈을 이글거리는 눈빛으로 살폈다. 그녀 역시 정권과의 거리를 애써 유지하려는 듯 보살처럼 제자리에 서서 미동조차 하지 않았다. 정권은 서서히 입꼬리를 올려 묘한 미소를 머금고 일어나 천천히 그녀를 향해 다가갔다. 아보는 마치 애정이 식은 남편의 처분을 기다리기라도 하듯 물러서지도 다가서지도 않은 채 가만히 그를 기다렸다. 그가 한 걸음 한 걸음 내디딜 때마다 그녀는 4년 동안 차곡차곡 쌓아 올린 허망한 희망과 감격이 살얼음처럼 처참하게 부서지는 소리를 들었다.

곧장 그녀 앞에 다다른 정권은 그녀의 정수리로 손을 뻗어 이리저리 가늠한 뒤 웃으며 말했다.

"그동안 키가 큰 것 같은데?"

아보는 그사이 완전히 지쳐 입을 다물고 대꾸도 하지 않았다. 정권은 그녀의 귓가에 엉겨 붙은 젖은 머리카락을 쓰다듬으며 무뢰한 같은 말투로 웃으며 말했다.

"남편이 동쪽으로 떠나니 머리카락이 휘날리는 쑥대 같네."

정권의 음색은 못 보는 사이에 전보다 묵직하게 가라앉았고, 그의 옷깃에서는 한 번도 맡아보지 못한 낯선 향기가 풍겼다. 은근한 비린내와 단내가 섞인, 이제 갓 고개를 쳐든 욕정처럼 미지근한 향이었다. 초대한 적 없는 불청객은 거리낌 없이 그녀의 처소에 침입해 얼음처럼 차가운 손가락으로 분을 바르지 않은 그녀의 맨얼굴을 매만지며 조롱을 계속했다.

"어찌 기름 없이 머리를 감으며……."*

무례하기 그지없는 그의 조롱은 끝까지 이어지지 않았다. 문장을 끝맺기도 전에 정권이 그녀의 입술을 덮쳤기 때문이다.

아보는 안간힘을 쓰며 그를 밀어낸 뒤, 마침내 오늘 밤의 첫 마디를 내뱉었다.

"여긴 불전이에요."

정권은 치켜뜬 눈으로 그림 속 관음보살을 타락한 우상 보듯 힐끔거리며 비아냥거렸다.

"불법이 대자비심과는 아무런 관련이 없다는 걸 너도 모르지는 않을 텐데? 관음보살이 중생을 훤히 내려다보는 게 사실이라면 남녀 간의 정사라고 안 굽어 살피겠느냐?"

아보는 그 순간 그가 더 이상 예전의 그 사람이 아니라는 걸 깨달았다. 그러나 그녀는 여전히 두 손가락으로 그의 입술을 막으며 간청하듯 속삭였다.

"신성 모독은 할 수도 없고 해서도 안 됩니다. 하늘이 내린 재앙은 오히려 용서받을 수 있으나, 스스로 만든 재앙은 용서받을 수도 없어요."

그녀는 말을 마치고는 그의 손을 잡고 한 발 한 발 내실의 침상가로 이끈 뒤 서슴없이 그의 금관과 옥대를 차례차례 세심하게 벗겼다. 정권은 내내 그녀의 미간을 애무했고, 그녀도 피하지 않고 그대로 그를 받아들였다. 겉옷과 속옷이 사라지고 그의 맨가슴이 드러나자, 그녀는 잠시 주저하다가 그의 가슴에 얼굴을 묻

---

* 『시경詩經·위풍衛風·백혜伯兮』를 인용. '남편이 동쪽으로 떠나니 머리카락이 휘날리는 쑥대 같네. 어찌 기름 없이 머리를 감으며, 누구를 맞으러 모양을 내리오.' 남편이 동쪽으로 정벌을 떠난 뒤로 머리를 빗지 않아 잡초와도 같구나. 머리를 감을 기름이 없는 것이냐? 남편이 없어 단장할 필요가 없는 것이냐?

었다. 그는 고개를 숙인 채 그녀의 젖은 머리카락을 내려다보았다. 오랜 세월 뒤에 마주한 그녀는 여전히 지혜롭고 여전히 용감했다. 오늘 밤에도 그는 그녀에게 감탄을 금할 수 없었다.

제54장

형왕무몽荊王無夢

　하늘가에는 창백한 빛으로 이뤄진 띠가 흐릿하게 걸쳐져 있었다. 암담한 은하수였다. 차가운 밤바람이 그 은하수에서 흘러넘치는 가을 물을 타고 순식간에 그녀의 얇은 홑옷 안으로 파고들었다. 시든 풀 위에 맺힌 이슬과 종이 등롱으로 날개를 펼치고 모여든 불나방은 그녀의 눈에서 거대한 검은 환영으로 변했다. 그녀는 그 순간 아무리 발버둥 쳐도 깨어날 수 없는 고요한 악몽 속에 던져졌음을 깨달았다. 꿈속에서 아진이 보였다. 아직 나이 어린 아진은 땅바닥에 엎어진 채 고통스럽게 울부짖으며 잡귀신들에게 질질 끌려가는 중이었다. 어느덧 악귀가 나타나 잡귀들을 몰아내더니 아진을 향해 말채찍을 높이 쳐들었다. 그녀는 어디서 그런 힘이 솟아났는지 악귀에게 달려들어 철탑같이 거대한 몸을 들이받고는 아진을 품에 꽉 감싸 안았다.

　이어서 어깨에 격렬한 통증이 느껴졌다. 원래 어린 동생의 몫이었던 채찍을 그녀는 가녀린 어깨로 힘겹게 받아들였다. 그 순간 채찍이 바람을 가르는 소름끼치는 소리와 채찍을 휘두르는 자의 우렁찬 기합 소리, 풀밭에 숨은 귀뚜라미의 처절한 울음소리에 놀라 그녀는 경기를 일으키며 악몽에서 깨어났다. 이제 남은 것은 악몽보다 더 악몽 같은 현실이었다.

태어나서 처음 느껴보는 극심한 통증이 그녀의 사지를 헤집었다. 마치 날카로운 송곳으로 온몸을 찢어발기는 듯한 그 통증을 그녀는 영원히 잊을 수 없을 것이다. 놀라움과 공포, 수치심이라는 감정을 동반한 아픔은 자신의 몸이 더 이상 깨끗하지 않다는 사실을 일깨워 주었기 때문이다.

그때와 같은 종류의 아픔이 오늘 밤 또다시 그의 악의적인 몸짓을 통해 그녀에게 고스란히 전해졌다. 그녀는 두 눈을 감고 잔혹한 가해자의 얼굴을 회피하고는 열 손가락의 손톱을 세워 온 힘을 다해 자신의 고통을 그대로 되갚아 주었다. 그녀의 손톱은 시간이 흐를수록 점점 더 그의 벌거벗은 등을 깊숙이 파고들었다.

긴 손톱이 비수처럼 살갗을 파고들자, 정권은 극심한 고통에 정신이 아찔해졌다. 자신의 가쁜 숨소리와 그녀의 억눌린 신음이 귓가에 생생했다. 지금 느껴지는 이 아픔만큼 그녀의 고통이 얼마나 끔찍할지도 알고 있었으나, 그는 힘을 늦추지 않고 더욱 격렬하게 그녀를 밀어붙였다. 그는 혼미한 가운데 생각했다. 자신이 견딘 고통을 그녀라고 왜 피해가야 하는가? 동등한 원한과 고통을 주고받았다면 마찬가지로 동일한 희열을 주고받을 수도 있지 않겠는가?

생각이 여기에 이르자 갑자기 주체할 수 없는 흥분이 밀려들었다. 그는 얼굴을 파묻고 앙다문 입술과 눈처럼 흰 목덜미, 섬세한 쇄골을 차례차례 거칠게 빨아들였다. 입술이 진주빛 살갗을 지날 때마다 합환꽃이 울긋불긋 탐스럽게 피어났다. 요염한 붉은 꽃이 그녀의 몸에 널리 퍼져갈수록 등에 전해지는 통증도 한층 더 격해졌다.

창밖에서는 시든 풀 위에 하얀 이슬이 가득 내려앉았고, 귀뚜라미가 그 사이에서 쉴 새 없이 울어댔다. 나방은 뒤도 돌아보지 않고 무모하게 창살을 향해 온몸을 던지며 결연한 소음을 더했다.

아보는 정권의 발소리에 눈을 떴다. 정신을 차리고 보니 자신의 오른 손톱은 모두 부러져 단면이 날카로운 칼날처럼 예리하게 곤두서 있었고, 정권의 견갑은 흥건한 땀에 섞여 분홍빛으로 변한 핏자국으로 여기저기 물들어 있었다. 자신의 피인지 그의 피인지 분간도 되지 않는 그 흔적을 보며 아보는 은근한 쾌감을 만끽했다. 그것은 그녀가 그에게 남길 수 있는 최대한의 상흔이었다.

정권은 궁인을 안으로 부르지 않고 그녀를 등진 채 스스로 옷을 입었다. 어깨의 통증 때문인지 움직임이 상당히 부자연스러웠다. 바로 그 어색한 동작 때문에 그의 등에 난 다른 흔적이 그녀의 눈길을 끌었다. 흐릿한 촛불 아래 드러난 그의 오른 견갑에는 무언가 휘갈긴 듯한 갈색 흉터가 가득했다. 그녀는 곧 영원히 사라지지 않을 그 흉터의 정체를 알아봤다. 그것은 그가 오래전에 겪은 태형의 흔적이었다. 그 순간 그녀가 소소하게 느낀 은근한 쾌감이 연기처럼 흩어지듯 사라졌다. 그녀는 천천히 고개를 돌려 아무것도 그려지지 않은 백지의 머릿병풍을 바라보며 입을 틀어막았다. 그에게 느끼는 연민은 그녀를 향한 연민이었으며, 그에게 느끼는 증오는 동시에 스스로의 삶을 향한 증오였다.

난데없이 들리는 흐느낌에 정권은 놀라 뒤돌아봤다. 그는 말없이 침상가에 앉아 이불을 끌어당겨 그녀의 맨어깨를 덮어주고는 흐느낌이 잦아들 때까지 기다렸다. 아보가 진정한 듯하자, 정권은 미소를 지으며 말했다.

"침상이 너무 좁고 딱딱하더군. 내일 새 침상으로 바꿔줄게."

아보는 의욕이라고는 전혀 느껴지지 않는 무기력한 표정으로 잠시 침묵하다가 고개를 끄덕이며 미소를 지었다.

"고마워요."

정권은 그녀의 흐트러진 귀밑머리를 자상하게 쓰다듬으며 애정이 가득 담긴 목소리로 속삭였다.

"병이 다 나았으니 참 잘됐어. 앞으로는 자주 널 보러 올게."

아보는 아까와 마찬가지로 순순히 고개를 끄덕이며 온순한 목소리로 대답했다.

"네."

그와 알고 지낸 세월이 6년이었다. 그 6년 동안 그녀는 그에게 진심이었고, 그 역시 그녀에게 진심이었다. 그러나 아무리 오랜 세월 복잡하게 뒤얽힌 인연일지라도 이토록 단칼에 끊어질 수 있는 것이리라.

정권은 그녀를 잠시 바라보다가 만족스럽게 고개를 끄덕이더니, 피로 범벅된 그녀의 손가락을 끌어당겨 자신의 입가에 대며 미소를 지었다.

"난 가야 해. 일어날 필요 없으니 한숨 푹 쉬어."

그녀는 대답 대신 이불을 끌어당겨 침상 위에 남은 붉은 핏자국을 가렸다. 그는 그런 그녀를 만족스럽게 바라보며 희미한 미소를 입가에 머금었다.

아보는 돌아누운 채 밖으로 나서는 정권의 발소리를 들었다. 이어서 냉랭한 목소리가 들렸다.

"정원의 싸리나무를 베어버려라. 아까 지나올 때 본궁의 소매가 싸리나무 가지에 걸려 망가졌다."

가을밤은 정권의 깊은 잠처럼 무겁게 가라앉았다. 정권이 단잠에 빠지기는 몇 년 만에 처음이었다. 날이 밝을 때까지 정권은 아무런 꿈도 꾸지 않았고, 아무런 아픔도 느끼지 않은 채 깊은 잠을 즐겼다.

다음 날이 되자, 정권이 보낸 내시가 찾아와 처소의 모든 기물을 새것으로 교체했고 정원을 다듬기 시작했다. 한나절도 채 되지 않아 정원의 모든 화초와 나무가 자취를 감췄지만, 아보는 내내 그들이 하는 대로 모든 것을 내버려 두었다. 그들이 전각 밖에 모셔진 불상을 치우려고 하자, 아보는 잠시 망설이더니 드디어 입을 열었다.

"그건 그냥 제자리에 놔두세요."

정권의 말은 빈말이 아니었는지 그날 이후로 매일 밤마다 그녀의 처소를 찾아왔고, 아보 역시 예전과는 판이하게 다른 그의 낯선 부드러움에 점점 익숙해져 갔다. 그간 지나온 세월이 있건만, 사람의 인정이란 이토록 변하기 쉬운 것이다.

어느 날 늦은 밤, 아보가 이미 잠이 들었는데도 밖에서 궁인의 목소리가 들렸다.

"전하가 오셨습니다."

정권은 그녀가 미처 자신을 맞이하기도 전에 침상으로 다가가 일어나지 못하도록 그녀를 내리누른 뒤, 두 손을 옷깃 안으로 막무가내로 집어넣으며 한껏 달뜬 목소리로 말했다.

"바깥이 너무 춥다."

아보는 그의 손을 뿌리치며 벌컥 성을 냈다.

"저는 안 춥나요? 전하께서 이러실까 봐 저기 손난로를 준비해 놨잖아요."

정권은 손가락으로 손난로를 건성건성 만지더니, 이내 다시 몸을 움츠리며 인상을 썼다.

"저렇게 뜨거운 걸 사람이 어찌 쓴다더냐?"

그는 다시 아보의 어깨를 내리누르며 속삭였다.

"이 옥대를 풀어주겠느냐?"

아보는 고개를 돌리며 거절했다.

"시중들 사람이 밖에 허다한데 왜 군이 저한테 이러세요? 궁인들을 부르기 싫으시면 혼자 벗으시지요."

정권은 그녀가 말을 마치기도 전에 이불을 활짝 젖히며 안으로 미끄러지듯 들어왔다. 찬바람에 꽁꽁 언 그의 옥대에서 전해지는 냉기에 아보는 자기도 모르게 파르르 몸을 떨었다. 아보는 있는 힘껏 그를 밀치며 성을 냈다.

"체통 없이 왜 이러시는 거예요?"

그는 머릿병풍으로 몸을 웅크리며 피하는 아보를 끝까지 쫓아가 그녀의 목덜미를 붙들고 한쪽 다리로는 몸을 휘감았다. 아보는 그의 소매에 잔잔하게 남은 가을 기운과 따스한 향기에 휘말려 더는 몸을 피할 수가 없었다. 그는 아보의 목덜미에 고개를 묻으며 당당하게 말했다.

"침상에서 무슨 체통을 논하느냐? 기어이 옷을 벗겨주지 못하겠다면 그냥 이대로 누워 자면 그만이다."

아보는 그가 자신의 목덜미에 턱을 비비도록 그대로 놔두었다. 잠시 시간이 흐르자, 그는 마치 정말로 잠이 든 듯 꿈쩍도 하지 않았다. 아보는 그의 코에서 거친 숨소리가 들리자, 혹시 감기에 걸리지는 않았는지 걱정하며 조심스럽게 품을 빠져나왔다. 여전히 의심을 거두지 못한 채 그를 바라보다가 조심스럽게 손을 뻗어 옥대를 푸는 순간, 정권이 펄쩍 몸을 뒤집으며 그녀를 다시 침상 위로 눕히고는 자신만만하게 웃었다.

"네가 아쉬워할 줄 알았다."

"세 살짜리 애도 아니고 이러는 게 재미있어요?"

아보 역시 그럴 줄 알았다는 듯 성을 내며 그를 나무라더니 이윽고 웃으며 덧붙였다.

"이렇게 딱딱한 걸 오래 차고 있으면 배기지도 않나 봐요?"

정권은 피식 웃은 뒤 그녀의 귓불을 애무하며 속삭이듯 말했다.

"마침 그걸 물으려던 참인데 네가 선수를 쳤군."

아보는 정권의 몸에 일어난 변화를 느끼며 그의 말에 담긴 속뜻을 깨닫고는 확 얼굴을 붉혔다.

실내에서 느껴지는 봄의 온기에 밖에서 대기하던 궁인들의 얼굴도 새빨갛게 달아올랐다.

출렁이는 봄의 물결이 한껏 넘실거리다가 가라앉은 뒤, 정권은 아보의 목덜미에 부드럽게 얼굴을 비비며 사랑의 언어를 속삭였다.

"내가 오랫동안 걸음하지 않아 외로웠겠구나."

아보는 머리맡에서 천천히 고개를 저으며 대답했다.

"신첩은 악질에 걸리고 말이 많아서 칠기지악 중 거의 반을 범했으니, 전하께 내쳐지지 않은 것만도 천만다행이지요. 주제에 어떻게 전하를 원망하겠어요?"

정권은 입맞춤으로 그녀의 입을 막은 뒤 말했다.

"너는 속물도 아니면서 왜 속물스러운 말로 흥을 깨느냐?"

아보는 다시 몸을 바짝 붙여오는 정권을 피하면서 미소를 지었다.

"저는 전하와 달리 경험이 없어서 머리맡에서 할 말과 못 할 말을 구분하지 못해요. 전하께서 가르쳐주시던가요."

정권은 앙탈에 대한 징벌로 다시 한 번 그녀의 몸을 단단히 휘감으며 꾸짖듯이 말했다.

"내가 한 수 가르쳐주지."

고기는 도마 위에 올려졌고, 솥에서는 물이 끓어오르기 시작했다. 남은 것은 고기를 솥에 넣고 익히는 것뿐이었다.

정권은 달뜬 목소리로 아보에게 나지막하게 속삭였다.

"오늘은 네 곁에서 자고 가겠다."

아보는 술에 취한 듯 홍조가 한껏 피어오른 얼굴로 고개를 끄덕이며 정권의 가슴으로 더욱 깊이 파고들었다.

이윽고 비단 휘장의 흔들림은 멎었고, 등촉의 불도 완전히 소멸했다. 꿈이 없었으므로 그들에게 찾아온 어둠은 끝없는 자비와도 같았다. 두 사람은 그 기나긴 밤 속에서 영원히 동이 트지 않기를 간절히 빌었다.

제
55
장

혈육의 안부 서신

조왕부는 경동 거리에 있었다. 과거 선제가 총애하는 종친이 경성에 올 때 머무를 수 있도록 마련한 저택이었는데, 종친이 세상을 떠난 뒤에는 지금의 황제가 조왕에게 하사했다. 종친은 군왕에 불과했고, 저택도 세월에 많이 낡아져서 외부인이 보기에는 비교적 협소했다. 몇몇 참견하기 좋아하는 자들이 조왕에게 개축을 권했지만, 조왕은 그럴 때마다 경성에 오래 머무를 처지가 아니니 힘들일 필요 없다며 거절하고는 한동안 그 문제를 다시 거론하지 않았다.

조왕부의 내시 총령總領 장화는 마음만 먹으면 언제든지 쉽게 조왕을 찾을 수 있었다. 조왕 정해는 자제력이 강한 성품이어서 바깥보다는 늘 집에서 지내는 편이었고, 세간의 이목을 끌고자 하는 욕구도 없었다. 유일한 취미는 서화였는데, 그러한 연유로 하루 중 대부분의 시간을 자신의 서재에서 보냈다. 그날도 장화는 왕부로 복귀한 뒤 몇몇 사람에게 이런저런 지시를 내리고는 고민할 필요 없이 곧장 서쪽 난각에 위치한 서재로 향했다.

정해는 예상대로 어김없이 그곳에 있었다. 소매가 좁은 고풍스러운 분위기의 단령을 입고 관을 쓴 차림이 영락없는 평범한 관리의 모습이었다. 세월이 흐르는 사이 그는 풋내를 벗은 어엿한 사내가 되어 있었으며, 몸가짐과 행동거지에 우아한 기풍이 깃들어 한눈에 고귀한 신분의 친왕임을 알아볼 수 있었다. 게다가 찬바람이 쌩쌩 불고 단호한 태자에 비해 태도가 느긋하고 온화해 많은 사람들에게 찬사를 받았고, 아랫사람들에게도 너그러워 내신들도 그를 크게 어려워하지 않았다. 그의 가장 충직한 심복인 장화는 오늘도 별다른 말 없이 편하게 성큼성큼 서재로 발을 들였다. 그러나 오늘은 서재에 흐르는 공기가 평소와 묘하게 달랐다. 시중드는 사람 하나 없이 열두세 살가량으로 보이는 소년과 마주 앉아 대화를 나누고 있었던 것이다. 장화는 처음 보는 소년의 생김새를 자기도 모르게 유심히 살폈다. 안색이 누르스름하기는 했지만 이목구비는 수려한 편이었고, 체구에 비해 지나치게 큰 새 비단옷을 입어서 안 그래도 작은 체구가 더욱 작아 보였다. 잔뜩 긴장한 소년은 정해가 묻는 말에 하나하나 조심스럽게 대답하는 것 말고는 말수도 많지 않았다. 정해는 한창 집중하던 차에 장화가 불쑥 들어와 훼방을 놓자 미간을 잔뜩 찌푸리며 턱짓으로 비켜 서 있으라고 지시하고는 질문을 이어갔다.

　"경성이 좋으냐, 네가 살던 곳이 좋으냐?"

　소년은 수줍게 미소를 지으며 대답했다.

　"경성이 그곳보다는 훨씬 활기찹니다."

　정해는 미소를 지으며 또다시 물었다.

　"그렇다면 경성에 이틀 정도 더 머물러라. 내가 사람을 붙여줄 테니 구석구석 구경하며 돌아보아라. 그렇게 하겠느냐?"

　"네."

소년은 내키지 않는 듯 마지못해 고개를 끄덕인 뒤 다른 할 말이 있는 듯 여러 번 주저하다가, 결국 새빨갛게 달아오른 얼굴로 힘겹게 물었다.

"누나도 만날 수 있을까요?"

소년은 정해가 대답을 하지 않자 한참이나 그의 눈치를 살폈다. 아직 나이 어린 소년이어서 얼굴 가득 실망한 기색이 그대로 드러나 보였다.

"이제는 누나의 얼굴도 기억나지 않아요. 몇 년이 지나는 동안 서신 한 통 없었고, 어머니가 돌아가셨을 때도 아무 기별도 하지 않았어요. 혹시 누나가 저를 잊어버린 걸까요?"

소년은 조용한 목소리로 말하다가, 돌아가신 어머니를 입에 담는 순간 눈물을 참지 못하고 손등 위로 툭툭 떨구더니 황급히 소매로 눈가를 훔쳤다. 정해는 책상 너머로 손을 뻗어 소년의 머리를 쓰다듬으며 위로했다.

"네 누나는 관아에 묶인 몸이니 널 보러 오기도, 서신을 쓰기도 어려울 것이다. 누나가 보고 싶으면 서신을 쓰는 건 어떻겠느냐? 내가 인편으로 전해주마."

그러자 소년의 얼굴에 급격히 화색이 돌았다.

"좋아요."

소년이 고개를 끄덕이며 대답하자, 정해는 책상 위에 걸린 붓 중에서 하나를 골라 소년에게 건네며 물었다.

"글씨 솜씨는 예전보다 많이 향상됐느냐?"

소년은 대답했다.

"매일 오육십 자씩 쓰며 연습했습니다."

정해는 고개를 끄덕이며 말했다.

"꼭 훌륭하게 쓸 필요는 없다. 누나와 헤어질 무렵에는 아예 아무것도 쓸 줄 몰랐지 않느냐? 무엇이든 쓰기만 하면 누나가 크게 기뻐할 것이다."

소년은 어서 빨리 누나에게 자신의 학문적 성취를 보여주고 싶은 마음에 재빨리 붓에 먹을 듬뿍 적신 뒤, 종이를 끌어당기며 잔뜩 들뜬 목소리로 물었다.

"누나에게 뭐라고 쓸까요?"

정해는 잠시 생각한 뒤 대답했다.

"가족에게 쓰는 편지니까 옛날에 있었던 일을 쓰면 되겠다. 누나가 보면 참 좋아할 거야."

소년은 고심 끝에 2~3년 전에 있었던 소소한 일상을 떠올려 정해에게 들려주고는, 어떻게 문장을 구성해야 할지 몰라 또다시 망설였다. 정해는 그런 소년을 보며 웃으며 말했다.

"어떻게 써야 할지 모르겠다면 내가 불러주는 대로 써라."

그는 소년이 대답도 하기 전에 문장을 읊기 시작했다.

"아우 문진이 머리 숙여 누나에게 안부를 전합니다."

소년이 그 사이에 끼어들며 참견했다.

"누님이라고 하는 게 더 공손하지 않을까요?"

정해는 웃으며 대답했다.

"아니다. 편하게 부르는 걸 더 좋아할 거야."

소년은 감히 반박할 생각도 못 하고 그저 고개를 끄덕인 뒤 그대로 종이에 옮겨 적었다. 소년이 다 받아쓰자, 정해는 이어서 읊었다.

"어느덧 스산한 바람이 부는 가을입니다. 우리가 헤어질 때 역시 가을이었지요. 시간이 흐르는 물처럼 빨리 흘러 누나의 얼굴을 보지 못한 세월이 몇 년인지 손가락으로 꼽을 수도 없습니다. 아우는 배불리 먹으며 편히 지내는데, 누나는 어디서 어떻게 지내는지요? 혹시 배고픔과 추위에 시달리며 고생하고 있는 건 아니겠지요? 아우는 난리를 피해 유랑하며 황혼 무렵 바람에 흔들리는 나뭇잎을 보아도, 차가운 달빛에 반사돼 물결처럼 반짝이는 밤이슬을 보아도 누나를 향한 그리움에 목이 멥니다. 오래전 옛집에서 있었던 일이 기억납니다. 비가 많이 내려 물이 크게 불어난 날이었는데, 어린 마음에 큰형이 읽던 「추수秋水」에 적힌 대로 물속에 하백河伯이 사는 줄 알고 뛰어들었다가 꼴이 엉망진창이 되었죠. 아우는 어머니께 야단을 맞을까 봐 무서워* 누나에게 울면서 하소연을 했습니다. 누나는 따뜻한 죽을 끓여주었는데, 어머니가 만드신 것보다 못하다며 안 먹겠다고 떼를 썼죠. 가문이 풍비박산 나 뿔뿔이 흩어진 지금, 누나가 만든 죽 한 사발을 다시 얻어먹을 수 있는 날이 과연 올지 모르겠습니다."

정해는 여기까지 읽다가, 잠시 멈춰 소년이 이해하지 못하는 단어 하나하나를 상세히 설명해주었다. 소년은 옛일을 회상하며 치솟는 눈물을 애써 참으며 정해에게 물었다.

"문장이 너무 고상하지 않나요? 누나가 제가 쓴 게 아니라는 걸 눈치채고 화를 내면 어떡해요?"

정해는 웃으며 대답했다.

"좋아하면 좋아했지, 왜 화를 내겠어?"

정해는 소년이 자신이 읊은 문장을 하나하나 그대로 받아 적는 것을 확인한 뒤 이어서 읊었다.

"다행히 살아남은 우리는 비록 산을 사이에 두고 떨어져 있어도 다시 만날 날을 기약할 수 있습니다. 집을 떠나 살면서 그간 고

---

* 『관자管子』를 인용. '마르지 않은 나무로 대들보를 지었다가 집이 무너져도 원망과 노여움을 대들보에 돌리지 않는다. 아이가 기왓장을 떨어뜨리면 어미가 회초리로 꾸짖어 가르친다.' 철없는 어린아이가 말썽을 부리면 어머니께 매를 맞는다는 의미.

생이 극심했으나, 지금은 좋은 주인을 만나 어머니와 아우 모두 편안히 지내고 있으니 염려하지 마세요. 아우가 바라는 건 그저 누나가 자중하고 인내하는 것뿐입니다. 열심히 노력하다 보면 언젠가 가족이 다시 모일 날이 올 것입니다. 사랑하는 아우 문진 올림."

정해의 구술을 듣는 소년의 두 눈에서 어느새 빗물 같은 눈물 줄기가 줄줄 흘러내렸다. 소년은 슬픔에 겨운 와중에도 어딘가 이상하다는 것을 느끼고는 붓을 내던지며 추궁했다.

"대체 왜 누나를 속이라고 하십니까? 어머니가 세상을 떠나신 지 벌써 5년이 넘었습니다. 설마 누나가 지금도 소식을 모르는 건 아니겠죠?"

정해는 고개를 가로저으며 대답했다.

"네 누나는 너희 모자를 만날 날만을 고대하며 버티고 있다. 이런 상황에서 누나에게 비통한 소식을 더하면 누나를 더 힘들게 만들 뿐이야. 둘이 다시 만나게 되는 날, 네가 누나에게 천천히 알려주렴."

소년은 머뭇거리며 붓을 다시 들었지만, 머리를 떠나지 않는 의혹을 이길 수 없었다.

"누나는 어머니와 저 대신 관역官役을 살다가 이삼 년 뒤에 돌아온다고 했어요. 우리 누나 정말 무사한 거죠? 누나까지 잘못되면 저는……."

소년은 울먹울먹하다가 결국에는 참지 못하고 크게 소리 내어 통곡했다. 서신 위에 흩어진 눈물이 여기저기 검은 얼룩을 만들어냈다. 정해는 우는 소년을 말리는 대신 가볍게 웃으며 말했다.

"누나가 무사하지 않으면 내가 굳이 뭐 하러 이 서신을 네게 쓰라고 하겠느냐?"

곰곰이 정해의 말을 곱씹어 보니 일리가 있어, 소년은 천천히 눈물을 거두고는 나머지 내용을 끝까지 써 내려갔다.

정해는 작성된 서신을 거둬 두어 번 읽었다. 이상이 없는 것을 확인하고 접으려는데, 갑자기 소년이 우물쭈물 그를 불렀다.

"전하."

정해는 눈을 치켜뜨며 대답했다.

"왜?"

소년은 얼굴이 새빨갛게 달아오른 채로 간청했다.

"누나를 만날 수 있을 줄 알고 전할 물건을 챙겨 왔는데, 혹시 서신과 함께 그 물건도 전해주시면 안 될까요?"

소년은 정해가 거절할 기색이 없는 듯하자, 품에서 작은 흰색 보자기를 꺼내더니 수줍어하며 천천히 펼쳤다. 장화가 목을 길게 빼고 훔쳐보니 물총새의 깃털을 둘둘 감아 만든 비녀였다. 생김 새가 엉성한 것으로 보아 소년이 직접 만든 듯했다. 장화는 정해의 표정을 힐끔 살폈다. 정해는 비녀를 집어 들고 요리조리 살피다가 다시 소년을 힐끔 보았다. 그의 시선에는 잠시 연민인지 조롱인지 모를 감정이 스쳐 지나갔는데, 너무 순식간이라 금세 입가에 희미한 미소를 머금고 있었다.

"서신과 같이 보내마."

정해는 그 뒤로 소년과 몇 마디 잡담을 더 나누고는 사람을 불러 소년을 숙소로 데려가 쉬게 하라고 명령한 뒤에 옆에 서 있는 장화에게로 눈길을 돌렸다.

"저 아이가 누군지 알겠어?"

"신의 생각으로는 동궁의……."

장화는 정해의 미소를 보고 소년의 정체를 숨기려는 의도는 없는 듯해 꾸밈없이 이야기를 하려다가 잠시 주저했다.

"동궁의 처남이 아닙니까?"

정해는 맞다 아니다 대답 없이 빙그레 웃더니 잠시 동안 눈을 감고 생각에 잠겼다. 잠시 뒤 눈을 뜬 그는 문구 속에서 서신 한 통을 꺼내 손가락으로 톡톡 두들기며 읽어보라고 눈짓했다.

"어떻게 생각하느냐?"

장화는 서신을 꼼꼼히 읽고 잠시 신중히 생각하며 할 말을 정리한 뒤 조심스럽게 말했다.

"이 도독이 전방의 정세를 살핀 뒤 다른 계획을 도모하자고 했으니, 그에게 시일을 주고 조금 더 지켜보는 게 좋겠습니다."

정해는 고개를 끄덕이며 말했다.

"계속해라."

장화는 말했다.

"이 도독이 그 직위를 차지하고 있는 형세는 수렁에 빠졌다기보다는 위태로운 벼랑 끝에 서 있는 것에 가깝습니다. 이 도독이 선택할 수 있는 길은 단 두 갈래뿐이지요. 첫 번째는 고 씨를 따르는 길입니다. 허나 그렇게 하면 폐하께서 반드시 그의 득세를 용납하지 않으시겠지요. 두 번째 길은 폐하의 뜻을 순순히 따르며 세도를 누리는 것이지만, 그럴 경우 미래에 동궁이 그를 용납하지 않을 겁니다. 저명한 유학자인 이 도독이 이런 세상의 눈을 못 알아차리고 홀로 취해 있을 수 있겠습니까? 또한 정녕 2년의 사건 이후로는 불시에 닥칠지 모르는 위험을 경계하지 않을 수 없게 됐으니 고 씨에게 앙심을 품을 수밖에 없을 것입니다. 이것이 제가 생각하는 두 번째 이유이지요. 이 도독은 경성에서 내직을 할 때 사람들과 쉽게 어울리는 부류가 아니었다고 들었습니다. 그런 자가 지금은 기꺼이 전하를 위해 힘을 쓰고 있으니 필시 하늘이 전하께 내린 사람일 것입니다."

정해가 담백하게 웃으며 말했다.

"하늘의 뜻처럼 예측하기 어려운 게 없는데, 너는 입만 열면 하늘 타령이로구나."

그때 소년을 배웅한 내시가 돌아와 상황을 보고하자, 정해는 이틀 정도 데리고 다니며 경성 구경을 시켜주라고 지시하며 극도로 조심해야 한다는 당부도 잊지 않았다.

"그 아이의 일은 앞으로 장화에게 일임해라."

정해는 이어서 추가로 지시를 내린 뒤 그만 물러가라고 엄명했다. 장화는 정해가 비밀스럽게 할 이야기가 있는 줄 알고 서재 문가로 다가가 사람들에게 멀리 물러나 있으라고 명한 뒤 친히 문을 걸어 잠그고 돌아왔다.

"그럴 것까지는 없다."

정해는 장화의 행동을 보고 씩 웃더니 소년이 쓴 서신을 쥐고 손장난을 치면서 바로 물었다.

"이 도둑의 고향이 어딘지 아느냐?"

"화정華亭으로 알고 있습니다."

장화가 대답하자, 정해가 맞장구를 쳤다.

"그렇다. 본적은 병주並州시만 고조부 때 집안이 화정으로 이주했지. 그래서 이명안이 거인과 진사에 모두 급제했을 때 세간에서는 전형적인 강좌江左*의 인재라고 칭송했지."

장화는 그가 왜 갑자기 이명안의 집안을 입에 올리는지 이해할 수 없었지만, 두 손을 공손히 모으고 서서 묵묵히 하문을 기다렸다. 정해는 소년이 만든 비녀를 꺼내 창가에 비추며 세심히 살폈다. 가느다란 깃털 가닥들이 희미한 빛 아래서 알록달록한 광

---

* 양자강 하류에 위치한 강소와 절강 지역을 일컬으며, 이 일대에서 크게 흥한 문학을 강좌 문학이라고 한다. 화정은 강소성에 위치한 지역이다. —역주

채를 발했는데, 여러 가닥의 빛이 하나로 단단히 뭉친 모습이 마치 울긋불긋 다채로운 옛 꿈같았다. 소년은 얕은 하천가의 무성하게 자란 갈대 사이를 누볐을 것이다. 소년의 낡은 옷자락은 갈대에 촉촉이 맺힌 이슬에 흠뻑 젖었겠지. 물총새는 갈대를 딛고 옅은 물빛 하늘을 향해 날아가며 두 가닥의 깃털을 남겼다. 모든 것을 잃은 소년은 자신이 구할 수 있는 가장 아름다운 물건인 이 깃털을 매일같이 차곡차곡 모으면서 세상에 단 하나 남은 혈육에게 선물할 날을 꿈꿨을 것이다.

정해는 탄식하며 말을 이었다.

"화정군에는 육가 성의 문사가 한 명 있었지. 부유하지는 않았지만, 화정에서 수백 년간 명맥을 이어온 뼈대 있는 집안이었어. 그 육씨 성의 문사는 이명안과 사적인 친분이 있었고, 둘이 동시에 진사과에 급제했지. 육 씨가 수창 7년에 이백주의 옥사에 휘말렸을 때, 이명안은 옛 친구를 구하기 위해 제왕을 찾아갔어. 하지만 제왕은 마침 폐하를 대신해 제천의식을 행하러 떠나서 왕부에 없었지. 이명안은 시간이 지체되면 일을 그르칠까 봐 제왕과 친밀한 동복형제인 나를 찾아왔어."

장화는 여기까지만 들어도 대략적인 상황을 이해할 수 있었다. 사실 정해에게 육 씨의 생사 따위는 중요하지 않았다. 다만 당시 이명안은 추부樞部에서 승주로 전임되어 군량의 통제권을 손에 쥐고 있었고, 천자의 명령에 따라 근방에서 고 씨를 견제하는 중요한 직책을 맡고 있었다. 그것은 조왕 정해에게 제 발로 굴러 들어온 절호의 기회였을 것이다. 자신의 주군인 조왕은 당시 제왕의 눈을 피하기 위해 몰래 혼자서 이 일을 도맡은 듯했다. 장화는 그 사실을 언급하는 대신 그저 미소를 지으며 말했다.

"이렇게 보니 하늘뿐만 아니라 동궁에게도 감사해야겠군요.

자기 손으로 인재를 전하께 보내줬으니 말입니다."

그러자 정해가 고개를 가로저으며 말했다.

"동궁은 육 씨의 일을 전혀 몰라. 고마워해야 한다면 동궁의 최측근인 장 상서에게 고마워해야지."

장화는 이 대목에 이르러서야 드디어 살짝 흥미를 느끼고는 조심스럽게 물었다.

"신이 우매해 이해가 가지 않는군요. 장육정이 이 일과 무슨 상관이란 말입니까?"

정해는 그를 힐끔 보더니 옅은 미소를 머금고 말했다.

"장육정이 세상에서 가장 귀하게 여기던 게 뭐였을 거 같나?"

장화는 웃으며 대답했다.

"권력을 좇는 자가 있는가 하면 재물을 좇는 자가 있고, 군왕을 섬기는 자가 있는가 하면 백성을 섬기는 자가 있지요. 하지만 신이 보기에 장육정이라는 자는 명예를 추구하는 듯했습니다."

정해는 장화를 위아래로 살짝 훑어보더니 크게 소리 내어 웃다가 한참 뒤에 웃음을 멈추고 고개를 끄덕였다.

"그래서 목숨도 그 명예 때문에 잃었지. 고사림이 참 사람 하나는 잘 알아봤어. 육 씨와 장육정의 악연도 그 명예 때문에 시작됐지. 장육정이 이부로 옮기기 전에는 한림원에 있었는데, 육 씨도 중진사中進士 초기에 한림원에 있었어. 두 사람 모두 노세유 밑에서 공부하다가 급제했으니 사제 간인 셈인데, 동료로 지내는 동안 서로 갈등이 끊이지 않았어. 성품이 강직한 육 씨는 장육정의 면전에다 대놓고 명예를 위해 가식을 떤다고 비난한 적도 있었지. 그 뒤로 장육정은 형부로 옮겨 우시랑의 관직에 올랐고, 육 씨는 어사대로 발령이 나 어사가 됐어. 장육정이 좌시랑으로 승진하던 수창 2년에 조정에 소문이 돌기 시작했지. 형벌과 징역이

무분별하게 선고되고 당상관을 뇌물로 매수한다는 등의 풍문이
었어."

장화는 고개를 끄덕이며 말했다.

"그 소문은 신도 들어 알고 있습니다. 당시 어사대에서 풍문을
구실로 탄핵을 추진하는 바람에 장육정의 꼴이 몹시 우스워졌고,
장육정도 여러 번 사직 상소를 올렸다죠. 결국 소문이 가라앉으
며 사건은 흐지부지됐지만, 장육정은 단 한 번도 자기 입으로 결
백을 주장한 적이 없습니다. 그에게는 아마 인생 최대의 오명이
었을 겁니다."

정해는 웃으며 말했다.

"당시 탄핵을 주도한 사람이 바로 장육정의 앙숙인 육 어사였
다. 사실 장육정의 성품에 그런 비리를 저지를 가능성은 높지 않
아. 하지만 육 어사도 자신의 직분을 수행한 것뿐이지. 그 뒤로 노
세유가 중재에 나서면서 장육정은 형부에서 이부로 적을 옮겼어.
화가 오히려 복이 된 셈이지. 하지만 성격이 워낙 대쪽 같았던 육
어사는 상황을 납득하지 못하고 얼마 뒤 관직을 내던지고 고향으
로 돌아가 세상과 담을 쌓았지."

장화는 순간 번쩍 눈을 뜨며 이제야 알겠다는 듯 물었다.

"이백주의 후실이 육씨가 아닙니까? 설마……."

정해는 이번에도 고개를 저었다.

"육 어사가 이백주와 인척이었으면 장육정의 일 처리를 악의
적이라고 비난할 수는 없었겠지. 이백주의 처가 육씨이고 육 어
사와 동향인 건 맞다. 아마 백 년 전쯤에는 한집안이었을 수도 있
지만, 이미 오랜 세월이 흘러 지금은 전혀 다른 집안이라고 해야
옳겠지. 이백주 사건은 형부에서 처리했는데, 그때 장육정이 개
입을 했어. 과거의 원한이 뼈에 사무쳤는지 두형에게 암암리에

지시해 육 어사의 집안을 이백주의 처가로 분류했지. 그렇게 육 어사는 장육정의 간계로 순식간에 연좌의 굴레에 휘말렸어. 당시 이명안이 급하게 파견한 사자의 말에 따르면, 황제의 명령이라면서 다음날 해가 뜨기도 전인 한밤중에 쫓기듯 형을 집행했다고 하더군."

정해는 고개를 절레절레 흔들며 말을 이었다.

"당시 육 어사의 막내아들이 다섯 살이었으니, 장육정이 그 집안에 참으로 가혹했다고 해야겠지."

그는 이어서 피식 웃으며 덧붙였다.

"그토록 참혹한 짓을 벌이고 어찌 자신이 선처를 기대할 수 있었겠는가?"

장화는 여기까지 듣고는 더는 캐묻지 않고 슬쩍 화제를 돌렸다.

"동궁이 보름 사이에 열흘이나 고 재인의 각에서 머물렀습니다. 전하께서 잠시 두고 보자고 하셨을 때는 석연치 않았는데, 역시 전하는 더 멀리까지 내다보고 계셨군요."

정해는 장화의 칭찬을 받아들일 수 없다는 듯 고개를 살짝 흔들며 웃었다.

"난 그저 평범한 사람이다. 그냥 장육정이 처형당하던 날부터 왠지 그럴 것 같다는 예감이 들었을 뿐이야. 그 여자의 원수는 장육정이지 동궁이 아니거든. 다만 그녀를 향한 동궁의 정이 그토록 깊을 줄은 미처 예상 못 했다. 동궁의 깊은 사랑이 그 여자의 목숨을 살렸어."

장화가 그 말을 듣고 입을 움찔거리자, 정해는 손을 내저으며 그의 입을 막았다.

"무슨 말을 할지 알아. 네 형제가 아직 나설 필요는 없다. 이 물건은……."

정해는 깃털 비녀를 소년이 쓴 서신 봉투에 함께 넣으며 말을 이었다.

"언젠가는 쓸 날이 있을 거야. 다만 지금은 때가 아니다. 아이는 나중에 경성 밖으로 옮겨서 잘 챙기도록 해라."

장화는 지시에 일일이 대답한 뒤, 그의 안색이 많이 지쳐 보이자 침상으로 부축해 앉혀 쉬게 했다.

"전하께서 베푸시는 은덕이니 그 가문에도 큰 영광이 아니겠습니까? 이런 사소한 일은 진즉에 신에게 맡기시지, 왜 굳이 직접 수고를 하셨습니까?"

장화가 웃으며 묻자, 정해는 옅은 미소를 입가에 머금은 채 대답했다.

"그 아이는 이미 큰 불행을 겪었다. 네가 아무리 수완이 좋다고 한들 그 아이의 근심까지 덜어줄 수 있겠느냐?"

근래 들어 조왕의 성품은 날이 갈수록 헤아리기 어려워지고 있었다. 오랜 세월 그를 모신 장화였지만, 지금 한 말에 담긴 속뜻을 도무지 꿰뚫어 볼 수가 없었다. 정해는 어느덧 더없이 평화로운 표정으로 두 눈을 감고 휴식을 즐겼다. 욕심이라고는 없어 보이는 담백한 인상의 균형을 깨는 유일한 흠은 오른 눈가에서 번뜩이는 흐릿한 흉터였다.

56
장

어찌하여 옷이 없다 하는가

아보는 이른 새벽 으슬으슬한 추위를 느끼며 잠에서 깼다. 일어나서 보니, 정권이 이불을 다 뺏어가는 바람에 자신의 몸이 훤히 드러나 있었다. 몇 번을 잡아당겨도 꿈쩍도 하지 않자, 아보는 포기하고 휘장을 걷어 창밖을 봤다. 밖은 아직 캄캄해서 몇 시진인지 가늠을 할 수 없었다. 궁인에게 작은 담요를 가져오라고 할 참이었지만, 밖에서 대기하던 궁인 2명 모두 의자에 기댄 채 잠들어 있었다. 그녀는 조용히 침상에서 내려와 어제 정권이 벗어놓은 도포를 주워 몸을 감싼 뒤, 무릎을 감싸고 웅크려 앉아 정권의 등에 언 발을 녹였다. 창밖에서는 나뭇잎이 바람에 부대끼는 소리가 쉬지 않고 울렸다. 가만히 귀 기울이니 강변 나룻배 위에 앉아 있는 듯 몽롱했다.

도포에는 어젯밤의 달콤하고 따스한 향기가 여전히 남아 있었다. 무슨 향인지는 몰라도 쉽게 구할 수 없는 진귀한 향임에는 틀림이 없었다. 어젯밤에 보니 도포의 오른 소매가 살짝 닳아 있었다. 화려하지만 초라하고 초라한 듯하지만 고귀하다. 마찬가지로 발바닥으로는 따스한 온기가 전해졌지만 마음으로는 싸늘한 추위를 느꼈다. 그녀는 동이 트지 않기를 간절히 바랐다. 어떻게든 이 어두운 밤의 끝자락을 붙들어 두고 싶었다. 문득 지루해진 아보는 손가락을 뻗어 글씨를 모사하듯 그의 미간 위에 그림을 그렸다.

바스락거리는 아보 때문에 깨어난 정권은 아보의 손을 쥐며 웅얼웅얼 물었다.

"조회에 갈 시간이야?"

"아직 아닐 거예요. 시간이 되면 전하의 시자가 관복을 챙겨서 오겠죠."

아보가 손을 거두며 대답하자, 정권은 "응" 하고 짧게 대답한 뒤 등을 돌려 아보의 차림새를 확인했다.

"벌써 일어나 있었어? 잠이 잘 안 와?"

그는 잠시 곰곰이 생각하더니 덧붙였다.

"내가 코를 골지는 않을 텐데."

아보는 눈을 살짝 흘기며 반문했다.

"자기 코고는 소리를 자기가 어떻게 들어요?"

정권은 아보가 거둔 손을 다시 낚아채 자신의 입술가로 가져가며 대답했다.

"내가 코곤다고 하는 사람은 없었어."

그때 태자의 근시가 가져온 관복을 넘겨받은 궁인이 각 안으로 들어오자, 아보는 정권을 재촉했다.

"시간 됐어요."

정권은 재빨리 돌아누우며 귀찮다는 듯 말했다.

"누가 너더러 잠을 깨워달랬느냐? 봐라. 동쪽만 밝았지 아직 달은 그대로잖아."

아보는 웃으며 핀잔을 주었다.

"'밤이 얼마쯤 되었는고? 밤이 새벽에 가까워도……'* 조회에 늦으면 꾸중을 듣는 사람은 전하십니다. 저는 손해 보는 거 없어요."

정권은 잠시 더 뒤척이며 미적거리다가 마침내 몸부림을 치며 상반신을 일켰다. 궁인이 다가와 신발을 신기고 얼굴을 씻기자, 가까스로 정신이 맑아진 정권은 자리에서 일어나 옷을 입었다. 아보의 궁인들은 태자의 시중을 들어본 적이 없어서 평상복보다 복잡한 관복 시중을 어떻게 들어야 할지 몰라 우왕좌왕했다. 아보는 정권의 얼굴에 벌써 살짝 짜증이 일어난 것을 보고, 또 아침부터 벌컥 성을 낼까 두려워 어쩔 수 없이 침상에서 내려왔다.

"내가 하마."

아보는 궁인에게 관복을 건네받아 능숙한 손놀림으로 차근차근 정권에게 입힌 뒤, 잠시 옷맵시를 살피고는 옥대를 들고 등 뒤에서 채웠다.

"그새 여위셨네요."

"어떻게 알았어?"

정권이 묻자, 아보는 대답했다.

"예전에는 세 칸이면 옥대를 채웠는데, 지금은 네 번째 칸에 채워야 하거든요."

정권은 고개를 숙여 옥대를 힐끔 쳐다보고는 웃으며 말했다.

"네가 말을 꺼냈으니 하는 말이지만, 너는 늘 옥대를 빡빡하게 채우고는 했다. 제 버릇 개 못 준다더니 지금도 여전하구나. 어쩐지 네가 담당한 날마다 머리가 어지럽고 숨이 가쁘더라니, 다 너

* 『시경詩經·소아小雅 편』을 인용.

때문이었어."

아보는 정권에게 눈을 흘기며 말했다.

"거짓말도 참 잘하시네요. 그게 사실이라면 전하의 성미에 가루가 돼 사라졌을 텐데, 어떻게 지금까지 살아서 이렇게 면박을 당하고 있겠어요?"

정권은 웃으며 대답했다.

"거짓말이라고? 몇 년 전 동지 때 입궁했을 때만 해도 그렇다. 폐하께서 몹시 성내시면서 내 앞에 곤장을 대령하시기에 난 속으로는 무섭고 수치스러웠지만, 겉으로는 애써 태연한 척하며 자존심을 세웠지. 옥대를 벗기 전까지는 내 생각대로 잘됐는데, 옥대를 벗을 때 뜻밖에도 시간이 한참 걸리더구나. 옆에 있던 신하는 마치 내가 조금이라도 곤장을 늦게 맞으려고 시간을 끈다는 듯이 날 쳐다봤어. 정말 체통이 말이 아니었다. 돌아가면 아주 혼쭐을 내주겠다고 마음먹었는데, 첫 곤장을 맞는 순간 새까맣게 잊어버렸지. 네가 지금 멀쩡하게 살아서 내게 면박을 당하는 것도 다 그 덕이다."

정권의 이야기에 각 안에 있던 궁인들이 키득키득 웃었다. 아보 역시 피식 웃으며 대꾸했다.

"그렇다면 체면을 세우시기 쉽도록 느슨하게 풀어드려야겠네요."

정권은 아보가 옥대로 내미는 손을 뿌리치며 말했다.

"지금은 안 그래도 된다. 맞을 때 힘을 아낄 수 있는 방법이 얼마나 많은데."

아보는 살짝 긴장하며 정권의 기색을 살폈다. 말속에 다른 뜻이 있거나 반응을 떠보려는 기색은 없는 듯했다. 단순한 농담일 뿐이라고 판단한 아보는 다시 고개를 숙이고 부드러운 손놀림으로 장신구를 정리했다.

정권은 아보의 손길에 순순히 몸을 맡긴 뒤 웃으며 말했다.

"그때는 치욕스러워서 아무에게도 이 일을 알리지 않을 생각
이었는데, 살다 보니 이렇게 농담을 하는 날도 오는구나."

아보는 옅은 미소를 지으며 맞장구를 쳤다.

"다 그렇죠. 아무리 힘든 일도 시간이 흐르면 그저 소소한 웃
음거리에 불과한걸요."

정권은 고개를 끄덕인 뒤 애틋한 목소리로 말했다.

"난 갈 테니 한잠 푹 더 자거라."

아보는 대답했다.

"그렇게 말 안 하셔도 더 잘 참이었어요."

정권은 아보가 몸에 걸친 자신의 도포를 단단히 여민 뒤, 귓가
에 바짝 얼굴을 대고 부드럽게 속삭였다.

"오늘 밤에는 오지 않을 테니 푹 쉬어."

그는 이어서 말했다.

"날씨가 꽤 추워졌는데 어로를 놓으려면 아직 며칠이나 남았
어. 네 처소에만 따로 불을 지필 수 없으니 옷을 훈연할 때 향로
여러 개를 방에다 들여놓으라고 해. 실내가 불을 지핀 것처럼 따
뜻해질 것이다."

"어서 가세요. 지각하면 또 옥대를 풀어야 할 거예요."

아보가 그의 등을 떠밀며 재촉하자, 정권은 손을 뻗어 심술궂
게 아보의 콧등을 꼬집으며 핀잔을 주었다.

"내가 지각하면 너와 나 둘 중에 누가 더 욕을 먹겠느냐?"

하늘은 아직 깊은 밤인 듯 어두컴컴했다. 아보는 옷을 입은 채
그대로 다시 침상에 누웠다. 궁인들이 다가와 이불을 새로 덮어
주고 침상의 휘장을 내렸다. 주위가 고요해지자 도포의 잔향이

다시 진하게 풍겨왔다. 창밖에서 서서히 용솟음치는 파도 소리를 들으며 그녀는 점점 잠 속으로 빠져들었다.

정기 조회는 큰일 없이 무난하게 흘렀고, 태자가 끼어들 만한 정무도 없었다. 정권은 어좌 아래 동쪽 한구석을 흙 인형처럼 뻣뻣하게 차지하고서 성부 대신들의 정무 보고를 잠잠히 들었다. 추운 날씨에 지친 신하들은 평소에 비해 언쟁을 삼갔고, 형식적인 미사여구를 무의미하게 늘어놓지도 않았다. 조용한 가운데 황제가 파회를 명하려는 순간, 푸른 옷을 입은 근시가 공문 한 통을 두 손으로 황제에게 받쳐 들며 진근에게 눈짓했고, 진근은 허둥지둥 공문서를 받아 황제에게 올렸다. 문서 입구에 발린 붉은 점토 위에 갈색 깃털 두세 개가 봉해져 있는 것으로 보아 군보였다. 황제는 점토를 손수 벗기고 문서를 읽었다. 잠시 뒤 황제는 심각했던 안색을 환하게 밝히며 문서를 손에 움켜쥐고 파르르 떨었다. 눈치를 보아하니 승전보였다. 정권은 남몰래 안도의 한숨을 내쉬며 고개를 들었다. 황제가 고개를 숙인 채 그를 바라보고 있었다. 정권은 그대로 황제와 시선을 마주한 채 고개를 살짝 끄덕이며 긍정의 뜻을 표했다.

황제는 호탕하게 소리 내어 웃으며 정권에게 손짓했다. 고사림이 대군을 이끌고 출병한 뒤로 처음 듣는 황제의 웃음소리였다.

"태자는 이리 와서 짐 대신 공문을 낭송하라."

태자는 황제에게 다가가 두 손으로 공손히 공문을 받아 대강 쓱 훑어본 뒤 대신들 앞에서 큰 소리로 낭독했다.

"장주 진수 부도독 하양후 고봉은과 승주도독 겸 장주 독군부사督軍副使 이명안이 폐하께 전투 상황을 보고드리옵니다. 진원대장군 무덕후 고사림은 회안산 서편으로 출정해 북방 사막

백 리 안으로 깊숙이 침투하며 교전을 벌였습니다. 이 싸움에서 1200명의 머리를 베었고, 적장 한 명과 포로를 사로잡았으며, 병기와 군수품도 쟁탈했습니다. 장군은 멈추지 않고 북쪽으로 진군 중입니다. 신등은 소식을 듣자마자 간과할 수 없어 즉시 붓을 들고 폐하께 보고를⋯⋯."

그 뒤로는 적장과 포로를 어떻게 처리할지에 관해 칙명을 주청하는 등의 상투적인 내용이었다.

낭독이 끝나자, 조정의 신하들은 황제가 뭐라고 입을 떼기도 전에 너도나도 앞으로 나와 축하 인사를 올렸다. 축하를 하는 중간에 저마다 귓속말로 수군대기도 했다. 중서성 및 추호부의 수장은 기쁨에 겨워 대놓고 신하들과 공수하며 축하 인사를 주고받았다. 정권은 공문을 돌려주기 위해 어좌로 향하다가 황제의 조용한 한숨 소리를 들었다. 황제가 살짝 고개를 흔들며 막 입을 열려는 정권을 제지하자, 정권은 무슨 영문인지 몰라 두어 걸음 물러선 뒤 양손을 교차해 맞잡고 대기했다. 대신들의 소란이 살짝 가라앉은 뒤 황제가 불쑥 입을 뗐다.

"짐이 등극한 이래로 가장 큰 경사를 맞았소. 모든 신하들이 위아래를 막론하고 충심으로 나라를 섬긴 덕분에 맞이한 경사요."

그는 이어서 정권을 잠시 바라본 뒤 고개를 끄덕이며 말했다.

"태자도 수고했다. 최근 여러 신하들이 나라의 가법을 들어 짐에게 간언을 했는데, 짐이 어찌 태자의 본분이 덕을 함양하는 것임을 모르겠느냐? 다만 이번 전쟁은 워낙 중대사이니 짐은 물론 백성과 모두에게 예외 없이 감당해야 할 역할이 있다. 그래서 태자를 성부로 보내 정무를 체험하게 한 것이야. 이제 태자가 안정적으로 정무를 처리하고 죄인의 처벌까지도 공정하게 집행하는 걸 눈과 귀로 직접 보고 들었으니 마음이 든든하구나. 나라의 국본이 튼튼해 안심이야."

정권이 동궁에 든 이래로 이런 극찬을 들은 적이 없었다. 하물며 지금은 대신들이 지켜보는 앞이 아닌가. 정권은 귀까지 새빨갛게 물든 채로 즉시 바닥에 꿇어앉았다. 차마 고개를 들어 황제의 안색을 살필 엄두도 나지 않았다.

"신은 다만 폐하의 성지를 각 부처로 전달하기 위해 폐하의 발이 되어 뛰어다녔을 뿐입니다. 과분한 칭찬을 감당할 수 없으니 거두어주십시오."

태자가 겸양하는 모양새를 보이니 대신들도 가만히 있을 수는 없었다. 그들은 일제히 바닥에 꿇어앉으며 외쳤다.

"황제 폐하 만세!"

"태자 전하 천세!"

황제는 환한 얼굴로 모두에게 일어나라고 한 뒤 돌아갈 때 어주를 한 병씩 받아 가라고 지시하고는 정권에게도 말했다.

"태자는 오늘 짐과 오찬을 함께 들자."

정권은 자리에서 일어났다. 머리가 어질어질한 와중에도 잊지 않고 신하들 틈에 섞인 조왕의 기색을 살폈다. 희미한 미소를 입에 머금은 그는 마치 이 모든 게 자신과 무슨 상관이냐는 듯 태연했다. 정권은 황제를 따라 회랑을 돌아 후전으로 향했다. 맑고 서늘한 바람이 뜨겁게 달아오른 그의 뺨을 차갑게 식혔다. 정권은 식사 전 옷을 갈아입을 때가 되어서야 고개를 숙인 채 슬며시 미소를 지었다.

'내가 이럴 줄 알았어. 늘 혁대를 꽉 채운다니까.'

조왕은 조회를 마칠 때마다 중궁전에 들러 문안을 드렸다. 오늘도 마찬가지였다. 그는 황후의 작은아들이었지만, 큰형과는 달리 황후와 크게 친밀한 사이가 아니어서 매번 형식적인 예만 갖추고 돌아가고는 했다. 다만 오늘은 황후의 안색이 눈에 띄게 초췌해 궁인에게 넌지시 무슨 일이냐고 물었다. 궁인의 말에 따르면 황제가 중궁을 찾지 않은 지도 어언 두 달이 넘었다. 제왕의 사건 이후로 늘 울적해하던 그녀가 황제의 총애마저 잃을까 봐 애를 태우게 된 것이다. 정해는 사정을 헤아려 황후를 위로했고, 황후가 식사를 하고 가라고 붙잡았을 때도 사양하지 않았다.

황후는 정해와 함께 식사하는 게 몹시 기뻤는지, 황급히 음식을 몇 개 더 추가하라고 일렀다. 상이 차려진 뒤에도 분주한 손길로 죽순 요리와 준치 포를 젓가락으로 담아주더니 쓴웃음을 지으며 말했다.

"지금은 준치가 귀한 때지. 형이 좋아하는 음식은 너도 늘 좋아했어. 많이 먹으렴."

"네."

정해는 감사 인사를 한 뒤 미소를 지었다. 정해는 천천히 준치를 먹으며 황후가 정당의 이야기를 꺼낸 김에 물었다.

"형이 최근에 서신을 보냈습니까?"

황후는 한참이나 넋을 놓고 있다가 가까스로 대답했다.

"8월 말에 왔었다. 왕부가 위치한 곳이 지세가 낮고 습하다더구나. 건물도 몹시 낡아서 보수를 해야 하는데, 아버지가 나무라실까 봐 계속 질질 끌고 있단다. 이제 곧 겨울인데, 어떻게 해야 할지 모르겠어."

그러자 정해가 마음을 쓰며 말했다.

"그런 일로 걱정하지 마세요. 소자가 몇 년간 모은 녹봉이 조금 있으니 형에게 인편으로 보내드리겠습니다."

황후는 고개를 저으며 말했다.

"아니다. 너도 나이가 아직 어려서 언제 목돈이 필요해질지 몰라. 뒀다가 왕비를 맞이할 때……."

황후는 갑자기 말을 멈추고 눈물을 쏟으며 통곡했다.

"내 곁에 남은 자식은 너뿐인데, 너마저 떠나면 이 어미는 어찌 살아야 한단 말이냐."

정해는 즉시 젓가락을 내려놓고 황후 곁으로 가 눈물을 닦아주다가 황후의 다리를 감싸 안으며 위로했다.

"혼인 얘기는 아버지께서 꺼내신 적도 없습니다. 아직 걱정하기는 일러요."

그러자 황후는 고개를 세차게 저으며 말했다.

"너는 네 아버지의 성미를 모른다. 효경 황후를 바라보던 그 표정을 네가 봤어야 해. 내가 다 치가 떨리더구나. 수십 년이나 부부로 지냈는데, 나도 그 여자와 같은 처지가 될 날이 올 줄은 꿈에도 몰랐어. 네 아버지의 사랑을 잃었으니 앞으로는 무슨 힘으로 너희를 지켜준단 말이냐?"

황후는 처량하게 정해의 이마를 어루만지며 말을 이었다.

"수십 년 동안 네 외숙들을 요직에 앉히려고 애를 썼는데 허사였어. 우리 친정집의 영화를 위해서 애를 썼던 게 아니다. 그저 너희 형제가 훗날 그들에게……."

"어머니!"

정해는 황급히 황후의 입을 막은 뒤 궁인들을 돌아보며 지시했다.

"어머니는 내가 모실 테니 너희는 밖에 나가 있어라."

황후는 쓴웃음을 지으며 말을 이었다.

"이제 아들에게 속마음을 털어놓을 때도 남의 눈치를 봐야 하는 처지가 됐구나. 어쩌다 이런 처지가 됐을꼬?"

정해는 황후의 두 손을 잡고 끌어당기며 달랬다.

"왜 그런 말씀을 하십니까? 폐하는 요즘 전방 상황에 신경이 곤두서서 예민하실 뿐입니다. 어머니께 심려를 끼칠까 염려하셔서 걸음이 뜸해지셨을 거예요. 오늘 조회 때 첫 승전보가 조당에 도착했습니다. 폐하가 어찌나 기뻐하시던지 태자 전하에게도 안 하시던 칭찬을 하시더군요. 기분이 많이 밝아지셨으니 조만간 황후마마도 다시 찾으실 겁니다."

그 순간 황후는 안색이 잿빛으로 질리며 발끈했다.

"폐하가 태자에게 뭐라고 하시더냐?"

정해가 담담한 미소를 지으며 대답했다.

"나라의 국본이 튼튼해 안심이라고 하셨지요."

황후는 그 말을 듣고 차가운 미소를 지으며 고개를 끄덕였다.

"역시 우리 모자에게 등을 돌리고 남 좋은 일을 하시려는 모양이구나."

정해는 화들짝 놀라며 되물었다.

"도대체 무슨 근거로 그런 생각을 하셨습니까?"

황후가 대답했다.

"넌 잘 모르겠지만, 지난달에 폐하가 아원을 군왕으로 책봉하시려다가 태자가 말리는 바람에 그만두었다. 폐하가 황손을 지극히 아끼시는 걸 모르는 사람이 누가 있느냐? 사람이 나이가 들수록 손주가 예뻐 보이는 거야 자연스러운 일이지. 하지만 요즘 보면, 폐하가 더 노쇠하기 전에 황태손의 자리를 사전에 굳히시려는 게 아닌가 하는 생각이 든다. 이게 다 태자의 자리를 굳히고 고씨의 세력을 안정시키겠다는 뜻이 아니겠느냐? 너희 형제가 태자의 발밑에 엎드리는 꼴은 그럭저럭 봐주겠다마는, 그 비천한 몸에서 난 자식에게까지 고개를 숙이는 꼴은……, 네 형이……

됐다. 그만하자꾸나. 성품이 온순해서 태자에게 미운털 하나 박히지 않은 너까지 이 일에 끌어들일 수는 없지."

정해는 한참 동안 묵묵히 듣고 있다가 자리에서 일어나 황후를 가볍게 끌어안으며 속삭였다.

"소자도 그런 생각을 안 해본 게 아닙니다. 소자가 아무리 온순하다고 만만하게 당하고만 있을 만큼 나약하지는 않아요."

황후가 흠칫 놀라며 정해의 품에서 고개를 쳐들고 물었다.

"대체 어쩌려고?"

정해는 촉촉하게 젖어 짐짓 목이 멘 듯한 목소리로 "소자는 그저 이 한 몸을 지켜내고, 형님과 어머니가 무사하길 바랄 뿐이에요"라고 말하고는, 급격히 바뀐 낯빛으로 황후의 귀에 입을 바짝 대고 조용히 속삭였다.

"형님에게 전하십시오. 전에 한림에서 형님께 큰 은혜를 입었던 자가 현재 어사대에 있으니, 그에게 옛정을 상기시키고 이해관계를 설명하는 서신을 쓰라고요. 어쩌면 우리 모자가 궁지에 몰렸을 때 여론을 형성해줄 수 있을 겁니다."

황후는 잠시 주저하며 대답했다.

"네 형은 지금 죄를 지어 속지로 쫓겨난 처지인데, 어찌 외신과 소통을 하겠느냐? 그랬다가 폐하에게 들키면……."

황후는 고개를 들고 정해의 표정을 살피다가 한참 만에야 결심이 선 듯 단호히 말했다.

"내가 형에게 서신을 쓰마. 하지만 조심해야 한다. 형에게 누가 되는 일은 절대 일어나서는 안 돼."

정해가 고개를 끄덕였다.

"명심하겠습니다. 형에게 답신이 오면 어머니께서 직접 소자에게 알려주십시오. 소자에게 계획이 다 있습니다."

황후는 천천히 자리에서 일어나 정해의 얼굴을 양손으로 감싸 쥐고는 한참을 바라본 뒤 결연히 말했다.

"해아야, 미안하구나. 너까지 끌어들일 생각은 없었는데."

정해는 고개를 가로저으며 대답했다.

"소자가 우매하기는 해도 혈연끼리 돕고 의지해야 한다는 이치를 어찌 모르겠습니까?"

정해는 황후에게 눈물을 그치라고 부드럽게 말한 뒤, 황후의 단장을 다시 해줄 궁인을 부르고 나서야 인사하고 물러났다. 왕부로 돌아왔을 무렵에는 벌써 하늘에 노을이 퍼지고 있었다. 왕부의 내시는 정해의 옷을 갈아입히다가 뒷목부터 등줄기까지 새빨갛게 발진이 일어난 것을 발견하고는 까무러칠 듯 놀라며 즉시 장화에게 달려갔다. 소식을 들은 장화는 안으로 들어와 힐끔 등을 확인하고는 물었다.

"오늘 입궁하셔서 또 준치를 드셨습니까?"

그러자 정해가 슬며시 미소를 지으며 대답했다.

"역시 눈썰미가 좋구나. 소란 피우지 말고 독소를 제거하는 탕약이나 한 첩 달여 오너라."

장화가 밖으로 나간 뒤, 정해는 직접 옷을 입었다. 한 손이 무의식적으로 등으로 향했지만, 곧 강한 인내력을 발휘하며 서서히 거두었다. 가려움을 참는 것은 그에게는 너무나도 익숙한 일이었다. 해가 지기 전, 정해는 자조 섞인 미소를 지으며 생각했다. 모든 사람에게는 저마다 숙달된 분야가 있다. 오늘 조당에서 찬사를 받은 형이 고통을 견디는 데 정통하다면, 그는 가려움을 견디는 데 정통하다고 할 수 있을 것이다. 허나 세상 사람들은 모른다. 고통을 견디는 것보다 가려움을 참는 것이 훨씬 어렵다는 사실을.

제
57
장

거울에 비친 마음

해가 지자 거센 바람이 일기 시작했다. 실내에 난각을 두기는
했으나 동궁의 침전은 얼음을 보관하는 빙고처럼 추웠다. 정권은
책상에 앉아 서신을 쓰다가, 금세 손이 꽁꽁 어는 바람에 붓을 내
던지고 자리에서 일어나 언 손을 호호 불어 녹였다. 그러다 문득
옛일이 떠올라 자리에 앉아 붓을 다시 집어 들려는데, 주순이 들
어와 고했다.

"왕 공이 오셨습니다."

정권은 즉시 외투를 걸치고 직접 밖으로 나가 왕신을 맞이했
다. 왕신이 예를 갖추려고 하자 황급히 만류하며 억지로 자리에
앉히고는 물었다.

"웬일로 이렇게 바람이 세게 부는 날에 두꺼운 옷도 안 걸치고
여기까지 왔나?"

왕신도 살짝 사양하는 시늉만 하다가 자리에 앉으며 미소를
지었다.

"솔직히 폐하의 명이 아니었다면 이런 날 밖에 나오지 않았을

겁니다."

이제 막 자리에 앉은 정권은 왕신의 말에 다시 벌떡 일어나며 되물었다.

"폐하께서 성지를 내리셨는가?"

왕신은 웃으며 대답했다.

"내리시긴 내리셨는데, 예를 갖추기 전에 얘기부터 들으십시오. 오늘 폐하께서 저녁 식사를 드시다가 불평을 하셨습니다. 각 안이 너무 추워 아침에 일어나기 힘들다고요. 그러다가 문득 전하가 유독 추운 걸 싫어하신다며 신에게 동궁에 숯불을 사용해도 좋다는 말을 전하라고 하시더군요. 미리 사용하는 숯은 나중에 지급될 분량에서 제하면 된다고 하셨습니다."

지극히 사소한 명이었지만, 정권은 그럼에도 잊지 않고 바닥에 엎드려 황제에게 감사의 예를 갖췄다. 그는 자리에서 일어나 물었다.

"연조궁의 모든 곳에서 사용해도 된다고 하셨는가?"

왕신은 미소를 지으며 대답했다.

"전하 한 사람에게 은총을 베푸신 것만으로도 대단한 영광이지요."

황제는 요즘 날이 갈수록 세심해지고 있었다. 정권도 그 사실을 모르지 않았으나, 숯을 사용하는 일까지 직접 지시를 내리는 것은 참으로 의외였다. 정권은 다시금 감사의 뜻을 표하며 주순에게 왕신을 배웅하라고 일렀다. 정권은 주순이 명을 수행하고 되돌아오자 지시했다.

"난 필요 없으니 태자비의 처소에서 사용하라고 하게. 황손과 함께 사는데 추운 날씨에 몸조심해야지."

주순이 대답했다.

"그쪽은 이미 한 달 전부터 숯불을 사용하고 있습니다. 날씨가 추워지자마자 폐하께서 명을 내리셨어요."

정권이 인상을 확 쓰며 물었다.

"왜 나는 여태 몰랐지?"

그러자 주순이 입을 삐죽 내밀며 퉁명스럽게 항변했다.

"신이 한 달 전에 직접 전하께 보고드렸습니다."

정권은 그제야 옛 기억이 어슴푸레하게 떠올라 즉시 말을 돌렸다.

"됐네. 그렇다면 장사군왕에게 쓰라고 해. 숯불을 때면 이제 추워서 글씨를 못 쓰겠다고 징징대지도 못하겠지."

주순은 정권이 쓸 예비 손난로를 준비하며 재잘재잘 쉴 새 없이 떠들었다.

"올해는 날씨가 참으로 괴이합니다. 신이 이때까지 살면서 이런 적은 처음이에요. 아직 어로를 들이는 날이 되기 전인데 벌써 처마에 고드름이 맺혔더라니까요."

그는 말을 멈추지 않았다.

"사실 군왕께서 춥다고 하시는 것도 핑계만은 아닙니다. 손이 동상에 걸리신 걸 신이 두 눈으로 직접 봤거든요."

정권이 웃으며 말했다.

"내가 그걸 모를까 봐? 남들 다 자는 한밤중에 기어이 밖에 나가서 땅을 파헤치다가 그렇게 된 것이다."

주순은 말했다.

"송 미인께서 몸도 안 좋으시고, 종일 불전에서 염불에만 공을 들이시니 미처 군왕을 돌보실 틈이 없는 게지요."

주순은 손난로를 정권에게 건네면서 또 말했다.

"전하는 수족이 쉽게 차가워지시니 당분간은 오랜 시간 책상 앞에 앉아 있지 마십시오."

정권은 고개를 돌려 그를 힐끔 흘겨보더니 말했다.

"언제부터 이렇게 말이 많았나?"

주순이 웃으며 대답했다.

"신도 늙지 않았습니까. 사람이 늙으면 자질구레한 일이 눈에 밟히는 법입니다."

정권은 잠시 말없이 생각하다가 슬며시 미소를 지으며 대답했다.

"그런가?"

다음 날은 조회가 없었지만, 정권은 평소와 다름없이 일찍 일어나 수업을 들었고, 그 뒤 호부에 잠시 들렀다가 연조궁으로 돌아와 글씨를 썼다. 해가 짧고 밤이 긴 초겨울이라 하늘은 금방 불그스름하게 노을빛으로 물들었다. 정권은 전신에서 땀이 흐를 정도로 글쓰기에 집중하다가 내심 뿌듯함을 느끼며 밖으로 나와 잠시 찬바람을 쐬며 지는 해를 감상했다. 고요히 사색에 잠겨 막 전각 문으로 발을 내디디려는 순간, 옆에서 웬 사람이 쏜살같이 달려와 그의 몸을 정면으로 들이받았다. 그와 동시에 까슬까슬한 물건 하나가 획 날아 계단 밑으로 떨어지더니 꿈틀꿈틀 움직이며 동그랗게 뭉쳐졌다.

정권을 들이받은 사람은 큰 곤경에 처했음을 본능적으로 알아차리고 즉시 뒤돌아 내뺄 준비를 했다.

"장사군!"

도주 시도가 정권의 불호령으로 물거품이 되자, 정량은 범의 아가리 속으로 떨어진 처지임에도 몸을 사리지 않고 등 뒤의 아군에게 손짓을 했다. 정권이 그쪽을 보니 아니나 다를까 황손의 자그마한 머리가 잠시 보이는 듯하다가 기둥 뒤로 쏙 하고 사라졌다. 잠시 뒤 보모와 내시와 궁인들이 숨을 헐떡이며 달려오다가, 정권을 보는 순간 그대로 제자리에서 얼어붙어 숨을 죽였다.

정권은 계단 밑에서 몸을 잔뜩 웅크린 고슴도치를 보면서 속이 부글부글 끓어올랐지만, 성을 내는 대신 잠시 생각에 잠겼다.

"원자를 데리고 돌아가라."

궁인들에게 지시를 내린 정권은 이어서 또 물었다.

"군왕을 모시는 자가 누구냐?"

정권의 물음에 궁인 두 명이 사색이 되어 앞으로 나오더니, 서로 힐끔거리면서 눈치를 보다가 바닥에 엎드렸다. 불벼락이 떨어질 거라는 두 사람의 예상과 달리, 정권은 침착한 어조로 지시를 내렸다.

"너희는 군왕의 평상복을 챙겨서 이쪽으로 가져오너라. 넌 나를 따라와."

정량은 정권의 말을 듣고 황손과 잠시 눈빛을 주고받았다. 황손이 쭈뼛거리며 고슴도치를 향해 손을 뻗으려고 하자, 정량은 급히 손짓으로 때가 적절하지 않음을 알렸다. 황손은 못내 아쉬운 표정으로 어쩔 수 없이 빈손으로 보모를 따라 돌아갔다.

정량은 홀로 남아 쭈뼛쭈뼛 정권의 눈치를 보다가, 정권이 뭐라고 입을 떼기도 전에 손을 불쑥 내밀며 하소연을 했다.

"전하, 신이 동상에 걸렸습니다."

정권은 차갑게 웃으며 대꾸했다.

"저걸 파내다가 그랬지?"

정량은 정권이 그런 것까지 알고 있을 줄은 미처 몰랐는지 머쓱하게 머리를 긁으며 헤헤 웃었다.

"그것 때문만은 아닙니다. 신은 오늘도 한나절 넘게 글씨를 쓰다가 밖으로 놀러 나갔단 말입니다. 어쩌다가 손에 부스럼이 났는지 그 정확한 사유는 아무도 모르는 것인데, 사람들은 신이 글씨 연습을 한 얘기는 쏙 빼고 고슴도치를 잡은 얘기만 합니다. 이건 정말 불공평한 처사가 아닙니까?"

그러나 정량은 정권의 음산한 표정을 보고 금방 꼬리를 내렸다.

"신이 잘못했습니다. 다만 전하께서 얼마 전에 사람은 설중송탄을 해야 하고 금상첨화를 하면 안 된다고 하셨잖습니까? 그래서 신이 생각하건대 금상첨화도 안 되고, 설상가상은 더더욱 안 되며……."

정량이 주절주절 둘러대자, 정권은 한숨을 내쉬며 말을 끊었다.

"너를 때리려는 게 아니다. 여기서 나와 저녁을 먹고 폐하께 문안을 드리러 가자."

그러자 정량은 힐끔 곁눈질로 정권의 눈치를 보더니, 늘 하던 대로 빠져나가기 위해 수작을 부렸다.

"폐하께서 신을 부르셨습니까?"

"이건 폐하의 명이 아니라 본궁의 명이다!"

정권이 드디어 벌컥 성을 냈다. 늘 쓰던 수법이 오늘만큼은 웬일로 통하지 않았다. 성량은 정권의 성난 얼굴에 더 입을 놀릴 엄두가 나지 않아 마지못해 대답했다.

"네."

황제는 오늘 식사 시간이 평소보다 늦어 두 형제가 강녕전에 들었을 때에도 아직 식사를 하고 있었다. 황제는 두 사람이 안으로 들어와 예를 갖추고 일어나자 대뜸 물었다.

"육랑은 무슨 일로 함께 왔어?"

정권이 웃으며 대답했다.

"육랑이 폐하의 옥안을 뵌 지 오래돼 마음이 편치 않다며 신에게 같이 가게 해달라고 부탁했습니다."

황제는 고개를 끄덕였다.

"그랬구나. 이왕 왔으니 짐과 함께 식사를 하자꾸나."

정권이 감격한 표정으로 감사 인사를 하려는데, 옆에서 정량이 불쑥 끼어들었다.

"감사합니다만, 전하와 신은 밥을 먹고 왔습니다."

정량의 표정이 워낙 천진난만해 정권이 사태를 수습할 여지도 없었다. 잠시 어색한 분위기가 지나간 뒤, 황제가 전혀 개의치 않는다는 듯 말했다.

"그럼 육랑에게는 사탕을 주마."

그러자 정량이 또 대답했다.

"감사합니다만, 신은 사탕을 좋아하지 않습니다."

정권이 화를 참지 못하고 매섭게 눈을 부라리며 눈치를 주자, 정량은 압박에 못 이겨 억지로 바닥에 엎드리며 감사 인사를 했다.

"성은이 망극하옵니다."

사탕을 받아 든 정량은 무료한 기색을 숨기지 못하고 영혼 없이 손장난만 쳤다.

황제의 저녁 식사는 늘 간소한 편이었다. 금방 식사를 마친 황제는 옆을 지키던 정권이 내민 손수건으로 손을 닦으며 물었다.

"마침 네게 물어볼 것이 있었는데 잘 왔다. 어제 봉은이 공문에서 언급한 전쟁 포로는 어떻게 처리하는 게 좋겠느냐?"

황제가 입에 담기 싫은 주제를 꺼내자, 정권은 은근슬쩍 회피했다.

"신은 폐하의 결정을 따르겠습니다."

황제가 말했다.

"짐은 네 뜻을 묻는 게야."

"워낙 중대한 일입니다. 폐하께서 지시를 내려주십시오."

정권이 역시 고개를 숙이며 답변을 피하자, 황제는 불만스럽게 쏘아붙였다.

"어물어물 넘어갈 게 아니라 네 생각을 말하란 말이다."

더는 회피할 수가 없어진 정권은 잠시 망설이는 듯하다가 입을 열었다.

"신의 우매한 생각으로는, 포로는 현장에서 참수하고 적장은 경성으로 압송해 처형하는 것이 좋을 듯합니다."

황제는 그를 힐끔 쳐다보더니 다시 물었다.

"포로의 대부분이 투항자임을 모르지는 않을 텐데?"

정권은 대답했다.

"물론 항복한 포로를 처형하는 건 불길하지요. 신도 모르지 않습니다. 허나 포로를 수용할 인력과 장소를 마련하는 건 둘째 치고, 전방의 아군이 먹을 군량도 부족한 실정입니다. 아무리 투항을 했어도 오랑캐는 오랑캐일 뿐 우리와 같은 민족이 아닙니다. 평상시에도 우리 민족으로 교화하기 어려운데, 어떻게 가까이에 화근을 두겠습니까? 게다가……."

정권은 말을 하다가 살짝 고개를 돌려 정량의 눈치를 살폈다. 어린아이가 눈에 초롱초롱 불을 켜고 정권이 하는 말에 집중하고 있었다. 황제가 별다른 의사 표현을 하지 않자, 정권은 어쩔 수 없이 말을 맺었다.

"게다가 다행히 날이 추워서 시신을 매장하더라도 역병이 돌 염려는 없을 것입니다."

황제는 여전히 별다른 표명 없이 간단하게 대답했다.

"네 뜻은 알겠다. 따로 할 얘기가 더 있느냐?"

정권은 그제야 오늘 밤 정량과 함께 온 목적을 입에 올렸다.

"폐하께 청할 것이 하나 있습니다. 장사군왕이 나이가 점점 차고 있어 슬슬 스승을 선별해 공부하게 하심이 좋을 듯합니다."

황제는 고개를 끄덕이며 말했다.

"육랑이 올해로 일곱 살이 됐지? 슬슬 학업을 시작할 나이군. 나랏일이 분주해 짐은 신경 쓸 겨를이 없으니, 네가 자식을 생각하는 마음으로 맡아서 처리해라."

정권은 급히 고개를 숙이며 감사 인사를 했다. 정량도 이 순간만큼은 눈치가 있어 황제에게 큰절을 올리며 감사를 표했다. 다만 물러날 것을 고할 때쯤에 모기가 기어들어 가는 듯 작은 목소리로 구시렁거렸다.

"신은 아홉 살입니다."

동궁으로 돌아가는 길에 두 형제는 한 가마에 함께 올랐다. 정량은 정권의 안색이 싸늘하게 굳은 것을 보고 적당히 화제를 골라 말을 붙였다.

"날씨가 엄청 추운데 굳이 시신을 매장할 필요가 있어요? 힘을 아끼는 게 좋지 않을까요? 밤에 고슴도치를 찾을 때도 땅이 얼어서 파기 힘들던데요."

정권은 정량과 그 이야기를 더 하고 싶지가 않아서 심드렁하게 대답했다.

"죽이는 것이 패도라면 매장하는 건 인의지."

정량이 물었다.

"그럼 전하는 그게 옳다고 여기세요?"

정권이 대답했다.

"그렇다."

그러자 정량이 물었다.

"맞는 말을 하셨으면서 왜 시름에 잠겨 있어요?"

정권이 또 대답했다.

"내 의견은 중요하지 않아. 폐하께서 수긍하셔야 비로소 옳다고 할 수 있다."

정량이 이해할 수 없다는 듯 물었다.

"그럼 대체 왜 직언을 하셨어요? 말을 해놓고 침울해 있을 건 또 뭐고요?"

정권은 정량이 멈추지 않고 떠들어대는 통에 벌컥 화가 치밀어 올랐다.

"무엄하다! 날이 갈수록 버릇이 없어지는구나! 어디 감히 폐하 앞에서 내게 하던 말버릇을 그대로 옮겨?"

뜻하지 않은 화가 자신에게로 쏟아지자, 정량은 혀를 날름 내밀며 투덜댔다.

"그래서 안 간다고 했잖아요."

정권은 더더욱 노발대발했다.

"내가 상관을 말아야지! 앞으로 가장 혹독한 스승을 네게 붙여주마. 그때도 지금처럼 함부로 입을 놀리나 보자!"

대화를 나누는 사이, 가마는 어느덧 동궁 정원에 도착했다. 정권은 고개를 돌려 옆에서 나란히 걷던 내시에게 일렀다.

"침궁으로 갈 거 없이 바로 고 재인의 처소로 가자."

그는 이어서 정량에게도 말했다.

"그다음에 저 사람들이 널 처소에 데려다줄 것이다."

그러나 정량은 무슨 이유에서인지 한참이나 입을 꾹 다물고 말이 없다가 고개를 푹 숙인 채 힘겹게 말을 꺼냈다.

"감사합니다만, 신은…… 신은 여기서 내리겠습니다."

정권은 정량이 또 무슨 수작인가 싶어서 인상을 잔뜩 쓰며 되물었다.

"뭐?"

"고슴도치를 주워 가야 해요."

정량은 우물우물 둘러대다가 잠시 멈칫하더니 덧붙였다.

"안 그러면 얼어 죽을 거예요."

정량은 가마에서 내려 천천히 전각 앞 섬돌 근처를 서성거렸다. 고슴도치는 내시 두 명과 한나절 넘게 수색한 뒤에야 찾을 수 있었다. 서수瑞獸 석상 발밑에서 몸을 잔뜩 웅크린 채 발견된 고슴도치의 몸에는 벌써 차가운 서리가 가득 내려앉아 있었다. 정량은 고슴도치를 주워 황제가 하사한 사탕과 함께 옷자락에 넣고 둘둘 싸매고는 잠시 서 있다가 애늙은이처럼 한숨을 내쉰 뒤 떠났다.

아보는 각 안에서 석향과 함께 옷을 뒤집어 가며 연기를 쏘이다가, 정권이 손을 비비며 안으로 들어오자 활짝 웃으며 자리에서 일어났다.

"오늘도 안 오시는 줄 알고 그냥 쉬려던 참이에요."

아보가 정권의 겉옷을 벗기면서 말하자, 정권이 웃으며 대꾸했다.

"여긴 아직도 꽤 춥구나. 어제 폐하께서 내게 숯불을 미리 사용해도 된다고 하셨는데, 가만히 생각해보니 너는 필요가 없을 것 같아서 다른 사람에게 양보했다."

아보는 정권의 외투를 팔에 건 채 샐쭉한 표정으로 핀잔을 주었다.

"물어보지도 않았으면서 필요한지 안 한지 어떻게 알아요? 다른 사람에게 필요한 건 제게도 필요해요."

아보는 말을 마치자마자 가볍게 탄성을 내질렀다. 정권이 벗은 외투를 빙 둘러 아보를 싸맸기 때문이다. 정권은 그녀가 숨을 고르기도 전에 등 뒤에서 끌어안으며 목덜미로 턱을 가져갔다.

"넌 필요 없다."

잠깐의 침묵이 흐른 뒤에 아보가 반박을 하려고 하자, 정권이 부드럽게 속삭이며 그녀의 입을 막았다.

"네겐 내가 있잖아."

아보는 정권의 품에 조용히 기댔다. 그녀를 감싼 겉옷 너머로 희미한 심장박동이 전해졌다. 아보는 서서히 몸을 돌려 정권과 마주하고는 온기가 가득한 손으로 얼음장처럼 얼어붙은 그의 뺨과 두 손을 차례로 어루만지다가 갑자기 키득거리며 외쳤다.

"석향아, 창고 문을 열어라. 전하를 창고에 모셔둬야겠다. 열쇠도 잘 챙기고. 전하가 내 것이라고 하시니 창고에 잘 보관해뒀다가 날씨가 더워지면 다시 꺼내야겠네요. 날씨도 추운데 차가운 죽부인을 왜 끌어안고 있겠어요?"

정권은 어안이 벙벙해서 말문이 막혔다가 그녀의 소매 안으로 손을 넣어 더듬으며 키득거렸다.

"창고에 넣든 항아리에 넣든 너도 함께 들어가야 한다. 내게서 단물을 빨아먹으려면 기꺼이 고생도 함께 겪어야지."

서로 엎치락뒤치락하며 뒤엉키는 사이, 추위는 서서히 가셨다. 아보는 몸이 나른해지도록 실컷 웃다가 말했다.

"안 가둘 테니 그만 놓아주세요. 머리카락이 다 헝클어졌잖아요."

정권은 그제야 아보를 풀어주고는 거울 앞으로 끌고 가 앉힌 뒤, 거울 옆 침상에 앉아 아보가 머리 빗는 모습을 지켜봤다.

"숯불은 장사군왕에게 양보했으니 너무 기분 나빠하지는 말아라."

아보는 고개를 끄덕이며 진지한 표정으로 말했다.

"정말 군왕에게 줬다면 신첩도 더는 나무라지 않겠습니다. 군왕이 신첩의 화병을 깨트린 뒤 최근에 새 화병을 가져다줬거든요."

정권은 바깥의 관음보살 불전에 놓인 청자병을 힐끔 보고는 웃으며 말했다.

"녀석이 참으로 얍삽하다니까. 내 물건으로 남에게 인심을 쓰다니."

아보는 참빗을 내려놓고 손으로 귀밑머리를 매만지다가 고개를 돌려 애교 섞인 웃음을 지었다.

"군왕이 아닌 전하께 감사 인사를 하면 되죠."

이윽고 그녀는 뭔가가 석연치 않다는 듯 물었다.

"황제의 황자들은 보통 곧바로 친왕으로 책봉되지 않나요? 왜 장사군왕만 군왕의 작위를 받았어요?"

그 이유는 황궁의 모든 사람이 아는 사실이었으므로 정권도 굳이 숨기지 않고 설명했다.

"장사군왕의 생모 송 씨는 품계가 고작 7품인 미인이야. 외모도 수수하고 병치레도 잦지. 관례 전에 받는 종친의 봉록으로는 두 모자의 생활이 너무나도 궁핍했어. 송 미인은 신분이 비천하기는 해도 명목상으로는 내 서모이니 함부로 도와줄 수도 없었지. 그래서 내가 지난해에 폐하께 주청을 드렸어. 먼저 군왕의 작위를 내리시는 게 어떻겠냐고."

정권은 이어서 덧붙였다.

"봉록도 봉록이지만, 그 정도 지위라도 있어야 이 살벌한 황궁에서 푸대접받지 않을 수 있거든."

아보는 옅은 미소를 머금으며 말했다.

"저는 전혀 몰랐어요."

정권은 말없이 그녀를 지켜보다가 자리에서 일어나 그녀의 머리에 꽂힌 비녀와 떨잠을 하나하나 천천히 뽑은 뒤, 그녀가 머리를 빗던 이가 빠진 참빗을 한쪽으로 치웠다. 그는 이어서 갓 빗은 그녀의 비단결 같은 머리카락을 풀어 내리고 양 어깨에 손을 올려놓고서 거울 속에 비친 아름다운 여인을 바라보며 속삭였다.

　　"그런 사소한 일까지 다 알아야겠느냐?"

제
58
장

푸른 하늘, 바람과 서리

태자는 사시 말 무렵에 고 재인의 처소를 떠났다. 고 재인은 배웅하지 않고 침상에 누워 있었다. 석향은 몇몇 궁인들을 이끌고 태자의 가마가 멀어질 때까지 배웅한 뒤, 각 안으로 돌아와 고 재인을 살피기 위해 휘장을 걷었다. 고 재인은 헝클어진 머리에 홍조가 살짝 떠오른 얼굴로 저고리의 고름을 매고 있었다. 땀이 가시지 않은 하얀 목덜미에 찍힌 은은한 붉은 흔적이 배두렁이로 가려진 가슴팍까지 이어져 있었다. 살짝 민망해진 석향은 손을 어디에 둬야 할지 몰라 허둥대다가 걷은 휘장을 그대로 두고 뒤돌았다. 자리를 떠나려는 그녀를 아보가 조용히 불렀다.

"목이 마르구나. 번거롭겠지만 물을 떠다주겠니?"

아보는 자리에서 일어나 중의를 걸쳤다. 나긋나긋한 움직임은 잔을 들 힘조차 없어 보였다. 석향은 직접 잔을 받쳐 들고 아보에게 물을 먹여주었다. 석향의 손에 기대 따뜻한 물을 다 마시자 아보의 두 뺨에 떠올랐던 홍조가 서서히 가셨다. 아보는 잔에 묻은 연지 자국을 가볍게 닦은 뒤 고개를 들어 살며시 웃으며 물었다.

"왜 나를 그렇게 쳐다봐?"

석향은 멍하니 아보를 바라보다가 화들짝 놀라 정신을 차렸다.

"예전보다 훨씬 예뻐지셨어요."

석향은 더듬더듬 대답한 뒤에 물었다.

"물 더 갖다드릴까요?"

아보는 고개를 끄덕이면서도 잔을 쥔 손에 힘을 주며 놓아주지 않다가 잠시 뒤 물었다.

"너도 눈 좀 붙여야지?"

석향은 고개를 저었다.

"마마가 안 주무시는데 소인이 어떻게 자겠어요?"

아보는 미안한 듯 미소를 지으며 말했다.

"내가 폐를 끼치는구나."

석향이 다급히 해명을 하려는 듯 보이자, 아보는 그녀를 말리며 물었다.

"이왕 늦은 김에 폐 좀 더 끼칠게. 내 곁에서 잠시 말동무나 해주겠니?"

아보가 이런 부탁을 하기는 처음이있다. 석향은 어리둥절해하면서도 "네" 하고 대답했다.

"그럼 앉으렴."

아보가 웃으며 권했다. 아보는 평소 궁인들을 따뜻하게 대했으므로 석향도 사양하지 않고 아보와 마주 보고 앉으며 물었다.

"마마?"

아보는 석향의 얼굴을 세심히 관찰하다가 운을 떼었다.

"내 기억이 틀리지 않다면, 네 나이가 나보다 네 살 많으니 올해로 스물넷이지? 항상 언니라고 부르고 싶었는데, 네가 당황해하는 모습이 눈에 훤해서 그만두었어. 너는 벌떡 일어나 예의를 차릴 테고, 난 그럴 필요 없다고 말리면서 서로 힘만 뺄 테니까."

석향은 아보의 의도를 알 수 없어서 그저 고개를 숙이며 대답했다.

"소인이 어찌 감히 그러겠습니까."

아보는 말했다.

"네 성이 진씨인 건 알고 있어. 헌데 네 가족이 어떻게 되는지는 한 번도 물은 적이 없구나."

석향은 아보의 뜬금없는 질문에 가족을 떠올렸다. 집을 생각하니 슬며시 가슴이 미어졌다.

"부모님과 여동생 한 명, 남동생 한 명이 있습니다."

아보가 또 물었다.

"오랫동안 얼굴을 못 봐서 많이 그립겠구나."

석향은 말없이 고개를 수그리고 있다가 한참 뒤에 눈물을 툭툭 떨궜다. 아보에게 손을 잡혀서 눈물을 닦을 수도 없었다. 석향은 묵묵히 눈물을 흘리다가 고개를 끄덕였다. 아보는 석향의 눈물이 잦아들기를 조용히 기다렸다가 다시 입을 떼었다.

"구주를 제외하면 내가 입궐한 뒤로 같이 지낸 아이가 너 하나뿐이야. 벌써 6년 가까이 됐지. 살면서 6년이나 함께할 인연을 만나는 게 어디 흔하겠니? 그러니 너와 나는 평범한 인연은 아니다. 다만 난 네게 해주는 것도 없는데 늘 큰 보살핌을 받는구나. 황궁의 내고에서 나눠주는 숯불이 늦어지던 겨울을 잊을 수가 없어. 사실 올 겨울보다 춥지는 않았지만, 그때 네가 내 발을 품에 안고 녹여줬잖니. 그때는 말하지 못했지만, 그때의 네 마음 항상 기억하고 있단다."

석향은 요즘 갑자기 태자의 총애를 받게 된 그녀가 뒤늦게 감사 인사를 하는 것이라고만 여기고는 황송하다는 듯 사양했다.

"무슨 말씀을 그렇게 하세요? 소인은 소인이 할 일을 한 것뿐인데요."

아보는 살짝 고개를 저은 뒤 미소를 지으며 말했다.

"내 말을 끝까지 들어. 사실 나도 참 아쉽구나. 솔직히 이 황궁에서 의지할 사람이라고는 너 하나뿐이거든. 허나 벌써 오랜 세월 네 발목을 잡았으니 양심상 너를 더 붙잡아 둘 수가 없구나. 나와 계속 함께해봤자 좋을 게 없어."

그녀의 오른쪽 뺨에 붙어 있던 화전은 떨어진 지 오래였고, 그녀의 새까만 귀밑머리는 여전히 땀에 촉촉이 젖어 있었다. 그런 모습으로 불길한 말을 아무렇지도 않게 차분히 내뱉으니 석향은 기묘한 인상을 받지 않을 수 없었다.

석향이 아무 말이 없자, 아보는 또다시 웃으며 말했다.

"나를 오래 모셨으니 너도 눈치는 채고 있었을 거야. 안 그러니?"

사실 석향도 그녀와 여러 해를 함께 지내며 그녀의 삶이 순탄치 않다는 건 일찍부터 알아채고 있었다. 문득 주순이 자신을 아보에게 배치하던 당시의 정황을 떠올리자 자세한 내막을 알지 못하면서도 얼굴이 점점 창백하게 질렸다. 석향은 오랜 침묵 끝에 세차게 고개를 흔들며 흐느끼기 시작했다.

"소인은 아무것도 모릅니다. 소인은…… 소인은 항상 가족들의 얼굴이 보고 싶었습니다. 제발 전하께 말씀드려서 소인이 출궁할 수 있게 도와주세요."

아보는 석향의 손을 놓으며 거절했다.

"그건 나도 어쩔 수 없다. 물론 주 상시를 찾아가 내가 오늘 한 얘기를 전달할 수는 있겠지만 별 소용없을 거야. 설령 내 말이 전하의 귀에 들어가더라도 그저 구중궁궐에 갇힌 여인네의 푸념 정도로 여기고 넘어가시겠지."

아보는 침상 앞에 꿇어앉아 흐느끼는 석향을 외면한 채 천천히 침상에 등을 기대고 돌아누운 뒤 잠결에 취한 목소리로 조용히 말했다.

"석향 언니, 난 이제 자야겠으니 언니도 가서 자. 날씨가 추운데 숯불도 없으니 옷을 여러 벌 껴입고 자도록 해. 이 시기에 냉기에 시달리면 큰 병이 나거든."

휘장 너머에서 석향의 울음소리가 서서히 잦아들다가 마침내 그쳤다. 이어서 절을 올리는 듯 옷자락이 바스락거리는 소리가 들리더니, 밖으로 나가는 듯 조심스러운 발소리가 들렸다. 아보는 석향을 처음 만났던 날을 떠올렸다.

'고 낭자.'

드센 목소리로 자신을 부르던 석향은 당시 민첩하게 그녀의 뺨에 난 상처를 치료했었다. 뺨에 흉이 지지 않은 건 순전히 석향 덕이었다. 그녀는 자신을 감시하라는 명을 받고 곁에 머물렀지만, 그런 건 신경도 쓰지 않는다는 듯 늘 자기보다 일찍 잠들고는 했다.

10월 음력 초하루. 3년에 한 번 중서성과 이부의 주도로 진행되는 경찰*이 서서히 마무리되어 가고 있었다. 장화와 수하들은 늘 그랬듯 사방팔방 바쁘게 오가며 승진, 강등, 면직, 전근자의 명단을 빠짐없이 추려서 조왕에게 보고했다.

이번 경찰에서 가장 눈에 띄는 사항은 중서령 하도연의 사직이었는데, 장화가 가장 먼저 조왕에게 보고한 사항도 그것이었

---

* 관리의 실적을 심사하는 제도. ―역주

다. 날이 어둑해질 무렵, 조왕은 서재에서 숯불 속에서 익어가는 밤을 부젓가락으로 헤집었다. 때때로 탁탁 밤송이가 터지는 소리가 울리며 재 냄새와 뒤섞인 달콤한 향이 실내를 가득 채웠다. 정해는 장화가 보고서를 들고 안으로 들어오자 잠시 하던 일을 멈추고 보고서를 받아 살폈다.

"매년 사직한다고 난리를 치더니, 올해는 진짜 물러날 모양이구나."

정해가 웃으며 말하는 사이, 장화는 숯불 앞에 쪼그려 앉아 부젓가락으로 다 익은 밤 몇 개를 꺼내 쟁반 위로 옮겼다.

"하도연도 나이가 일흔둘입니다. 원체 연로하기도 했거니와 최근에는 조당을 들락거리는 것도 힘겨워했지요. 더군다나 재임 기간 동안 이렇다 할 치적을 쌓기는커녕 어사대에 탄핵이나 당해서 입이 열 개라도 할 말이 없을 겁니다. 아마도 매년 사직하겠다고 징징댄 것도 겉치레만은 아니었을 거예요. 폐하께서 허락을 안 하셨을 뿐이죠. 그동안은 사석에서만 몰래 불만을 토로해왔는데, 작년부터는 아예 조정 대신들이 다 보는 앞에서 한탄을 하고는 했지요. 강남에 아름다운 전원주택을 지었는데 땅 한번 못 밟고 재임하다가 눈감을까 봐 두렵다나요."

장화는 우습다는 듯 소리 내어 웃은 뒤 말을 이어갔다.

"안타까운 건 조정의 위아래 할 거 없이 어진 인물이 없어서 그 앞에다 대고 제갈량의 풍모를 보는 듯하다는 헛소리나 한다는 겁니다. 그러다가 요즘에는 생을 다할 때까지 나라에 몸 바친 거나 매한가지라고 떠들어요."

정해는 장화가 꺼내 올려놓은 밤송이를 뜨거움을 참으며 벗긴 다음 입에 넣으며 말했다.

"폐하가 하도연의 고충을 모르시지는 않지. 하지만 조정 전체를 놓고 봐도 하도연처럼 나이가 많고 성정이 온화한 사람은 보기 드물거든. 더 신기한 건 그 누구의 편으로도 치우치지 않는 그 재주야. 폐하나 동궁의 편에 서는 것도 아니고, 변방의 장군이나 속지의 친왕 편에 서는 것도 아니고, 다만 그 사이를 오가며 면피하는 것에만 능숙하지. 그 살아 있는 보살은 정무에는 관심이 없고, 그저 폐하의 눈치를 보면서 수족 노릇을 하느라 바빴어. 그자 덕분에 폐하가 그간 얼마나 힘을 아끼셨나?"

장화는 말했다.

"폐하는 그저 꼭두각시 노릇을 할 사람이 필요하셨을 뿐이죠. 보살이 눈치가 워낙 없어서 중요한 고비에서 직격타를 맞은 게 안타깝다면 안타깝습니다. 폐하가 천거를 하신다면 과연 누구를 지목하실까요?"

정해는 보고서를 장화에게 돌려준 뒤 부젓가락으로 군밤을 꺼내 두 줄로 줄을 세웠다. 첫째 줄은 세 개, 둘째 줄은 네 개였다.

"하도연은 수년간 재상 노릇을 하면서 그 자리를 허울뿐인 자리로 만들어버렸어. 그 덕에 폐하는 성부를 피해 육부로 직접 명령을 하달하실 수 있었지. 아마 지금 이 상태가 깨지는 걸 원치 않으실 거야."

그는 이어서 장화에게 물었다.

"동궁이 폐하께 누구를 추천했는지 들었나?"

장화는 웃으며 대답했다.

"아직 들은 바가 없습니다."

정해는 고개를 끄덕이며 말했다.

"동궁에게는 무척이나 중요한 일이겠지. 삼성에 장육정 같은 측근을 배치하면 참으로 좋겠지만, 잘못하면 이백주 같은 재앙이 닥칠 수도 있으니 신중할 수밖에."

정해는 실눈을 뜨고 밤으로 세운 줄을 유심히 관찰하다가 갑자기 키득키득 웃음을 터트렸다.

"며칠 전 동궁이 조당에서 한 말이 생각났다."

정해는 장화가 이유를 묻기도 전에 불쑥 선수를 치며 조당에서 황제와 태자가 나눴던 대화를 그대로 들려줬다. 장화 역시 재미있다는 듯 미소를 지으며 물었다.

"'폐하의 발이 되어 뛰어다녔을 뿐'이라는 동궁의 말 때문에 웃으셨죠?"

정해는 칭찬하는 듯한 눈길로 장화를 힐끔 쳐다보고는 둘째 줄의 밤 두 개를 부젓가락으로 집어 숯불 안에 던져 넣었다.

"태자는 그날 모두가 보는 앞에서 겸손한 척 사양을 했지만, 실상은 모두 앞에서 폐하께 불평불만을 쏟은 셈이야. 폐하께서 고위직을 무력화시키시는 바람에 태자가 직접 각 부처를 직접 발로 뛰며 전전해야 하거든. 육부 중에서도 호부와 공부 두 부처는 잡다한 일만 많아서 잘해봐야 티도 안 나고, 실수를 하면 벼락을 맞게 되는 곳이야. 그러니까 고사림의 발에도 동궁의 발에도 쉽게 속쇄를 채울 수 있지."

정해는 아직 남은 밤으로 시선을 돌리며 말했다.

"네가 동궁이라면 여기서 조삼모사를 꾀하며 술수를 부릴 여력이 있겠느냐?"

장화는 정해가 즐거워하는 것을 보고, 이번 경찰에서 있었던 각 부처의 인사이동을 하나하나 세세히 보고했다. 내용이 워낙 방대해 가끔씩 손에 든 보고서를 들춰가며 기억을 되살려야 했다. 삼성과 육부, 대臺, 위衛의 변동 사항을 모두 읊는 데만 거의 한 시진이 소요되었다. 정해는 진지한 얼굴로 내내 보고를 경청한 뒤, 특별히 이상한 움직임은 없는 듯해 한숨을 돌렸다. 정해가 보고 내용을 천천히 되새기는데, 갑자기 장화가 불쑥 끼어들며 참견을 했다.

"이번에 어사대로 이동한 옛 한림들은 신이 전하의 명대로 모두 선물을 보냈습니다. 신의 생각이기는 하지만, 이번에는 경찰을 주관한 이부의 천관天官 주연 대인에게도 뭔가를 드리는 게 좋지 않을까요?"

정해는 손사래를 치며 반대했다.

"그자는 괜히 건들지 마라."

그러자 장화가 이해할 수 없다는 듯 말했다.

"신은 아무리 생각해도 이상합니다. 주연 대인은 이백주의 문하라서 동궁이 자기 밑으로 거둘 리 없지 않습니까? 왜 매번 주연 대인을 반대하십니까?"

정해는 대답했다.

"모르는 소리는 하지도 마라. 태자가 주연을 멀리하는 이유는 이백주의 문하라서가 아니야. 조정에 이백주의 문하가 얼마나 많은데 태자가 일일이 피해가겠느냐? 게다가 주연은 장육정의 좌관을 지낼 때도 서로 친한 사이였다."

장화는 곰곰이 생각하다가 조심스럽게 물었다.

"그렇다면 폐하의 사람이군요?"

정해가 웃으며 대답했다.

"그는 조정에서 가장 똑똑한 사람이지. 내가 아는 건 그것뿐이다."

정해는 장화와 마주 보며 한바탕 웃은 뒤 자리에서 일어나 기지개를 켜며 물었다.

"아직 남았나?"

장화도 정해를 따라 일어나며 대답했다.

"첨부와 지방이 남았습니다. 피곤하시면 일찍 쉬십시오. 신이
내일 다시 보고해드리겠습니다."

태자와 관련된 부처이므로 정해는 두어 걸음 서성이다가 권했다.

"이왕 시작했으니 춘방과 관련된 것부터 말해보아라. 예의는
차리지 않아도 되니까 앉아서 먹으면서 해."

장화는 대답을 하고 자리에 앉았으나, 정해의 피곤한 기색을 알
아차리고는 두 곳의 인사이동 상황을 빠르게 보고한 뒤 요약했다.

"춘방은 관직이 적은 곳인데 변동 사항이 많습니다. 다른 곳과
는 조금 다르네요."

정해는 "응" 하고 대답한 뒤 다 알고 있다는 듯 설명했다.

"좌춘방과 우춘방은 원래 조정 대신과 동궁을 연결하는 부서
라서 겸직이 많아. 하지만 금상께서 경계하시는 바람에 지금은
한림들이 번갈아 가며 거쳐가는 곳으로 변질됐지. 무정하게 흐르
는 물이나 마찬가지니 변동이 많은 게 당연하다."

"네."

장화는 웃으며 대답한 뒤 보고서를 잘 정리해 웃는 얼굴로 정
해의 책상에 올려놓으며 말했다.

"무정하게 흐르는 물 가운데서도 꿈쩍도 하지 않는 반석이 있
네요."

정해는 살짝 하품을 하며 되물었다.

"그건 또 무슨 말이냐?"

장화가 웃으며 대답했다.

"별거 아닙니다. 단지 첨부의 물갈이가 이번으로 세 번째인데,
변동 없이 꿋꿋하게 자리를 지키는 사람이 한 명 있다고 해요. 6
년째 아무런 움직임 없이 같은 직급에 머물러 있는데, 매년 실적
을 평가할 때마다 평범하기 그지없다고 합니다. 첨부의 어떤 사

람이 그 사람 대신 대련對聯을 써주었는데, 내용이 '그럭저럭한 실적으로 질기게도 첨부를 지키네. 평범한 업적으로 만년 주부 이어가리'였다네요. 새로 부임한 부첨이 그자에게 첨부의 규정을 가르쳐달라고 할 정도예요."

"세상 어딜 가나 그런 유형의 인간은 꼭 하나씩 있어."

정해는 웃으며 대꾸한 뒤 또 말했다.

"오늘은 이상하게 일찍부터 피곤하구나. 너도 이만 가서 쉬어라. 밤은 가져가서 출출할 때 요기나 해."

장화는 대답한 뒤 정해의 세수 시중을 들 시자를 부르면서 쟁반 위에 놓인 밤을 주웠다. 빠짐없이 챙겨서 물러가려는데, 갑자기 정해가 그를 잡으며 물었다.

"설령 실적이 평범하다 해도 일 년에 두 번은 다른 부처로 이동하거나 승진을 하는 게 보통인데, 왜 그자만 매년 같은 자리에서 요지부동이지?"

장화는 정해가 왜 갑자기 그 이야기를 꺼내는지 의도를 알 수 없어 대답 없이 우두커니 서 있었다. 정해는 얼굴에 수건을 덮은 채로 웅얼거리며 말을 계속했다.

"내가 알기로는 예전에 하도연의 주청으로 첨부의 주부 하나가 축하 인사를 한답시고 종정시를 방문했었어."

장화는 영문을 모른 채 쭈뼛거렸다.

"전하?"

그때 정해가 얼굴에 덮인 수건을 걷어 금대야로 내던지며 물었다.

"그 주부가 그 주부인가?"

서재의 야화

장화가 보낸 사람은 열흘 뒤 소식을 가지고 돌아왔다. 정해는
장화와 보고를 다 듣고 그에게 나가라고 명한 뒤 고개를 절레절
레 저었다.

"며칠간 알아낸 게 고작 이거라니. 차라리 내가 직접 가서 물
어보는 게 훨씬 속이 시원하겠다."

장화가 말했다.

"과거 등급, 고향, 행적, 전근 경력까지 빠짐없이 모두 조사했
는데, 뭐가 더 알고 싶으십니까?"

정해는 금가루가 발린 부채의 대나무살로 장화가 머리에 쓴
관의 꼭대기를 톡톡 치며 말했다.

"일이 이 지경이 됐다고 너까지 정신 못 차리면 어떡해? 그자
가 어떤 사람이며 동궁에 몇 번 갔었는지는 누구라도 조사할 수
있어. 왜인지를 알아야지."

장화는 그제야 큰 깨달음을 얻고는 물었다.

"그러니까 전하는 왜 하필이면 그 사람이냐는 말씀이시죠?"

정해는 뒷짐을 진 채 서재 안을 두어 걸음 서성이다가 대답했다.

"정녕 2년에 종정시에서 처음 안면을 텄다고 가정해도 벌써 5년째다. 지나치리만치 의심이 많은 동궁이 아니냐? 그런데 눈에 띄는 점이라고는 전혀 없는 지극히 평범한 사람이 대체 무슨 재주와 무슨 인연으로 동궁의 눈에 들었냐는 말이다. 종정시에서 굴욕을 당하던 시절을 기회로 접근했다고 치더라도, 동궁이 어디 그런 수작에 마음을 열 사람이더냐?"

장화는 잠시 진지하게 생각에 잠겨 고개를 끄덕인 뒤 말했다.

"소인도 전하와 같은 생각입니다. 어쩌다 눈에 들었느냐도 중요하지만, 두 사람의 인연이 언제부터 시작됐는지부터 알아봐야겠습니다. 그것부터 알아야 그 뒤로 관계가 어떻게 얽혔는지 실마리를 잡을 수 있겠네요."

정해가 대답했다.

"이제야 머리를 쓰는군. 천천히 알아봐."

장화는 말했다.

"코앞에 확실한 수단이 있지 않습니까? 그 여자가 서부로 들어간 게 6년 전이니 전하께서 물어보시면 바로 답이 나올 텐데요?"

정해는 손을 내저으며 말했다.

"지금은 아직 그 여자를 써먹을 때가 아니야. 너도 한번 생각해보아라. 우리 큰형님이 참패한 이유가 무엇일 듯싶으냐?"

장화는 대답했다.

"전하의 동복형님을 소인이 어찌 감히 이러쿵저러쿵 평가하겠습니까?"

그러자 정해는 장화를 보고 웃으며 말했다.

"네가 군신 간의 도리를 따지고 들면 나도 군신 간의 도리를 내세워 네 입을 열 수밖에."

장화는 대답 없이 해맑게 웃으며 정해의 얼굴을 바라볼 뿐이었다. 정해는 고개를 끄덕이며 말했다.

"말하는 이는 죄가 없으니 솔직하게 말해도 무방하다."

장화는 고개를 숙인 채 잠시 고심하더니 미소를 지으며 입을 열었다.

"신이 생각해보니 네 글자로 설명할 수 있을 듯싶습니다. 바로 '자기도취'입니다."

정해는 크게 웃으며 찬동하는 대신 이렇게 말했다.

"말이 참 재미있지만, 그건 표면적인 원인에 불과하다. 엄밀히 말하면, 형님은 지극히 평범한 사람이라서 패배했어. 폐하의 어심을 제대로 파악 못 할 정도로 평범했지. 폐하는 태자를 싫어하시지만 반드시 폐해야겠다고 생각하시지는 않는다. 바꿔 말하면, 폐하가 진정으로 이루고자 하는 일은 태자를 폐하지 않고도 할 수 있지. 사실 폐하와 태자의 관계는 겉으로 보이는 것 이상으로 복잡미묘하거든."

정해는 손에 쥔 고려지 부채를 활짝 펼친 뒤 인상을 쓴 채 매혹적인 금빛 모란을 한참 동안 바라보다가 다시 접으며 말을 이었다.

"그렇다고 형님의 탓만은 아니야. 폐하의 지나친 사랑이 사람 하나를 크게 버려놨다고 봐야지. 내 말을 이해했느냐?"

장화는 대답했다.

"이렇게 상세히 설명해주시는데도 못 알아들으면 신이 무슨 자격으로 전하를 모시겠습니까?"

정해는 말을 계속했다.

"동궁이 4년 전에 올가미에 걸린 이유도 실은 지나치게 똑똑해서야. 나나 형님보다 몇 배는 더 똑똑하기에 처음부터 자신의 진짜 맞수가 누군지 알고 있었지. 태자의 진짜 적은 광천군이 아니라……."

정해는 차마 그 이름을 입에 담지 못하고 손을 뻗어 손가락으로 푸른 하늘을 가리켰다.

장화는 한동안 과묵하게 잠자코 있다가, 마침내 침묵을 깨며 대꾸했다.

"하지만 군왕은 처음부터 끝까지 이해하지 못했지요."

정해는 긴 한숨을 내뱉은 뒤 말을 이었다.

"그래서 폐하는 청궁靑宮*에게 전쟁 준비와 감독을 통째로 맡겼지. 이런 상황에서는 고사림이 목숨을 걸고 싸우지 않을 수가 없거든. 하지만 4년 전과 마찬가지로 고사림의 승전은 태자에게 별로 이로울 게 없어. 더 이상 잡을 새가 없으면 활을 활집에 집어넣기 마련**이라는 고사가 그대로 재현될 테니까. 그렇다고 4년 전처럼 고사림이 패전하면 태자에게는 더욱 큰 화가 미칠 테지. 고사림이 힘을 잃으면 폐하는 태자의 목을 내리칠 칼자루를 손에 넣게 되거든."

장화는 고개를 끄덕이며 말을 받아쳤다.

"동궁의 운명은 전방의 승패에 따라 갈리겠지요. 하지만 결국 어떻게 돼도 진퇴유곡의 상황에 몰리지 않겠습니까?"

정해가 장화의 말에 웃으며 대꾸했다.

"태자의 진퇴유곡이 우리에게 좋을 것 같으냐? 진퇴유곡이 혼란한 정국을 의미하진 않아. 내가 아까 말했듯이 정국이 안정적일 때는 태자의 자리도 안전하다. 나라의 국본을 폐위한다는 게 결코 쉬운 일이 아니야. 폐하가 어떤 분인데 특별한 명분도 없이

---

* 동東은 오행 중 목木에 속하고, 목은 푸른색을 띠는 식물을 의미하므로 태자가 거하는 동궁을 청궁이라고 부르기도 한다.
** 飛鳥盡, 良弓藏, 이용 가치가 없어지면 버림받는다는 의미. ─역주

멀쩡한 태자를 폐위하겠다고 힘을 낭비하시겠어?"

정해가 말을 빙 둘러서 하는 통에 장화는 그제야 정해가 하는 말의 의미를 알아차리고는 웃으며 대답했다.

"이제 이해했습니다. 그러니까 동궁이 아직 평화로운 지금이 조용히 일을 도모하기 좋은 시기군요. 신도 괜히 경솔하게 동궁의 눈에 띄지 않도록 조심히 움직이겠습니다. 괜히 일찍부터 풀을 베다가 뱀을 놀라게 할 필요는 없죠."

정해가 눈살을 찌푸리며 반문했다.

"그건 또 무슨 말이냐?"

장화가 사뭇 진지한 얼굴로 대답했다.

"태자 전하가 국정으로 정신없이 바쁜 지금, 굳이 그의 신경을 건드려 일깨울 필요는 없다는 뜻입니다."

정해가 가볍게 콧방귀를 뀌며 자리를 떠나려 하자, 장화가 다급하게 설명을 보충했다.

"군왕은 폐하가 태자를 폐하실 필요가 없다는 걸 몰랐지요. 그렇다면 동궁은 어떨까요? 동궁은 이해하고 있을까요?"

정해는 놀란 표정으로 장화를 돌아본 뒤, 한참 뒤에야 얼굴에 가득 웃음을 머금었다.

"네가 지금까지 한 숱한 질문 중에서 핵심을 관통한 질문은 이것뿐이다."

12월이 되자 경성에 강추위가 찾아왔다. 조정에는 그간 몇 가지의 사소한 변동이 있었는데, 첫 번째는 중서령 하도연의 사직이었다. 공석을 채울 인물로는 현임 이부상서 주연과 현임 형부상서 두형이 물망에 올랐다. 황제는 정의*를 한차례 열라고 명령하기는 했으나, 자신의 최종 의사를 밝히지는 않았다. 두 번째는 변방의 최전선에서 두 차례나 군보가 속달로 도착했다는 것이었다. 고사림의 대군은 그사이에 점점 더 적진으로 깊숙이 침투해 군수물자의 보급이 한층 더 중요하고 까다로워졌다.

정권은 초하룻날에 다시 아보를 찾았다. 도착하자마자 입에서는 불평불만이 쏟아졌다.

"화로를 피워도 벌써 피웠을 시기인데, 여긴 왜 아직도 추운게냐?"

아보는 정권에게 예를 갖춘 뒤, 낯선 궁인과 함께 정권 곁으로 가서 손수 옷시중을 들었다. 정권은 눈에 띄는 대로 탁자 위를 손가락으로 그어 먼지를 확인하더니 인상을 잔뜩 썼다.

"사람이 줄기라도 했느냐? 보이는 것마다 상태가 말이 아니구나."

아보는 그의 허리에서 푼 옥대를 손바닥 위에 올려놓고 저울질을 하며 핀잔을 주었다.

"이제 보니 전하가 오늘은 트집을 잡으러 순찰을 나오셨군요? 제가 궁인들 대신 사죄를 드리겠습니다. 머리에 꽂는 장신구에도 먼지가 내려앉지 않는 날이 없는데, 다른 물건은 오죽하겠어요? 어때요? 구실이 그럴싸한가요?"

정권은 두 발짝가량 물러선 뒤 웃으며 대답했다.

"이곳을 지키는 든든한 방어군이 침략군을 처단할 장수를 파견했군. 됐다. 이런 장난은 그만두자꾸나. 이 침략군이 요즘 일이 많으니 너그럽게 이해해라. 단지 내 손이 미치지 않는 일이 있다면 언제든지 주 상시에게 요청해. 오래전부터 알던 사이인데 어려울 것도 없지 않느냐?"

---

* 대신들이 정사를 의논하는 회의. —역주

아보가 웃으며 대답했다.

"내가 아는 사람 중에 말만 번지르르하게 하는 사람이 하나 있어요. 그 말재주에 오랫동안 놀아났더니 눈치만 늘어나네요. 못 알아들으면 날 바보로 알 테고, 알아들으면 얼굴이 두껍다고 생각할 테니 말이에요."

정권은 아보의 양손을 자신의 입술로 끌어당겨 입김으로 따스하게 녹인 뒤 말했다.

"그 사람이 누군지는 몰라도 세상 무서운 줄을 모르는군. 내가 널 대신해서 혼쭐을 내주겠다."

아보는 손을 뿌리치며 대답했다.

"말장난으로는 도저히 이길 재간이 없네요. 제가 졌어요."

정권은 말도 안 된다는 듯 맞받아쳤다.

"그럼 진지한 대화로는 내 상대가 될 수 있다는 말이냐? 그럼 어디 보자. 본궁이 고 재인 마마께 가르침을 청하옵니다."

아보는 정권을 침상으로 끌고 가 앉히더니 활짝 웃으며 절을 올리고는 말했다.

"황태자 전하, 상석에 앉으시옵소서. 신첩이 전하께 고할 것이 있습니다."

정권은 자신의 도포 자락을 세심하게 정리한 뒤 목청을 가다듬으며 진지한 얼굴로 말했다.

"사실만 아뢰야 할 것이다."

아보는 소매로 입을 가리고 웃으며 정권 옆에 앉아 말했다.

"예의 차리는 말투로는 전하를 이길 자신이 없네요. 하지만 진지한 말과 예의 차리는 말은 다릅니다. 제가 진지하게 설명해드리지요. 숯이 부족한 것도 아니고, 아랫사람들이 게으른 것도 아닙니다. 다만 올겨울 날씨가 이상할 정도로 지나치게 추워요. 추위도 추위지만, 연말이 가까워 오는데도 눈이 내릴 기미도 없어요. 당연히 전하의 눈에는 이곳 상황이 그전보다 불편해 보일 수밖에 없습니다. 병이 나는 사람들도 그전보다 많아져서 벌써 두명이나 자리에 누웠어요. 그중 한 명은 한 달도 못 넘길 듯해 주상시를 통해 궁 밖으로 내보냈습니다. 참, 황손도 건강이 나빠졌다고 들었는데요?"

정권은 어느새 경건한 자세를 풀고 베개에 머리를 대고 비스듬히 누우며 대답했다.

"네가 나보다 소식이 빠르구나. 그냥 기침이나 좀 할 뿐이다. 장사군과 온종일 궁궐 이곳저곳을 정신없이 쏘다니니 당연하지 않겠느냐? 내보냈다는 아이는 석향이란 아이지?"

아보는 대답했다.

"네, 석향이에요. 전하가 그 아이를 어떻게 알아요?"

정권은 아보의 팔목을 쓰다듬으며 대답했다.

"너보다 예쁘게 생겼는데 당연히 기억하지. 오늘 내내 안 보이더군."

아보는 어이가 없다는 듯 입을 삐죽거리며 쏘아붙였다.

"전하가 그런 데 마음을 쓰는지 처음 알았네요."

정권은 아보를 품으로 끌어당겨 버들가지 같은 허리를 뒤에서 감싸 안은 뒤, 귓불에서 찰랑거리는 금귀고리에 입을 바짝 대고 속삭였다.

"우리 마마는 그럼 어디에 마음 써주기를 바라시나?"

비녀와 관이 어지러이 풀어 헤쳐지기 시작했다. 붉은 휘장으로 가려진 작은 세상에서 두 사람은 욕망이 이끄는 대로 서로를 내맡겼다. 유난히 추운 겨울, 오로지 휘장 안의 작은 세상만이 따스한 봄이었다.

정권은 두 눈을 감고 편안히 잠을 청하려다가 섬세한 손가락을 아보의 아랫배로 뻗었다. 땀에 젖어 매끄러운 그녀의 보드라운 살결을 매만지며 정권은 웅얼거리듯 속삭였다.

　"너도 나와 똑같이 생긴 세자를 한 명 낳아라."

　아보는 잠시 멈칫하다가 이내 미소를 지으며 대답했다.

　"좋아요. 만약에 공주라면 나를 닮아야 해요."

　정권은 말도 안 된다는 듯 불만스럽게 맞받아쳤다.

　"딸이라면 더더욱 날 닮아야지. 나중에 커서 못생긴 엄마한테 장가들었다고 욕을 먹는 건 둘째 치고, 손주까지 못생겨질 것이다. 내가 딸 앞에서 무슨 면목으로 얼굴을 들겠으며, 나같이 훤칠한 사위를 무슨 재주로 찾아주겠어?"

　아보는 성을 벌컥 내며 정권의 손을 뿌리쳤다.

　"황제의 딸인데 설마 시집을 못 가겠어요? 저는 오히려 성질 괴팍한 장인을 모실 사위가 더 걱정이네요."

　정권은 내던져진 손을 다시 아보의 목덜미로 가져가며 키득거렸다.

　"이렇게 역성을 들어주는 장모가 있는데, 뭐가 걱정이야?"

　두 사람의 달콤한 밀어는 각 안으로 점점 가까이 다가오는 다급한 발소리에 갑자기 중단됐다. 발소리가 바짝 문 앞으로 다가와 사람들의 말소리까지 커지자, 정권은 피곤한 와중에도 짜증이 치밀어 벌떡 몸을 일으켜 소리를 질렀다.

　"무엄하다! 법도도 없이 이게 무슨 짓이냐?"

　그러자 아보가 거느린 궁인 한 명이 사색이 되어 안으로 들어오더니 허둥지둥 엎드려 고했다.

　"전하, 강녕전에서 보낸 사람이 왔습니다."

정권은 벌떡 몸을 뒤집으며 일어나 물었다.

"무슨 일이냐?"

궁인은 대답했다.

"폐하께서 부르신다는 것 말고는 다른 말이 없었습니다."

정권은 잠시 생각한 뒤에 지시했다.

"사자에게 내가 밖으로 나가겠다고 전해라."

그는 아보에게는 이불을 끌어올려 덮어주며 말했다.

"너와 상관없는 일이니 그냥 이대로 있어."

궁인은 재빨리 바깥의 사자에게 지시를 전달한 뒤 안으로 들어와 급한 손길로 정권의 옷시중을 들었다. 정권은 아보의 화장대에 놓인 절상건을 머리에 쓰며 문밖 사자에게 물었다.

"폐하께서 어디로 들라고 하시던가?"

문밖에서 대답 소리가 들렸다.

"전하께 고합니다. 청원전의 서재로 들라 하셨습니다."

정권이 또 물었다.

"이렇게 늦은 시각까지 침궁에 안 드셨는가?"

사자가 또다시 대답했다.

"침궁으로 드셔서 주무시다가 궁문 앞에 급보가 도착하는 바람에 기침하셨습니다."

궐문이 공식적으로 닫힌 야심한 밤에 공문이 안으로 들어왔다는 것은 보통 중대사가 아니라는 의미이리라. 정권은 이마에서 식은땀이 흐르는 것을 느끼며 의관을 완벽하게 정제할 새도 없이 다급하게 걸음을 떼었다. 그가 점점 멀어지면서 남긴 마지막 질문이 아보의 귓가에 들렸다.

"군보인가?"

황제는 사자의 말대로 청원전 서재에서 정권을 기다리고 있었
다. 정권은 예를 갖춘 뒤, 황제의 안색이 몹시 안 좋은 것을 보고
분위기를 살피며 조심스럽게 말을 붙였다.

"폐하, 신이 성지를 받들고자 왔습니다."

황제는 오른손 집게손가락으로 탁자 위에 놓인 문서를 톡톡
치며 말했다.

"이리 와서 보아라."

황제가 봉인을 제거한 점토에 달린 깃털 세 개를 보니 과연 정
권의 생각대로 긴급하게 도착한 군보였다. 정권은 사양하면서 예
의를 갖출 틈도 없이 급히 문서를 펼치고 첫머리부터 확인했다.
지난번과 마찬가지로 고봉은과 이명안이 합동으로 올린 장계였
다. 정권은 내용을 다 읽고 잿빛으로 질린 얼굴로 한참 동안 입을
떼지 못하다가 간신히 정신을 차린 뒤 물었다.

"승전보가 경성에 도착한 게 불과 보름 전인데, 어쩌다 갑자기
이 지경이 되었답니까?"

황제는 천천히 자리에서 일어나 정권 곁으로 다가오더니, 정권
의 파들파들 떨리는 손가락 사이에서 손수 군보를 거두며 느릿느
릿 대답했다.

"포로를 처형한 게 적군을 다시 격분시켰을 수도 있지. 저쪽도
물러날 구석 하나 없는 최후의 결전을 치렀는데, 죽기 살기로 달
려드는 게 당연하지 않겠느냐?"

"이런 멍청이!"

정권은 고개를 옆으로 돌리며 자책했다. 변방에서 고생할 고사
림의 형편을 생각하니 속이 절로 바짝 타들어 갔다. 황제는 그런
정권을 바라보며 차갑게 웃었다.

"그렇게 초조해할 필요는 없다. 네가 실무에 손을 댄 지도 벌

써 몇 년이 흘렀다. 설마 그 오랜 시간 동안 다른 사람의 옷에 묻은 먼지만 보고 네 눈에 박힌 못은 못 알아차렸느냐? 원래 사람이 한가하면 일하는 사람만 바라보면서 눈에 불을 켜고 흠을 찾아내는 법이다. 짐은 그저 네 의견을 들어보고 싶었을 뿐이다. 어찌 됐든 이건 네가 알아서 할 네 일이지 않느냐."

정권은 잠시 곰곰이 생각한 뒤 대답했다.

"오늘 호부에서 지난 분기의 재정 통계를 보고받았습니다. 하남과 강남은 수해로 흉작이고, 가을에 수확한 곡식과 비단, 명주, 면화 등은 돈으로 환산해서 받았으며, 필수적인 녹미*와 지폐를 제외하면 태창太倉에 남은 양은 작년의 10분의 5에 지나지 않습니다. 전선에서 매년 사용하는 물자가 떨어지면 태창에서 출납을 해야 하는데, 호부에서 신에게 보고하기로는……."

"짐이 그런 통계나 우는 소리를 듣자고 오밤중에 널 불렀겠느냐? 네 생각을 얘기하란 말이다."

황제가 정권의 말을 끊으며 독촉하자, 정권은 고개를 힘없이 떨구며 입을 열었다.

"전방에 추가 지원을 해야 한다면 신이 할 수 있는 일은 없습니다. 방법이라고는 호부에는 군량 조달을, 공부에는 병기 제조를 독촉하는 것뿐인데, 그것도 대처라면 대처지요. 그 밖의 문제는 중서성의 공백입니다. 호부는 원래 중서성의 부속 기관인데, 하도연이 물러났으니 법령 행사가 순조롭지 않을 것입니다. 호부 관리도 오늘 신에게 '하루 이틀은 문제가 없고 열흘에서 이십 일가량은 어떻게든 버틸 수 있지만, 이대로 전쟁이 계속 길어지면 물자 유통과 수납이 어려워지는 걸 떠나서 아예 막힐 수도 있다'

---

* 녹으로 주는 쌀. —역주

고 했습니다."

황제는 정권을 한참 동안 빤히 바라보다가 말했다.

"한 가지 일이랄 수도 있지만 두 가지 일이라고 할 수도 있겠구나. 전자는 네가 알아서 할 일이니 짐은 별로 듣고 싶지 않다. 후자는 이왕 말을 꺼냈으니 네 의견을 말해보아라."

정권은 오랫동안 침묵한 끝에 말문을 열었다.

"이부상서 주연이 적임자라고 사료됩니다. 덕과 재능을 겸비한 건 물론, 현재의 직급을 보아도 중서령에 오르기에 손색이 없습니다."

황제는 고개를 끄덕이며 말했다.

"알겠다. 그건 짐이 알아서 하마. 다시 아까 전 얘기로 돌아가보자. 짐이 널 부른 건 네 생각을 물어보기 위해서라고 했지. 만약 장주에서 추가로 병력을 파견해야 한다면 이명안을 보내는 게 좋겠느냐, 고봉은을 보내는 게 좋겠느냐?"

정권은 소스라치게 놀라며 바닥에 꿇어 엎드렸다.

"신이 어찌 감히 그같이 중대한 사항에 관해 왈가왈부하겠습니까? 성지를 기부할지언정 그것만은 할 수 없습니다."

그러자 황제는 탄식하듯 내뱉었다.

"알겠다. 전세가 그 지경까지 번지지 않기만을 바라야지."

제
60
장

품성 높은 차와 먹은 향기롭고

　시기는 정녕 6년 12월 초하루에서 어느덧 정녕 7년으로 바뀌
었다. 새해로 넘어와 동지, 정단正旦, 춘분을 거치며 계절이 겨울
에서 봄으로 바뀌는 동안, 황태자와 조정의 신하들이 전세의 호
전을 바라거나 말거나 급박한 상황을 알리는 군보가 끊이지 않고
연이어 경성에 도착했다. 전쟁 준비는 그동안 철저하게 해왔고,
적과의 실력 격차는 너무나도 현저했다. 문신은 후방에서 아낌없
이 물자를 지원했고, 무관은 몸을 사리지 않고 적진으로 돌격했
다. 이런 상황에서도 고전한다면 그 원인을 운명과 시운에 돌릴
수밖에 없을 것이다. 일이 이렇게 되자, 조정에서는 한창 추가 파
병에 관한 논의가 절박하게 진행되었다.

　허창평은 직급이 낮아 당연히 조회에 참석할 자격이 없었지만,
그의 곁에는 부광시가 있었다. 부광시는 작년 가을 연말 시험인
세고歲考 성적이 부실해 태상시경에서 예부시랑으로 좌천되었
는데도 첨사부에서는 소첨에서 정첨으로 승진했다. 새로 들어온
몇몇 한림은 종일 하는 일도 없으면서 조정의 일에는 관심이 많

아 늘 관보를 보며 큰 소리로 논쟁을 벌이다가, 부광시가 가뭄에 콩 나듯이 첨부를 방문하면 일이 어떻게 돌아가는지 앞다투어 묻고는 했다. 부광시는 기분이 썩 나쁘지 않은 날에는 심드렁한 척하며 정보를 흘렸는데, 최근에 승진을 한 덕인지 요즘에는 늘 기분이 좋았다. 그날도 부광시는 한림들에게 아침 조회에서 있었던 일을 들려주었다.

"고봉은을 보내야 한다는 여론이 대세네. 공적으로나 사적으로나 고봉은은 물러설 명분이 없지."

그러자 한림 한 명이 물었다.

"폐하의 어심은 어떻습니까?"

부광시가 대답했다.

"이 도독은 성을 지키는 능력만 뛰어나고, 고봉은은 지키는 능력뿐 아니라 정벌에도 뛰어나지. 폐하께서 비록 명확하게 말은 안 하시지만, 어심이 누구를 향해 있는지는 안 봐도 훤해."

한림은 다시 물었다.

"그렇다면 태자 전하의 의견은요?"

부광시는 대답했다.

"태자 전하께서 어디 감히 나라의 대사에 참견하시겠나?"

그러자 한림은 인상을 잔뜩 쓴 채 중얼거렸다.

"장주의 절반이 태자 전하의 수중에 있는데, 왜 참견을 못 한단 말입니까?"

부광시는 사색이 되어 돌연 호되게 꾸지람을 퍼부었다.

"어허! 젊은 친구가 언행이 어찌 이리 경솔해!"

혈기왕성한 이 한림은 매우 높은 순위로 진사과에 급제했는데, 겁이 많고 쪼잔한 부광시가 늘 못마땅했다. 지금도 그는 말만 하지 않을 뿐 속으로는 몰래 코웃음을 쳤다.

허창평은 그로부터 6~7일이 지난 뒤, 이 일화를 태자에게 전했다. 이미 황제의 칙명을 받든 칙사 두 명이 장주로 떠난 뒤였다.

정권은 동궁에 딸린 작은 서재에서 조용히 이야기를 듣다가 두 눈을 감은 채 피식 웃었다.

"그 친구가 젊은 혈기에 경솔한 말을 하기는 했소. 부광시가 이번에는 제법 옳은 말을 했구려."

허창평이 말했다.

"그자가 경솔하고 말고를 떠나서 조정에 현재의 판도를 꿰뚫어 보는 자가 꽤 많은 듯합니다."

정권은 이렇다 할 의견을 덧붙이는 대신 대꾸했다.

"판도는 또 무엇이고 꿰뚫어 본다는 건 또 무엇이오? 먼저 설명부터 해보시오."

"신은 이번에 어떤 권력이든 시간이 흐를수록 뿌리를 깊게 내린다는 사실을 체감했습니다."

정권은 가소롭다는 듯 피식 웃으며 대꾸했다.

"그런 상투적인 말이 무슨 큰 깨달음이라고?"

허창평은 대답했다.

"전하가 정무에 손을 대신 지도 어언 4년입니다. 그 업무가 각 부처를 오가며 폐하의 성지를 전달하는 것뿐이었다고는 해도, 그러는 사이 모든 정국을 완벽하게 파악하시는 것은 물론 전하와 장주와의 관계도 전에 없이 긴밀해졌습니다. 친척인 고봉은 장군뿐만 아니라 고봉은 장군의 장관과 동료들과의 관계도 마찬가지지요."

정권이 별다른 말이 없자, 허창평은 말을 계속했다.

"이 4년 동안 고봉은 장군과 연락을 주고받으며 소통한 사람은 다른 사람도 아닌 바로 전하십니다. 심혈을 기울여 정성을 쏟고 두터운 신뢰와 묵계를 형성하고, 온갖 구체적인 행정 사무를 처리하신 분이 바로 전하니까요. 전하께서 오랫동안 해오신 일을 짧은 시간 안에 이해하고 배우며 대체할 수 있는 인물이 과연 누가 있겠습니까?"

정권은 엷은 미소를 지으며 말했다.

"밤낮을 골몰하면 접신의 경지에 이를 수 있다고 하지 않소. 폐하의 두 번째 칙령이 첫 번째 칙령 뒤를 바짝 뒤쫓고 있소. 외신은 그 속사정을 알 리가 없고, 사정을 아시는 폐하는 외부에 드러내실 리가 없지."

허창평은 말했다.

"고봉은 장군이 출정을 거부하셨습니까?"

정권이 말했다.

"주부의 예리함은 알아줘야겠지만, 요즘 부쩍 내 말을 자주 끊는구려. 그렇소. 고 장군은 밖에 계시고, 원래 전쟁터에서는 장수가 황제의 명을 거부할 수 있지. 폐하께서 아무리 노발대발하신다 한들 달리 무엇을 하실 수 있겠소? 거리가 워낙 멀어 폐하의 영향이 미치지 않는데. 그러나 이번에는 고봉은의 부친의 관점에서 생각해보시오. 내가 이토록 걱정하는데 장군의 심정이야 오죽하겠소? 지금 고봉은은 준비가 미흡하다는 구실로 출정을 거부하고 있지만, 사실 진짜 이유는 따로 있소. 그가 떠나는 즉시 장주가 다른 이의 손으로 넘어가게 생겼거든. 아마 장군이 출병하기 전에 고봉은에게 이런 상황을 대비해 미리 지시를 내렸을 것이오."

허창평이 고개를 끄덕이며 말했다.

"그건 정말 또 다른 측면이군요. 고 장군이 장주에 계실 때는 폐하께서 전하를 이용해 장주를 견제했고, 장주를 통해 전하를 견제했지요. 허나 고 장군이 출병한 뒤로 전세가 이렇게 된 것은 전하와 전혀 상관이 없습니다. 장주와 전하의 연결고리가 겉보기에는 완전히 끊어진 듯 보이지요. 하지만 깊이 들여다보면 전하야말로 사실상 고봉은 장군을 움직일 수 있는 유일한 사람입니다. 어쩌면 이런 상황에서 고 장군의 명을 대체할 힘을 가진 사람은 전하뿐일 겁니다. 사정이 이럴진대 장주의 절반이 전하의 손에 없다고 한들 뭐 어떻겠습니까? 신의 발언이 무례했다면 용서해주십시오. 전하의 권력은 지금의 이 상황이 돼서야 진가를 발휘하며 정상에 올라섰습니다. 그래서 폐하조차도 곤란해하시는 게 아닙니까?"

정권은 자조 섞인 미소를 지으며 대답했다.

"주부가 무례하다고는 하지 않겠소. 다만 살다가 이런 날이 올 줄은 또 누가 알았겠소? 꼭대기에 오르는 거야 오르는 거지만, 다만 그 경치를 다 음미하기도 전에 쫓기듯 내려올까 봐 두려울 뿐이오."

허창평이 말했다.

"역시 고봉은 장군의 출정을 독촉하실 생각이군요."

정권은 탄식했다.

"요즘은 소문이 빠르게 퍼지기도 하고 주부의 상관은 입이 깃털처럼 가벼우니, 벌써 오늘 내가 조당에서 한 말을 들었겠지. 이건 사사로운 정에 얽매여서는 안 되는 국가의 중대사요. 나라의 근본인 내가 어찌 나라의 이익을 가장 우선으로 삼지 않을 수 있겠소? 지금 당장의 재정 상황만 해도 심히 열악하오. 작년 가을에는 물난리가 나서 작물이 침수됐고, 작년 겨울에는 눈도 내리지 않아서 올봄에도 큰 한재旱災가 들 거요. 계속 이 기세로 재정을 소모하다가 국고가 바닥나면 그 후환은 상상도 하기 싫소."

그러자 허창평이 정색하며 충고했다.

"참으로 제왕의 풍모와 장부의 기상이 넘치는 말씀입니다. 신이 그 뜻에 이의를 제기한다면 간신배나 다름이 없을 테지요. 허나 신은 이 생각을 머리에서 지울 수 없습니다. 만약 전하의 곤중昆仲*이 전하의 자리에 있었다면 어떻게 했을까요?"

정권이 손을 휘휘 내저으며 말했다.

"그런 가정은 하는 게 아니오. 애초에 성립할 수도 없는 가정이지. 사람은 각자의 자리에서 각자의 상황에 맞게 본분을 다할 뿐이오. 고봉은이 장주를 떠나면 장주는 필시 조정의 손에 넘어가겠지. 나도 모르지 않소. 허나 조정은 아직 인의를 지키니 장주가 조정에 넘어간다고 해서 걱정할 필요는 없소. 다른 종실이 장주를 차지하는 상황을 오히려 더욱 경계해야 하지."

허창평은 잔뜩 인상을 썼다.

"5년 전에 폐하는 정국을 안정시키기 위해서 오로지 광천군과 장 상서 두 사람만 처분하셨습니다. 당시 광천군의 도당은 자신의 안위를 도모하고자 광천군을 옹호하러 나서지 않았지요. 지금 당장은 잠잠하지만 언젠가는 반드시 전하의 손으로 그 잔존 세력을 뿌리 뽑아야 합니다. 폐하가 인정 때문에 차마 처단하지 못하자, 남은 그 세력의 절반이 조왕의 휘하로 넘어갔습니다. 신이 과장하는 게 아니라, 전하의 말대로 조왕이 변방과 내통하는 게 사실이라면 그로 인해 미칠 화는 광천군 때와 비교도 할 수 없습니다. 이런 엄청난 사안은 반드시 폐하께 알리셔야 합니다."

정권은 자리에서 일어나 창가로 두 걸음 다가선 뒤 고개를 가로저으며 말했다.

"너무나도 엄청난 사안이라서 더욱 폐하께 말씀드릴 수가 없

---

* 먼 옛날에 타인의 형제를 높여 부르던 존칭이다. 여기서는 제왕과 조왕을 지칭한다.

소. 지금 당장은 명확한 증좌 없이 심증만 있을 뿐이고, 이 도독은 폐하께서 가장 신뢰하시는 신하요. 이런 국면에서 내가 어찌 감히 경솔하게 조왕의 문제를 거론하겠소? 내 말은 조왕의 진짜 얼굴이 드러났을 때 모든 후환을 한꺼번에 뿌리 뽑는 게 제일이라는 뜻이오. 난 이번에 또다시 천하의 불효막심한 자식이 되는 수밖에 없을 듯하오. 권력의 정점에 선 지금이야말로 폐하께 조건을 제시할 절호의 시점이거든. 성공한다면 주부의 상관이 또다시 몹시 바빠지겠소."

허창평 역시 정권을 따라 자리에서 일어나 고개를 끄덕이며 말했다.

"과연 난국을 타개할 기가 막힌 해법입니다. 역시 신의 우매한 머리로는 전하의 혜안을 따라잡을 수가 없군요. 그런데 폐하께는 어떻게 말을 꺼내실 생각입니까?"

정권은 차분한 웃음을 머금은 채로 대답했다.

"내가 직접 폐하를 찾아가 말씀드릴 수는 없지. 이왕 불효자식이 될 양이면 얌전히 자리에 앉아 폐하께서 친히 왕림하실 때까지 기다릴 생각이오."

보아하니 태자는 여전히 종실보다 황제를 훨씬 더 경계하는 듯했다. 허창평은 오랫동안 잠자코 있다가 한참 만에야 침묵을 깨며 말했다.

"주제를 잠시 바꾸겠습니다. 신이 전하를 처음 찾아뵀을 때 드렸던 말을 아직도 기억하십니까?"

정권이 웃으며 대답했다.

"아직도 귓가에 생생한데 어찌 잊겠소?"

허창평은 말했다.

"당시 신은 전하께 폐하의 두 가지 목표를 일러드렸지요. 밖으로는 장군을 꺾는 것이요, 안으로는 재상을 꺾는 것이 그것이었습니다. 전하께서 나라의 일을 앞세우기를 고집하시니 변방의 일은 이미 결정이 난 듯합니다. 그렇다면 내부의 일을 생각해보신 적은 있습니까?"

정권은 대답했다.

"인덕을 베푸는 것이 제왕의 도라고 했소. 지금 이런 상황에서는 폐하께서도 그렇게까지 가혹하게 압박하지는 않으실 듯하오. 잠시 숨 돌릴 틈이 생긴다면 장래의 일은 천천히 생각해봐야겠지."

허창평이 물었다.

"폐하께서 나랏일 대신 자신의 이익을 우선시하신다면요? 그 위험을 감당하실 수 있겠습니까?"

정권은 허창평을 뒤돌아본 뒤 한숨을 내쉬며 대답했다.

"설마 폐하께서 그 정도로 어리석으시겠소? 허나 만약 그런 상황이 온다면 나뿐만이 아니라 주부도 나와 함께 위험을 감수해야 할 것이오."

두 사람이 대화를 나누는 사이, 어느새 주순이 정권의 곁으로 다가와 조용히 귓가에 속삭였다.

"전하, 폐하께서 강녕전으로 들라 하십니다."

정권은 잠시 놀라 멍한 표정을 짓다가 서서히 미소를 머금으며 허창평에게 보란 듯이 말했다.

"보았소? 산에서 내려가는 날이 바로 오늘인가 보오."

날이 저물어 어두컴컴한 하늘에는 저녁 구름이 천천히 모였다가 흩어졌다. 정권은 옷을 갈아입고 황제의 침궁으로 들었다. 황제는 정권이 안으로 들어서자마자 예를 갖추려고 하자 미소를 지으며 손을 흔들어 만류했다.

"그렇게 느긋하게 허례허식을 차릴 게 아니라 이쪽으로 와서 보아라."

정권은 순순히 황제의 책상으로 가까이 다가갔다. 책상 위에 펼쳐진 원체*의 산수화 한 폭이 눈에 들어왔다. 아찔한 낭떠러지와 장엄하게 솟은 기암, 절벽 밑으로 세차게 흐르는 도도한 물결, 울창한 숲의 푸른 초목과 솔솔 부는 서늘한 바람, 그 사이에 놓인 좁고 험한 길이 구름으로 뒤덮인 산 정상까지 굽이치며 길게 뻗어 있었다. 그림의 높이는 약 세 치가량이었는데, 홀로 길을 걷는 사람의 크기는 콩알만 했다. 산석은 직필直筆 기법의 짧은 선으로, 초목은 중봉中鋒 기법으로 표현되었고, 표면의 명암과 질감은 점준點皴으로 간단히 처리되었는데, 필묵의 사용이 치밀하고 빈틈없는 것이 이미 상당한 경지에 오른 사람의 작품이었다. 그림의 여백에는 싯구도 곁들여졌다.

'절벽 사이를 돌아 물이 세차게 흐르고, 바위의 틈새는 나뭇잎 하나 들어갈 정도로 좁구나. 초객이여, 산세가 험하다 하지 말게. 산세보다 더욱 험한 것이 세상의 인심일지니.'

힘을 자유자재로 부리는 붓놀림으로 물처럼 흐르듯 유려하게 쓰인 행서가 수려한 풍경화와 아름다운 조화를 이루고 있었다. 시의 하단에 찍힌 낙관은 이러했다.

'병인년 9월 16일, 소정권이 서화의 주제에 맞추어 선인의 시를 적다.'

그 밑으로 붉은 인주로 찍힌 황태자의 공식 인장이 눈에 띄었다.

작년 가을 무렵에 정권은 황제의 명령에 따라 정해의 그림에 글씨를 곁들였다. 그 서화의 표구가 끝난 모양이었다. 황제는 웃

---

* 院體, 송대에 유행하던 화풍. —역주

으며 정권에게 말했다.

"네 행서에서 네 스승의 풍모가 엿보이는구나. 그런데 짐이 분명 내부에 보관할 그림이라고 했는데, 왜 네 독창적인 기술을 사용하지 않았느냐?"

정권은 무슨 뜻인지 모르겠다는 듯 되물었다.

"그게 무엇입니까?"

황제가 웃으며 대답했다.

"한림들이 뭐라고 하더라? 금착도?"

정권은 잠시 놀라 우두커니 있다가 다시 웃음을 머금으며 대답했다.

"폐하 앞에서 부끄럽군요. 그건 문인들이 신을 비웃느라 떠드는 말입니다. 신이 어찌 경박스럽게 그들이 하는 말에 동조하겠습니까? 신이 이 작품에 해서를 사용하지 않은 이유는 시의 정취및 그림의 분위기와 어울리지 않기 때문입니다. 나중에 또다시기회를 주신다면 그때는 숨기지 않겠습니다."

황제는 정권의 겸양에 고개를 가로저으며 웃었다.

"지나친 겸손도 오만이다. 짐이 네 필체를 본 적이 없는 것도아니지 않느냐? 엄밀히 따지자면 네 나이에 그 정도 경지에 오르는 것도 쉬운 일은 아니지. 잘난 척하는 것 같지만, 짐도 필묵에조예가 상당히 깊다. 네 모친 역시 서도에 능통했으니 네가 그 자질을 다 물려받은 게지."

정권은 황제의 흡족해하는 표정을 보며 따라 웃었다.

"누추한 신의 자질이 어찌 폐하와 선황후의 발끝에라도 미칠수 있겠습니까? 자질 덕이라기보다는 살갗이 뱀 허물 벗듯 벗겨질 정도로 양손이 혹사당한 덕일 것입니다. 아직 심원한 경지에도달했다고는 할 수 없으나, 깨달음을 향한 첫 관문을 넘어섰다고는 할 수 있겠지요."

그러자 황제가 인상을 쓰며 의혹에 찬 목소리로 물었다.

"양손이라니?"

정권은 책상에 놓인 그림을 둘둘 말아 정리하며 웃는 얼굴로 대답했다.

"오른손은 붓을 많이 쥐어 살갗이 벗겨지고, 왼손은 스승님께 맞아서 살갗이 벗겨졌습니다. 솔직히 선황제께서 스승님께 하사하신 그 계척 때문에 신의 손바닥이 종잇장처럼 얇아졌습니다."

황제는 크게 웃었다.

"짐이 우스갯소리를 곧이곧대로 믿을 정도로 바보는 아니다."

그러자 정권은 양손을 활짝 펼치며 웃었다.

"신이 어느 안전이라고 우스갯소리를 하겠습니까?"

정권은 지금 자줏빛 관복에 금대를 느슨하게 차고 있었다. 젊은 나이에 조정 대신들의 머리 꼭대기에 선 당당한 풍모였다. 그러나 하얗게 드러난 매끄럽고 새하얀 팔뚝 위로 활짝 펼친 손가락 마디마디는 과연 오랜 세월 마찰을 견디며 생긴 굳은살로 잔뜩 뒤덮여 있었다. 농부의 손이라고 해도 믿을 만큼 거칠고 투박한 그 손은 고귀한 신분에 전혀 걸맞지 않았다. 황제는 그 순간 처음으로 자신의 아들이 측은하게 느껴졌다.

그는 잠시 정권을 지긋이 바라보다가 입을 열었다.

"짐은 차를 마시려던 참인데, 너도 함께 마시자꾸나."

고작 표구된 그림 한 장을 보여주자고 자신을 불렀을 리가 없다는 걸 정권은 알고 있었으므로 순순히 고개를 끄덕였다.

"신이 폐하를 모시겠습니다."

황제는 얼굴 가득 웃음을 머금은 채 왕신에게 지시했다.

"왕 상시, 짐의 다구를 내오게."

변방의 전선에서는 전쟁의 화마가 무섭게 타오르고, 후방의 정국은 확실히 윤곽을 드러내지 않은 이때, 부자간의 정이라고는 눈곱만치도 쌓이지 않은 냉담한 두 부자가 마주 앉아 여유롭게 그림이나 품평하며 마음에도 없는 대화를 나누고 있다. 황제는 웬일로 가식적인 칭찬을 아끼지 않았으며, 태자 역시 평소와는 달리 기꺼이 허리를 굽히고 황제의 입발림하는 소리에 장단을 맞춘다. 아마 천지개벽이 일어난 이래로 처음 펼쳐지는 기이한 장관일 것이다. 왕신은 옆에서 그 역사적인 장면을 내내 지켜보다가, 황제의 지시가 떨어지자 수하 내시들을 지휘하며 배롱, 단차, 맷돌, 차연, 표자, 라합羅슴, 솔, 차선, 잔 받침, 주자, 다건 등의 다구를 하나하나 배열했다. 그중 순금 재질에 용과 봉황 문양이 음각된 방망이, 집게, 맷돌, 숟가락, 탕병은 황제가 오랜 세월 애용해온 다구였다.

다구가 준비되자, 왕신이 허리를 숙이며 물었다.

"어떤 차로 준비할까요?"

"태자에게 물어보세."

황제가 태자를 가리키며 대답하자, 정권은 황제가 평소 즐겨 마시는 차를 떠올리며 왕신에게 물었다.

"용원승설龍園勝雪이 아직 남았는가?"

왕신은 잠시 생각한 뒤 대답했다.

"신이 직접 가서 가져오겠습니다."

다로의 밀기울이 타면서 순간 금빛 불꽃이 반짝였다. 정권은 금색 자물쇠로 잠긴 작은 칠함 안에서 소룡차 덩이를 꺼내 종이 포장을 벗긴 뒤 순금 차연에 넣었다. 황제는 가만히 앉아서 정권이 차 덩이를 빻는 모습을 지켜보다가 고개를 가로저으며 재촉했다.

"더 강하게 빨리 빻아야지."

"네."

정권이 대답하자, 황제가 이어서 말했다.

"오늘 조당에서는 참 바른 말을 했다. 짐도 칙사를 한 명 더 보내 고봉은을 억지로라도 끌어낼 생각이다. 이명안은 문관 출신인데, 짐의 명으로 잠시 험지에서 군량과 공문서 관리를 맡고 있을 뿐이야. 그런 자가 억지로 칼을 쥐고 적진으로 뛰어든다면 대사를 그르칠 것이다. 봉은이 출정하면 부자병*이 전투에 나서는 것이니 그 의미도 남다르다고 할 수 있겠지."

황제가 불시에 다른 주제를 꺼내 들었다. 우아하고 고상한 지금의 분위기와는 도무지 어울리지 않는 이질적인 주제였지만, 아버지인 황제나 아들인 황태자나 기다렸다는 듯 태연했다. 정권이 강녕전으로 들어온 이래 대충 황제의 비위를 맞추며 기다린 것도 바로 이 순간이었다. 물론 이것은 본격적으로 본론으로 들어가기 위한 서두에 불과했다.

"역시 영명하십니다."

정권이 손동작을 멈추고 되는 대로 칭송하자, 황제는 고개를 끄덕이며 말했다.

"결정이 내려진 이상 전세가 급박한 이때에 지체할 수는 없지. 짐은 내일 고봉은과 이명안에게 내릴 칙령을 장주로 급파하려 한다."

정권은 곱게 갈린 차 가루를 라합에 넣고 가볍게 체 치며 또다시 대답했다.

---

* 父子兵, 부자가 힘을 합친 군대보다 나은 게 없다는 말. —역주

"역시 영명하십니다."

황제는 이어서 말했다.

"너도 이 전쟁을 치르기 위해 사오 년을 고심했지 않느냐? 우리 부자도 어떻게 보면 후방에서 힘을 합쳐 싸우는 부자병인 셈이지. 넌 고봉은과 어릴 때부터 함께 자랐으니 사적인 서신을 한 통 써서 짐의 칙령과 함께 보내는 것이 어떻겠느냐? 몸조심하라는 안부나 적어서 말이다. 짐의 딱딱한 명령과 너의 사적인 위로가 함께 전달되면, 봉은도 조정의 위아래가 모두 한마음으로 결단을 내렸다는 걸 알 것이다."

정권은 차연에 남은 찌꺼기 가루를 솔로 묵묵히 청소한 뒤에야 고개를 들고 눈썹을 살짝 치켜올리며 물었다.

"폐하도 아시다시피, 신이 폐하의 명을 따른다면 아무리 폐하의 명이라고는 해도 신은 군정에 관여하게 됩니다. 태자가 군정에 관여하는 건 죽을죄가 아니었습니까?"

그러자 황제는 웃으며 고개를 가로저었다.

"그렇게 말할 것까지는 없지 않느냐?"

정권은 금 탕병을 풍로 위에 얹은 뒤, 의관을 가다듬고 옷사락에 묻은 차 가루를 털어내고서 두 손을 바닥에 공손히 짚으며 엎드렸다.

"신도 국가의 중대사 앞에서 폐하의 명을 감히 거역할 수가 없습니다. 다만 신이 폐하께 고할 말이 있으니 부디 신중히 살펴주시옵소서."

"말해보아라."

황제가 분부하자, 정권은 고개를 높이 들고 말했다.

"정녕 3년부터 4년까지 신은 폐하의 명을 받들어 나라의 재정에 관여했습니다. 덕분에 하도연이 밀려드는 탄핵 상소를 애써 차단해야 했습니다. 하나같이 신의 분수 넘치는 행동을 질책하는 내용이었지요. 태자의 본분은 덕을 함양하는 것이지, 나라의 재정에 끼어드는 것은 아니니까요. 탄핵 내용은 폐하께서 신보다 더 잘 아실 겁니다."

정권은 횃불이 이글이글 타오르는 듯한 뜨거운 눈빛으로 황제를 바라보며 살짝 언성을 높였다.

"폐하, 아버지! 신이 오늘 명을 받든다면 재정뿐 아니라 군정에도 손을 대는 꼴입니다. 훗날 오늘 일이 만천하에 드러나 신이 지탄의 대상이 되면 아버지께서는 신을 지켜주실 것입니까?"

황제는 정권의 얼굴을 빤히 쳐다보다가 피식 웃으며 대답했다.

"몇 년 동안 실무를 경험하더니 배짱이 커졌구나. 다른 건 몰라도 짐 앞에서 말을 빙빙 돌리지 않는 것만 해도 장족의 발전이다. 넌 그동안 사실 과하게 조심스러웠어."

정권이 말했다.

"신의 결례는 나중에 따로 죄를 청하겠습니다. 지금은 제 질문에 답을 주십시오."

황제가 웃으며 말했다.

"문관들이 떠드는 소리는 참으로 성가시지. 그자들에게 욕을 먹는 건 너뿐이 아니다. 짐 또한 너 못지않게 잔소리를 듣고 있어. 욕을 먹기 싫으면 아무것도 안 하면 된다. 허나 그놈들은 가만히 있으면 또 아무것도 안 한다고 욕할 놈들이야. 네가 걱정하는 건 이해한다. 짐도 그래서 방금 전에 그렇게까지 말할 일은 아니라고 했잖느냐? 설령 네가 군정에 간섭한다고 해도 그 군정이 네 아버지의 것이다. 아들이 아버지의 군대에 손을 댄 것뿐인데 죄를 물어도 기껏해야 태형에서 그치겠지. 너도 맞아본 적이 있지 않느냐?"

황제가 농담조로 이야기하니 정권 역시 미소로 화답하며 눈빛을 온화하게 풀었다.

"때리시려거든 좀 살살 때려주십시오. 신도 평범한 사람이라서 세게 맞으면 너무 아픕니다."

순금 탕병에서 물 끓는 소리가 들리자, 정권은 곱게 빻은 차 가루를 황제에게 건넸다. 황제는 팔짱을 낀 채 받지 않고 권했다.

"네가 해보아라."

손님을 청한 사람이 손님에게 의무를 떠맡기니 정권도 별 도리가 없었다. 정권은 요변천목曜變天目 유적잔油滴盞을 골라 천천히 뜨거운 물을 부으며 말했다.

"모처럼 여유롭게 폐하와 마주 앉으니 마침 떠오르는 일이 하나 있습니다. 폐하의 의견을 청해도 되겠습니까?"

황제는 손가락으로 어관*이 새겨진 토호잔을 가리키며 대답했다.

"이걸로 해라. 말해보아라."

정권은 굳이 황제의 뜻을 거스르지 않고 순순히 잔을 바꾸며 말을 이었다.

"일전에 태자비가 신에게 말하기를, 한림학사 장공신에게 니이 찬 셋째 여식이 있는데 재능과 미모를 겸비한 재원이라고 하더이다."

황제가 웃으며 물었다.

"측비를 들이고 싶은 게냐?"

정권 역시 웃으며 부인했다.

"신의 얘기가 아닙니다. 얼마 전 황후 전하께서 태자비에게 오제의 배필이 될 만한 규수를 찾아보라고 특별히 부탁하셨는데,

---

* 그릇 바닥에 새겨진, 황제가 사용하는 물건이라는 표시. ─역주

신이 생각해보니 장공신의 여식이 가문으로 보나 재주로 보나 오제와 잘 어울릴 듯해 말씀드리는 것입니다. 다른 집안에 선수를 빼앗기기 전에 빨리 정혼을 명하시는 게 어떻겠습니까? 오제도 슬슬 혼인해 빨리 속지로 떠나야지요."

황제는 느릿느릿 수염을 매만지며 깊은 생각에 잠겼다가 한나절 만에 중얼거리듯 입을 떼었다.

"네 말대로 그 규수가 재원이라면 좋은 혼처겠지."

정권은 웃으며 대답했다.

"그럼 신이 오제를 대신해 폐하께 감사 인사를 드리겠습니다."

대화를 나누는 사이, 정권은 곱게 체 친 차 가루를 금수저로 떠서 예열된 찻잔에 넣고 뜨거운 물을 부어 차고를 만들었다. 황제 역시 대답 없이 정권의 손놀림을 조용히 지켜보았다. 정권은 왼손에 탕병을 쥐고 건잔 벽에 조심스럽게 뜨거운 물을 흘렸다. 물이 차고에 직접 닿는 것을 피하기 위해서였다. 차선을 쥔 오른손이 서서히 움직이자 건잔에서 서서히 첫 번째 탕화가 일었다. 정권은 이제 차고 주위에 직접 물을 붓고 탕병을 내려놓은 뒤 더욱 힘차게 차선을 휘저었다. 탕화가 다시 선명하게 피어나자 또다시 뜨거운 물을 부어 힘차게 휘젓는데, 황제가 금수저를 들어 느닷없이 정권의 오른 손목을 세게 때렸다. 정권이 깜짝 놀라며 고개를 들자, 황제가 미간을 잔뜩 찌푸린 채 꾸중했다.

"세 번째 저을 때부터는 손목에 힘을 살짝 빼고 균일하게 저어야 한다. 여기서 망치면 거품에 점성이 생기지 않아 네 번째, 다섯 번째, 여섯 번째 저을 때까지 버티지 못해. 이게 투차였다면 너는 지금 바로 패배했을 것이다. 어릴 때 짐이 가르쳐준 걸 벌써 잊었느냐?"

정권은 놀라 한동안 멍하니 입을 다물고 있다가, 새 잔에 새로 차고를 만들어 처음부터 다시 거품을 일으켰다. 일곱 번째 탕화가 피어나자, 정권은 비로소 양손으로 공손히 황제에게 찻잔을 바치며 가볍게 미소를 지었다.

"신이 아둔해 폐하의 가르침을 잊었습니다. 용서해주십시오."

황제는 찻잔을 받아 색을 보고 향을 맡은 뒤 맛을 보았다. 정권이 용서를 구한 것처럼 찻잔에서 잠시 일었던 탕화는 벌써 흩어져 사라지고 없었다. 황제는 찻잔을 가리키며 훈계했다.

"투차 역시 서도와 마찬가지로 하루아침의 노력으로 완성되는 게 아니다. 지금은 전쟁으로 공사가 다망하니 전쟁이 마무리돼 여유가 생기면 짐이 처음부터 다시 가르쳐주마."

정권은 웃으며 말했다.

"신은 이미 장성해 어릴 때만큼 배움이 빠르지 못할 터이니 폐하의 기대만 저버릴 것입니다."

그러자 황제가 콧방귀를 뀌며 말했다.

"그렇게 어려운 일도 아니다. 노세유의 계척을 다시 가져다가 손바닥이 벗겨지도록 때리며 가르치다 보면 절로 경지에 오르지 않겠느냐?"

정권 역시 웃으며 사양했다.

"벌써 오랜 세월이 흘렀는데 설마 그 계척이 아직도 남아 있겠습니까? 좋은 말은 채찍의 그림자만 봐도 움직인다고 하니, 신도 맞았던 기억을 떠올리면 감히 게으름을 피우지 못할 것입니다."

대화를 나누는 사이 밤이 깊었다. 황제는 살짝 피곤한 기색을 드러내며 말했다.

"짐은 쉬어야겠다. 넌 어서 가서 할 일을 마쳐야지. 어서 가봐. 남은 차 덩이는 네게 주마. 왕 상시, 태자를 배웅하게."

정권이 감사 인사를 하자, 왕신은 한 귀퉁이가 사라진 차 덩이를 주워 들고 정권을 전각 밖까지 배웅했다. 밖으로 나온 정권은 웃으며 한탄했다.

"참으로 값비싼 차 한 잔이었네."

왕신은 차 덩이를 쓱 내려다보고는 대답했다.

"전하께서 잊으신 모양인데, 건주에서 공물로 바친 최상품 차는 용원승설이 아닙니다. 용원승설 위에 용배龍焙*가 있습죠. 다만 작년 봄에 상으로 하사하거나 다 마시는 바람에 하나도 남지 않았어요. 남은 것 중에서는 이놈이 최고이기는 합니다."

왕신은 차 덩이를 정권에게 건네며 말을 이었다.

"전하도 장성하시더니 제법 진중해지셨습니다. 폐하께서도 예전에는 전하를 아이 다루듯 하시더니, 이제는 꽤 정중하게 대하시네요. 이제야 좀 정상적인 부자의 모습 같습니다."

그러자 정권이 웃을 듯 말 듯한 묘한 표정으로 대꾸했다.

"할아버지, 요즘 내가 거느린 측비 한 명도 전보다 나를 정중하게 대하는 거 알아?"

"그건 또 무슨 말씀입니까?"

정권이 갑자기 엉뚱한 이야기를 꺼내자, 왕신은 이해할 수 없다는 듯 되물었다. 정권은 여전히 입가에 웃음기를 머금고 있었다.

"차라리 예전처럼 나를 애처럼 패고 욕하셨으면 좋겠네. 이런 대우는 영 부담스러워. 귀한 차 한 모금에 장주의 반이 날아가 버렸어."

다음 날 아침이 밝자, 황자의 세 번째 칙령이 장주로 향했다. 황태자가 개인적으로 쓴 서신도 함께였다. 금착도로 쓰인 서신의 첫머리에는 황태자의 공식 인장이, 끝머리에는 두 글자가 음각으

---

* 송대에 황궁에 바치던 최상품 차의 이름.

로 새겨진 개인 인장이 찍혔다.

'민성民成'

그것은 황태자 소정권이 좀처럼 사용하지 않는 사적인 인장이
었다.

제
61
장

비단에 싸인 사람

정월 20일을 전후로 국정에 큰 변화가 두 차례나 연이어 일어
났다. 모두 황제가 상의 없이 독단적으로 내린 조치였다. 첫째, 황
제의 세 번째 칙서가 장주에 도착하자 진수부사鎭守副使 고봉
은 군대를 정비한 뒤 3만 명의 지원군을 이끌고 전선으로 향했다.
둘째, 형부상서로 좌천됐던 두형이 중서령으로 임명되었다. 공석
이 된 형부상서 자리는 잠시 대리시경이 겸직하기로 했고, 이부
상서 주연은 여전히 같은 직위에 머물렀다. 혹자는 이 일을 두고
장수가 떠나니 재상이 들어온다는 말장난을 치기도 했다.

고봉은이 갑자기 출병한 것은 잠시 제쳐두고, 조정 관리들은
두형이 중서령에 오른 것을 도무지 이해할 수가 없었다. 두형은
누가 봐도 명백한 황태자의 측근이었기 때문이다. 두형은 수년
전 장육정과 함께 이백주의 옥사를 이끌었고, 이듬해에 일어난
광천군 사건 때도 장육정 무리와 함께 조사를 받았다. 물론 국문
을 당하는 내내 한결같이 혐의를 부인했고, 뒤에 광천군과 장육
정이 모의해 날조한 사건임이 드러났지만, 혐의가 씌워진 것 자

체는 그의 이력에서 지울 수 없는 오점이었다. 혼탁한 물결에 휩쓸렸던 그가 알아서 사직을 청해도 모자랄 판에 기어이 조정에 남아 재상 자리에까지 올랐으니, 깨끗한 체하기 좋아하는 나라의 선비들은 자연히 이를 아니꼽게 여겼다. 부끄러움을 모른다고 멸시를 당하면 어떻고 비웃음을 당하면 또 어떻겠는가. 세상 풍조가 혼란스러운 지금은 그런 사소한 문제를 논할 때가 아니리라. 그보다 중요한 것은 황제가 태자의 친신을 권력의 균형점에 올려놓은 이유였다. 태자를 여러 해 동안 미묘하게 견제하던 황제가 그런 결정을 내렸다면, 필시 그 안에는 헤아릴 수 없는 내막이 있지 않을까?

더 이해할 수 없는 건 당사자의 태도였다. 황제의 칙령이 내려오자, 모든 대신들이 그에게 공수를 하며 축하 인사를 건넸다. 그중 언어유희에 능통한 한 동료는 '노승이 푸른 비단에 싸 주기로 한 시는 있소?*'라며 웃으며 농을 건넸는데, 두형은 대꾸도 하지 않고 씩씩거리며 그대로 자리를 떠나버렸다. 자연히 자리에 남은 사람들은 갈피를 잡을 수 없었다.

조왕 정해와 조왕부의 내시 총령 장화 역시 비슷한 관점으로 의심스럽게 현재 상황을 바라봤다. 중춘仲春**이 가까워오자, 버드나무에 걸쳐진 새로운 달이 서서히 피기 시작한 꽃 위에 은은하고 엷은 빛을 뿌렸다. 아직 아침저녁으로 기온이 쌀쌀해 바깥을 돌아다니기에 좋은 날씨는 아니었다. 정해는 저녁 바람을 맞으며 천천히 후원을 산책했다. 장화도 어쩔 수 없이 그를 따라 걷

---

* 당나라 때 왕파王播는 젊은 시절 가난해 목란원木蘭院이라는 절에서 중들의 눈치를 보며 밥을 얻어먹었다. 먼 훗날 고관이 되어 목란원을 다시 찾으니 중들이 그가 당시에 남긴 시를 푸른 비단에 싸서 보관하고 있었다. —역주
** 음력 2월. —역주

다가 얼마 못 가 발을 동동 구르며 언 손을 비벼댔다.

정해는 새잎이 돋은 버드나무 가지를 꺾어 그의 손등을 후려 치며 낮게 깔린 목소리로 꾸짖었다.

"나이가 몇인데 촐싹거려?"

장화는 헤헤 웃으며 잠시 점잖은 체하다가 말했다.

"그래서 그 사람들은 다 그렇게 말하더라고요."

정해가 차갑게 웃으며 대꾸했다.

"그들이 뭐라고? 그들 중에 3품 이상의 관리가 있느냐? 성부에 서 군정, 민정, 재정을 맡은 자가 있느냔 말이다."

장화는 미처 몰랐던 걸 깨달았다는 듯 멍하니 있다가 고개를 휘휘 젓더니 대답했다.

"정말 그렇군요. 요직은 드문데 도리어 말은 많아요."

정해가 말했다.

"당연히 그럴 수밖에. 원래 말로만 떠드는 게 그들의 일이다. 게다가 실무라고는 모르는 샌님들이라 실제로 정국이 어떻게 흘 러가고 있는지에 관해서는 감도 없지. 너도 폐하가 전쟁을 위해 태자의 손을 들어줬다고 생각해? 너도 태자의 길이 이제야 열리 기 시작했다고 여기느냐? 폐하가 태자의 손을 들고 회심의 미소 를 지으시는 사이, 태자는 안으로나 밖으로나 빠져나갈 구멍이 모두 사라졌어."

장화는 말했다.

"그렇다면 두형과 태자의 관계는 어찌 설명해야 합니까? 신의 머리로는 도무지 이해가 가지 않으니 가르침을 주십시오."

석양 아래서 봄날의 새소리가 장화의 말에 동조하듯 쩍쩍 울 리는 순간, 정해가 천천히 걸음을 멈추더니 미간을 잔뜩 찌푸리 고 대답했다.

"작년 경찰이 끝난 뒤 내가 뭐라 했느냐? 이백주가 숙청되고 하도연이 그 자리를 대체한 5년 동안 폐하는 서서히 삼성의 힘을 무력화시키셨어. 지금의 육부는 오로지 폐하의 직접 명령을 통해서만 행정을 운영하지. 삼성은 이름만 남아서 연락을 담당하는 역할만 겨우 할 뿐이야. 육부 중에서도 예부는 있으나 마나고, 호부와 공부는 실속 없이 잡다한 사무만 많지. 굵직한 정무를 보는 곳은 나머지 세 곳이야. 이부는 인사를 담당하고, 추부는 군사권을 손에 쥐고 있지. 육부 중에서 유일하게 친태자 성향을 띤 부서가 형법을 관장하는 형부야. 이번 인사이동으로 두형은 이름뿐인 직책을 얻는 대가로 실권을 잃었어. 지금은 비단에 싸인 사람이라느니 하면서 칭송을 받지만, 이제 곧 화려한 새장 속에 갇힌 새로 전락할 거야."

장화도 머리가 느린 편은 아니었으므로 정해의 설명을 듣자마자 상황을 파악하고는 물었다.

"그러니까 폐하가 중요한 업무와 잡다한 업무를 모두 장악하신 거로군요. 폐하도 정말 대단하십니다. 한 달도 안 돼 태자의 병권과 조정에서의 실권을 모두 박탈하다니요. 상수가 떠나니 재상이 들어온다고 할 게 아니라 목을 움켜쥐고 등을 친다고 해야 맞겠네요.* 태자가 과연 일이 이렇게 될 줄 몰랐을까요? 대체 왜 순순히 폐하의 뜻을 따랐을까요?"

정해가 탄식하며 말했다.

"태자 형님의 생각은 대충 짐작이 간다. 가장 든든한 버팀목인 외숙이 곤경에 처했으니 손 놓고 구경만 할 수는 없었겠지. 더군다나 장장 5년간 먹고 자는 것도 잊어가며 준비한 전쟁이 아니냐.

---

* 액항부배扼亢拊背. 적의 급소를 쳐서 제압하는 것을 의미한다.

넌 그 수고를 직접 경험해본 적이 없으니 성공을 코앞에 두고 위기에 빠진 그 절박함을 당연히 이해할 수 없겠지. 그보다 더 중요한 사실은 역시 태자와 나의 왕도가 다르다는 거야. 이번에도 어김없이 느꼈다."

장화는 말했다.

"전하의 말대로 태자의 안팎이 모두 막혔으니 자리가 위태롭겠군요?"

정해는 고개를 천천히 저으며 대답했다.

"내가 전에 뭐라고 했어? 정세가 안정적이면 태자의 지위도 안정적이라고 했잖아. 지금이 혼란스러운 정국인가? 지금 폐하는 별 힘도 들이지 않고 군권 전부를 회수하셨어. 이런 상황에서 폐하가 태자를 폐위할 이유가 대체 뭐가 있느냐? 설마 폐하께서 태자보다 날 더 아끼신다고 생각하는 거야?"

정해는 고개를 돌린 뒤 차가운 미소를 지으며 말을 이었다.

"태자가 군을 내주고 두형을 재상에 앉혔다고? 어찌 그리 머리가 둔하게 도는지! 태자는 똑똑한 위인이니 분명 폐하께 무언가 조건을 제시했을 것이다. 허나 두형이 조건일 리는 없어. 태자는 과연 무엇을 요구했을까? 우리가 앞으로 지켜봐야 할 게 바로 그거야."

장화는 그를 따라 걷다가 손바닥에서 식은땀이 살짝 배어 나오는 것을 느끼며 조심스럽게 물었다.

"앞으로의 계획은 무엇입니까?"

정해는 느긋하게 거닐며 웃는 얼굴로 대답했다.

"폐하와 태자는 군이니 필히 도를 지켜야 하지만, 우리는 아니지. 우리는 술수를 쓰면 된다."

장화가 말했다.

"이렇게 말하면 전하께 꾸중을 들을 듯싶네요. 태자가 지난 몇 년간 잡무를 도맡았다고는 하지만 모두 실무와 직결된 공무였습니다. 폐하께서 태자를 옭아매려고 던지신 일 더미 속에서 태자는 실권을 장악할 인맥을 얻었어요. 그러나 전하가 현재 교류하고 있는 광천군의 사람들은 모두 어사대의 글쟁이와 한림입니다. 고작 언관이나 말직 문관들로 저들과의 싸움에서 이길 수 있을까요?"

그러자 정해가 웃으며 대답했다.

"너도 머리 돌아가는 게 어지간히 둔하구나. 저녁에 돌아가서 곰곰이 되새겨 보아라. 말은 아 해 다르고 어 해 다른 법이지. 네 말은 틀리지 않았다만, '태자의 측근은 실무 경험이 많은 실용주의자들이고, 전하의 측근은 도덕군자 같은 문신들입니다'라고 말했으면 내가 훨씬 좋아했을 것이다. 실용을 추구하는 사람들은 으레 도덕군자들에게 미움을 사기 마련이지. 폐하의 명이었다고는 해도, 아무리 실수가 없다고 해도, 태자의 몸으로 공무에 관여했다는 그 사실 하나만으로도 도덕군자들의 화를 돋우기에 부족함이 없어. 게다가 하루, 한 달 잠시 맡은 것도 아니고 무려 5년이야. 물론 이해하는 사람도 있겠지만 이해 못 하는 사람, 이해하고 싶지 않은 사람, 모르는 척하는 사람이 훨씬 많을 것이다."

저물어가는 봄의 정원은 붉은 석양에 가득 물들었다. 연못의 잔잔한 물결은 금가루가 부서지듯 반짝였다. 겨울과 봄의 경계에 선 정원을 온통 장악한 건 진흙으로 범벅되어 물에 빠진 버들개지였다. 정해는 여유로운 걸음을 멈추고 혼잣말을 하듯 중얼거렸다.

"하지만 역사는 바로 이들의 손으로 기록되지. 폐하의 어심이 결국 어느 쪽으로 기울 것 같으냐?"

다급한 발소리가 두 사람의 대화를 방해했다. 장화는 고개를 돌려 왕부의 젊은 내시인 것을 확인하고 호되게 꾸짖었다.

"여기가 어디라고 네가 함부로 발을 들여?"

내시는 겁을 잔뜩 집어먹은 채 대답했다.

"규율을 어기려던 게 아니라 중궁전에서 보낸 사람이 왔습니다. 전하께 급히 알릴 일이 있다고요."

황후의 전갈이라고 하니 장화도 감히 지체할 수 없었다. 장화는 정해가 좀처럼 지시가 없자, 더는 기다리지 못하고 내시를 독촉했다.

"어서 말해."

내시가 말했다.

"폐하가 전하의 혼인을 명하셨다고 합니다. 신부는 장공신 학사의 여식인데, 오늘 예부에서 논의한 뒤 벌써 결정을 내렸다고 해요. 혼례일이 2월 12일이니 납채와 통성명, 납길, 예물 교환, 신부의 집안에 허락을 청하는 일까지 모두 빠른 시일 안에 황급히 처리해야 한다고 하셨습니다."

장화는 갑작스러운 소식에 어안이 벙벙해져서 되물었다.

"아직 1년이나 남았는데 뭘 그리 급하게 처리해?"

내시가 대답도 하기 전에 정해가 입가에 살짝 미소를 머금은 채 끼어들었다.

"넌 내년으로 알아들었지만, 저 아이의 말이 뜻하는 건 올해거든. 넌 그만 가서 황후 전하의 사람에게 일러라. 알았으니 내일 입궁해 황후마마께 문안을 드리겠다고."

장화는 내시의 모습이 멀어지자 정해를 바라보며 물었다.

"태자의 조건이 바로 이것입니까?"

"못난 놈."

정해가 웃는 얼굴로 땀에 젖은 장화의 손바닥을 어루만지며 고개를 흔들자, 격분한 장화는 정해의 손을 뿌리쳤다.

"전하가 방금 전에 말씀하셨지 않습니까? 일을 힘겹게 도모한 사람은 성공을 목전에 두고 실패하는 걸 가장 두려워한다면서요? 전하께서 힘겹게 도모하신 일이 아닙니까? 신이 들인 공은 또 어떻고요? 그간의 노력이 이 같잖은 이유로 무너진다고요?"

장화가 강하게 따지자, 정해는 그의 얼굴을 보며 크게 소리 내어 웃더니 말했다.

"네 눈엔 이게 같잖은 이유로 보이느냐? 크게 착각하고 있구나. 폐하나 태자의 눈은 말할 것도 없고, 온 세상 사람들의 눈에 이보다 더 떳떳한 구실은 없다. 내가 태자였더라도 군정을 범하거나 인사를 건드리거나 폐하의 노여움을 사는 대신 가장 쉬운 이 방법을 택했을 거야. 왜인 줄 아느냐? 내가 종실이기 때문이다. 내 나라의 가법이 이러하기 때문이라고! 공평한 걸 원하느냐? 이 세상이 공평할 때가 있기는 하고?"

비통하게 웃는 그의 두 눈에서 반짝이며 흘러내리는 눈물방울이 눈가의 오래된 흉터와 만나 세 줄기의 기묘한 빛을 내뿜었다. 장화는 어릴 때부터 정해와 함께 살았지만, 정해가 이도록 낙담한 모습을 보기는 처음이었다. 그는 한동안 말문이 막혀 격려의 말도 위로의 말도 건넬 수가 없었다.

장화가 어찌할 바를 몰라 손발을 동동 구르는 사이, 정해는 어느새 침착한 얼굴로 돌아와 눈물을 훔쳤다. 신하 앞에서 눈물을 보였다고 민망해하거나 신경 쓰는 기색은 전혀 없었다.

"전하?"

장화가 조심스럽게 정해를 부르자, 정해는 온화한 목소리로 대답했다.

"조금만 더 함께 걷자. 오늘이 지나면 다시는 이런 여유를 즐기지 못할 거야."

장화는 대답을 한 뒤 다시 정해 뒤를 따랐다. 정해의 말은 멈출 줄을 모르고 이어졌다.

"폐하는 모든 걸 다 손에 넣으시고는 내 쓸모가 다하자 헌신짝처럼 내팽개치셨어. 네가 분개한 것도 그래서냐?"

장화는 대답했다.

"제 주제에 감히 폐하를 원망할 수는 없지요."

정해가 고개를 끄덕이며 말했다.

"네 말이 맞다. 원망할 필요도 원망할 수도 없어. 내가 그간 경성에 머문 것도, 이제서 쫓겨나는 것도, 두형이 태자에게 줄을 섰다가 자리를 옮긴 것도 다 폐하의 제왕술帝王術에 불과하거든. 하지만 차분히 마음을 가라앉히고 생각해보니, 나라는 패를 움직이실 때는 빈틈없이 완벽하시면서 태자에게는 그렇지가 않아. 아무래도 태자에게 쓸 수 있는 수가 거의 바닥난 모양이다."

장화는 정해의 혼사에 마음을 쓰느라 정해의 말을 흘려듣다가 성의 없는 말투로 장단을 맞췄다.

"상세히 설명해주십시오."

정해는 장화를 힐끔 쳐다본 뒤, 제대로 듣고 있지 않다는 사실을 알면서도 설명을 계속했다.

"폐하는 오래 쌓인 해악을 하루아침에 모두 털어버릴 기회를 맞이하시는 바람에 일을 더욱 그르치시고 말았어. 두형을 중서령으로 옮김으로써 폐하의 제왕술은 궁극의 경지에 달했지만, 딱한 가지 도道를 빠트리셨지. 그게 무엇인지 알겠느냐? 바로 인정이야. 폐하는 사적으로는 태자의 부친이다. 자신의 아들에게 일말의 정이라도 느끼는 게 당연하겠지. 군신 사이로 보아도 태자같은 신하는 꽤 유능한 중신이라고 볼 수 있다. 한 나라의 황제로

서 이 같은 중신을 어찌 가혹하게 몰아세우겠느냐? 주제넘지만, 내가 만약 폐하라면 빠져나갈 길을 남겨뒀을 거야. 주연을 그 자리에 그대로 놔두더라도 절대 두형을 옮기지는 않았겠지. 지렁이도 밟으면 꿈틀하는 법인데, 하물며 20여 년의 관록이 쌓인 태자는 어떻겠어?"

장화는 드디어 이야기에 집중하며 크게 놀랐다.

"방금 전에는 폐하가 태자를 폐할 필요는 없다고……."

정해는 갑자기 걸음을 멈추고는 의미심장한 어조로 말했다.

"폐하의 입장에서는 그렇지. 하지만 과연 태자가 그 사실을 알까? 너도 전에 묻었지 않느냐? 광천군 형님이 모르는 걸 태자는 이해하겠느냐고. 태자는 모른다. 내가 내 목숨을 걸고 장담하지. 태자가 진정으로 기대야 할 산은 고사림이 아니라 폐하이신데, 태자는 그걸 깨닫지 못했어. 고사림을 잃는 건 사실 태자에게는 큰 타격이 아니야. 태자는 폐하를 잃었을 때에야 비로소 헤어 나올 수 없는 사지에 몰릴 것이다."

장화가 주저하며 대답했다.

"태자가 이토록 명석한데 어씨 그리 장담을 하십니까?"

정해는 피식 웃으며 대답했다.

"틀어진 사이를 바로잡기에는 너무 멀리 왔거든."

두 사람이 말없이 서로를 마주 보는 사이, 서쪽에서는 어느덧 해가 저물었다. 오랜 침묵이 흐른 뒤, 정해가 정적을 깨며 느닷없이 물었다.

"장 학사의 딸은 어떻게 생겼을까?"

장화는 뜬금없는 질문에 고개를 갸우뚱하며 대답했다.

"신도 잘 모르겠습니다만, 장 학사를 본 적이 있는데 인물이 수려하고 명석해 보였습니다. 그러니 그 딸도 틀림없이 미인이겠지요."

정해가 탄식하듯 대꾸했다.

"장 학사의 어린 딸이 무슨 죄가 있다고 내 목숨을 건 도박에 휘말리게 됐을까?"

장화가 놀라며 되물었다.

"도박이라니요?"

정해는 오래도록 석양의 붉은빛을 지켜보다가, 마지막 한 줄기 빛마저 가라앉자 차갑게 웃으며 대답했다.

"내가 패하면 그녀는 역도의 아내가 돼 부모의 수치가 될 테고, 내가 이기면 당당히 중궁에 들어 여인들의 우두머리가 되겠지."

그 말에 장화는 땅바닥에 바짝 꿇어 엎드리며 말했다.

"신도 목숨을 걸고 전하를 돕겠습니다. 사태가 급박하니 어서 신에게 지시를 내려주십시오."

이른 봄의 요원한 밤빛 속에 두 사람의 그림자가 비쳤다. 한 사람은 선 채로, 한 사람은 엎드린 채였다. 으슬으슬 추위를 머금은 바람이 정해의 새하얀 도포를 흔들자 방금 풀을 먹인 빳빳한 비단 자락의 얼음 같은 냉기가 장화의 뺨을 스쳤다. 밤의 장막이 드리워진 정원에서 정해의 목소리는 지금 이 저녁 바람처럼 차분하고 냉담했다.

"지금 당장은 상황이 안 좋아 보이지만, 어쩌면 절호의 기회일 수도 있다. 우리에게 남은 기한은 단 20일뿐이야. 사람을 움직여도 군사를 움직여도 그를 흔들기는 역부족이지. 하지만 유사 이래로 그 어떤 태자도 범할 수 없는 금기가 하나 있다."

정해는 부드러운 버들가지로 장화의 어깨를 살짝 건드리며 말을 이었다.

"아들이 아버지의 군대를 건드린다고 큰 죄는 아니야. 기껏해야 곤장이나 맞겠지. 하지만 아들이 아버지의 군대를 동원해 아버지를 시해하려고 한다면? 그건 모가지가 떨어질 대역죄다."

장화는 정해의 표정을 확인할 수는 없었으나, 순간 싸늘한 한기가 전신을 엄습하는 것을 느끼며 몸서리를 쳤다.

"하지만 태자를 모함하면……."

장화가 조심스럽게 말하자, 정해는 냉기가 가득한 미소를 머금으며 말했다.

"이게 과연 모함일까? 이미 5년 전에 거센 비바람이 한차례 강하게 몰아쳤어. 5년 뒤인 지금도 보이지 않는 깊은 곳에서 세찬 물결이 용솟음치고 있어서 코앞의 시국도 예측할 수가 없지. 고사림의 오랜 수하들은 경위京衛에 광범위하게 퍼져 있다. 과연 고사림이 단 한 번도 역심을 품은 적이 없을까? 첩부의 그 끄나풀의 역할이 뭘 거 같으냐? 자만심이 하늘을 찌르는 태자가 설마 자문이라도 구하려고 그깟 하급 문관을 곁에 둘까? 태자에게 필요한 건 책사가 아니라 내부와 외부를 연결할 밀정이야."

장화는 결연한 표정으로 잠자코 정해의 이야기를 들었다. 마치 정해의 목소리가 손이 닿지 않는 지 멀리에서 아득하게 울리는 듯 느껴졌다.

"이렇게 중요한 시국에 혼례를 올리고 경성을 떠날 수는 없어. 큰형님이 남긴 사람들 중에는 장육정처럼 목숨 걸고 내 편에 설 사람이 없다. 내가 경성에 남아 있는 한 내 편에 설 테지만, 내가 경성을 떠나는 즉시 내 곁을 떠날 거야."

정해는 다짐하듯 같은 말을 반복했다.

"그래서 난 떠날 수 없다."

어느새 깊어진 밤하늘은 별도 달도 없이 새까맣기만 했고, 정해의 어조는 전과 다름없이 냉정하고 침착했다. 그래서 장화는

알아차리지 못했다. 조왕 정해가 짙은 어둠 속에서 밤바람을 맞
으며 흘리는 소리 없는 눈물을.

제
62
장

어렵게 찾아온 기회

예부 관원의 말에 의하면 2월을 조왕 정해의 혼례일로 택한 이유는, 2월은 천지만물의 음양의 조화가 무르익어 남녀가 결합하기 좋은 최적의 시기*이기 때문이었다. 나라의 가법에 의하면 혼례일이 정해진 친왕은 20일 안으로 납채와 통성명 등의 절차를 마무리해야 한다. 상황이 이렇게 되자, 예부시랑인 부광시는 태자의 말대로 눈코 뜰 새 없이 바빠졌다. 때가 때인지라 재징이 바짝 줄어든 상황에서 공식적인 예식 외에 사복賜服, 연회, 예물 마련, 신제新制 등을 치러야 했지만, 호부와 태자의 관계가 긴밀해 입씨름 하나 없이 순조롭게 친왕의 예식에 쓸 예산을 타낼 수 있었다. 모든 절차가 신속하고 순탄하게 착착 진행되자, 그는 바쁘게 뛰어다니면서도 묘한 쾌감을 느꼈다.

2월 초하루 중화절中和節을 맞아 황제와 신하들은 홑겹 비단옷으로 갈아입었다. 황제는 초이틀이 되자 오랜 관습에 따라 도채

---

* 『주역周禮·지관地官』을 인용.

연도宴*을 베풀었다. 최근 몇 년간 나라의 사정이 여의치 않아 생략하거나 약식으로 해오다가, 올해는 특별히 제대로 열리는 도채연이었다. 곧 혼례를 치르고 경성을 떠날 조왕을 위해서 황제가 마지막으로 온 가족이 모일 자리를 마련한 것이었다. 그래서 연회에는 평소보다 훨씬 많은 정성이 들어갔으며, 후궁과 태자의 측비, 공주와 부마, 고위 내신까지 모두 한자리에 모여 모처럼 화기애애한 분위기가 연출되었다.

내원**에는 상추와 겨자 등 채소를 심은 빨간색과 파란색의 작은 화분들이 일찌감치 준비되었다. 화분에는 채소의 이름을 적은 작은 비단 띠를 빨간 실로 묶어 달았다. 2월 2일 당일에 황제와 종친들이 내원에 도착했을 때는 모든 게 완벽하게 진열되어 있었다.

그날은 봄의 기운이 가득했다. 중춘인 것을 감안해도 상당히 좋은 날씨에 속했다. 쾌청한 하늘 위로는 구름이 고요히 흘렀고, 그 아래에서는 해당화와 복숭아, 오얏, 벚나무가 흐드러지게 꽃을 피웠으며, 바람에 느긋하게 흔들리는 꽃가지 사이로는 나비가 나긋나긋 춤을 추듯 나풀거렸다. 비단에 수놓은 듯 아름다운 꽃으로 가득 덮인 내원에 가장 일찍 도착한 사람은 장사군왕 소정량이었다. 그는 잠시 나무 아래서 기다렸다. 지분처럼 짙은 꽃 내음이 바람결에 물씬 실려올 때마다 얇은 천으로 얼굴을 덮은 듯 숨이 막혔다. 나무에서 떨어진 붉은색, 분홍색, 하얀색 꽃잎이 눈처럼, 비처럼 바람에 실려 소용돌이치다가 이윽고 선명한 꿈처럼 흩어졌다. 정량은 이러다가 나무에 맺힌 꽃이 한꺼번에 모두 져버리지는 않을까 잠시 염려했으나, 내원의 장관을 이룬 꽃 바다

---

* 『무림구사武林舊事』에 기록된 관습으로 작품의 진행을 위해 살짝 각색했다.
** 황궁의 정원. —역주

에 비하면 그것은 가느다란 시냇물에 불과했다.

이어서 조왕이 도착했다. 정해는 인사를 마친 뒤 정량의 관에 쌓인 꽃잎을 무심하게 털었다. 정량은 정해와의 사이가 정권만큼 가깝지는 않았으나, 특별한 경사를 앞둔 만큼 평소와 달리 고개를 기우뚱하며 물었다.

"형님, 정말 떠나십니까?"

"그래."

정해가 미소 띤 얼굴로 고개를 끄덕이며 대답하자, 정량은 잠시 생각하다가 말했다. 딴에는 위로를 한다고 한 말이었다.

"너무 슬퍼하지 말아요. 언젠가는 저도 형님처럼 떠날 거거든요. 신부가 생기면요."

"그래? 그렇다면 넌 어떤 여자를 신부로 맞이하고 싶으냐?"

정해가 몹시 우스워하며 질문하는 순간, 정량은 꽃잎이 가득 내려앉은 듯 얼굴 가득 새빨간 홍조를 피우며 대답을 하지 못했다.

이어서 황제의 후궁과 장공주, 부마들이 속속들이 도착했다. 그들 중 누구는 사이가 가깝거나 친밀했고, 누구는 사이가 소원해 특별한 일이 없으면 얽힐 일이 없었다. 황제와 황후가 아직 도착하지 않았으므로 사람들은 저마다 뿔뿔이 흩어져서 경치를 구경하며 한담을 나눴다. 정량은 나이는 물론 항렬도 가장 아래여서 눈에 보이는 사람마다 예를 갖추느라 진땀을 흘렸다. 정해가 그런 정량의 모습을 지켜보다가 또 놀렸다.

"넌 왜 일찍 왔어? 설마 기다리는 사람이라도 있느냐?"

정량은 바쁘게 돌아다니느라 땀에 젖어 상기된 얼굴을 한차례 더 빨갛게 붉히며 고개를 획 돌리더니, 속마음을 들키기라도 한 듯 정해의 말을 무시했다.

그다음으로는 황태자가 태자비, 황손을 거느리고 도착했다. 황손은 정량을 발견하자마자 곁에 부친이 있는데도 아랑곳하지 않고 불만스럽게 따졌다.

"육 숙부, 왜 나 안 기다리고 먼저 갔어요?"

정해와 정량이 태자 및 태자비에게 예를 갖춘 뒤, 태자비가 두 사람에게 웃으며 말했다.

"태자 전하의 측비 조씨, 고씨와는 오늘 처음이죠? 어서 인사 나누세요."

그러자 옆에서 정권이 웃으며 끼어들었다.

"오제는 고 재인과 만난 적이 있지? 서부에서 한 번 마주친 적이 있을 텐데? 기억하려나 몰라?"

정량은 황손이 도포 자락을 잡아당기든 말든 그 자리에 멍하니 서 있었다. 황손은 정량이 꿈쩍도 하지 않자, 마침내 정량의 팔에 대롱대롱 매달렸다.

"숙부, 나비 잡아준다고 약속했잖아요."

정량은 황손의 성화에 떠밀려 어쩔 수 없이 태자비에게 고했다.

"신은 물러가겠습니다."

태자비는 궁인에게 따라가라고 지시하며 정량에게 부탁했다.

"황손이 어젯밤부터 기침을 하니 적당히 놀아야 해요."

드디어 황제와 황후가 마지막으로 도착했다. 황제는 자리에 모인 사람들이 일제히 예를 갖추는 것을 보고는 얼굴 가득 웃음을 머금은 채 당부했다.

"이건 외부인 없이 가족끼리 모인 가족 연회가 아닌가? 짐의 말은 길일에 한 가족이 한자리에 모였으니 자유롭게 먹고 마시며 즐기라는 뜻이다. 오늘은 격식 같은 건 저만치 벗어던져 버려라."

황후도 옆에서 웃으며 거들었다.

"그렇게 말씀하셔도 듣지 않을 테니 내기를 하는 건 어때요? 폐하는 남자들을 감시하고, 신첩은 여인들을 감시해서 누구든 분위기를 딱딱하게 만드는 사람이 발견되면 벌주 세 잔을 내립시다."

황제가 웃으며 찬성했다.

"그것 참 좋은 벌칙이오."

황제와 황후가 분위기를 조성하니 종친들도 항렬을 따지지 않고 자유롭게 연회석에 앉았다. 상에는 봄에 새로 진상된 차와 술이 가득했고, 중춘을 맞아 새롭게 입은 사람들의 홑겹 비단옷이 채색 구름처럼 알록달록했다. 하늘하늘한 비단 장막 아래서 소매를 걷고 차와 술을 나누는 가운데, 웃음소리와 말소리가 바람에 흔들리는 장신구 소리에 섞여 멈추지 않고 이어졌다. 황제가 그 광경을 바라보며 황후에게 웃으며 말을 건넸다.

"보시오. 한 폭의 그림 같지 않소? 다섯째에게 오늘 풍경을 그림으로 남기라고 부탁해야겠구려."

황후가 웃으며 대답했다.

"요즘 해아가 바빠서 시간이 없을 텐데요."

노채연은 음식보나는 흥겨운 분위기가 중요하다. 분위기를 돋우기에는 놀이만큼 좋은 것이 없을 것이다. 황제는 때가 됐음을 확인하고 내신과 궁인에게 지시를 내렸다. 이어서 상으로 내릴 진주, 옥잔, 금기, 용연, 부채 등의 진귀한 물품과 벌을 내릴 때 쓸 찬물과 생강 등이 차례대로 진열되자, 황후를 시작으로 태자, 장공주, 비빈, 황자들이 순서대로 채소가 심어진 화분을 하나씩 골랐다. 이는 민간에서 백성이 채소를 따서 맛보는 풍속을 대체한 것이었다. 연회에 참석한 사람이면 누구나 고를 수 있고, 나중에 상도 받을 수 있어서 분위기를 띄우기에는 제격이다. 그다음에 각자 고른 화분의 이름을 댄 뒤 화분에 달린 비단 띠를 열어 확인하는데, 이름을 맞힌 사람은 상을 받지만, 틀린 사람은 벌칙을 수행해야 한다. 춤, 노래, 불경 암송, 찬물 마시기, 생강 먹기 같은 벌칙을 받은 뒤 자신이 고른 채소와 관련된 시를 낭송하는데, 도채연의 가장 큰 재미도 바로 이 벌칙에 있었다.

순서상 먼저 시작해야 할 사람은 태자였다. 태자는 자신 앞에 놓인 붉은색 화분을 가만히 쳐다보았다. 부드러운 연두색 줄기에 큰 잎사귀를 가진 식물에는 보드라운 솜털이 돋아 있었다.

"시금치."

아무리 봐도 모르겠어서 정권은 아무 이름이나 내뱉은 뒤 바로 아보의 눈치를 살폈다. 과연 아보는 틀렸다는 듯 입을 삐죽였다. 정답 확인을 맡은 내신이 옆에서 비단 띠를 열어 보이며 말했다.

"전하, 이것은 아욱입니다. 삶으면 아주 부드러워지지요. 전하께서 평소에 즐겨 드시는 바로 그 반찬입니다."

한바탕 즐거운 웃음소리가 연회석을 가득 울렸다. 황제는 웃음소리가 가라앉은 뒤 정권에게 말했다.

"벌칙은 무엇으로 할 테냐? 스스로 고를 기회를 주마."

정권은 골똘히 생각한 끝에 웃으며 내신에게 지시했다.

"생강 편을 가져다다오."

내신이 웃으며 십여 개의 생강 편이 담긴 금쟁반을 정권에게 가져왔다. 정권이 금젓가락으로 하나를 집어 입에 넣고 씹으니 그 즉시 눈물과 콧물이 줄줄 흘렀다.

"빨리! 당장 냉수를 가져와라!"

황제는 그런 정권의 모습을 보며 한바탕 크게 웃었다.

"처음부터 냉수를 선택하지 그랬느냐? 괜히 잔머리를 굴리다가 더 곤욕을 치르는구나."

정권은 냉수로 입안의 매운 기운을 가라앉힌 뒤 인상을 쓰며 내신에게 물었다.

"어디서 이렇게 매운 생강을 구했어?"

내신이 웃으며 대답했다.

"생강은 가을과 겨울에 한 번씩 새로 채취합니다. 모두 작년에 캤으니 매울 수밖에요. 생강은 오래될수록 맵거든요."

정권은 어쩔 수 없다는 듯 웃으며 시를 읊었다.

"6월에는 아가위와 머루 따고, 7월에는 아욱국에 콩을 쪄 먹고, 8월에는 대추 따고, 10월에는 벼를 베네. 여기 봄에 빚은 술로 장수 기뻐하노라. 7월에는 오이를 따고, 8월에는 박을 따며, 9월에는 삼씨를 줍네. 씀바귀 캐고 가죽나무 땔감 베어 우리 농군들 먹이노라.*"

정권의 벌칙이 끝난 뒤 붉은 도포를 입은 어린 종실이 옆에서 불만스럽게 입을 삐죽였다.

"사계절에 나올 수 있는 채소를 다 언급하시면 뒷사람은 이제 어쩝니까?"

황제가 말했다.

"혼자 당한 게 억울해서 너희를 다 골낭 먹일 생각인가 보다."

사람들이 즐겁게 웃는 가운데 놀이는 계속되었다. 정해는 자신이 고른 화분을 한번 쓱 보고는 단번에 이름을 맞혔다.

"이것은 부추다."

"오 전하, 이건 부추이옵니다."

내신이 비단 띠를 펴서 확인한 뒤 대답하자, 정해가 웃으며 말했다.

"운이 좋았군. '밤비가 내리는데도 봄 부추를 베어 오고 새로

---

* 『시경詩經·빈풍豳風·칠월七月』을 인용.

지은 밥에는 누런 조를 섞었구나.'"

이제 정량의 차례가 되었다. 정량이 고른 건 불그스름한 꽃봉오리가 맺힌 화초였다. 나라에서 가장 흔한 화초가 모란과 작약이었으므로 정량은 자신만만하게 대답했다.

"이건 작약이구나."

그러자 내신이 미소를 지으며 말했다.

"소 전하, 이게 작약이라는 건 누구나 다 아옵니다. 작약의 품종을 맞히셔야죠."

아직 꽃이 피려면 한 달이나 남았으므로 내신의 요구는 지나치게 난이도가 높았다. 사람들은 내신이 정량을 놀리는 것을 알고 모두 입가에 미소를 머금은 채 상황을 지켜봤다. 유일하게 황손만이 잔뜩 긴장한 채 몰래 태자비 곁으로 달려가 숨을 죽였다.

정량은 한참 동안 대답을 못 하다가 간신히 대답했다.

"상홍."

내신이 웃으며 말했다.

"틀리셨습니다. 이것은 관군방이라고 합니다."

황제가 웃으며 정량에게 말했다.

"네게도 태자와 마찬가지로 선택권을 주마."

정량은 측비들이 있는 자리를 힐끔 보았다. 아무리 생각해도 불경을 외는 건 영 멋있을 것 같지가 않았다. 열심히 머리를 굴린 끝에 그는 우물쭈물하며 황제에게 말했다.

"신은 그냥 시를 낭송하겠습니다."

그러나 황제는 단호했다.

"네 형님도 벌칙을 받았는데 어찌 너만 특혜를 누린단 말이냐? 네가 고르지 않는다면 어쩔 수 없지. 정량에게 생강 편을 주어라."

그때 황손이 곤경에 처한 정량을 보며 마음이 아팠는지 태자비 품에 안긴 채 사정했다.

"할아버지, 육 숙부는 봐주세요. 할아버지."

연회석은 또다시 웃음바다가 되었다. 황제는 눈물이 날 정도로 숨이 막히게 웃으며 말했다.

"그럼 벌칙은 면제해주마. 시를 낭송해라."

황제가 어쩔 수 없다는 듯 정량을 봐주자, 옆에서 황후가 웃으며 끼어들었다.

"이제 보니 우리 아원의 입김이 가장 세구나."

정량은 잠시 골똘히 생각하더니 목청을 가다듬고 시를 낭송하기 시작했다.

"남녀들 서로 즐겁게 희롱하며 잊지 말자 작약을 주고받네*."

정량의 낭송이 끝나자, 황제가 또 농담을 했다.

"봐라. 어린아이가 벌써 정표 주고받는 재미를 아는구나."

모두들 화통하게 웃고 있을 때, 황손이 태자비 곁에 바짝 붙어서 호기심 가득한 검은 눈동자를 초롱초롱 빛내며 아보를 바라봤다. 아보는 내내 조용히 앉아 미소를 짓고 있었다.

"누구세요? 난 조 마마는 아는데. 조 마마처럼 우리 아비지의 측비예요?"

아보는 입가에 여전히 웃음을 머금은 채 허리와 고개를 숙이며 대답했다.

"신첩은 아원을 아는데요? 아원의 죽마를 신첩이 군왕에게 돌려줬거든요."

황손은 곰곰이 생각하다가 그날의 기억이 떠오르자 펄쩍 뛰며 태자비 품을 파고들었다. 태자비는 황손을 품에 안으며 아보에게

---

* 『시경詩經 · 정풍鄭風 · 진유溱洧』를 인용.

웃으며 말했다.

"아원이 낯선 사람을 보면 이런다네. 아직 부끄러움을 타는가
봐."

아보는 잠시 연민과 사랑이 동시에 담긴 눈길로 아원을 바라
봤다. 태자비는 그런 아보의 기색을 눈치채고는 웃으며 말했다.

"요즘 총애를 다시 누리고 있다고 들었네. 아이가 그렇게 좋으
면 어서 빨리 가지게. 그럼 우리 아원도 같이 놀 사람 하나 더 늘
어서 좋지."

놀이의 순배가 끝까지 돌아 어느새 황후의 차례가 되었다. 황
후의 화분에 심긴 것도 역시 작약이었다. 내신은 조금 전에 정량
에게 장난을 쳤으므로 몹시 곤란해했다.

"마마, 이것은……."

내신이 쩔쩔매며 귓속말을 하려고 하자, 황후가 웃으며 먼저
입을 열었다.

"이것은 보장성이네."

비단 띠를 펼치니 과연 황후의 말이 옳았다. 황제가 옆에서 살
짝 놀라며 말했다.

"화초에도 조예가 있는 줄은 미처 몰랐구려."

황후는 대답 대신 웃으며 시를 낭송했다.

"아래로는 작약의 시와 아리따운 사람의 노래라.*"

낭송이 끝나고 사람들이 즐겁게 떠드는 소리가 다시 들리기

---

* 강엄江淹의 「별부別賦」를 인용. 아래로는 작약의 시와 아리따운 사람의 노래고,
나를 음란함으로 꾀어 들이는 위나라 여인과 상궁上宮으로 기약하는 진나라 미녀라.
봄풀은 푸르고 봄물은 푸르게 일렁이는데, 님을 남쪽 물가 어귀에 보냈으니 그 아픔
이 어떻겠는가. 남은 사람은 시름 속에 누워 있으니 멍청히 잊는 것과 같구나. 居人愁
臥, 怳若有亡.

시작하자, 황후는 그제야 미소를 지으며 황제를 돌아봤다.

"폐하가 처음으로 신첩의 머리에 꽂아주신 꽃을 어찌 잊겠습니까?"

황제는 잠시 놀라 완벽하게 단장한 황후의 얼굴을 우두커니 바라봤다. 밝은 봄볕을 받아 반짝이는 화전의 눈부신 빛 사이로 눈가에 살짝 맺힌 세월의 주름이 눈에 띄었다. 황제는 기억을 더듬고 더듬다가 마침내 체념한 듯 둘러댔다.

"그게 31년 전이었던가?"

황후가 미소로 대답했다.

"그렇게 오래됐을 리가요. 28년 전의 일입니다."

황제가 탄식하며 대답했다.

"반평생이 눈 깜짝할 사이에 흘렀구려."

황제는 황후의 얼굴을 살피다가 슬며시 미안한 마음이 들어 덧붙였다.

"요즘 나라가 어지러워 황후에게 소홀했소. 이 시기만 잘 넘기면 곧 황후를 찾아가리다."

"네."

황후가 온화한 미소를 지으며 대답했다.

시간이 흘러 뉘엿뉘엿 저무는 하늘에서 꽃잎이 빗발처럼 떨어졌다. 붉게 타오르는 석양 아래 펼쳐진 비단 휘장 속에서 화기애애하게 연회를 즐기는 가족의 모습을 바라보며 황제는 문득 큰 감동을 느꼈다.

"이게 바로 진짜 가족의 모습이지. 항상 이럴 수 있다면 얼마나 좋겠소?"

황후가 가만히 미소만 지을 뿐 대답이 없자, 황제가 이어서 물었다.

"이런 말을 하면 늙은이처럼 보이나? 어쨌거나 짐은 오늘 정말 기분이 좋소."

그러자 황후는 고개를 가로저으며 웃었다.

"폐하가 늙으시다니요. 늙은 건 신첩이지요."

황제가 말했다.

"갓 마흔을 넘긴 사람이 짐보다 늙었다니 그건 또 무슨 논리요?"

황후는 여전히 웃으며 대답했다.

"신첩은 여인이니 폐하와 다르지요."

황제는 말없이 한동안 더 연회석을 지켜보다가 한참 만에야 침묵을 깨며 말했다.

"옛말에 흥이 다하면 슬픔이 찾아오고, 흥하고 망하는 건 운명에 달렸다고 했지. 또 후손이 현재의 우리를 보는 심정이 우리가 과거를 보는 것과 같다는 말도 있어. 과거와 현재, 미래를 모두 아우르는 말이오."

황후가 웃으며 말했다.

"원래 문인들의 말에는 항상 쓴맛이 있지요. 신첩이 지금 떠오르는 건 세상에 끝나지 않는 술자리는 없다는 속담입니다. 피곤해 보이시는데 신첩도 피곤하군요. 우리도 이만 여기서 끝내기로 하죠."

황제가 고개를 끄덕였다.

"뜻대로 하시오."

황후는 황제와 함께 연회석을 나와 도중에 흩어져 각자의 처소로 향했다. 남은 사람들도 하나둘씩 흩어지기 시작하더니, 마침내 내원은 텅 비었다. 붉은 석양이 무성하게 우거진 짙푸른 초목을 물들였다. 땅에는 지고 남아 어지러이 흩어진 꽃잎만 가득했다.

떠들썩하게 즐기다가 지친 이들은 자택으로 돌아가 깊은 잠에 빠졌다. 깊은 밤의 침묵이 아득한 종소리에 느닷없이 깨질 것을 예상한 사람은 아무도 없었다.

아보는 갑작스러운 종소리에 잠에서 깨어 옷을 걸치며 물었다.

"무슨 일이야?"

아보보다 먼저 종소리를 듣고 밖으로 나갔던 사람들은 얼마 뒤 비틀거리는 걸음으로 돌아와 충격에 빠진 채로 더듬더듬 보고 했다.

"마마, 마침 태자 전하께서 보내신 사람이 왔습니다."

이윽고 소년 내시가 안으로 들어와 바닥에 꿇어 엎드리며 고했다.

"전하의 명으로 고 재인 마마께 알려드립니다. 조금 전 황후께서 승하하셨습니다."

아보의 눈동자가 순간 크게 흔들리며 물결쳤다. 전신에서는 끈적끈적한 식은땀이 흘러내리고 있었다.

그때 소년 내시가 고개를 들며 물었다.

"신을 기억하십니까? 예전에 전하의 서신을 마마께 전해드렸습니다."

아보는 말했다.

"물론 기억합니다. 이번에는 전하께 내 말을 전하세요. '동산銅山이 무너지면 낙종洛鐘이 울리니, 이렇게 오른 막의 결말이 무엇이겠는가?'"

제 63 장

동산 서편이 무너지매

처음에 황후의 사인은 병으로 인한 급사라고 알려졌다. 실제로 금을 삼키고 죽었다는 사실을 아는 사람은 극소수였다. 얼마 뒤 떠오른 공식적인 사인은 우울과 좌절을 견디지 못하고 죽었다는 것이었다. 그도 그럴 것이, 황후는 조정에 의지할 친정 식구도, 지위가 높은 친척도 없어서 늘 외로운 처지였고, 아끼던 큰아들이 죄를 지어 유배를 갔으며, 황제는 쉰이 넘어 황후를 대하는 태도가 심드렁했다. 이런 상황에서 둘째 아들마저 멀리 떠나보내게 되었으니, 30여 년간 닿을 듯 말 듯했던 태후의 꿈이 하루아침에 산산이 부서져 내린 것이나 마찬가지였다. 여인으로서 그 상실감을 어찌 견딜 수 있었겠는가. 역사에 비슷한 사례가 없었던 것도 아니었으므로, 사람들은 자연히 죽은 황후의 처지를 먼 옛날 한 무제의 황후였던 위 씨에 빗대었다.

물론 아들의 음모를 실현하기 위한 어머니의 희생이라고 보는 시각도 극소수 존재했으나, 암암리에 도는 소문에 불과했다. 평범한 사람이 어찌 모친에게 그런 파렴치한 권유를 할 수 있겠는가? 하물며 그는 세상을 떠난 그 모친의 적자가 아니던가.

이유야 어찌 됐든 느닷없이 들이닥친 국상으로 인해 그간 전선, 조정, 황제, 태자, 중신, 친왕 사이에서 줄을 타듯 아슬아슬하게 유지되던 복잡미묘한 균형이 삽시간에 무너졌다. 사람들이 '혼란'이라는 두 글자를 입에 올리기도 전에 정국은 이미 철저한 혼란의 소용돌이에 휘말리고 있었다.

국모이자 적모이자 생모의 상을 당한 조왕 정해는 당연하게도 혼례와 속지로 떠나는 논의에서 잠시 자유로워졌다. 3일에 황제가 예부에 황후의 상복을 고증해 정하라고 명하자, 황궁의 모든 궁과 경성의 문무백관은 일제히 상복을 준비하기 시작했다. 한편 황태자와 신하들이 골머리를 썩는 문제가 하나 있었는데, 그것은 바로 촉왕과 광천군왕을 과연 불러야 하느냐는 것이었다.

예부 관원은 옛 상례를 고증한 끝에 본조의 전례를 인용해 밝혔다. 속지로 나간 친왕은 장례 예식을 치르러 경성으로 돌아올 수는 있지만, 백 일 안에 반드시 속지로 돌아가야 하며, 대상* 기간에 다시 경성으로 돌아와 제사에 참여할 수 있다는 내용이었다. 관원이 전례를 인용한 즉시 여론은 두 갈래로 갈렸다. 소환을 반대하는 이들은 발에 질병이 생겨 고생하는 촉왕을 굳이 먼 경성까지 부를 필요가 없고, 광천군왕은 죄를 지어 유배를 떠난 것이니 영원히 경성에 발을 들이지 않는 것이 이치에 맞다고 했다. 또한 경성에 적장자인 태자와 친아들인 조왕도 있으니 국상을 치르기에는 부족함이 없다고 주장했다. 소환을 찬성하는 이들은 본조가 효를 바탕으로 세워진 예의지국임을 내세웠다. 광천군왕이 속지로 떠나던 당시, 황제는 영원히 경성으로 돌아올 수 없다는

---

* 두 번째 기일. ─역주

구체적인 명을 내리지는 않았다. 국모이자 적모이자 생모가 세상을 떠났는데, 그 아들이 경성으로 돌아와 장례에 참석하지 않는다면 어찌 만백성 앞에서 본이 될 수 있겠는가?

국상으로 인해 조정이 닷새 동안 열리지 않아 대신들은 직접 격돌할 기회를 맞지 못한 채 각자 상복을 준비하며 성지를 기다릴 수밖에 없었다.

정권은 다시 한 번 비밀스럽게 첨부 주부 허창평을 만났다. 황제가 조정의 중지를 명한 초삼일의 오후였다. 국모의 상이므로 나라의 예법에 따르면 황태자는 자최* 상복을 입어야 했지만, 아직 예부에서 황후의 의식을 제정하기 전이었고 황제의 명도 없었으므로, 정권은 상복 대신 옅은 색 옷을 입고 백색 관을 썼을 뿐이었다. 얼굴에도 슬픈 기색은 전혀 보이지 않았다. 허창평이 정권의 명을 받은 시자의 인도를 받아 서재로 들어오자, 정권은 먼저 자리에 앉아 손을 휘저으며 말했다.

"예는 갖추지 말고 어서 앉으시오."

허창평은 그의 말대로 예를 생략하고 간단히 읍을 한 뒤 자리에 앉았다. 정권은 허창평의 행색을 쓱 훑어본 뒤 물었다.

"상복은 다 준비했소? 국상이 났는데 어째 안색이 그리 멀쩡하오? 사람들이 주부를 보고 뭐라고 떠들겠소?"

허창평은 대답했다.

"곡을 해야 할 때가 되면 남들 따라 곡을 할 것이니 걱정하지 마십시오. 지금 당장은 곡을 할 시간도 없고 곡을 할 마음도 생기지 않습니다. 이번에는 무슨 일로 신을 부르셨습니까?"

---

* 상례에 지정된 오복의 하나로, 굵은 생베로 지어 아랫단을 좁게 접어 꿰맨 것.
—역주

정권이 말했다.

"주부의 말대로 곡을 할 시간마저도 사라졌소. 내일부터 경성에서 모든 문무백관이 상을 치르기 시작할 테니, 내일부터 백 일간은 숨 쉴 틈도 없이 바쁠 것이오. 다만 내가 쓸 수 있는 시간이 백 일은 될까?"

허창평은 자리에서 일어나 서재의 창문을 열고 바깥에 사람이 있는지 둘러본 뒤, 사람이 없는 것을 확인한 뒤에야 물었다.

"무슨 뜻으로 하신 말씀입니까?"

정권이 대답했다.

"저들이 이렇게까지 할 줄은 몰랐소."

허창평도 고개를 끄덕였다.

"대행* 황후는 외척도 없고 폐하의 총애도 잃었으니 할 수 있는 방법이 그것뿐이었을 겁니다. 황후가 죽음으로써 조왕도 경성에 남게 됐고 제왕까지 경성으로 불러들이게 됐습니다. 24경위 중 7위가 제왕의 휘하였으니, 제왕이 돌아오면 변방의 성이 조정이 아니라 제왕의 손으로 넘어갈 수도 있겠습니다."

정권은 소름끼친다는 듯 고개를 절레절레 저었다.

"자기 생모의 목숨도 거리낌 없이 버렸으니 모든 것을 잃기 전까지는 멈추려 들지 않을 것이오. 내가 저들의 계획을 망쳤으니 저들 역시 고의로 나를 몰아세우는 것일 테지. 지금 경거망동하다가는 저들이 친 그물에 걸려들 것이오. 난 한동안 숨죽이고 있을 테니 주부 역시 경솔하게 움직이지 마시구려."

그러자 허창평이 주저하며 말했다.

"확실히 신경 써야 할 부분은 그가 전하보다 적습니다. 하지만

---

* 시호가 내려지기 전의 존칭. —역주

그가 힘을 쓸 수 있는 곳도 전하보다 적을 텐데요."

정권이 탄식하며 허창평에게 권했다.

"앉아서 내 말을 들으시오. 제왕은 내가 돌아오지 못하게 필사적으로 막을 테니, 그건 걱정하지 마시오. 난 결단코 여기서 더 사태를 악화시키지 않을 것이오. 오늘 주부를 부른 건 이 일 때문이 아니라 특별히 당부할 말이 있어서요."

허창평이 정권의 지시에 따라 자리에 앉으며 대답했다.

"말씀하십시오."

정권은 고개를 들어 그의 얼굴을 한참 바라보다 입을 열었다.

"형님, 살아남아야 하오."

허창평의 동공이 충격으로 크게 흔들렸다. 그는 한동안 놀라서 말문이 막혔다가 도포 자락을 뒤로 떨치며 바닥에 꿇어 엎드렸다.

"대체 왜 그런 무서운 말씀을 하십니까?"

정권은 먹구름이 잔뜩 낀 얼굴로 음울하게 대답했다.

"나도 내 염려가 기우였으면 좋겠소. 허나 주부도 보았다시피 내 적은 극악무도한 수단도 서슴지 않고 동원했소. 인간이기를 포기한 짐승이 또 무슨 짓인들 못 저지르겠소? 사실 난 그에게 살길을 열어주고자 속지로 보내려 한 것이오. 내 뜻을 따랐다면 친왕으로서 부귀영화를 누리며 편안한 여생을 보냈겠지. 그러나 그는 뜻밖에도 내가 준 기회를 발로 걷어차고 죽기 살기로 덤벼들었소. 그는 목숨을 걸었는데 난 그러지 못했지. 내가 이번 판에서 그에게 패배한 이유요. 아무래도 그를 막으려고 한 일이 도리어 그가 더욱 극악무도한 일을 꾸미도록 자극한 듯하오. 만약 주부가 연루된다면……."

"만약 그리되더라도 염려하지 마십시오."

허창평은 고개를 조아리며 그의 말을 끊고는 한참 뒤에 다시 조용히 말을 이었다.

"전하도 그게 어디에 있는지 아시잖습니까?"

정권이 고개를 저으며 대답했다.

"주부가 그렇게 생각할까 봐 바로 그게 걱정이었소. 그래서 친왕과 폐하에게 노출될 위험을 무릅쓰고 주부를 부른 거요. 난 장육정의 일이 반복되는 걸 원치 않아. 절대 그런 일이 일어나도록 방치하지 않을 것이오. 알아들었다면 잘 기억하시오. 무슨 일이 일어나더라도 주부는 날 살려야 하오. 나 역시 무슨 수를 동원해서라도 주부를 살릴 테니."

그는 5년 전과는 많이 달라진 허창평의 얼굴을 그윽하게 바라보며 거듭 강조했다.

"그러니 살아남으시오."

허창평은 고개를 숙인 채 대답을 하지 않았다. 오랜 시간이 흐른 뒤에 고개를 든 그는 마침내 침묵을 깨며 말했다.

"명심하겠습니다. 하지만 아무래도 신이 또 뻔한 말을 해야 할 것 같습니다."

정권이 말했다.

"말해보시오."

"하늘이 주는 것을 취하지 않으면 도리어 그 허물을 받고, 때가 되었는데도 행하지 않으면 도리어 그 재앙을 받는다고 했습니다."

허창평이 말하자, 정권이 물었다.

"주부도 내가 나약한 군왕이라고 생각하시오?"

허창평은 대답했다.

"전하는 가끔 지나치게 인자하십니다."

그러자 정권이 실소하며 대꾸했다.

"나와 상관없는 일에는 원래 눈을 감는 법이지. 내가 그런 인자함을 주부에게 베풀어도 그렇게 말할 수 있겠소?"

지극히 평범한 질문임에도 허창평은 말문이 막혔다. 잠시 뒤 그는 조용한 목소리로 대답했다.

"필요 없습니다. 다만 때가 되면 반드시 실행하십시오."

저녁 식사를 마친 뒤, 황태자는 황제에게 알현을 청했다. 공적인 용무인지 사적인 용무인지는 밝히지 않았다. 황제 역시 트집을 잡지 않고 흔쾌히 침궁인 강녕전의 측전에서 태자를 맞았다. 정권이 예를 갖춘 뒤 황제를 보니, 역시 옅은 빛깔의 옷을 입고 있었으나 관만은 그대로였다. 표정이나 움직임에서도 슬퍼하는 기색이 전혀 보이지 않아, 정권은 미리 준비한 상투적인 위로의 말을 목구멍으로 삼켜버렸다.

부자는 서로 마주 본 채 말이 없었다. 먼저 보자고 한 사람은 태자였으나 굳이 먼저 입을 떼려고 하지 않았다. 한참 만에야 황제가 먼저 질문을 하며 말문을 열었다.

"자최가 아직 도착하지 않았느냐?"

"오늘 도착했습니다."

"왜 입지 않았지?"

"대행 황후의 상례가 아직 정해지지 않았으니까요. 때가 되면 알아서 입을 것입니다."

황제는 의자에 기댄 채 한참 동안 정권의 얼굴을 말없이 바라보다가 살짝 고개를 끄덕이며 말했다.

"그러하냐? 자최 대신 참최*를 입고 싶어서는 아니고?"

---

* 상복의 명칭으로, 명대의 제도에 의하면, 태자는 대행 황후의 승하 시에는 자최를, 대행 황제의 승하 시에는 참최를 입어야 한다.

그 순간 강녕전에 있던 모든 사람들의 얼굴이 충격으로 하얗게 질렸다. 그러나 정권은 그다지 놀라는 기색도 없이 꿇어앉아 천천히 허리를 굽히며 대답할 뿐이었다.

"무슨 말씀인지 신은 통 모르겠습니다."

황제가 말했다.

"또 같잖은 겸손을 떠는구나. 똑똑한 녀석이 그것도 못 알아들어?"

정권은 두 눈을 내리깔며 대답했다.

"신이 어찌 감히 군주를 기만하겠습니까? 알아들었기에 더 이해할 수 없는 것입니다."

황제는 대답했다.

"그럼 짐이 이해시켜 주마. 어떤 사람이 첨사부에 문서를 담당하는 주부가 한 명 있다고 짐에게 일러주더구나. 이름이 뭐라더라?"

정권은 대답했다.

"성은 허, 이름은 창평, 자는 안도입니다."

황제가 말했다.

"그렇지. 그 이름이었다. 오늘 점심때도 동궁에서 너와 만났지."

정권은 고개를 들어 황제 옆에 선 진근을 힐끔 노려보았다. 진근이 당황하며 황제를 향해 고개를 돌렸으나, 황제는 본 체도 하지 않고 말을 이었다.

"밀고자에 의하면 그자가 경위의 이곳저곳을 들쑤시고 다닌 게 하루 이틀 일이 아니라더군. 이게 무슨 죄에 해당하는지는 아느냐?"

정권이 고개를 끄덕였다.

"문신이 무장과 내통했고, 그 무장이 경위 사람이라면 모반을 의심할 수 있겠지요. 하지만 그는 고작 종7품의 주부이고, 첨부에서도 문서 출납만 하고 있습니다. 그런 말단이 자기에게 무슨 유익과 쓸모가 있어 경위를 들락날락거렸겠습니까? 배후에는 필시 지시한 사람이 있을 터이고, 첨부는 신에게 속한 부서이니 신이 역모를 꾸미고 있다고 충분히 의심하실 수 있는 상황입니다."

황제가 말했다.

"그런데도 전혀 놀라지도 않고 겁내는 것 같지도 않구나."

정권이 가볍게 피식 웃더니 양팔을 바닥에 뻗으며 바짝 엎드린 채로 말했다.

"신은 지금 폐하의 발밑에서 무릎을 꿇고 바짝 엎드렸습니다. 놀란 마음을 이것보다 더 잘 표현할 방법이 있단 말입니까? 여인네처럼 눈물을 흘리며 애원해야 믿으시겠습니까?"

황제가 인상을 쓰며 말했다.

"대체 무슨 말이 하고 싶은 게냐?"

정권은 바닥에 머리가 닿을 만큼 고개를 깊이 숙이며 대답했다.

"폐하는 성은이 망극하게도 신에게 밀고가 있다는 사실을 알려주셨습니다. 이제 앞으로 어떻게 하실 생각인지 어심을 알려주시옵소서."

황제는 살짝 짜증 난 표정으로 손가락을 번갈아 가며 탁자를 톡톡 치더니 말했다.

"하필이면 이런 시기에 일이 생겨서 고민이 많았다. 그러나 네가 오기 전에 짐이 이미 체포령을 내렸어. 걱정 말아라. 그자 말고 다른 것은 손대지 않을 것이다."

정권이 대답했다.

"그것 참 잘됐습니다. 이런 시기에 다른 일을 건드려봤자 좋을 건 없지요."

그러자 황제는 피식 웃었다.

"오늘은 말이 많은 편이구나. 네 무릎이 쇠로 된 것도 아니니 그만 일어나라."

정권이 무릎을 짚고 몸을 일으키며 대답했다.

"성은이 망극합니다."

황제는 말했다.

"에두르지 않고 시원하게 대답하니 맘에 드는구나. 내가 했던 칭찬을 잊지 않았어."

정권이 웃으며 말했다.

"폐하께서 하신 말을 신이 어찌 감히 잊을 수 있겠습니까? '너와 내가 황제와 황태자가 아니라 그냥 평범한 부자지간이었다면 일이 이렇게까지 복잡하게 틀어지지는 않았을 것이다'라고 하신 말씀도 신은 다 기억하고 있습니다. 지금 상황도 충분히 복잡한데, 굳이 상황을 더 어렵게 만들 필요가 뭐가 있겠습니까?"

황제는 말했다.

"짐이 그런 말을 했던가? 기억이 잘 나지 않는구나."

정권은 대답했다.

"정녕 2년 9월 24일 밤, 바로 이 자리에서 말씀하셨습니다."

황제는 잠시 기억을 더듬다가 또다시 물었다.

"그러하냐? 그렇다면 넌 어떻게 했으면 좋겠느냐?"

정권이 대답했다.

"그때는 신이 아직 철이 없어 의혹을 거둘 수 없었습니다. 폐하께서는 비웃으시겠지만 속이 많이 쓰라렸지요. 그런데 요즘에 와서 생각해보니 폐하의 말씀이 참으로 지당하시더군요. 그날 폐하와 신은 군신이 아닌 부자로서 얘기를 나눈 덕분에 많은 일들이 그 즉시 명쾌하게 해결됐습니다. 그래서 말인데, 폐하께서 개의치 않으신다면 오늘은 그때와 반대로 군신으로서 얘기를 나누고 싶습니다. 윤허해주시겠습니까?"

황제가 차갑게 웃으며 고개를 끄덕였다.

"네가 개의치 않는다는데 짐이 왜 개의하겠느냐?"

정권은 가볍게 고개를 끄덕이며 말했다.

"그렇다면 신하로서 폐하께 청합니다. 광천군의 경성 입성을 막아주십시오. 조왕의 혼례일 역시 대행 황후의 장례가 끝나는 즉시 다시 택해 속지로 보내야 할 것입니다."

황제는 손가락 두 개를 들어 피로하다는 듯 사백혈을 누르며 물었다.

"네가 지금 짐에게 무엇을 요구하고 있는지는 아느냐?"

정권은 대답했다.

"알고 있습니다. 만약 아들로서 청한 것이라면 천하의 불효막심한 자식이라는 오명을 피할 수 없을 것이며, 같은 형제로서도 형님과 동생에게 가혹한 행동이겠지요. 그러나 방금 말씀드렸듯이 지금은 신하로서 폐하께 청하는 것입니다. 황태자가 황제 폐하께 간언하오니 부디 깊이 헤아려주시옵소서."

황제가 말했다.

"신하로서 말하는 것이라면 규칙은 말 안 해도 알겠지. 이제 겨우 도입부일 뿐이니 계속해보아라. 짐이 듣겠다."

정권은 고개를 끄덕인 뒤 다시 바닥에 엎드려 말했다.

"지난달 신은 폐하와 이곳에서 투차를 했습니다. 당시 신은 고봉은을 출병하도록 회유하면 태자로서 군사에 개입하게 되므로 피치 못할 상황이 닥쳤을 때 보호해주실 수 있냐고 물었습니다."

황제가 별말이 없자, 정권은 말을 이었다.

"고봉은은 현재 출병을 했으니 굳이 독촉하지 않아도 아버지와 자기 가문을 위해 전력을 다해 싸울 것입니다."

황제가 콧방귀를 뀌며 대꾸했다.

"참 치밀하게도 생각했구나."

정권이 웃으며 대답했다.

"신이 정말 치밀하게 계획했다면 이토록 쉽게 상대방에게 허를 찔렸겠습니까? 폐하의 표현을 빌리자면 바로 이 순간 싸움에서 진 것입니다. 폐하께서 믿으실지 모르겠지만, 3일 뒤에 조정이 다시 열리는 즉시, 신을 탄핵하는 상소가 두형이 있는 중서성으로 빗발칠 것입니다."

황제는 반문했다.

"그래서 후회하느냐?"

정권이 고개를 저으며 대답했다.

"후회하지 않습니다. 나라의 국본으로서 신은 절대 나라에 해가 되는 일은 할 수 없습니다. 단지 우매한 머리로도 당장 눈앞에 닥칠 일이 훤히 보일 뿐입니다. 신은 몇 년간 국정에 손을 대면서 적지 않은 도덕군자들의 신경을 건드렸습니다. 아마 그자들은 오늘 밤이 지나면 나라의 큰일에 손을 댔다는 비난을 넘어서 대행황후가 승하하신 원인까지도 신에게로 돌려 책임을 물을 것입니다. 귀책사유의 유무를 떠나서 덕을 함양하고 효를 행하는 것이 주요 의무인 태자로서 이런 논란에 휘말렸다는 것만으로도 이미 큰 죄겠지요. 하물며 동궁 산하의 관원까지 구금된 상황이니, 아무리 폐하라 해도 이런 상황에서 신을 보호하기에는 역부족이 아니겠습니까?"

황제는 옥좌에 앉아 살짝 의아해하는 눈빛으로 말없이 태자를 내려다봤다. 정권은 그런 황제를 우러러보며 말을 계속했다.

"아니, 먼저 이것부터 물어야겠군요. 신을 지켜주실 마음이 있기는 합니까?"

황제가 입꼬리를 살짝 올리며 대답했다.

"짐은 일단 네 생각을 더 듣겠다."

정권은 도포 끝자락을 들어 올리며 바닥에 더 깊이 꿇어 엎드렸다.

"밖으로는 전쟁의 화마가 그치지 않았고, 안으로는 나라가 큰 상을 당했습니다. 게다가 작년 겨울에는 눈이 없고 올봄에는 비가 없어 온 나라에 큰 기근이 들었지요. 이런 비상 시기에 조정이 무너지면 지방이 무너지고, 중앙이 흔들리면 나라의 근본까지 뿌리째 흔들리기 마련입니다. 신은 아버지께 아들을 지켜달라고 떼쓰는 것이 아닙니다. 한 나라의 태자로서 황제 폐하께 엎드려 간곡히 청하오니, 부디 나라의 근본인 태자와 나라의 사직을 굳건하게 지켜주십시오."

황제는 오랫동안 침묵을 지키다가 천천히 자리에서 일어나 정권에게 다가갔다. 옅은 색 용포의 끝자락이 정권의 코를 살짝 스치며 침울하고 쌉쌀한 향을 풍겼다. 그것은 훈연 향이 아니라 옷감의 모든 조직에 깊숙이 배인 약 향이었다. 정권은 순간 온몸에 전율을 느끼며 자신의 형제가 그에게 얼마나 유리한 시기에 일을 저질렀는지를 깨달았다. 바꾸어 말하면, 지금은 자신에게 유리한 시기가 결코 아니었다. 황제는 오랫동안 고질병에 시달리며 쇠약해져 가고 있다. 오랜 고질병은 중병이다. 병에 걸린 군왕은 그 어느 때보다 권력을 잃지 않으려고 안간힘을 쓴다. 황제나 그와 같은 부류의 인간에게 권력을 잃는다는 것은 곧 죽음을 의미했다.

차갑게 가라앉은 황제의 노쇠한 웃음소리가 정수리 쪽에서 정권을 짓누르듯 울려 퍼졌다. 용포 자락이 스치며 남긴 약 기운만큼이나 매섭고 냉혹한 목소리였다.

"짐은 네게 '권權'이라는 이름을 붙였다. 너보다 경중을 모르지 않아. 네가 군부인 나를 위하는 마음은 알겠다만, 너의 가르침 따위를 받을 필요는 없다. 하지만 네가 이토록 걱정을 하니 하나 가르쳐주지. 짐은 애초에 광천군을 경성으로 불러들일 생각이 없었다. 5년 전에도 네 상대가 못 됐던 아이인데 지금은 어떻겠느냐? 이런 혼란스러운 시기에 경성으로 불러봤자 그 아이에게나 조정에나 좋을 게 없어. 생모까지 세상을 떠난 이상, 짐은 목숨이 붙어 있는 한은 그 아이가 궁벽한 시골에서 일이 년이라도 더 목숨을 이어가도록 지킬 것이다."

이 어조, 이 분위기. 너무나도 익숙한 느낌에 일인지하 만인지상의 황태자 소정권은 가슴 깊숙한 곳에서 치솟는 매스꺼움을 신호로 5년 전의 흐릿한 기억을 떠올렸다. 바로 이 시각, 이 장소, 이 차가운 금전 위에서 정권은 미동도 없는 황제의 냉혹한 얼굴을 바라보며 어깨로, 척추로 내리치는 무거운 질책을 견뎠다. 폭풍우와 질풍처럼 전신에 몰아치는 삼엄한 매질은 정권의 모든 뼈마디마디를 고통스럽게 파고들었다. 오늘 밤도 바로 그날 밤과 같았다. 아니, 어쩌면 그는 항상 이 자리에서 벗어난 적이 없을지도 모른다. 정권은 황제의 발밑에 부복한 채 과거의 상처가 아물지 않은 그 손톱으로 금전 사이의 미세한 틈새를 쑤셨다.

옷자락, 약 기운, 그리고 천자의 목소리가 드디어 정권에게서 점점 멀어졌다.

"그런 심보로 아비를 찾아와 그런 태도로 말하다가는 그 진절머리 나는 서생들에게 당하기 전에 바로 이 자리에서 이 아비의 손에 맞아 죽는 수가 있다. 짐이 가법에 따라 널 처분하면 그 시끄러운 자들이 내일 짐 앞에서 찍소리 한마디라도 할 수 있을 것 같으냐? 어쨌든 네가 이미 말을 뱉었으니 짐도 인정하마. 태자로서,

짐의 신하로서 네 말에는 큰 어폐가 없다."

정권이 무겁게 가라앉은 목소리로 대답했다.

"성은이 망극하옵니다."

"그리고 하나 더. 짐은 네가 생각하는 것처럼 아둔하지 않아. 그 밀고자가 네 형제이더라도, 다른 일로 짐을 찾아왔더라면 짐은 그 즉시 그 밀고자를 엄중하게 벌하고 네게 지장이 없도록 조치했을 것이다. 그러나 이 일만큼은 네게 흠이 생기더라도 밀고자의 손을 들어줘야겠다. 광천군의 일은 염려하지 마라. 경성으로 돌아와 네 일을 망치는 일은 없을 테니. 그러나 지금 네가 짐에게 그따위로 구는 이유가 그 말단 관리와 너에 대한 조사를 멈추기 위한 거라면 꿈 깨라. 조사 결과 밀고 내용이 사실로 밝혀진다면 짐은 널 보호할 힘도, 보호할 마음도 없어. 네가 짐의 아들이라고 해도, 태자라고 해도 상관없다."

그러자 정권은 갑자기 태도를 바꾸어 고개를 빳빳이 쳐들며 반항기 가득한 눈빛으로 황제를 쏘아봤다.

"어째서입니까? 현명하고 공평해야 하는 천자가 어떻게 한쪽 편만 들어주실 수 있습니까?"

황제가 싸늘하게 웃으며 대답했다.

"이 말장난을 시작한 게 너인데, 짐이 한쪽을 편애한다고 비난할 수 있느냐? 그렇다면 짐도 네 방식을 빌려 대답해주마. 그는 짐의 친신親臣이고, 너는 짐의 권신權臣이기 때문이다."

정권은 한참 동안 빤히 황제의 얼굴을 쳐다보다가 갑자기 피식 웃으며 비아냥거렸다.

"큰 가르침을 주셔서 감사합니다."

황제는 이어서 분부했다.

"오늘부터는 잠시 육부의 일에서 손 떼라. 그리고 이후로 연조궁 밖으로 나가려거든 사전에 짐에게 알리는 게 좋을 거야. 괜한 의심 살 일은 피해야 하지 않겠느냐?"

정권은 물었다.

"신이 혐의를 좀 뒤집어썼다고 나라를 인질로 사욕이라도 도모할까 봐요?"

황제가 대답했다.

"짐은 그 정도로 너를 과소평가하지는 않아. 단지 혐의 때문에 나랏일에 쏟을 정신이 없을까 봐 염려할 뿐이다. 게다가 내일이면 예부에서 대행 황후의 장례 절차를 반포할 텐데, 황태자가 해야 할 역할이 많지 않겠느냐? 아무리 젊다고 해도 몸을 여러 개로 나눌 수는 없는 노릇이지. 짐이 부덕해 음양의 조화가 틀어졌다지만, 문이 닫혔을 때는 군신 사이일지언정 문이 열렸을 때는 여전히 부자지간이어야 한다. 대행 황후의 장례 예식에서도 그 몰인정한 얼굴은 잠시 치우고, 세상 사람들에게 전형적인 효자의 모습을 보여주도록 해라. 사실 그것이야말로 태자의 가장 막중한 임무지."

정권은 고개를 숙인 채 덤덤한 어조로 대답했다.

"명 받들겠습니다. 폐하의 기대에 어긋남이 없도록 하지요."

"그만 나가봐."

황제가 손을 내지르며 정권을 물렸다. 정권의 뒷모습이 멀어진 뒤, 황제는 자리에 털썩 주저앉아 참았던 기침을 자지러질 정도로 격렬하게 토해냈다. 진근은 황급히 수하에게 조제해놓은 환약을 가져오라고 지시한 뒤, 자신은 따뜻한 물을 황제에게 떠다주며 연신 손으로 황제의 등을 문질렀다. 기침이 겨우 진정되자, 황제는 기침을 하느라 슬쩍 삐져나온 눈물을 닦으며 벌겋게 충혈된 진근의 눈을 힐끔 확인했다.

"그래도 자네가 짐의 아들들보다는 인간적이군그래."

황제가 웃으며 말하자, 진근은 눈가를 비비며 울먹울먹 대답했다.

"황후마마는 항상 신을 따뜻하게 대해주셨습니다. 옛 주인이 떠나신 지금 애도의 눈물조차 안 흘린다면, 어찌 내세에 사람으로 다시 태어나겠습니까?"

"옛 주인은 갔지만 새 주인이 있지 않은가?"

황제가 비웃듯이 말했다. 진근이 흠칫 놀라며 어쩔 줄을 모르다가 바닥에 꿇어앉으려는데, 황제가 먼저 그를 막았다.

"꼴도 보기 싫으니 가식은 떨지 말게. 이제 짐 곁에 남아서 말을 하는 사람들이라고는 서로 물고 뜯지 못해 안달 난 너희 같은 놈들뿐이야. 짐이 속을 툭 터놓고 얘기할 테니까, 네 새 주인에게도 가서 그대로 전달하게. 짐은 전혀 개의치 않아."

진근은 기어이 바닥에 털썩 무릎을 대며 허리를 숙이고야 말았다.

"폐하, 신이 어찌 감히 그러겠습니까."

진근이 바닥에 머리를 찧으며 읍소하자, 황제는 한숨을 내쉬며 말했다.

"별말도 아니야. 짐의 말 때문에 태자가 화가 났을 거라고 생각하나? 절대 아니야. 그럴 리가 없지. 너희는 태자가 어릴 때부터 제 외숙을 닮았다고 짐의 귀에 딱지가 가라앉도록 얘기하고는 했어. 그래서 짐도 그렇게 믿어왔네만, 오늘에서야 드디어 깨달았네. 태자는 짐의 아들들 중 가장 짐을 닮았어."

황제는 두 눈을 가만히 감은 뒤 머리를 등받이에 기대더니 천장으로 시선을 옮기며 혼잣말을 하듯 중얼거렸다.

"그걸 왜 지금에 와서야 깨달았단 말인가."

제
64
장

먼 곳에 있는 그리운 님이여

태자는 강녕전에서 나와 침궁으로 돌아가지 않고 즉시 고 재인의 처소로 향했다. 태자가 황후의 상중에 총애하는 후궁을 찾는 건 예법에 크게 어긋나는 행동이었지만, 지금은 정권의 행동을 말릴 만한 오랜 가신들이 주변에 하나도 없었다. 시자들은 감히 정권을 막을 생각은 하지도 못하고 어쩔 수 없이 초조한 발걸음으로 뒤를 따랐다.

태자는 도착하자마자 알리지도 않고 곧장 안으로 들어가 궁인들이 예를 갖추기도 전에 손을 휘휘 저어 물러가게 했다.

"모두 나가 있어라."

아보는 정권이 들어왔는데도 일어나지 않고 조용히 침상에 기대어 앉아 있었다. 정권도 개의치 않고 그녀 앞으로 다가가 가만히 얼굴을 들여다보다가 물었다.

"종일 울었느냐? 눈이 퉁퉁 부었구나."

두 눈에도 뺨에도, 심지어는 코끝에도 그녀의 얼굴에는 온통 눈물 자국이 그득했다. 그가 오기 전 눈물을 그친 아보는 정권의 물음에 침착한 어조로 대답했다.

"네."

정권이 말했다.

"대행 황후의 승하가 큰일이기는 하다만, 이미 하늘이 거두어 간 목숨이니 인력으로 되돌릴 수도 없지 않느냐. 이렇게까지 비통해할 게 뭐 있어?"

아보는 대답했다.

"대행 황후가 아무리 국모라고 한들 어제 처음 한 번 뵈어 어떤 성품이었는지도 모릅니다."

정권은 말했다.

"그렇다면 황후 때문이 아니군. 우리 고 재인이 주인이 보낸 서신에서 무슨 내용을 봤길래 이토록 동요했을까?"

아보는 천천히 고개를 들어 물처럼 고요한 정권의 얼굴을 들여다봤다. 그녀의 눈길에는 놀라움도, 두려움도 존재하지 않았다. 때는 적절치 않았으나, 정권은 문득 이 장면이 무척이나 우습다는 생각이 들었다. 그는 그의 군왕과, 그녀는 그녀의 군왕과 같은 날 밤 비슷한 이야기를 그대로 반복하고 있다. 다만 이야기 속 그의 군왕은 실제로 군왕이었고, 그의 첩은 실제로 그의 첩이었다. 두 가지 역할을 동시에 맡은 사람은 오직 그뿐이다. 그는 저항하는 동시에 제압당하고, 제압하는 동시에 저항에 부딪히고 있다. 평생 이러한 모순의 굴레에 시달려온 탓에 감각이 무뎌져 있었는데, 이상하게도 오늘 밤에는 그 신랄한 해학이 뼈에 사무치도록 생생하게 다가왔다.

저항하는 역할을 맡은 그의 첩은 그의 눈동자를 똑바로 마주보며 그의 질문에 침착하게 대답했다.

"어머니가 돌아가셨다는 사실을 방금 전에 알았어요."

그가 잠시 잊었던 기억이 되살아났다. 이 진귀한 비색 도자기는 그가 직접 손을 대 깨트릴 필요가 전혀 없었다. 백 년의 영기가 깃든 도자기는 자신이 깨질 시기를 스스로 선택하고 결단을 내렸다.

4년의 세월이 흘러 그가 다시 그녀를 찾아왔던 그날부터 그는 모든 것을 알고 있었고, 그녀 역시 그가 안다는 사실을 훤히 알고 있었다. 오늘까지 조심스럽게 질질 끌어온 그것이 드디어 깨어지는 순간, 그는 홀가분함과 유감을 동시에 느꼈다. 혹여라도 깨어질까 조심스럽게 유지해온 날들은 행복했다. 그 추억은 어쩌면 병처럼 조용히 잠복해 있다가, 세월이 흐른 뒤 청춘을 회상하는 어느 날 밤에 느닷없이 발작해 그의 가슴을 찢어놓을지도 모른다. 그 추억 속의 아름다운 장면 하나하나를 되새긴다면, 그는 시린 눈가를 비비며 애끓는 심정을 주체하지 못하고 몸서리칠 것이다.

그러나 아직 그는 청춘의 순간에 머물러 있었으므로 추억을 회상하며 슬픔을 느끼지 않아도 된다. 그것만이 오늘 밤의 유일한 위안이었다. 그는 아보를 정면으로 마주 보며 역시 침착한 어조로 다시 물었다.

"이해가 안 가. 아직 쓸모 있는 사람에게 그런 변고를 알리는 게 그에게 무슨 유익이 있다고?"

아보는 손바닥을 펼쳐 눈물에 흠뻑 젖은 남청색 깃털을 그에게 보여주었다.

"당연히 그분은 아무 말도 하지 않았어요. 저는 궁에 들어오기 전에 서신을 쓴 사람에게 당부했었어요. 만약에 어머니께 변고가 생기면 내게 파란색 물건을 보내라고요."

그녀는 잠시 말을 잇지 못하다가 가까스로 덧붙였다.

"어머니가 가장 좋아하시던 색이에요."

정권은 말없이 그녀를 지켜보다가, 잠시 뒤 그녀 옆으로 자리를 옮겨 부드럽게 어깨를 감싸 안았다.

"그래, 그래. 이제 그만 생각해도 된다."

그녀는 정권의 어깨에 온순하게 머리를 기대며 엷은 미소를 입가에 머금었다.

"서신은 제 손에 없어요. 그분은 증거가 될 만한 건 절대 제 손에 남겨두지 않아요."

"쉿."

정권이 조용히 그녀의 입을 막았다.

"잠시 뒤 물을 테니 지금은 잠시 쉬어라. 나는 안다. 네가 혼자서 얼마나 힘들었을지."

그때 갑자기 그녀가 와락 안겨 들어 가녀린 턱을 어깨에 기대며 힘을 주었다. 정권은 잠시 주춤하다가 팔을 뻗어 조심스럽게 그녀를 감싸 안았다. 그 순간 그녀가 그의 귓가에 속삭였다.

"맞아요. 전하는 알아요."

그의 심장이 그녀 품에서 뛰었고, 그녀의 체온은 그의 품에 있었다. 코끝에서는 옷자락의 향기가, 귓가에는 호흡 소리가 가까이 느껴졌다. 두 사람은 그렇게 한 치의 틈새도 없이 바짝 끌어안은 채 서로를 소유했다. 그러나 두 사람이 지금 이 순간 끌어안은 것은 조금 전에 사라진 허상이었다.

아보는 잠시 뒤 정권을 밀쳐냈다. 꽉 찼던 품이 텅 비는 순간, 정권은 부친의 두 황후가 보였던 행보를 차례로 떠올렸다. 여인이란 때로는 이토록 사내보다도 강인하고 단호하다.

정권의 품을 떠난 아보가 물었다.

"묻고자 하시는 게 무엇입니까? 아시겠지만, 어떤 건 지금도 말할 수 없습니다."

정권이 고개를 가로저으며 대답했다.

"네가 감추고자 하는 건 이제 알고 싶지 않아졌어. 너를 강제로 추궁하지는 않을 것이다. 그런 방식은 네게도 내게도 어울리지 않아. 우리는 허심탄회하게 대화할 수 있는 사람들이지. 내가 먼저 시범을 보여주마. 지금 같은 시기에 너를 찾았다면 허 주부의 일을 물었겠지?"

아보는 고개를 끄덕였다.

"네."

정권은 물었다.

"그가 잡고 있는 네 약점이 무엇인지 알 것 같구나. 모친은 세상을 떠났지만, 그 서신을 썼다는 자는 네게 어머니만큼 소중한 사람이겠지?"

아보가 또 고개를 끄덕였다.

"네."

정권이 다시 말했다.

"너도 벌써 눈치챘겠지만, 허 주부의 일을 그에게 알린다고 해서 서신을 쓴 사람이 무사할 거라는 보장은 없다. 하물며 넌 내가 허 주부와 사적으로 긴밀하게 만난다는 것 말고는 아는 것도 없지 않느냐?"

"네."

아보가 대답하자, 정권이 고개를 끄덕였다.

"그러니 네게 한 가지 정보를 흘려주마. 어떤 방식으로 그에게 전할지는 네가 어련히 알아서 할 테니 상관하지 않겠다. 걱정할 필요는 없다. 그렇게 하는 것이 내게나 네게나 이득일 테니까. 내가 주는 정보는 사실이니, 그에게 보고를 하거나 담보 삼아 조건을 제시해도 된다. 지금 돌아가는 상황을 봐서 알겠지만, 그가 너를 쓰는 것도 이번이 마지막일 거야."

아보가 희미하게 웃으며 물었다.

"지금의 상황이라니요?"

정권은 웃으며 대답했다.

"실의에 빠져서 여태껏 눈치채지 못했느냐? 일이 이 지경까지 왔으니, 그가 죽지 않으면 내가 폐위될 거야."

아보가 약간의 조롱기가 섞인 미소를 머금으며 말했다.

"그래도 전하의 처지가 그분보다는 낫군요."

정권은 진지한 표정으로 고개를 세차게 저으며 아보의 말을 부정했다.

"아보, 아직도 나를 그렇게 몰라? 내게 폐위란 죽는 것과 다를 바 없어. 난 저들에게 나를 모욕할 기회를 절대로 주지 않을 거야. 이왕 말이 나왔으니 네게 미리 부탁하마. 만약 내가 폐위되거든 무슨 수를 써서라도 비수를 하나 가져다다오."

정권은 아보의 어깨가 미세하게 떨리는 것을 알아차리고는 손을 뻗어 그녀의 가녀린 어깨를 부드럽게 감싸 안으며 말했다.

"폐하가 이미 내게 금족령을 내리셔서 대행 황후의 장례 예식에 참석할 때 말고는 꼼짝도 할 수 없어. 아마 앞으로 내 모든 일 거수일투족을 감시하실 테니, 지금 가면 다시 널 찾아오기 어렵다. 기회는 지금뿐이니 잘 들어."

아보가 고개를 가볍게 끄덕이며 대답했다.

"말씀하세요."

정권은 고개를 숙이고 그녀의 귓가에 입을 바짝 가져가며 속삭였다. 붉은 등불이 투과한 창호지에 비친 두 사람의 뒤얽힌 그림자는 밖에서 보면 애달픈 사랑의 밀어를 속삭이는 연인의 모습으로 보였다. 그림자는 서로 뒤엉켰다가 하나가 되었다가 요동치는가 싶더니 드디어 둘로 갈라졌다.

그녀는 말없이 그의 이야기를 세심하게 들었고, 그 역시 집중하며 말을 이어갔다.

"네 눈으로 직접 보았다고 해라. 그가 믿지 않으면 사실 확인부터 한 뒤에 천자에게 고하라고 하면 될 것이다. 어떠하냐? 내가 널 속이는 걸로 보이느냐?"

아보는 여전히 대답이 없었다. 정권은 개의치 않고 마지막으로 당부했다.

"그러나 시기가 중요하니 지금 당장 말할 필요는 없다. 지금 당장 말할 수도 없지. 시일은 오늘로부터 보름 정도다. 허 주부가 공학위의 심문을 잘 버텨야 할 텐데."

정권은 자리에서 일어나며 말했다.

"난 너의 명석함을 믿는다. 이 보름 동안 너도 잘 생각하면서 계획을 세워봐. 너라면 틀림없이 옳은 판단을 내릴 거야. 조금 전에도 말했듯이 우리가 협력하지 못할 이유가 없지 않느냐?"

아보가 드디어 입을 열어 물었다.

"어째서 저를 믿으시죠?"

정권이 아보의 어깨를 가볍게 두드리며 씩 웃었다.

"넌 나와 지나치게 닮았거든. 나만큼 지혜롭고 나만큼 강단이 있어. 이런 위기 상황 앞에서는 더더욱 뛰어난 수완을 발휘하지."

아보는 정권이 어깨를 두드리는 순간 가슴 깊은 곳에서 짜증이 치밀어 올랐다. 그는 전에도 이렇게 아보의 어깨를 두드리고는 했다. 그 동작은 아마도 두 사람이 완전히 하나가 될 수 없다는 이유이자 증거일 것이다. 그녀는 지나치게 명석했고, 그 역시도 지나치게 명석했다. 바로 그 이유 때문에 그는 그녀를 적으로 삼을 수도 있고 동료로 삼을 수도 있다. 그리고 바로 그 이유 때문에 영원히 그녀를 자신의 반려자로 선택하지 않을 것이다.

또다시 화가 치밀어 올랐지만, 이 모든 건 그의 탓이 아니라 자신의 탓이었다.

정권은 다른 당부 없이 뒤돌아 떠났다. 그녀는 아마도 벌써부터 이것저것 치밀하게 따지기 시작했을 것이다. 너무나도 비슷한 두 사람이었기에, 그는 그녀의 머릿속을 그 누구보다 잘 알았다.

할 수 있는 일은 다했다. 다만 막상 끝에 다다르고 보니 마음이 내키지 않았다.

정녕 7년 2월 초나흗날. 예부는 대행 황후의 장례 절차를 반포했다. 5일부터 7일까지 경성의 5품 이상 관원은 모두 소복을 입고 궁 앞에 도착해 상복을 갖춰 입은 뒤, 곡을 하며 입궐해 봉위례奉慰禮를 행했다. 탈상은 3일 뒤였다.

8일. 태묘에 제물과 감주를 바치며 대행 황후의 시책문諡冊文을 올렸다. 시호는 '효단'이었다. 아직 나라는 전쟁 중이었으므로 촉왕, 광천군 및 경성 밖에서 거주하는 모든 친왕들은 경성으로 오지 않아도 된다는 훈령이 떨어졌다.

12일. 율목으로 효단 황후의 신주를 제작하라는 명이 내렸다.

16일. 효단 황후의 재궁* 발인을 앞두고 태묘에 감주를 올려 고한 뒤 영원한 안식을 기원하는 제사를 지냈다.

한 사람의 생에 대한 평가는 사후에야 이뤄진다. 제 아무리 고귀한 신분의 황후라고 해도 예외일 수는 없을 것이다.

---

* 황제나 황후의 관을 높여 이르는 말. —역주

제
65
장

숲에는 고요한 나무가 없고

정녕 7년 2월 초나흗날. 예부는 대행 황후의 장례 절차를 반포
했다. 공학위가 첨사부 주부 허창평을 구류한 건 그 전날 밤이었
다. 비밀리에 조용히 들이닥친 공학위는 자택을 모조리 수색한
뒤 집안의 노복과 동자까지 체포해 갔다.

5일이 되자, 경성의 5품 이상 관원은 모두 소복을 입고 궁 앞
에 도착해 상복을 갖춰 입고 곡을 하며 입궐해 봉위례를 행했다.
탈상은 3일 뒤였다. 워낙 수사가 비밀스럽게 진행된 탓에 예부시
랑 겸 첨사부 정첨 부광시는 5일이 되어서야 허창평의 구류 소식
을 접했다. 그는 가만히 사건의 시발점을 떠올려봤다. 자신이 예
부에서 첨부로 자리를 옮길 때 뇌물을 받고 허창평을 첨부에 추
천한 게 모든 것의 발단이었다. 간담이 서늘해진 부광시는 허겁
지겁 소복을 입고 입궐하자마자 강녕전 앞에 털썩 엎드려 통곡
했다. 어찌나 시끄러웠는지 짜증 난 황제가 금위군에게 부광시를
궐문 밖으로 끌어내라고 명령을 내릴 정도였다. 문무백관은 문밖
에서 대행 황후의 장례에 참석하기 위해 상복으로 갈아입다가,

너무 울어서 얼굴이 퉁퉁 부은 부광시가 문밖으로 내쳐지는 모습을 목격했다. 목격자의 진술에 따르면, 문에 찰싹 매달려 손발을 허우적대며 죄인임을 자처하던 그 모습이 부모의 상을 당하기라도 한 사람처럼 애절해 보였다고 한다.

부광시의 수고 덕분에 허창평의 체포 소식은 하루 만에 온 조정에 파다하게 퍼졌다. 신하들은 소식을 듣고 황제가 독단적으로 친위군을 통해 관리를 체포한 것을 불만스럽게 여겼으나, 상황이 긴박해서 어쩔 수 없었을 거라고 이해하며 넘어갈 수밖에 도리가 없었다.

장례 예식이 시작된 6일, 대리시와 도찰원都察院은 나라의 사법기관을 거치지 않고 황제의 독단으로 수사를 진행하는 건 국법에 어긋난다는 내용의 상소를 올렸다. 황제는 국상 기간에 사법관원이 황제를 질책하는 것이 오륜에 위배된다며, 상이 끝난 뒤 엄벌에 처하겠다고 도리어 불호령을 내렸다. 질책 대상에는 청원에 참여하지 않은 형부도 포함되어 있었다. 이에 신임 형부상서는 황제에게 죄를 청했지만, 나머지 두 사司의 관원들은 불복해 도어사都御史를 중심으로 수사 개입을 요청하는 상소를 당일에 올렸다. 황제가 중서령 두형에게 상소의 반려를 명하자, 사법관원들은 두형의 직무 태만을 비난했다. 신하들의 수장인 두형의 안색은 그리해 항시 어두웠으나, 국상 기간이라 모든 관원의 안색이 어두웠으므로 특별히 눈에 띄지는 않았다.

7일. 소식은 어사대를 중심으로 한 도덕군자들의 귀에도 들어갔다. 국상 기간이라 따로 모일 필요도 없이 궐문을 나서자마자 결집해 상의한 결과, 탈상 뒤 단체로 상소를 올리기로 했다. 당일 공학위의 지휘관이 수사 진행 상황을 보고했다. 허부에서 나온 물증도 부족하고, 허창평 본인 역시 내내 혐의를 부인한다는 내용이었다. 죄인 허창평은 억울함을 호소하며 단지 공무 때문에 왕래를 했을 뿐 동궁과 아무 관계도 없다고 주장했으나, 직급이 낮고 잡무나 하는 그가 동궁과 직접 접촉할 이유가 없었으므로 의심스러운 점이 한두 가지가 아니었다. 황제는 마침내 고문을 윤허했다.

8일. 신하들은 탈상 뒤 태묘에 제물과 감주를 바치며 대행 황후의 시책문을 올렸다. 시호는 '효단'이었다. 아직 나라는 전쟁 중이었으므로 촉왕, 광천군 및 경성 밖에서 거주하는 모든 친왕들은 경성으로 오지 않아도 된다는 훈령이 떨어졌다.

9일. 조회가 정상화되었다. 대신들은 조회에서 효단 황후의 신주 제작, 전쟁 상황, 중서령 두형의 사직 등을 논의했다. 또한 내부에서 직접 수사를 진행하는 건 사법의 도에 어긋난다는 논의와 이참에 황태자가 정무에서 손을 떼고 대행 황후의 장례에 집중해야 한다는 논의도 진행되었다. 그중 언관들은 도찰원과 대리시를 지지하며 첨부 관원을 공동 수사할 관원을 파견해야 한다고 강력하게 주장했다. 조회의 논의 사안이 이토록 번잡한 적이 없었고, 이토록 편이 갈려 시끄럽게 싸우기도 5년 만의 일이었다.

신하들은 서로 침을 튀겨가며 물고 뜯고 논쟁을 벌이면서도 황제의 용안과 황태자의 옥안을 힐끔힐끔 살폈다. 황태자는 어좌 아래에서 고개를 높이 든 채 우뚝 서 있었는데, 치켜뜬 두 눈과 꾹 다문 입이 황제와 마찬가지로 냉담하고 침착해 보였다.

12일. 율목으로 효단 황후의 신주를 제작하라는 명이 내렸다. 조회에서는 지난번에 마무리 짓지 못한 사안의 논의가 계속 이어졌다. 아직 발인 전이었으므로 모두 꾹 참고 있었지만, 효단 황후의 승하가 태자 때문이라는 책임론이 암암리에 퍼지기 시작했다. 황태자가 친왕의 혼례를 독촉하고 황후를 항상 불경스럽게 대했

다는 것이었다. 그와 동시에 허 씨의 체포가 역모와 관련이 있다
는 소문이 불거졌다.

2월의 밤은 성큼 찾아와 어느덧 세상에 밤의 장막을 드리웠다.
푸르스름하게 시작된 밤하늘에는 달도 별도 보이지 않았다. 조정
대신들의 눈에 황태자 소정권은 이제 장주의 군권과 조정의 실권
을 모두 잃고 위아래의 인심을 모두 잃은 신세였다. 고독한 황태
자는 연조궁에 연금된 채 홀로 동궁의 후원을 천천히 거닐었다.

시위 몇 명은 멀리서 그의 뒤를 따르며 그가 걸음을 멈출 때마
다 따라서 걸음을 멈췄다. 고요한 밤 유령과도 같은 그들의 그림
자는 황태자에 대한 경외심을 지키면서도 경계를 늦추지 않는 딱
적당한 거리를 내내 유지했다.

바람 한 점 불지 않는 밤, 그가 움직이지 않는 한 실오라기 하
나 흔들리지 않았다. 아무 소리도 들리지 않는 극도의 고요 속에
서 그는 숨소리마저도 안간힘을 쓰며 집어삼켰다. 빛은 없었다.
마지막 희미한 빛마저 석양을 따라 저만치 물러갔어도 발밑에 놓
인 길이 보이지 않을 정도로 캄캄한 암흑은 아니었다. 그는 으리
으리한 궁궐 광활한 광장에 발을 딛고 있었다. 그리고 그 화려한
궁궐이 놓인 이 세상은 따스하고 고요했다. 그는 고개를 들어 궁
성과 나라와 인생이라는 모든 유한한 존재 위에 펼쳐진 무한한
우주를 평범한 인간의 시선으로 바라봤다.

어두운 밤, 생과 사의 경계를 넘나들 정도로 숨을 참으면 비로
소 우주의 소리가 귓가에 와 닿는다. 그건 천 리 밖의 소리였다.
금속이 서로 충돌하는 소리, 금속이 살과 피로 이뤄진 육체를 동
강 내는 소리. 살육자가 흥분하는 순간 살해당하는 이는 공포와
분에 겨워 포효한다. 겁에 질린 비명과 쇠발굽 소리, 전투를 알리

는 북소리와 나팔 소리가 한데 뒤섞여 천지를 뒤흔든다. 천 리 밖에서 격렬하게 내리치는 천둥소리는 아득했다. 비와 이슬을 가득 품은 먹구름이 역동적인 흐름으로 천지의 강과 바다에 다다르면 물과 물이 섞이는 소리와 물이 물을 거드는 소리, 물살이 점점 거세지며 일어난 성난 파도가 해안으로 몰아치는 소리에 이어서 비를 기원한 사람의 절망에 찬 탄식이 섞여 든다. 그 탄식 소리가 황궁의 조당과 궁벽을 서서히 에워싸면 이제는 사람들이 은밀하게 수군거리는 소리와 함께 무수히 많은 눈동자에서 흐르는 눈물 한 방울 한 방울이 속세의 티끌 위로 떨어지는 소리가 들린다. 그 눈물은 슬픔에 겨운 사람, 분노로 치를 떠는 사람, 원한으로 몸서리치는 이들의 붉게 충혈된 눈에서 흐르는 눈물이었다.

형집행자의 포악한 웃음소리, 참고 참았다가 터지는 수형자의 끔찍한 비명 소리, 육체가 뒤틀리는 소리, 대나무 사이에 낀 뼈가 바스러지는 소리, 어두운 밤 잠행하는 여인의 조심스러운 발소리, 비밀스러운 사명을 지닌 소인의 귓속말 소리, 소문이 꼬리에 꼬리를 물고 이어지는 소리, 그리고 소문이 닿은 곳에서는 의심과 이해득실을 따지는 지밀한 계산과 결단이 소리 없이 일어난다.

그리고 공평한 심장과 정의로운 심장, 스스로가 공평하고 정의롭다고 여기는 사람의 심장, 선한 의도로 선한 일과 나쁜 일을 하는 사람의 심장, 악한 의도로 나쁜 일과 선한 일을 하는 사람의 심장이 하나하나 빠짐없이 약동하는 소리도 들린다.

바람은 없었지만 태자림의 무성한 측백나무 잎은 여전히 서로 부대끼며 쏴쏴 소리를 냈다.

우주 아래 숲에는 부대끼는 소리를 내지 않는 나무가 없고, 물은 영원히 멈추지 않고 흐른다. 의식 없는 존재가 이러할진대 하물며 의식을 갖춘 인간은 어떻겠는가? 소정권은 천천히 눈꺼풀을 내리깔고 이 푸른색 우주를 자신의 육신 밖으로 내쫓았다.

16일. 효단 황후 재궁 발인을 앞두고 태묘에 감주를 올려 고한 뒤 영원한 안식을 기원하는 제사를 지냈다. 동시에 조정의 논쟁도 한층 더 격렬해졌다.

20일. 재궁을 발인했다. 이날 새벽 황제는 직접 효단 황후의 혼령을 위로하는 제사를 주관했다. 황태자, 황제의 비빈, 황태자의 비빈, 조왕, 장사군왕, 황손이 위령제에 참석해 황후의 마지막을 배웅했다. 태자비는 황제의 비빈과 같은 줄에 섰고, 황손은 조왕 정해, 장사군왕 소정량과 같은 줄에 섰다. 정권은 상복을 갖춰 입고 치제를 마친 뒤 고개를 살짝 돌려 정량을 힐끔 쳐다봤다. 정량은 몰래 황손의 등을 다정하게 쓰다듬다가 정권과 눈이 마주치자 속삭이듯 조용한 목소리로 부탁했다.

"아원이 몸이 안 좋아서 계속 기침을 해요. 황당皇堂을 안치하러 가는 길은 멀고 바람도 세니 아원은 두고 가는 게 어떨까요?"

정권은 황손을 힐끔 보더니 인상을 잔뜩 찌푸렸다.

"쓸데없는 소리."

정량은 어쩔 수 없이 황손의 이마를 쓰다듬으며 귓가에 무언가를 속삭였다. 위로의 말인 듯했다. 황손은 정량의 말을 들으며 온순하게 고개를 끄덕였다.

정권은 두 아이에게는 신경을 끄고 예부의 관원들을 앞으로 불렀다. 그중에는 물론 예부시랑 부광시도 있었다. 안 그래도 얼굴이 창백하게 질려 있던 부광시는 정권의 시선을 느끼자 더욱 푸르스름해진 얼굴을 황급히 숙였다. 정권은 길을 지나다가 잠시 그의 곁에 머물러 귓가에 은근한 말투로 속삭였다.

"부 시랑은 본궁보다 연배도 한참 위고 두 분의 천자를 모셨지. 평소에는 그토록 신중하고 조심스러우면서, 이번에는 왜 애보다 더 철없이 굴었소?"

분명히 질책하는 어조는 아니었으나, 부광시의 안색은 이제 청동색이 되었다. 부광시는 한동안 자리에 서서 경련이 온 듯 입가를 씰룩거리더니 하얀 거품을 물며 꼿꼿하게 뒤로 넘어갔다.

치제를 마친 황태자는 직접 서산西山의 왕릉으로 행차해 황당 안치를 마쳤다. 상복을 갖춰 입은 문무백관은 이때 궁문 밖에서 조문하며 애도문을 올렸다. 번거로운 예식 절차가 한 순배 돌고 신주가 궁으로 돌아올 무렵에 문무백관은 다시 소복으로 갈아입고 궁문 밖에서 신주를 맞이했는데, 이때가 벌써 유시였다. 환궁 뒤 신하들의 위령제가 끝나자, 황태자는 황제와 나란히 예찬제* 를 올렸다. 밤이 되자, 감주와 제사 음식을 마련해 서산의 신령에게 봉분을 알리는 것으로 효단 황후의 장례 의식은 드디어 마무리되었다. 남은 것은 27일 뒤의 담제禫祭와 1년 뒤의 소상小祥, 2년 뒤의 대상大祥이었다.

황제의 지시가 따로 없었으므로, 정권은 옷을 갈아입자마자 황제의 저녁 식사 시중을 들 겸 문안을 하기 위해 강녕전으로 향했다. 하루의 노고가 쌓여 입맛이 없었는지, 황제는 두 입 만에 수저를 내려놓았다. 황제가 식사를 마치고 물은 것은 황당의 안치에 관한 것이 아니라 다른 일이었다.

"아원이 병에 걸렸다던데?"

정권은 고개를 끄덕이며 대답했다.

"궁에서 지나치게 귀하게 자라 몸이 약해서인지 하루 말 타고

---

* 醴饌祭, 제례 음식과 술을 올리는 의식. ─역주

360

바깥바람을 쐬었다고 돌아오는 길에 바로 열이 나더군요. 신의 부주의 때문입니다. 용서해주십시오."

황제가 물었다.

"짐이 듣기로는 며칠 전부터 몸이 안 좋았다던데, 왜 그걸 알면서도 짐에게 보고하지 않고 굳이 능침에 동행하게 했느냐?"

정권은 대답했다.

"신은 몰랐습니다. 게다가 국가의 중요한 예식인데, 어찌 사사로운 마음에 아들에게 특혜를 내리겠습니까?"

황제는 말했다.

"아원이 가든 안 가든 내가 개의치 않는다는 걸 분명 알았을 텐데?"

정권은 대답했다.

"신이 어찌 감히 어심을 함부로 예측하겠습니까? 신은 전혀 몰랐습니다."

황제가 물었다.

"정신을 어디에 팔고 있느냐? 아는 게 대체 무어야? 그래도 허씨 사건의 진척 상황은 알겠지!"

정권이 대답했다.

"폐하께서 직접 지휘하시는 사건을 감히 누가 신에게 따로 보고하겠습니까? 신은 알고 싶어도 전혀 알 수가 없습니다."

황제는 웃을 듯 말 듯한 표정으로 잠시 정권의 안색을 살폈다. 불과 십여 일 만에 뺨이 움푹 꺼지고 눈 밑에 푸른 기가 다분한 것이, 오랫동안 피곤과 번뇌에 시달린 몰골이었다. 황제가 물었다.

"그럼 짐에게 물어보겠는가?"

정권은 잠시 동요하는 듯하더니, 얼마 뒤 침착한 표정을 되찾으며 허리를 깊이 숙였다.

"폐하의 뜻에 따르겠습니다."

진근이 황제에게 다가오자, 정권은 그와 함께 황제의 옷시중을 들었다. 어가는 이미 준비되어 있었다. 황제는 어가에 오른 뒤 여전히 옆에 서 있는 정권을 향해 손짓했다.

"너도 타라."

정권은 좌우를 살짝 둘러보더니, 사양하지 않고 감사 인사를 한 뒤 어가에 올라 황제의 맞은편에 앉았다. 내신들은 궁등을 손에 들고 두 줄로 걸으며 어가를 수행했다. 깊은 궁궐을 점점이 밝힌 등불은 별의 광휘처럼 어가를 소리 없이 둘러싼 채 중서성과 한림원을 돌아 궁 깊숙한 곳에 있는 공학위로 향했다.

공간이 좁아 황제의 옷에 깊이 밴 약 향이 또다시 정권의 코를 덮쳐왔다. 정권은 단정히 앉아 눈을 살짝 내리깐 채, 예의에 어긋나는 행동을 할 수밖에 없을 때 가능한 가장 공손한 자세를 유지했다. 황제는 그런 정권을 유심히 관찰했다. 그의 엄숙한 자세에서는 긴장감, 경계심, 그리고 별로 내키지 않는 마음까지 고스란히 느껴졌다. 지나치게 익숙한 그 느낌에 불쑥 불쾌감을 느낀 황제는 기습 공격하듯 말을 붙였다.

"오늘 부광시가 네 꾸중을 듣고 혼절을 했다고 들었다. 요즘 기세가 대단하구나."

그러나 태자는 놀라거나 망설임 없이 살짝 정신을 딴 데 판 듯 심드렁하게 대꾸했다.

"신은 다른 말 없이 그저 철이 없다고 한마디 했을 뿐입니다. 주변에 있던 자들도 다 들었습니다. 폐하께서 사법기관의 개입을 배제하고 공학위에게 사건을 위임하신 이유는 사건이 만천하에 알려지면 수습이 어려워지기 때문이 아닙니까? 폐하께서는 신은 물론 대국을 고려하셔서 그리하신 것인데, 부광시는 일신의 안위만 생각하고 감정을 억제하지 못하는 바람에 폐하의 일을 크게 그르쳤습니다."

황제가 이야기를 듣고 고개를 살짝 끄덕였다.

"그렇지. 그런 미련한 놈에게 너를 보좌하게 시켰으니 짐의 큰 실책이다."

정권은 여전히 시선을 아래에 둔 채 말했다.

"원래 명석하지는 않은 자이니 아둔하게 구는 건 그러려니 합니다. 다만 신 앞에서는 잔뜩 겁에 질린 태도를 보이던 사람이 폐하의 침전 앞에서는 대담하게도 울며불며 억울함을 호소하다니, 그의 진짜 성품을 도무지 파악하기가 어렵습니다."

황제가 흥 소리를 내며 웃었다.

"네 형제의 사주라고 짐에게 말하고 싶은 게냐?"

정권은 대답했다.

"증좌가 없으니 함부로 단언할 수는 없으나, 폐하께서도 보름간 조정의 형국을 훤히 보셨지 않습니까? 대체 진짜 권신이 누구입니까?"

황제는 대답했다.

"아직 판단하기는 이르지. 짐은 다만 20년 동안 국본의 자리에 있었는데 네 인덕이 이렇게 얕았나 생각했을 뿐이다."

정권이 탄식하듯 대답했다.

"명분을 잃으면 지인이고 친척이고 모두 등을 돌리는 법인데, 신이라고 다르겠습니까?"

황제가 피식 웃으며 말했다.

"그렇게 낙심할 필요는 없다. 호부 사람들은 시종일관 널 두둔하더구나."

정권 역시 피식 웃으며 대꾸했다.

"장부 계산이 본업인 사람들이라고 모든 계산을 칼같이 하란 법은 없지요."

황제는 정권의 원망 섞인 말을 못 들은 척 넘기며 주제를 바꿨다.

"공학위는 처음이지?"

정권이 대답했다.

"네. 하지만 어디에 있는지는 압니다. 종정시의 서쪽에 있지요."

황제는 말했다.

"아직도 그곳을 기억하고 있느냐?"

정권이 고개를 끄덕였다.

"같은 죄를 다시 저지르지 않으려면 뼈에 새기며 반성해야 하는 법입니다. 어찌 그 경험을 쉬이 잊겠습니까?"

황제는 눈을 감으며 말했다.

"기억력이 지나치게 좋으면 괜히 부담만 늘어서 유익할 게 없다. 정말 아무도 공학위의 일을 네게 알리지 않았느냐?"

정권은 대답했다.

"자세한 상황은 모르지만, 주부가 고문당한 얘기는 신도 들었습니다. 폐하도 아시겠지만, 어떤 일은 아무리 감추려 해도 감춰지지 않지요."

황제는 고개를 끄덕이며 은근슬쩍 말을 돌렸다.

"손가락 세 개가 부러졌다고 하더구나."

그러자 정권은 고개를 옆으로 돌리며 눈살을 찌푸린 뒤 말했다.

"오른손이랍니까, 왼손이랍니까?"

황제는 물었다.

"어느 손이든 뭐가 중요하지?"

정권이 웃으며 대답했다.

"오른손이면 자백이라도 할 때 수결하기 불편하지 않겠습니까?"

황제는 또 물었다.

"결백하다면 왜 자백을 하겠느냐?"

정권은 또 웃으며 대답했다.

"모진 고문을 이겨낼 장사가 있을까요?"

황제는 말했다.

"짐을 비난하는 것이냐, 의심하는 것이냐? 아니면 저들이 요구하는 대로 삼사 중 누구라도 배심케 해야 공정하다고 말하고 싶은 것이냐?"

정권은 말했다.

"신이 어찌 감히 그러겠습니까? 삼사가 개입하는 순간 온 천하가 신의 혐의를 알게 되고, 폐하가 그 혐의를 믿고 계신다는 사실도 알게 될 텐데요. 효단 황후의 장례도 끝났고, 전방에서 급박한 소식이 온 것도 없으니, 이참에 그냥 신을 투옥하셔서 허 씨와 대질 심문을 시키시지요."

황제의 얼굴이 분노로 일그러졌다.

"무엄하다. 짐과 얘기할 때는 네 본분을 기억하고 선을 지켜."

황제는 말없이 고개를 푹 숙인 정권의 모습을 가만히 지켜보다가 말을 계속했다.

"일이 이렇게 시끄러워질 줄은 짐도 몰랐다. 그래서 짐도 죄명을 임의로 정해 허 씨를 처형하는 걸로 일을 매듭지을 생각이었어. 그러나 그 전에 확실히 물을 것이 하나 있다."

"그가 자백을 하지 않는다니 그냥 계속 고문하십시오. 제 아무리 단단한 쇳덩어리도 용광로에 들어가면 녹는 법인데, 계속 고문을 하다 보면 정련한 강철이라도 흐물흐물해지지 않겠습니까?"

정권이 비아냥거리자, 황제가 말했다.

"마음 쓰지 않는 것처럼 보이려고 애를 쓰는구나. 허나 그는 사건이 일어나던 당일에도 동궁을 출입했다. 너희 사이는 짐도 오해할 수밖에 없어."

정권은 고개를 번쩍 쳐들며 섬광처럼 빛나는 눈으로 황제를 바라봤다.

"지금 신을 미리 친국하시는 겁니까?"

황제가 대답했다.

"짐은 단지 일이 더 시끄러워지기 전에 집안 문제 선에서 정리하고 싶을 뿐이다. 하지만 네가 그런 식으로 말한다면 짐도 도리가 없구나."

정권이 정색하며 말했다.

"그가 뭐라고 했는지는 모르겠으나, 신에게 그는 차와 술을 나누며 시론이나 주고받는 벗이었습니다. 신에게도 문학적 조예를 나눌 비슷한 연배의 친구 하나쯤은 있어야 하지 않겠습니까? 책을 읽어도 감상을 나눌 사람 하나 없고, 글을 지어도 평가해줄 사람 하나 없다면 쓸쓸해서 어떻게 삽니까?"

황제가 말했다.

"네가 평소 사람과 공무를 대할 때의 태도만 봐서는 짐작도 못하겠구나. 아직 한창나이인데다 그런 고상한 취미까지 누리고 있었다니. 허나 시론을 나누자면 한림에 너와 비슷한 연배의 청년이 수두룩하다. 그자보다 문학적 조예도 훨씬 깊고 혈통도 고귀해 지금과 같은 시비가 일지도 않았을 텐데, 왜 하필이면 그자를 벗으로 골랐느냐?"

정권은 한참 동안 깊이 생각하다가 말문을 열었다.

"원래 사람과 사람의 인연은 허무맹랑한 이유로 이어지는 경우가 많지요. 신은 그저 처음 만났을 때 각별히 마음이 잘 맞았다는 것 말고는 다른 이유를 댈 수가 없군요. 둘러대는 말이 아니라 진실로 그렇습니다."

황제는 정권의 얼굴을 유심히 관찰하다가 돌연 웃음을 터트렸다.

"각별히 마음이 잘 맞았다? 그래서 첨부의 수많은 관원 중 하필이면 그가 종정시를 방문했었나? 그래서 국상 중에 혐의를 무릅쓰고 급하게 회동했나? 그래서 짐이 하사한 옥대도 아까워하지 않고 흔쾌히 주었느냐?"

천자의 음성이 우레처럼 귓전을 무겁게 내리치자, 정권은 창백하게 질린 얼굴로 우두커니 넋을 놓고 있다가 한참 만에야 겨우 정신을 차리고 고개를 갸우뚱했다.

"옥대라니요?"

황제가 차갑게 비웃으며 대꾸했다.

"굳이 지금 기억하지 않아도 된다. 도착해서 직접 보면 차차 생각이 나겠지."

정권은 황제의 시선이 향하는 곳을 따라 덩달아 고개를 숙였다. 시선이 닿은 곳에는 파들파들 떨리는 자신의 손이 있었다. 그는 황급히 무릎의 옷자락을 움켜쥐며 이를 악물고 물었다.

"그 옥대를 어디서 찾았는지 여쭤봐도 되겠습니까?"

황제가 대답했다.

"그의 자택에서 찾았지. 그 역시 그 아이의 제보였다. 듣자 하니 매우 비밀스럽게 꽁꽁 감춰놨다더구나."

정권이 대답했다.

"또 제보를 했다고요? 처음 밀고했을 땐 못 찾았으면서 언제 또 그걸 알고 찾았답니까?"

"다시 말하지만, 짐은 네 형제의 밀고를 일일이 다 믿을 정도로 아둔하지 않아. 내부의 기록이 있고, 옥대에 낙관이 있다. 이걸 모조품이라고 할 수는 없지 않겠느냐?"

정권은 고개를 천천히 끄덕이며 멍한 표정으로 대답했다.

"옥대가 나왔다면 신이 아무리 결백을 주장해도 폐하는 믿지 않으시겠군요."

황제가 말했다.

"말하는 것을 보니 기억이 떠오른 모양이구나."

정권이 대답했다.

"지금 막 생각났습니다."

황제가 말했다.

"그렇다면 짐이 하사한 물건을 그 말단 관리에게 주면서 뭐라고 했는지도 기억하느냐?"

정권은 대답했다.

"당시 기분이 좋아서 아무거나 손에 잡히는 대로 줬을 뿐, 무슨 의도를 가지고 주었던 건 아닙니다. 특별히 한 말도 없습니다."

황제가 말했다.

"기분이 좋아서 줬다고? 그건 다른 물건도 아닌 옥대다. 짐과 네가 아닌 다른 사람은 절대 사용할 수 없어. 설령 네 형제라고 해도 짐이 특별히 하사해야만 찰 수 있지. 그 말도 안 되는 핑계가 사실이라고 쳐도, 그렇게 떳떳하다면 왜 굳이 아무도 볼 수 없는 곳에 꼭꼭 숨겨뒀단 말이냐?"

정권이 이마를 쓰다듬으며 대답했다.

"신은 모릅니다. 설마 정말 신이 역심을 품었다고 믿으시는 겁니까?"

황제는 대답했다.

"네가 설명을 그럴듯하게만 한다면 안 믿을 수도 있지."

정권은 말했다.

"늑대처럼 음흉한 사람이 야망을 위해 당당히 친모를 살해하는 건 너그럽게 놔두시면서, 신이 아버지의 목숨을 노린다는 허무맹랑한 낭설은 이토록 두려워하십니까? 그렇다면 신도 더는 말하지 않겠습니다."

황제는 알겠다는 듯 말없이 고개를 끄덕인 뒤 몸을 살짝 뒤로 젖히는가 싶더니, 손을 휘둘러 정권의 뺨을 세차게 후려쳤다.

"이제 좀 말이 나올 것 같으냐? 이게 친국으로 느껴진다면 마음대로 생각해라. 짐은 그저 공개적인 자리에서 그런 헛소리를 지껄이지 말라고 경고하려던 것뿐이야. 문학 친구라는 그 말부터가 생떼에 가깝다. 설마 은밀한 벗이어서 옥대를 줬다고 말할 만큼 후안무치하지는 않겠지? 너는 뻔뻔해서 아무렇지도 않게 그런 소리를 할 수 있다지만, 짐은 도저히 그 꼴은 못 보겠다. 그러니 지금부터라도 남들에게 내놓을 만한 그럴듯한 이유를 생각해봐."

어가를 수행하는 시자들은 보지도, 듣지도, 말하지도 않는 자신의 의무를 최선을 다해 지켰다. 황가의 은원과 다툼을 실은 어가는 아직 기나긴 회랑의 허리를 지나고 있었다. 어가는 그렇게 암투가 난무하는 깊은 궁궐 사이를 아무 일 없다는 듯 평화롭게 가르며 점차 유리성*과의 거리를 좁혀갔다.

정권은 돌아간 고개를 돌리지 않고 그대로 멈춘 채 소매에서 손수건을 꺼냈다. 황제의 반지에 긁혔는지 입가에서 피가 흐르고 있었다. 그는 입가를 손수건으로 조심스럽게 누르며 무덤덤한 시선을 창밖에 둔 채 냉담하게 말했다.

"안심하세요. 신에게 그런 취향은 없습니다. 그나저나 오늘 밤은 왜 궁문을 닫지 않으십니까?"

황제는 싸늘한 시선으로 정권을 바라볼 뿐 더는 입을 열지 않

---

* 羑里城, 고대부터 존재했던 국가 감옥. 여기서는 공학위를 상징한다. ─역주

왔다.

　공학위 관할의 금부禁府는 종정시와 인접한 궁성 문밖 북동쪽
에 있었으므로 정권도 낯설지는 않았다. 거리로만 따지자면 궁문
밖을 나서자마자 바로 도착할 수 있었지만, 어가는 문 안에서 잠
시 멈췄다가 중무장을 한 시위 백여 명에 둘러싸인 뒤에야 다시
출발했다.

귀부인 행세를 하는 하녀라

　황제가 사법기관을 건너뛴 채 직속 20위 중 하나인 공학위를 통해 흠안*을 수사한다. 이것은 명백한 절차 위반이었지만 전례가 없지는 않았다. 예를 들어 가장 가까운 과거 황초 4년에도 선제가 소왕 소탁의 역모 사건을 같은 방식으로 조사했다.

　흠안의 주심으로 배치된 관원은 공학위의 지휘관이었다. 관례상 그는 오직 천자 한 사람만을 상관으로 모셨으며, 경군 중에서 황제가 가장 신임하는 인물이었다. 그는 공학위의 관아 밖에서 일찍부터 황제를 기다리다가, 일행이 도착하자 황제와 황태자에게 예를 갖췄다. 평소 그와 사적인 교류가 거의 없는 정권은 무덤덤하게 인사를 받으며 말했다.

　"이 지휘, 오랜만이오."

　황제가 곁눈질로 살짝 보니, 정권은 때마침 입가를 누른 손수건을 내키지 않는 듯 치우고 있었다. 어가 안보다 조명이 밝은 탓

　＊　황제 관련 사건. ―역주

에 퍼렇게 멍이 들기 시작한 상처가 눈에 선명하게 들어왔다. 심각한 상처는 아니더라도 손찌검의 훈장을 훤히 달고 있으니 체통이 말이 아니었다. 황제는 순간 인상을 확 쓰며 물었다.

"이곳에 얼음이 있는가? 태자에게 한 조각 가져다주어라."

이 지휘는 즉시 대답한 뒤 부하에게 얼음을 잘라 오라고 지시했다. 정권은 그런 그에게 떠오르는 대로 물었다.

"여름도 아닌데 이런 곳에 얼음이 있소?"

"전하께서는 모르시겠지만……."

이 지휘는 웃으며 입을 열었다. 정권은 그의 다음 말을 기다렸으나, 그는 끝내 말끝을 흐리고는 황제를 따라 정아正衙로 향했고, 정권도 더는 캐묻지 않았다.

공학위의 관아는 원래 평소 공학위를 포함한 황제 직속 상부 12위의 문건과 공무를 처리하는 용도로 쓰였다. 이곳에서 죄인을 국문하는 경우는 극히 드물었고, 있다 하더라도 극비리에 진행되어 외부에는 알려지지 않았다. 사실 건물 자체는 정당正堂을 임시로 공당公堂으로 개조한 것이어서 그 위용과 기세가 형부에 미치지 못했다.

황제가 곧바로 당상의 상석에 앉자, 누군가가 황제의 아랫자리로 의자를 옮긴 뒤 도자기 접시에 얼음 조각을 몇 개 담아 대령했다. 정권은 심드렁한 태도로 자리에 앉아 무심하게 얼음을 집어 손수건으로 싸맨 뒤 다시 입가를 눌렀다.

이 지휘는 황제 부자가 좌정하자 황제에게 물었다.

"폐하, 지금 죄인을 데려올까요?"

황제가 고개를 끄덕이며 손짓하자, 일찍부터 대기하던 사람이 즉시 허창평을 황제 앞으로 끌고 왔다.

정권은 초사흗날로부터 그의 소식을 전혀 듣지 못한 보름간 걱정을 하지 않으려야 않을 수가 없었다. 그러나 막상 실제로 마주한 그의 모습은 그간 상상했던 것처럼 처참하지는 않았다. 머리에 관은 없었지만 흐트러짐 없이 단정했고, 옷차림 역시 단정했다. 머리와 얼굴, 손가락에 고문의 흔적은 있었지만 핏자국은 없었고 부종도 보이지 않아, 십여 일이나 고된 형벌을 견딘 사람의 모습치고는 양호하다고 할 수 있었다. 다만 황제 앞에서도 똑바로 앉아 있지 못할 만큼 쇠약해졌는지, 바닥에 힘없이 털썩 엎드려 예를 갖추었다.

"죄인 허창평, 황제 폐하와 황태자 전하를 뵈옵니다."

그가 당으로 끌려 나온 그 순간부터 황제는 그의 얼굴에서 시선을 떼지 않았다. 황제의 관찰이 길어지자 자리에 있던 관원들 모두 불안에 떨며 초조해했다. 정권은 허창평을 살핀 뒤 고개를 들어 이번에는 황제의 얼굴을 살폈다. 황제의 얼굴에 떠오르는 미묘한 감정 변화를 하나하나 놓치지 않고 세심히 관찰하다가, 황제가 그에게서 고개를 돌리고서야 황급히 시선을 피했다.

이윽고 이 지휘가 옆에서 보고했다.

"폐하, 전하, 이자는 현임 첨사부 주부 허창평으로, 자는 안도이며 수창 6년에 진사에 급제해 예부 태상시박사로 재직하다가 정녕 2년에 자리를……."

소개가 길어지자, 황제가 그의 말을 끊었다.

"그런 자질구레한 사항을 짐이 모르지는 않네. 아마 태자가 짐보다 더욱 소상히 알겠지. 짐과 태자는 바로 본론으로 들어갈까 하네."

이 지휘는 태자를 힐끔 본 뒤 대답했다.

"신, 성지를 받들어 물증을 올리겠습니다."

공학위의 군사들이 그 소리에 바로 검은색 가죽 옥대를 가져와 어안 위에 올렸다. 7개의 사각형 옥붙이가 붙어 있고, 사각형 붙이 좌우로 둥근 옥붙이가 붙어 있는 옥대였다. 모든 옥붙이에는 각기 다른 인물의 형상이 조각되어 있었는데, 얼굴 크기는 매우 작지만 이목구비가 정교했으며, 6~7겹이나 되는 화문華紋이 복잡하게 중첩되어 있었다. 확실히 황궁 내부에 소속된 장인이 아니면 결코 만들 수 없는 수준의 공예였다. 게다가 나라의 규정에 따르면 황제의 옥대에는 사각형 붙이를, 황태자나 친왕의 옥대에는 사각형과 원형 붙이를 함께 붙여야 했는데, 그것만으로도 한눈에 황태자의 옥대임을 알 수 있었다. 하물며 내부 장인이 만들었다는 낙관과 기록은 물론, 황제가 황태자에게 하사한 기록까지 모두 어안 위에 올려졌으므로 진품임이 너무나도 명백했다.

황제는 옥대를 들어 잠시 살핀 뒤 물었다.

"태자도 한번 확인해보겠느냐?"

정권은 대답했다.

"괜찮습니다. 틀림없이 정녕 2년 동지에 신이 주부에게 하사한 옥대입니다."

황제가 대답했다.

"알아봤으면 됐다. 옥대는 왜 그에게 줬느냐?"

정권이 웃으며 대답했다.

"신의 은밀한 벗이라서."

"태자의 의자를 치워라!"

시기와 장소를 가리지 않는 태자의 뻔뻔한 농담에 분노한 황제가 어안을 쾅쾅 내리치며 소리쳤다. 모두가 화들짝 놀란 가운데, 오직 이 지휘만이 전혀 동요하지 않은 표정으로 부하에게 의자를 치우라고 지시한 뒤, 태자의 눈치는 볼 것도 없다는 듯 황제에게 권유했다.

"폐하, 죄인의 심문을 명해주십시오."

황제는 두 손을 공수한 채 서 있는 태자를 힐끔 보더니 어두운 얼굴로 고개를 끄덕였다. 곧이어 군사가 찰자*를 가져와 허창평의 열 손가락을 모두 끼웠다. 형집행자가 대나무 가락을 강하게 조이기 시작하자, 허창평의 창백하게 질린 얼굴이 더욱 참혹하게 일그러졌다. 처참하게 찢긴 살갗 사이로 드러난 하얀 뼈와 식은 땀과 뒤섞여 엉겨 붙은 검붉은 피, 그리고 땅바닥에서 비틀리는 유학자의 몸. 모든 장면 하나하나가 일렁이는 촛불 아래서 노골적으로 드러났다. 정권은 두 눈을 질끈 감고 새하얀 뼈와 붉은 피가 뒤엉킨 강렬한 우주를 자신의 육신 밖으로 내쫓았다. 허창평은 극심한 고통을 견디면서도 그 순간을 놓치지 않았다. 그는 태자가 눈을 감은 이유를 어렴풋하게 짐작했다. 그것은 두려워서도 참혹함을 견딜 수 없어서도 아닌, 그저 오래전에 사라져버린 그의 존엄을 배려한 것뿐이었다. 허창평은 문득 태자가 했던 질문을 떠올렸다.

'내가 그런 인자함을 주부에게 베풀어도 그렇게 말할 수 있겠소?'

선조를 욕되게 하지 않는 것이 제일이요, 자신을 욕되게 하지 않는 것이 그다음이요, 자신의 말을 욕되게 하지 않는 것이 그다음이라고 했던가. 그는 사마천의 「보임소경서報任少卿書」에 절절하게 수록된 치욕의 한탄을 지금 온몸으로 생생하게 체험하고 있었다. 30년을 살아오면서 충심이 이토록 크게 다친 적은 없을 것이다. 그 극심한 고통은 손가락뼈가 부러지고 정강이뼈가 부러지는 아픔과 비할 데가 아니었다. 그간 굳건히 지켜왔던 그의 신념

---

  * 대나무 다섯 조각을 엮어 그 사이에 손가락을 끼워 조이는 형구. —역주

마저도 바람에 흔들려 곧 떨어질 나뭇잎처럼 힘없이 요동쳤다. 그는 마침내 버티지 못하고 신음을 내질렀다.

치욕에는 구체적인 형상도 있고 소리도 있다.

이 지휘가 형구를 치우라고 명령하자, 군사들은 명을 받은 뒤 큰 대야에 담긴 얼음물을 가져와 죄인의 손을 담갔다. 차가운 얼음물에 피가 녹으며 퉁퉁 부었던 죄인의 손가락이 즉시 가라앉았다. 한계에 도달한 죄인이 고문을 더 버틸 수 있게 해주는 조치였다. 이어서 대야에 담긴 얼음물을 죄인의 머리에 끼얹자 몽롱해졌던 죄인의 정신까지도 다시 멀쩡하게 살아났다.

고문은 한 차례 더 반복됐다. 아까와 똑같은 붉은 피, 부러지는 뼈, 비명이 그대로 재현되는 순간, 정권은 입가에서 비릿한 피 맛을 느꼈다. 어쩌면 나름 천자의 앞이라고 가장 참혹한 고문은 배제했을 수도 있다. 그러나 보잘것없어 보이는 열 가닥의 대나무 막대기만으로도 피비린내가 진하게 풍기는 참극을 연출하기에는 부족함이 없었다.

그때 황제가 갑자기 무슨 생각이 떠올랐는지 살짝 불쾌해진 안색으로 탁자를 가볍게 두들겼고, 군사들은 다시 한 번 형구를 벗겼다.

이 지휘는 황제의 의중을 알아차리고 황제의 눈치를 살핀 뒤 직접 허창평에게 물었다.

"태자 전하께서 옥대를 하사하실 때 무슨 말씀을 하셨나?"

죄인은 온몸에 힘이 빠져 축 쳐진 채 흐릿해진 눈동자로 고개를 가로젓더니, 남은 힘을 간신히 쥐어 짜내며 대답했다.

"안 하셨습니다."

이 지휘는 심문을 계속했다.

"태자 전하께서 이 물건을 네게 하사하시며 일이 성공하면 네게 다른 성의 왕작을 내리겠다고 약조하셨다던데?"

허창평은 소스라치게 놀라며 당상에 선 정권을 향해 고개를 돌렸다. 밝은 촛불 아래 드러난 정권의 깨끗한 얼굴은 일말의 동요 없이 침착했다. 경악이라던가 분노라던가 억울함이나 변명을 할 기색 같은 것도 당연히 찾아볼 수 없었다. 6년의 세월을 함께한 그들이다. 더군다나 같은 핏줄이 아닌가. 그 무언의 신호만으로도 정권의 의도를 알아차리기에는 충분했다.

허창평의 눈빛이 파르르 떨렸다. 호흡 역시 거칠어지기 시작했다. 억울함을 호소하지는 않았다. 고개를 저어 부정하지도 않았다. 이 지휘는 예민한 감각으로 지금이 바로 죄인이 동요하며 무너지는 순간이라는 것을 포착했다. 달리 말하면 지금이 바로 그간의 노고와 업적이 결실을 거둘 최적의 시기였다. 그가 수하들에게 다시 형구를 조이라고 눈짓으로 지시하는 순간, 죄인의 이 사이에서 새빨간 선혈이 주르륵 흘러내렸다. 군주와 상관보다 가장 먼저 상황을 알아차린 형집행자가 허겁지겁 죄인의 앙다문 하관을 벌리며 다급히 보고했다.

"폐하, 죄인이 혀를 깨물었습……."

"이 지휘, 형구를 치우시오! 당장 태의를 불러!"

내내 말이 없던 태자가 갑자기 다급하게 외치며 그의 말을 끊었다. 그러자 황제가 눈썹을 치켜올리며 차갑게 비꼬았다.

"태자 전하께서 요즘 기세가 아주 등등하시군. 이 지휘는 너의 가노가 아니라 짐의 직속 병사다."

그러자 정권도 거리낌 없이 차갑게 웃으며 날카롭게 대꾸했다.

"신의 정적이 다른 성의 왕작이니 뭐니 하는 말까지 언급한 마당에 신이 뭘 더 겁내겠습니까? 이 사람이 죽으면 신의 무죄는 영원히 입증할 수 없게 됩니다."

황제는 뜻밖에도 화를 내는 대신 이 지휘에게 명령을 내렸다.

"태자의 말대로 해라. 죄인을 살리지 못하면 너의 처분을 태자에게 맡기겠다."

군사들은 혼절한 허창평을 황급히 끌고 나갔다. 바닥을 흥건하게 물들였던 피 섞인 얼음물이 깨끗이 씻겨 내려가자, 조금 전까지 벌어졌던 가혹 행위의 흔적도 언제 그랬냐는 듯 자취를 감췄다. 황제는 정권을 손짓으로 부르며 말했다.

"네 귀에는 황당무계한 소리로 들리겠지만, 옥대를 선물한 근거로 이만큼 그럴듯한 사유도 없다. 더구나 죄인 역시 아니면 아니다, 억울하면 억울하다 항변하면 될 것을, 굳이 짐 앞에서 혀를 깨물었어. 그러니 너도 짐이 괜한 의심을 한다고 원망하지는 마라. 보아하니 오늘 밤은 그가 말을 못 할 것 같으니 너와 직접 얘기하는 게 낫겠구나. 둘이서 대체 뭘 도모하고자 했느냐?"

"폐하, 일이 이렇게 된 이상 신은 변명할 기회조차 없습니다. 폐하께 삼사의 수사 개입을 청합니다. 삼사의 배심하에 그가 깨어나는 즉시 대질하겠습니다."

정권은 황제의 발밑에 엎드려 호소하다가 갑자기 고개를 들더니 진지한 표정으로 덧붙였다.

"그렇지요. 조왕도 불러야 합니다. 그것만이 신이 살 수 있는 유일한 길이옵니다."

황제가 코웃음을 치며 대꾸했다.

"네가 5년 전에도 지금처럼 어리석었다면 궁벽한 시골로 쫓겨난 사람은 네 형이 아니라 너였을 것이다. 네 말대로 짐은 나랏일이 번잡한 이때 괜히 나라의 근본을 흔들고 싶지는 않다. 너와 비밀리에 내통한 위소는 어디어디이더냐? 지금이라도 짐에게 자백하면 네게 살길을 열어주겠다. 아까도 말했듯이 죄인을 처형하는 선에서 마무리 지을 수 있어."

정권이 발끈하며 황제에게 따지고 들었다.

"신이 어리석다고요? 역시 허창평이 깨어날 틈도 안 기다리시고 신을 역도로 몰 생각이었군요. 신은 허 씨처럼 혀까지 깨물 만큼 의지가 남다르지 않습니다. 전에도 말씀드렸지만 아픈 건 정말 싫습니다."

황제가 대답했다.

"벌써부터 그럴 필요는 없다. 그 뻔뻔한 얼굴을 고수할 기회는 앞으로 얼마든지 있을 테니까 말이다. 다만 오늘 밤에는 다른 일을 하자꾸나."

그는 고개를 돌리며 분부했다.

"가져와라."

어가를 수행하던 내신들의 우두머리가 칠갑 하나를 받쳐 들고 나타나 황제 앞에서 뚜껑을 열었다.

"이게 뭔지 알아보겠느냐?"

황제가 정권에게 묻자, 정권은 칠갑 안의 물건을 힐끔 본 뒤 대답했다.

"신의 공식 인장과 개인 인장입니다."

황제가 말했다.

"네가 아직 짐의 직속인 12위소에 손을 댈 깜냥은 없겠지. 그렇다면 번거롭겠지만 네가 해줄 일이 있다. 네 그 독창적인 필체로 24경위의 지휘에게 사적인 서신을 써보겠느냐? 네가 작성하는 즉시 짐이 지휘들에게 보내보마."

정권이 차갑게 웃으며 대답했다.

"무슨 일을 그렇게 복잡하게 하십니까? 그냥 24위 지휘를 모두 교체하는 게 훨씬 빠르고 간편할 텐데요."

황제가 대답했다.

"또 훤히 알면서 그러는구나. 지금으로서는 이게 가장 대가가 적은 방법이라는 걸 모르지 않을 텐데."

정권이 고개를 끄덕이며 말했다.

"영명하십니다. 지금은 폐하의 말대로 힘겨운 시기지요. 밖으로는 오랑캐가 아직 평정되지 않았고, 안으로는 조정에 많은 파란이 일고 있으니까요. 폐하는 줄곧 신을 의심하시기는 했지만, 진짜로 신이 역모를 도모했다고 확신하신 건 오늘 이 옥대가 나온 뒤입니다. 만약 12일 안에 경군 24위의 수장을 모두 교체하신다면 후폭풍이야 있겠지만, 그래도 황가의 형제와 부자지간의 동족상잔에 비할 수준이겠습니까? 하지만 우환을 제때 뿌리 뽑지 않으면 또 조만간 일어날 변고를 우려해야 합니다. 신은 지금도 이미 궁지에 몰린 짐승이 아닙니까? 차라리 이렇게 하시면 체면은 좀 상하시더라도 정국을 안정시키고 천천히 후일을 도모할 수 있지요. 오늘 밤 반드시 하셔야 합니다. 내일이 지나 시기를 놓치면 그것도 아무 소용이 없으니까요."

공손한 말투 속에는 천자의 어심을 훤히 꿰뚫어 보는 신랄한 비아냥거림이 가득했다. 그러나 황제는 전혀 개의치 않고 고개를 천천히 끄덕이며 대답했다.

"안다니 잘됐구나. 만약 아무 일이 없다면 모두에게 기쁜 일이겠지."

정권이 한숨을 내쉬며 말했다.

"폐하, 이미 모두가 만신창이가 된 마당에 대체 뭐가 기쁜 일이라는 겁니까? 신은 맹세코 결백하지만, 그렇다고 해도 서신을 쓰지는 않을 겁니다. 쓸 수도 없고요. 신이 아무리 어리석어도 스스

로 준비한 독에 불을 지필 정도로 어리석지는 않습니다. 서신을
썼는데 결과가 폐하의 바람과 다르더라도, 혐의는 여전히 신이 뒤
집어써야 하지 않습니까? 이건 신에게 아무 유익이 없습니다."

황제가 말했다.

"역시 거부하겠다는 것이냐?"

정권은 말했다.

"폐하께서 권유하시는 거라면 신은 당연히 거부하겠습니다.
그러나 이게 명령이라면 신은 폐하의 신뢰와 사랑을 모두 잃은
것이니, 죄가 있으나 없으나 이미 죽은 목숨이겠지요. 허나 죽기
전에 폐하께 한 가지 방도를 더 알려드리겠습니다. 그 금착도라
는 서체는 신 한 사람만 구사할 수 있는 건 아닙니다. 가령 오제도
서도에 조예가 좀 있지요. 게다가 신의 필체를 똑같이 흉내 냅니
다. 이 일을 시작한 사람이 오제이니, 오제도 수고를 좀 해야 하지
않겠습니까? 마침 신의 인장이 모두 여기에 있으니 그에게 서신
을 쓰게 시켜보는 건 어떠신지요?"

황제는 갑자기 사방이 자신을 내리누르는 듯 답답함을 느끼며
말을 잃었다가, 오랜 뒤에야 간신히 무거운 탄식을 내뱉었다.

"짐이 어쩌다 이런 짐승 같은 놈들을 자식으로 두었을꼬!"

정권은 감정이 조금도 느껴지지 않는 냉담한 표정으로 고개를
숙이며 사죄했다.

"신의 죄가 태산과도 같습니다."

황제는 의심스러운 눈초리로 정권을 힐끗 쳐다본 뒤 낮게 가
라앉은 목소리로 명령을 내렸다.

"태자의 말대로 조왕을 소환하라."

조왕 정해는 초경을 알리는 북소리가 울릴 무렵 공학위에 도

착했다. 제일 먼저 눈에 들어온 건 갑옷을 입고 칼을 찬 삼엄한 군사들이었다. 그다음으로는 황제의 발밑에 엎드린 태자가 보였다. 마치 석상처럼 굳어 미동도 없는 태자는 그가 들어왔는데도 고개 한번 들지 않았다. 손바닥에서는 즉시 식은땀이 솟아났다. 무엇이 옳고 무엇이 그른가 하는 문제는 이제부터는 중요하지 않았다. 모든 변수를 하나하나 계산하고 모든 수를 치밀하게 설계했지만, 서로가 격렬하게 충돌하는 이 순간이 일상의 한순간처럼 이토록 평온하리라는 건 계산 밖이었다. 두 사람의 표정은 모든 희노애락의 감정이 지나간 뒤처럼 평온하기만 했다.

의심이 없었던 것은 아니다. 당연히 두렵기도 했다. 그러나 황제의 명을 거역할 수는 없었고, 자신을 거부할 수도 없었다. 어쩌면 이것은 일생일대의 기회일지도 모른다. 이것은 치열한 대국이다. 지금 이 순간 모든 이해득실을 치밀하게 계산해 여태껏 힘겹게 경영해온 자신의 판을 지켜내야 한다. 그 대국은 그에게 극도의 불안과 극도의 희열을 동시에 안겨주었다. 자신의 적자 형제와 달리, 그는 분수만 제대로 지킨다면 고귀한 친왕으로서의 신분을 유지한 재 평생을 편안하게 살 수 있었다.

모호한 의미가 담긴 24통의 서신을 완성했다. 황태자의 필체를 완벽하게 모사해 한 통 한 통에 황태자의 공식 인장과 개인 인장을 찍었다. 지난달에 황태자가 고봉은에게 보낸 서신과 한 치의 어긋남도 없이 동일한 양식이었다. 모든 서신은 황제의 눈을 통과했고, 황제를 가장 가까이서 모시는 내신에 의해 하나하나 밤의 빛 속으로 스며들었다.

이 세상에는 자신의 분수에 만족하지 못하는 유형의 인물이 있다. 그가 바로 그런 유형의 인물이었다. 그런 천성을 타고난 건 행운일까, 재앙일까? 그건 그도 판단을 내릴 수가 없었다. 그가 가려는 길 끝에는 철저한 성취, 혹은 철저한 파멸이 기다리고 있었고, 그것은 세상의 정상에 서느냐, 가장 밑바닥의 진흙탕으로 곤두박질치느냐의 싸움이었다. 그는 평탄하기만 한 제3의 길을 원하지 않았다. 하물며 부친의 성공 사례가 이 당상에서 펼쳐지지 않았는가. 이곳은 그의 부친이 자신의 최대 정적을 섬멸한 승리의 전장이었다. 그 사실은 그에게 격려가 되지는 못하더라도 최소한 경고가 되지는 않을 것이다.

2경, 3경을 지나 4경 무렵이 되자, 하늘이 어슴푸레하게 잿빛으로 물들기 시작했다. 서신을 받은 24위의 지휘 중에는 망설이거나 주저하거나 태자와 내통한 흔적을 지닌 사람은 하나도 없었다. 그들은 경악하거나 분노하거나 큰 화가 닥쳤다고 생각했고, 그중 지휘 10명은 황제의 사자를 붙잡아 두었다가 직접 서신을 써서 사자의 손에 들려 보냈다. 그렇게 작성된 지휘들의 편지는 한 통 한 통 차례대로 공학위의 당상에 앉은 황제의 손으로 전달되었다.

하룻밤 내내 석상처럼 꿇어앉아 있던 태자는 황제의 허락도 받지 않고 드디어 휘청휘청거리며 자리에서 일어났다. 얼굴에는 경멸과 조롱의 기색이 가득했다. 그는 핏기가 싹 가신 창백한 입술을 깨물며 차디찬 조롱을 내뱉었다.

"애들 장난도 아니고."

정권은 직접 황제의 면전에 놓인 서신 몇 통을 손에 주워 들고 눈살을 찌푸린 채 한 장 한 장 들추며 확인한 뒤, 패배가 거의 확실시된 역신 곁으로 다가가 그의 면전에서 쥐고 흔들었다.

"모든 것이 완벽한데 왜 시인하는 사람이 없을까? 어디가 잘못됐는지 알겠느냐?"

소년 친왕은 입술을 앙다문 채 말이 없었다.

정권은 승리감에 도취된 의기양양한 표정으로 금착도의 날카로운 획처럼 손가락으로 거침없이 서신을 짚으며 호통쳤다.

"네 글씨는 힘과 풍격과 수양이 모두 부족해. 자질도 없고 품위도 없는데 남의 흉내나 내었으니, 귀부인이 하녀 행세를 하는 꼴이다!"

망신스러운 수모에도 불구하고, 소년 친왕은 여전히 꾹 참으며 입을 앙다물었다. 오늘 밤은 얼핏 그가 승리한 듯 보이지만, 아직 승패는 확실하게 결정되지 않았다. 지금 판단을 내리는 건 시기상조일 것이다.

황제는 격노하며 치를 떨다가, 갑자기 살짝 흥미가 일어 말없이 두 아들의 대치 상황을 주시했다. 그러나 태자는 곧바로 흥분을 가라앉히고 평소의 냉정한 표정을 되찾으며 탄식하듯 말했다.

"그러나 네 가장 큰 패착은 그게 아니다. 문예는 음모에 사용해서는 안 돼. 그건 화도나 서도나 마찬가지다. 더러움에 물들기 시작하면 정신도 쇠퇴하고 기개도 쇠퇴하지. 너나 나나 가장 기본적인 걸 어겼으니 둘 다 기껏해야 기교나 부리는 기술자에 불과하다. 결국에는 아무런 결실 없이 세상의 웃음거리나 되겠지."

정권은 말을 마치자마자 조왕의 얼굴도 보지 않고 뒤돌아 천자의 자리로 가서 침착한 어조로 고했다.

"송구하오나, 신은 지쳐서 이만 물러가야겠습니다."

"널 궁으로 돌려보내라고 하마."

황제가 손을 흔들며 윤허했다. 정권이 딱딱하게 굳은 무릎을 짚으며 뒤돌아 떠나려는 순간, 등 뒤에서 주저하는 듯한 황제의 목소리가 들렸다.

"짐이 전약국典藥局의 사람을 보냈다. 너도 가서 살펴보는 건 어떻겠느냐? 네가 그 아이를 좋아하지 않는 건 짐도 안다만, 아이가 잘못되기라도 하면 네게도 좋을 게 없다."

정권이 무기력하게 피식 웃으며 대꾸했다.

"결국 이렇게 애들 장난처럼 마무리 지으시는 겁니까? 신에게 정말로 죄가 있다면 그 아이는 죄인의 서자입니다. 죄인의 서자의 말로를 보는 건 영 내키지가 않는군요."

자세를 낮춘 호랑이, 몸을 움츠린 너구리

황태자는 4경 무렵에 궁으로 돌아왔다. 그는 자신의 입으로 지쳤다고 말했다. 상식적으로 보아도 쓰러질 정도로 지칠 수밖에 없는 일정이었으나, 그는 21일 5경에 열린 정기 조회에 지쳐 쓰러질 것 같은 몸을 이끌고 어김없이 정시에 도착했다. 정시에 도착한 건 조왕도 마찬가지였다. 황태자와 마찬가지로 관복으로 갈아입은 모습이었는데, 왕부로 돌아가 갈아입고 왔는지 공학위의 관아에서 옷을 받아 갈아입고 왔는지는 알 수 없었다.

두 사람은 확실히 젊어서 하룻밤을 새고도 얼굴에 피곤한 기색이 크게 드러나지 않았다. 그러나 그들과 함께 장장 하룻밤을 꼬박 샌 황제는 지칠 대로 지친 심신의 상태를 대신들 앞에서 도저히 감추지 못했다. 신하들은 힐끔힐끔 황제를 살피며 그의 흐트러진 모습에서 혹시나 드러나 있을지도 모르는 단서를 열심히 찾았다.

그러나 그들이 그토록 열심히 단서를 찾고 추측하고 따지고 계산할 필요는 없었다. 한 사람이 모두 앞에서 모든 무의미한 추측을 간단히 뛰어넘고 직접 입을 여는 순간, 오늘의 사건은 단숨에 조정을 뜨겁게 달궜다.

황태자 소정권은 중앙으로 걸어 나와 상아 홀판을 잠시 내려놓더니, 소매 안에서 공문 한 통을 꺼내며 평온한 얼굴로 황제에게 고했다.

"신 소정권, 폐하께 아뢸 일이 하나 있습니다."

황제가 잔뜩 경계하며 눈살을 찌푸렸으나, 정권은 황제가 진근에게 공문을 받으라고 지시를 채 내리기도 전에 한쪽에 서 있는 정해에게 살짝 미소를 지었다.

"조왕, 경이 본궁을 대신해 받드시오."

두 형제는 뜨겁게 시선을 마주쳤다. 황태자의 눈은 붉게 충혈되어 있었는데, 피로 때문인지 증오 때문인지는 분간할 수 없었다. 정해는 마침내 묵묵히 두루마리의 한 축을 붙잡고 길게 펼쳤다. 나라의 공식 규격으로 쓰인 공문 두루마리가 장사를 치른 흰색 명주처럼 눈물 자국이 선명한 조당에 횡으로 펼쳐지자, 반듯한 정자체로 장황하게 나열된 글씨가 서서히 모습을 드러냈다.

정권은 고개를 들어 천자의 얼굴을 정면으로 바라본 뒤 피곤에 잠긴 목청을 살짝 가다듬고 고했다.

"신, 조왕 소정해의 역모를 고발하오니 영명하신 혜안으로 살피셔서 엄벌에 처해주소서."

황제는 정권이 이런 수를 두리라고는 예상도 못 했으므로, 어좌에 앉은 그대로 뻣뻣하게 굳었다. 조당에 죽음처럼 지독한 정적이 흐를 때, 두루마리의 한 축을 쥔 정해의 손이 미세하게 떨렸다. 새하얀 명주와도 같은 두루마리 위에 한 획 한 획 정교하게 쓰인 아름다운 글씨는 음모와 관련된 내용만 아니었다면 틀림없는 최상급의 예술품이었다. 정해는 서서히 입꼬리를 올리며 조소가 섞인 차디찬 미소를 머금었다.

정권은 다른 사람은 안중에도 두지 않고 말을 계속했다.

"상소문의 내용이 워낙 많고 번잡하니 나중에 상세히 읽어보시고, 이 자리에서는 신이 내용을 간략히 요약해드리겠습니다. 신이 조왕을 탄핵하는 이유는 종실로서 다섯 가지 죄를 지었기 때문입니다. 첫째, 군주를 기만했고, 둘째, 국모를 박해했으며, 셋째, 태자를 모함했고, 넷째, 조정의 신하와 내통했고, 다섯째, 서자로서 정당한 적장자인 동궁의 찬탈을 도모했습니다."

엄청난 충격이 지나가자 침묵하던 신하들은 조금씩 술렁이기 시작하더니, 마침내 조정 전체에 거친 풍랑과도 같은 거센 소란이 일었다. 홀판을 손에 든 채 서 있는 모두가 한때 풍랑을 조장했던 이들이었고, 아무리 거친 파도가 일어도 휩쓸리지 않고 살아남은 생존자들이었으므로 가장 기본적인 생존 법칙을 숙지하고 있었다. 관리로서 처세하며 살아가는 사람들이 가장 금기시하는 것은 바로 정면 공격이다. 같은 하늘 아래서는 차마 얼굴을 마주볼 수 없는 철천지원수가 눈앞에 서 있더라도 핏발 선 눈으로 갑옷의 피를 씻는 대신 웃는 얼굴로 칼을 뽑아야 한다. 정면충돌만 피하면 언제든지 원상태로 돌아갈 수 있다. 그리고 그렇게 여지를 남겨두어야 살아남아 다른 공격의 기회를 잡을 수 있다. 살아남기만 하면 최후에 적의 시체에 꽂힌 도검을 뽑으며 미소 짓는 사람은 그가 될 것이다. 그리고 피를 딛고 전진하며 전투를 계속해나가는 것이다. 따라서 그들에게 이렇게 위험천만한 일에 가진 판돈을 모두 거는 일은 영원히 있을 수 없었다. 세상에 태어난 바로 그 순간부터 정계의 생존 법칙을 몸소 익히며 내내 출중한 실력을 뽐내던 황태자가 대체 무슨 연유로 갑자기 이런 악수를 두는 걸까? 이것이 생사를 건 결단이라 할지라도 그 이유를 도무지 헤아릴 수 없었다.

황제가 드디어 입을 열었다. 탄핵에 관한 일이 아니라 다른 질문이었다.

"돌려보냈더니 한 시진 동안 한 게 이것이냐?"

황태자는 고개를 끄덕이며 순순히 시인함과 동시에 주제를 교묘하게 탄핵으로 되돌렸다.

"네. 오늘이 아니면 다시는 기회가 없으리라 생각했고, 이곳이 아니면 달리 하소연할 곳도 없었습니다. 십여 일 전 공학위가 첨사부 주부 허창평을 체포한 이유는 허창평이 경위의 지휘들과 내통하며 신과 함께 역모를 꾸미고 있다는 내용의 투서가 들어왔기 때문이었습니다. 바로 조왕이 비밀리에 사람을 시켜 보낸 투서지요. 폐하, 허 모는 첨사부의 말단 실무 담당관으로 신과는 가끔 공적인 왕래를 했을 뿐입니다. 그러던 중 정녕 2년에 광천군의 모해 사건이 일었습니다. 그때 신은 종정시에 갇혀서 등 돌린 인심과 세상의 각박함을 난생처음 체험했습니다. 군신 간의 의리를 지키며 위험을 무릅쓰고 신을 찾아왔던 사람은 오직 그뿐이었지요. 그래서 연말에 감사와 격려의 표시로 옥대를 하사했던 것입니다. 그런데 조왕은 간교하게도 그것을 역모의 물증으로 둔갑시켜 신을 중상모략했습니다. 어젯밤 폐하는 밤늦게까지 심문을 하셨는데, 신은 도저히 인정할 수가 없습니다. 온 천하가 보는 앞에서 신의 누명을 깨끗하게 씻겨주십시오."

정권이 방금 스스로 말한 내용은 조정의 대신들은 물론, 황제의 등 뒤에 선 환관들도 모르는 궁중의 비사였다. 그리하여 그들은 큰 충격에 빠져 입만 멍하니 벌리고 있다가, 정신을 차린 뒤에는 더더욱 황태자의 행보에 의혹을 품었다. 대체 어찌하여 이토록 무지몽매한 일을 벌인 걸까? 황제가 심문 사실을 공개하지 않은 이유에는 태자에게 회생의 여지를 남겨주려는 의도도 없지 않을 것이다. 태자는 지금 조왕을 정면에서 공격했을 뿐만 아니라, 황제의 면전에 대놓고 칼을 겨눈 것이나 다름없었다. 하물며 태자가 말한 물증은 조왕의 죄를 확실하게 입증하기에는 터무니없이 부실했으며, 모든 세부 사항 하나하나가 도리어 태자를 돌이킬 수 없는 파멸로 이끌 위험성이 훨씬 컸다.

정해는 호기심과 정의감이 갑자기 머리 꼭대기까지 치솟은 조정 대신들을 대표해 고개를 끄덕이면서 이를 갈며 말했다.

"옥대요?"

그러자 정권이 피식 웃으며 대꾸했다.

"그렇소. 옥대요. 경은 왜 새삼 처음 듣는다는 표정을 하고 있소? 이 일은 경이 사람을 시켜 폐하께 몰래 밀고를 하면서 시작됐잖소? 어제를 택한 이유는 효단 황후의 신주를 안치한 날이었으니 폐하께서 몸소 나서실 거라는 판단이었겠지?"

정해는 꼿꼿한 자세로 서서 정권과 첨예하게 대치했다.

"신의 죄가 큽니다. 어쩌다가 전하께 미움을 사서 이런 의심을 받는 지경에 이르렀는지는 모르겠으나, 전하께서 폐하께 결백을 주장하신 것처럼 신 역시 전하께 결백하다고 말할 수밖에 없습니다. 부디 혜안으로 살펴주십시오."

비방이 이 지경에 이르자, 조정에 든 몇몇 어사들은 입이 근질근질해졌는지 서로 눈짓을 주고받았다. 그들 중 한 명이 기어이 앞으로 튀어나가려는데, 뒤에서 동료 한 명이 다급하게 옷소매를 잡아당겨 저지했다.

정권은 어사들의 움직임을 힐끔 확인한 뒤 다시 정해를 향해 고개를 돌렸다.

"그렇다면 내가 경을 크게 오해했나 보오. 하지만 만약에 대역

죄를 저지른 정황이 명백하게 드러난다면 어떤 처벌을 받는 게 좋겠소?"

정해가 고개를 돌리며 코웃음을 쳤다.

"증좌를 찾을 수만 있다면 승냥이와 호랑이에게 내던지십시오."

정권이 고개를 절레절레 흔들며 웃었다.

"경은 말을 삼가시오. 지금이 걸주*가 지배하는 시대도 아닌데 어찌 산 사람을 짐승에게 먹이로 내던지겠소? 그러나 강녕전의 환관이 말이 없으니 그도 함께 공학위로 가서 물어보는 것도 좋겠소. 어제 폐하께 옥대니 왕작이니 하는 말을 흘리라고 지시한 사람이 대체 누구인지 말이오."

어좌 아래에 있던 조왕이 고개를 번쩍 쳐들고 황태자를 바라봤고, 어좌 뒤에 서 있던 진근은 그사이 얼굴이 부쩍 더 늙은 왕신을 향해 고개를 쳐들었다. 그리고 왕신은 차마 고개도 들지 못하고 눈만 축 내리깔고 있었다.

황태자의 수행의 깊이는 연로한 환관에 미치지 못했는지, 얼굴이 창백하게 질린 조왕에게 옅은 웃음을 지어 보이며 거침없이 공세를 퍼부었다.

"하지만 난 여전히 경에게 듣고 싶소. 옥대를 하사한 건 내 개인적인 일이오. 동궁의 은밀한 내막을 대체 누구 입을 통해 들었소?"

정해는 아까처럼 또박또박 혐의를 부인했다.

"신은 벌써 전하께 억울하다고 말씀드렸습니다. 그러나 지금의 주군인 폐하와 미래의 주군인 동궁을 모두 불쾌하게 했으니 이 또한 죽을죄겠지요. 신은 지금 당장 여기서 관과 관복을 벗겠

---

* 桀紂. 하나라의 걸왕과 은나라의 주왕. 중국의 대표적인 폭군. ─역주

습니다. 부디 신의 손발에 차꼬를 채워 공학위로 끌고 가십시오. 그곳에서 심문이든 처벌이든 달게 받겠습니다."

정권이 얼굴 가득 비웃음을 머금은 채 말했다.

"관과 관복을 벗겠다라? 항상 그렇게 남의 행동을 따라 하오? 신선한 걸 떠올릴 머리가 경에게는 없는 것이오?"

정해 역시 웃으며 대꾸했다.

"전하가 닦으신 길을 신은 그저 높이 우러러보며 흠모할 뿐입니다."

황제는 어좌에 앉아 음울한 시선으로 두 아들을 내려다보다가, 문득 시야가 피로 빨갛게 뒤덮이는 듯한 착시를 느꼈다. 그가 키운 두 마리의 어린 짐승이 뜨거운 열기를 내뿜는 구경꾼들이 가득한 조당에서 서로의 가장 치명적인 급소를 물어뜯으며 전력을 다해 싸우고 있다. 어찌나 몰입감과 박진감이 넘치는지, 아직 누가 피를 뿜으며 쓰러질지 결정이 나지도 않았는데 벌써부터 시야가 빨갛게 흐려진 것이었다.

피비린내가 물씬 코를 스친다. 짭짤하고 비리고 시고 떫은 그 냄새를 맡으며 그는 무겁게 가라앉은 축축한 습기와 작열하는 열기를 느낄 수 있었다. 그 어떠한 친숙한 냄새도 이보다 쉽게 과거의 기억을 일깨울 수는 없을 것이다. 30여 년간 태평하게 천하를 다스려온 황제는 그렇게 자기도 모르게 먼 옛날로 돌아갔다. 과거 정계에서 그는 이제 막 성체가 된 젊은 야수였다. 형제의 목구멍을 단숨에 물어뜯을 때 흐르던 피의 뜨끈한 비린내는 그를 얼마나 흥분시켰던가. 억센 생명력의 질긴 혈관이 마침내 발톱에 찢겨나갈 때의 그 촉감은 얼마나 자극적이었던가. 허공으로 솟구쳐 오른 뜨거운 피가 그가 곧 지배하게 될 땅을 흥건히 적시며 화려한 핏빛 꽃을 가득 피우면, 그는 붉은 먼지를 일으키며 말을 타고 그 길을 지날 것이다. 그러한 상상은 언제나 그를 극도로 흥분케 했다.

화려한 붉은 먼지 속에는 옥처럼 아름다운 여인이 있었고, 나름의 정의를 위해 흘린 피가 이룬 무지개가 있었다. 그는 그 가운데에서 하늘을 당당하게 떠받치고 우뚝 선 영웅이었다. 그들이 단순히 황제의 어좌만을 얻으려고 목숨과 뜨거운 피를 바친 건 아니었다. 그들은 세상의 진정한 영웅이 되고자 했다.

세월이 흘러 영웅의 단꿈에서 깨어난 그는 이 사태를 수습할 방법을 떠올릴 수 없었다. 자신의 과거를 그대로 재현한 듯한 이 전쟁을 무슨 수로 막을 수 있단 말인가?

싸움을 막을 방법도 막을 능력도 그에게는 없다. 그 순간 만인을 딛고 세상의 정상에 선 황제는 자신의 제왕술이 한계에 다다랐다는 사실을 비통한 심정으로 받아들여야 했다. 그는 곧 두 아들 중 하나를 영원히 잃을 것이다. 여기서 누가 더 절박한지, 누가 명분을 잃었는지 따지는 게 대체 무슨 의미가 있을까? 그는 그 사실을 깨닫고는 깊은 무력감을 느꼈다. 기원이 보이지 않는 깊은 우주 밑바닥에서 비롯된 그 무력감은 어떻게 해도 지워지지 않았다.

둘 중 누가 피를 쏟으며 쓰러지든 그들이 쏟을 피의 근원은 바로 그였다. 그는 의식이 마비되어 무감각해진 와중에도 흉포한 호랑이도 자기 새끼는 잡아먹지 않는다는 옛말을 떠올렸다. 아마 호랑이도 새끼의 몸을 이룬 피와 살이 자신의 것임을 알기 때문이리라.

여기저기서 바람을 타고 일어난 잔물결은 마침내 하나로 모여 거대한 파도를 이루었다. 저마다 웅성거리던 신하들은 이제 하나

하나 황제 앞으로 나오기 시작했다. 어사대의 관원과 사법부의 관원, 각 부처의 문신과 한림관, 그리고 그중에는 자줏빛 관복에 금대를 찬 삼성육부의 수장들도 적지 않았다. 나라의 존망이 달린 침략 전쟁이 코앞에 닥쳐도 지금처럼 모든 관원이 합심해 한목소리를 내지는 않을 것이다. 그렇게 과반수의 조정 대신은 황제 앞에 부복하는 방식으로 공학위의 수사에 삼사를 개입시킬 것을 간청하거나 요구하거나 위협했다. 신임 중서령과 신임 형부상서, 그리고 두 사람의 부관들은 난처한 얼굴로 서서 쩔쩔맬 뿐이었다. 원래 높은 자리에 오른 사람일수록 대의를 따지기보다는 일신의 안위를 돌보기에 급급한 법이다.

정해가 손의 힘을 풀자, 두루마리는 힘없이 바닥으로 떨어지며 황태자의 손에만 덩그러니 남았다. 정권은 잠시 합창하듯 일제히 주청하는 대신들의 모습을 둘러보다가 자신도 그 한가운데 정중하게 엎드려 고했다.

"수사의 공정성을 위해 삼사의 개입을 윤허해주시옵소서."

사태가 돌이킬 수 없는 지경에 이른 건 어느 시점일까? 황태자가 오늘 조당에서 입을 연 그 순간일까? 아니면 황제가 태자의 폐위를 고려하기 시작한 그 순간일까? 아니, 어쩌면 자신의 형제가 사랑하는 여인을 사랑하게 된 그 순간일지도 모른다.

황제는 자리에서 벌떡 일어나 손을 휘저으며 대답했다.

"그래, 네 원대로 해라. 개입시켜. 이제 다들 그만 퇴청하시오."

그러자 정권이 황제를 우러러보며 자신이 정성 들여 쓴 상소문을 높이 받쳐 들고 말했다.

"성은이 망극하옵니다."

황제는 고개를 세차게 저으며 대답했다.

"그런 말은 필요 없다. 네가 하고 싶은 말이 뭔지 짐은 훤히 알고 있어."

황태자는 차분한 얼굴로 중서령 두형을 돌아보며 명령했다.

"두 상이 번거롭겠지만 내용을 기록하고 부본을 만들어 보관해두었다가, 폐하께서 필요하실 때 참고하실 수 있도록 하시오."

두형은 이마에 식은땀을 삐질삐질 흘리며 안절부절못하다가, 황제가 멀어지는 것을 확인하고 나서야 허리를 굽혀 대답했다.

"전하의 명을 받들겠습니다."

각자의 처소로 돌아간 태자와 조왕은 황제의 명에 의해 연금되었다. 동시에 조정의 여론에 따라 사법기관 삼사가 상의한 뒤 각각 수사에 참여할 관원의 명단을 작성해 황제에게 보고했다. 황제가 그대로 명단을 통과시키자, 도찰원, 대리시는 형부를 끼고 그렇게 바라고 바라던 공학위에 밀물처럼 침투할 수 있었다. 그러나 그 뒤로 수일간은 수사에 영*진전이 없었다. 우선 사건에 참여한 관원들이 돌연 비협조적인 태도로 돌아섰고, 황제와 관련된 일이어서 세세한 사항 하나하나가 황제의 제약을 받았다. 무엇보다 가장 큰 원인은 혼수상태에 빠진 허창평이 아직까지 깨어나지 못하는 데 있었다. 허창평의 부재 속에서 삼사 관원들은 하는 수 없이 허창평의 출신과 과거 성적, 관적, 행적을 다시 추적했고, 주요 물증인 옥대의 출처와 소문을 재조사했다. 그러나 그것들은 이미 공학위에서 철저하게 조사했던 내용이었다. 처음에 열의가 넘치던 삼사 관원들은 이쯤 되자 얼굴에 생기를 잃고 슬슬 공학위의 국법을 무시한 모진 고문과 내실 없이 잔혹하기만 했던 수사를 비난하기 시작했다. 이러한 상황과 상관없이 사건에 숨겨진 은밀한 사정이 조정과 삼사 사이에 서서히 퍼지기 시작한 것도 그때쯤이었다.

같은 가택연금이었지만, 궐 밖에 거주하는 조왕은 황궁 안에서 천자의 삼엄한 감시를 받고 있는 태자보다는 움직임이 자유로웠으므로, 왕부의 주관 장화의 귀를 통해 조정의 동향을 시시각각 접했다.

수사가 교착 상태에 빠졌을 때, 장화와 정해가 가장 먼저 입에 올린 것은 태자의 비상식적인 행동이었다.

"다들 동궁의 물귀신 작전이라고 합니다. 자기에게 희망이 없으니 전하까지 순장시키려 한다고요."

장화는 말을 마친 뒤 조심스럽게 주군의 안색을 살폈다. 채 거르지 못한 노골적인 단어가 주군의 심기를 거스르거나 연금당한 처지를 더욱 비관하게 만들까 봐 염려되었다.

그러나 정해는 예상과 달리 전혀 개의치 않는 듯한 표정으로 미소를 짓더니 되물었다.

"왜 동궁에게 희망이 없다고 하더냐?"

장화가 대답했다.

"가장 많이 입에 올리는 건 그 옥대입니다. 그건 아무리 발버둥을 쳐도 안 될 확실한 물증이라고요. 군신 간의 의리 표시라는 그 바보도 안 믿을 핑계를 폐하께서 어찌 믿으시겠습니까?"

정해가 고개를 가로저으며 피식 웃었다.

"우리 형님의 성미를 다들 몰라서 하는 소리야. 형님은 지나칠 정도로 결벽이 있는 사람이지. 패배하면 깨끗하게 패배를 인정하고 군말 없이 죽음을 택하지, 이렇게 거리의 무뢰배처럼 진흙탕 위를 뒹구는 싸움을 걸 리 없어."

장화가 말했다.

"그렇다면 전하는 어떻게 보고 계십니까?"

정해는 잠시 우두커니 생각하다가 대답했다.

"내 세력을 부추겨서 폐하를 압박하려는 거야. 나와 둘 중에 하나를 택하라고 말이야."

장화가 인상을 찌푸리며 입을 열려는데, 정해가 말을 계속 이었다.

"그게 사실이라도 걱정할 거리는 아니야. 호랑이는 공격을 하기 전에 자세를 낮추고, 너구리는 사냥감을 덮치기 전에 몸을 움츠리지. 내가 진정으로 걱정하는 건 바로 그것이다. 틀림없이 내가 아직 파악 못 한 숨겨진 무언가가 더 있어. 가령 폐하의 손아귀로 넘어간 형부를 왜 굳이 사건에 끌어들였을까? 그리고 지금 생각해보니 그 옥대도 미심쩍어. 그 여자는 대체 왜 그 옥대의 존재를 나한테 알린 거지?"

장화가 대답했다.

"형부의 수장은 바로 얼마 전에 교체됐으니 절대 폐하를 방해하지 않을 겁니다. 하지만 형부의 개입은 전하도 바라시던 바가 아닙니까? 그리고 그 여자야 노모와 어린 동생을 생각한다면 달리 방법이 없잖습니까? 엄밀히 말하면 태자는 부친을 죽인 원수이기도 하고요. 더군다나 허부에서 옥대가 나온 다음에 폐하께 알린 것도 아니잖아요?"

정해는 두 눈을 지그시 감으며 살짝 미소를 지었다.

"그래. 할 수 있는 일은 다했으니 조용히 상황을 지켜보자."

장화가 엄청난 소식을 가지고 온 건 그로부터 3일 뒤였다. 허창평이 공학위에서 드디어 의식을 되찾았지만, 장화가 흥분한 이유는 그 소식 때문이 아니었다.

정해가 이른 새벽 후원에서 작약 한 송이를 그리고 있는데, 장화가 상기된 얼굴로 허겁지겁 달려왔다. 어찌나 마음이 급했는지 예를 갖추지도, 주위 사람들을 물리지도, 목소리를 낮추지도 않고 잔뜩 들떠서 입을 열었다.

"전하, 축하드립니다. 동궁은 이제 죽은 목숨이나 다름없습니다."

정해는 주사를 묻힌 붓으로 꽃잎을 붉게 칠하던 손을 잠시 멈추고는 고개를 들고 물었다.

"그게 무슨 소리야? 경위와 태자의 역모가 사실로 밝혀지기라도 했어?"

장화는 흥분한 기색을 그대로 드러내며 감정이 고무된 나머지 파르르 떨리는 목소리로 대답했다.

"경위 쪽에는 별다른 소식이 없습니다. 그런데 전하, 첨사부 주부 허창평의 정체가 뭔지 아십니까? 허창평이 글쎄 동궁의 사촌 형이라고 합니다. 전하의 사촌 형이기도 하지요."

힘이 풀린 정해의 손에서 붓이 수직으로 툭 떨어지며 그림 위에 붉은 얼룩을 그렸다. 정해는 그림의 주사 얼룩을 한참 동안 멍하니 바라보다가 입술을 파르르 떨며 부정했다.

"그럴 리가. 공회 태자에게는 자식이 없어."

장화가 기세등등하게 설명했다.

"공회 태자와는 무관합니다. 폐위된 소왕의 유복자로, 비첩의 소생이라고 합니다. 그 비첩은 효경 황후가 혼인하기 전 사가에서 거느렸던 시녀래요. 이제야 모든 게 설명되네요. 태자가 옥대를 하사하면서 약속한 건 타성 왕작이 아니라 동성 왕작이었어요. 허창평의 생모와 태자의 생모는 오래전부터 교분이 있었으니, 그는 태자의 모반을 돕고 태자는 그의 종실 신분을 복권해주기로 작당한 게 틀림없습니다. 전하, 이 소문이 사실이라면 정말 경천동지할 큰 사건이 될 겁니다. 동궁이 선황제 때의 역적 잔당과 결탁해 황위 찬탈을 노린 셈이니 사실이라면 죽음을 면치 못할 것이고, 설령 사실이 아니더라도 이미 그 오명은 황하 물로도 씻을 수 없을 겁니다. 하물며 지금에 와서 돌이킬 수도 없지 않습니까? 어떤 경우의 수를 보더라도 천하의 흐름이 전하께 있습니다."

그러나 들뜬 장화와 달리 정해의 얼굴은 대낮에 귀신이라도 본 듯 백지장처럼 하얗게 질렸다. 멍하게 초점이 흐려진 눈은 마치 상대가 재잘재잘 떠드는 말을 반도 이해하지 못한 듯 보였다. 이상한 낌새를 느낀 장화가 호들갑을 멈추고 여러 차례 그를 부르자, 정해는 그제야 가까스로 정신을 되찾으며 물었다.

"어디서 들은 소문이냐?"

"조정에 벌써 파다하게 퍼졌습니다."

"조정 어디에서 들었어?"

"갑자기 불거진 얘기라 처음 출처는 모릅니다."

"파다하게 퍼졌다면 폐하도 들으셨겠지?"

"당연히 들으셨겠지요."

정해는 고개를 끄덕이며 거의 완성된 그림을 망친 화필을 주워 두 동강을 냈다.

장화가 경악하며 그를 불렀다.

"전하, 대체 왜……."

정해는 하늘을 바라보며 기나긴 한숨을 내뱉더니, 잠시 뒤 평정을 되찾은 얼굴로 씩 웃으며 대답했다.

"그랬구나. 그랬던 거였어. 소문이 가짜라면 그나마 살길이 있을지도 모른다. 허나 사실이라면 화를 면치 못할 것이야."

그는 두 동강 난 화필을 바닥에 던지고 서쪽 하늘에 마지막 남은 한 줄기 어둠을 가만히 올려다보다가, 서광이 은은하게 비추는 동쪽 하늘로 시선을 옮겼다. 바람에 흔들리는 나뭇가지와 나

뭇잎에 내려앉은 아침 이슬이 더해지니 더할 나위 없이 완벽한
중춘의 절경이었다. 그는 희미한 미소를 입가에 머금은 채 마지
막으로 한탄했다.

　"이젠 다 소용없어."

깨어날 때의 여덟 감각

연금 중인 조왕 정해가 천자의 귀에도 소문이 들어갔는지 물었을 때, 장화는 확신에 찬 어조로 "당연히 들으셨겠지요"라고 대답했다. 크게는 아주 세밀한 상황 하나도 놓치지 않고 모두 시찰하는 대단한 권위의 황제가 이토록 중요한 소문을 모를 수가 없었기 때문이며, 작게는 강녕전의 환관 압반 진근이 이토록 중요한 일을 황제에게 숨길 리가 없기 때문이었다.

황제는 장화의 예측대로 소문을 들어 알고 있었다. 다만 장화의 예측과 다른 것이 있다면 소식을 입수한 시점과 경로였다. 황제는 장화의 짐작보다 훨씬 빠른 첫째 날 한밤중에 급보를 접했으며, 소식을 전달한 사람도 진근이 아닌 공학위의 지휘관이었다. 한밤중에 급히 궐문을 넘은 공학위의 문서를 황제가 열어봤을 때의 반응은 절대 외부로 알려지지 않을 것이다.

황제는 문서를 다 읽고 오래도록 우두커니 앉아 있다가 돌연 발작하듯 기침하며 피를 토했다. 진근이 놀라며 다급하게 탕약을 준비해 달려오자, 황제는 붉게 충혈된 눈으로 그를 노려보며 밀쳤다.

"자네도 알고 있었나?"

황제의 벼락과도 같은 추궁에 진근은 놀란 토끼 눈을 한 채 오 랫동안 주저하다가 고개를 세차게 저으며 부정했다.

"신은 몰랐습니다."

"사실대로 고하지 못할까!"

황제가 진근이 받쳐 든 약사발을 깨트리며 대노하자, 진근은 감히 피하지도 못하고 갈색 탕약을 흠뻑 맞은 채 깨진 파편이 가 득한 바닥에 철퍼덕 엎드려 통곡했다.

"신도 못 들었고, 여기 있는 그 누구도 듣지 못했습니다."

황제는 주위를 둘러봤다. 강녕전의 내신은 어느새 반이나 줄어 있었다. 그는 진근을 향해 차갑게 미소를 지으며 추궁했다.

"강녕전은 천하에 단 하나 남은 짐의 공간이거늘, 잘 관리하라 고 맡겼더니 일을 이딴 식으로 해?"

진근은 바닥에 엎드려 고개도 들지 못한 채 대답했다.

"죽을죄를 지었습니다. 태…… 왕 상시가 강녕전에 눈과 귀를 심은 게 하루 이틀 일이 아닙니다. 신의 불찰입니다. 죽여주시옵 소서."

황제는 알 것 같다는 듯 눈을 감은 채 고개를 끄덕인 뒤에 지시 했다.

"왕신은 요 이틀간 무얼 했나? 당장 왕신을 오라고 해. 짐이 물 을 것이 있다."

진근의 지시를 받은 어린 내시 한 명은 즉시 밖으로 나가 왕신 을 찾아다니더니, 1~2각 가량이 흐른 뒤 혼비백산해 돌아왔다. 그는 황제와 진근이 재촉할 새도 없이 백지장처럼 하얗게 질린 얼굴로 더듬더듬 보고했다.

"폐하, 왕 상시가 처소에서 자결을 했습니다."

충격을 받은 황제는 자리에서 벌떡 일어났다가, 시야가 까맣게 흐려지는 바람에 잠시 비틀거렸다.

"뭣이라?"

황제가 추궁하자, 내시가 통곡하며 보고했다.

"명을 받고 왕 상시를 찾으러 갔다가 신이 처음으로 발견했습니다. 사람을 불러 내렸을 땐 벌써 몸이 식어서 빳빳하게……."

황제는 망연자실해 있다가 갑자기 얼굴을 일그러뜨리며 분에 겨워 외쳤다.

"빌어먹을 놈!"

내시들은 황제가 누구를 가리키는지 알 길이 없어 일제히 바닥에 엎드려 두려움에 떨며 죄를 청했다. 그들이 죄를 청하든 말든 순식간에 냉정을 되찾은 황제는 차분한 어조로 명을 내렸다.

"당장 궐문을 열어라. 이 지휘에게 짐이 은밀히 공학위로 가겠다고 전해."

황제는 헐레벌떡 일어나 시중을 들기 위해 다가오는 진근을 힐끗 보며 저지했다.

"필요 없으니 자넨 동궁에 사람을 보내서 태자나 살펴봐."

간소하게 준비된 어가는 약 2경쯤에 공학위에 도착했다. 황제를 맞은 건 지휘관을 포함한 극소수의 심복뿐이었다. 황제는 궁인들을 물리고 지휘관의 안내에 따라 친히 허창평이 갇혀 있는 감방으로 향했다. 깊은 밤, 아직 잠을 이루지 못하고 있던 허창평은 난데없이 황제가 행차하자 살짝 당황한 듯 어쩔 줄을 모르며 갈팡질팡했다. 황제는 허둥대던 그가 갑자기 예를 갖추려고 자세를 잡자 짜증을 내며 저지했다.

"예는 차릴 것 없다. 여봐라, 여기에 불을 밝혀라."

잠시 뒤 황제를 수행하는 친위병 몇몇이 십여 개의 촛불을 밝혔다. 대낮처럼 환해진 감방에서 수일 전 태자를 심문하던 당시 유난히 눈길이 갔던 그의 얼굴이 낱낱이 실체를 드러냈다. 황제가 인위적으로 조작한 이 태평성대 속에서도 그의 얼굴에 깃든 진실은 너무나도 노골적이어서 도무지 가릴 수가 없었다.

그때와 놀랍도록 같은 상황과 놀랍도록 같은 얼굴. 그로 인해 명백하게 드러난 진실을 무슨 수로 감출 수가 있겠는가. 시간을 거슬러 되돌아간 과거 속에서 오직 그만이 세월을 타 늙고 쇠약해진 몸뚱이로 그곳에 서 있었다. 더 확인할 것도, 더 심문할 것도 없다. 과거와 현재의 통치자는 눈앞의 젊은 죄인을 보자마자 스르륵 두 눈을 감으며 고개를 끄덕였다.

황제는 잠시 뒤 환한 조명 아래 드러난 침통한 표정으로 단 한마디의 질문을 던졌다.

"모친의 성이 무엇이냐?"

공학위는 여러 위소 중에서도 오로지 천자에게만 충심을 바치는 곳이다. 밖에서 아무리 경천동지할 격동이 일어도 이곳에서 세상과 격리된 죄인은 무슨 수로도 바깥소식을 접할 수가 없다.

아무것도 몰라야 할 죄인의 동공이 황제가 던진 지극히 평범한 질문 한마디에 급격히 수축하자, 이 지휘는 그 순간을 놓치지 않았다. 죄인이 이토록 동요하며 주저하는 순간은 그가 혀를 깨문 그날 이후로 두 번째였다. 황제는 손짓으로 친위병들을 막으며 허창평에게 충분히 생각할 시간을 주었다. 두려움과 망설임, 깊은 사색 끝에 허창평은 입을 열기가 불편했는지 아직 부러지지 않은 집게손가락을 들어 감방 바닥 위에 글씨를 썼다.

'송'

황제는 문득 떠오르는 게 있는 듯 침통한 표정으로 생각에 잠겼다가, 깨달음의 순간이 오자 넋이 나간 사람처럼 오래도록 침묵을 지켰다.

"그런 거였군. 인과응보로다."

황제가 한참 만에야 고개를 끄덕이며 한탄하자, 허창평은 천천히 고개를 들었다. 익숙하고도 낯선 그 얼굴이 다시 천자의 두 눈동자에 비치는 순간, 황제는 자신이 내뱉은 한탄의 의미를 한 차례 더 확신하며 되새겼다.

"잘 감시하되 친절히 대해주어라."

황제는 친위병들에게 지시를 남기고 뒤돌아 떠났다.

황제의 어가는 동이 트기 전에 황궁으로 돌아왔다. 이날은 마침 정기 조회가 열리는 24일이었다. 천자는 대신들이 조당으로 운집하기 바로 직전에 아무 이유 없이 조회를 취소했다.

궁으로 돌아온 황제는 내내 침통한 얼굴로 생각에 잠겨 있다가 불쑥 진근에게 물었다.

"황후가 몰래 출궁시킨 궁인의 성을 기억하나? 황후는 짐이 모른다고 믿었지."

진근은 한참 동안 기억을 애써 더듬다가 고개를 저으며 대답했다.

"송구합니다만, 마마께서 궁인을 출궁시키신 기억이 없습니다."

황제가 담담한 미소를 지으며 대꾸했다.

"자네가 모신 마마와 그가 모신 마마는 다르니까. 짐이 말한 사람은 효경 황후다. 왕신이었으면 틀리지 않고 대답했을 텐데."

진근은 대답할 말이 없어 입가를 파르르 떨다가 고개를 숙였다. 이어서 황제는 다른 것을 물었다.

"동궁은 뭘 하던가?"

진근이 대답했다.

"내내 숙면을 취하실 뿐 별다른 행동은 없었습니다. 오히려 소란스러운 쪽은 황손이었지요. 내내 고열에 시달리시는데 폐하께서 동궁 폐쇄를 명하시는 바람에 태의가 드나들지 못하고 있습니다. 전약국 사람들만 곁에서 발을 동동 구르고 있습니다."

황제가 차갑게 웃으며 말했다.

"앞날을 고려하지 않으면 코앞에 근심이 닥친다는데, 그 녀석은 이런 상황에서도 속 좋게 단잠을 자는구나. 가서 태자비에게 동궁 폐쇄가 철회됐으니, 아원이 필요한 게 있으면 짐에게 직접 말하라고 전하게. 간 김에 태자에게도 이쪽으로 오라고 전하고."

흉흉한 소문이 조정에 파다해 모두가 황태자의 멸망을 예상하고 있었고, 진근도 예외는 아니었다.

"신이 태자를 불러오겠습니다."

진근이 즉시 대답하자, 황제는 그를 힐끔 보며 고쳐 말했다.

"태자 전하시다. 부르는 게 아니라 모셔 와야지."

진근이 경악하며 허둥지둥 말을 고쳤다.

"네. 신이 태자 전하를 모셔 오겠습니다."

조회가 취소되어 태자는 관복을 갖춰 입는 대신 몸을 단장하고 단정한 의관으로 갈아입은 뒤, 한참 만에야 황제의 침소에 모습을 드러냈다. 공손히 예를 갖추고 몸을 일으킨 태자의 상태는 진근의 말대로 숙면을 취해서인지 너무나도 말끔했고, 정신도 전보다는 훨씬 맑아 보였다.

황제는 태자의 무례를 나무라지 않고 침착한 어조로 일상 안부를 묻듯 물었다.

"왕신이 죽었다. 알고 있느냐?"

정권은 고개를 끄덕이며 대답했다.

"방금 전해 들었습니다."

황제가 또 물었다.

"왕신이 왜 자결했는지 아느냐?"

정권은 고개를 저으며 대답했다.

"신은 모르겠습니다. 폐하께서 가르침을 주시지요."

희미하게 밝아오는 새벽 햇살이 아들의 무표정한 얼굴을 비췄다. 그 안에는 슬픔이나 악의, 기쁨이나 즐거움 같은 인간의 감정은 전혀 담겨 있지 않았다. 그는 갑자기 아들이 너무나도 낯설게 느껴졌다.

"예전에 누군가가 짐에게 너의 비정함을 고한 적이 있었지. 그때 짐은 그 말을 믿지 않았다."

황제가 오랜 침묵을 깨고 차갑게 웃으며 말하자, 정권은 살짝 미소를 머금은 얼굴을 들며 대답했다.

"그런 자들은 항상 신에 대해 권력욕이 강하고 완악하며, 패역한 불효자이며, 음흉하고 음모를 꾸미기를 좋아해 군주로 적합하지 않다고 폐하께 말해왔을 겁니다. 그런 말을 다 들으면 아무것도 못 하지요. 설마 신이 비정하다는 말씀을 하시려고 조회도 취소해가며 아침 댓바람부터 부르신 건 아니겠지요?"

황제는 이번에도 화내지 않고 정권의 빈정거림을 무심하게 넘기며 대답했다.

"짐이 알려주마. 네 할아버지가 짐 곁에 너의 사람들을 심어준 이유는 네게 미안해서다. 자결한 이유는 소문을 듣고 짐과 네 모친에게 미안한 마음을 견디지 못해서지."

정권은 잠시 침묵하다가 불쑥 대답했다.

"그는 효경 황후에게 죄가 되는 짓을 한 적이 없습니다. 신의 어머니에게 사죄해야 할 간신배는 따로 있지요."

황제가 말했다.

"말하는 걸 보니 다 아는 게냐?"

정권이 대답했다.

"좋은 일은 좀처럼 세상에 알려지지 않지만, 나쁜 일은 금세 천 리 밖으로 퍼지지요. 폐하도 아시다시피 그 작자들은 바른 일에는 열심을 내지 않으면서 이런 일에는 남들에게 뒤처질까 안달합니다. 그들이 소문을 열심히 퍼 나른 덕분에 조정에 소문을 모르는 사람이 없는데, 신이라고 못 들었겠습니까?"

황제가 이마를 짚으며 말했다.

"그래. 그해의 중추절과 같구나. 모든 사람이 알고 있어."

정권이 대답했다.

"네. 원래 하늘 아래 새로운 일은 없습니다."

황제가 탄식하며 말했다.

"또 무엇을 아느냐?"

정권이 대답했다.

"어떤 건 차마 민망해서 입에 올릴 수 없고, 어떤 건 불경해서 입에 올릴 수 없고, 어떤 건 두려워서 감히 입에 올릴 수 없으니, 입에 올릴 수 없는 것들을 다 제하고 나면 드릴 수 있는 말이 없습니다."

황제가 고개를 끄덕였다.

"그래. 그렇다면 이 일을 어떻게 처리했으면 좋겠느냐?"

정권이 대답했다.

"신의 생각에는 기왕 이렇게 알려졌으니, 신이 옥대를 하사한 일과 허 씨의 모친과 허 씨의 일가족, 고옥산의 일가를 다시 철저히 조사하라고 명하시는 게 좋을 듯합니다. 조사를 해도 나오는 게 없다면 저 멀리 있는 고사림을 소환해 물으시면 되겠지요."

황제가 웃는 것 같기도 하고 아닌 것 같기도 한 묘한 표정으로 대꾸했다.

"이 정도 소란으로는 성이 차지 않느냐? 이것도 부족해서 기어이 천추에 악명을 남기려는 게야?"

정권은 대답했다.

"신이 어찌 감히요. 신은 이 한 몸 갈아 넣어서라도 숨겨진 진상을 파헤치려는 마음뿐인데, 어찌 감히 선제와 폐하와 모친의 이름에 먹칠을 하겠습니까? 부디 통촉해주십시오."

황제가 손을 휘휘 저으며 말했다.

"그런 쓸데없는 소리는 집어치워라. 짐은 방금 공학위에서 그자를 보고 왔다. 한눈에 알아보겠더구나."

정권이 고개를 들며 물었다.

"폐하의 의견은 어떠하신지요?"

황제는 한참 동안 눈을 감고 침묵한 끝에 고개를 저으며 대답했다.

"그는 아니다."

그러자 정권이 한숨을 내쉬었다.

"역시 현명하십니다. 폐하의 명철함과 결단 덕분에 사태가 더 악화되지는 않을 테니 참으로 잘됐습니다. 하마터면 선제 때의 역적 잔당과 오랫동안 교분을 나누면서도 못 알아차린 사람이 될 뻔했어요. 철저한 조사 끝에 사실이 세상에 밝혀진다면 신이 죽음으로 속죄한들 죄를 씻을 수 있겠습니까? 게다가 종묘의 위엄과 선제 폐하와 폐하는 물론, 효경 황후의 명예도 돌이킬 수 없는 타격을 입었겠지요. 아마 천하의 큰 웃음거리가 돼 영원히 세상 사람들의 입에 오르내리는 치욕을 겪었을 겁니다. 또한 변방의 전장에도 이로울 게 없거니와 큰 국력 손실을 초래할 테니, 그 후환은 상상도 하기 어렵군요. 그 여파가 얼마나 오래가고 또 얼마나 광범위하겠습니까. 생각해보니 조사를 하자는 신의 생각은 참으로 경망스럽고 미련했습니다."

황제가 말했다.

"너답지 않게 경망스럽고 미련한 말을 했구나."

정권은 황제의 말에 숨겨진 비아냥거림을 알아차리고는 되물었다.

"그렇다면 폐하는 그자를 어떻게 처리하실 생각입니까?"

황제가 대답했다.

"짐이 그래서 널 부른 것이다. 너는 어떻게 했으면 좋겠느냐?"

정권은 대답했다.

"그는 이 일과 전혀 관련이 없는 자로 밝혀졌으니 계속 가둬두고 고문하는 건 의미가 없습니다. 하루 빨리 사실을 밝히고 석방해 고향으로 돌려보내야 일이 더 시끄러워지지 않을 것입니다."

황제가 대답했다.

"밑그림을 참 잘도 그려냈구나."

그러자 정권이 정색하며 말했다.

"신은 당연히 치밀하게 계획할 수밖에 없지요. 만약 그가 옥중에서 유사瘐死*하면 세상에 뭐라고 설명하려고 그러십니까? 그는 옥중에서 죽어서도 안 되며, 실려 가는 도중에는 더더욱 죽어서

---

* 감방에 수감된 죄인이 옥중에서 굶어 죽는 것을 가리키는 말이었으나, 더 시간이 흐른 뒤에는 옥중에서 병사하는 것까지도 포함되었다. '유폐瘐斃'라고도 한다.

는 안 됩니다. 그가 죽으면 세상에 무슨 명분을 내세울 수가 있겠습니까? 만에 하나 있을지도 모르는 위험을 대비해 신은 동궁위를 시켜 그를 고향까지 호송할까 생각하고 있습니다. 그가 평민의 신분으로 천수를 누리는 모습을 모든 사람에게 보여줘야 합니다. 그리하면 악의적인 헛소문도 사그라지고 황가의 위엄도 상하지 않을 것이며, 역사에 수치스러운 기록도 남지 않을 것입니다."

황제가 웃으며 말했다.

"그래도 네 혐의는 완전히 씻기지 않을 텐데?"

그 순간 정권이 옷자락을 떨치며 바닥에 엎드렸다.

"역시 영명하십니다. 그래서 신이 폐하께 간청드립니다. 헛소문을 퍼트린 자를 철저히 조사해 대역죄로 엄벌하시면 세상의 시끄러운 입을 막을 수 있습니다."

황제가 덤덤하게 대답했다.

"네가 그렇게 말하니 짐도 얘기를 꺼내지 않을 수가 없구나. 짐이 듣기로는 그 소문의 출처가 연조궁이라던데?"

정권이 피식 웃더니 대답했다.

"그 사람은 분명 신이 비정하다는 말도 빼놓지 않았겠지요? 폐하, 불과 5년 만에 비슷한 사건이 일어났습니다. 비슷한 사건이지만, 신은 5년 전처럼 대역 죄인이 죗값도 치르지 않고 미꾸라지처럼 빠져나가는 꼴은 도저히 못 보겠습니다."

황제 역시 웃으며 말했다.

"지나친 걱정은 넣어두라고 말하고 싶구나. 근거가 있는 유언비어는 유언비어라고 할 수 없지. 너도 지금 이성을 잃고 미쳐 날뛰는 역적이 누군지는 잘 알지 않느냐?"

정권이 대답했다.

"신이 전에 올린 상소문을 두 상에게 맡겼습니다. 자세한 내용은 두 상에게 물어 확인하십시오."

"그 대역 죄인이 네 형제란 말이냐?"

황제가 묻자, 정권은 잠시 침묵하다가 되물었다.

"그럼 누구라고 생각하셨습니까?"

황제의 시선은 오랫동안 정권의 얼굴에서 떠나지 않고 머물렀다. 아까와 마찬가지로 너무나도 익숙하면서도 너무나도 낯선 얼굴이었다. 그는 아들의 얼굴에서 눈썹 한 올, 머리카락 한 올만큼이라도 감정의 실마리를 찾아보려고 애썼다. 평생 인과응보를 믿은 적이 없었건만, 지금 아들의 얼굴에서 그 업보를 뚜렷이 찾을 수 있었다. 한 치의 오차도 없이 불의를 그대로 되갚는 하늘의 공평한 도의가 거기에 있었다.

황제는 아들의 얼굴에서 시선을 떼지 않은 채로 대답했다.

"네가 그저께 조회에서 경거망동하는 바람에 천하가 이 사건을 알게 됐다. 사건의 발단이 오랑이라는 게 온 세상에 알려졌고, 옥대의 존재를 밀고한 사람이 오랑이라는 사실도 밝혀졌으니, 오랑의 소행으로 사건을 마무리 짓는 게 가장 자연스럽겠지."

정권이 가볍게 한숨을 내쉰 뒤 고개를 조아리며 또다시 황제를 칭송했다.

"영명하십니다."

그 순간 정권의 옷에 깊게 밴 값비싼 훈향의 비릿하고 시큼한 냄새가 황제의 코를 덮쳤다. 황제는 갑자기 치밀어 오르는 매스꺼움을 안간힘을 다해 참으며 고개를 저었다.

"짐은 영명하지 않다. 자기 아들이 이런 수를 쓸 거라고는 상상도 못 했고, 아들이 이 지경으로 엇나가는 것도 막지 못했어. 대체 뭐가 영명하다는 것이냐?"

정권은 잠시 뜸을 들이다가 성의라고는 전혀 느껴지지 않는 어조로 심드렁하게 위로했다.

"모친을 살해하고 군주를 기만한 죄는 보통 무거운 죄가 아니지요. 설령 폐하가 용서하시더라도 국법이 용서치 않았을 것이고, 국법이 용서하더라도 하늘이 그냥 놔두지 않았을 겁니다. 어차피 구할 방도가 없는 아이였으니 너무 자책하실 것 없습니다."

황제 역시 무심하게 시선을 떨군 채 정권의 말을 흘려들었다. 오랜 시간이 흐른 뒤, 그는 뜬금없이 다른 이야기를 꺼냈다.

"네 여동생의 보모였던 송 씨를 기억하느냐? 네 동생이 참 잘 따랐다."

"너무 오래전이라 기억이 나지 않습니다."

"여동생이 어떻게 죽었는지 아느냐?"

정권은 고개를 저었다.

"그것 역시 기억이 나지 않습니다. 어째서 갑자기 그 일을 물으십니까?"

황제가 가볍게 탄식을 내뱉은 뒤 대답했다.

"소문 덕분에 잊고 살았던 지난 일이 떠올랐다. 사실 눈앞을 얇은 종이 한 장이 가리고 있었을 뿐인데, 막상 자기 일이 되면 상황을 바로 볼 수 없지. 그때 그렇지 않을까 의심을 했는데 오늘에 와서야……. 정말 늙었나 보군. 네가 편안하게 자던 밤에 짐은 한 잠도 자지 못했다. 눈을 감으면 네 모친과 여동생의 얼굴, 세상을 떠난 사람들의 얼굴이 자꾸 밟혔거든."

정권은 고개를 끄덕였지만 대답은 하지 않았다. 전혀 동요하지 않은 듯한 얼굴이었다.

하룻밤을 꼬박 새운 황제는 피곤에 지쳐 물었다.

"너는 어땠느냐? 동궁에서 무슨 꿈을 꿨어?"

정권은 대답했다.

"정상적인 꿈, 놀라는 꿈, 뭔가를 생각하는 꿈, 꿈이 아닌 듯 꿈 같은 꿈, 두려워하는 꿈은 다 꾸었으나 기뻐하는 꿈만은 꾸지 못했습니다."*

황제가 살짝 흥미가 생긴 듯 피식 웃으며 이어서 물었다.

"깰 때는 어떠했고?"

정권은 고개를 들어 황제의 용안을 정면으로 바라보며 대답했다.

"과거를 되새겼고 새로운 일을 행했으며, 무언가를 얻는가 하면 잃었고, 슬퍼했으며, 살아 있음을 느꼈고, 죽어가는 것 또한 느꼈으나 즐거움만은 느끼지 못했습니다."

황제가 희미하게 웃으며 되물었다.

"즐겁지 않았다?"

조왕부의 동녘 하늘을 비춘 것과 같은 서광이 공평하게 강녕전의 창을 가린 화려한 발을 뚫고 들어와 황태자의 창백한 얼굴을 비췄다. 내내 감정의 동요를 내비치지 않던 황태자의 눈가에 맺힌 얼음 같은 눈물이 그 순간 섬광처럼 반짝였다. 이윽고 황태자는 얇은 입꼬리를 천천히 올려 냉담한 곡선을 그리더니 조소하듯 반문했다.

"그날 신이 말씀드렸지 않습니까? 사태가 이 지경이 된 이상,

---

* 『열자列子·주목왕周穆王』을 인용. 사람이 깨어남에는 여덟 가지 징후가 있고, 꿈을 꾸는 데는 여섯 가지 징후가 있다. 꿈에서 깨는 여덟 징후는 무엇일까? 과거를 되새기는 것, 새로운 일을 하는 것, 무엇인가를 얻는 것, 무엇인가를 잃는 것, 슬퍼하는 것, 기뻐하는 것, 새롭게 태어나는 것과 죽어가는 것을 느끼는 것이다. 이러한 여덟 감각은 꿈꾸는 사람이 몸으로 느낌으로써 발생한다. 꿈을 꾸는 여섯 가지 징후는 무엇일까? 자연히 꾸는 꿈은 정몽이요, 놀람으로써 꾸는 꿈은 악몽이요, 깊이 사색함으로써 꾸는 꿈은 사몽이요, 깨달음으로 꾸는 꿈은 오몽이요, 기뻐함으로써 꾸는 꿈은 희몽이요, 두려워함으로써 꾸는 꿈은 구몽이다. 이러한 여섯 징후는 꿈꾸는 사람의 정신으로 인해 발생한다.

결과가 어떠하든 이미 모두가 만신창이였습니다. 설마 신이 홀로
즐거워할 거라고 생각하셨습니까?"

제
69
장

방석에 떨어진 꽃잎

조회에서 상의도 친국도 방증도 없이, 심지어는 극소수의 몇몇만 정황을 아는 상황에서 천자는 25일 중서성도 거치지 않고 독단적으로 사건 결과를 통보했다.

'조왕 소정해는 태자를 모해하려고 조정에 헛소문을 퍼트렸으며, 선제와 효경 황후 고씨의 명예를 더럽혔으니 마땅히 죽음으로 다스려야 옳다. 사면이 가능한 국상 기간이라고는 하나, 나라의 법이 규정한 상사소불원* 중 십악중죄十惡重罪라. 그러나 조왕은 고귀한 신분의 황자이므로 의친**, 의귀***, 의고****의 특혜를 적용하노니, 모든 봉작을 박탈하고 공학위에서 장 80대의 형을 치른 뒤 영남嶺南으로 떠날 것을 명하노라.'

너무나도 갑작스럽게 내려진 명이라 이 사실을 아는 이도 몇

---

*   常赦所不原, 죄질이 특별히 악랄해 일반 사면령으로는 사면할 수 없는 죄.
**   황가의 친족으로 인한 감면. —역주
***   높은 관작으로 인한 감면. —역주
****   황가의 특별한 은덕으로 인한 감면. —역주

없었으므로, 그 속에 담긴 가장 의미심장한 세부 사항이 의미하는 바를 알아차리는 사람도 당연히 없었다. 그 세부 사항이란 바로 황태자가 황제를 대신해 공학위의 형집행을 감독하는 것이었다.

공학위의 친위병이 서인 신분으로 강등된 폐서인 소정해를 조왕부에서 체포해 공학위의 본위本衞로 끌고 왔을 때, 황태자는 이미 이번 사건의 핵심 물증인 정교한 세공의 옥대를 만지작거리며 대기하고 있었다. 태자 뒤에 서서 그 장면을 지켜보던 지휘관이 못마땅하다는 듯 입을 열었다.

"그건 이번 사건의 핵심 물증입니다. 눈으로만 보시고 다시 가져가시려거든 폐하의 성지를 받으십시오."

정권은 안으로 들어오는 정해를 힐끔 쳐다보며 웃는 얼굴로 지휘관에게 대꾸했다.

"이 지휘, 폐하께서 이미 사건을 종결하셨고 죄인이 이미 저 앞에 서 있는데, 물증이니 뭐니 따질 필요가 뭐가 있소? 이 옥대는 본궁이 가장 아끼는 물건이오. 아끼는 물건이니 총애하는 친신에게 하사했지. 사건이 끝났으니 당연히 본궁이 다시 가져가는 게 맞소. 폐하께 보고해도 별말 없으실 텐데, 왜 이 지휘 혼자 유난을 떨고 그러시오? 그렇게 걱정되면 마무리 문건을 보고할 때 본궁이 가져갔다고 직접 말하시오. 혹시나 문제가 생기면 가까운 곳에 사는 본궁을 부르시지, 멀리 사는 이 지휘를 불러 면박을 주시겠소?"

이 지휘가 난처한 듯 웃으며 대답했다.

"신이 어찌…… 그게 아니라……."

정권은 이 지휘가 뭐라고 하든 말든 정해를 보고 씩 웃으며 과시하듯 금대를 풀고 옥대를 찼다. 머리에 아무것도 쓰지 않은 맨발의 죄인은 자줏빛 관포와 옥대를 매고 당당히 당상에 선 군왕을 바라보며 싱긋이 웃었다.

정권은 친위병들에게 물었다.

"폐하의 성지는 죄인에게 읽어주었는가?"

"네, 죄인에게 모두 읽어주었습니다."

정해를 체포해 온 친위병이 대답하자, 정권은 이 지휘를 돌아보며 지시했다.

"그렇다면 본궁은 내용을 전혀 모르니 이 지휘가 성지를 그대로 이행하시오."

이 지휘는 고개를 끄덕이며 수긍한 뒤 수하들에게 지시했다.

"성지를 따라 장 80대의 집행을 준비하라."

그때 폐서인 소정해가 놀라지도 두려워하지도, 치욕을 느끼지도 분노를 느끼지도 않는 평온한 얼굴로 불쑥 입을 열었다.

"전하, 청이 하나 있습니다."

정권이 한쪽 눈썹을 치켜올리며 말했다.

"말해봐라."

피비린내가 은근하게 풍기는 음침한 대청 한가운데 선 정해는 대청 밖에 펼쳐진 세상으로 시선을 옮기며 물었다.

"형틀을 바깥에 설치해도 되겠습니까?"

정권은 그의 시선이 향하는 곳을 함께 바라본 뒤 조용히 고개를 끄덕였다.

중춘과 늦봄 사이의 청명한 경성 하늘 아래 시커멓고 육중한 형틀이 깔렸다. 하늘은 여린 분홍빛이 도는 연청색이었다. 수많은 도자기 명인이 정성껏 원료를 배합해 천 번을 굽고 깨트려 가며 영원히 도자기 위에 남기고자 했던 그 색이었다. 마당에는 아름드리 살구나무 한 그루가 고풍스럽게 서 있다. 무성하게 굽이

져 뒤엉킨 가지는 온통 연지색의 요염한 꽃봉오리와 눈처럼 새하얀 순백색의 꽃으로 뒤덮여 있었다. 최고의 경지에 오른 서화가들이 붓을 적신 먹을 씻고 또 씻고, 벼루가 닳도록 먹을 갈아가며 비단 화폭 위에 영원히 담고자 했던 그 절경일 것이다. 맑은 하늘 위를 유유히 떠다니는 구름과 구름을 흐르게 하는 하늘 밖의 바람, 그리고 그 바람에 실린 눈과 얼음처럼 차가운 색의 낙화가 나풀나풀 춤을 추며 세상을 따스하게 뒤덮는다. 이 아름다운 풍광의 심상을 단 수십 자의 글자로 영원히 세상에 남기기 위해 얼마나 많은 문장가들이 자신의 글을 다듬고 또 다듬었던가.

이 강산의 단 한 자락일지라도 세상의 수많은 영웅호걸이 불굴의 의지로 목숨을 걸기에 부족함이 없을 것이다. 그가 어찌 감히 눈앞의 죄인을 책망할 수 있겠는가. 죄인은 그저 그와 다른 방식으로 이 아름다운 강산을 사랑하고 탐했을 뿐이다. 젊은 죄인은 스스로 형틀 위로 몸을 엎드렸다. 원망도 후회도 없이 패배자의 수치를 기꺼이 받아들이는 겸허한 모습이었다.

형장이 내리치기 전, 정권은 급히 손을 들어 형을 저지했다.

"이 지휘, 형제끼리 대화를 나누고 싶은데 이곳의 규율이 허락할지 모르겠소."

궁으로 돌아가 보고해야 하는 사람은 황태자였으므로, 운 나쁘게 황가의 내분에 휘말렸을 뿐인 이 지휘로서는 이의가 있을 수 없었다.

"전하 뜻대로 하십시오."

정권은 형틀로 다가가 천천히 웅크려 앉은 뒤 젊은 죄인의 눈가에 남은 흉터를 쓰다듬으며 말을 건넸다. 그의 말에는 미안한 심정이 가득 담겨 있었다.

"오제, 내가 네게 남긴 흉터는 이것뿐만이 아닌 듯싶구나."

정해는 피식 웃으며 역시 진심을 담아 대답했다.

"괜찮습니다."

정권은 섬세한 문인의 손가락으로 정해의 옷깃에 붙은 꽃잎을 떼어 보여주며 말했다.

"우리 선조가 이곳에 터를 잡았다면 참 좋았을 뻔했다."

"그러게요. 맑고 쾌청한 하늘에 부드럽고 따뜻한 바람까지 부니, 술이 없어도 기분이 탁 트입니다."

정해가 동조했다.

"영남은 습기가 가득하고 무더우며, 전염병이 창궐하는 미개한 곳이라더구나. 우리가 살던 곳과는 많이 달라."

정권은 말을 하다가 고개를 숙이고 정해를 바라보며 조용히 속삭였다.

"하지만 걱정하지 마라. 넌 그곳에 가지 않을 것이다. 그곳뿐만이 아니라 그 어디에도 갈 필요가 없어."

정해는 여전히 침착한 표정으로 대답했다.

"서산에 이 한 몸 둘 곳쯤은 있겠지요? 난 거기가 좋습니다."

정권이 한숨을 내뱉으며 말했다.

"이해했다면 됐다. 폐하께서 형을 장 80대로 정하신 데는 깊은 뜻이 있어. 80대라는 숫자는 사람을 살릴 수도 죽일 수도 있지. 폐하가 형집행을 내게 맡긴 이유는 네 생사를 내 손에 붙이시려는 것이다. 좀 불경스럽지만 툭 터놓고 얘기해볼까? 폐하는 널 살려둘 생각이 없기에 형을 80대로 정한 거다. 그리고 자식을 죽였다는 오명을 내게 떠넘기심과 동시에, 이를 통해 또다시 내 목을 내리칠 칼자루를 손에 쥐셨지. 이 사건이 이렇게 종결되면 내가 경위와 결탁했다는 구실은 써먹을 수 없으니 다른 덫을 치신 게지."

정해가 슬며시 미소를 지으며 대답했다.

"부친은 제왕이시니 도를 경시하고 술책을 쓰셔도 나나 형님이나 피할 도리가 없지요."

정권은 순순히 시인하며 고개를 끄덕였다.

"나도 안다."

정해는 한동안 정권의 허리에 채워진 정교한 세공의 옥대를 바라보다가 개탄하듯 말했다.

"전하, 이번에 두신 수는 지나치게 위험합니다."

정권이 웃으며 말했다.

"그렇게까지 하지 않았다면 네가 쉽게 걸려들었겠어? 참, 묻고 싶은 게 있다. 고 재인의 남은 가족이 누구더냐?"

정해가 대답했다.

"동복 남동생이 하나 있습니다. 세상에 단 하나 남은 육친이지요."

정권이 말했다.

"그렇다면 이번에 네게 정보를 주면서 남동생을 되찾았겠군. 고 재인에게도 손해 보는 장사는 아니었어."

정해가 피식 웃으며 대답했다.

"남동생의 얘기는 일절 언급하지 않았습니다. 만약 그녀가 남동생을 조건으로 걸었다면 나도 의심했을 겁니다. 그녀가 가장 중요한 육친을 내 곁에 남겨뒀으니 그 정보가 형님이 던진 미끼일 리 없다고 착각했지요. 그게 내 유일한 패착이었습니다."

그 말에 정권은 넋을 잃은 사람처럼 우두커니 앉아 한동안 아무 말도 하지 않았다. 그때 정해가 탄식하며 말했다.

"그러나 내 가장 큰 실수는 그게 아닙니다. 당초에 똑똑하고 영리한 데다 학문까지 깊은 그 여자를 형님 곁으로 보낸 게 가장 큰 실수였습니다. 난 나름 그녀의 은인이고, 따지자면 형님은 그녀의 원수이니 전혀 문제가 없을 거라고 믿었죠. 이제 와서 보니 뱀을 구해서 적을 도운 꼴입니다."

그러자 정권이 고개를 저으며 부정했다.

"네 가장 큰 실수는 중화절 이후에 혼인을 맺고 경성을 떠나지 않은 것이다. 네가 순순히 떠났다면 나도 널 이렇게까지 몰아붙이지 않았어."

정해는 정권의 손에 붙은 꽃잎을 떼어 자신의 손가락 끝에 올려놓은 채 오래도록 바라봤다. 그 눈길에는 세상을 향한 애정이 그득했다.

"중화절의 하늘은 온통 이 꽃잎으로 뒤덮여 있었습니다. 저 푸른 하늘로 날아가는가 하면 수렴 안으로도 날아들었고, 어떤 건 도랑으로 떨어졌지요. 전하, 송 선생님이 강독 때 풀이하셨던 고사 '추인낙혼墜茵落溷*'을 기억하십니까? 같은 나무에서 떨어진 꽃잎이지만, 전하는 방석 위에 떨어졌지요. 난 그걸 인정할 수가 없었어요. 그래서 떠나지 않은 겁니다."

정해가 오랜 침묵 끝에 입을 떼며 꺼낸 이야기를 듣고, 정권은 어이가 없다는 듯 실소하며 되물었다.

"내가 방석 위에 떨어진 꽃잎이라고?"

정해는 고개를 끄덕이며 대답했다.

"내 말이 우습겠지요. 허나 그건 전하가 자신의 저력을 반도 깨닫지 못했기 때문입니다. 가령 5년 전에는 왜 고사림이 계획을 실행하도록 놔두지 않으셨습니까? 전하가 갈 수 있는 길은 나보다도, 내 큰형님보다도 훨씬 넓었습니다. 기어이 가지 않겠다고

---

* 삶을 나무에 핀 꽃에 비유한 고사로, 같은 가지에 핀 꽃이라도 어떤 것은 휘장을 스쳐 방석 위에 떨어지고, 어떤 것은 담장을 스쳐 뒷간에 떨어진다는 뜻. —역주

고집을 부린 건 전하시죠. 하늘이 준 기회를 자기 손으로 날려버리고, 타인에게 틈을 내주고 희망을 내준 건 전하의 잘못이지, 우리 형제의 잘못이 아닙니다."

정권이 대답했다.

"너는 모른다."

정해는 탄식했다.

"조정에 형님을 조금이라도 이해하는 사람이 있다면 그건 나일 겁니다. 형님을 잘 알았기에 감히 이런 일도 꾸민 거죠. 하지만 오늘 이후로는 형님을 이해했던 유일한 사람이 이 세상에서 자취를 감추겠군요. 참, 그녀가 있지요. 그 여자와 국사를 논한 적이 있습니까?"

정권이 대답했다.

"없다."

정해는 말했다.

"이 길 위에는 동지들이 많으니 내가 이렇게 떠나도 곧 다른 사람이 나타나 길을 채우겠지요. 하지만 형님은 참 고독하시겠습니다."

정해는 두 사람의 체온에 닿아 이미 시들해진 꽃잎을 입으로 후 불며 물었다.

"아직도 난 이해를 못 하겠습니다. 대체 왜 이런 위험한 수를 두신 겁니까? 이건 쑥을 없애겠다고 난초까지 함께 불태운 격입니다. 나를 깔끔하게 제거하는 데는 성공했지만, 형님은요? 폐하로부터 벗어날 퇴로는 있습니까?"

정권은 대답했다.

"네가 내 걱정을 할 필요는 없다. 네게 나름의 깨달음이 있듯이 내게도 나름의 깨달음이 있어."

정해가 웃었다.

"걱정하는 게 아니라 호기심에 묻는 겁니다. 지금도 그렇지요. 나를 죽이는 건 자살 행위에 가깝습니다. 칼자루가 폐하께 넘어갈 걸 뻔히 알면서 왜 기꺼이 형 감독을 수락하셨습니까?"

정권은 그의 어깨에 손을 얹고 고개를 숙인 뒤 귓가에 입을 바짝 가져가 조용히 대답했다.

"맞아. 난 다 알면서 토끼를 잡는 사냥개 역할을 자처했지. 나를 그렇게 잘 안다니 이것도 알겠군. 내가 걱정하는 건 허창평의 일만이 아니야. 내가 가장 걱정하는 건 장주지. 나랏일과 전쟁이 중대한 국면에 놓인 이때 너와 이 도독이 내통하고 있으니, 내가 어찌 발을 편히 뻗고 잘 수 있겠느냐. 조정 일이 한 끗이라도 어긋났을 때 네가 이 도독과 무슨 일을 꾸밀지 상상하면 등골이 서늘해지더구나. 하지만 내게는 폐하에게 내놓을 만한 증거가 없어. 폐하의 표현대로라면 난 폐하의 권신이니 내 말을 믿으실 리 없지. 그렇다고 너처럼 아무 근거 없이 폐하의 통솔 아래 있는 심복들을 중상모략할 배짱은 없었다. 그래서 네게는 미안하지만 널 제거하기로 한 것이다. 너만 사라진다면 너와 이 도독이 무슨 관계이든 그 관계 자체가 이 세상에서 사라질 테니까."

그는 서서히 정해에게서 멀어져 갔다. 거리가 벌어질수록 목소리도 점점 커졌다.

"게다가 네가 거느린 그 문인들은 참으로 성가신 놈들이야. 난 그 작자들을 상대할 기력은 없다. 네가 살아 있는 한 그자들은 하늘과 바다 끝까지라도 따라와서 그 시끄러운 입을 나불거릴 테지. 하지만 네가 세상에서 사라진다면 몇 번 꿈틀거리다가 흥미를 잃고 다시 심신수양에나 집중할 거야. 아마 폐하도 나와 같은 생각이셨을 거다. 너도 알겠지만 오랑캐의 침략으로 변방이 시끄러운 이때, 괜한 집안싸움으로 국력을 소모하다가 전쟁에 지기라도 하면 수십 년이 지나도 나라의 원기를 회복하기 어려워."

정해가 한탄했다.

"압니다. 알아요. 전하가 그렇게 아끼는 강산이 아닙니까. 하지만 전하, 이런 식으로 대처하다가는 강산을 손에 넣지 못할 겁니다."

정권이 고개를 가로저으며 대답했다.

"설령 내가 갖지 못하는 한이 있어도 네 손에 넘어가게 둘 수는 없었다. 권력을 탐하거나 공을 탐했던 게 아니야. 너 같은 인간의 손에 이 강산이 넘어갈까 봐 염려했던 것뿐이다. 그래서 이번 사태의 발단이 일어난 그 순간부터 반드시 널 죽이기로 마음먹었다. 넌 권력을 위해 생모까지 희생시킨 놈이야. 수단도 가리지 않고 한계도 없는 너 같은 인간이 천하를 손에 넣는다면 못 저지를 짓이 무엇이며, 못 저지를 행악이 무엇이겠느냐? 난 도무지 마음이 놓이지 않았다."

정해의 입꼬리가 미세하게 떨리는가 싶더니 가까스로 무기력한 미소를 그려냈다.

"어머니는…… 형이 떠난 그 순간부터 이미 죽음보다 못한 삶을 사셨습니다. 난 그저 차라리 희망이라도 안은 채로 세상을 떠나시는 게 낫지 않을까 생각했을 뿐입니다. 큰형님이 떠난 것으로 모자라 나까지 전하의 손에 멀리 쫓겨나는 꼴을 보시는 게 어머니께는 살아 있는 것보다 더한 고통이었을 겁니다. 영원히 자식들을 만날 수 없는 삶이 바로 지옥이 아니겠습니까."

정권이 이를 갈며 물었다.

"난 정말 모르겠다. 생모에게 그 말을 하던 순간에는 대체 속으로 무슨 생각을 했느냐?"

정해가 초연하게 미소를 지으며 대답했다.

"나도 사람입니다. 전하, 설마 노 선생님 댁을 직접 찾아가 눈물을 흘리며 애원할 때의 심정을 벌써 잊으신 건 아니겠지요?"

정권은 흠칫 놀라며 한동안 우두커니 있다가 한참 뒤에야 다시 물었다.

"더 하고 싶은 말이 있느냐?"

정해가 말했다.

"옛날에 전하가 선물하신 두 폭의 서첩이 왕부에 잘 보관돼 있습니다. 육랑에게 주시지요. 전하에게 직접 서도를 배우고 있다고 하니 틀림없이 훗날 큰 결실을 거둘 겁니다."

정권이 대답했다.

"알겠다. 내세에도 형제로 태어난다면 그때는 네게도 서도를 가르쳐주마."

정해가 웃으며 말했다.

"미리 감사 인사를 해야겠군요. 하지만 형님, 내세의 세상도 불공평하다면 난 그때도 지금처럼 싸울 겁니다. 이것이 바로 내 무간지옥이자 형님의 무간지옥이지요."

정권이 오래도록 대답이 없자, 정해는 두 눈을 질끈 감고 웃으며 말했다.

"이제 집행하십시오. 이러고 있는 것도 피곤하군요."

정권은 몸을 일으켜 이 지휘 곁으로 걸어가 지시했다.

"어심은 이 지휘도 알고 있겠지. 난 잔혹한 건 질색이니 단번에 편하게 보내시오."

이 지휘는 잠시 주저하다가 손을 들어 수하들에게 수신호를 보냈다.

묵직한 형장이 죄인의 척추에 정확하게 떨어지는 순간, 살구나

무 가지가 부러지는 듯한 파열음이 울렸다. 붉은 선혈이 시든 꽃
잎처럼 흙먼지 위로 툭툭 떨어졌다. 형집행을 감독하는 이의 몸
에 흐르는 피와 동일한 기원의 그 피는 강산을 기름지게 하는 자
양분이 되어 이 강산의 하늘에 아름다운 색을 더할 꽃잎을 틔울
것이다.

강산을 탐하는 이의 붉은 선혈은 영원히 고갈되지 않고 흘러 강
산에 영원한 양분을 공급한다. 그들의 피가 무럭무럭 키운 이 강산
의 생동과 찬란함은 사람의 마음에 얼마나 깊은 울림을 주던가.

황태자가 황제에게 보고하기 위해 입궁했을 때는 벌써 오후
무렵이었다. 진근은 일찍부터 강녕전 밖에서 대기하고 있다가,
태자의 모습이 보이자 겸연쩍게 두어 번 소리 내어 웃더니 애써
말할 거리를 찾았다.

"폐하께서 기다리고 계십니다. 어서 안으로 드시지요. 신이 오
늘 아침 직접 태의원에 가서 장 원판과 조 태의를 동궁으로 보내
달라고 부탁했습니다. 두 사람은 소아병에 대해서라면 둘째가라
면 서러운 나라 최고의 의원인데, 신이……."

그러나 정권은 냉랭하게 그의 말을 끊으며 대꾸했다.

"교체하게."

"하지만 그 두 사람은……."

진근이 차마 눈 뜨고 못 볼 만큼 핏기가 싹 가셔서 말을 이으려
애쓰자, 정권은 걸음을 멈추고 서슬 퍼런 시선으로 진근을 노려
봤다.

"진 총관, 교체하라는 본궁의 말을 거역하기라도 하겠다는 건
가?"

"아닙니다. 신이 어찌 감히요. 전하의 명대로 하겠습니다."

화들짝 놀라며 연신 말을 내뱉는 진근을 뒤로하고, 정권은 곧바로 안으로 향했다.

황제는 점심 식사를 마치고 막 쉬려던 참에 정권이 들어오자 바로 물었다.

"마무리됐느냐?"

정권은 바닥에 무릎을 꿇고 고개를 숙인 뒤 대답했다.

"신의 불찰입니다."

"어찌 됐길래?"

"공학위의 형벌이 워낙 가혹해서…… 몸도 많이 허약해진 터라 버티지 못했습니다."

황제는 말없이 잠자코 있다가, 시간이 오래 흐른 뒤에야 대답했다.

"알았다. 정혼을 했던 규수는 다른 혼처를 정하라고 해라. 괜히 멀쩡한 처자의 인생을 망칠 필요는 없어."

정권은 고개를 숙이며 대답했다.

"네."

황제는 이어서 말했다.

"그 허 씨에 대해서는 이틀 뒤 조회에서 짐이 따로 지시를 내릴 것이다."

"네."

정권이 대답하자, 황제는 탄식하며 말을 이었다.

"요즘 워낙 일이 많아서 아원의 병을 소홀히 했구나. 너도 보고하지 않고 짐의 며느리 역시 감히 너를 건너뛰고 짐에게 보고하지 못하니 이렇게 됐어. 병이 좀처럼 떨어지지 않으니 동궁의 전약국으로는 안 될 것 같구나. 짐이 진근에게 태의원의 장여벽 등을 청하라고 일렀으니 너도 가서 살펴봐라."

정권은 대답했다.

"신의 아들을 대신해서 감사드립니다. 허나 찬바람을 쐐 열이 좀 나는 것뿐이니 너무 염려하지는 마십시오."

황제가 고개를 끄덕이며 손을 휘저었다.

"가라. 짐은 피곤해서 쉬어야겠다."

정권은 침궁으로 돌아와 옷을 갈아입고 다시 길을 나서려던 참에 때마침 태자비의 처소에서 나오던 정량과 마주쳤다. 황손 때문인지 조왕의 일 때문인지 예전의 짓궂은 웃음기는 온데간데 없고 사뭇 정중한 태도로 정권에게 예를 갖췄다. 정권이 즉시 발걸음을 돌리려고 하자, 정량은 기어이 참지 못하고 물었다.

"전하, 아원은 안 보러 가십니까? 이제 막 잠들었습니다."

정권은 걸음을 멈추고 무겁게 가라앉은 암울한 표정으로 말했다.

"이부상서 주연을 네 스승으로 정했으니 가서 준비해라. 3일 뒤면 출가해 입문할 테니 앞으로는 이곳에 함부로 드나들면 안 된다."

정량은 차마 말을 더 하지 못하고 고개를 숙이며 대답했다.

"명 받들겠습니다."

정권은 후궁에 도착하자마자 여전히 통보 없이 고 재인의 처소로 거침없이 발을 들였다. 작년 겨울 고 재인 처소의 궁인들 중에는 병에 걸린 사람이 많았다. 특히 두 명은 병세가 심각해 주순의 보고를 거쳐 궁 밖으로 내보내기까지 했다. 고 재인의 처소는 그 뒤로 내내 새로운 궁인을 보충하지 않아 안이나 밖이나 황량하기 그지없었다.

아보는 안에 없었다. 마음이 울적해 궁인 두셋을 거느리고 동궁 후원에 산책을 나갔다고 했다. 정권은 재촉하지 않고 모든 궁인을 물러나게 한 뒤 각 안에서 조용히 그녀가 돌아오기를 기다렸다. 정권은 기다리는 게 따분해지자 뒷짐을 진 채 여기저기를 어슬렁거리다가 살짝 축이 기운 관음보살 그림에 무심코 눈길이 갔다. 그 불균형이 주는 거슬림을 견딜 수가 없었는지, 정권은 막대기를 찾다가 포기하고 직접 의자를 딛고 올라가 손을 뻗었다.

삐끗하는 사이에 족자가 스르륵 바닥으로 떨어졌다. 무거운 편은 아니었는데 손이 미끄러진 듯했다. 정권은 바닥에 떨어진 그림을 주워 가득 내려앉은 먼지를 탁탁 털다가 무언가에 크게 놀란 듯 넋을 잃었다.

아보가 궁인들과 함께 돌아왔을 때, 정권은 아보의 책상 위에 놓인 문구함을 함부로 열어보다가 뚜껑을 닫고 있었다. 바닥에 떨어졌던 보살상은 어느새 아무 일도 없었다는 듯 원래의 자리로 돌아갔고, 그림이 떨어졌었다는 사소한 이야기는 당연히 그녀 앞에서 꺼내지 않았다. 정권은 아보가 예를 갖추는 모습을 조용히 지켜보다가 평온한 표정으로 알렸다.

"그가 죽었다는 소식을 진하러 왔다."

아보는 잠시 얼굴이 하얗게 질렸다가 다시 평정을 되찾으며 미소를 지었다.

"바라시던 대로 됐군요. 축하드립니다."

정권이 말했다.

"너도 축하한다."

아보가 살짝 웃음을 머금고 물었다.

"신첩에게 무슨 좋은 일이 있어서요?"

정권은 대답했다.

"내가 네 형제를 찾아줄 테니까."

아보는 고개를 숙인 채 잠자코 있다가 고개를 가로저었다.

"전하의 호의는 감사하오나 필요 없습니다. 어차피 죄인으로 이 왕토에서 구차한 목숨을 이어가는 신세인데, 전하의 수중에 있으나 다른 사람의 수중에 있으나 무슨 차이가 있겠습니까?"

정권은 그녀에게 한 걸음 다가가 그녀의 손을 잡으려는 듯 손을 뻗었다.

"우리가 처음에 말했던 것과 다르지 않느냐? 대체 왜 그렇게 했지?"

아보는 정권의 손길을 살짝 피하며 파리한 미소를 지었다.

"전하는 이해 못 할 거예요."

아보가 이렇게 나오자, 정권은 이해하고 싶은 마음이 사라졌는지 냉정하게 굳은 표정으로 고개를 끄덕였다.

"난 그저 사실을 알리러 왔을 뿐이야. 용건이 끝났으니 가보겠다."

아보 역시 붙잡지 않고 무릎을 굽혀 예를 표했다.

"황태자 전하를 배웅하옵니다."

그녀는 예법도 관례도 벗어던진 채, 돌아선 그의 뒷모습을 지켜보지 않고 즉시 반대 방향으로 몸을 돌려 조용히 발을 내디뎠다. 창밖의 봄볕도 버린 그곳으로. 정원 깊숙한 모퉁이 속으로.

금곡金谷의 작별

정녕 7년 2월 27일. 정기 조회가 열렸다. 조회가 열리기 전인
25일부터 3일 사이에 조 서인의 자택을 몰수하라는 황제의 칙서
가 내려졌으므로, 조왕이 죄인 선고를 받고 태자에게 장살당했다
는 사실을 이미 모르는 사람이 없었다.

칙서를 전달한 기관은 중서성이었다. 죄인의 형은 사법기관의
승인 없이 공학위에 의해 극비리에 집행되었고, 사건 종결을 보
고하는 공문서는 형부와 공학위가 공동으로 작성했다. 중서령 두
형은 동궁의 측근이었고, 신임 형부상서는 천자에게 굽실거리느
라 바쁜 인물이었으므로, 칙서와 공문서 모두 도찰원과 대리시,
어사대의 도덕군자들이 반응하기 전에 제약 없이 신속하게 처리
되었다.

사실 중서성과 형부가 이토록 용쓸 필요도 없이 사법기관과
어사대의 언관들은 이번 사건에 철저하게 무지했다. 황태자의 강
건한 태도에 휩쓸리듯 사건에 참여하게 된 조정 관원들은 황태자
역모 혐의의 인적, 물적 증거의 출처가 조 서인이라는 사실을 모

두 알고 있었다. 비단 그게 아니더라도 상식적으로 조 서인이 공개적인 장소에서 태자와 치열하게 충돌한 뒤 일을 빠르게 처리하기 위해 세상이 경악할 만한 소문을 재빨리 퍼트렸다는 가정이 불가능한 것도 아니었다. 모든 앞뒤 정황을 따지고 분석해보면 사건의 결론은 논리적으로 빈틈이 없어 의심할 만한 구석이라고는 전혀 없었다. 게다가 조 서인이 황태자의 손에 목숨을 잃었다지만, 공명정대하게 황제의 명에 따라 형을 집행했을 뿐이었으므로, 조정 대신들로서는 아무리 분통이 터지고 불만스러워도 꼬투리 잡을 만한 것이라고는 형집행을 통해 개인적인 원한을 풀었다는 것뿐이었다.

의심하는 사람이 없지는 않았고, 그 수도 결코 적다고 할 수는 없었다. 그러나 파급 범위가 워낙 광범위한 사안이었고, 어심이 저토록 분명한 데다가, 이미 죽은 사람을 되살릴 수도 없는 노릇이었으므로 의심스러워도 문제 제기를 하는 사람은 당장은 나타나지 않았다.

27일 조회에서 황제는 신하들이 자리를 잡자 형부에 사건의 처리 결과를 발표하라고 명했다. 공식 발표는 처음이었지만, 사실 새로울 것도 없는 내용이었다.

"조왕 소정해는 중상모략의 대죄를 저질러 폐서인으로 강등한 뒤 유배를 보낼 예정이었으나, 형을 견디지 못하고 목숨을 잃었으므로 서인의 신분에 따라 교외 서산에 장사하노라. 폐서인의 붕당은 밝혀지지 않은 바, 처형을 논의할 조왕부의 내시 장화를 제외한 나머지는 일괄 유배형에 처한다."

신하들 모두가 예상한 대로 사건은 5년 전과 마찬가지로 이 이상 연루되는 사람도, 파급도 없이 끝났다. 세상을 뒤흔들 엄청난 사건이 하룻밤 만에 깨끗이 평정된 것이었다. 당시와 다른 점이 있기는 했다. 효단 황후가 승하했고, 광천군은 벽지로 쫓겨났으며, 조 서인은 목숨을 잃었으므로 혼인을 통해 잠시나마 황가의 혈맥을 이었던 조씨 가문은 이로써 철저히 황가에서 축출되었다.

그러나 신하들도 황제가 이어서 내린 두 번째 칙령까지는 미처 예상하지 못했다. 칙령은 이번 정쟁에서 압승한 듯 보였던 황태자와 관련된 내용이었다.

"첨사부 주부 허창평은 결백한 것으로 드러났으나, 평소 행실이 경박해 규율을 어기고 황태자와 사적인 교류를 했다. 이뿐만 아니라 사적으로 귀중품까지 받아 음흉한 자에게 모략의 빌미를 주어 큰 사건의 온상이 되었으니 엄벌에 처하는 것이 마땅하나, 국상 기간의 사면을 적용해 삭탈관직과 귀향을 명하노라. 아울러 평생 관직에 나서는 것을 금지한다. 이 밖에 첨사부와 좌우 춘방의 모든 관원들은 황태자를 제대로 보필하지 못한 직무태만의 죄가 크므로 본직과 겸직을 모두 내려놓고 귀향할 것을 명하노라."

첨부와 좌우 춘방의 보직을 겸하고 있는 관원 중에는 상서, 시랑, 시경 등의 고위직이 적지 않았으며, 대부분이 선대부터 수십 년간 조정을 섬긴 노신들이었다. 보동 과실이 있는 관원의 처벌은 겸직을 해제하거나 본직을 강등하는 선에서 그친다. 지금처럼 시비도 가리지 않고 일률적으로 관직을 박탈하는 경우는 나라가 세워진 이래로 전례가 없었다. 하물며 이번 사건에 전혀 연루되지 않은 좌우 춘방은 고래 싸움에 새우 등이 터진 꼴이었다.

삼성은 육부에 대항할 힘을 잃은 지 오래였으므로 그 누구도 나서서 천자의 칙령에 반기를 들거나 반박하지 못했다.

동궁을 보필하는 관료들을 이토록 혹독하게 처벌한다는 것 자체가 황태자에게 직접 징계를 내린 것이나 다름이 없었는데, 파급 범위가 이토록 광범위하다는 것은 직접 징계의 수위를 훨씬 뛰어넘는 엄중한 처분이었다. 이쯤 되면 도의상 황태자는 당장 그 자리에 엎드려 죄를 청해야 마땅했는데, 얼굴이 새파랗게 질린 황태자가 행동에 나서기도 전에 황태자보다 얼굴이 몇 배는 더 딱해 보이는 위인 하나가 입에 거품을 물고 조당 한복판에 쾅 하고 쓰러졌다.

정권은 이번으로 두 번째 혼절한 예부시랑 겸 첨사부 첨사 부광시를 한심하다는 듯 힐끔 쳐다본 뒤 황제를 대신해 명을 내렸다.

"끌어내라."

친위병들이 숨이 멎은 것처럼 축 늘어져 관리의 품격이라고는 눈곱만큼도 느껴지지 않는 부광시를 질질 밖으로 끌어낸 뒤 황태자가 황제 앞으로 나서려는 순간, 황제가 손을 들어 그를 제지했다.

"급할 거 없다."

진근이 이어서 세 번째 칙령을 읊었다.

"변방이 아직 평정되지 않은 이때에 나라의 불안이 끊이지 않으므로 혼란을 미연에 방지하고 경성의 안정을 지킬 필요가 있다. 추부와 이부는 즉시 상부 12위 및 이하 24경위의 재편을 논의하라."

황제의 어심은 이로써 더욱더 극명하게 드러났다. 조 서인이 처벌된 상황에서도 황태자를 향한 경계심과 의심이 해소되기는커녕 오히려 더욱 증폭된 것이었다.

동궁 관료의 교체와 경위의 재편 명령이 숨 쉴 틈 없이 연속적으로 이어지자, 황태자의 처지는 상당히 난처해졌다. 여기서 죄를 청하지 않으면 불경한 신하가 되고, 죄를 청하면 모두가 보는 앞에서 자신이 이 두 가지 일과 관련이 없지 않음을 인정하는 꼴이 되기 때문이었다. 황태자는 잠시 살짝 주저하는가 싶더니, 곧 고개를 뻣뻣하게 들고 오만불손하게 서 있기를 택했다.

황제의 지엄함이 이와 같은데도 황태자가 무례하게 고개를 쳐들자, 마침내 조정을 가득 채운 도덕군자들의 속이 부글부글 끓어오르기 시작했다. 먼저 나선 건 붉은 관복에 금대를 찬 어사들이었다.

　"폐하께서 명백히 조 서인을 살리겠다는 뜻을 밝히셨는데도, 황태자는 사사로운 악감정으로 형을 집행해 종실을 사망에 이르게 했습니다. 이는 천자의 관용과 위엄을 더럽힌 것이니, 부디 황태자를 엄중히 처벌하셔서 천하와 신하들의 경계로 삼으소서."

　돌멩이 하나가 잔잔한 수면 위로 떨어져 잔물결이 거세게 일어나자, 수년간 황태자를 눈엣가시로 여겼던 고고한 도덕군자들 사이에 격정적인 파도가 출렁이기 시작했다.

　"황태자는 본분을 잊고 천자의 신임을 등에 업은 채 국정에 간섭했습니다."

　"황태자는 수양이 부족해 행동이 경박하기 그지없습니다. 조서인이 옥대를 중상모략의 빌미로 삼은 것을 제외하고라도, 황태자가 일개 말단 관리에게 사사로이 옥대를 증여한 것 자체가 올바른 행동이라고 볼 수 없습니다."

　"지난달 폐하께서 장주로 칙서를 보내실 때 황태자의 사적인 서신이 칙서에 동봉되었다고 들었습니다. 이는 황태자의 명백한 군정 간섭입니다."

　"황태자는 성품이 각박하고 불경스러워 국상 기간임에도 애도하는 기색이 전혀 없었으니 백성과 신하의 본이 될 수 없습니다."

　조 서인의 악행을 밝히기 위해 열린 조회는 순식간에 황태자를 물어뜯는 비방의 장으로 돌변해 황태자야말로 극악무도한 십악十惡* 죄인인 듯 보였다.

　사실상 비서나 다름없는 신세로 전락한 중서령 두형은 말없이 멀뚱히 서 있었고, 천자 직속의 이부, 추부, 형부, 예부의 공관들 역시 묵묵히 서서 황태자를 옹호할 뜻이 전혀 없는 황제와 함께 질타의 대상이 된 황태자를 주시했다. 황태자는 마치 일찍부터 예상하고 만반의 준비라도 한 듯 놀라움도 두려움도, 수치도 분노도 느껴지지 않는 냉담한 표정으로 말없이 자리에 서 있었다.

비방이 난무하던 중 맨 뒷자리에서 웬 초록색 관포 차림의 젊은 관원이 중정으로 나와 목청을 높여 대신들을 질타했다.

"5년간 전하는 침식도 잊으신 채 모자란 국고로 나라를 운영하시려고 갖은 애를 쓰셨습니다. 전하께서 근심에 겨워 밤잠을 설치실 때 달 보고 짖는 개처럼 떠드는 입들은 대체 어디에 있었습니까?"

대신들은 잠시 놀라 일제히 입을 멈췄다. 대담하게 입을 연 관원은 호부 산하 탁지사度支司의 5품 관원으로 아직 새파랗게 젊어 보였다. 잠시 정적이 흐른 뒤 한림 한 명이 비웃듯이 입을 열었다.

"그 자리의 일은 그 자리에 있는 사람이 하는 것이니 그쪽과 아무런 상관이 없는 신등은 당연히 말참견을 할 수 없소. 예부터 태자의 본분은 덕을 함양하는 것이었지, 정무에 참여하는 것이 아니었소. 그런데 황태자가 본분을 벗어나 정무에 관여하고, 그것도 모자라 갖은 애를 쓰고 침식을 잊을 정도로 정무에 몰두한다고? 대체 국법과 인륜이 설 자리는 어디이며, 천자와 신하들의 역할은 무엇이란 말이오? 훗날 이 사실을 역사에 어떻게 기록해야 한단 말이오? 설마 본조만의 빛나는 전례라도 남겨 만세의 본으로라도 삼으란 말이오?"

영원히 변치 않을 역사를 거침없이 기록하는 주체는 바로 저

---

* 불교 교리에서 말하는 열 가지 악으로, 살생, 거짓말, 탐욕 등을 말한다. ─역주

들이다. 그의 이상, 그의 노력, 그의 의지는 저들의 한 획 한 획에 의해 모살된다. 그렇게 판목에 새겨진 그의 인생은 결국 하얀 종이 위에 찍힌 검은 글씨로 대체되어 영원히 고칠 수도, 지울 수도 없는 기록으로 남아 후세에 전해질 것이다. 글자와 글자 사이, 행과 행 사이의 여백에 담긴 그의 사랑과 증오, 소유와 상실, 그가 추구했던 것들과 그로 인한 고뇌, 그 모든 것을 위해 애쓰고 발버둥 쳤던 그의 진짜 삶은 누가 신경이나 쓰겠는가. 누가 이해할 수 있겠는가.

황태자는 보일 듯 말 듯 희미한 미소를 머금은 채 눈을 질끈 감아 살아 있는 그의 생 앞에서 펼쳐지는 이 우스운 촌극을 시선 밖으로 밀어냈다.

그때 천자가 자리에서 벌떡 일어나 벌컥 화를 냈다.

"속에 담긴 말을 거르지 않고 모두 내뱉지 않으면 목구멍에 가시라도 돋소? 어디 감히 조당에서 체통 없이 목청을 높이시오!"

황제가 소매를 떨치며 조당을 떠나자, 신하들은 골이 잔뜩 난 표정으로 씩씩거리며 입을 다물었다.

황손 소택은 효단 황후의 황당을 안치하고 환궁한 날부터 내내 열과 기침에 시달리더니 음식을 거부하며 잠만 잤다. 좀처럼 나아질 기미 없이 병세가 지속된 게 벌써 열흘이었다. 그럼에도 작년 겨울부터 짧게 감기를 앓고 낫기를 여러 차례 반복했던 탓에 위중하다고 여기는 사람은 없었다. 더군다나 그사이에 큰 풍파가 몰아치는 바람에 동궁의 운명이 바람 앞의 등불과도 같았으므로 황손의 병은 자연스럽게 소홀히 다뤄질 수밖에 없었다. 작년 겨울에 눈이 내리지 않았으므로 황태자비 사씨는 올봄에 도는 돌림병에 걸린 것은 아닐까 내내 염려했다. 그런 와중에 황제는 동궁의 출입 폐쇄를 명했고, 태자는 원체 황손의 병증에 관심이 없고 오로지 혐의를 피하는 데만 골몰하느라 태의를 청하지도 않았다. 그리하여 황손이 병에 시달리는 열흘 내내 동궁의 병을 진단하고 치료한 건 오직 동궁의 전약국뿐이었다. 이 모든 악재 속에서도 황손의 병은 더 나아지지도 더 나빠지지도 않는 듯 보였다. 동궁의 사건이 드디어 종결되었지만, 황제가 보냈다는 태의는 내내 나타나지 않았다.

28일 오후 무렵, 혼수상태에 빠진 황손의 몸이 불덩이처럼 뜨거워지더니 숨을 헐떡이며 발작하듯 구토를 했다. 태자비는 황손의 증세가 악화되자 크게 놀라며 애가 탔다. 장사군왕은 재미있는 이야기를 들려주거나 병이 나은 뒤 놀거리들을 약속하며 내내 황손 곁을 지키다가, 황손이 발작하는 것을 보고 즉시 태자각으로 허겁지겁 달려갔다. 그러나 태자는 이미 길을 떠난 뒤였다. 궁인이 태자가 떠난 지 얼마 되지 않았다고 알려주자, 정량은 궁인이 말을 마치기도 전에 즉시 연조궁 문을 뛰쳐나가더니, 기어이 영안문 근처에 있던 태자 일행을 따라잡았다.

정량은 마음이 급해서 예를 갖추기도 전에 다짜고짜 정권의 옷자락을 움켜쥐고 숨을 헐떡였다.

"전하, 빨리 아원에게 가보세요. 갑자기 많이 아픈 것 같아요."

정권은 잠시 멈칫하더니 금세 눈살을 찌푸리며 호통쳤다.

"무엄하다! 물러나지 못할까!"

정량은 그럼에도 움켜쥔 손을 놓지 않고 눈물을 줄줄 흘렸다.

"전하, 어디 가시는데요? 아원보다 중요한 일인가요?"

정권이 물었다.

"내일이면 출가해 입문할 텐데, 준비는 다했더냐?"

정권은 정량이 흐느끼기만 할 뿐 대답을 않자 또다시 호되게 꾸짖었다.

"앞으로는 연조궁에 오지 말라고 내가 분명히 말했을 텐데? 출입 금지 공문이라도 내려야 정신을 차리겠느냐?"

정량은 두 무릎을 꿇고 엎드리며 말했다.

"잘못했습니다. 하지만 아원에게 안 가시겠다면 신은 이대로 폐하께 가겠습니다."

정권은 무섭게 일그러진 얼굴로 손을 휘둘러 정량의 뺨을 세차게 내리쳤다.

"어찌 이토록 어리석고 사리 분별을 못해!"

정량은 처음 보는 정권의 표정에 화들짝 놀라며 자기도 모르게 옷자락을 놓았다. 점점 멀어지며 근신에게 지시를 내리는 정권의 목소리가 정량의 귓가를 울렸다.

"태자비에게 황손의 증세를 폐하께 고하라고 일러라. 장사군왕은 처소로 돌려보내고 잘 감시해라. 연강 때를 제외하고는 밖으로 한 발짝도 못 나가게 해."

한편 태사비는 정량이 돌아올 틈도, 태자의 근신이 태자의 명을 받들고 돌아올 틈도 기다리지 못하고 허둥지둥 강녕전으로 달려가 황제를 찾았다. 몸단장을 하거나 어가를 대령하라는 명령을 할 여유조차 없었다. 진근이 마침 낮잠을 자던 황제를 급히 깨우자, 황제는 사정을 전해 듣고 놀라 얼굴이 하얗게 질렸다.

"짐이 분명히 며칠 전에 태의를 보내라고 일렀거늘, 어쩌다 이 지경이 되었느냐?"

태자비가 눈물을 비처럼 흘리며 고개를 가로저었다.

"황손과 신첩을 아끼고 보살피시는 성심에 항상 망극해하고 있습니다. 하오나 태의는 그간 단 한 번도 오지 않았습니다."

황제는 이해할 수 없다는 표정으로 얼굴이 백지장처럼 하얗게 질린 진근에게 고개를 돌리며 물었다.

"이게 무슨 일인가?"

진근은 즉시 바닥에 털썩 엎드리며 허겁지겁 고개를 조아렸다.

"죽을죄를 지었습니다. 폐하의 칙령을 즉시 전달했으나, 태자…… 전하께서 교체하라고 명하셔서……."

황제가 노발대발하며 소리쳤다.

"교체를 명했다고? 그럼 교체한 사람은? 자네는 왜 짐에게 보고하지 않았어?"

진근은 이마에서 피가 날 정도로 바닥에 머리를 찧으며 대답했다.

"죽을죄를 지었습니다."

황제가 이를 갈며 말했다.

"틀림없는 죽을죄지. 황손이 잘못되기라도 하는 날에는 짐이 네놈을 산 채로 순장할 것이다!"

황제는 두려움에 질려 혼절할 지경인 진근은 거들떠보지도 않고 즉시 다른 사람에게 명을 내렸다.

"당장 태의원으로 가서 당직인 사람 모두를 동궁으로 보내라. 장여벽과 조양정이 오늘 당직이 아니거든 즉시 입궁하라고 해."

황제는 명을 내리자마자 즉시 고개를 돌리며 태자비에게 물었다.

"태자는?"

"전하가 신첩을 폐하께 보냈습니다."

태자비가 멈칫하다가 마지못해 대답하자, 황제는 차갑게 비웃으며 말했다.

"넌 지금 그 녀석을 두둔하지만, 그 녀석은 네 성의 따위 받아들이지도 않을 게다. 태자는 궁에 있느냐?"

태자비는 감히 대답하지 못하고 조용히 눈물만 떨궜다.

황제는 사람들이 물러간 뒤 초조하게 전각 안을 몇 걸음 서성이다가 대뜸 물었다.

"하나뿐인 아들이 위독하거늘, 대체 이것보다 급한 일이 뭐가 있다고 직접 나갔다더냐?"

전각의 내신들은 감히 아무도 입을 열지 못했다. 그러던 중 진근이 눈짓으로 압박하자, 한 내신이 한참 뒤에야 고개를 푹 떨구고 조용히 고했다.

"오늘은 첨부 주부가 석방되는 날입니다. 폐하께서 당일 즉시 경성을 떠나라고 명을 내리셔서……."

황제는 기가 막히다는 듯 차갑게 코웃음을 친 뒤 진근을 노려보며 말했다.

"이 개같은 놈. 또다시 짐의 집안일을 망치면 산 채로 살갗을 벗겨버리겠다."

공학위가 이날 첨사부의 주부였던 허창평을 석방한 건 사실이었다. 경성을 떠날 때 반드시 거쳐야 하는 교외 남산에서 허창평을 동궁위에 인계한 것 역시 사실이었다. 허창평은 아직 고문으로 인한 상처가 다 낫지 않아 거동이 불편했다. 공학위는 허창평을 동궁위에게 인도한 뒤 복명을 위해 돌아갔다. 동궁위가 막 길을 떠나려던 참에 갑자기 뒤쪽에서 말발굽 소리가 들렸다. 봄빛이 가득한 금곡도金谷道의 파릇파릇한 풀밭 위로 말 한 필이 달려오고 있었다. 그는 어지러이 흩날리는 시든 꽃잎을 헤치고 점점 거리를 좁혀왔다. 동궁위는 가벼운 옷차림의 직속상관을 허창평보다 먼저 알아보고 일제히 예를 갖췄다.

"전하!"

정권은 말고삐를 당기며 그들에게 지시했다.

"너희는 멀리 물러가 있어라. 둘이서 할 얘기가 있다."

동궁위의 백호장百戶長이 즉시 수신호를 보내자, 수십 명의 군사가 신속하게 물러나며 자취를 감췄다.

허창평은 크게 놀라지는 않은 표정으로 흰 천으로 꽁꽁 싸맨 손을 모아 힘겹게 예를 갖췄다. 흰 천에는 아직도 빨간 피가 드문드문 묻어났다.

"신이 아직 몸이 불편해 큰절은 올리지 못하겠습니다."

정권이 피식 웃으며 바로 용건을 말했다.

"배웅하러 왔소."

정권은 봄에 입는 얇고 소매가 넓은 흰색 난포를 입었는데, 옷차림과 전혀 어울리지 않는 백색 옥대를 차고 있었다. 허창평은 그 부자연스러움을 즉시 눈치채고 개탄하며 말했다.

"전하, 이번에 두신 수는 지나치게 위험했습니다."

정권이 웃으며 말했다.

"역시 같은 핏줄은 같은 핏줄인가 보오. 그와 똑같은 소리를 하는구려."

허창평은 힘없이 고개를 푹 숙인 채 말이 없다가 한참 뒤에야 입을 열었다.

"감사합니다, 전하."

정권은 손을 휘저으며 사양했다.

"경을 위해서 한 게 아니오. 계속 단서만 추적하면서 시기를 놓치느니 큰일이 일어나기 전에 선제공격을 하는 게 낫다고 판단했을 뿐이야. 더구나 난 폐하가 주부를 한 차례 더 심문하실 줄 알았는데, 이 정도로 영명하실 줄은 미처 몰랐소. 덕분에 주부도 고초를 덜었지."

정권은 허창평을 지켜보며 읊조리듯 말을 이었다.

"그러니 너무 자책하지도 감상적으로 받아들이지도 마시오."

허창평은 대답했다.

"그랬군요. 신을 위해서도 전하의 이익을 위해서도 아니었습니다. 모두에게 손실이 가장 적은 방안을 고심 끝에 생각해내신 거로군요. 전하의 깊은 속을 신의 좁은 식견으로 어찌 다 헤아리겠습니까?"

정권이 탄식했다.

"군자의 방식으로 정정당당하게 소인배를 물리치지 못했으니 참담할 따름이오."

허창평이 대답했다.

"그건 시대를 잘못 타고난 탓이지, 한 사람만의 잘못이 아닙니다."

으리으리하고 화려한 궁궐 밖 푸른 평원 너머로 아득하게 뻗은 고도 위에는 온통 파릇파릇한 풀이 돋아 있었다. 평원 너머 구름으로 뒤덮인 푸른 산 밖으로는 남파랑색의 투명한 하늘이 끝 모르게 이어졌다. 중춘에서 늦봄으로 넘어갈 무렵, 떠나는 이를 배웅하러 금곡 위에 선 태자는 뒷짐을 진 채 묵묵히 하늘과 시선을 맞췄다.

허창평은 정권의 시선이 닿은 곳을 함께 바라보다가 오랜 시간이 흐른 뒤에 탄식을 내뱉었다.

"신이 감옥에서 풀려난 오전 이후로 조정에 무슨 일이 있었는지 모르겠습니다."

정권은 정색했다.

"주부는 조정을 떠난 사람이니 조정이 어찌 되든 이제 주부와는 상관없소. 오늘도 특별히 당부하고자 이렇게 온 것이오. 이렇게 가거든 안락하게 오래오래 사시오. 악주에 남는 것도 좋고, 침주로 돌아가는 것도 좋겠지. 평생 한가로이 책에 파묻혀 사는 것도 좋고, 농사를 짓는 것도 좋겠소. 부디 몸을 아끼시오. 돌아가면 주부의 가족이 기다리고 있을 거요. 그간 내가 주부의 가족을 홀대하지는 않았소만, 그래도 주부에게 용서를 구하기는 해야겠소."

허창평은 한참 동안 대답이 없다가 갑자기 후련하게 웃은 뒤 말했다.

"그거 아십니까? 전하께서 신에게 안군첩의 일을 알려주시던 5년 전 단오절에 신은 예감했습니다. 전하가 워낙 명군이셔서 신의 계획과는 영 조화를 이루지 못하겠다고요."

정권도 웃었다.

"그때는 아직 상륙도 하기 전이라 방향을 돌릴 기회는 얼마든지 있었을 텐데, 왜 굳이 가기를 고집했소?"

허창평은 웃으며 대답했다.

"전하의 성미를 생각하면 방향을 돌려도 고해苦海가 펼쳐졌을 겁니다. 앞으로 가도 고해요 뒤로 가도 고해인데, 주인을 배신했다는 악명까지 더할 필요는 없지 않습니까?"

정권은 여전히 웃으며 대꾸했다.

"이제 보니 주부가 도둑 배에 올라타서 방향을 틀지 못한 게로군."

"그렇습니다."

허창평이 웃으며 대답하자, 정권은 고개를 저으며 활짝 웃었다.

"주부는 말조심하시오. 내가 그래도 아직은 태자라오."

허창평은 산 너머 푸른 하늘을 잠시 가만히 바라보다가 웃으며 말했다.

"우리는 모두 언젠가는 죽습니다. 하지만 살아 있는 동안에는 최선을 다해 살아야 하지 않겠습니까? 그래서 그랬습니다."

정권은 그를 돌아보며 손에 쥔 금장 말채찍을 건넸다.

"시간이 많이 지체됐구려. 거동이 불편할 테니 일찍 떠나는 게 좋겠소. 걸음이 느린 말이라도 이게 주부를 하루라도 빨리 고향으로 가게 도와줄지도 모르지."

허창평은 공손히 두 손을 모아 감사를 표했다. 정권이 동궁위를 부르려는 찰나, 그는 잠시 주저하더니 불쑥 말을 꺼냈다.

"전하, 오늘 이렇게 떠나면 다시 만날 기약이 없겠지요. 그날 약속드린 대로 아직 알려드리지 않은……."

"말하지 않아도 이미 다 알고 있소."

정권이 평온한 미소를 머금은 채 말을 끊자, 허창평은 바뀐 안색으로 외쳤다.

"전하?"

정권은 고개를 저으며 말했다.

"비 오던 날 내 서재에서 차를 마셨던 때를 기억하시오? 주부는 그날 영당의 신주를 사찰에 모셨다고 했지. 난 그날로 즉시 사람을 보내 확인했소. 그 사찰엔 눈에 붉은 점이 있는 비구니가 한 명 있었는데, 출가하기 전의 성이 송씨였지. 20년 전쯤에 불가에 귀의했다더군. 그 비구니가 아마도 주부의 생모겠지. 그 사실을 알고 나니 내가 감금됐던 5년 전 중추절에 주부가 왜 휴가를 내고 고향에 갔다가 한나절이나 지각을 했는지 이해가 갔소. 아마 주부는 옛일을 물으러 갔겠지. 알면 좋은 수가 생길 수도 있으니까."

허창평은 놀라서 대답을 하지 못했다. 도도한 봄볕 아래서 그는 온몸에 식은땀을 비처럼 흘리고 있었다. 정권은 그의 동요를 눈치채고 가까이 다가가 옷깃을 정돈해주며 미소를 지었다.

"주부의 생모와 효경 황후는 가장 친한 벗이나 마찬가지인데, 주부는 왜 내게 영당의 생존을 숨겨야만 했을까? 생각해보니 이유는 단 하나였소. 난 영당이 함녕 공주의 요절과 뭔가 관련이 있겠거니 추측했지. 난 궁 안의 옛사람에게 물어본 뒤 짐작했소. 당시 주부의 이모 신분으로 입궁해 공주를 돌본 사람은 주부의 친모였을 것이오. 효경 황후가 사건 뒤에 사실을 은폐하고 폐하의 명을 거역하면서까지 영당을 출궁시킨 이유는 주부의 존재가 드러나지 않게 보호하기 위해서였겠지. 그 이상은 어머니의 흠을 아들로서 감히 들출 수 없어 더 깊이 파고들지 않았소."

허창평은 결국 무릎에 힘이 풀려 스르륵 바닥에 꿇어앉더니, 머리를 깊이 숙인 채 눈물을 흘렸다.

"신의 죄는 만 번 죽어 마땅합니다. 아버지가 돌아가신 뒤 어머니는 슬픔에 겨워 원한을 떨치지 못하다가, 결국 황궁으로 돌아가 옛 주인을 해칠 계획을 세웠습니다. 효경 황후의 극진한 정성으로 깨달음을 얻었으나, 이미 저지른 무시무시한 죄악을 돌이킬 수는 없었지요. 죽은 사람을 되살릴 수는 없었으므로, 어머니는 속죄하기 위해 불가에 귀의해 20년간 밤낮으로 옛 주인을 위해 치성을 드렸습니다. 신이 전하를 처음 뵀을 때 드린 말은 사실 본심이었습니다. 서원 안으로 발을 들인 이유는 생전 얼굴도 보지 못한 부친을 위해서가 아니라, 목숨 바쳐 어머니의 은인을 도와 어머니의 죄업을 씻어드리기 위해서였지요. 모든 것을 이룬 다음 진실을 밝히고 폐하께 죄를 청하면, 신은 지엄한 국법에 의해 죽음을 당할지언정, 어머니는 편안하게 열반에 드실 수 있을 테니까요. 어쩌면 영원히 윤회를 벗어나지 못하는 무간지옥에서 벗어날 수도 있었겠지요."

정권은 싱긋 웃으며 말했다.

"효경 황후가 병이 나신 건 그 뒤지. 진즉에 알아차렸어야 했는데."

허창평은 흐느끼며 고개를 깊이 숙였다.

"신의 죄가 너무 커 죽음으로도 씻을 수 없을 겁니다. 지금 목숨을 끊으면 전하의 대업에 누가 되니, 전하께서 거사를 행하셔서 보위에 오르시는 날 죽음으로 은혜를 갚겠습니다."

정권이 고개를 저으며 만류했다.

"내가 아까 뭐라고 했소? 어지러운 조정의 일은 잊고 편안하게 여생을 누리라고 했잖소? 주부는 이미 나를 위해 많은 일을 했소. 이 모든 건 지난 세대의 사람들이 맺은 은혜와 원한이니 주부나 나나 애초에 죄가 없어."

허창평은 눈물로 뒤덮여 시야가 흐릿해진 두 눈을 들어 정권을 오래도록 바라보다가 미소를 지으며 탄식했다.

"전하는 가끔 지나치게 인자하십니다."

"이런 식의 인정을 베푸는데도 그렇게 말하는 것이오? 기꺼이 받겠소?"

정권이 싱긋 웃으며 대답하자, 허창평은 손을 이마에 모아 힘겹게 큰절을 올렸다.

"기꺼이다 뿐이겠습니까. 감격하며 받아들이겠습니다."

정권은 뒷짐을 진 채 그를 바라보며 마지막으로 미소를 지었다.

"형님, 몸조심하시오."

제
11
장

따스한 눈길, 흰 구름 향한 마음

황태자는 궁문이 닫히기 바로 직전에 환궁했다. 연조궁 앞에는 내신 한 명이 일찍부터 그를 기다리고 있었다.

"태자비마마께서 전하를 뵙기를 청하셨습니다. 황손이 지금 위중하십니다."

정권은 잠시 주저하더니 물었다.

"며칠 전까지만 해도 많이 나았다고 하지 않았나?"

내신은 대답했다.

"오늘 오후에 갑자기 병세가 나빠지셨어요. 전하가 부재중이 셔서 태자비마마께서 직접 폐하께 고하셨습니다."

정권은 잠시 생각하다가 물었다.

"태의는 왔느냐?"

내신이 대답했다.

"왔습니다."

"그럼 됐다."

"전하, 어서 가보시는 게……."

정권이 고개를 끄덕이며 대답하고는 즉시 뒤돌아 안으로 향하자, 내신은 당황해 억지로 정권을 다급히 붙잡았다가 감정 없는 얼굴을 보고 놀라 그만 입을 다물었다.

내신의 말대로 그 시각 당직인 모든 태의가 동궁으로 모여들었는데, 소아병에 정통한 원판 장여벽과 태의 조양정은 공교롭게도 그날 당직이 아니어서 태의원에 없었다. 궁사宮使는 황제의 명에 따라 즉시 두 사람을 부르기 위해 출궁했다. 두 태의가 소식을 듣고 동궁에 도착했을 때는 벌써 저녁 무렵이었다. 한나절 동안 두 사람이 도착하길 기다리며 황손을 진맥하던 태의는 장여벽이 안으로 들어오는 것을 보자마자 후다닥 달려가 귓속말을 했다.

"찬바람이 돋운 화기가 폐까지 침투했는데, 그간 증상이 나타나지 않아 몰랐던 모양입니다."

장여벽은 그 말을 듣고 화들짝 놀라며 물었다.

"지금은 증상이 어떤가?"

태의가 대답했다.

"맥이 지나치게 빠르고 고열 증상이 있으며 호흡이 가쁩니다. 노란 가래를 토하고 경기와 경련을 일으킵니다."

장여벽은 태의의 말을 듣고 다급하게 확인했다.

"구토 증상도 있던가?"

태의가 대답했다.

"약을 처방해드렸더니 구토를 멈추지 않으십니다. 어서 진맥해보십시오. 혹시 압니까? 장 태의라면 병세를 돌이킬 수 있을지?"

장여벽은 눈살을 찌푸리며 고개를 절레절레 저었다.

"황손은 나이도 어리고 바탕이 허약하네. 자네 말처럼 이미 증상이 그토록 악화됐다면 보통 위중한 상태가 아닌데, 돌이키기는 뭘 돌이킨단 말인가?"

태의는 잠시 침통하게 생각에 잠겼다가 다시 입을 열었다.

"장 태의의 소견이 그러시다면 직접 폐하와 전하께 말을 전해 주실 수 있겠습니까? 태의원은…… 이건 태의원의 책임이 아니라고."

장여벽은 그의 말에 무겁게 한숨을 내쉰 뒤 대답했다.

"일단 먼저 진맥을 하고 생각해보세."

뒤이어 도착한 조양정은 장여벽에 이어서 황손을 진맥한 뒤 이미 늦어 소용이 없다는 걸 알면서도 약처방을 전약국에 주며 달이게 했다. 두 태의는 태자비각의 외랑에서 머리를 맞대고 속닥거렸다.

"이삼일만 일찍 손을 썼어도 희망이 있었을 것 같소만."

조양정은 고개를 가로저으며 말했다.

"나이도 어리고 유약하며 원기가 부족해 면역 능력이 매우 약하더이다. 증세가 갑자기 격렬해진 걸 보니 이삼일 전에 손을 썼어도 호전되기는 어려웠을 듯싶소."

"초기부터 세심하게 치료를 했다면 질질 끌다가 때를 놓치는 일은 없었을 텐데……. 지금은 오늘 밤이나 넘길 수 있을지 지켜보는 수밖에 없겠소."

장여벽이 말을 마치는 순간 등 뒤에서 여인의 흐느끼는 목소리가 들렸다.

"내 아들을 살릴 방법이 없겠는가?"

두 태의가 의아해하며 뒤돌아보니, 태자비가 하염없이 눈물을 흘리며 각 문밖에 서 있었다. 두 사람은 화들짝 놀라며 허겁지겁 해명했다.

"태자비 전하, 미리 걱정하지 마십시오. 신등이 오늘 밤 최선을 다해보겠습니다."

태자비는 고개를 끄덕인 뒤 뒤돌아 들어가려는가 싶더니, 갑자기 두 태의에게 엎드려 절을 하며 애원했다.

"내 아들의 목숨이 자네들에게 달렸네. 내 아들을 살려주기만 한다면 그 은혜는 평생 잊지 않겠네."

효단 황후가 승하하고 없으니 태자비는 현재 내명부에서 품계가 가장 높은 여인이었다. 고귀한 신분의 여인이 친아들도 아닌 황손을 위해 뜻밖에도 이렇게까지 부탁을 하자, 두 태의는 당황해 허겁지겁 부복하며 대답했다.

"최선을 다하겠습니다."

황손은 오후부터 내내 혼수상태였다. 장여벽과 조양정이 처방한 탕약은 준비되었지만, 황손에게 복용시킬 방법이 없었다. 장여벽이 침으로 아관을 열어 간신히 몇 모금 흘려 넣었으나, 황손은 약이 몸으로 들어오는 즉시 모조리 토해냈다. 손도 제대로 쓰지 못하고 모두가 애타는 마음으로 지켜보는 사이 시간만 속절없이 흘렀다. 그러던 중 술시 무렵에 갑자기 황손이 깨어나 태자비를 불렀다.

"어머니."

"아원, 우리 아기. 어머니가 놀랐잖니."

내내 옆을 지키던 태자비가 황급히 황손의 손을 움켜쥐며 이마를 어루만졌다. 그러나 아이의 몸은 여전히 손을 데일 만큼 불덩이처럼 뜨거웠다. 태자비는 급한 마음에 탕약을 가져오라고 명했다. 두 태의는 황손이 죽기 전에 잠시 정신이 맑아진 것임을 알았으나, 차마 태자비에게 사실대로 말할 수가 없었다. 그들은 어쩔 수 없이 사람을 시켜 식은 탕약을 작은 금잔에 담아 내왔다. 황손은 고개를 힘없이 저으며 거부했다.

"어머니, 숨이 막혀서 못 넘기겠어요."

태자비가 애써 미소를 지어 보였다.

"어머니 한 입, 아원 한 입, 이렇게 먹어볼까? 어떠니?"

태자비가 말을 마치자마자 수저로 약을 떠서 한 입 먹은 뒤 황손에게도 먹이자, 황손은 살짝 망설이다가 마지못해 입을 벌려 약을 받아먹었다가 고통스러운 표정을 지으며 즉시 토해냈다. 태자비는 드디어 울음을 터뜨렸다.

"아원, 착하지. 어머니가 이렇게 부탁한다. 나으려면 약을 먹어야 해."

태자비가 황손에게 애원하며 무기력하게 두 태의를 돌아봤지만, 두 태의는 말없이 고개만 가로저었다. 태자비는 한참 뒤에야 마음을 가다듬고 눈물을 닦으며 부드러운 목소리로 말했다.

"그래, 알았다. 약은 먹지 말자."

황손은 그제야 편안해진 듯 미소를 짓더니, 갑자기 숨이 넘어갈 듯 멈추지 않고 기침을 했다. 한참 만에야 간신히 기침을 멈춘 황손은 태자비에게 물었다.

"어머니, 육 숙부는요?"

태자비가 황손의 이마를 부드럽게 쓰다듬으며 대답했다.

"육 숙부는 잔단다. 아원도 자자. 내일 일어나면 육 숙부와 놀수 있어."

황손은 믿어 의심치 않는다는 듯 확고한 모친의 얼굴을 바라보며 고개를 끄덕였다. 태자비는 흐느끼며 황손에게 물었다.

"아버지가 돌아오셨단다. 아원은 아버지 보고 싶지 않니?"

황손은 잠시 생각하더니 조용히 말했다.

"아버지는 나랏일이 바빠요. 아버지를 귀찮게 하면 아버지가 아원을 좋아하지 않을 거예요."

황손은 작은 손을 뻗어 시커멓게 내려앉은 태자비의 눈시울을 쓰다듬더니 기침을 하며 위로했다.

"어머니, 왜 울어요? 아원은 내일이면 나을 거예요. 가서 주무세요. 눈가가 새까매요."

태자비는 고개를 끄덕이며 아원의 손을 두 손으로 모아 쥐고 말했다.

"어머니는 아원이 자는 모습이 보고 싶구나."

황손은 빨갛게 달아오른 얼굴로 숨 가쁘게 기침을 계속하다가 다시 혼수상태로 빠져들었다. 태자비는 황손의 모습을 내내 눈을 떼지 않고 지켜보다가, 황손이 다시 의식을 잃자 망연자실 넋을 놓았다. 갑자기 정신을 차린 태자비는 자리를 박차고 일어나 치맛자락을 부여잡고 밖으로 뛰쳐나가더니 울부짖었다.

"전하! 전하는 어디 계시느냐?"

태자는 고 재인의 처소에 있었다. 모든 용건이 끝났는데도 찾아온 건 뜻밖이었다. 정권 역시 찾아온 이유를 밝히지 않아, 두 사람은 한 시진 가까이 대화 없이 얼굴만 마주 보고 앉아 있었다. 정권의 표정은 내내 정신을 딴 곳에 판 듯 심란했다. 아보는 마침내 자리에서 일어나, 정권을 무시한 채 정결하게 손을 씻고 향을 사른 뒤 밖에 걸린 관음보살상 앞에서 빌었다. 정권은 그녀의 행동을 조용히 지켜볼 뿐, 갸륵하게 여기는 말이나 하지 말라는 말은커녕 이유조차 묻지 않았다.

그때 밖에 있던 궁인이 허겁지겁 안으로 들어왔다.

"전하, 태자비마마께서 오셨습니다."

정권은 그 말에 눈살을 찌푸리며 벌컥 화를 냈다.

"어디라고 여기까지 쫓아와? 난 벌써 누웠으니 돌아가시라고 전해라. 내일 내가 직접 태자비각으로 찾아가마."

아보는 옆에 서서 그를 차가운 눈으로 쏘아보다가 얼음장 같은 미소를 지으며 말했다.

"태자비께서는 당연히 황손의 일로 오셨을 겁니다. 전하는 대장부시니 서자 하나 잃는 것쯤은 눈 하나 깜짝 안 하시겠지요. 바른말이 무슨 상관이 있겠으며, 누가 감히 비웃고 원망을 하겠습니까? 전하야 여인의 치마폭으로 도망쳤다는 악명을 상관도 안 하시겠지만, 신첩은 전하를 미혹시킨 여인이라는 악명은 지고 싶지 않습니다."

아보는 말을 마친 뒤 궁인에게 엄중하게 명령했다.

"전하의 명이다. 태자비마마께 들어오시라고 해라."

정권은 낯빛을 바꾸고 아보의 손목을 힘주어 비틀며 호통쳤다.

"방자한 것. 네가 정말로 죽고 싶은 게로구나!"

아보는 그의 억센 팔 힘에 뼈가 뒤틀리는 듯한 고통을 느끼며 손아귀에서 벗어나려 몸부림을 쳤다. 태자비가 안으로 들어섰을 때 두 사람은 서로 난장판으로 뒤엉켜 몸싸움을 벌이고 있었다.

태자비는 난잡하게 흐트러진 두 사람의 모습을 눈물이 마른 얼굴로 조용히 바라보더니, 성큼성큼 아보에게 다가가 매섭게 뺨을 후려치며 꾸짖었다.

"천한 것! 황손의 일은 전하 한 사람의 일이 아니라 황가의 일이고 천하의 대사다. 국상 기간에 주군을 미혹해 불효자라는 악명을 쓰게 하는 것도 모자라, 이제는 자식에게 무정한 아버지라는 악명까지 쓰게 만드느냐?"

늘 사람을 온화하고 너그럽게 대하던 태자비가 무서운 표정으로 소리 높여 누군가를 꾸짖는 모습은 정권으로서는 처음이었다. 정권은 크게 놀라 잠시 흠칫하다가, 손바닥 자국이 빨갛게 부어오르기 시작한 아보의 뺨을 눈살을 찌푸린 채 바라봤다.

각 안에 무거운 침묵이 흐른 뒤, 태자비가 힘겹게 눈물을 참으며 엄한 표정으로 말했다.

"난 황태자비다. 황태자 부부는 지위가 동등하며 황태자와 마찬가지로 전하라고 불리지. 마땅히 널 꾸짖어야 하는 상황임에도 황태자가 널 꾸짖지 않으니, 그와 동등한 지위인 내가 널 꾸짖는 것이다."

태자비는 말을 마치자마자 두 사람에게는 눈길도 주지 않고 즉시 뒤돌아 떠났다. 그녀가 떠난 뒤로 안은 시간이 정지한 듯 고요했다. 아보는 오랜 시간이 흐른 뒤 입꼬리를 올려 차가운 미소를 지으며 말했다.

"송구하지만, 그만 나가주시지요."

그 말에 정권은 정신을 차리고 차갑게 웃으며 대꾸했다.

"여긴 내 동궁이다. 내가 가고 싶으면 어디든지 갈 수 있고, 발길을 끊고 싶으면 언제든지 끊을 수 있으며, 누구에게든 총애를 내렸다가 금세 그 은총을 거둘 수도 있어. 너 따위 천한 비첩의 의견 따위는 아무런 힘도 없다."

아보는 말속에 가득한 그의 악의를 태연히 넘기며 고개를 끄덕인 뒤 미소를 지으며 말했다.

"그게 총애이든 은총이든 결국엔 모두 응보가 돼버렸네요. 어쩌다 이렇게 됐을까요?"

정권은 또다시 아보의 팔을 끌어당겨 그녀의 몸을 거칠게 침상 위로 밀어붙였다. 휘장이 뒤엉키고 머릿병풍이 뒤로 넘어갈 정도로 강한 힘이었다. 금비녀와 옥비녀가 맞부딪치며 금속 소리를 울렸고, 눈앞이 어지러이 펑펑 돌았다. 그러나 그녀는 저항하지 않았다. 침상 위에 깔린 비단 이불은 그들에게 폐허가 되어버린 전쟁터였다. 그 위에서 두 사람은 한동안 말없이 대치했다.

"정말 죽고 싶은 게로구나. 왜 하나같이 속에 있는 말을 감추지 않고 쏟아붓는 거지?"

정권이 속삭이듯 말하자, 아보는 숨결을 고르며 안정을 찾은 뒤 무기력하게 웃으며 대답했다.

"몇 년 전에는 누군가가 속마음을 털어놓으라고 했던 것 같은데요?"

정권이 탄식하듯 대답했다.

"상황이 달라졌어."

효단 황후의 국상 기간에 비빈과 동침하는 건 폐태자를 논의할 수도 있는 중죄다. 그럼에도 그는 아보의 어깨를 덮은 옷자락을 헤치고 그 위에 입술을 파묻었다. 인두처럼 달아오른 입술이 그녀의 몸을 지지며 작열하는 열기와 무한한 고통을 전달하는 순간, 그녀의 몸은 상처로 만신창이가 되었다. 그녀는 눈을 크게 뜨고 그의 얼굴을 똑바로 바라봤다. 그의 고통과 비통함은 지금의 저 난잡하고 경박한 얼굴에 철저하게 가려져 있었다. 그래서 그녀는 저항하지 않았다. 비단 무기력하고 지쳐서만은 아니었다.

그녀의 눈빛은 여전히 얼음같이 차가웠지만, 그의 호흡은 점점 깊고 무거워졌다. 이것이 바로 감정이 있어야만 사랑을 나눌 수 있는 여인과 감정이 없어도 행위를 할 수 있는 남자의 차이일 것이다. 그는 갑자기 고개를 쳐들더니 아보의 얼굴을 움켜쥐었다. 그녀를 바라보는 그의 두 눈은 오랫동안 불에 달궈져 빨갛게 달아오른 쇳덩이의 화염처럼 이글거렸다. 그는 재미있는 놀잇거리를 새로 발견한 아이처럼 잔뜩 흥분한 얼굴로 자신의 놀이 동무에게 속삭였다.

"나와 똑같이 생긴 세자를 한 명 낳아라."

그 순간 그녀의 가슴은 상심으로 와르르 무너져 내렸다. 자신의 슬픔을 마주하지 않으려고 밖으로 내뻗은 그의 가시가, 그 이기심과 비정함이 말 한마디에 노골적으로 드러났기 때문이었다. 아보는 여전히 그의 얼굴을 똑바로 바라보면서 흐트러진 그의 귀밑머리를 가다듬으며 탐색하듯 물었다.

"전하, 전하는 다른 사람들이 얘기하는 것처럼 비정한 사람인가요?"

정권은 입꼬리를 한껏 올려 승리자의 미소를 가득 머금은 채 아보의 두 눈을 섬세한 손가락으로 소중히 어루만졌다. 그녀의 눈은 온통 붉은색이었다. 그는 서책에서 읽은 적이 있다. 사랑에 빠진 이의 눈길은 푸른색이다. 반면 붉은색은 증오의 색이었다. 정권은 나머지 손으로 그녀의 드러난 젖가슴을 쥐었다. 바로 조금 전까지 그의 입술이 상냥하게 머물렀던 곳이었다. 그는 그 애무처럼 상냥한 목소리로 아보에게 말했다.

"아보야, 다른 사람이 다 그렇게 얘기해도 넌 그러면 안 된다. 비정한 사람이 다른 사람의 비정함을 지적하면 되겠느냐?"

말을 내뱉는 순간 그의 눈앞에 놀라운 광경이 벌어졌다. 온통 붉은 핏발로 뒤덮였던 그녀의 눈에서 첫 물줄기가 흐르더니 멈추지 않고 솟아나 눈가를 타고 흘러내렸고, 붉은색에 깃들었던 증오 역시 물줄기가 흐르는 순간 흔적도 없이 사라지고 만 것이었다. 그 경이로운 장면을 목격한 순간, 한껏 고조되었던 감정은 점차 절망과 당혹감으로 변해갔다.

그는 푸른색 눈길로 그녀의 푸른색 눈길을 물끄러미 바라봤다. 그녀의 눈가를 타고 흐른 건 사실 그녀의 눈 위로 떨어진 자신의 눈물이었다. 그는 그렇게 그녀의 눈을 통해 흐르는 자신의 눈물을 하염없이 바라보고 또 바라봤다.

어쩔 줄을 모르며 허둥대는 그의 모습은 거짓말이 들통나 꾸중을 두려워하는 어린아이와도 같았다. 그녀는 그 순간 또다시 가슴이 와르르 무너져 내리는 것을 느끼며 눈을 감았고, 그와 동시에 그녀가 대신 흘렸던 그의 눈물도 깨끗이 비워졌다.

그녀가 다시 눈을 떴을 때, 그는 이미 떠나고 없었다.

시간이 흘러 깊은 밤이 되자, 궁인 한 명이 급히 달려와 아보에게 고했다.

"마마, 황손께서 승하하셨습니다."

아보가 물었다.

"전하는 태자비각에 계셨다더냐?"

궁인이 대답했다.

"전하는 침궁으로 드신 뒤에 한 번도 밖으로 나오지 않으셨다고 합니다."

다음 날 황태자는 태자비와 함께 처음으로 오 양제의 처소를 찾았다. 작은 홍목함을 품에 안고 침상에 기대어 앉아 있던 그녀는 두 사람이 안으로 들어오자 휘청거리며 몸을 일으켰다. 태자비는 오 양제가 예를 갖추기 위해 일어난 줄로만 알고 그녀를 막지 않았다. 그러나 오 양제는 예를 갖추는 대신, 태자에게로 다가가 그의 손을 덥석 쥐었다. 초췌하게 시든 그녀의 얼굴에 반짝 생기가 도는 듯싶더니 갑자기 애절한 외침이 들렸다.

"왜죠?"

태자비는 다급하게 오 양제의 안색을 살폈다. 상심해 정신을 놓은 사람처럼 보이지는 않았다.

"태자 전하께서 자네를 보러 오셨네. 일단 누워서……."

태자비가 영문을 몰라 타일렀지만, 오 양제는 들리지 않는 듯 재차 물었다.

"왜죠?"

태자비는 비통한 심정을 억누르며 태자를 움켜쥔 그녀의 손을 떼어냈다.

"사람의 부귀와 생사는 하늘이 정한 운명이니 애통해한들 무슨 소용이 있겠는가. 내 말을 듣게. 일단 몸조리부터 잘하고……."

그러나 오 양제는 매섭게 태자비의 손을 뿌리치며 울부짖었다.

"왜죠? 그날 밤 전하의 침소에는 궁인이 두 명 있었는데, 왜 하필이면 나를 골랐어요?"

태자비가 눈이 휘둥그레져서 태자의 눈치를 살피며 오 양제를 말리려는데, 오 양제는 그마저도 뿌리치며 태자에게 악다구니를 부렸다.

"아무리 비천해도 사람입니다. 나도 고통을 느끼는 사람이라고요. 이유를 듣지 못하면 난 죽어서도 눈을 감지 못할 겁니다. 나쁜 인간!"

정권은 감정의 동요라고는 전혀 없는 얼굴로 그 자리에 냉담하게 서 있었다. 그를 증오하는 사람쯤은 얼마든지 더 있다. 그의 부친은 군왕의 위엄 뒤에 증오를 감췄고, 그의 아내는 다른 사람을 향한 호된 질책 뒤에 증오를 감췄으며, 그의 신하들은 정의를 운운하는 점잖은 얼굴 뒤에 증오를 감췄다. 그리고 그녀는 날을 세운 손톱과 핏발 선 붉은 눈 뒤에 그를 향한 증오를 감췄다. 자신의 면전에서 증오심을 두려움 없이 낱낱이 드러낸 사람은 저 평민 신분에 가까운, 아들의 친모가 유일할 것이다. 그것 하나만으로도 그는 그녀에게 탄복하지 않을 수 없었다.

깊은 원한의 바다에 빠진 사람은 아무리 몸부림을 쳐도 벗어나기 어렵다. 고귀한 신분의 그도 쉽게 놓지 못하는 한이건만, 비천한 그녀의 한은 어떻겠는가? 그는 갑자기 흥미를 잃고 여인네들의 소란을 담담하게 바라보며 홀연히 뒤돌아 떠났다.

오 양제 못지않게 슬픔에 빠진 태자비와 궁인들은 한데 뒤엉켜 오 양제를 진정시키느라 여념이 없었다. 그 틈에 오 양제가 품에 끌어안고 있던 홍목함이 바닥으로 툭 떨어졌다. 안에서 굴러나온 건 오래전에 바싹 마른 사자 모양의 사탕이었다.

제
72
장

꿈이 끊긴 남교藍橋

정녕 7년 3월 초하루 새벽에 황태자의 독자 소택이 병으로 급사했다.

황제가 지극히 아끼는 황손이지만 작위 하나 없는 어린아이였다. 궁인들은 깊은 잠에 든 황제를 감히 깨우지 못하고 아침이 되어서야 사실을 고했다.

내신의 시중을 받으며 거울 앞에서 머리를 빗던 황제는 보고를 듣고 아무런 반응을 보이지 않았다. 그는 거울 앞에 놓인 빗을 집어 빗살 사이에 낀 머리카락을 뽑더니 손바닥 위에 올려놓고 세심히 살폈다. 그는 이어서 계속 머리카락을 뽑았다. 한 올, 한 올, 또 한 올. 그는 이어서 귀밑머리를 움켜쥐고 잡아당긴 뒤 손가락 사이에 낀 머리카락을 뽑았다. 한 올, 한 올, 또 한 올.

황제의 두 눈에서 돌연 탁한 눈물이 툭툭 떨어져 손바닥 위에 놓인 백발을 가득 적셨다. 아침 이슬이 시든 풀을 축축하게 적시듯.

장사군왕은 초하루에 출가해 입문했다. 스승은 이부상서 주연

이었다. 같은 날 주연은 육부의 영수로서 황제의 명에 따라 추부
와 함께 경성 24위의 재편에 착수했다.

첨사부 주부 허창평은 어제 이미 경성을 떠났고, 좌우 춘방과
첨사부의 나머지 관원 중 자리에 연연하지 않는 사람들은 신변을
정리하고 떠날 준비를 했다. 파직 범위가 너무 광범위하고 아직
후임자도 정해지지 않은 상황이었다. 정관正官이 좌관佐官을, 좌
관이 정관을 잠시 겸하라는 지시가 있기는 했지만 유명무실했다.
방부 관원의 본직이 대부분 예부에 있어 예부 자체가 통째로 텅
비어버렸기 때문이었다.

사람들은 태자가 조왕과의 정쟁에서 압승을 거두었으므로, 황
제가 방부를 정리한 건 징계와 경고 차원이라고만 여겼다. 그러
나 중서령 두형처럼 눈썰미가 있는 극소수는 천자의 목적이 이에
그치지 않는다는 것을 알고 있었다. 현재 삼성은 이름뿐인 기관
으로 전락했으며, 이부, 추부, 형부, 호부, 공부는 이미 천자의 직
접 통치를 받고 있었다. 오직 예부만이 방부와의 관계로 인해 아
직 동궁 및 중서성과 피치 못할 끈으로 연결되어 있었는데, 방부
의 관원이 모두 정리되면서 결국 예부를 포함한 육부 전체가 황
제의 수중으로 들어갔다. 삼성을 도태시키겠다는 황제의 야망은
차기 군주가 등극할 때까지 기다릴 필요도 없이 실현을 코앞에
두고 있었다.

두형은 자택에서 깊은 한숨을 내쉬며 오래도록 사색에 잠겼다
가 서재 창가에 앉아 병을 핑계로 사직 상소를 썼다.

식견이 있든 없든 모든 것은 오래전부터 예정된 일이었다. 예
측을 완전히 빗나간 게 있다면, 황제가 아무런 조짐 없이 교지를
내려 동궁위의 통솔과 백호장을 공학위의 천호장과 육백호장으
로 교체한 것이다. 그것은 두형처럼 조정에서 잔뼈가 굵은 노장

도 도저히 이해할 수 없는 조치였다. 갑자기 태자가 통솔하는 군대를 교체할 사유는 역사상 단 하나뿐이다. 그것은 황제가 태자의 모반을 의심한다는 의미였다. 그리고 앞으로 태자가 맞게 될 운명은 폐위되거나 모반을 하도록 내몰리거나 둘 중 하나뿐이다. 그 어떤 것도 두형이 바라는 결과는 아니었다. 물론 두형이 황태자와 이해관계가 밀접한 측근이기 때문이기도 했지만, 그보다 더 중요한 이유가 있었다. 황태자와 그 누구보다 밀접한 관계에 있는 권신이 아직 변방에서 전쟁을 치르고 있는 이때, 나라에 격변이 일면 그 후환은 상상하기 싫을 정도로 끔찍하기 때문이었다.

그리하여 중서령은 사직 상소에 마음속의 우려를 함께 적었다. 그 내용은 이러했다.

'탕왕은 세 면의 그물을 걷어버리고 한 면에만 그물을 친 뒤, 왼쪽으로 가려는 짐승은 왼쪽으로, 오른쪽으로 가려는 짐승은 오른쪽으로 가게 두고 명령에 따르지 않는 짐승만 잡았습니다. 그물에 잡혀 죽은 자는 명을 거역한 게 명백하나, 그물에 잡히지 않은 자는 천진무구합니다.'

아직은 천자 및 조정과 직접 연통할 수 있는 국가의 승상이었기에 두형의 사직 상소는 천자의 손에 곧바로 전달되었다.

그날 밤, 황제는 강녕전의 침궁에서 황태자와 접견하며 중서령의 사직 상소를 보여주었다. 황태자는 주필로 적힌 '승낙'이라는 글자도 함께 확인할 수 있었다.

정권은 상소를 황제의 어안 위에 돌려놓으며 담담하게 미소를 지었다.

"이것도 나쁘지 않지요."

황제는 말했다.

"두형의 말은 틀리지 않았다. 그러나 짐이 경위를 재편한 이유와 고충은 헤아리지 못했어. 짐은 네게 묻고 싶다. 그가 헤아리지 못한 걸 너는 할 수 있겠느냐?"

정권은 피곤에 지친 기색으로 고개를 끄덕였다.

황제는 어안 위에 놓인 주필을 들며 그에게 말했다.

"지금은 네 두 형제가 모두 떠났으니 널 위협할 사람은 아무도 없다. 짐이 전에 말했듯이 네 배짱이 상부 12위에 손댈 정도는 아니지. 나머지 24경위 중 어느 위소와 무슨 결탁을 맺었느냐? 여기서 사실을 고하면 두형의 말대로 빠져나갈 그물을 열어주마."

정권은 어안 위에서 요동치는 촛불을 바라보다가 심한 현기증을 느꼈다. 손을 들어 휘청거리는 이마를 짚고 잠시 진정한 그는 한참 뒤에 입을 열었다.

"경위는 폐하께서 얼마 전에 다 재편하시지 않았습니까? 온 경위가 폐하의 사람으로 뒤덮여 왼쪽으로 가려고 해도 그물이요, 오른쪽으로 가려고 해도 그물인데, 앞뒤 꽉 막힌 유학자 나부랭이의 허튼소리를 신경 쓰실 필요가 있습니까?"

황제는 음침해진 얼굴로 고개를 저으며 말했다.

"기어이 짐이 칼을 빼 들도록 종용하는 것이냐?"

정권은 어이없다는 듯 되물었다.

"신이요? 폐하를 종용한다고요?"

황제는 정권을 뚫어지게 바라보다가 마침내 또 다른 공문을 꺼냈다. 황제에게 바로 전달된 군보인 듯 보였다.

"오늘 아침에 온 것이니 읽어보아라."

정권은 어안에 놓인 군보를 집어 들고 떨리는 손으로 펼쳤다. 글자를 한 자 한 자 읽어 내려가는 사이, 정권의 눈동자에 돌연 눈부신 광채가 떠올랐다. 바람 앞의 등불과도 같은 자신의 위태로운 운명에도 불구하고, 어전임에도 불구하고 그는 개의치 않고 감격의 눈물을 흘리며 물기 가득한 목소리로 고했다.

"백 년의 유업이 끊이지 않고 이어지게 됐군요. 크나큰 고통과 많은 희생이 헛되지 않게 됐으니 무엇이 유감이겠습니까? 이는 폐하의 홍복이요, 종묘사직과 천하 만백성의 기쁨입니다."

황제는 20년 만에 처음으로 아들이 순수하게 기뻐하는 모습을 보았다. 두형의 상소에 적힌 '천진무구'라는 낱말에 무심코 눈길이 닿자 살짝 후회가 밀려들었다. 그는 할 말이 있는 듯 입을 움찔거리다가 끝내 다물고, 뒷부분을 읽어 내려가는 아들의 모습을 묵묵히 지켜봤다.

빛나는 업적을 단번에 달성한 쾌거를 손에 받쳐 든 태자의 얼굴이 갑자기 하얗게 질렸다. 고개를 들고 황제를 바라보는 그의 시선에는 까닭 모를 실의와 낙심이 가득했다. 태자는 입을 채 열기도 전에 피를 왈칵 쏟았고, 그 바람에 혁혁한 군보에 온통 붉은 얼룩이 흩뿌려졌다. 이 군보가 작성되기까지 희생된 순국자 수천만 명의 피에 정권의 피가 이런 식으로 황당하게 추가되어 대미를 장식했다.

황제는 아들이 지나치게 격렬한 반응을 보이자 서서히 눈살을 찌푸리며 명을 내렸다.

"태의를 불러라."

정권은 천천히 소매를 잡아당겨 입가의 혈흔을 닦고, 명을 받들기 위해 움직이는 내신들을 손을 들어 저지했다.

"필요 없다. 모두 물러가라! 오늘 아침에 아셨군요."

황제는 고개를 끄덕였다.

"그렇다."

정권이 얼음장처럼 차가운 미소를 지으며 말했다.

"폐하는 오늘 아침 동궁위를 교체하셨지요."

황제는 가만히 앉아서 정권을 바라볼 뿐 대답이 없었다.

정권은 갑자기 가슴이 짓눌리는 듯한 답답함을 느끼며 두어 번 숨을 헐떡인 뒤, 미소를 지을까 하다가 포기하고 엄숙한 얼굴로 양손을 이마에 모아 공손히 축하 인사를 올렸다.

"경하드리옵니다. 밖으로는 장군과 재상을 잃고 안으로는 처자식을 잃었으니, 천년만년 길이길이 천궁 정상에 우뚝 서 계시겠군요."

황제는 싸늘한 눈빛으로 아들의 독설을 태연히 넘겼다. 황태자 역시 서서히 안정을 되찾아 가는 듯 보였다. 전각 안은 가슴이 억눌린 듯 거친 황제의 숨소리가 생생히 들릴 정도로 쥐 죽은 듯 고요했다.

오래도록 대치한 끝에 황제가 먼저 입을 열었다. 그러나 국사가 아닌 다른 이야기였다.

"아원의 장례를 준비해야지. 짐은 아원을 군왕으로 추존해 동산릉東山陵에 안장하고자 한다."

정권이 대답했다.

"신의 아들을 그렇게 아껴주시니 성은이 망극하군요. 그런데 폐하, 추존도 좋고 장례도 좋지만, 예부에 남은 사람이 하나도 없는데 누구에게 일을 맡기시려고요?"

황제는 잠시 잠자코 있다가 눈살을 찌푸리며 물었다.

"네 아들의 일이다. 어찌했으면 좋겠느냐?"

정권이 살짝 웃으며 대답했다.

"신은 작위가 없는 종실의 장례에 관해서는 아는 게 없습니다. 내일 아침 조정의 대유학자나 불러서 물어보십시오. 신이 오늘 밤 폐하와 논의하고 싶은 건 황태자의 장례 절차입니다. 국법에 의하면, 황태자가 죽으면 천자는 36일 뒤에 탈상을 하고 12일간 자최를 입어야 합니다. 경성의 문무백관은 당일 관공서에서 숙식하고, 다음 날 소복을 입고 동궁에 들어 최마복衰麻服을 입어야 하죠. 경성의 백성은 크고 작은 제사와 잔치를 모두 중단하는 건 물론, 60일 동안 혼례를 올릴 수 없습니다. 황태자의 장지는 동산 능원이며, 신주는 태묘에 두어야 합니다*."

정권은 고개를 들었다. 그의 눈 밑에는 푸르스름하게 암울한 그늘이 져 있었다.

"하지만 이건 재위 중에 죽었을 때의 얘기지요. 폐하도 아시다시피 폐태자의 장지는 서산 능원입니다."

정권은 자리에서 꼿꼿하게 서서 차분한 시선으로 황제를 바라보며 건조한 어조로 물었다.

"아버지, 만약 오늘 소자가 죽으면 어디에 매장하시겠습니까? 소자를 위해 자최를 입어주실 겁니까?"

군신 간의 선과 부자간의 선을 모두 넘은 무례함이었다. 황제는 분에 겨워 고개를 까딱거리다가, 황태자가 허리에 찬 흰색 옥대가 시선에 들어오는 순간 자신의 명치를 부여잡으며 토하듯이 말했다.

"내게 복수하려고 아원을 그리 대한 걸 내가 모를 줄 아느냐?"

정권은 지겨워 죽겠다는 듯 한숨을 내쉬고는 조소를 가득 머금고 대꾸했다.

"내가 내 친아들을 이용해 아버지에게 복수를 했다고요? 그게 사실이라면 우리 소가가 저 산속의 금수와 다를 게 무엇이겠습니

---

* 황태자의 장례 의식은 『명회전明會典』을 참고했다.

까? 아버지, 말을 가려서 하십시오!"

쨍그랑!

날카로운 소리와 함께 황제가 손에 잡히는 대로 던진 값비싼 갈색 매병이 산산이 조각났다. 이미 지칠 대로 지친 태자였지만, 아직 젊었기에 늙고 쇠약한 천자의 진노를 너무나도 손쉽게 피할 수 있었다. 값을 매길 수 없을 만큼 진귀한 황제의 진노는 그렇게 어두컴컴한 허공 속으로 사라진 뒤, 지축이 뒤흔들리는 듯한 거대한 소리와 함께 사라졌다.

태자의 지친 표정과 시선에는 황제를 향한 권태와 짜증이 노골적으로 드러나 있었다. 그는 그 불경스러운 얼굴을 들어 어좌에 앉은 군주를 향해 도저히 참아주지 못하겠다는 듯 조용히 말했다.

"폐하, 자중하시지요."

정권은 예도, 물러가겠다는 말도 없이 군왕이 바닥에 흩뿌려 놓은 진노의 파편을 짓밟으며 밖으로 향했다. 그의 뒷모습에서는 조금 전 그 눈빛과 같은 짜증과 권태가 가득 느껴졌다. 황제는 자리에서 반쯤 일어나 정권의 뒷모습을 손가락질하다가 그대로 멈췄다. 허공에서 바들바들 떨리는 팔은 정권의 모습이 시선에서 사라질 때까지 내려갈 줄을 몰랐다. 그는 한참 뒤에 털썩 주저앉더니 천장을 바라보며 큰 소리로 웃기 시작했다.

"응보로다! 경경! 이게 당신이 내게 남긴 응보요? 그렇소?"

황제의 목소리가 기진맥진해지자, 밖에서 내내 충격에 빠져 넋을 놓고 있던 진근은 꿈에서 깨어나듯 퍼뜩 정신을 차리고 황제의 상태를 살폈다. 진근이 보니 숨이 당장이라도 넘어갈 듯 보였다. 허겁지겁 달려가 손을 내밀자, 황제는 혐오스럽다는 듯 그의 손을 뿌리치고 간신히 탁자를 짚고 자리에서 일어나 비틀거리며 내실로 향했다.

진근과 내신들이 따라 들어가려는 순간, 황제가 벌컥 화를 냈다.

"모두 썩 꺼져! 한 걸음이라도 더 오면 거역죄로 처형하겠다!"

내신들이 황급히 고개를 숙이고 눈짓으로 진근의 동의를 구한
뒤 소리 없이 황제 곁을 떠나자, 황제는 진근을 향해 얼음장같이
냉혹한 목소리로 말했다.

"짐에게서 캘 정보가 아직도 남았더냐? 너도 꺼져라. 내일부터
짐의 눈에 띄면 어떻게 될지는 말 안 해도 알겠지."

진근은 파리하게 질린 표정으로 가만히 서서 경련이 인 듯 입
을 실룩거리다가 한참 만에야 허리를 숙이고 황제 곁을 떠났다.

내실로 들어온 황제는 문을 잠근 뒤 베개 밑을 더듬어 녹슨 놋
쇠 열쇠를 찾아 휘청거리며 책장으로 다가갔다. 작은 상자와 책
들을 이리저리 옮기자 책장 맨 꼭대기에 감춰진 칸이 하나 드러
났다. 황제는 그 안에서 가늘고 긴 홍목 소재의 패물함 하나를 꺼
냈다. 오랜 세월 그 자리에서 움직인 적이 없었는지, 패물함은 온
통 먼지로 뒤덮여 있었다.

황제는 홍목 패물함을 품에 안고 책상으로 돌아와 소매로 가볍
게 먼지를 닦았다. 고운 먼지가 등불 아래서 연기처럼 자욱하게
흩날리자, 지난 기억이 연기처럼 불빛을 타고 피어오르는 듯했다.

황제는 서서히 과거로 잠겨 들며 패물함을 열어 떨리는 손으
로 족자를 꺼냈다. 족자에 감긴 다갈색 인끈을 끄르니, 그림과 함
께 봉인된 기억이 무너진 제방을 뚫고 쏟아지는 홍수처럼 황제의
숨통을 강하게 짓누르며 솟구쳐 올랐다.

황제는 홍수가 지나갈 때까지 약 1각 정도의 시간을 참을성 있
게 기다린 다음, 위에서부터 족자를 스르륵 펼쳤다가 노란색 난

능*의 격수**가 드러나는 순간 다시 그림을 말았다. 잠시 뒤 다시 그림을 펼쳤을 때는 푸른색 난능의 공백이 나타났다. 황제는 또다시 주저하며 그림을 둘둘 말았다. 다시 주저하며 펼쳤을 때는 금아錦牙 회장이 드러났고,*** 또다시 주저하며 펼쳤을 때는 그림의 중심 여백이 드러났다. 이어서 제발****과 옥새가 드러나더니, 어느 여인의 탐스러운 귀밑머리가 드러났다. 황제의 주름진 손은 그림을 펼쳤다 다시 말기를 반복하는 내내 떨림을 주체하지 못했다.

황제는 느닷없이 큰 소리를 내지르며 몇 번째 다시 말았는지도 모르는 족자를 마침내 끝까지 펼쳤다. 그림 한가운데 그려진 고상한 젊은 미인은 드디어 황제를 조용히 바라봤다. 그녀는 황제의 위엄은 온데간데없이 바닥에 털썩 주저앉은 연로한 황제를 향해 환한 미소를 짓고 있었다. 풍성한 머리에 꽂힌 금비녀, 녹색 저고리와 노란 치마, 수려하고 고운 미모, 붉은 입술과 봉황의 눈을 닮은 눈매. 절묘한 필치로 섬세하게 그려진 모든 부분 중 어느 하나 아름답지 않은 것이 없었다.

굵은 눈물방울이 황제의 뺨을 타고 흘러내렸다.

"경경, 짐을 기필코 용서할 수가 없소? 그래서 짐에게 이런 응보를 겪게 하는 것이오? 짐은 몰랐소. 당신이 그를…… 만약 알았다면…….."

미인은 대답 없이 고요히 황제를 바라보고 있었다. 미간과 두 뺨에 붙은 금빛 화전이 탁자 위에 놓인 등불의 일렁임을 타고 잠

* 난새(전설 속 상상의 새) 도안이 그려진 능견. ─역주
** 隔水, 화폭의 맨 위 가장자리 공백과 본 그림 사이에 여유를 두기 위해 치는 테두리. ─역주
*** 송나라 내부內府의 표구 양식.
**** 서화 가장자리에 삽입된 감상문. ─역주

시 반짝이다 꺼졌고, 황제의 두 눈에서 흐르는 눈물을 타고 반짝이다 꺼졌다. 그녀의 환한 미소만은 사라지지 않고 그 자리에 그대로 있었다.

눈물에 얼룩진 그녀의 미소를 보며 황제는 두 사람에게 속했던 인생을 회상했다. 희열, 슬픔, 기쁨, 고통. 완벽했던 것과 안타까웠던 것, 그토록 바라던 꿈이 실현되는 순간과 갈망하면서도 끝내 가지지 못한 것. 그 모든 생로병사와 증오, 애별리고를 하나하나 다시 음미한 황제는 눈가를 훔친 뒤 돌변한 어조로 읊조렸다.

"알았어도 당신을 아내로 맞았을 것이오. 짐 말고는 그 누구도 당신을 가질 수 없어."

미인은 여전히 말없이 황제를 바라보기만 했다. 빛나는 눈동자, 아름다운 곡선을 그리는 눈썹, 고운 눈매의 그녀는 눈이 부시도록 어여쁘고 감동스럽도록 단아했다. 황제의 감정은 점차 격해졌다.

"그 어떤 사내에게도 당신을 내줄 수 없소. 이번 생은 이미 지나갔으니 다음 생에서도 난 당신을 가질 거요. 설령 이번 생처럼 고통스럽더라도…… 아니, 더 끔찍하더라도 난 반드시 당신을 찾아 소유할 것이오. 경경, 당신은 절대 나를 벗어날 수 없소. 내가 당신을 벗어날 수 없는 것처럼."

미인은 미소만 지을 뿐 수긍도 반대도 하지 않았다.

황제는 마침내 그녀의 뜻을 흡족하게 받아들였다. 그의 눈가에 맺혔던 눈물은 어느새 벼루 위에서 메마른 먹물처럼 건조하게 말라붙어 있었다.

황제는 족자를 들어 올리며 부드럽게 말했다.

"그럼 그렇게 합시다. 당신이 내게 준 응보이니 그 녀석에게 기회를 한 번 더 주겠소."

황제는 탁자 위에 놓인 은 등잔을 뒤엎어 쏟아진 등유에 젖은 능견 위로 불길이 번지는 광경을 지켜봤다. 정염의 불길은 점점 커지며 미인의 머리카락, 춘삼, 아름다운 얼굴, 미소 짓는 보조개를 차례대로 집어삼켰다. 20년간 세월의 인연을 태우고 남은 재가 나비처럼 날아올라 공중을 부유하다가 황제의 소매에 살포시 내려앉아 재로, 먼지로 변했다.

마지막으로 그림을 그린 이의 붉은 옥새 인장과 두 수의 시가 나비가 되어 날아올랐다.

'볼에서 비취빛으로 빛나는 화전과 그리지 않아도 아름다운 눈썹
하늘이 내린 그 아름다움 그림으로 차마 그려낼 수 없네.
봄날의 청산도 번뇌하며 붓을 내려놓으니 무슨 일로 나를 따라 경경을 그리려 했는고.

목마름에 애타게 남교藍橋*를 찾아 헤매다
붓을 휘둘러 눈앞에 경요瓊瑤를 두었도다.
소랑蕭郎은 배랑裴郎의 질투심을 받을 만하니
물감이 마르지 않는 한 내 사랑도 영원히 꺼지지 않으리.'

---

* 남교는 남계藍溪에 놓인 다리로, 남계에는 당나라 때 배항裴航이라는 사람이 선녀를 만난 선굴이 있었다. 선녀의 어머니인 노부인은 배항에게 선녀를 아내로 맞으려면 월궁月宮으로 가서 옥토끼가 약을 빻는 절굿공이를 가져오라고 요구했고, 배항은 노부인의 요구를 들어주고 선녀를 아내로 맞이했다고 한다. 황후가 배항이 만난 선녀보다 아름다워 질투할 만하다는 뜻으로, 배랑은 배항을 뜻하고 소랑은 황제 자신을 뜻한다. —역주

임강왕臨江王의 수레는 무너지고

　대첩에서의 대승으로 드디어 전쟁이 종식되었다. 온 나라가 잔치 분위기에 휩싸인 가운데, 장주도독 추부상서 진원대장군 무덕후 고사림이 나라를 위해 몸 바쳐 싸우다 전사했다는 소식도 널리 퍼졌다. 고씨 부자는 마지막 결전에서 군대를 둘로 나누어 연합 공격을 펼치고 있었다. 진군하던 무덕후는 측면과 후방 양쪽에서 적에게 공격을 받던 중 무릎의 통증이 갑자기 도져 낙마했고, 그 즉시 사방에서 화살이 물줄기처럼 그의 몸 위로 날아들었다. 그 뒤로 부장 고봉은은 홀로 전투를 지휘해 5일 만에 적진을 격파한 뒤 고사림의 유해를 찾아 돌아왔다.

　이명안은 천자에게 올리는 군보에서 대첩의 사소한 부분까지 빠짐없이 상세히 기술했으나, 명장의 순국에 한해서는 간단히 언급만 하고 어물쩍 넘어갔다. 전사 상황을 상세히 적지 않은 건 고봉은도 마찬가지였다. 아마 아버지의 죽음을 차마 글로 옮길 수 없었던 것이리라. 그러나 그렇다고 해서 백성의 감격과 비통함이 조금이라도 줄어든 건 아니었다. 사람들은 무덕후를 찬양하고 그의 죽음을 애통해했으며, 경외심이 불러일으키는 가슴 벅찬 상상을 즐겼다. 얼마 지나지 않아 경성의 온 마을과 골목 구석구석은 물론, 예술 공연장에까지 무덕후의 무용담을 찬양하는 노래가 퍼졌다. 무덕후가 서슬 퍼런 칼을 휘두르며 일당백으로 싸우다가 적군을 섬멸하고 장렬하게 순국한다는 내용이었다. 거세게 일어난 오랑캐의 무리, 분노와 통탄, 칼의 날카로운 금속성과 말 울음소리, 한 서린 눈물과 희생에 이르는 내용 하나하나가 마치 직접 전장에 서서 전투를 바라보는 듯 박진감이 넘쳤다.

자신의 사랑과 증오, 감사와 원한, 기쁨과 슬픔에 단순하리만큼 솔직한 백성과 달리, 조정의 정서는 다소 복잡했다. 승전 소식과 순국 소식이 동시에 날아든 뒤로, 정국은 뿌연 안개에 휩싸여 한 치 앞도 예측할 수가 없었다. 태자를 뒷받침하던 가장 거대한 산이 무너진 상황에서 천자는 방부와 동궁위를 모두 갈아치움으로써 태자를 보필하는 문관과 무관을 모두 숙청했다. 세상에서 가장 존귀한 신분의 두 부자가 수십 년간 힘겨루기를 이어오면서 고일 대로 고인 썩은 물이 이로써 둑이 터진 듯 한꺼번에 콸콸 쏟아지는 듯 보였다. 황태자의 처지는 가을바람에 떨어지는 나뭇잎처럼 위태위태해졌다. 전처럼 모호한 추측이 아니라 너무나도 명백한 사실이었다.

3월 3일은 상사절上祀節이었으므로 관례대로 조회는 열리지 않았다. 신하들은 6일 조회에서 황제에게 고할 황태자의 각종 악행과 상소로 올릴 탄핵안을 경사스러운 분위기 속에서 차근차근 준비하고 있었다. 황태자는 아주 오래전부터 그들의 미움을 깊이 샀다. 그들은 20년간이나 지속된 국가의 불안과 잦은 분쟁의 책임을 떠넘길 사람이 필요했다. 그 대상은 태자가 뒷받침해 왔던 외척과 외척이 지지해왔던 태자일 것이다. 전쟁은 나라를 수십 년 운영할 막대한 물자를 소모해 백성의 궁핍을 초래했고, 오랜 시간 질질 끌다가 이제야 겨우 승전을 거뒀다. 이 또한 태자가 뒷받침해 왔던 외척과 외척이 지지해왔던 태자의 책임이었다. 군부를 업신여기고 거역했으며 형제를 살해한 것은 물론, 풍속을 해치는 각종 만행을 저질러 예법을 파괴한 것은 말할 것도 없었다. 요순과 같은 군주를 보필하고, 세상의 풍속을 깨끗이 세우겠다는 포부를 품고 벼슬자리에 나선 그들로서는 흐트러진 기강을 바로 잡겠다는 천자의 뜻을 강력하게 지지해야 마땅했다.

그러나 그것만이 전부는 아니다. 그들은 우물에 빠진 사람에게 돌을 던지려는 것도, 바람이 부는 방향을 따라 돛을 달려는 것도 아니었다. 전쟁이라는 큰 변고를 치렀으니, 이제는 백성의 삶과 국가의 원기를 안정시켜야 할 시기일 것이다. 이런 때 황제와 황태자 사이가 이미 물과 불처럼 돌이킬 수 없는 강을 건넜으니, 이대로 놔두는 건 큰 우환을 제거하지 않고 방치하는 꼴이리라. 이해득실을 철저하게 고려한 결단이 필요하다. 나라를 위해서는 반드시 한쪽을 도려내야 할 시기가 드디어 다가온 것이다.

인심을 얻는 사람은 많은 협력자를 얻어 순조롭게 천하를 손에 쥔다. 반면 도를 벗어나 인심을 잃으면 협력자는 물론, 가까운 인척마저 등을 돌리는 법이다.

성현의 지혜로운 목소리는 언제나 이토록 한 치의 어긋남도 없다.

그들은 모든 게 사리에 들어맞는다고 확신했고 모든 계산이 정확했다고 자만했으나, 하늘의 뜻은 언제나 그들의 예측 밖이었다. 그들이 물어뜯으려고 벼르던 황태자가 3월 6일 조회에 모습을 드러내지 않았던 것이다. 그리고 그들이 예측하지 못한 변수가 하나 더 있었으니, 동궁의 후궁이라는 웬 젊은 여자가 승전보에 버금가는 중대한 소식을 그들보다 앞서 접했다는 사실이었다.

시간을 거슬러 올라간 2일 밤, 황태자는 홀로 고 재인의 처소를 방문해 전처럼 점잖은 체하거나 계산을 하지 않고 바로 사실을 알렸다.

"나는 내일 날이 밝자마자 떠난다."

그녀는 어디로 가냐고 묻지 않았다. 그는 이제 그녀의 삶과 무관한 존재였기 때문이다. 그녀가 말이 없자, 정권은 스스로 행선지를 밝혔다.

"장주에 가게 됐어. 폐하께서 내게 운구를 맡기셨거든."

비록 자신과 아무 상관없는 일이었지만, 그녀는 살짝 동요하며 대답했다.

"경하드립니다. 항상 장주에 가고 싶어 하셨지요."

정권은 고개를 끄덕였다.

"그랬지."

정권은 오랜 침묵이 흐른 뒤 홀로 감상에 젖은 듯 떠들었다.

"너도 알겠지만, 네 옛 주인은 내가 경위와 결탁해 반역을 도모했다고 모함했었지. 폐하는 어제 고 장군의 순국 소식이 도착하자마자 동궁위를 회수하셨어. 전쟁이 끝나고 장군도 세상을 떠났으니, 내가 거리낌 없이 반란이라도 도모할까 봐 걱정하신 건지, 아니면 폐하께 더는 거리낄 게 없어진 건지 난 도무지 모르겠다. 어쩌면 둘 다일지도 모르지. 폐하가 날 경성 밖으로 내보내는 이유가 뭘까? 내가 경성에 남으면 폐하께 대비할 시간도 주지 않고 이판사판으로 달려들까 봐 두려우셨던 걸까, 아니면 걱정이 되셨던 걸까? 어쩌면 둘 다일지도 모르지. 사촌 형이 변방을 장악하고 있는 이때, 날 그리로 보내시는 이유는 내가 군정에 끼어드는 걸 막으시려는 걸까, 끼어들도록 유도하시는 걸까?"

그는 계속 혼잣말을 하듯 중얼거렸다.

"도저히 모르겠다. 날 사랑하시는 건지 두려워하시는 건지. 날 보호하시려는 건지 죽이시려는 건지……."

아보는 성의 없는 말투로 약간의 조소를 담아 물었다.

"경성에 남으면 정말 무슨 일이라도 저지를 생각이었나요?"

"나도 모르겠다."

정권은 솔직한 심경을 드러냈다. 그는 무심한 표정과 말투로 대답했지만, 세상이 들으면 경악할 만한 무서운 대답이었다. 만에 하나 그녀가 그대로 달려가 고한다면, 그는 목숨을 부지할 수 없으리라. 그러나 그녀는 이 모든 게 자기와 무슨 상관이냐는 듯한 표정과 말투로 심드렁하게 말했다.

"그런 국가 대사와 신첩은 아무런 상관도 없습니다."

정권은 웃으며 대답했다.

"네 눈에는 내가 무료하다 못해 지친 걸로 보이겠구나."

그러나 아보는 그 무료한 모습 뒤에 숨겨진 그의 고독을 한눈에 알아볼 수 있었다. 그의 모든 정적이 말끔히 처리된 지금, 그녀는 그가 깊은 속을 터놓을 수 있는 유일한 벗이었다.

"내가 떠나면 너도 떠나거라."

정권이 아보를 바라보며 말하자, 아보는 영문을 모르겠다는 듯 되물었다.

"어디로 가라는 말씀입니까?"

그는 말했다.

"내가 주순에게 말해뒀다. 정국이 혼란스러운 지금, 후궁 하나쯤 사라져도 아무도 신경 쓰지 않을 거야. 내가 떠나고 나면 주순이 너를 궐 밖으로 내보내 줄 것이다. 내 수하가 네 형제를 찾고 있다. 지금 당장은 성과가 없지만, 세월이 흘러 인연이 닿는다면 언젠가는 다시 만날 수 있겠지. 넌 5년 전에 기회를 놓쳤으니 이 번에는 절대 놓치지 말거라."

아보는 멍하니 그를 바라볼 뿐 대답이 없었다.

정권은 자리에서 일어나 그녀의 어깨를 톡톡 두드리며 미소를 지었다.

"그럼 이렇게 헤어지자. 잘 지내려무나."

상사절 아침, 황태자 소정권은 성지를 받들어 공학위 수백 명의 호위를 받으며 장주로 떠났다. 장주의 뒤처리와 무덕후의 운구를 위해서였다. 6일 정기 조회에서 황제가 이 사실을 공표했을 무렵, 황태자는 이미 3일간 수백 리를 간 뒤였으므로, 이 순간만을 벼르고 벼르던 신하들이라고 해도 달리 어쩔 도리가 없었다.

그러나 그런 가운데서도 어떤 이는 이렇게 항의했다.

"예부터 황태자의 군정 관여는 엄격하게 금지된 일이었습니다. 하물며 지금의 황태자 전하는 이미 군정에 깊숙이 관여했으므로 천백번 조심함이 마땅할 것입니다. 게다가 지금은 전쟁의 뒷수습이 채 끝나지 않아 민생이 아직 안정되지 않은 민감한 시기입니다. 이런 때 태자를 호랑이와 늑대 소굴로 경솔히 보냈다가 예상치 못한 난이 발생한다면, 황가와 나라가 입을 해악은 돌이킬 수 없을 것입니다."

발언자의 항의에 드러나지 않은 속뜻을 황제는 자연스럽게 알 아들었다. 황제는 조 서인을 강권으로 진압하고 경성의 군대를 모두 재편했지만, 황태자의 반역 혐의는 여전히 씻기지 않은 채로 남아 있었다. 이런 상황에서 장주에는 아직 십만 군사가 주둔하고 있다. 게다가 태자가 수년간 관리하고 경영해온 군대이므로, 그곳의 장령들이나 장군이 태자와 맺은 관계는 다른 사람은 상상도 못 할 만큼 깊었다. 무덕후가 전사한 뒤 장주의 실권을 넘겨받은 부장 고봉은은 태자의 사촌이자 그 누구보다 가까운 벗이다. 그런 고봉은을 서신 한 통으로 움직였던 태자인데, 얼굴을 마주 보고서는 무슨 명인들 못 내리겠는가. 아무리 고봉은과 대립하고 있는 이명안이 버티고 있다고 해도, 황태자를 장주로 보내는 건 적들이 모인 연못에 힘을 실어주는 격이었다.

발언자의 의도를 황제가 모를 리 없었다. 만약 황태자가 반란을 도모하지 않는다면 지금 그의 발언은 고심 끝에 내놓은 예방책이 될 테고, 황태자가 기어이 반란을 일으킨다면 앞날을 멀리 내다보는 선견지명이 될 것이다. 세상에 그 누가 손해 보는 장사를 하려고 하겠는가. 안타깝게도 조정의 관원들은 모두 명석한 장사꾼들이었으며, 조당은 이들의 시장으로 전락한 지 오래였다.

황제는 한숨을 내쉬며 파회를 명하려고 진근을 향해 고개를 돌렸다. 그러나 그의 뒤에 있어야 할 진근은 이미 떠나고 없었다. 바로 그 순간 황제는 자신이 혼자라는 사실을 깨달았다. 태자도 떠났고 황후도 떠났으며, 변방을 지키던 자신의 오랜 벗도, 무릎을 지키던 황손도 이미 이 세상 사람이 아니다. 그는 조당을 한 바퀴 둘러봤다. 이제 그의 곁에 남은 가장 가까운 사람들은 조당이라는 시장 한복판에 선 저 명석한 장사꾼들뿐이었다.

황제는 고개를 들어 전각 문밖을 응시했다. 그는 붉은 관복을 입고 홀판을 든 채 시끄럽게 흥정하는 장사꾼들 너머에 서서 비웃는 듯도, 득의양양하기도 한 표정으로 정중하게 절을 올리고 있었다.

'경하드리옵니다.'

황제는 눈을 질끈 감고 불쾌한 상상을 뇌리 밖으로 내쫓았다.

장사치들과 조당에 있기도 싫었으나, 아무도 없는 공허한 궁실에 홀로 있는 건 더 싫었다. 그리하여 3월 6일의 조회는 특별한 논의 사항이 없는데도 한 시진 넘게 질질 끌며 계속되었다.

그들이 고독한 천자 곁을 억지로 지키며 시간을 허비할 무렵, 조회의 주역이 됐어야 할 황태자 소정권은 이 지휘가 직접 이끄는 공학위 친위병 수백 명의 호송을 받으며 북방으로 향하고 있었다.

그들이 고독한 천자 곁을 지키며 시간을 허비할 무렵 황태자가 말고삐를 돌려 뒤를 돌아봤을 때, 황제가 거한 구중궁궐과 칠보 누대는 구름과 연기에 뒤덮인 숲에 가로막혀 보이지 않았다.

하늘을 뒤덮은 눈부신 별과 달이 지고 난 뒤 서광이 하늘 끝자락에서부터 서서히 밝아져 왔고, 어슴푸레한 아침노을이 지나간 뒤에는 밝은 태양빛이 하늘을 청명하게 밝혔다. 평생을 어둡고 깊은 궁궐에서 지낸 황태자의 눈에 비친 3월 늦봄의 산천은 그 자체만으로도 아름답고 사랑스러웠다.

정권은 그의 뒤를 따라붙으며 호위하는 군사들과 함께 호쾌하게 길을 달렸다. 다른 점이 있다면, 호위병들은 갑옷으로 중무장을 했고, 그는 평범한 관리의 차림이었다. 정권의 시선이 하늘가에 닿는 순간, 밤의 싸늘함과 아침의 온기가 뒤섞인 봄바람이 그의 옷자락 안으로 불어 들어와 넓은 소매를 구름처럼 부풀렸다. 그 매끄럽고 상쾌한 촉감이 피부에 닿는 순간, 그는 난생처음으로 해방감을 느꼈다.

쾌청한 하늘 아래 아름다운 강산을 도도하게 흐르는 맑고 깨끗한 강줄기 위에는 드문드문 고깃배가 떠다녔으며, 강기슭에서는 갈대가 하늘하늘 바람에 흩날렸다. 희미한 물안개 속 푸른 산은 찬란한 빛을 발하기도 전에 색을 채워 넣지 않은 밑그림이 되었다. 말을 몰아 달리는 내내 수묵화와도 같은 천리강산이 그의 눈앞에 족자처럼 무궁무진하게 펼쳐졌다. 달과 별이 수묵화의 인장이었고, 구름과 비가 수묵화의 제발이었으며, 하늘과 물의 푸르름이 수묵화의 정갈한 장정이었다.

색이 있는 것과 색이 없는 것, 향기로운 것과 향이 없는 것, 살아 움직이는 것과 고요히 멈춰 있는 것, 하늘을 날아다니는 모든 것과 산속에 펼쳐진 풍경이 바람을 따라 시선에 넘쳐 눈에 다 담지 못할 지경이었다.

값을 매길 수 없는 진귀한 보물에는 반드시 티가 있다는 말이 사실이 아님을, 그는 지금 이 순간에야 마침내 깨달았다. 그의 눈앞에 가득 펼쳐진 이 진귀한 보배. 그가 발을 딛고 선 이 진귀한 보배. 그를 무럭무럭 키운 이 그림과도 같은 강산은 흠 잡을 데 없이 완벽할 뿐이었다. 더할 나위 없는 아름다움은 언제나 슬픔을 불러온다. 그래서 이 아름다운 강산을 만끽하는 그의 가슴은 시리고 쓰라렸다.

타고난 것과 인위적인 것, 정교한 것과 소박한 것, 소소한 것과 거대한 것. 지난 과거와 앞으로 다가올 미래, 그리고 현재. 이 아름다운 자연은 대체 그와 사람들에게 왜 이리도 관대한 걸까? 그는 그 이유를 도무지 이해할 수 없었다.

그는 아름다운 강산이 주는 이 기분 좋은 슬픔을 기꺼이 온 가슴으로 받아들였다. 문득 그녀가 오래전에 했던 말이 떠올랐다.

'그때 전 깨달았어요. 이렇게 아름다운 풍경을 살아서 눈으로 볼 수 있는데, 굳이 신선이 될 필요는 없겠다고요.'

그때의 그녀가 지금의 그처럼 떠나는 길이었는지 돌아오는 길이었는지는 이제 알 길이 없다. 그녀가 보았던 것이 무엇인지 이제는 궁금하지 않다. 지금 눈앞에 이렇게 펼쳐져 있으니까. 그녀가 만끽한 아름다움도 이제는 부럽지 않다. 바로 지금 그때의 그녀처럼 이렇게 강산의 아름다움을 만끽하고 있으므로. 한 가지 유감이 있다면 이 가슴 벅찬 광경을 그녀와 함께 바라볼 수 없다는 것이리라. 허나 그의 가슴을 시리게 하는 그 한 줄기 유감마저도 가슴이 시리도록 아름다웠다. 아름다움은 아름다운 것으로, 완전한 것은 완전한 것으로 남겨두리라. 완벽한 아름다움이 반드시 완전을 의미하는 것은 아니므로.

오래되고도 영원히 젊은 이 산천을 바라보니, 문득 오래되었지만 언제나 빛바래지 않는 한 이야기가 떠오른다. 그것은 세월이 흐르고 흘러도 사라지지 않고 영원히 사람들의 입에 오르내리는 이야기였다. 이야기 속의 비정한 황제는 그가 폐위해 임강으로 유배 보낸 폐태자 유영을 기어이 도성으로 소환했다. 길을 떠나기 전 유영이 타고 갈 수레가 무너져 내리자, 유영의 봉국인 임강의 백성은 눈물을 흘리며 한탄했다.

"우리 왕이 돌아오지 못하겠구나."

그러나 정권은 두려워하지도 걱정하지도 않았다. 그는 수레가 아닌 말에 올라 이렇게 그림처럼 아름다운 강산에서 살아가는 백성을 바라보고 있지 않은가. 그와 동떨어져 있음에도 영원히 그의 영향 속에서 살아갈 그들의 모습을.

평범한 문사 차림을 한 세상에서 가장 고귀한 신분의 사내는 장검과 활을 찬 무사들에게 빼곡히 둘러싸여 천하의 들판과 관도를, 황야와 들판을, 번잡한 시가를, 오래된 사찰과 무너진 담벼락을, 안개비 속의 남국을, 바람과 서리에 뒤덮인 새북을 달리고 또 달렸다.

고향으로 돌아가는 사람들, 과거를 치르기 위해 시험장에 도착하는 사람들, 깨어 있는 사람들과 몽롱하게 취해 있는 사람들. 이미 죽은 사람들과 아직 태어나지 않은 사람들. 꿈을 꾸는 사람들과 모든 힘을 헛되이 소진하고도 여전히 굴하지 않는 사람들.

그들은 그의 강산에서 살아가는 그의 백성이었다.

제
74
장

혜거상망槥車相望

황태자 일행은 경성을 떠난 지 7일 만에 장주에 도착했다. 변방보다 훨씬 소문이 빠른 경성이라지만, 경성의 호사가들도 황제가 황태자를 쫓아 보내는 건지 안전하게 비호하기 위해 도피시킨 건지 확신할 수 없어 의구심만 더욱 커졌다. 이런 사정이야 어찌 됐든, 겉으로 드러난 황태자의 공식 직함은 황제가 직접 파견한 흠차欽差였다. 협력 도독 이명안과 부장 고봉은은 일찌감치 장주의 내성에 도착해 세상에서 가장 고귀한 신분의 흠차를 영접할 차비를 했다.

장주 남면의 토성과 성가퀴에 황태자와 공학위 친위병들이 모습을 드러낼 무렵, 서쪽 하늘에서 석양이 피를 뿜듯 무겁게 내려앉아 성루의 망새를 짓누르자, 웅크려 앉은 사자의 형상과 금빛에 물든 윤곽이 완연하게 드러났다. 황태자 일행이 거친 서남풍에 요란하게 나부끼는 이씨와 고씨의 깃발이 달린 성가퀴 밑에 닿았을 때, 해는 이미 첨각 아래로 기울어 사라지고 없었다. 이명안과 고봉은은 토성 문밖에 나란히 서서 각각 왼쪽과 오른쪽에 휘하 군사들을 거느린 채 남면에서 달려오는 사람들을 기다렸다.

청삼을 입은 문사가 검은 갑옷으로 무장한 기사 수백 명에 에워싸인 채 달려오더니 두 장군 앞에서 말고삐를 당겨 멈췄다. 두 사람은 신속하게 무릎을 꿇고 예를 행했다.

"신등이 태자 전하를 영접하옵니다."

정권은 말에 탄 채로 미소를 지었다.

"세월 흐르는 속도가 정말 무섭도록 빠르구려."

이명안이 자리에서 일어나 웃으며 대답했다.

"정말 그렇습니다. 신이 황명을 받들어 경성을 떠난 지도 어언 9년이 다 돼가는데, 이렇게 황량한 산지에서 태자 전하의 옥안을 뵐 날이 올 줄 누가 알았겠습니까?"

정권은 여전히 웃으며 대답했다.

"그래도 이 도독은 여전하구려. 본궁이 얼굴을 못 알아보는 실례를 범할 정도로 변하지는 않았으니 그나마 다행이오."

이명안이 답했다.

"늙고 추레해진 몰골을 알아봐 주시니 황공할 따름입니다."

정권은 이명안과 친분이 전혀 없었으므로 형식적으로 나눌 인사치레도 곧 동이 나 고봉은에게로 고개를 돌렸다.

"고 장군."

고봉은이 희미한 미소를 머금은 채 대답했다.

"이곳이 원래 이렇습니다. 신도 처음 이곳에 도착했을 때가 해 질 무렵이었는데, 해가 지자마자 바로 달이 떠오르더군요. 시간이 광속처럼 흐르는 게 눈에 보인다고 항상 한탄하고는 합니다. 안 그래도 조금 전까지 전하께서 해가 지기 전에 도착하지 않으시면 어쩌나 이 도독과 걱정했습니다. 성문을 닫았다가 다시 열면 일이 복잡해지거든요. 해가 지기 전에 이렇게 오셨으니 참 다행입니다."

고봉은은 말을 마치자마자 정권의 말채찍을 낚아챈 뒤 직접 고삐를 잡고 성문 안으로 이끌었다. 고봉은은 수년 전에 봉후封侯가 되었고, 고사림이 전사한 뒤 특별한 성지가 내려오지 않을 때까지는 장주의 실질적인 통수권자였다. 장주의 대권을 손에 쥔 이가 말고삐를 쥐는 허드렛일을 자처하는데도 그 모습이 전혀 어색해 보이지 않았다. 이명안이 뒤이어 모든 방문자를 이끌고 성문 안으로 들어섰다. 이어서 거대한 적교吊橋와 육중한 성문이 삐걱거리는 소음을 내며 닫히자, 외딴 성은 곧 황량한 들판으로부터 철저하게 격리되었다.

두 장군은 황태자를 무사히 호송한 공학위 군사들과 황태자를 환영하기 위해 내성 관저에서 야연을 베풀었다. 그 자리에서 공학위는 두 사람에게 황제의 칙서를 정식으로 선포했다. 칙서에 따르면, 황제가 황태자를 흠차로 장주에 파견한 이유는 무덕후 고사림의 영구를 정중하게 맞이하기 위함이며, 아직 정리되지 않은 장주의 군정 처리를 태자에게 맡기기 위함이다. 황제는 고봉은에게는 장주의 통솔을 이명안에게 잠시 위임하고, 태자와 함께 경성에서 부친의 장례를 치를 것을 권고했다. 통수권은 장례를 마치고 장주로 돌아왔을 때 되돌려 준다는 것이었다.

살아 있는 사람은 정성껏 봉양하고, 장례는 유감없이 치르게 하는 것이 왕도의 시작이라고 했던가. 천자의 눈물겨운 호의에 감격한 고봉은은 그 자리에서 즉시 부복하며 감사를 표했다.

국가에 연달아 불행이 일어났고, 대부분이 태자와 관련된 일이어서 연회석의 분위기는 좀처럼 무르익지 않았다. 더군다나 태자는 안색이 창백하게 질려서 상당히 지친 모습이었다. 그는 천자의 친위군이 바로 앞에 있어 언행을 극도로 조심했다. 종전 뒤의 군정에 관해서는 일절 묻지 않았고, 장군의 순국에 관해서도 입에 담지 않았다. 그는 말없이 술잔을 두어 잔 기울인 뒤 피곤하다는 핑계로 자리를 피했다.

정권의 행궁은 고사림이 생전에 거주하던 관저에 마련되었다. 며칠 연속으로 말을 달려오느라 여독에 지친 그는 침상에 기대어 눈을 감자마자 금세 스르륵 잠에 빠져들었다. 꿈자리가 뒤숭숭해 잠시도 편안할 새가 없었지만, 날카로운 비명 소리에 놀라 얕은 꿈에서 깨어났을 때 창밖은 벌써 캄캄한 한밤중이었다. 달도 별도 보이지 않는 밤, 실내에 켜진 촛불과 군막이 바람에 흔들려 어지럽게 요동쳤고, 금방이라도 비를 부를 것만 같은 축축한 흙 비린내가 안으로 들어와 코를 찔렀다.

정권은 힘겹게 바닥을 짚으며 자리에서 일어나 강풍이 사정없이 밀려들어 오는 창살을 힘겹게 밀어 닫았다. 그 순간 흙냄새와 더불어 달짝지근하고 시큼한 비린내가 그의 코끝을 자극했다. 그가 입은 옷에 배인 향과 똑같은 용연향이었다. 소스라치게 놀라며 뒤돌아보니, 어느 틈엔가 고봉은이 안으로 들어와 중무장한 모습으로 검을 찬 채 그의 등 뒤에 서 있었다.

갑옷을 입고 있어 고봉은은 무릎을 꿇어 예를 행하는 대신 간단하게 읍만 한 뒤, 정권에게 다가와 작은 청자 병을 건넸다.

"금창약을 가져왔습니다."

변방에서만 울리는 금탁 소리가 바람결에 은은하게 실려와 해시가 지났음을 알렸다. 어쩌면 그는 순찰 중 갑자기 정권이 떠올랐을 것이다. 정권은 가까스로 안도하며 어색한 웃음을 지었다.

"하양후는 사람이 달라졌네. 난 아직도 예전의 그 칠푼이인데."

고승은이 전사한 뒤 봉은은 형의 자리를 대체하기 위해 떠났다. 그날 이후로 태자와 떨어져 지낸 세월이 장장 10년이었다. 봉은이 떠나고 태자는 남산으로 토끼 사냥을 나설 동무를 잃었고, 태자의 말안장은 그대로 방치되었다. 난생처음 말안장을 떠나지 않고 연일을 달리느라 그의 엉덩이는 진즉에 짓물러 피투성이가 되어 있었다. 태자는 공학위에게 굳이 말하지 않았고, 공학위도 태자의 상태에 전혀 관심을 보이지 않았다.

태자는 약병을 건네받고 갑자기 눈물을 흘렸다.

"유아 형, 외숙이 돌아가셨어."

고봉은은 동요하는 기색 없이 고개만 끄덕일 뿐이었다. 태자는 드디어 그에게 물었다.

"대체 어떻게 된 일이야?"

고봉은은 무미건조하게 말했다.

"그건 이 도독과 신이 장계로 올리지 않았습니까? 폐하가 전하께 안 보여주시던가요?"

정권은 고개를 끄덕이며 바뀐 건 그의 용모뿐이 아님을 깨달았다. 봉은은 더 이상 그의 기억 속에 존재하던 예전의 그 절친한 벗이 아니었다. 고봉은은 잠시 침묵한 뒤에 물었다.

"전하, 경성의 형국은 이미 돌이킬 수 없는 지경에 이르렀습니까?"

정권은 살짝 경계심이 일어 생각 끝에 대답했다.

"군인은 내정에 관여할 수 없어. 경성의 일은 하양후가 관심을 가질 일이 아니야."

그 말을 내뱉는 순간, 정권은 자신 역시 전과 같지 않음을 어렴풋하게 인식했다. 비단 생김새뿐 아니라 고봉은의 시선에 비친 자신 역시 이미 기억 속의 절친한 벗이 아니었다.

흔들리는 촛불의 그림자 속에서 두 형제는 오랫동안 말없이

서로를 바라봤다. 잠시 뒤 봉은이 무기를 탁자 위에 내려놓으며
말했다.

"신이 약을 발라드리겠습니다."

그러나 정권은 봉은에게 추태를 보이기 싫었는지 고개를 저으
며 거절했다.

"하양후가 할 일이 아니야. 내 수하에게 바르라고 하면 돼."

고봉은은 잠시 정권의 기색을 살핀 뒤 물었다.

"전하의 수하입니까, 폐하의 수하입니까?"

정권이 웃으며 대답했다.

"이제 와서 무슨 차이가 있겠어?"

고봉은은 고개를 끄덕이며 곁으로 다가와 말했다.

"네. 이제 별 차이가 없죠. 전하의 수하들은 이제 폐하를 모실
수 없으니, 송구하지만 그냥 신이 발라드리겠습니다."

그가 가까이 다가오자 달짝지근하고 시큼한 냄새가 또다시 은
은하게 코를 스쳤다. 고봉은은 고사림의 엄명으로 오래전부터 사
복에만 훈향을 하고 있었다. 정권은 문득 야연에서 맡았던 그의
옷 향기를 떠올렸다. 너무 익숙한 향기라서 간과하고 있었는데,
용연향이 지금도 풍긴다는 것은 그가 야연에서 입었던 사복 위에
갑옷을 입었다는 뜻이리라. 그는 군영으로 돌아가 군장을 한 게
아니었다.

갑자기 뇌리를 번뜩 스친 무서운 생각에 정권은 화들짝 놀라
며 봉은에게 바짝 다가가 물었다.

"그게 무슨 뜻이야?"

고봉은은 변함없는 침착한 어조로 건조하게 대답했다.

"말 그대로 그들은 이제 전하를 모실 수 없습니다."

정권은 그제야 종전에 풍기던 흙 비린내가 단순한 흙냄새가

아님을 깨달았다. 그 냄새는 용연향의 비린내와는 전혀 다른 냄새였다. 그는 천천히 문 앞으로 다가가 내실의 문을 연 뒤 다시 외실을 지나 바깥문을 열었다. 태자를 호위한다는 명목으로 문밖에 서서 태자를 감시하던 공학위의 친위병들은 모두 피가 흥건한 흙바닥 위에 쓰러져 있었다. 정권과는 아직 데면데면한 그들의 얼굴은 핏기를 잃어 백지장처럼, 백설처럼 하얗게 질린 채 아직 온기가 남은 뜨끈한 피를 뚝뚝 흘렸다. 벼루 위에서 간 먹물처럼 끈적끈적한 피는 뜨거운 김을 펄펄 뿜으며 놋쇠에서 나는 듯한 비린내를 풍겼다.

눈앞에는 온통 창백한 시체와 땅을 흥건하게 적신 붉은 피였다. 난생처음 보는 피바다에 정권은 입술까지 하얗게 질린 채 식은땀을 흘리다가 현기증을 느끼며 비틀거렸다. 잠들기 전에 마신 두 잔의 술이 그제야 위장에서 부대끼며 구토를 일으키기 시작했다. 정권은 속을 게워내려는 듯 문틀을 붙잡고 천천히 허리를 숙였다.

고봉은은 정권을 부축하며 다른 손으로는 그의 등을 부드럽게 쓰다듬었다. 어린 시절 아버지에게 수모를 당하고 돌아와 울며불며 하소연할 때마다 그를 위로하던 바로 그 손길이었다. 그는 정권의 귓가에 대고 조용히 속삭였다.

"신은 처음 피를 봤을 때 말에서 떨어지고 땅바닥에 엎어져 구역질을 했습니다. 위장 속 담즙까지 다 게워낼 기세였는데, 아버지는 말에서 내리시고는 다가와 귀싸대기를 올려붙이시더군요. 어찌나 세게 때리시던지 귀가 얼얼해서 뭐라고 욕설을 퍼부으시는지는 듣지도 못했어요."

어쩌면 그는 정권의 나약한 행동을 보고 뺨을 때려서라도 엄하게 꾸짖고 싶은 마음을 군신 관계라는 이름으로 가까스로 참

앉을지도 모른다. 정권은 치밀어 오르는 구역질을 억지로 누르고
그를 돌아봤다.

"왜 이런 짓을 했어? 천자의 친위군을 살해하는 건 반역이나
다름없……."

펄펄 뛰며 소리를 치던 찰나, 정권은 퍼뜩 깨달았다.

"모반을 하려고?"

그러나 봉은은 고개를 저으며 부정했다.

"저들은 전하께 신하로서의 예를 갖추지 않았습니다. 신은 무
력으로 전하의 간신들을 제거했을 뿐입니다."

정권이 뭐라고 말하기도 전에 봉은은 다시 미소를 지으며 말
을 이었다.

"천자가 분노하면 백만의 시체가 땅을 뒤덮고, 그 피가 도랑을
이룬다고 하지요. 고작 이 정도의 피를 보고 놀라시면 안 됩니다."

정권의 봉황 눈이 점점 가늘어지더니, 이윽고 얼음처럼 냉랭해
진 시선으로 고봉은을 바라봤다.

"간신들을 제거하려는 거야, 군주를 갈아치우겠다는 거야? 공
학위를 죽이면 나머지 사람들은……, 이명안은……."

그가 분노하며 걱정할 새도 없이 이명안이 야연 때 입었던 사
복 차림 그대로 안으로 허겁지겁 들어왔다. 아마 누군가에게 소
식을 듣고 왔거나, 이쪽으로 오도록 유인을 당했을 것이다. 그는
눈앞에 펼쳐진 광경을 보고 태자 못지않게 경악한 기색이었다.
그가 미처 대처할 새도 없이 갑자기 등 뒤에서 문 두 짝이 쾅 소리
와 함께 굳게 닫히며 장주성 안의 피비린내 나는 이 외딴 관역은
장주성으로부터 철저하게 격리되었다.

이명안은 제정신을 차리고 검을 뽑으려는 듯 허리를 더듬다가
몸에 지닌 무기가 없다는 걸 깨달았다. 오늘 밤의 연회는 태자를

환영하기 위한 자리였으므로, 애초에 무장을 완벽하게 해제한 상태였다. 지금 당장 그의 손에 닿는 것이라고는 바닥을 가득 채운 공학위의 시신뿐이었다. 이명안은 분노로 일그러진 미소를 지으며 말했다.

"고봉은! 이건 명백한 반역이다. 이렇게 정황이 확실한데 무슨 할 말이 더……."

고봉은의 검이 그의 말이 끝나기도 전에 명치를 관통하며 붉은 피를 허공에 폭포수처럼 흩뿌렸다. 혈류는 옆에 서 있던 정권의 옷자락에도 붉은 얼룩을 남길 정도로 거셌다. 천자가 노하면 흐르는 피가 천 리나 된다는데, 군왕이 아니어도 피는 이처럼 다섯 걸음 정도는 충분히 흘렀다.

고봉은은 이명안의 몸에서 검을 뽑아 옷깃으로 검에 묻은 피를 닦고는, 태자와 똑같이 생긴 봉황 눈을 가늘게 뜬 채 냉랭하게 대꾸했다.

"이 도독, 제가 몇 번이나 말씀드렸습니까? 저는 말주변이 없다니까요."

그와 동시에 문이 다시 열리며 문밖을 지키고 서 있던 동통령이 안으로 들어왔다. 그는 고봉은과 마찬가지로 갑옷으로 중무장하고 피가 잔뜩 묻은 검을 들고 있었다. 그는 친위군의 시신 사이에 쓰러진 장군의 시신을 아무렇지도 않게 건너뛴 뒤, 정권에게 공수하며 간단명료하게 보고했다.

"전하, 이곳을 지키던 12명과 나머지 248명을 남김없이 처리했습니다. 혹시나 빠져나간 자가 있을까요?"

사건은 예상치 못한 사이에 일어나 신속하게 처리되었다. 정권은 사태를 파악하기도 전에 사지부터 마비되어 옴짝달싹도 할 수 없었다. 한참 뒤 정권은 혼잣말을 하듯 중얼거리며 대답했다.

"총 260명이다. 빠져나간…… 빠져나간 사람은 없어."

고봉은은 동통령에게 고개를 까닥하며 명령을 내렸다.

"대남문과 소남문, 서문, 북문을 지금 당장 폐쇄해라. 병사고 평민이고 지금 이 순간부터는 한 사람도 성 밖으로 내보내서는 안 된다."

"네!"

동통령이 대답하자, 고봉은은 고개를 끄덕이며 또 다른 군령을 내렸다.

"당장 군사 5천을 동북쪽으로 보내 승부를 포위하고, 대동문과 소동문에도 5천을 보내 지키게 해라. 마찬가지로 단 한 사람도 밖으로 내보내서는 안 된다."

동통령이 대답했다.

"승주군이 지키는 대동문과 소동문은 서로 거리가 멀어 빠져나가는 사람을 막기 어려울 수도 있습니다."

고봉은이 냉랭한 어조로 지시했다.

"불을 질러서 군영 밖으로 못 나가게 해. 나도 잠시 뒤 가겠다."

정권은 드디어 악몽에서 깨어난 듯 한 걸음씩 그에게 다가가며 목이 쉬도록 고함을 질렀다.

"천자의 사자로, 천자의 이름으로 명한다! 변방의 영토에서 반란을 도모하는 자는 모조리 잡아 죽이리라!"

동통령은 잠시 주저하다가, 고봉은의 안색에 조금의 변화도 없음을 확인하고는 큰 소리로 명을 받든 뒤 밖으로 나갔다. 정권의 귀에 밖에서 큰 소리로 고봉은의 군령을 전하는 그의 쩌렁쩌렁한 목소리가 들렸다.

"승주 군영을 피로 휩쓸어 노장군과 유 부통령의 원수를 갚자!"

공포가 극에 달하면 정신은 오히려 그 어느 때보다 차분해지기 마련이다. 정권은 입가에 싸늘한 미소를 머금은 채 봉은에게 물었다.

"하양후, 나까지 경에게 투항하기를 바라는가?"

고봉은은 천천히 고개를 가로저으며 반문했다.

"신이 전하가 도착하시는 바로 그 순간에 경솔하게 거사를 결심했겠습니까?"

정권은 말했다.

"난 모른다. 너희가 왜 이런 미친 짓을 벌이는지 따위는 알고 싶지 않아."

고봉은은 침착하게 정권을 바라보며 물었다.

"전하의 그 화려한 무늬가 새겨진 백색 옥대는 어디에 있습니까?"

정권은 순간 벼락에라도 맞은 듯 흠칫 놀라더니 벼락같이 소리를 질렀다.

"뭣이라?"

고봉은은 대답했다.

"광무, 흥무, 천장, 회원, 승인, 효기, 장하. 일곱 개의 옥붙이는 일곱 장의 병부지요. 만여 명의 군사를 포섭하셨으면서, 왜 질질 끌며 거병하지 않으셨습니까? 신의 부친을 염려해서입니까, 신을 염려해서입니까? 아니면 달리 마음에 걸리는 일이라도 있습니까?"

밖에서 갑자기 벼락이 내리쳤다. 정권은 실내에 있는데도 정수리에 벼락을 맞은 듯 하관을 파르르 떨었다. 그는 한참 뒤에야 정신을 차리고 물었다.

"그 얘긴 어디서 들었지?"

고봉은은 대답했다.

"그저께 첨사부의 허 주부가 장주에 도착했습니다. 신에게 그간 있었던 일을 상세하게 고했지요. 이번에 경성으로 가면 전하는 수레가 무너진 임강왕처럼 영원히 돌아오지 못할 겁니다. 전하께 큰 은혜를 입은 신이 어찌 그 꼴을 가만히 두고 보겠습니까?"

하룻밤 사이에 충격적인 일을 너무 많이 겪어, 정권에게는 더이상 분노할 기력도 남아 있지 않았다. 그는 그저 미간을 찌푸리며 되물었다.

"허창평이 왔다고? 그는 지금 어디에 있지? 당장 내 앞으로 대령해!"

고봉은은 대답했다.

"어제 숨을 거뒀습니다. 고문을 당한 몸으로 무리해서 여기까지 온 탓에 손을 쓸 수 없었지요. 못 믿으시겠다면 신의 군영에 시신이 있으니 확인해보십시오."

정권은 온몸의 기력이 모조리 빠져나간 듯 고개를 푹 숙인 채 깊은 탄식을 내뱉었다.

"난 도무지 모르겠어. 대체 왜 그렇게 하나같이 집착이 강한 거지? 왜 그렇게 물불을 안 가리고 달려드는 거야?"

고봉은은 고개를 가로저으며 말했다.

"전하는 5년 전에 한 번 기회를 놓치셨습니다. 이번만은 절대 기회를 놓치시면 안 됩니다."

정권이 갑자기 무거운 침묵에 잠기자, 고봉은은 문밖의 군사들을 향해 큰 소리로 외쳤다.

"너희는 전하의 옥체를 지켜라! 머리카락 한 올이라도 잘못되시는 일이 없어야 할 것이다! 전하의 옷이 역적의 더러운 피로 얼룩졌으니 옷부터 갈아입혀 드려라!"

우레와 같은 함성과 함께 군사들이 공학위의 친위병을 대신해 정권이 머문 외딴 성의 내실을 에워쌌다. 그들이 시체를 들어내고 피로 물든 바닥을 말끔히 닦았지만, 실내를 가득 채운 비릿한 피 냄새만큼은 무슨 방법으로도 제거할 수가 없었다.

사람은 적응의 동물이라고 했던가. 정권은 불과 1~2시진 만에 피비린내에 적응해 방에서 아무 문제없이 머무를 수 있게 되었고, 불과 1~2시진 만에 극도의 불안과 공포에 적응해 황위를 찬탈한 군주가 되느냐, 실패한 역도가 되느냐 하는 기로에 선 자신의 기구한 운명을 받아들였다.

옥을 정교하게 조각한 그 복제할 수도 없는 진귀한 병부를 사용하는 상상을 해보지 않았던 건 아니다. 다만 승전보가 도착한 다음 날, 황제가 즉시 경성을 떠날 것을 명령해 사용할 기회가 없었을 뿐이다. 그날로부터 장장 일주일이 지났다. 만약 자신이 경성에 남았다면 지금쯤 황포를 걸치고 권력을 장악했을까, 아니면 처참한 꼴로 붙잡혀 처형을 당했을까? 그것은 모르는 일이다.

그와 같은 일을 진지하게 고려해본 적이 없었던 건 아니다. 그리고 지금 눈앞에 닥친 이 현실을 받아들인 순간, 다시 진지하게 계산을 시작했다. 장주와 승주의 총 주둔군은 20만 명이었다. 전쟁으로 인한 손실이 있었음에도 아직 10만 명이 남아 있었고, 그중 절반이 고씨 가문에 충성을 아끼지 않는 직속 병사였다. 그들의 충성심과 용맹함은 나약한 경성 군영의 병사들과는 비교도 되지 않을 것이다. 장주에는 아직 만 필의 군마가 있으니, 기병이 앞장서고 보병이 그 뒤를 따른다면 7~8일 뒤 각지의 근왕군勤王軍보다 먼저 경성에 도착할 수 있다. 경성을 떠나는 데 소요된 7일과 경성까지 가는 데 소요될 7~8일을 합치면 고작 보름으로, 황제가 24위를 완전히 개혁하기에는 빠듯한 시간이다. 과연 이 길로 진격해 안팎에서 공세를 퍼부으면 성공적으로 황위를 찬탈할

가능성이 없지 않았다. 게다가 그는 몇 년간 군 물자의 관리를 도맡아 와 장주의 군량 상황을 그 누구보다 상세히 꿰뚫고 있다. 빠른 성공을 위해서는 충분한 군량 보급이 뒷받침되어야 한다.

더 세부적인 부분까지 고려하면 대의명분도 충분하다. 지금 민심은 나라의 위대한 영웅이 져 크게 요동치고 있으며, 이런 때 조정의 녹봉을 먹는 자들이 이용 가치가 사라진 태자의 제거를 시도했으니, 조정의 간신배를 청소한다는 명분이면 된다. 성현이 말하는 하늘이 주는 때는 아니더라도 소정권 자신이 만든 기회인 것이다.

본격적인 거사는 아직 닥치지도 않았는데, 그는 그 광경을 이미 목격한 듯 식은땀을 흘리며 전신을 오들오들 떨었다. 그러나 그의 두뇌만은 그 어느 때보다 맑고 냉철했다. 그가 지금 계산한 것은 그의 친사촌과 이종사촌도 모두 계산했을 것이다. 명석한 사람들이니 실현 가능하다고 판단했고, 그가 봐도 확실히 가능성은 높았다. 꺼지지 않는 권력욕이라고 해도 좋고, 집착이라고 해도 좋다. 그들은 자신의 욕망을 탐하는 동시에 정권을 진심으로 구하고자 했다. 어쩌면 정권을 구하는 것만이 자신들의 욕구를 채우고 마음의 평안을 얻는 유일한 방법일지도 모른다. 아마 뜻을 이루지 못한다면 그들은 평생 혈관 안에서 들끓는 피를 어쩌지 못하고 괴로움 속에서 살아갈 것이다. 지금 정권이 불안에 떨며 괴로워하는 것처럼.

그렇다. 정권은 고립된 외딴 성에서 홀로 이것저것을 계산하며 소름 끼치는 진실을 깨달았다. 그는 천자가 자신을 이곳으로 파견한 목적을 명백히 알면서도 사실 무의식으로는 흥분을 주체하지 못했다. 어쩌면 시작부터 자신 앞에 놓인 이 기회를 마음 깊은 곳에서 인지하고 있었을 것이다. 허창평과 고봉은은 그저 그의 무의식을 행동으로 실행하도록 강하게 등을 떠밀었을 뿐이다. 권력과 생명 모두를 잃을 수 있다는 걸 알면서도 그의 뜨거운 흥분은 여전히 가라앉지 않았다. 장거리를 달리는 내내 불로 지진 듯한 지독한 통증에 시달리면서도 일생일대의 쾌감을 만끽한 것처럼.

그리고 이 순간 몸서리치게 깨달았다. 자신이 그토록 증오해 마지않았던 부친과 그 수족들의 몸에 흐르는 피가 자신의 몸에도 똑같이 흐르고 있다는 사실을. 과연 그들은 한 핏줄이었다. 그의 혈관을 흐르는 그들과 같은 피가 결단의 때가 닥치자 공명하듯 뜨겁게 끓어오른다.

그는 언제나 권력을 흠모했다. 사랑하는 이들이 모두 떠난 뒤로 그는 무겁게 가라앉은 어두운 꿈속에 있었다. 그 꿈에서 깨어나는 찰나 전광석화처럼 나타났다 사라진 그 빛만이 그의 암울하고 고독한 인생을 잠깐이나마 비추는 유일한 존재였다. 그는 그 빛에 의지해 힘겨운 걸음을 계속 앞으로 내디뎠다. 그는 권력의 달콤함을 모르지 않았다. 화려한 전당을 탐하지 않는 이는 있을 수 있다. 서시의 눈썹과 남위의 뺨*을 거부하는 자도 있을 것이며, 권력의 투쟁 속에서 일어나는 온갖 술책을 혐오하는 자도 있을 것이다. 그러나 자신의 숙원과 마음으로 품었던 이상의 국가가 현실이 되는 순간을 그 누가 거부할 수 있겠는가.

사실 권력에 사로잡혀 강박적으로 집착하는 건 그들만이 아니라 정권도 마찬가지였다. 더구나 그는 한 발짝만 더 내디디면 하늘에 닿을 수 있는 위치에 있는 인물이 아니던가. 혈관을 타고 흐르는 피가 들끓을 때마다 피를 차갑게 식히려고 안간힘을 쓰는

---

* 춘추시대 미녀인 서시의 눈썹과 남위의 얼굴을 가리키며, 나중에는 아름다운 여인을 일컫는 말이 되었다.

몸부림을 그 누가 이해할 수 있겠는가. 그러나 지금 그는 모든 통제력을 상실했다. 창백하게 질리다 못해 투명해진 자신의 피부를 양손으로 감싸자, 파란 핏줄이 뱀이 기어가듯 툭 불거져 꿈틀거렸다. 그는 홍염을 일으키며 이글이글 타오르는 피가 그 사이를 광분하며 질주하는 것을 보았다. 그 홍염은 그가 장엄하고 자유로운 산천을 육안으로 직접 목도한 뒤에 일어났다. 차라리 활활 타오르는 불꽃에 몸을 던져버리는 게 어떨까. 깊은 궁궐의 고독한 모퉁이에서 서서히 차갑게 죽어가는 고통을 그는 다시는 겪고 싶지 않았다.

어쩌면 이 산천의 아름다움이 사람들의 마음속 깊이 잠든 탐욕을 자극하는지도 모른다. 그 엄청난 촉매작용은 유약한 서생이 칼을 손에 쥐고 살육을 저지르도록 재촉했고, 살육을 저지른 뒤에도 피에 굶주리게 만들었다. 그의 사촌 형이 바로 살아 숨 쉬는 생생한 예증일 것이다.

누각에 바람이 가득 차자, 폭풍우가 거세게 쏟아지며 땅을 적신 피비린내를 말끔히 청소하기 시작했다. 진저리를 치는 정권의 온몸에서도 식은땀이 멈추지 않고 흘렀다.

제
75
장

호마지화護摩智火

    폭풍우는 다음 날 여명 무렵부터 서서히 잦아들었지만, 화염은 장장 이틀 밤낮이나 계속됐다. 봉화 연기와 병사들의 광기가 온 성을 가득 뒤덮은 가운데, 고봉은은 황태자를 보호하려는 의도였는지 연금하려는 의도였는지, 중무장한 병사들을 철수하지 않고 관역에 그대로 두었다. 덕분에 정권은 고립된 외딴 성의 독실에서 한 발짝도 나올 수 없었다. 모든 상황이 진압되고 대세가 정해진 뒤에야, 정권은 처음으로 관역을 벗어났다. 때는 고봉은이 성의 봉쇄를 명령한 지 3일째 되는 날이었다. 그는 저녁 무렵에 옷을 갈아입고 봉은과 함께 비를 맞으며 남쪽 성벽에 올라 성가퀴의 성첩을 따라 걸었다.

    줄기차게 내리는 빗속에서도 화마는 이토록 장렬하게 타오를 수 있다는 걸 정권은 그 순간 처음으로 깨달았다. 화마는 남서풍을 따라 승주군이 주둔했던 동북쪽 귀퉁이로 번졌다. 자욱한 비 안개가 혼탁함을 모조리 씻어냈는데도 흙 비린내와 피비린내, 육신이 불타며 풍기는 악취는 가시지 않고 빗방울에 그대로 남아 옷을 흠뻑 적셨다. 성루 꼭대기에 올라 북쪽을 바라보니 아득히 먼 곳은 검푸른 하늘색이었고, 더 멀리는 규룡처럼 똬리를 튼 회안산의 시커먼 그림자였다. 멀리서 거세게 활활 타오르는 암홍색 화염은 바람을 타고 번져 하늘 높이 연기와 먼지를 가득 뿜었다. 여기저기서 드문드문 일어나는 불꽃은 빗속에 섞여 높이 치솟았다가 선회하며 낙하했고, 나타났다 사라지며 새하얀 재를 하늘에 가득 뿌렸다. 서원의 지는 벚꽃과는 비교할 수 없는 웅장한 광경이었다.

가까이에서는 승주군과 고가군이 칼이나 검을 들고 뒤엉켜 싸웠다. 고가군이 승세를 몰아 완강하게 저항하는 승주군을 추격하는 형세였지만, 정권은 누가 승주군이고 누가 고가군인지 구분할 수 없었다. 살육자나 피살자나 같은 군복을 입고 같은 병기를 든 채 같은 언어로 서로에게 저주를 쏟아부었기 때문이다. 그의 눈에 보이는 건 오직 칼의 숲과 불바다 속에서 발버둥 치며 기어오르는 죄가 있는 자와 없는 자였다. 그들은 죽는 순간 승천을 기도하며 손, 발, 팔, 머리가 잘린 채 속세의 먼지 구덩이로 떨어져 내렸다. 뚝뚝 떨어지는 선혈이 빗속에 섞여 높이 치솟았다가 돌며 떨어지는 광경은 서원의 지는 벚꽃보다 아름다웠다. 붉은 피는 빗물에 섞여 그들이 뒤엉켜 싸우는 땅과 같은 땅을 디딘 그의 발밑을 끊임없이 적셨다. 군마의 검은 그림자가 귀신의 환영처럼 땅을 딛고 펄쩍 뛰어오르더니 찢겨진 시신과 온전한 시신 위를 짓밟고 지나갔다. 당장 눈앞에 보이지는 않았지만, 그는 알 수 있었다. 그가 디딘 이 땅을 짓밟은 붉은 발자국은 앞으로도 계속 멈추지 않고 그의 강토를 짓밟을 것이다.

그의 나라와 오랑캐가 뒤엉켜 싸우는 참혹한 광경을 직접 본 적은 없었지만, 그는 그 참상을 짐작할 수 있었다. 그 전쟁 역시 사람과 사람의 싸움이니 지금 이 광경만큼이나 참혹하리라.

고봉은은 그의 등 뒤에 조용히 서서 자주색 관복과 옥대를 찬 군왕과 눈앞에 펼쳐진 수라 지옥을 바라보며 뒷짐을 진 채 심드 렁하게 중얼거렸다.

"성취를 이루려면 호마護摩를 피할 수 없지."*

어릴 때부터 성현의 말씀을 몸소 익힌 샌님 서생이 대체 언제 부터 이토록 깊고 경건한 불심을 가지게 된 걸까? 그것도 이 어마 어마한 수의 산 목숨을 범천梵天의 탐욕스런 아가리로 처넣고 자 신의 야망을 축원하는 제물로 삼을 만큼?

성가퀴의 성첩 위로 화살이 빗발치듯 날아올라, 내란이 평정되 기 전에 성을 빠져나가려는 자들의 길을 막았다. 그들은 승주군 일 수도 장주군일 수도 있을 것이다. 어쩌면 성에 잠시 머물렀던 떠돌이 행상일 수도, 장주성이 삶의 터전이었던 평범한 백성일 수도 있다. 어쩌면 성을 빠져나가려던 게 아니라 반란군의 광란 에 밀리고 밀려 어쩔 수 없이 성문 앞에 이르렀을지도 모른다. 그 들은 외침으로부터 그들을 보호하기 위해 세워진 두터운 성벽 안 에 갇힌 채 희망으로부터 차단당하고, 단 하나뿐인 인생으로부터 차단당했다. 성벽은 무심한 도검처럼 아군과 적군을 구분하지 않 았다.

성벽 아래 차곡차곡 쌓인 시체 산은 어느새 미래의 천자 발밑

---

* 산스크리트인 'homa'를 음역한 것으로, 제단에서 제물을 사르는 제사, 혹은 불태 운다는 의미다. 즉, 제물을 불에 던져 태우는 방식의 제사법을 뜻한다. 밀교의 호마법 에는 내호마와 외호마, 두 가지 종류가 있다.
『대일경소大日經疏·8권卷八』을 인용. '호마는 지화智火로, 인연으로 인해 일어난 모 든 횡제를 불태워 버리는 것을 의미한다.', '번뇌를 땔감 삼고 지혜를 불로 삼아 그 인 연으로 열반의 음식을 만드니, 모든 제자들이 이를 달게 먹느니라.', '호마는 의를 불 사르는 것이니 호마로 모든 업을 씻을 수 있다.'

에 닿을 정도로 높아졌다. 어떤 이는 추격을 피하느라 다급하게 시체를 밟고 성가퀴로 기어올랐으나, 그렇게 해서 오른 곳 역시 지옥이었다. 화살을 맞은 시체는 눈 깜짝할 사이에 다른 산 사람을 지옥문으로 인도할 디딤돌로 전락했다. 후방도 이리*요 전방도 이리이니, 스스로 이 거대한 호마의 제물이 되는 것 말고 그들이 할 수 있는 게 무엇이겠는가?

비명은 들리지 않았다. 어쩌면 매년 반복된 살육에 일찌감치 길들여졌는지도 모른다. 인간은 이처럼 적응에 능한 동물이다. 누군가를 살육하는 것도, 죽임을 당하는 것도 이토록 자연스럽게 받아들일 만큼.

성벽 아래서 어떤 여인의 비통한 목소리가 아득히 울려 퍼졌다.

"왜 죽이는 거죠?"

그러나 그 여인의 다음 말도, 여인의 말에 대한 대답도 들리지 않았다. 살육자에게 여인의 목소리는 공연한 발악에 불과했을 것이다.

고봉은은 동북쪽의 거센 불길을 바라보며 정권에게 나지막이 말했다.

"내일 아침이면 후환 걱정 없이 장주를 완전히 장악할 겁니다. 군량을 모두 꺼내라고 벌써 명령을 내렸으니 내일 장주를 떠납시다."

그는 고독한 관람객을 높은 곳에 홀로 두고 홀연히 뒤돌아 자리를 떠났다.

밤이 깊어질수록 시야는 짙은 어둠으로 뒤덮였고, 옅은 붉은색의 피 섞인 비는 점점 짧아졌다. 이제 관람객의 눈에 보이는 건 자

---

* 지옥 최하층. —역주

신이 짓밟고 선 일체중생의 아우성뿐이었다. 고향으로 돌아가는 사람들, 과거를 치르기 위해 시험장에 도착하는 사람들, 깨어 있는 사람들과 몽롱하게 취해 있는 사람들, 이미 죽은 사람들과 아직 태어나지 않은 사람들. 꿈을 꾸는 사람들과 모든 힘을 헛되이 소진하고도 여전히 굴하지 않는 사람들. 각기 다양한 길로 떠난 그들이 마지막에 도착할 목적지는 같았다.

피바다는 노만 저을 수 있는 것이 아니다. 피바다는 배를 띄울 수도 뒤엎어 버릴 수도 있고, 성을 세울 수도 무너뜨릴 수도 있다.

그가 피에 젖은 시선을 거두는 순간, 귓가에 여린 울음소리가 들렸다. 수일 만에 처음으로 듣는 순수한 울음소리였다. 그는 황급히 성 밑을 바라봤다. 단정한 복장의 서너 살배기 어린아이 하나가 죽은 사람들 틈에 섞여 어쩔 줄을 모르고 울부짖고 있었다. 아이 주변에 가득한 시신은 부모거나 형제자매거나, 아니면 원래부터 아무 관련이 없었던 행인일지도 모른다.

정권은 누군가를 불러 지시라도 하려는 듯 손을 쳐들었으나, 그가 미처 입을 열기도 전에 땅을 딛고 솟아 오른 악귀 같은 그림자가 아직 제대로 일어서지도 못한 연약한 작은 생명을 짓밟고 지나갔다.

무심코 저지른 짓이었을까, 고의였을까? 어쩌면 지금과 같은 난세에 그것을 구분하는 건 무의미할 것이다. 무슨 짓을 저질러도 설명할 필요가 없고, 무슨 짓을 저질러도 정당화할 수 있는 게 난세가 아닌가. 어쩌면 억지를 부리는 쪽은 조금 전까지 두려움에 질린 채 애처롭게 울부짖다 뚝 끊긴 그 여린 울음소리일지도 모르겠다.

정권은 조금 전까지 살아서 울부짖던 피투성이의 백골을 내려다보며 구원이라도 하려는 듯 손을 뻗었다. 그러나 구하려는 사람과 주검이 된 사람 사이에 가로놓인 건 공간의 제약뿐이 아니었다. 그는 갑자기 처절한 목소리로 허공을 향해 부르짖었다.

"소택! 아원!"

활을 당기던 군졸들이 그 소리에 놀라 의아한 표정을 지으며 고개를 돌렸다. 그들은 차갑고 축축한 성벽에 주저앉은 그들의 군왕을 발견했다. 그는 그들이 목숨을 내걸고 동족과 수족을 닥치는 대로 살육하는 이유였는데, 군주로서 마땅히 보여야 할 침착함도 위엄도 이미 빗물에 씻겨 내려갔는지 도무지 보이지 않았다. 그 순간 그들이 느낀 좌절과 실망감을 어찌 말로 다 표현하랴.

그는 비에 섞인 피비린내와 냉기가 온몸에 잔뜩 스밀 때까지 하염없이 성벽에 기대어 있었다. 비는 이틀 내내 그칠 줄을 모르고 줄기차게 쏟아졌다. 먹구름이 걷히고 난 뒤 드러난 성루 위의 암청색 하늘에는 거대한 붉은 달이 진노에 겨워 속세를 내려다보는 하늘의 눈처럼 피를 뿜듯 세상을 비추고 있었다.

그가 무심코 잊고 살았던 지난 세월이 다시금 고개를 쳐들었다. 오늘이 12일이니, 조금만 지나면 저 달은 완벽한 원을 그리게 될 것이다. 그러나 그가 그토록 바라고 기대하던 광경이 저토록 녹슨 쇠 냄새를 풍기는 피에 물든 달이었던가.

그는 자신의 생각이 틀렸음을 마지못해 인정했다. 진귀한 보물에는 반드시 티가 있다는 말은 옳았다. 그의 이 아름다운 강산은 완벽하지 않다. 그리고 강산의 치명적인 결함은 지금 하늘에 떠오른 저 잔혹한 붉은 달과 권세가의 파렴치함과 강산이 양육한 백성이 겪는 참담한 수난에서 비롯된다. 강산은 결코 무한하게 관대하지 않았다. 강산의 진노한 얼굴은 저토록 흉악하지 않은가.

모든 결과에는 원인이 있다는 진리를 그는 결코 모르지 않았다. 그가 원하는 것을 수확하려면 반드시 이 씨앗을 뿌리고 물을 대어 대가를 치러야 한다. 아마 이것은 시작도 아니요 끝도 아닐 것이다. 그가 원하는 수확을 위해서는 끊임없이 씨를 뿌리고 끊임없이 물을 대야 한다. 어쩌면 이것은 그가 영원히 치러야 할 대가일지도 모른다. 이것은 시작도 아니요 끝도 아닐 것이다. 무심히 흐르는 세월을 따라 그는 영원히 씨를 뿌리고 영원히 수확을 반복하게 될 것이다. 그가 자신의 손으로 죽인 형제의 말처럼, 이것이 바로 그의 무간지옥이었다. 대체 어떻게 해야 이 지옥에서 벗어날 수 있단 말인가?

그는 이곳으로 오는 내내 애써 무시했던 광경을 새삼스럽게 되새겼다. 파괴되어 버려진 농토가 얼마이며, 얼마나 무성한 잡초가 광활한 농토를 뒤덮었던가. 밥 짓는 연기조차 피어오르지 않는 폐촌이 얼마나 많았던가. 그와 동떨어져 있음에도 영원히 그의 영향 아래 살아가는 백성은 오로지 소가의 대업이라는 미명 하에 궁핍에 시달려도, 파멸해도 가슴 깊은 곳에서 치밀어 오르는 격렬한 분노를 애써 집어삼켜야 했다.

모든 결과에는 원인이 있다. 붉은 피를 양분 삼아 자란 권세가 최후의 순간에 거둘 결실은 과연 무엇일까? 그의 삶이야말로 살아 숨 쉬는 생생한 예증이었다.

이제 곧 완벽한 보름달로 분할 붉은 달을 통해 그는 그의 백성이 살아갈 인생을 보았다. 장주에서 경성으로 향하는 길 내내 그들은 노인을 부축하고 어린아이를 잡아끌며 붉은 피로 물든 땅 위에 서 있다. 후손 만대에 이르도록 영겁의 윤회를 벗어나지 못하는 그들이 붉은 피로 짓밟힌 땅 위에 서 있다. 다른 선택이 없어 영원히 이 땅을 벗어나지 못하는 그들이 피로 오염된 땅 위에 서 있다. 이것이 바로 그들의 무간지옥이었다. 대체 어떻게 해야 그들을 이 지옥에서 구할 수 있을까? 그들은 영원히 변하면서도 영원히 변하지 않는 얼굴로 두 눈 가득 눈물을 흘리며 한탄할 것이다.

"우리 왕이 돌아오지 못하겠구나."

그들은 그의 강산에서 살아가는 그의 백성이었다.

병기가 부딪치는 소리는 검은 하늘이 잿빛이 되고, 잿빛 하늘이 푸른 하늘이 될 때까지 멈추지 않았다. 핏빛 둥근 달만이 동쪽 하늘에서 태양이 떠오를 때까지 하늘의 한 모퉁이를 고집스럽게 사수하며 최후의 순간까지 원래의 모습을 지켰다.

정권이 얼음처럼 딱딱하게 굳은 몸을 살짝 움직이는 순간, 누군가가 그에게 손을 쓱 내밀었다. 정권은 고개를 들어 고봉은이 내민 손을 피하며 홀로 힘겹게 몸을 일으켰다.

밤이 선의와 악의로 뒤덮은 장막을 모조리 걷어가자 그의 발아래 펼쳐진 수라가 한결 더 뚜렷하게 실체를 드러냈다. 지난 모든 서책과 시문, 두루마리에 검은 글자와 흰 백지로 존재했던 잔혹함과 수난, 공포, 피비린내가 진동하는 무간지옥이 온전한 형태를 갖추고 눈앞에 생생하게 묘사되어 있었다. 문자로 기록된 모든 경고가 현실이 되어 눈앞에 펼쳐진 지금, 그에게 아직 돌이킬 기회가 있을까? 그의 두 손은 아직 미세하게 떨렸지만, 그의 얼굴은 이미 오래전에 평소의 침착함을 되찾은 상태였다. 고봉은은 그의 떨리는 손을 움켜쥐며 말했다.

"천추에 길이 빛날 전하의 대업이 바로 오늘 이 땅에서 시작될 겁니다."

정권은 그가 잡은 손을 뿌리치며 천천히, 그러나 결연하게 고개를 가로저었다.

"그만둬, 유아 형."

"뭘 하라고요?"

고봉은이 무슨 말인지 못 알아듣겠다는 듯 어리둥절한 표정으로 되묻자, 정권은 가볍게 피식 웃으며 대꾸했다.

"여기서 그만두자고."

고봉은은 그 말의 뜻이 말 그대로 그만두자는 의미라는 걸 서서히 알아차리고는 기가 막히다는 듯 우두커니 있다가 차갑게 물었다.

"폐하가 왜 널 이곳으로 보냈는지는 알아?"

정권은 고개를 끄덕이며 대답했다.

"내가 그것도 모르면 오늘날까지 어떻게 살아남았겠어."

고봉은은 갑자기 화를 버럭 내며 소리쳤다.

"그런 애가 이제야 갑자기 무서워졌어? 다 끝났어. 이제 네게 물러설 길은 없다고!"

정권은 고개를 저으며 대답했다.

"마음을 돌이키는 것만이 길이야."

고봉은은 그의 어깨를 양손으로 덥석 붙들며 답답하다는 듯 소리쳤다.

"이게 네게 남은 마지막 기회야. 한 번만, 이 한 번만 잘 넘기면 돼! 대체 뭐가 두려워서 이러는데?"

정권은 대답했다.

"이 한 번을 넘기고 나면 익숙해지는 게 두려워. 익숙해지고 나면 탐닉하고 즐기다가 마지막에는 형처럼 이 모든 게 하늘의 대의인 양 착각하겠지. 착각이 계속되면 난 결국 폐하처럼 되고, 형은 무덕후처럼 될 거야. 난 그게 가장 두려워."

고봉은은 한동안 넋을 놓고 멍하니 있다가 주먹으로 정권의 턱을 매섭게 후려쳤다.

땅바닥에 쓰러진 유약한 군왕의 귀에 경멸과 실망에 겨운 그의 목소리가 들렸다.

"이 비겁한 놈! 무능하고 유약하고 계집애처럼 징징거리는 놈이란 건 내가 진즉에 알았지! 내 아버지와 형을 생각해봐! 내 휘하의 수많은 군사들을 생각해보라고! 노세유, 장육정, 그리고 네 친사촌 형까지 수많은 사람들이 널 위해 싸웠어. 그 사람들은 대체 뭣 때문에 피를 흘리며 희생한 건데?"

귓가가 윙윙거리자, 피로가 극에 달한 정권은 손발을 쫙 펼치며 성곽의 마도馬道 위에 드러누워 푸른 하늘을 바라봤다. 비가 갠 뒤의 하늘은 이토록 맑고 아름다웠다.

그의 친사촌 형이 여러 해 동안 차마 하지 못하고 꾹꾹 눌러 담았던 모진 질책을 그는 드디어 봉은의 입을 통해 생생하게 들었다.

고봉은은 고개를 떨군 채로 정권을 바라보다가 갑자기 허리에 찬 검과 망토를 벗어던지고 그의 옆에 나란히 드러누웠다. 오래전 그들이 아직 어리고 순수했던 그 시절처럼. 어렸던 그들은 세상에 옳은 것과 그른 것이 명확하게 구분되어 있다고 순진하게 믿었다. 성현의 책과 부모의 말은 물론, 마지막에는 인의가 모든 악을 물리치고 승리한다는 말을 순진하게 믿었다. 그러나 실패한 왕자와 성공한 악인이 이 세상에는 더 많다는 사실만은 유일하게 받아들일 수가 없었다. 그 시절의 두 사람은 교외 남산의 싱싱한 풀밭 위에 지금처럼 나란히 누워 머리 위로 무한히 펼쳐진 남파랑 하늘을 함께 바라봤다.

"제가 부지런히 전하를 보필하면 전하는 분명 만세에 길이 남을 성군이 되실 거예요."

그러나 그때 정권이 원하는 대답은 그게 아니었다.

"그럼 안 가는 거야?"

봉은은 여전히 미소를 지으며 명료하게 대답했다.

"안 가요."

찰나의 시간 동안 생명은 구백 번이나 일어났다 사라지고, 한 순간에 만천萬千의 영혼이 왕생한다고 한다. 십 년이라는 세월 동안 얼마나 많은 찰나와 얼마나 많은 순간이 지나갔을까? 그 속에서 태어났다가 스러진 생명은 얼마이며, 왕생하지 못한 영혼은 얼마일까? 그 뒤로 십 년의 세월이 흐른 지금, 두 사람은 말없이 천 리 밖의 외지에서 나란히 누웠다.

얼마 뒤 봉은이 불쑥 말을 꺼냈다.

"그거 아십니까? 아버지가 포위되셨을 때, 승부가 그 뒤를 바짝 따르고 있었어요. 그놈들은 끝내 아무런 피해도 없이 무사히 빠져나왔죠. 신이 5일 뒤 아버지의 유해를 찾았을 때, 아버지는 오랑캐의 화살을 온몸에 맞으신 채 고목에 기대 계셨어요. 오랑캐 놈들은 아버지의 인끈도 검도 모조리 털어가고, 머리카락도 잘라버렸지요. 산발로 고목에 기댄 아버지의 몸 위로 온통 개미가 기어 다녔는데, 마치 고목이라도 돼버리신 듯했어요. 아버지 같은 명장은 마땅히 전장에서 장렬하게 전사하셔야 합니다. 아버지 같은 영웅이 그렇게 비참한 죽음을 맞으시는 건 말도 안 된다고요."

정권은 두 눈 가득 눈물을 흘릴 뿐 말이 없었다.

봉은은 이어서 말했다.

"우리 고씨 일족이라고 태평성대를 바라지 않을 것 같습니까? 우리 고씨 휘하 군사들이라고 부모님과 처자식이 없겠어요? 그들이 대체 뭣 때문에 이 북쪽 변방의 험지까지 가업도 팽개치고 와서 마실 물을 얻기 위해 얼음을 깨는 생고생을 했겠습니까? 무

얼 위해 사지와 머리가 잘려나갈 때까지 피 흘리며 싸웠겠냐고
요. 언젠가 전하가 무사히 보위에 올라 어지러운 시대를 수습하
고, 문화를 융성하고, 노인과 어린애가 마음 편히 살며 어버이와
자식, 군왕과 신하가 도리를 다하는 세상을 꾸리는 그날을 위해
서가 아닙니까? 모두 우리나라의 품격이 까마득히 먼 곳까지 알
려지고, 전하의 은혜가 백대에 미치는 그날을 맞이하기 위한 희
생이었습니다. 전하, 전하가 바라는 그런 이상은 그 자리에 올라
야만 실현할 수 있습니다. 그날을 위해서라면 신의 아버지와 신
의 형과 신의 장병들이 바친 목숨이 어찌 아깝겠습니까? 전하는
아무것도 하실 필요 없이 신의 호위만 받으시면 됩니다."

그러나 정권은 여전히 고개를 가로저었다.

"틀렸어. 형이 호위했어야 할 사람들은 이미 형의 손에 모두
죽었어. 이상을 실현한답시고 무고한 생명을 살생하고, 이상을
실현한답시고 세상을 어지럽게 하고, 이상을 실현한답시고 반란
을 일으켰지. 난 이상이라는 말이 말로 화려하게 포장한 미끼일
뿐일까 봐, 자기와 타인을 기만하기 위한 구실에 지나지 않을까
봐 두려워."

고봉은이 차갑게 미소를 지으며 말했다.

"전하도 이미 두 눈으로 똑똑히 보셨지 않습니까? 무고하거나
말거나 그들은 이미 죽었습니다. 사실 5년 전에 이미 죽을 사람들
이었어요. 전하가 5년 전에 베푸신 인자함이 그들의 운명을 바꿨
습니까? 지금 때를 놓치시면 5년 뒤에는 또 어떤 일이 벌어질지
모릅니다."

정권이 피식 웃으며 대답했다.

"내 백성이 나로 인해 5년이라도 더 살았다면 그들이 피땀으로
봉양한 내 25년도 헛되지 않았군. 내가 오늘의 기회를 놓친다면

누군가는 또 5년을 더 살겠지. 형, 내가 하지 않는 일이 있는가 하면, 내 능력이 미치지 않는 일도 있어. 하지만 오늘에서야 비로소 깨달았지. 이 세상에는 내가 도저히 어찌할 수 없는 일도 있더라. 나는 그냥 이런 사람이라서 나도 어쩔 수가 없어."

눈물 한 줄기가 냉소를 지은 고봉은의 눈가를 타고 흐르다가 뺨의 흉터에 이르러 방향을 바꾸었다.

"전하가 이러신다고 폐하가 잘했다고 생각이나 하실까요? 이 천하가 전하의 결정이 옳았다고 할 것 같습니까?"

정권은 고개를 살짝 저으며 말했다.

"형은 내가 송나라 양공처럼 쓸데없는 온정을 베푼다고 하겠지. 그래도 좋아. 나를 유약하고 무능한 위인으로 여겨도 좋고, 어리석다고 비웃어도 상관없어. 난 내 결정이 옳다고 믿어. 그걸로 족해. 폐하는 부모로서는 부족한 사람일지 모르지. 하지만 군주로서는 큰 실책을 저지른 적이 없어. 우리나라가 20년간 내분이 끊이지 않았던 근원은 큰 도읍이 국도와 같아졌기 때문이야. 이제 그 화근을 뿌리 뽑을 때가 됐어. 형, 이 천하도 어차피 우리 소가의 천하지 고가의 천하가 아니잖아. 그만두자. 그게 폐하의 힘을 아끼고 조정의 병력을 아끼고, 천하의 백성이 조금이라도 편하게 살 수 있는 길이야."

고봉은은 안색이 창백하게 질린 채로 냉소를 머금었다. 자신을 향한 조소이기도 했고, 상대를 향한 조소이기도 했다.

"그렇군요. 전하는 소가였죠. 신은 전하가 어리석다고 여기지 않지만, 역사는 신의 생각과 다를 겁니다. 좀도둑은 사형을 당하나, 나라를 훔친 큰 도둑은 부귀영화를 누립니다. 성공한 자가 왕이 되고, 실패한 자가 역적이 되는 법이죠. 이건 하늘의 천도가 아니라 사람이 살아가는 인간 세상의 인도입니다. 신이나 전하나이 세상에 사는 한 그 굴레에서 절대 벗어날 수 없어요."

찰나의 순간 정권의 얼굴에 살짝 동요의 기색이 떠올랐지만, 결국 한탄하며 이렇게 말했다.

"난 안 믿어. 역사도 결국엔 다 타서 재가 될 뿐이야."

고봉은은 말했다.

"전하도 모르시지는 않겠죠. 군왕이 항상 민심을 잃어서 천하를 잃는 게 아닙니다. 어떤 군왕은 천하를 잃어서 민심을 잃기도 하지요. 오늘 전하가 비호한 그 사람들이 나중에 얼마나 전하의 권위를 하찮게 여길까요? 오늘 전하가 구한 그 사람들이 훗날 얼마나 전하를 비웃고 모욕할까요? 오늘 전하가 살려 보낸 자들이 어떤 말로 자신의 후손에게 전하의 전철은 밟지도 말라고 가르칠까요? 하긴 나나 전하나 그때까지 목숨이 붙어 있지 않겠군요. 그럼 그냥 평가는 후대에 맡깁시다."

그는 풀어놓았던 검을 찾아 비스듬히 땅을 짚어 몸을 기대며 물었다.

"결정을 돌이킬 마음은 전혀 없으시겠죠?"

정권이 눈을 질끈 감으며 고개를 끄덕이자, 고봉은이 차갑게 웃으며 말했다.

"지금 이 장주 철옹성은 온통 고가의 충성스러운 장병으로 가득 찼습니다. 문약한 서생인 전하가 무기 하나 없는 맨주먹으로 범과 이리의 소굴 속에 계시는 거라고요. 전하가 이렇게 나오신다면 신에게 다른 방법이 뭐가 있겠습니까?"

정권은 자신의 가슴 위로 한 손을 올려놓으며 미소를 지었다.

"형, 그럼 형이 손에 쥔 그 검으로 나의 여기를 찔러. 그렇지 않으면 내가 멱살을 잡혀 경성으로 끌려가더라도 절대 고씨 가문의 구족을 그냥 놔두지 않을 거야."

고봉은은 고개를 끄덕인 뒤 맑은 쇳소리를 울리며 검을 뽑았고, 정권은 조용히 기다렸다. 잠시 뒤 쿵 하고 몸이 땅으로 쓰러지는 소리와 함께 따뜻하고 비릿한 핏방울이 정권의 옆얼굴과 입가로 튀었다.

　정권은 자리에서 일어나 성첩으로 다가간 뒤 허리에 찬 옥대를 풀어 성벽 아래로 던졌다. 속박에서 벗어난 고귀한 자주색 관포가 성루의 강한 바람에 나부끼며 품이 넉넉한 유삼처럼 펑퍼짐하게 부풀어 올랐다.

　정권은 사그라지기 시작한 동북쪽의 거센 불길과 여전히 불안하게 흔들리는 봉화 연기를 바라보며 혼잣말로 중얼거렸다.

　"형, 호마의 진짜 뜻은 지혜의 불로 번뇌라는 땔감을 태우는 거야. 그걸 모르지는 않겠지? 세상의 모든 중생은 업생業生을 좇아 살아가지. 오늘 전생의 업을 불태워 없앴으니 이 업생에서 벗어날 수 있을 거야."

　……

　열흘 뒤 장주의 육중한 성문이 다시 열리며 새로 임명된 흠차가 수백 명의 공학위 친위병을 새로 거느린 채 안으로 들어왔다. 천자의 명령도 함께였다.

　'반란을 도모한 폐황태자 소정권을 즉시 경성으로 압송하라. 장주성은 허물고 장주 북쪽의 부지를 택해 새로 성을 쌓겠노라.'

우리 이별할 때만 하겠는가

천하를 통틀어 황제의 어심을 가장 잘 간파했던 전 상서령尚書令은 환향했고, 조 서인은 형틀에서 세상을 떠났으며, 폐태자는 경성으로 압송된 뒤 잠시 종정시에 감금되었다. 그러므로 수면 아래로 가라앉은 사건의 모든 전말과 그로 인한 결과가 명확하게 윤곽을 드러내기까지는 아직 시간이 더 필요할 것이다. 어떤 이들은 당시 천자의 고심이 무엇이었는지 서서히 알아차리기 시작했다. 당시 조정이 안정을 찾은 상황에서 천자는 육경六卿을 자신의 손아귀에 쥐었다. 전쟁도 끝났으니 천자의 남은 야망은 고 씨와 이 씨의 군통수권을 무사히 회수하는 것이었다. 그래서 천자는 여러 가지 수를 고려해 황태자를 장주로 파견했다. 우선 궁지에 몰린 황태자가 경성에 남아 반란을 도모하는 상황을 방지하려는 목적이 있었다. 그 밖에 천자는 칙령을 통해 고봉은에게 부친의 상을 직접 치르게 해준다는 특혜를 내렸다. 고봉은이 이를 순순히 받아들인다면 천자는 힘도 들이지 않고 손쉽게 고봉은을 경성으로 불러들여 군권을 회수할 수 있었다. 만약 고봉은이 이를 거부하고 내란을 일으킨다면 그것은 그것대로 수십 년간 고씨가 손에 쥐었던 군권을 회수할 공명정대한 명분을 얻는 것이리라. 천자는 그렇게 해야만 했다. 그렇게 하지 않았다면 나라는 영원히 안녕을 찾을 수 없었을 것이다.

천자에게 황태자를 경성의 험악한 여론으로부터 대피시키려는 의도가 있었을까? 만약 내란 없이 장주의 군권을 순조롭게 회수했다면, 천자는 황태자의 자리를 보전해주었을까? 이미 물이 엎질러져 주워 담을 수 없는 상황에서 그것을 따져 무엇 하랴.

세상에 알려진 건 폐태자가 흠차로서 장주로 간 뒤 황위 찬탈을 꾸몄다는 사실뿐이었다. 그는 천자의 친위병을 살해하고 내란을 선동했으며, 군사와 평범한 백성을 가리지 않고 학살했다. 모든 정황이 너무나도 명백해 황제도 황태자를 비호할 방법이 없었다. 황제는 황태자를 폐위한다는 성지를 내렸고, 반대하는 이는 거의 없었다. 더구나 폐태자는 경성으로 압송된 뒤로 일절 해명을 하지 않았고, 곡기를 끊었으며, 태자비나 장사군왕 등 황제가 면회를 허락한 사람들과의 만남도 모두 거부했다. 세간의 눈에 이런 폐태자의 행동은 수치심에 가족의 얼굴도 차마 보지 못하는 자포자기한 모습으로 비칠 뿐이었다. 승자가 보이는 기개와 이상과 의지는 타인에게 인정받지만, 패자의 기개와 이상과 의지는 하찮은 웃음거리로 전락할 따름이다.

여하튼 장주 내란의 인적, 물적 증거는 반론의 여지없이 명확했다. 다만 몇 가지 해소되지 않는 의혹은 있었다. 가령 고봉은은 승기를 잡은 상황에서 왜 형벌이 두려워 자결했을까? 폐태자는 왜 고봉은이 죽은 뒤에 장주에서 열흘이나 체류하며 남은 병사 및 평민의 수를 집계하고 정리했을까? 그렇다고 이런 의혹이 대세에 지장을 주는 것은 아니었고, 폐태자가 국문을 거부한다고 해도 어쩔 수는 없었다. 그러나 폐태자의 태도가 너무 소극적이었고, 오래 질질 끌 일도 아니어서 황제는 며칠 뒤 종정시로 또 다른 어사를 한 명 파견했다.

익숙한 궁원과 익숙한 길을 지났다. 늦봄은 이제 거의 지났다. 얼룩진 벽면은 여전히 전과 같은 수증기를 내뿜었고, 무성한 초목은 전과 다름없이 생기가 넘쳤다. 적막한 정원은 그저 고요하기만 할 뿐 몰락의 흔적을 드러내지는 않았다.

정원과 마찬가지로 고요한 건 그의 태도였다. 그는 얇은 춘삼을 입고 마당 문을 등진 채 아무도 돌보지 않는 봄의 정원을 홀로 바라보고 있었다. 아무도 보는 사람이 없는데도 그의 앉은 자세는 여전히 우아하고 단정했다. 어쩌면 태생적인 고귀함과 어릴 때부터 몸에 익은 엄격한 교양 덕분일 것이다. 담벼락 모퉁이에서는 보라색 제갈채꽃과 옅은 붉은색의 들장미가 한눈을 팔다가 길을 잘못 들어선 나비 두 마리를 유혹했다. 그는 그 장면의 유일한 관객이었다. 문이 열리는 소리가 들리자, 그는 자리에 앉은 채로 뒤도 돌아보지 않고 당연하다는 듯 말했다.

"왔네."

그녀는 대답했다.

"왔어요."

그는 물었다.

"안 떠났네?"

그녀는 미소를 지으며 대답했다.

"안 떠났어요."

그는 이유도 묻지 않고 고개만 끄덕이더니, 오 시경에게 지시했다.

"오 시경, 내가 부인과 단둘이 할 얘기가 있으니 자리 좀 비켜주게."

정권의 어조는 정중했고, 그녀는 황제의 성지를 받고 온 사람이었다. 오방덕은 잠시 망설이다가 결국 밖으로 나갔다.

오방덕이 떠난 뒤 아보는 그의 곁으로 가까이 다가갔다. 그의 발밑에 얌전히 꿇어앉은 그녀는 자신의 한쪽 머리를 그의 무릎 위에 온순하게 기댔다. 그녀가 꿇어앉는 바람에 발밑의 보라색 들꽃이 그녀의 치맛자락에 짓눌렸다. 정권은 손을 뻗어 풍성하게 틀어 올린 그녀의 머리카락을 가볍게 어루만지며 물었다.

"폐하께서 보내셨나?"

"폐하의 명으로 왔으나, 이 선물은 제가 전하를 위해 준비했어요."

아보는 말을 마친 뒤 고개를 들고 틀어 올린 머리 아래를 더듬어 작은 금색 비녀를 꺼냈다. 견고해 보이는 비녀의 잠두는 날개를 활짝 펼친 학의 형상이었고, 날개부터 발톱까지 마치 살아 있는 학처럼 섬세하고 정교했다.

정권은 비수처럼 날카롭게 갈린 학잠의 꼬리 부분에 손가락 끝을 대보았다. 살짝 대기만 했는데도 배어 나온 핏방울이 넓게 펼쳐진 그녀의 푸른 치맛자락 위로 시든 꽃잎처럼 뚝뚝 떨어졌다. 그는 옅은 미소를 머금고 감탄했다.

"이런 걸 두고 장인정신이라고 하지. 이렇게 가느라 참 많이도 인내했겠구나."

아보가 차분하게 미소를 지으며 태연한 어조로 말했다.

"전하도 아시겠지만, 4년은 짧은 시간이 아닙니다. 4년이나 발길을 끊으셨으니 제가 얼마나 심심했겠어요."

정권은 학잠을 아무렇게나 상투에 꽂아 넣으며 웃었다.

"고맙다. 다만 아끼는 보물을 빼앗는 듯해 마음이 편치 않구나. 오 시경이 이번에도 널 괴롭히더냐?"

아보는 고개를 저었다.

"아니요."

정권은 말했다.

"나도 그럴 거라 짐작했다. 이제 내 생사를 중요하게 여기는 사람은 없어. 군왕이 없는 궁전은 장군이 없는 성처럼 방어할 필요가 없는 법이지."

아보는 그의 무릎에 머리를 파묻은 채로 치맛자락에 눌린 들꽃을 만지작거리며 말했다.

"폐하의 전언이 있습니다. 전하가 제 접견을 허락하시거든 대신 전해달라고 하셨어요."

정권은 대답했다.

"말해보아라."

아보는 고개를 들어 그의 눈을 바라보며 진지한 표정으로 말했다.

"전하의 모후인 효경 황후 전하는 확실히 정신 6년 단오에 병으로 훙거하셨다고 하십니다. 민간의 잔치와 술을 금할 수 없는 단오를 황후 전하의 기일로 차마 받아들일 수가 없어 부득이하게 단칠로 연기한 것이니 너무 원망하지 말라고 하셨습니다."

정권은 충격을 받은 듯 오랫동안 넋을 놓고 있다가 서서히 자조 섞인 미소를 지으며 느릿느릿 고개를 끄덕였다.

"이렇게 된 마당에 무슨 원망을 하겠느냐. 다만……."

정권은 말없이 자신에게 기댄 아보의 얼굴을 가만히 바라보며 평온한 어조로 말을 맺었다.

"회한이 있을 따름이다."

아보는 고개를 숙인 채 말을 이었다.

"폐하께서는 또 이곳에서 잠시 머물며 몸을 잘 추스르고 마음을 편히 먹으라고·하셨습니다. 전하의 후일을 다 준비해놓으셨으니 마음 푹 놓으시라고요."

그러자 정권이 슬며시 웃으며 말했다.

"폐도 참 널 모르시는구나. 설득할 사람으로 널 보내신 건 도둑이나 늑대에게 문을 활짝 열어주는 꼴이거늘."

아보 역시 미소를 지으며 들꽃을 손으로 비벼 바스러뜨린 뒤 정권의 어깨 위로 던졌다.

"폐하가 전하를 잘 아셨다면 제가 도둑이든 늑대든 무슨 소용이었겠어요?"

정권은 들꽃의 즙으로 빨갛게 물든 그녀의 새하얀 손을 움켜쥐며 말했다.

"괜찮다. 너만 날 이해한다면 그걸로 족해."

아보는 고개를 살짝 기울이며 물었다.

"폐하의 말은 다 전했어요. 전하는 폐하께 전할 말이 있나요?"

정권은 일찍부터 준비해 돌 탁자 위에 올려두었던 서신을 집어 건네며 말했다.

"번거롭겠지만 이걸 폐하께 전해다오."

아보는 서신을 품 안에 집어넣으며 다시 물었다.

"폐하의 말은 다 전했고, 폐하께 전해드릴 답도 받았네요. 이제 저는 흠차가 아니라 저일 뿐이에요. 저에게는 남길 말이 없나요?"

정권은 고개를 끄덕이며 대답했다.

"있지."

그녀는 그의 미소를 바라보며 기다렸다. 천하의 강산 중 가장 아름다운 이곳의 풍경이 가장 아름답게 빛나는 계절인 늦봄이건만, 모든 것이 지나간 뒤에 되찾은 그의 순수하고 온화한 미소는 이곳의 그 어떤 풍광보다도 눈부시게 아름다웠다. 지나친 아름다움은 언제나 가슴을 찌른다. 그 찬란한 미소와 마주하는 순간 그녀는 가슴에 극심한 통증을 느꼈다. 그는 그녀의 손을 잡은 채 정중한 어조로 말했다.

"오늘 헤어지면 이 세상에 몇 번을 다시 태어나든 영원히 그대를 찾아가지 않겠소."

아보는 고개를 들어 그를 바라봤다. 아마 이것은 그가 그녀에게 할 수 있는 가장 진심 어린 사과이자 가장 진실한 맹세일 것이다. 그렇다면 그녀가 그에게 해야 할 사과와 맹세는, 그들 사이에 아직 다하지 않은 염원은 어떻게 메우고 어떻게 결론을 지어야 한단 말인가? 내세는 이제 기대할 수 없거니와 이생에서의 연분도 이렇게 다 써버렸으니.

따스한 봄볕 아래 그림과도 같은 그의 이목구비 위로 떠오른 표정은 가을물과 같은 희열도 봄물과 같은 슬픔도 하나 없이 침착하고 평화롭기만 했다. 세상에 버림받고 그 자신도 세상에 등을 돌린 사람만이 이런 초연한 표정을 지을 수 있을 것이다. 그러나 그녀는 어쩔 수 없이 그 평온한 연못을 휘저어 물결을 일으켜야 했다.

"아주 오래전에 누군가가 그랬죠. 모든 일이 다 끝나면 자기가 누군지 밝히겠다고."

그는 미소를 지었다.

"아주 오래전에 누군가가 그랬지. 그런 건 이제 중요하지 않다고."

아보는 그의 섬세한 손가락을 하나하나 정성스럽게 어루만졌다. 그의 손은 따스한 봄의 축복을 누리며 마치 원래 그랬던 것처럼 따스한 온기에 잠겨 있었다. 그녀가 그 온기를 느끼며 얼마나 안도했는지 그는 모를 것이다. 아보는 웃으며 말했다.

"난 고씨예요. '돌아볼 고顧' 자를 쓰죠. 아명은 '보배 보寶' 자를 써요. 부모님이 저를 손에 쥔 진귀한 보물로 여기셨거든요."

그녀는 그의 손을 잡아끌어 자신의 아랫배 위에 살포시 올려놓았다. 평온했던 그의 얼굴에 일순간 큰 물결이 일었다. 처음에는 어리둥절해하며 당황한 기색을 감추지 못했던 표정이 시간이 흐를수록 서서히 이루 말할 수 없는 기쁨으로 변해갔다. 그는 세상에서 잃어버렸던 가장 진귀하고 연약한 보물을 다시 손에 쥔 듯 손가락을 파들파들 떨었다. 여러 번 상실했던 진귀한 보물을 드디어 다시 얻었으니, 하늘도 마지막 순간만큼은 그에게 결코 박정하지 않다고 해야 할 것이다. 그는 떨리는 목청을 가까스로 가다듬고 물었다.

"얼마나 됐느냐?"

아보는 자리에서 일어나 정권의 머리를 자신의 아랫배로 부드럽게 끌어당기며 대답했다.

"아직 여섯 달이 남았어요."

그의 눈에서는 드디어 이생에서의 마지막 눈물이 흘러내렸다.

"고맙구나. 훗날 내 아이에게 전해다오. 난 유약한 군주이자 부모 자격 없는 아비지만, 그것 말고는 아무런 회한도, 양심의 가책도 없이 살다 갔노라고."

아보는 여린 미소를 지으며 고개를 끄덕였다.

"아이에게 말할게요. 아버지는 유약한 군주이기는 했지만, 결백하고 정직하고 강직했으며, 작은 적에게 움츠러들지언정 강한 적에게는 용맹한 사람이었노라고. 이런 사람을 어찌 부모 자격이 없다고 하겠어요."

그는 고개를 들어 그녀를 보았다. 그녀의 눈언저리에 그렁그렁 맺힌 이슬이 따스한 봄볕에 반사되어 보석처럼 눈부시게 반짝이고 있었다. 그녀의 아름다운 눈에 맺힌 눈물은 영롱하게 빛나며 또르르 아래로 떨어졌다. 그는 그녀가 그를 위해 흘린 마지막 눈물을 감사한 마음으로 경건하게 바라봤다. 그리고 그제야 깨달았다. 여인의 눈물은 슬픔으로 인한 것이 아닐 수도 있음을, 감격으로 인한 것이 아닐 수도 있음을. 그리고 이처럼 강인한 여인도 눈물을 흘릴 수 있음을.

그는 자리에서 일어나 그녀에게 한마디 말을 남기고 뒤돌아 봄볕도 봄바람도 미치지 않는 어두운 암실로 향했다. 모든 은원은 여기에서 시작되었고, 모든 은원은 여기에서 끝났다. 이 정도면 원만한 결말일 것이다. 더구나 그를 구원한 그녀의 마지막 눈물로 인해 그는 밝은 내세마저 기약할 수 있게 되었다. 그러니 더 바랄 게 무엇이며, 무엇이 유감이겠는가.

그녀는 그가 걸어가는 방향을 향해 큰절을 올린 뒤 뒤돌아 그를 등지고 걷기 시작했다. 그녀는 그렇게 그가 존재하는 이 세상으로부터 점점 멀어졌다. 이생에서도 다음 생에서도, 몇 번을 다시 태어나도 그와 다시 만날 일은 없을 것이다.

그녀가 오래도록 기다리고 오래도록 궁금해 마지않았던 두 사람의 결말은 이런 모습이었다.

그녀는 처소로 돌아와 그의 피가 묻은 치마를 갈아입고 복명을 위해 다시 천자 앞에 섰다. 황제는 낯설면서도 묘하게 낯이 익은 며느리의 얼굴을 유심히 보았으나, 어디에서 마주쳤던 얼굴인지 기억이 나지 않았다.

"짐의 말을 전했느냐?"

황제가 묻자, 그녀는 대답했다.

"전했습니다."

"뭐라더냐?"

황제가 다시 묻자, 그녀는 읊조리듯 대답했다.

"전하는 다 들으셨습니다."

황제는 고개를 끄덕이며 말했다.

"그럼 됐다. 며칠 뒤에 다시 가서 적당한 시기가 오면 짐이 보러 가겠다고 전해라."

그녀는 고개를 가볍게 저으며 대답했다.

"신첩은 다시 갈 수 없고, 폐하도 가실 필요가 없습니다."

황제는 의혹에 찬 표정으로 물었다.

"그건 무슨 뜻이냐? 그는 아직……."

그녀는 말없이 서신을 꺼내 두 손으로 공손히 황제에게 바쳤다.

그녀가 설명을 덧붙일 필요도 없이, 잠시 뒤 그녀의 뒤를 급하게 따라온 종정시경 오방덕이 안으로 들어와 두렵고 황망한 표정으로 황제에게 고했다. 그는 어찌나 경악했는지 여러 번 숨이 넘어갔다 되돌아오기를 반복했다. 폐태자 소정권은 어디에서 구했는지 알 수 없는 날카로운 금비녀로 왼손의 동맥을 끊었다. 누군가가 발견했을 때는 이미 자리에 앉아 눈을 감고 있었다. 생전의 모습처럼 우아하고 생전의 모습처럼 태연했으나, 이미 숨을 거둬 손을 쓸 수 없었다. 그의 발밑에 넓게 펼쳐진 청삼에는 아직 마르지도 않은 붉은 피가 가득 고여 있었고, 그 속에서 피에 물든 학잠이 금방이라도 푸른 하늘로 날아오를 듯한 기세로 날개를 펼치고 있었다.

황제는 비틀거리며 어좌에 털썩 주저앉았다. 그는 자기도 모르게 오른손으로 자신의 귀밑머리를 만진 뒤 고개를 숙여 손바닥을 하염없이 바라보다가, 여전히 한구석에 조용히 서 있는 아보를 향해 물었다.

"너냐?"

그녀는 너무나도 순순히 고개를 끄덕이며 대답했다.

"신첩입니다. 신첩과 전하 사이에 예전부터 약조가 있었습니다."

황제는 넋을 놓은 채 중얼거리듯 입을 열었다.

"약조라니……, 넌 대체 누구냐? 황자를 살해하면 죽음을 면치 못한다는 걸 모르느냐?"

아보는 태연하게 대답했다.

"신첩의 성은 육陸이요, 이름은 문석文昔입니다. 부친은 화정의 육영陸英으로, 정신년에 어사대에서 벼슬을 지내셨습니다. 이번에 폐태자에게 날카로운 물건을 건넨 사람도 신첩이며, 예전에 조 서인에게 옥대에 관한 정보를 흘린 사람도 신첩입니다. 용서받을 수 없는 죄임을 모르지 않으나, 폐하께 형을 늦춰주실 것을 청합니다."

황제가 눈살을 찌푸리며 물었다.

"형을 늦춰달라고?"

그녀는 고개를 끄덕이며 대답했다.

"출산을 할 때까지 반년만 형을 늦춰주십시오."

어둡게 가라앉은 황제의 눈빛이 그 순간 살짝 밝아졌다. 황제는 아보를 오랫동안 위아래로 훑어본 뒤 물었다.

"그렇게 됐다면 왜 굳이……."

아보는 살짝 미소를 머금고는 온화하지만 무례하기 그지없는 말투로 대답했다.

"폐하는 거문고를 땔감으로 학을 삶아 개에게 먹인 것이 신첩의 잘못이라고 생각하시는지요?"

해가 기울어 주변이 고요해지고 황궁의 등이 밝혀질 무렵, 황제는 궁궐 깊은 곳에 홀로 고독하게 앉아 오랫동안 망설인 끝에 결심한 듯 서신을 열었다. 날카로움을 굳이 숨기지 않고 마음껏 드러낸 맨얼굴 그대로의 필획이 옥판지 위에 오행으로 흐르듯 펼쳐져 있었다. 금은사를 박아 넣은 청동 비수와도 같은 그 날카로움이 황제의 두 눈을 아프게 찔렀다.

'붓은 날카로움을 숨기지 않고, 칼날은 망울을 거두지 않는다.'

황제는 문득 이 서체에 대한 조정의 평가를 떠올렸다.

파괴하지 않고 꺾이지 않고 섬멸하지 않는다면, 어찌 이런 극강의 아름다움을 달성할 수 있겠는가. 과연 옳았던 것일까, 틀렸던 것일까? 늙고 쇠약한 황제는 옥판지를 등촉에 가까이 가져가며 침울하게 한탄했다.

"참으로 아까운 글씨로다."

유치공의 서첩을 인용해 개작한 폐태자 소정권의 글씨는 그렇게 점점 재로 변해갔다.

'어느덧 봄인데 그리운 마음 사무칩니다. 애끓는 이 심정을 어찌할까요. 신의 마음은 이러한데 폐하는 어떠십니까? 신이 기대할 게 폐하의 사랑 말고 또 무엇이 있겠습니까. 폐하의 마음이 힘겹더라도 어디 우리 이별할 때만 하겠습니까?'

황제는 재로 변한 글씨를 망연히 바라보다가, 붉은 촛불이 눈물을 떨구자 돌변한 표정으로 고개를 돌리며 성지를 내렸다.

"무덕후는 상주국上柱國으로 추증하고, 정국의 공작위公爵位를 내리노라. 장례는 공작의 예를 갖춰 치르고, 제문은 짐을 대신해 대학자가 지을 것이며, 비석을 세워 그의 혁혁한 공적을 밝힐 것이다. 신하들은 모두 소복을 입고 성 밖에서 곡성으로 그를 영접하라. 짐이 친히 제사에 임하겠노라."

그는 잠시 쉬었다가 격분한 표정으로 이를 갈며 독단적으로 칙령을 내렸다.

"폐태자는 서원에 매장하라. 부묘附廟도 제사도 없을 것이다. 신하들은 모두 그를 위해 소복을 입을 필요가 없으며, 백성의 혼례도 금하지 않겠다."

제77장

예포澧浦에 흘린 패물

장사군왕 소정량은 조심스럽게 각 안으로 발을 들였다. 그 사람은 한창 푸른색 표지의 책자를 뜯어 계절과 어울리지 않는 구리 화로에 한 장 한 장 넣어 태우는 중이었다. 그 책이 무슨 책인지는 알 길이 없었다. 빨간 불길 가까이에서 움직이는 그 사람의 팔이 보인다. 금이 상감된 백옥 팔찌를 찬 고운 손은 새하얗다 못해 투명했다. 그 사람은 장사군왕을 발견하자 놀라지도 않고 온화한 미소를 지었다.

"소장군께서 오셨군요."

정량은 잠시 무슨 말을 해야 할지, 뭐라고 위로해야 할지 몰라 갈팡질팡하다가 불쑥 아무 말이나 꺼냈다.

"신은 마마를 보러 왔습니다."

그녀의 표정은 워낙 평온해서 다른 사람의 위로 따위는 필요하지 않아 보였다.

"고맙습니다, 소장군."

그녀가 웃으며 대답하자, 정량은 천천히 그녀 곁으로 다가가 살짝 불러오기 시작한 아랫배를 호기심 어린 눈으로 바라봤다.

"안에 든 게 소군왕이에요, 소군주예요?"

그녀가 웃으며 대답했다.

"소장군은 남자 조카가 좋아요, 여자 조카가 좋아요?"

정량은 잠시 생각한 뒤 솔직하게 대답했다.

"신은 남자 조카가 좋습니다. 남자애와는 같이 놀 수 있어요. 여자 조카는 별로예요. 남녀가 유별하니 같이 놀 수가 없잖아요."

그녀는 재미있다는 듯 조용히 웃으며 말했다.

"남자아이든 여자아이든 소장군이 잘 돌봐주세요. 할 수 있겠어요?"

정량은 자신 있게 고개를 끄덕였다.

"마음 푹 놓으세요. 신이 최선을 다해 지키겠습니다."

그녀는 살짝 고개를 숙이며 말했다.

"소장군이 그렇게 말하니 신첩의 마음이 놓이는군요."

정량은 고개를 들고 대답했다.

"마마는 마음 푹 놓으세요. 마마는 언제라도 신과 조카를 볼 수 있을 거예요. 신이 소홀한 부분이 있다면 언제라도 꾸짖어주십시오."

그녀는 고개를 저으며 대답했다.

"괜찮습니다. 소장군은 한 번 뱉은 말은 반드시 지키는 분인데, 왜 마음을 놓지 못하겠습니까? 다만……."

그녀는 말하다가 살짝 미소를 지은 뒤 평온한 어조로 말을 맺었다.

"회한이 있을 따름이지요."

정량은 그녀의 기분이 살짝 쳐진 듯해 걱정하는 마음에 물었다.

"어디가 불편하십니까? 그럼 신은 그만 방해하고 어서 가보겠습니다."

그녀는 살짝 지친 듯한 미소를 지으며 말했다.

"그럼 소장군은 가보세요."

정량은 예를 갖춘 뒤 뒤돌아서려다가 꾹 참았던 말을 기어이
내뱉었다.

"요즘 사람들의 감시가 부쩍 엄해져서 마마가 출산을 하시기
전에 또 문안을 드릴 수 있을지 잘 모르겠습니다. 용서하시고 부
디 건강히 지내세요. 조카가 태어나면 신이 다시 찾아와서 축하
의 예를 갖추겠습니다."

그녀는 또다시 고개를 저으며 미소를 지었다.

"그때 다시 얘기하죠. 소장군이 또 오기 어렵다면 지금 부탁해
야겠군요. 가까이 와보실래요?"

정량은 급한 걸음으로 그녀의 침상 앞으로 되돌아오더니 고개
를 끄덕였다.

"무엇이든 말씀하세요. 신이 무엇이든 다 하겠습니다."

그녀는 아련한 손길로 정량의 앞머리를 쓰다듬더니 고개를 숙
여 귓가에 대고 속삭였다.

"소장군의 형님께서 아이가 태어나면 아들이든 딸이든 아명
을……으로…….."

부드럽고 따스한 손길과 귓가에 가볍게 불어오는 그녀의 숨결
을 느끼며 정량은 살짝 기쁨에 젖었다가 원인을 알 수 없는 불안
과 상실감을 느끼며 가슴이 저릿해졌다.

갑자기 울컥 눈물이 치밀어 오르자, 정량은 눈물을 숨기기 위
해 급하게 작별을 고했다.

"신은 물러가겠습니다."

그녀는 후다닥 달려가는 정량의 뒷모습을 웃는 얼굴로 바라보

며 가볍게 한숨을 내쉬었다.

드디어 모든 일을 마쳤다. 이제 마음 놓고 조용히 그와 처음 만났던 그날의 기억을 회상할 수 있을 것이다. 갓 열여섯이 된 그녀의 꽃다운 시절이었다.

이 시장이 옷상자를 들고 사라지자, 그녀는 몰래 자리를 빠져나와 종종걸음으로 중정에 도착했다. 그와 마주칠 수 있을지 확신할 수는 없었지만 시도는 해야 했다. 혹여나 실패하더라도 물러설 길은 있을 것이다. 그날은 청명한 하늘에 맑은 구름이 흐르던 날이었다. 옅은 푸르름과 여린 붉은색으로 살짝 물든 정원에 아직 귀뚜라미 울음소리는 들리지 않았고, 살랑살랑 불어오는 바람에는 가을의 기운이 여리게 묻어났다. 정자는 적막했고, 금빛 연못은 잔물결 하나 없이 잔잔했다.

꽃 모양의 하얀 옥관을 머리에 쓰고 소매가 넓은 하얀색 난포를 입은 소년은 넓은 소매를 한 손으로 걷어 올려 팔을 반쯤 드러낸 채 연못을 향해 유리기와 파편을 비스듬히 던졌다. 당시 서원의 어디에나 깨진 기와 파편이 널려 있었다. 파편은 수면 위를 한 번, 두 번, 세 번, 네 번, 다섯 번이나 통통 튀며 잔물결을 일으켰다. 소년이 고개를 들었을 때, 그의 얼굴은 모두가 열변을 토했듯 그림처럼 아름다웠으나, 궁인들이 열심히 묘사했던 모습과는 전혀 달랐다. 그는 자신의 잘생긴 얼굴에 흠뻑 빠진 그녀의 시선을 알아차리고는 봄볕처럼 매력적이면서도 살짝 거만한 미소를 지어 보였다. 그 순간, 그녀의 심장이 덜컥 내려앉으며 기와 파편이 맑은 물 안으로 빠질 때 들렸던 퐁당 소리가 귓가를 울렸다.

두 사람을 가로막은 연못 사이로 가을바람이 불어와 잔잔한 물결을 일으키며 그의 넓은 소매를 흔들기 시작했다. 나뭇잎이 바람에 부대끼며 내는 서늘한 소리와 함께 그가 연못 위로 던진 기와 파편은 강에서 잃어버린 패물처럼 퐁당 물 아래로 가라앉았다. 그의 자태는 먼 옛날 시문에 묘사된 수신水神처럼 청명하고 정갈했다.

두 사람은 연못 하나를 사이에 두고, 잠시 뒤 그의 시신들이 허겁지겁 달려올 때까지 서로를 마주 보았다. 그중 궁장을 한 아름다운 여인이 그의 뒤에 나란히 서니 두 사람의 모습은 아름다운 한 쌍처럼 보였다.

그녀는 문득 자신의 임무를 떠올리고는 뒤돌아 냉큼 달리기 시작했다. 그의 흥미를 자극하기 위한 밀고 당기기였는지, 당황해 꽁무니를 빼려던 것이었는지는 이제 기억나지 않는다.

결과는 같았다. 그녀는 그의 앞으로 끌려갔고, 그의 내신들이 호랑이 같은 기세로 그녀를 추궁했지만 그녀는 한마디도 입을 열지 않았다. 그는 그녀 앞에 의관을 정갈히 하고 단정하게 앉았다. 아까 보았던 청명함은 어느새 군주로서 갖춰야 할 단정함과 없어야 마땅할 오만함으로 뒤바뀌어 있었다.

그때의 아름다운 여인은 훗날 그녀에게 이렇게 말했다.

"마치 진짜라는 듯 억울한 표정이셨지. 내 심장이 쿵쾅거리는 소리가 귓가에 들리는 것 같더라. 난 그때 내 마음에 일어난 변화를 감지했어."

고고한 집안에서 받은 엄격한 가정교육과 처지 때문에 그녀는 아름다운 여인보다 감정에 둔감할 수밖에 없었다. 지금에 와서야 그녀는 깨달았다. 심장이 세차게 뛸 때는 정말로 무게가 느껴진다는 걸, 정말로 귀에 소리가 들린다는 걸. 그녀의 심장이 처음으로 약동했던 순간은 서재 창가에서 그의 천진하고도 자신만만한 미소를 보았을 때도, 감옥에서 그가 비통하게 눈물을 흘리는 모습을 보았을 때도 아니었다. 그녀의 심장은 그녀의 머리보다 훨씬 먼저 그녀의 마음을 알아차리고 세차게 약동했다. 그를 처음 발견했던 바로 그 순간에.

불가에는 마음을 일으키고 생각을 움직이는 것 중에 죄가 아닌 것이 없다는 말이 있다. 그녀의 무참한 패배는 그때 이미 결정 났다. 그것도 너덜너덜해져서 영원히 회복이 불가능한 처참한 패배였다. 그렇다면 대체 무엇을 위해서 그 많은 세월을 허비하며 발악하듯 발버둥을 쳤던 걸까? 왜 그걸 알면서도 처음부터 손을 놓지 않고 기어이 불가능한 싸움을 이어간 걸까?

그것은 그의 말마따나 그녀도 그처럼 원래 이런 사람이라 어쩔 수 없었기 때문이다.

모두가 알다시피 사람은 모두 언젠가는 죽는다. 하지만 살아 있는 동안에는 최선을 다해 살아야 하지 않겠는가.

고 재인은 산달이 가까워질수록 거동이 불편해졌다. 그녀는 지루한 긴긴 날을 참을성 있게 버티며 처소의 모든 사람들이 자리를 비울 때를 엿봤다. 그때가 홀가분하게 홀로 밖으로 나갈 수 있는 기회였다.

드디어 그 기회가 찾아오자, 그녀는 겉옷을 걸치고 조심스럽게 바깥으로 발을 디뎠다. 몸은 천근만근 무거워 둔했으나, 동궁위가 보초를 서는 지점만큼은 기민하게 피해 다녔다. 사실 피할 것도 없었다. 옛 주인이 떠나고 새 주인이 아직 입주하지 않았으므로, 동궁은 텅텅 빈 냉궁이나 다름없었다. 그의 말처럼 군왕이 없는 궁전은 장군이 없는 성처럼 방어할 필요가 없는 법이니까.

그녀는 기억 속의 길을 더듬어 후전을 지났고, 후전의 광장을 지나 새하얀 백옥 난간을 넘었다. 맨땅 위에 곧게 뻗은 아담한 측백나무 앞에서 걸음을 멈춘 그녀는 머리에서 옥비녀를 뽑아 비밀을 숨기기에 적당한 깊이가 될 때까지 나무 밑 흙을 파고 또 팠다.

구덩이가 적당히 파지자, 그녀는 소매에서 하얀 꽃 모양의 부적 주머니를 꺼냈다. 새하얀 천 입구에 묶인 오색실은 빛이 바랬고 주머니 위에 쓰인 두 글자는 지워졌지만, 굳센 기골의 옥 파편 같은 필획의 흔적은 아직 남아 있었다. 그녀는 구덩이 안에 부적 주머니를 넣고 그 위로 한 층 한 층 흙을 다시 밀어 넣었다. 그녀 말고는 그 누구도 신경 쓰지 않는 진심이 붉은 흙에 완전히 뒤덮일 때까지. 그 말고는 아무도 신경 쓰지 않는 풍격과 의지와 이상이 역사에 철저히 가려질 때까지.

이렇게 해서 진심은 영원히 그녀에게만 속한 것이 되었고, 풍격과 의지와 이상은 영원히 그에게만 속한 것이 되었다. 그러니 더 바랄 게 무엇이며, 무엇이 유감이겠는가.

고 재인은 천천히 몸을 일으키다가 복부에 격렬한 통증을 느끼며 측백나무를 끌어안고 하늘을 향해 손을 뻗었다. 정녕 7년 7월 초가을 하늘의 구름은 경쾌한 바람에 실려 흘러가고 있었다. 하늘의 빛깔은 분청자기처럼 부드럽고 사랑스럽다. 유약은 하늘 가장자리로 갈수록 서서히 옅어지며 점차 순백색에 여린 회색이 섞인 도자기 빛깔을 띠었다.

그녀가 뻗은 손은 그 하늘의 가장자리에 닿았다.

화정의 학 울음소리

수려한 외모의 열다섯 살 소년이 이 궁원에 다시 발을 들였을 때, 궁원은 이미 소년에게 속한 공간이었다. 그래서 그는 아무런 방해 없이 느긋하게 거닐 수 있었다.

늦봄 오후의 동풍은 이미 지나갔고, 아름다운 그녀는 멀리 떠났으며, 꽃다운 시절은 일찌감치 시들어 부서져 내렸다. 주인 없는 못가에 무성하게 자란 들꽃과 덩굴풀은 이 고요 속의 유일한 소란이었고, 이 적막 속의 유일한 변화함이었다.

소년은 무성한 수풀을 헤쳐 길을 내며 예전에 그녀와 걸었던 아름다운 길을 지나, 그때와 마찬가지로 안내하는 궁인 없이 각 안으로 들어갔다. 허물어질 듯한 창에는 거미줄이 가득 쳐졌고, 화려하게 조각된 대들보는 어느새 제비의 서식지로 변했다. 바닥에서 낡은 비취 장신구가 나뒹굴었고, 거울은 먼지로 뿌옇게 뒤덮여 있었다. 그와 그녀의 완결된 이야기와 소년과 그녀의 시작도 못 한 이야기는 이 쓸쓸하고 적막한 궁원의 모든 구석에 흩뿌려져 바닥에 뿌려진 수은처럼 증발해버렸다.

소년은 탁자 위에 흩어진 흑백의 바둑알을 보며 몇 년 전 그녀와 나눈 대국을 회상했고, 바닥에 널브러진 비색 도자기의 깨어진 파편을 보며 몇 년 전 그녀와 나눈 대화를 회상했고, 이미 암황색으로 변해 침상 위에 놓인 상아 자루 부채를 보며 그녀가 부채로 얼굴을 가렸을 때의 눈부신 미소를 회상했다.

소년은 곧 맞이할 아내가 얼마나 아름다운지, 얼마나 지혜로운지, 얼마나 우아한지, 얼마나 고상한지는 알 수 없었지만, 그의 아내가 될 여인이 그녀가 아니라는 사실 하나만은 확실했다.

소년의 눈길은 마침내 바깥에 걸린 관음보살 족자로 향했다. 그림 속 보살의 모습은 그가 기억하는 모습 그대로 변함없이 온화하고 자비로워 보였다. 그는 잠시 생각하더니 의자를 가까이 끌어와 발을 딛고 올라서서 그림을 끌어내렸다. 그림을 말아 가져가려는 생각이었으나, 이 무의미한 움직임 덕분에 여러 해 동안 그림 뒷면에 감춰져 왔던 비밀이 세상에 드러났다. 그림 뒷면에는 또 다른 그림이 한 장 표구되어 있었다. 청록산수로 산천을 그리고 공필工筆 기법으로 깃털을 섬세하게 묘사한 그림이었다. 높은 산이 안개와 구름으로 자욱하게 뒤덮여 있고, 그 아래로 강물이 도도히 흐르는 수려한 풍경 속에서 학 두 마리가 서로 마주 보며 힘찬 날갯짓으로 광활한 하늘을 활공하고 있었다.

이토록 잠잠하게, 이토록 자유롭게.

그림에는 낙관 없이 다섯 글자만 쓰여 있었다. 세간에 이미 맥이 끊긴 것으로 알려진, 구름과 달을 새기고 철을 구부리고 금을 자른다는 그 금착도였다.

'기다리노라.'

몇 년 전에는 흐르지 않았던 눈물이 드디어 그의 눈에서 흘러내렸다. 두 사람의 이야기는 영원히 알 수 없겠지만, 이것이 두 사람만의 이야기라는 사실만은 명백했다. 그는 시공에 가로막혀 두 사람의 이야기에 영원히 끼어들 수도 손을 댈 수도 없었고, 두 사람의 이야기를 상상할 자격조차 없었다.

열다섯 살의 소년은 처음으로 무기력감을 느꼈다. 제왕이 될 사람도, 천하를 통치하는 사람도 기원이 보이지 않는 깊은 우주의 밑바닥에서 비롯된 그 무기력감은 어떻게 해도 지울 수가 없을 것이다.

그때 누군가의 목소리가 소년의 깊은 상실감을 방해했다.

"태자 전하, 아직 정리도 안 된 곳에 오래 계시면 안 좋습니다."

그는 재빠르게 눈물을 훔친 뒤, 이제 막 변성기로 접어든 거친 목소리로 격노했다.

"누가 들어오라고 했느냐?"

목소리의 주인은 잠시 주저하다가 대답했다.

"전하를 방해하려던 게 아니라, 소군왕께서 전하가 오랫동안 자리를 비우시니까 어찌나 심하게 보채시는지, 신이 아무리 달래도 소용이 없습니다."

그는 그림을 말아 수습해 손에 쥔 뒤 말했다.

"알았다."

봄의 풍광이 눈부신 바깥세상으로 돌아온 그는 어느새 평소의 표정을 되찾아, 계단 아래서 풀이 죽은 모습으로 훌쩍이는 비단옷을 입은 어린아이를 향해 환하게 웃으며 말했다.

"아침阿琛, 왜 그래?"

이목구비가 그림처럼 아름다운 어린아이는 소년의 오른손을 잡아끌며 말했다.

"육 숙부, 여기 싫어요. 아침은 무서워요."

소년은 고개를 끄덕이며 온화한 목소리로 말했다.

"숙부랑 나가서 할아버지께 가자."

한 내신이 옆에서 그를 지켜보다가 웃으며 놀렸다.

"대체 오늘 왜 그러십니까? 족자를 반대로 마셨잖아요. 보살 그림이 바깥으로 보이도록 마는 법이 어딨습니까?"

소년이 피식 웃으며 대꾸했다.

"뭔 상관이냐?"

그는 두 사람의 이야기가 존재했다는 유일한 증거를 손에 쥔 채 왔던 길을 되돌아가다가 어느 지점에서 갑자기 멈췄다. 그곳은 싸리나무가 무성하게 자랐던 곳이었다. 싸리나무의 가냘픈 가을꽃은 기품으로 모든 것을 눌렀다. 가녀리고 연약한 가지에 청초한 꽃을 피웠으나, 그 뒤에는 억세고 날카로운 가지를 감추고 있었다. 그 나무는 무심코 지나가던 그의 옷자락을 낚아채고 무심코 내민 그의 손에 생채기를 남겼다.

제1장 모든 것에는 시작이 있나니 靡不有初

『시경詩經·대아大雅·탕蕩』: 너그러운 상제는 백성의 임금이요, 위세를 부리는 상제는 그 명이 사벽邪辟하다. 뭇 백성을 내는 것은 하늘이니, 그 명을 믿지 못함은 모든 것에는 시작이 있지만 유종의 미를 거두는 경우는 드물기 때문이다.

제2장 둘 곳 없는 외로운 몸이여 念吾壹身

북조민가北朝民歌, 『농두가사隴頭歌辭 1』: 농두에 흐르는 물, 산 아래까지 흘러나왔네. 내 한 몸 생각해보니 정처 없이 광야를 떠도는 처지로다.

제3장 한 해의 끝자락 歲暮陰陽

두보杜甫, 『각야閣夜』: 한 해의 끝은 짧은 해를 재촉하고 먼 변방 추운 밤의 눈서리도 그쳤네. 새벽의 고각 소리 비장하고 삼협三峽의 강물 위 별 그림자 물결치는데, 전란의 비보에 집집마다 통곡하고 어초漁樵들은 곳곳에서 변방 노래 부르네. 제갈량도 공손술도 흙으로 돌아갔거늘, 인간사 들리는 소식은 쓸쓸하기 그지없도다.

제4장 눈 밖에 난 자식 孼子墜心

강엄江淹,『한부恨賦』: 임금을 떠난 외로운 신하는 회한의 눈물을 남기고, 불효한 자식은 무지로 인해 가슴을 끓이네. 드넓게 펼쳐진 물보라 위에서 어쩌면 농서의 유배 기억을 회상하겠구나.

제5장 어느덧 봄인데 已向季春

경익庚翼,『이향계춘첩已向季春帖』: 어느덧 봄인데 그리운 마음 사무치네. 애끓는 이 심정을 어찌할꼬. 내 마음은 이러한데 그대는 어떠한가? 내가 기대할 게 그대의 사랑 말고 또 무엇이 있겠는고. 그대의 마음이 혹여나 힘겹더라도 어디 우리 이별할 때만 하겠는가.

제6장 푸른 관복의 청년 慘綠少年

장고張固,『유한고취幽閑鼓吹』: 반영潘炎의 아들 맹양孟陽이 호부시랑이 되었을 때 그의 어머니가 근심하며 말했다. "네 재주에 비해 지나치게 높은 자리에 올랐으니 앞으로 화가 미치겠구나." 호부가 맹양의 등청을 재촉하자, 부인은 말했다. "바로 자리에 올라서는 안 된다. 우선 네 동료들을 모아 내가 관찰해보리라." 그래서 부인은 아들의 동료들을 모아놓고 발 너머에서 유심히 살폈다. 모임이 파한 뒤 부인은 크게 기뻐하며 말했다. "모두 너와 비슷한 부류의 사람이니 걱정할 필요가 없겠다. 그런데 그 푸른 옷을 입은 청년은 누구더냐?" 맹양이 "그는 보궐補闕 두황상杜黃裳입니다"라고 대답하자, 부인이 말했다. "오직 그만 비범하니 훗날 유명한 재상이 되겠구나."

푸른 옷의 청년은 원래 푸른색 옷을 입은 젊은 남자를 가리키는 말이었으나, 나중에는 행동거지가 소탈한 젊은 남자를 가리키는 말로 쓰였다.

제7장 금구의 세월 金甌流光

명대 심채沈采, 『천금기千金記·야연夜宴』:「전강前腔」

淨*: 야연을 잠시 거두어라. 야연을 잠시 거두어라. 새 술을 가져오너라. (북소리)

旦: 대왕, 술이 새로 들어왔으니 한잔 더 하시옵소서.

淨: 미인, 새 술은 내가 마실 수 없다.

旦: 대왕, 한잔 더 하시옵소서.

淨: 미인, 먹을 수 없다. 밤경치를 즐기자. 밤경치를 즐기자.

旦: 대왕, 한잔 더 하시옵소서.

淨: 미인, 보아라. (잔을 보며) 푸른 달이 금구金甌**를 비춘다. 은하가 구슬처럼 찬란하게 빛난다.

합전合前: 가슴을 활짝 열고 술을 마시며 오래오래 즐기다가 한눈판 사이 뒤에서 옥산玉山이 무너지네.

제8장 눈물로 옷을 적시고 所剩沾衣

이상은李商隱, 『낙화落花』:

높은 누각에서 놀던 객들 모두 흩어지니, 작은 정원의 꽃들은 어지러이 흩날리다가

들쭉날쭉 흩어져 굽은 길에 내려앉아, 멀리 지는 해를 바라보네.

나는 마음이 아파 차마 쓸지 못하고 뚫어질 듯 바라보다가 돌아가

---

* 중국 전통극에서 정淨은 여자 배역, 단旦은 남자 악역을 뜻한다. —역주

** 술잔을 의미. —역주

려는데

꽃들도 봄이 다함을 아는 것 같아 눈물로 옷을 적실 따름이네.

제9장 백옥에 작은 티 白璧瑕瓃

『여씨춘추呂氏春秋·거난擧難』: 한 자 나무에도 반드시 옹이가 있고, 한 치 옥에도 반드시 티가 있다. 선왕들이 온전한 사물을 구할 수 없었던 이유를 알겠다. 그러니 넓은 데서 선택하되 신중하게 살펴 좋은 것을 취해야 할 것이다.

제10장 복숭아와 오얏은 말을 안 해도 桃李不言

『사기史記·이장군열전李將軍列傳』: 내가 이 장군을 본 적이 있는데 시골 사람처럼 후덕하고 소탈하며 언변도 좋지 않았다. 하지만 그가 죽자 그를 아는 사람도, 모르는 사람도 모두 애통해했으니, 그 충실한 마음이 사대부의 신뢰를 얻은 게 아닌가? 속담에 이르기를 '복숭아나 오얏은 말을 하지 않아도 그 밑에 저절로 작은 길이 생긴다'고 했다. 사소해 보이지만 큰 이치를 담은 말이라고 할 수 있을 것이다.

제11장 연못에 백룡은 들고 白龍魚服*

이백李白, 『고어과하읍枯魚過河泣』: 백룡이 평상복으로 갈아입었다가 예차豫且에게 화를 당했네. 누가 널더러 고기가 되라고 했냐고 천제에게 호소해도 소용이 없었더라. 글을 지어 고래에게 고하노니 풍랑의 거센 힘을 믿지 말지어다. 파도에 개펄 위로 떠밀려 가면 도리어 땅강아지와 개미에게 뜯길지니. 일만 병거를 이끄는 제후라면

---

 * 흰 용이 물고기로 변해 연못에서 헤엄친다는 뜻으로, 제왕이나 귀인이 신분을 숨기고 미복 차림으로 잠행하는 것을 의미한다. ─역주

처신을 삼가고 박인柏人을 교훈 삼아야 하리라.

제12장 돌아갈 수 없는 길 胡爲不歸

『시詩 · 패풍邶風 · 식미式微』: 쇠하고 쇠했는데 어찌 돌아가지 않는가? 임금과의 연고가 아니라면 어찌 이슬에 젖으리. 쇠하고 쇠했는데 어찌 돌아가지 않는가? 임금의 옥체가 아니라면 어찌 진흙에 묻히리.

제13장 임금과의 연고가 아니라면 微君之故

제12장과 같다.

제14장 역풍에 쥔 횃불 逆風執炬

『사십이장경四十二章經 23장』: 애욕에 빠진 사람은 횃불을 쥐고 역풍을 맞는 것처럼 손이 타는 화를 입는다.

제15장 천 개 산봉우리의 비취빛 千峰翠色

육구몽陸龜蒙, 『비색 월요자기秘色越器』: 9월 가을바람 불고 이슬 내리면 월요가 불을 지펴 천 개 산봉우리의 푸른빛을 빼앗는다네. 한밤중 이슬 받아두기 좋으니 혜강嵇康과 함께 이 잔을 나누리라.

제16장 비취빛 사발에 담긴 얼음 碧碗敲冰

당언겸唐彦謙, 『서별敍別』: 망루는 밤에 연화루蓮花漏*의 물을 재촉하고, 흔들리는 나무 그늘이 달을 흔드니 마치 이무기가 꿈틀거리는 듯하구나. 똬리를 튼 이무기가 달을 보며 술을 깊이 들이마시니

* 연꽃 모양의 물시계.

월궁의 옥토끼가 울부짖는다. 비취빛 옥으로 만든 접시에 육포를 담고 연지의 향기가 코를 찌르니, 비취빛 사발에 얼음 깨어 사탕수수즙을 담아 나누네. 지난 일들을 거듭 돌이키기를 십 년, 이제 더는 젊을 때처럼 혈기가 돌지 않는구나. 자귀나무 꽃이 피어 작은 마당을 향기로 가득 채우고, 시원한 바람이 기분 좋게 내 취한 얼굴을 스치니 취중에 검을 치며 노래를 부른다. 해마다 늘어나는 흰머리는 아마도 근심 때문이리라.

제17장 장군의 백발 將軍白髮

범중엄範仲淹,『어가오漁家午·추사秋思』: 변방에 가을 오니 풍경이 색다르네. 형양衡陽 기러기도 떠나니 머물 생각 없도다. 사방에 변방 소리, 호각 소리가 들리고 천개 산봉우리 긴 연무에 해가 저물고 외로운 성은 닫히네. 탁주 한 잔에 만 리 밖의 집 생각, 연연산은 여태껏 평정되지 않으니 돌아갈 기약이 없구나. 강족의 피리 소리 길게 이어지니 땅에는 서리가 가득하네. 모두가 잠 못 이루는 밤, 장군의 머리는 하얗게 새고 병사들은 눈물을 흘리노라.

제18장 쓸쓸한 가을바람 일고 悲風汨起

강엄江淹,『한부恨賦』: 임금을 떠난 외로운 신하는 회한의 눈물을 남기고, 불효한 자식은 무지로 인해 가슴을 끓이네. 드넓게 펼쳐진 물보라 위에서 어쩌면 농서의 유배 기억을 회상하겠구나. 그날 이 비보를 들었을 때 쓰라린 가슴, 바람 타고 오래도록 배회하며 흩어지지 못했네. 시야를 가득 흐린 눈물이라고 어찌 멈췄을까. 옷자락을 가득 적시는 것이 눈물이 아닌 붉은 피가 되었을 때의 그 심정은 또 얼마나 비통하겠는가.

제19장 현철을 녹이면 鉉鐵旣融

현철을 녹이면 나타나는 봉황, 꼭대기에 금방울 달고 구리거울을
만드네. 미인이 고개를 돌리려나?

제20장 곧지도 않고 둥글지도 않은 繩直規圓

고적高適, 『영마편詠馬鞭』: 여러 해 힘겹게 키운 용죽龍竹을 장인
이 쪼개어 채찍으로 만들었네. 그 마디마디가 별이 서로 맞닿은 듯하
니 딱 보기에도 견고하기 이를 데 없네. 끈은 지나치게 곧지도 않고
휘두르면 지나치게 둥글지도 않으니, 공중에 채찍 소리가 울리면 좋
은 말은 날마다 천 리 길을 가겠네.

제21장 하늘의 눈물, 사람의 눈물 天淚人淚

가경황제嘉慶皇帝 어시: 안팎의 대신은 모두 부귀한 사람들인데,
누가 나의 고충을 나눠지겠는가? 아름다운 옥으로 만든 잔으로 백성
의 피를 들이켜고, 은으로 주조한 등촉으로 백성에게 수탈한 고혈을
태우네. 하늘이 눈물을 흘릴 때 사람도 눈물을 흘리고, 노랫소리가
큰 곳이 울음소리 또한 크니, 평소 임금의 은혜를 저버리는 이는 바
로 너희가 아니냐.

제22장 우애 깊은 형제들 棠棣之華

『시경詩經 · 소아小雅 · 당체棠棣』: 아가위 꽃송이 아름답기도 하여
라. 오늘날 모든 사람 중에서 형제보다 좋은 사람은 없네.

제23장 성총을 잃은 신하는 흐느끼고 孤臣危泣

유종원柳宗元, 『입황계문원入黃溪聞猿』: 계곡의 굽이진 길은 천 리나
되는 듯하네. 애절한 원숭이 우는 곳은 어디인가. 유배 온 신하의 눈물

마른 지 오래이니 애끓는 소리 내어도 아무 소용없도다.

제24장 집안에 청주 출신이 없으면 舍內青州

『낙양가람기洛陽伽藍記』: 태부 이연식李延寔은 장제莊帝의 외삼촌으로, 영안永安 연간에 청주자사에 임명되었다. 그가 청주로 떠나며 인사를 올릴 때 황제는 그에게 말했다. "그곳 사람들은 벽돌을 품는 풍속이 있어 오래전부터 다스리기 어려운 것으로 악명이 자자합니다. 외삼촌은 마음을 잘 쓰셔서 책무를 다하도록 하십시오." 그러자 이연식이 답했다. "신의 나이는 이제 노년에 이르렀고, 기운은 아침 이슬과 같으며, 세상으로부터는 멀어지고 무덤에 갈 날은 가까워지고 있습니다. 신은 오래전부터 물러나 한가롭게 살겠다고 간청했으나, 폐하께서 위양渭陽의 생각을 떨치지 못하시는 바람에 은총이 늙은 신에게 미쳤습니다. 신은 삼가 칙명을 받들어 실망시켜 드리는 일이 없도록 하겠습니다." 당시 황문시랑 양관은 임금 곁에 있었음에도 '벽돌을 품는다'는 게 무엇인지 이해하지 못했다. 그가 따로 사인 벼슬의 온자승에게 물으니 그가 대답했다. "지존의 형님이신 팽성왕에게 들었는데, 그분이 청주자사였을 때 그곳의 풍속을 물었더니 청주의 한 빈객이 이렇게 설명했다고 합니다. '제나라 사람들은 풍속이 천박해 오로지 영리를 추구하는 데만 골몰합니다. 태수가 처음 부임할 때는 벽돌을 가슴에 품고 고개를 조아리며 그것이 환영의 풍습인 척하다가, 태수가 자리에서 물러나면 그 벽돌로 공격을 하고는 하지요.' 벽돌을 품는다는 말은 배신하기를 손바닥 뒤집듯이 한다는 뜻입니다. 그러한 연유로 경성엔 이런 노래도 있지요. '옥중에 죄수가 없고 집안에 청주 출신이 없으면 설령 그 집의 가풍이 악하다 해도 근심은 없으리라.' 벽돌을 품는다는 말의 의미는 여기서 기원합니다."

제25장 부자지간 父子君臣

심소희沈紹姬,「회음후淮陰侯*」:

항우와 유방이 양립할 때 국면을 안정시킨 한신이건만
아마도 그는 그때 항우를 멸망시킨 것을 후회했을 터.
항우가 자기 부친을 죽이려 할 때도 꿈쩍 않던 유방이
군신 간의 정이라고 끝까지 유지할까?
옷을 빨아준 노파에게 천금을 사례한 한신은
목숨을 구해준 하후영에게는 감사 인사 한마디 없었네.
자고로 공신과 명장은 공을 세운 뒤 물러나야 한다고 하였으니
늙어서도 혁혁한 공로 자랑하기를 삼가야 하노라.

제26장 감옥에 풀은 무성하고 草滿囹圄

『수서隋書·유광전劉曠傳』: 그가 현령으로 재직한 지 7년이 흐르는 동안, 백성이 교화되어 감옥이 텅 비고 송사도 끊어졌다. 감옥의 뜰에는 풀이 무성하게 자라고, 송사가 없어 쓸모없어진 마당에는 새를 잡으려고 그물을 쳐놓았을 정도였다.

제27장 마다 않고 꺼리지도 않으니 不謝不怨

이백李白,『일출입행日出入行』: 풀은 봄바람에 무성해짐을 마다 않고, 나무는 가을에 잎이 지는 것을 꺼리지 않네. 누가 채찍을 휘둘러 사계절을 몰아낼 것인가? 만물이 성하고 쇠하는 것은 모두 자연의 이치로다.

---

* 한신. 한나라가 건국한 뒤 한왕이 되었으나 모반죄로 체포된 뒤 회음후로 격하되었다. —역주

제28장 정성으로 보살폈거늘 恩斯勤斯

『시경詩經·빈풍豳風·치효鴟鴞』: 올빼미야, 올빼미야. 내 새끼 잡아먹었으니, 내 집만은 헐지 마라. 정성 다해 보살폈거늘 어린 자식이 불쌍하구나.

제29장 갈림길의 눈물 歧路之哭

완적阮籍, 『영회詠懷 82수 중 20』: 양주가 갈림길에서 눈물을 흘리고, 묵자는 실이 물들까 슬퍼했네.

제30장 세상 끝의 눈부신 꿈 日邊清夢

진관秦觀, 『천추세千秋歲·수변사외水邊沙外』: 물가 모래 밖, 성곽에는 꽃샘추위 물러갔네. 꽃 그림자 어지럽게 흔들리고 꾀꼬리는 재잘거리는데, 처량한 신세에 술잔도 뜸해지고 이별에 허리띠는 헐렁해져만 가네. 사람은 보이지 않고 상대하는 것은 저물녘 모여드는 푸른 구름뿐이네. 옛 서지西池 모임을 돌아보니 마치 원추와 백로가 일제히 날아 하늘을 덮는 것과 같구나. 손잡아 사귈 이, 이제 누가 있을까? 눈부신 꿈은 깨지고 거울 속 홍안은 변했노라. 봄은 다 지났구나! 수만의 흩날리는 붉은 꽃잎과도 같은 시름, 바다처럼 밀려드네.

제31장 물을 수 없는 과거 莫問當年

허혼許渾, 『함양성서루만조鹹陽城西樓晚眺』: 높은 성루에 오르니 끝 모를 시름이요, 갈대와 버들 있는 모래섬 같네. 시냇물에 구름 어리고 해는 누각에 잠기니, 산에 비 내리려 하자 바람이 누대에 가득 찬다. 산새들은 저무는 함양궁 푸른 거친 정원에 내리고, 매미들은 가을의 한나라 궁전 누런 나뭇잎에서 우는구나. 나그네여, 지나간 그 시대의 일을 묻지 마라. 옛 나라와 같은 것은 동쪽으로 흘러간 위수

뿐이니.

제32장 큰 도읍이 국도와 같아지면 大都耦國

『좌전左傳·민공이년閔公二年』: 후궁의 지위가 왕후와 같고, 총신의 권세가 정경들과 대등하며, 서자와 적자의 지위가 동등하고, 큰 도읍이 국도와 같아지는 것은 나라를 혼란하게 하는 근본이다.

제33장 나의 붉은색이 더욱 선명히 빛나면 我朱孔陽

『시경詩經·빈풍豳風·칠월七月』: 7월에 왜가리 울면 8월에 길쌈을 하니, 검정색을 물들이고 노란색을 물들여 나의 붉은색이 더욱 선명히 빛나면 공자의 치마를 만들겠노라.

제34장 눈부신 청춘 錦瑟華年

하주賀鑄, 『청옥안青玉案·능파불과횡당로淩波不過橫塘路』: 나의 님, 사뿐사뿐 걸어 횡당로에 멈춰 서고, 난 그 모습을 말없이 바라만 보네. 님이 떠나면 내 눈부신 시절도 갈 텐데 이제 누구를 의지해야 하나. 달구경하던 다리와 꽃이 만개한 정원, 화려한 집은 허물어지고 오직 봄만이 그 시절 그곳을 기억하리라. 구름이 푸르게 흐르는 날, 저무는 물가에 고요히 앉아 붓을 들어 채색 비단에 애끓는 심사를 쓰노니, 나의 이 시름이 대체 언제쯤 끝날꼬? 강에는 서서히 짙은 안개 끼는데, 성안 버들개지 바람에 날리고 매실이 누렇게 익어가는 가운데 비가 내리네.

제35장 나무를 기르는 데는 10년이 필요하고 十年樹木

『관자管子·권수權修』: 일 년의 계획은 곡식을 심는 것이 가장 중요하고, 십 년의 계획은 나무를 심는 것이 가장 중요하며, 일생의 계획은 사람을 키우는 것이 가장 중요하다.

제36장 백세의 생애 百歲有涯

두순학杜荀鶴, 『증제도솔사한상인원贈題兜率寺閑上人院, 도솔사兜率寺 승려의 마당에 부치는 시』: 속세의 절은 천자의 명에 따르는데, 진정한 행승은 이 사찰에서 좌선하는도다. 머리카락에 하얀 눈이 가득 내려앉은 백세, 속세의 시시비비는 귀를 더럽히지 않고 그저 바람처럼 스쳐가네. 돛을 달고 출항하면 하얗게 인 파도에 놀라고, 말을 타면 자욱한 연기에 눈이 빨갛게 충혈되노니, 필경 이 무거운 생의 노역은 죽을 때까지 멈추지 않겠지. 돌아보니 세상의 모든 일이 부질없도다.

제37장 하얀 이슬의 기만 露欺羅紈

육궐陸厥, 『임강왕절사가臨江王節士歌』: 절개 있는 선비 강개하니 머리털이 갓을 뚫고 서네. 활을 쏜 뒤 약목에 걸고 장검을 구름 끝에 세워놓네.

제38장 해질녘의 격정 薄暮心動

강엄江淹 『한부恨賦』: 포로로 잡힌 조왕이 마침내 대대로 지켜온 천리강토를 떠날 때 방릉房陵으로 향하는데 매일 해질녘마다 지난 과거가 눈앞에 선하게 떠올라 격정이 일었네. 화려한 궁에서 이별한 미녀들과 잃어버린 금여金輿 및 옥승玉乘 떠올리니 술 생각이 간절하매 그 비분이 가슴을 가득 채웠도다. 천추에 길이 남을 그 한이 어떠했겠는가.

제39장 강기슭의 나무 한 그루 壹樹江頭

백거이白居易,『강안이화江岸梨花』: 배꽃은 푸른 잎의 인연을 그리워하고 강가의 배나무 한 그루는 마음을 어지럽힌다네. 과부 집의 젊은 부인과 같은 것이 청순한 화장, 흰 소매 저고리에 푸른 비단 치마 입었네.

제40장 비바람 소리, 그리고 닭 우는 소리 風雨鷄鳴

『시경詩經 · 정풍鄭風 · 풍우風雨』: 비바람 소리 세찬데 닭 울음소리도 들리는구나. 이미 님을 만났는데 어찌 마음이 편하지 않겠는가. 비바람 소리 세찬데 닭 울음소리도 들리는구나. 이미 님을 만났는데 어찌 병이 낫지 않겠는가. 비바람 소리 몰아치는데 닭은 울음을 그치지 않는구나. 이미 님을 만났는데 어찌 기쁘지 않겠는가.

제41장 서화로 쓴 편지 丹靑之信

조길趙佶,『납매산금도臘梅山禽圖』: 산속 매화나무 가지의 새들은 고지식하면서도 한가로이 안락하게 산다네. 매화가 가볍고 부드러운 꽃향기를 사방에 뿌리면, 이미 초대 받은 친구가 있어 우리의 우정은 천년이나 변하지 않고 백발이 되도록 이어진다네.

제42장 만수무강 萬壽無疆

『시경詩經 · 빈풍豳風 · 칠월七月』: 9월에 찬서리 내리고 10월에는 타작마당을 치우며 두어 통 술을 마련해 동네 사람 대접하고 염소와 양을 잡아 어른들 대접하네. 공당에 올라 앉아 물소 뿔잔을 들어 술 권하노니 부디 만수무강하옵소서.

제43장 눈 덮인 설원 雪滿梁園

사관謝觀, 『백부白賦』: 새벽녘에 양왕의 정원에 들어서니 온산이 눈으로 덮여 있도다. 밤이면 유량庾亮의 누각에 오르니 달이 저 멀리 천 리까지 비추네.

제44장 품으로 날아든 제비 玉燕投懷

왕인유王仁裕, 『개원천보유사開元天寶遺事·몽옥연투회夢玉燕投懷』: 장 씨가 말하기를, 어머님이 남동쪽에서 날아온 제비 한 마리가 품으로 안겨드는 꿈을 꾸고 아이를 낳으셨는데, 과연 재상이 되었으니 상서롭고 귀하게 될 징조로다.

제45장 벌써 한 해는 지고 急景雕年

포조鮑照, 『무학부舞鶴賦』: 고요한 상제의 거처를 떠나 소란스러운 속세로 돌아왔네. 세월은 매정해 날이 저무니, 그 심정이 처량하고 애절하도다. 급격히 재촉하는 세월에 벌써 한겨울에 이르렀으니, 싸늘한 모래가 들판에 몰아치고 세찬 바람이 하늘을 흔드네.

제46장 변방의 새벽하늘 三邊曙色

조영祖詠, 『망계문望薊門』: 연대에서 바라보는 나그네의 심정 놀라워라. 소란스러운 피리와 북소리가 한나라 군영에 진동하네. 광활한 북쪽 땅에 쌓인 눈에는 찬 빛이 일고, 변방의 새벽하늘에는 높은 깃발 펄럭이네. 전쟁을 알리는 봉화가 변방의 달을 가리고 바닷가 구름 긴 산은 계성薊城을 에워쌌도다. 젊어서 붓을 던진 관리는 아니었어도 공을 세우기 위해 긴 밧줄을 청하고 싶네.

제47장 양공의 쓸데없는 인정 襄公之仁

『좌전左傳·희공 22년僖公二十二年』: 송宋 공이 홍泓에서 초나라와 싸웠다. 송군은 이미 진열을 갖췄으나, 초군은 아직 강을 건너는 중이었다. 사마司馬가 이와 같이 말했다. "우리의 수가 저들보다 많으니 저들이 다 건너기 전에 공격합시다." 송공이 대답했다. "그럴 수 없소." 초군이 강을 모두 건넌 뒤 진열을 갖추려고 하자 또 고했다. 공은 말했다. "아직 안 되오." 그리하여 초군이 진열을 모두 갖춘 뒤에 공격을 했는데 송군은 대패했다. 송 공은 넓적다리에 부상을 입었고 문관門官이 전멸했다. 송나라 백성이 송 공을 탓하자, 송 공은 말했다. "군자는 다친 사람을 두 번 해칠 수 없고, 반백의 노인을 포로로 잡을 수 없다. 옛날에 전쟁을 할 때는 험하고 좁은 곳을 쓰지 않았다. 내가 비록 망국의 후손이기는 하지만 대열을 갖추지 못한 적군에게는 북을 치지 않는다."

제48장 아침이 다 가도록 녹두를 따도 終朝采綠

『시경詩經·소아小雅·채록采綠』: 아침이 다 가도록 녹두를 따도 한 움큼에도 차지 않네. 내 머리 헝클어졌으니 돌아가 머리를 감으려네. 아침 내내 쪽풀을 따도 앞치마에 다 차지 않네. 닷새면 돌아온다더니 엿새가 되어도 보이지 않네. 그대가 사냥 가실 때는 활을 활집에 넣어드리리. 그대가 낚시를 하러 가실 때는 낚싯줄을 추려드리리. 낚시로 무엇을 하려는가? 방어와 연어, 방어와 연어. 어서 가서 구경을 하려네.

제49장 나무가 오히려 이와 같네 樹猶如此

유신庾信, 『고수부枯樹賦』: 옛날에 심은 버드나무가 한남漢南에 무성했는데, 지금 보니 잎은 모두 지고 강가에 선 모습이 처량하구나.

나무가 오히려 이와 같거늘 사람이 어찌 견딜 수 있겠는가.

제50장 사당의 제비 謝堂燕子

유우석劉禹錫, 『오의항烏衣巷』: 주작교 근처에는 들풀이 피고 오의항 어귀에는 석양이 비스듬히 비추네. 지난날 왕씨와 사씨의 집 앞을 드나들던 제비가 지금은 평범한 백성의 집에 드나든다네.

제51장 밤비 소리에 정은 깊어 夜雨對床

백거이白居易, 『우중초장사업숙雨中招張司業宿』: 이곳으로 와 함께 묵을 수 있겠소. 빗소리 들으며 침상에 나란히 누웁시다.

제52장 다북쑥이 더부룩이 자라면 蓼蓼者莪

『시경詩經·소아小雅·육아蓼莪』: 다북쑥이 더부룩이 자라면 다북쑥이 아니라 약쑥이라네. 슬프도다. 나의 부모님, 이 몸 낳으시느라 수고하셨네.

제53장 높은 자의 후회 亢龍有悔

『역경易經·건괘乾卦·상구上九』: 높은 지위에 있어도 조심하지 않으면 후회할 일이 생긴다.

『상전象傳』: 가득 찬 것은 오래갈 수 없다. 정점에 도달한 것은 반드시 쇠락한다는 것을 비유한다.

제54장 형왕무몽 荊王無夢

이상은李商隱, 「대원성오령암위답代元城吳令暗爲答, 원성령元城令*

---

* 원성은 지명이며 령은 관직명이다. —역주

오질嗚質*을 대신해 몰래 답하다」:

　이궐산伊闕山 등지고 번국으로 돌아가려 다른 길로 접어드니
　낙수洛水에 해가 지고 날이 저물 제
　형왕荊王**은 아리따운 여신 만나 잠자리에 드는 꿈꾼 적 없는데
　무산巫山의 한 조각 구름은 되지 마오.

제55장 혈육의 안부 서신 竹報平安

　한원길韓元吉, 『수조가두水調歌頭·석상 왕덕화의 시를 차운하다席上次韻王德和』: 달이 휘영청 밝고 바람이 상쾌한 여름 밤, 술에 취해 숲에서 상봉하니, 하고 싶은 말은 많지만 입이 떨어지지 않네. 아무도 내 생사를 묻지 않는데 집에서 평안을 알리는 서신이 왔도다.

제56장 어찌하여 옷이 없다 하는가 豈曰無衣

　『시경時經·진풍秦風·무의無衣』: 어찌하여 옷이 없다 하는가. 님과 같은 두루마기 입으리라. 왕께서 군사를 일으키시면 나는 긴 창과 짧은 창으로 님과 한편이 되겠네. 어찌하여 옷이 없다 하는가. 님과 같은 속옷 입으리라. 왕께서 군사를 일으키시면 나는 긴 창과 갈래창으로 님과 함께 일으키겠네. 어찌하여 옷이 없다 하는가. 님과 같은 바지 입으리라. 왕께서 군사를 일으키시면 내 갑옷과 무기를 닦아 님과 함께 나아가겠네.

제57장 거울에 비친 마음 言照相思

　고상高爽, 『영경詠鏡』: 봉황 무늬 새긴 계단 처음 디뎠는데, 이 거

＊　위나라 사람으로 조식曹植과 친분이 있었으며, 조비曹조가 황제로 등극하는 데
기여했다. ―역주
＊＊　원래 초나라 회왕懷王을 뜻하나, 이 시에서 가리키는 건 조식이다. ―역주

울이 길고 어여쁜 눈썹을 비추었네. 서로 보지 못하는 그리움이 아닌 함께하는 광경을 오래도록 비추었으면 하네.

제58장 푸른 하늘, 바람과 서리 靑冥風霜

왕안석王安石, 『선자사扇子詞』: 푸른 하늘, 바람과 서리는 인간 세상이 아닌데, 헝클어진 비녀와 머리가 독특하도다.

제59장 서재의 야화 西窓夜話

『모란정牡丹亭·유구幽媾』: 의춘령宜春令: 당신의 풍채와 준수하고 우아한 외모를 언뜻 보았네. 다만 당신과 함께 등잔 심지를 자르고 바람을 맞으며 서쪽 창가에서 한담을 나누고 싶을 뿐이네.

제60장 품성 높은 차와 먹은 향기롭고 茶墨俱香

『동파지림東坡誌林』: 사마온공司馬溫公은 말했다. "차와 먹은 상반된 성질을 지녔다. 차는 희어지려고 한다면 먹은 검어지려고 하며, 차가 무거워지려고 한다면 먹은 가벼워지려고 한다." 소식蘇軾이 대답했다. "좋은 차와 좋은 먹은 모두 향기가 좋다는 공통점이 있다. 이는 그 덕이 같기 때문이다. 차 덩이와 먹 덩이는 모두 견고한데, 이는 서로 성질이 같기 때문이다." 사마온공은 이 말을 듣고 감탄하며 동의했다.

제61장 비단에 싸인 사람 紗籠中人

왕파王播, 『제목란원題木蘭院』: 당에 올라 모두 밥 먹고 동서로 흩어지기에 스님들 식사 뒤 종 치는 것이 부끄럽더니. 30년간 얼굴에 먼지 가득 내려앉다가 이제야 푸른 비단에 싸인 시를 얻었도다.

제62장 어렵게 찾아온 기회 盛筵難再

왕발王勃, 『등왕각서滕王閣序』: 명승지는 항상 있지 않고 성대한 잔치는 다시 맞기 어려우니. 난정蘭亭은 이미 버려지고 재택梓澤은 폐허가 되었구나.

제63장 동산 서편이 무너지매 銅山西崩

유의경劉義慶, 『세설신어世說新語·문학文學』: 은형주殷荊州는 일찍이 원공遠公에게 물었다. "역易은 무엇으로 체體를 삼습니까?" 원공은 대답했다. "역은 감응으로 체를 삼습니다." 은형주는 되물었다. "서쪽의 동산이 무너지면 먼 동쪽의 종이 감응해 울린다는 것이 그것입니까?"

제64장 먼 곳에 있는 그리운 님이여 室邇人遠

『진서晉書·송섬전宋纖傳』: 옥 같은 사람이 여기에 있어 나라의 보배이거늘, 집은 가까워도 사람이 머니 내 마음이 참으로 애타는구나.

제65장 숲에는 고요한 나무가 없고 林無靜樹

유의경劉義慶, 『세설신어世說新語·문학文學』: 곽경순郭景純은 다음의 시를 읊었다. "숲속에는 고요한 나무가 없고 냇물의 흐름은 멈추지 않네." 그러자 완부阮孚는 이렇게 화답했다. "'깊은 물, 높은 봉우리의 소슬함은 도저히 말로 표현할 수가 없다.' 이 글을 읽을 때마다 정신과 형체가 세상을 초월한 것임을 깨닫는다."

제66장 귀부인 행세를 하는 하녀라 婢學夫人

원앙袁昂, 『고금서평古今書評』: 양흔서羊欣書는 귀부인 행세를 하는 하녀와 같다. 비록 그 자리에 있어도 행동거지가 부자연스러우니 진짜와 같지 않다.

제67장 자세를 낮춘 호랑이, 몸을 움츠린 너구리 卑勢卑身

『동주열국지東周列國誌』: 오왕吳王은 분노하며 말했다. "과인이 누워 있는 석 달 동안 상국相國은 과인을 위로한 적이 없으니 이는 불충不忠이요, 좋은 물건도 보낸 적이 없으니 이는 불인不仁이오. 신하로서 불충하고 불인한 자를 어디에 쓰겠소? 월왕越王은 나라도 버리고 먼 길을 달려와 과인에게 항복했으니 그 충성됨을 알 수 있고, 과인이 병이 났을 때는 변을 맛보면서도 원한을 품지 않았으니 그 인仁을 알 수 있소. 만약 과인이 상국의 뜻을 따라 그런 선한 자를 죽인다면 황천이 어찌 과인을 돕겠소?" 오자서는 말했다. "왕께서는 어찌 그런 반대되는 말씀을 하십니까? 무릇 호랑이가 자세를 낮추는 것은 장차 공격하기 위함이요, 너구리가 몸을 움츠리는 것은 적을 덮치기 위함입니다. 월왕이 마음속에 원한을 품고 있다면 그것을 왕께서 어찌 아시겠습니까? 월왕이 왕의 대변을 먹은 것은 왕의 마음을 먹은 것입니다. 왕께서 신중히 살피지 않으신다면 그의 간사한 꾀에 넘어가 훗날 오나라는 망하게 될 것입니다." 오왕은 말했다. "상국은 그만두시오. 과인은 이미 뜻을 정했소." 오자서는 더는 소용이 없음을 깨닫고 우울한 마음으로 돌아갔다.

제68장 깨어날 때의 여덟 감각 覺有八徵

『열자列子 · 주목왕周穆王』: 사람이 깨어남에는 여덟 가지 징후가 있고, 꿈을 꾸는 데는 여섯 가지 징후가 있다. 꿈에서 깨는 여덟 가지 징후는 무엇일까? 과거를 되새기는 것, 새로운 일을 하는 것, 무엇인가를 얻는 것, 무엇인가를 잃는 것, 슬퍼하는 것, 기뻐하는 것, 새롭게 태어나는 것과 죽어가는 것을 느끼는 것이다. 이러한 여덟 감각은 꿈꾸는 자가 몸으로 느낌으로써 발생한다. 꿈을 꾸는 여섯 가지 징후는 무엇일까? 자연히 꾸는 꿈은 정몽이요, 놀라 꾸는 꿈은 악몽이요, 깊이 사색함으로써 꾸는 꿈은 사몽이요, 깨달음으로 꾸는 꿈은 오몽이요, 기뻐함으로써 꾸는 꿈은 희몽이요, 두려워함으로써 꾸는 꿈은 구몽이다. 이러한 여섯 징후는 꿈꾸는 사람의 정신으로 인해 발생한다.

제69장 방석에 떨어진 꽃잎 拂簾墜茵

『양서梁書·유림전儒林傳·범진전範縝傳』: 자량子良이 물었다. "그대는 인과를 믿지 않는데, 그렇다면 세상에 부귀한 사람과 가난한 사람의 구분은 어찌 생긴단 말인가?" 진縝이 대답했다. "삶은 나무에 핀 꽃과 같습니다. 같은 가지에 동시에 맺혀 같은 꼭지에서 핀다고 해도 바람이 불면 어떤 것은 휘장을 스쳐 방석 위에 떨어지고, 어떤 것은 담장을 스쳐 뒷간으로 떨어지지요. 전하는 이를테면 방석 위에 떨어진 꽃잎이시고, 소인은 뒷간에 떨어진 꽃잎과 같은 신세입니다. 귀천은 비록 다르지만 이 어디에 인과가 미친다는 말입니까?"

제70장 금곡의 작별 金谷送客

강엄江淹, 『별부別賦』: 용마龍馬에 은 안장 높이 지우고 붉은 수레에는 비단 굴대를 세워, 동도東都에 휘장과 장막을 치고 술을 마시며 화려한 금곡에서 손님을 떠나보내는 때라면.

제71장 따스한 눈길, 흰 구름 향한 마음 靑眼白雲

왕유王維, 『증위목십팔贈韋穆十八』: 그대와 따스한 눈길 나누는 친구. 흰 구름 향한 마음 함께 지녔네. 서로 동산으로 떠나지 못해 매일 봄풀만 깊어지는구나.

제72장 꿈이 끊긴 남교 夢斷藍橋

소식蘇軾,『남가자南歌子』: 추적추적 비 내릴 때 하늘이 어두워 밤이 깊은 줄로만 알았거늘, 바람이 불어와 구름을 흩으니 맑은 하늘이 나를 맞이했도다. 옅은 구름 비스듬히 비치는 산봉우리는 점점 밝아지는데, 어린 풀과 고운 모래를 밟으며 올라가는 말발굽 소리가 경쾌하구나. 아침 일찍 술에서 깼어도 여전히 남은 취기에 피로한데, 신선 마을을 떠도는 꿈은 꾸지 못했네. 남교藍橋는 어디이며 어찌해야 운영雲英을 만날 수 있단 말인가? 흘러가는 계곡만이 다정히 나를 쫓아 흐르는도다.

제73장 임강왕의 수레는 무너지고 臨江折軸

『사기史記·오종세가五宗世家』: 임강 민왕閔王 영榮은 효경孝景 전원 4년에 황태자로 봉해졌으나, 4년 뒤 폐출되어 임강 태자의 본래 신분에 의해 임강왕으로 봉해졌다. 황제는 민왕 4년에 종묘 담장 밖 빈터를 침범해 궁실을 증축한 죄로 그를 소환했다. 유영은 앞서 강릉江陵 북문에 제사를 지낸 뒤 떠나려고 수레에 올랐는데, 느닷없이 굴대가 부러지고 수레가 무너졌다. 강릉의 백성은 이를 보고 눈물을 흘리며 사사로이 말했다. "우리 왕이 돌아오지 못하겠구나." 경성에 도착한 유영은 중위中尉에서 심문을 받다가 엄한 심문에 두려운 나머지 자살했다. 그는 남전藍田에 묻혔는데, 제비 수만 마리가 흙을 물어와 그의 무덤 위에 놓았으며, 백성 모두가 그를 불쌍히 여겼다.

제74장 혜거상망 槥車相望

『한서漢書·한안국전韓安國傳』: 지금 변방에 놀라움이 많습니다. 엄청난 수의 병졸이 다치고 죽어 시체를 실은 혜거가 서로를 마주 보고 있을 정도이니, 이는 어진 사람이 측은하게 여기는 바입니다.

제75장 호마지화 護摩智火

'성공하면 왕후장상이 되고 실패하면 도적이 되는 것'은 본래 하나의 현상에 불과하다. 언제부터 이 말이 진리로 신봉되었는지는 모르지만, 이것이 진리가 된다면 오로지 강권만을 숭배하고 정의를 배척하며, 결과를 얻기 위해 수단과 방법을 가리지 않게 될 테니 훌륭한 인물의 도태를 정당화하는 근거를 형성할 뿐이다. 또한 '한 장군의 공훈은 수많은 병졸의 시신을 딛고 이룬 것'이라는 말도 있는데, 우리는 항상 장군의 위치에 자신을 대입하고 싶어 하지만, 사실 짓밟히는 위치에 놓이는 경우가 훨씬 많다. 나는 동서고금을 막론하고 인자한 마음으로 중생을 대하는 모든 사람과 중생을 위해 투쟁하며 자신의 것을 내려놓는 모든 사람을 찬미한다. 그들이 지도자나 군인이든, 남들과 다름없는 평범한 사람이든, 성공한 사람이든 실패한 사람이든 상관없다. 그들은 역사의 흐름을 모두 주도하지는 못하더라도 역사가 잘못된 방향으로 흐를 때 궤도를 바로잡을 수 있는 사람들이다.

제76장 우리 이별할 때만 하겠는가 執若別時

경익庚翼, 『이향계춘첩已向季春帖』: 그대의 마음이 혹여나 힘겹더라도 어디 우리 이별할 때만 하겠는가?

제77장 예포에 흘린 패물 澧浦遺佩

굴원屈原, 『구가九歌·상군湘君』: 옥패를 강에 던지고 패물을 예포강에 흘리네. 꽃이 가득한 모래톱에서 두약을 캐어 아름다운 하녀에게 바치리라. 흘러간 시간은 두 번 다시 되돌아오지 않으니 잠시 느긋하게 거닐며 기다리리라.

제78장 화정의 학 울음소리 鶴唳華亭

『세설신어전소世說新語箋疏』: 육평陸平은 원하原河에서 패한 뒤 노지盧誌에게 참소를 받고 처형을 당했다. 그는 처형 전 "화정의 학 울음소리를 다시 들을 수 있다면!"이라며 탄식했다.

학려화정 2
鶴唳華亭

초판 1쇄 발행 2021년 6월 20일

지은이 | 슈에만량위안
옮긴이 | 신노을

펴낸이 | 조미현
책임편집 | 황정원
디자인 | 나윤영

펴낸곳 | (주)현암사
등록 | 1951년 12월 24일 · 제10-126호
주소 | 04029 서울시 마포구 동교로12안길 35
전화 | 02-365-5051
팩스 | 02-313-2729
전자우편 | dalda@hyeonamsa.com
홈페이지 | www.hyeonamsa.com
블로그 | blog.naver.com/hyeonamsa

ISBN 978-89-323-2126-4 04820
ISBN 978-89-323-2127-1 (세트)

• 책값은 뒤표지에 있습니다. 잘못된 책은 바꾸어 드립니다.
• 달다(DALDA)는 (주)현암사의 장르소설 브랜드입니다.